Heddi Goodrich

Eine
Liebe
in
Neapel

Roman

*Aus dem Italienischen
von Judith Schwaab*

btb

Die italienische Originalausgabe erschien 2019
unter dem Titel »Perduti nei Quartieri Spagnoli« von Heddi Goodrich
bei Giunti Editore S.p.A., Florenz – Mailand.

Sollte diese Publikation Links auf Webseiten Dritter enthalten,
so übernehmen wir für deren Inhalte keine Haftung,
da wir uns diese nicht zu eigen machen, sondern lediglich auf
deren Stand zum Zeitpunkt der Erstveröffentlichung verweisen.

 Dieses Buch ist auch als E-Book erhältlich.

Vorbemerkung: Dieser Roman ist ein fiktives Werk.
Bis auf einige Persönlichkeiten öffentlichen Interesses sowie zitierte Werke,
die dem Kontext dienen, sind alle Personen und Ereignisse frei erfunden.
Ähnlichkeiten mit real existierenden Personen, sei es mit ihrem Namen,
Aussehen oder Beruf, sind folglich rein zufällig.

MIX
Papier aus verantwor-
tungsvollen Quellen
FSC
www.fsc.org **FSC® C083411**

Verlagsgruppe Random House FSC® N001967

1. Auflage
Deutsche Erstausgabe April 2020
Copyright © 2019 by Giunti Editore S.p.A., Firenze – Milano, www.giunti.it
Copyright der deutschsprachigen Ausgabe 2020
by btb Verlag in der Verlagsgruppe Random House GmbH,
Neumarkter Straße 28, 81673 München
Satz: Uhl + Massopust, Aalen
Druck und Einband: CPI books GmbH, Leck
SL · Herstellung: sc
Printed in the Czech Republic
ISBN 978-3-442-71867-2

www.btb-verlag.de
www.facebook.com/btbverlag

Für meinen Vater, in memoriam

Von: tectonic@tin.it
An: heddi@yahoo.com
Gesendet am: 22. November

Ich weiß, es wäre dir lieber, ich wäre tot. Aber ich bin am Leben, wenigstens halbwegs. Ich rechne nicht mit einer Antwort, und ich werde dir auch nicht mehr schreiben. Es ist fast vier Jahre her, dass ich es zuletzt versucht habe. Es müsste ein Brief von mindestens hundert Seiten sein, um dir alles zu erklären, und es würde mir trotzdem nicht gelingen. Und auch dieses Mal werde ich dir nicht mit Erklärungen kommen.

Ich hab's vermasselt. Ich habe mich immer auf meinen Instinkt verlassen, und der ist falsch, trügerisch und feig. Aber damals habe ich den größten Fehler meines Lebens gemacht, einen unwiderruflichen, unerklärlichen und unvorstellbaren Fehler. Eine Weile habe ich mir eingebildet (das kommt manchmal vor), dass ich dies alles getan hätte, weil mein Verstand, mein Instinkt das Regiment übernommen hätten, und dass es folglich richtig gewesen sei. Aber es hat mein Leben zerstört. Das allein wollte ich dir mitteilen. Denn du hast es verdient zu erfahren, dass mein Leben keinen Pfifferling mehr wert ist. Du sollst wissen, dass ich jedes Mal, wenn ich mit dem Besteck am Tisch sitze, um zu essen, einen Moment lang versucht bin, mir mit dem Messer ein Auge auszustechen.

Ich hoffe mit all meiner Kraft, dass ich dir hiermit wenigstens ein winziges Lächeln der Genugtuung entlocken kann, ebenso wie ich hoffe, dass die Zeit, die du mit mir verbracht hast, für dich nur eine hässliche, schreckliche Erinnerung ist und nicht ein Kreuz, das du zu tragen hast. Ich wünsche mir, dass mein Leben schnell vergeht und ich als jemand oder etwas wiedergeboren werden kann, das besser ist als mein derzeitiges Ich, und dass ich dir vielleicht irgendwann einmal auf dem Flughafen von Stockholm oder Buenos Aires über den Weg laufe.

Du sollst mir nicht verzeihen, sollst nicht antworten, und du sollst auch nicht traurig sein. Sei glücklich und zufrieden, setz ein paar Kinder in die Welt, schreib Bücher, nimm Kassetten auf, mach viele, viele Fotos... Genau das wünsche ich mir die ganze Zeit, wenn ich an dich denke. Und ab und zu, wenn du willst und wenn du kannst, dann erinnere dich an mich.

P.

1

»Heddi.«

So hatte schon lange niemand mehr meinen Namen ausgesprochen, als wäre es der Name einer exotischen Spezies. Er sagte ihn in fragendem Ton, aber mit perfekter Aussprache, als hätte er ihn tausendmal geübt – mit jeder Menge Hauch und kurzen Vokalen –, bis er ihm mit der allergrößten Lässigkeit über die Lippen kam. Kein anderes Geräusch im Spanischen Viertel, weder der mörderische Schrei einer betrogenen Frau noch die Gewehrsalve eines Mannes, der Rache übt, hätte mich in jener eisigen Nacht vom warmen Flüstern des Kamins wegtragen können.

Vor mir stand ein Junge, ein Mann, mit erwartungsvoll zusammengekniffenem Mund, als hätte er seine Pflicht und Schuldigkeit getan und jetzt wäre ich dran. Er hatte sein Hemd in die Jeans gesteckt, die Hände bis fast zum Ellbogen tief in die Hosentaschen geschoben, und die Hemdentasche, direkt über dem Herzen, war zum Bersten gefüllt mit einer Schachtel Zigaretten. Er sah ganz anders aus als die anderen Gäste, die mit allen Mitteln, ob es nun Piercings, Rastalocken oder eine ungesunde Blässe waren, versuchten, über ihre glückliche Kindheit mit hausgemachten Kartoffelgnocchi und Ausflügen ans Meer hinwegzutäuschen. Obwohl es schon spät war, hing der Geruch von Patschuli, Haschisch und Klamotten vom Flohmarkt in unserer Küche, vermischt mit den Aromen von abgestandenem Bier und Safranrisotto. Nein, der da gehörte ganz gewiss nicht zu unserer Clique, in der alle an der Orientale, Neapels Universität, studierten. Und trotzdem stand er da, gelassen und ungerührt wie das sprichwörtlich stille Wasser eines tiefen Sees.

»Da, nimm, die hab ich für dich aufgenommen«, sagte er und zog etwas aus seiner Hosentasche. Zweifellos hatte er einen süditalienischen, wenn auch nicht ganz neapolitanischen Akzent. Seine Hand zitterte, ein winziges Beben im sonst stillen Wasser des Sees, als er mir die Kassette gab, die in einer selbstdekorierten Hülle steckte. *Für Heddi*, stand da, vom großen H bis zu dem winzigen Tintenfleck am Ende, dem Pünktchen über dem i, von dem ich schon fast vergessen hatte, dass es dorthin gehörte.

Ich staunte. Es war genau die Schreibweise meines Namens, die seine Aussprache zum Entgleisen brachte, denn sie machte es leicht, den Namen buchstäblich ins Extrem zu führen, mit diesem melodramatisch gedehnten e und dem gebührend betonten doppelten Konsonanten, den man sich hier im Süden ganz besonders zu Herzen nahm. Hingegen war es verzeihlich, dass dafür das H vollkommen unter den Tisch fiel, denn in Neapel kamen Hauchgeräusche ausschließlich beim Lachen vor. »So wie bei Eddie Murphy?«, fragte man mich oft, ich nickte, und damit hatte sich der Fall. Es machte mir sowieso nicht viel aus. Heddi gab es schon länger, Eddie erst seit einiger Zeit.

»Musik?«, fragte ich ihn, und er nickte, mit deutlich sichtbarem Unbehagen, die Faust fest um eine leere Bierflasche geschlossen.

Das flackernde Kaminfeuer wärmte ebenso angenehm meinen Rücken wie das ahnungslose Gelächter meiner Freunde, die ich liebevoll »die Jungs« nannte. Die Tatsache, dass auch ich dieser Clique angehörte und jederzeit wieder zu ihnen zurück-konnte, schenkte mir das unleugbare Gefühl, vom Glück begünstigt und beschützt zu sein, was ich in genau diesem Moment allerdings als geradezu ungerecht empfand.

Im Stockwerk unter uns fiel die Haustür mit einem dumpfen Knall ins Schloss; wahrscheinlich hatte sich der letzte Gast gerade torkelnd auf den Heimweg gemacht. Der Typ mit der Kassette zuckte sichtlich zusammen, als ihm bewusst wurde, dass die Party, die gerade eben noch um ihn herum getobt hatte, beendet war. Er versuchte seine Verlegenheit zu überspielen, doch ich spürte sie trotzdem, eine Berührtheit, wie ein winziger Schmerz, begleitet von meinem eigenen Bedauern, dass ich wieder mal die Einzige war, die nüchtern geblieben war.

»Ist bestimmt schon spät«, sagte er.

»Ich glaube, ja, aber es gibt nur eine einzige Uhr im ganzen Haus.«

Urplötzlich verlagerte er das Gewicht von einem Bein aufs andere, und ich spiegelte unwillkürlich diese Asymmetrie, indem ich den Kopf auf die Seite legte. Auf diese Weise konnte ich mir immerhin sein Gesicht besser anschauen, das jedes Mal, wenn er Trost im Anblick seiner Schuhe suchte – sie gehörten zu der bequemen, praktischen Sorte –, unter einer schwarzen Mähne verborgen war. Ich hatte ihn noch nie zuvor gesehen, dafür hätte ich meine Hand ins Feuer gelegt, denn diesen Blick eines Menschen, der entschlossen ist, sich mit allem, was er tut, Zeit zu lassen, hätte ich niemals vergessen, wären wir uns schon mal begegnet.

»Na dann.« Er stellte behutsam die Bierflasche auf den

Küchentresen, als befürchtete er, sie zu zerbrechen, obwohl die Küche mit ihren umgefallenen Flaschen, den fettig verschmierten Pfannen und den weinfleckigen Henkeltassen, die aussahen wie angeknabbert, geradezu nach noch mehr Unordnung schrie.

»Entschuldige, wie heißt du noch mal?«

»Pietro.« Das war ein altmodischer und buchstäblich ein wenig steiniger Name, und er hob die Augenbrauen, als wollte er dafür Abbitte leisten.

»Danke für die Kassette …«, sagte ich, doch sein Name blieb mir im Halse stecken. »Gehst du jetzt?«

»Klar. Ich muss früh raus. Ich fahre morgen nach Hause, in mein Dorf. Das heißt, auf den Hof meiner Eltern, in der Gegend von Avellino. Ich fahre immer über Ostern hin. Na ja, nicht nur über Ostern, aber du weißt ja, wie das so ist …«

Ich wusste *nicht*, wie das so war, nickte aber trotzdem, dankbar für diese ausführliche Antwort. Ich hatte immer noch die Hoffnung, selbst in diesen allerletzten Sekunden, bevor er ging, (sehr wahrscheinlich würde ich ihn nie wiedersehen) herauszufinden, warum er so vertraut mit meinem Vornamen war, und warum er sich die Mühe gemacht hatte, mir ein Geschenk zu basteln.

»Tja, dann ciao.«

»Ciao, und viel Spaß da unten. Ich meine, da unten auf dem Land … dem Hof.«

In diesem Moment wünschte ich mir nur, dass er endlich ging, nachdem er Zeuge dieser stotternden Doppeldeutigkeit geworden war. Es war zum Verzweifeln, wie mich mein Italienisch, das doch meine allerliebste Verkleidung war, manchmal einfach im Stich ließ, wenn ich mich überrumpelt fühlte.

Ein kurzer Gruß in die Runde, und er ging. Ich kehrte auf meinen Platz am Kamin zurück und schob die Kassette in die

Tasche meines Vintage-Minirocks aus Veloursleder. Die Flammen züngelten munter und ohne jeglichen Skrupel an den irgendwo zusammengeklaubten Holzstücken, ob es sich nun um das Bein eines ausrangierten Stuhls oder das Kopfteil eines alten Bettes handelte. Es dauerte nicht lange, und die Wärme hatte auch die letzte Spur der Verlegenheit weggewischt, die man mir vielleicht noch hätte ansehen können.

»Wie hieß der noch gleich, der Typ?«, fragte Luca neben mir, warf einen Zigarettenstummel ins Feuer und stieß eine weiße Rauchwolke aus.

»Pietro, glaube ich«, sagte ich. Erst jetzt kam mir der Name zum ersten Mal über die Lippen, und ich genoss die solide Festigkeit, nach der er klang.

»Ach so, jetzt weiß ich's. Ist ein Freund von Davide.«

»Welcher Davide?«

»Der Kleine mit den Ringellöckchen«, mischte sich Sonia ein, die ebenfalls zu unserer Clique gehörte.

Davide also. Luca spielte manchmal bei ihm in der Band. Davide, Pietro, was für einen Unterschied machte das schon? Tatsache war, dass wir sowieso niemanden mehr in unserer Clique brauchten. Sie gefiel uns, wie sie war.

Mir gefiel sie.

Vom Spiel der Flammen hypnotisiert, ließen wir die Nacht verstreichen, mondlos, eine Zeit wie in der Schwebe. Wir sprachen über Hinduismus, über das phönizische Alphabet, über *mani pulite,* den Kampf der Justiz gegen die Korruption. Ab und zu zerbarst ein Holzscheit unter großem Prasseln und Funkenstieben über der Glut, gefolgt von überraschten Ausrufen, wenn einer in der Runde durch das kleine Spektakel aus seiner Versunkenheit erwachte. Kaum zeigte das Feuer Zeichen der Ermattung, griff Luca in den Holzstapel und suchte nach Nach-schub. Direkt daneben stand eine akustische Gitarre. Tonino streckte seine behaarte Hand danach aus.

»Die schmeißt du aber nicht da rein«, sagte Angelo, ein wei-terer Typ aus der Clique.

»Nein, Tonino, ich bitte dich!«, flehte Sonia.

»Die Party ist vorbei, Kinder«, verkündete der mit schwerem apulischem Akzent und legte sich die Gitarre aufs Knie. »Zeit für ein verdammtes Wiegenlied, ihr Scheißer.«

Jetzt kam der Teil des Abends, der mir am allerbesten gefiel. Toninos vulgäre Ausdrucksweise, durch die wir nur noch näher zusammenrückten, und seine runden Brillengläser, die im Feu-erschein wie zwei goldene Ringe aussahen, während er ein Lied anstimmte, das vage an Lucio Dallas *Attenti al lupo* erinnerte. Mit seinen kurzen, dick behaarten Händen sah er aus wie ein klampfender Gartenzwerg. Und er war überall so behaart. Das wusste ich deshalb, weil er mich einmal gebeten hatte, ihm den Rücken zu rasieren und damit seinen Filzläusen den Garaus zu machen, dem einzigen, unwiderlegbaren Beweis dafür, dass Tonino es tatsächlich geschafft hatte, ein Mädchen ins Bett zu kriegen, laut seinen Angaben eine Spanierin. Als er dann glattra-siert vor mir stand wie ein Lämmchen nach der Schur, hatte sich herausgestellt, dass Tonino fast zarte Züge hatte, die mich aus einem bestimmten Blickwinkel an meinen Bruder erinnerten.

Er sang den Dalla-Song aus voller Kehle und mit einigen Grunzern untermalt. Und es war natürlich nicht der Original-text. »Da ist so eine winzig kleine Professorin ... die will uns alle durchrasseln lassen ... und da ist so ein winzig kleiner Stu-dent ... der dringend lernen müsste ... und der hat ein riesiges Gehirn ... mit jeder Menge Schweinkram drin ...«

»Mann, das wird bestimmt ein Hit«, sagte Angelo. »Wenn

du auf mich hörst, lass das Studium sausen und gründe lieber eine Punkband.«

»Genau, und dann frag ich die Sanskrit-Professorin, ob sie unsere Drummerin wird, damit sie jemand anderen als mich auf dem Kieker hat.«

»Sing uns doch lieber noch eins von diesen alten neapolitanischen Liedern«, schlug Luca vor.

Tonino reichte die Gitarre an ihn weiter. »Ich bin doch kein verdammter Neapolitaner«, sagte er, was aber als Kompliment gemeint war.

»Und ich bin's bloß zur Hälfte.«

»Natürlich die untere Hälfte«, feixte Angelo.

Luca wiegte das Instrument in seinen Armen, das Gesicht unter schulterlangen Haaren versteckt, und schenkte den Jungs ein schiefes Lächeln, doch sein Blick war auf mich gerichtet. Schon dieses Lächeln war ein Kompliment, denn Luca war mit Gesichtsausdrücken genauso wählerisch wie mit Worten, als hätte er bereits seine allerletzte Reinkarnation durchlaufen, die ganze Ironie der Welt begriffen und in diesem Leben den Zustand des Zen erreicht. Obwohl auch er rein technisch zu unserer Clique gehörte, war er in meinen Augen immer schon anders gewesen als die anderen. Er war Luca Falcone.

»Das hier sing ich für dich.«

Ich hörte schon an den allerersten Tönen, dass Luca *Tu vuo' fa' l' americano* anstimmte. Ich fühlte mich wie entlarvt, die Amerikanerin in incognito, und tatsächlich schaute mich Luca erwartungsvoll an.

Eigentlich wollte ich nicht, aber schon bei der zweiten Strophe sang ich mit. Ich tat es, weil ich bemerkt hatte, dass die anderen den Text wirklich nicht kannten und es folglich meine Aufgabe war, diese Lücke zu füllen. Vielleicht tat ich es auch für

Luca. Und wenn es nur darum ging, ihm zu zeigen, dass auch ich einen astreinen neapolitanischen Akzent zustande brachte, der sogar noch brachialer war als der seine. Und um ihm ein Lächeln zu entlocken. Nur für ihn legte ich eine veritable komische Darbietung hin, indem ich zuerst wie ein Fischverkäufer mit den Händen fuchtelte und dann wie durch Zauber in eine dieser Frauen verwandelt wurde, die vor ihrem *vascio* – eine ebenerdige Behausung mit feuchten Flecken an der Wand, die aus einem einzigen Zimmer besteht – vor der Tür verharren, die Hände in die Hüften gestemmt. Es war die klassische Mamma, Schwester oder Verlobte, die wie immer mit zusammengekniffenen Augen auf ihn wartete, bereit für eine ordentliche Standpauke oder ein Lachen. Und wenn er dann endlich nach Hause kam, dieser Tunichtgut, der glaubte, ein großer Fisch zu sein, mit vom Whisky Soda gelöster Zunge und vom *rocchenroll* geschmeidig gemachten Hüften, dann würde er von mir entweder eine Tracht Prügel oder ein paar Küsse bekommen, und ich würde ihm klipp und klar ins Gesicht sagen, wo das ganze Viertel es mithören konnte, *Tu sii napulitan*, du bist Neapolitaner, und wenn er es auch nur wagen würde, sich mit einem armseligen *ailoviù* aus der Affäre zu ziehen, dann würde ich ihn endgültig zum Teufel schicken. Eine Mischung aus Dialekt und Pseudoamerikanisch, die ich ohne musikalische Untermalung nicht gewagt hätte, auszusprechen. Es war ein vulgärer, aber auch wahrer Text, und er entsprang genau der satirischen Ader, mit der sich die Neapolitaner seit dem Niedergang ihrer Stadt nur allzu gern selbst auf die Schippe nahmen. Und so wurde ich eben selbst zur Kunstfigur und war für diese kurze Zeit, die das Lied dauerte, keine Amerikanerin mehr, sondern die Frau aus dem *vascio*, die genau dieses »Amerikanersein« als große Farce durchschaut und entlarvt.

Die anderen stampften den Takt mit einem Fuß mit und fielen in den Refrain ein. Am Ende zog Luca die Finger quer über die Saiten und beendete das Lied mit einem Schlussakkord. »Ich weiß nicht mehr, wie es endet«, sagte er.

Ich ließ mich in meinen Stuhl zurücksinken, verschwitzt und wie berauscht. In meinem tiefsten Inneren war da schon immer eine Straßenmusikantin gewesen, oder vielleicht auch eine Taschenspielerin, die jederzeit zum Vorschein kommen konnte. Jetzt nahm ich das träger gewordene Prasseln des Feuers zum Anlass aufzuspringen. »Wir brauchen größere Holzstücke. Ich gehe hoch.«

»Ich komm mit, Eddie«, sagte Sonia. »Ein bisschen frische Luft schnappen.«

Mühelos wechselten die Jungs zu einem Pearl-Jam-Song über. Das Englische ging ihnen leichter über die Lippen als das Neapolitanische, aber sie verballhornten den Songtext trotzdem, indem sie die Diphtonge verschliffen und die Konsonantengruppen auseinanderrissen. Sonia und ich stiegen die Wendeltreppe hoch, die direkt neben dem Kamin nach oben führte. Es war so eng hier, dass Sonia wegen ihrer Körpergröße den Kopf einziehen musste, während sie mit ihren Springerstiefeln die Metallstufen zum Beben brachte und die Schuhspitzen beinahe mit ihren ellenlangen Haaren berührte. Dann hatten wir das Dach erreicht.

»Madonna, ist das kalt«, sagte ich, Worte, die wie Nachtwölkchen dahinzogen.

»Ich bin am Erfrieren.« Sonia verschränkte die Arme über der Brust, um warm zu werden, und fügte in ihrem sardischen Akzent, der glasklar war wie die Luft, hinzu: »Dann kennst du Pietro also.«

»Pietro? Du meinst den von heute Abend?«

17

»Ja, genau. Pietro.«

Der Name kam ihr mit außergewöhnlicher Leichtigkeit über die Lippen. Einen Moment lang dachte ich, dass wir vielleicht über zwei verschiedene Menschen sprachen.

»Und, was meinst du, wie ist er?«

»Ich kenne ihn eigentlich gar nicht.« Ich ging in die Hocke, um in den Holzstücken zu kramen; es handelte sich um ein zerlegtes Baugerüst, dessen Teile an der Brüstung lehnten. »Warum willst du das wissen?«

»Sag den Jungs nichts.« Sonia kniete sich auf das vermooste Dach. Ihr ungeschminktes Gesicht leuchtete wie der Vollmond, und jetzt begriff ich, dass das hier kein Luftschnappen war, sondern eine Beichte. In dieser Situation wirkte Sonia wesentlich weniger stromlinienförmig als sonst und so jung, wie sie es als Viertsemester eben auch war. Sie flüsterte, als könnten die Sterne lauschen. »Wir haben nur ein paar Worte gewechselt. Aber er hat was Besonderes, ich weiß nicht…«

»Na ja, scheint ein netter Typ zu sein«. Ich klopfte mir instinktiv auf die Rocktasche, aus der die Kassette keck hervorlugte.

»Er gefällt mir sehr. Wenn ich ihn das nächste Mal sehe, baggere ich ihn an.«

»Nur zu. Du hast nichts zu verlieren.«

Sonia hatte die Angewohnheit, sich auf die Unterlippe zu beißen, wenn sie nervös war. Sie holte tief Luft, als wollte sie jeden Moment lossprinten.

»Nur Mut, Sonia. Du siehst gut aus, bist schlau. Dieser Pietro wäre ein Depp, wenn er dir keine Chance gäbe.«

Ich liebte Sonias Lächeln, diesen fröhlichen Kringel in ihrem Gesicht. Im selben Moment bereute ich jedoch, diesen Unbekannten namens Pietro als Depp bezeichnet zu haben, ja, es war mir sogar peinlich. Sonia bot mir an, mir zu helfen, nahm ein Holzscheit in die Hand. Sie zitterte vor Kälte.

»Du frierst ja«, sagte ich zu ihr. »Komm, trag die runter, und ich mach hier weiter.«

»Okay.«

Kaum war ich allein, legte ich das Holz auf dem Boden ab und lehnte mich an die Brüstung, die mich als Einziges vor einem Sturz aus dem siebten Stockwerk bewahrte. »*Tonight*...«, sagte ich zu meiner Überraschung leise in meiner Muttersprache, ohne die geringste Ahnung, wie ich diesen Satz fortgesetzt hätte.

Ein eisiger Wind streifte mich, diese unverwechselbare Mischung aus Fisch und Salz und Diesel. Es war der Duft des Golfs von Neapel. Unter mir lag glitzernd und funkelnd die Stadt, viele Reihen von Straßenlaternen, hie und da unterbrochen durch die schimmernden Perlen von Küchen, in denen noch Licht brannte. Neapel schlief nie, nicht wirklich. Selbst mitten in der Nacht konnte man den zuckenden Schein von Neonröhren sehen, die mit ihrem billigen und unschönen Licht auf wache Familien schienen, Menschen, die mit flacher Hand auf Küchentische schlugen, ob da nun gestritten, diskutiert oder Geständnisse abgelegt wurden. Doch es zog mich an wie eine Motte, dieses weiße Licht. Wenn ich nur könnte, wäre ich durchs Fenster zu ihnen hineingeflattert, eine Weile lautlos dort sitzen geblieben, mit dem Muster der Tapete verschmolzen, um mir aus den Sprachfetzen eine Geschichte zusammenzureimen, die halbwegs einen Sinn ergab.

Ein Nebelhorn tutete. Wer weiß, von welchem Schiff es kam; im pechschwarzen Gewässer des Golfs waren die Containerschiffe unsichtbar bis auf ihre Positionslampen, viele kleine Lichtsternchen, die aus der Ferne aussahen wie eine Vorlage für »Malen mit Zahlen«. Es war eine dieser seltenen klaren Nächte, und ohne den Mond konnte man selbst den Vulkan nicht erkennen. Der einzige Hinweis auf ihn war die Beleuchtung der Häuser, die mutig an seinen Hängen standen und vage seinen Umriss nachzeichneten. Es war bereits ein halbes Jahrhundert her, seit sich der Vesuv zum letzten Mal zu Wort gemeldet hatte, doch ich spähte dennoch durch den dunklen Vorhang der Nacht zu ihm hinüber und stellte mir vor, wie es wäre, wenn er ausbräche, ein feuerspuckendes Ungeheuer wie auf so vielen Ölgemälden des neunzehnten Jahrhunderts. Ich schaute und schaute, so konzentriert, als könnte ich ihn allein kraft meines Blickes zum Leben erwecken.

Meine Hände waren mittlerweile starr vor Kälte, aber ich konnte immer noch nicht genug kriegen vom Anblick Neapels und seinen Gerüchen. Doch es war vergeblich. Die Stadt zerrann mir wie Wasser zwischen den Fingern, und meine Liebe zu ihr machte mich traurig, besonders bei Nacht. Es war eine Melancholie, die ich weder verscheuchen noch mir erklären konnte. Ich war dieser Stadt mit Haut und Haaren verfallen, vielleicht sogar bis zum Verrat an mir selbst, und doch hielt mich Neapel nach all diesen Jahren immer noch auf Distanz.

Vir' Napule e po' muor', Neapel sehen und sterben, heißt es. Ein abgedroschener Satz, den ich in einem Gespräch niemals hätte fallen lassen und den ich doch in die Nacht hinausflüsterte, denn er entsprach der Wahrheit. Dann sammelte ich das Holz ein und ging zur Treppe.

Von: heddi@yahoo.com
An: tectonic@tin.it
Gesendet am: 30. November

Pietro,

ich weiß nicht, was ich dir schreiben soll. Vier lange Jahre warte ich schon auf Nachricht von dir. Die Zeit heilt alle Wunden, und sie macht auch das Warten erträglich. Vielleicht wusste ich aber auch einfach nicht mehr, worauf ich eigentlich warte.

Ich begreife immer noch nicht, warum du das getan hast, was du getan hast. Manchmal, des Nachts, schaue ich zu den Sternen und suche bei ihnen nach einer Erklärung. Absurd, ich weiß, zu denken, dass in den Sternbildern vielleicht eine Geschichte geschrieben stünde – eine Geschichte mit einem Anfang, einer Handlung, vielleicht sogar mit einem glücklichen Ende. Doch wenn ich ehrlich bin, begreife ich gar nichts. Ich kenne mittlerweile nicht einmal mehr die einfachsten Sternbilder: Der Himmel hier erscheint mir immer wirr, wie auf den Kopf gestellt, irgendwie falsch. Trotzdem sehe ich mir gerne die Sterne an. Immerhin ist ein jeder von ihnen die Spur eines einzigartigen und vollkommenen Himmelskörpers, der nicht mehr existiert. Eine Erinnerung, die leuchtet?

Ich habe mich gezwungen, all das zu vergessen, was mit dir zusammenhängt – eine Art gewollter Gedächtnisverlust, mit dem ich durchaus einen gewissen Erfolg hatte. Sicher hilft es, weder die Orte noch Personen oder Dinge um mich zu haben, die die Erinnerungen wiederaufleben lassen könnten. Bis auf die kleine römische Figur, die am Ende wahrscheinlich gar kein Mensch ist, sondern ein kleiner Gott. Doch er ist nichts, was man jemand anderem schenken oder wegwerfen könnte. Vielleicht wäre es ja besser, ihn eines Tages der Erde zurückzugeben…

Meine Katze liegt auf meinen Knien und fährt die Krallen aus. Sie ist ein graues Weibchen und heißt Minky. Ich habe sie aus dem Tierheim geholt und ihr folglich in gewisser Weise das Leben gerettet. Vielleicht wäre es jedoch korrekter zu sagen, dass *sie mir* das Leben gerettet hat.

Es geht mir gut. Ich habe meine eigene Dimension gefunden, eine Arbeit, die mir gefällt, und neue Freunde, die über mich und meine Vergangenheit nur das wissen, was ich bereit bin preiszugeben. Es ist schön, von dir zu hören. Es ist schön, von dir zu hören, dass es dir leidtut. Oder habe ich dir diese Worte nur in den Mund gelegt? h.

2

Es war der Tag danach, der Tag des großen Katers. Ich saß mit meinem Buch auf meinem quietschenden Bett, als ich merkte, dass Luca hereingekommen war, noch bevor seine Stimme das Prasseln des Regens draußen und den Klang der bulgarischen Chöre übertönte. Es war sein Tabakgeruch, der ihn verriet. Der Rauch wehte durch die offene Tür herein und hing in einer Wolke über mir, verführerisch wie ein Wunsch.

Luca Falcone rauchte schon immer Selbstgedrehte. Er rauchte auch, als er mir das erste Mal vorgestellt worden war. Er lehnte an der abgeblätterten Wand der Bar gegenüber unserer Fakultät. Damals hatte er einen hochprozentigen Drink in der Hand und trug eine aus der Mode gekommene Lederhose, ein Mann, dem es vollkommen schnuppe war, in welcher Epoche und an welchem geografischen Ort er gelandet war. Luca war bereits im siebten oder achten Semester und trug die verwitterte Miene des alten Hasen zur Schau wie ein Reisender, der den Weg durch eine ganze Wüste zurückgelegt hatte, nur um in diese Bar zu gelangen, zu diesem Bourbon, an diesen Zwischenstopp seines Lebens.

Jener Moment kennzeichnete den Beginn meines Lebens an der Universität, wie ich es jetzt kannte, denn vollkommen unerwarteterweise schloss Luca mich ins Herz und gewährte mir

Zugang zu seinem intimsten Kreis – einem erlesenen Häuflein von Querdenkern, die entweder Urdu, Suaheli oder Koreanisch an der Fakultät für Studien der Arabistik, Islamistik sowie der Regionen des Mittelmeers oder am Institut für Orientalistik studierten und durch ihre Herkunft aus fernen Regionen Italiens (Apulien, Basilicata, Sizilien, Sardinien) selbst als Exoten durchgingen.

»Der Film fängt gleich an«, sagte er in seinem klangvollen Vareser Akzent, als er mein Zimmer betrat.

»Ich les noch die Seite fertig, und dann komme ich.«

Aus der Nähe duftete Luca nach Lavendelseife. Er drückte mir einen Kuss auf die Stirn, einen von der Sorte, wie man sie sich beim Abschied an einem Bahngleis gibt, doch dann blieb er noch einmal auf der Schwelle zu meinem Zimmer stehen und schaute mich an, so, wie er das manchmal tat, mit einem fast hypnotisierenden Blick, aus dem ich nie schlau wurde, der mich jedoch zumindest kurzfristig davon überzeugte, dass unsere Freundschaft eben nicht nur diesen Moment und unter diesen Umständen andauern würde, sondern bis in alle Ewigkeit. Ich wusste, dass das lächerlich war und ich hier keineswegs eine Ausnahme darstellte – alle wollten etwas von Luca Falcone.

Direkt neben dem Türstock, wo jetzt niemand mehr stand, hatte ich mit Tesa mehrere Schwarzweißfotos aufgehängt, mit dem Makro-Objektiv aufgenommen und eigenhändig abgezogen. Sie waren schön und ein wenig abstrakt. Auf dem einen Bild regnete es in Strömen, und durch die Wassermassen (und das Mietshaus direkt gegenüber) hatte sich die Aussicht von meinem Fenster aus in ein Spiel aus Schlangen und Leitern verwandelt, sodass man praktisch nichts von dem durch Witterung und Alter stark mitgenommenen Viertel erkennen konnte. Doch es war Sonntag, die Geschäfte waren geschlossen und die Märkte abgebaut, und so saß jeder bereits zu Hause am Essenstisch und bereitete sich auf ein opulentes, vielgängiges Mahl vor, gefolgt vom obligatorischen Nickerchen. Sonntagmittag war die einzige Zeit, in der die Leute Mitleid mit mir hatten. Arme streunende Katze, so weit weg von der Heimat.

Heimat. Schon allein dieser Ausdruck warf für mich Fragen auf. Was war meine Heimat? War das etwa bei meinem Vater, der Steaks auf dem Grill brutzelte, oder bei meiner Stiefmutter, der Psychotherapeutin, die meine Träume deutete? Waren es die Shiatsu-Massagen meiner Mutter mit ihren kalten Händen und dem heißen Herzen oder mein Bruder, der auf seiner Bassgitarre spielte? Waren es die Katzen? Wie auch immer – für alle anderen Studenten, die nicht mehr zu Hause wohnten, war diese *Heimat* ein Ort. Colle Alto in der Provinz Benevento, Adelfia bei Bari. Ein roter Punkt auf der Landkarte, ein winziger Bezugspunkt, der doch dem Anschein nach *alles* umfasste. Heimat war etwas, das man für selbstverständlich hielt, wie eines der elementarsten Gefühle – Freude, Wut, Traurigkeit oder eben Heimat –, und doch begann bei jedem, der es aussprach, das Gesicht zu leuchten. Wie eine Autistin versuchte ich nach Kräften, mir diesen außerirdischen Begriff anzueignen, doch am Ende spürte ich nicht wirklich, was er bedeutete. Stattdessen griff ich zu diesem Zweck auf Logik zurück.

Ich kam von überall und nirgends. Aus Washington, D.C., Maryland, Virginia Beach, vom Stadtrand von Boston, aus Athens, Ohio und noch ein paar weiteren Zwischenstopps, die man allerdings vernachlässigen konnte. Erst in meinem sechzehnten Lebensjahr, als ich an einem kulturellen Austauschprogramm der ASFAI teilnahm, hatte man mir einen Punkt auf der Landkarte gegeben, auf den ich Bezug nehmen konnte. Italien,

Provinz Neapel, das Dorf Castellamare di Stabia, das Haus einer geschiedenen Frau mit zwei bereits erwachsenen Kindern, die sich Mamma Rita nannte. Sie hatte mich gebeten, länger als das Austauschjahr bei ihr zu bleiben, und war so klug gewesen, mich, ihre »amerikanische Tochter«, wie sie mich nannte, an einem linguistischen Gymnasium einzuschreiben.

Damals gelangte ich zu der Überzeugung, dass nichts auf dieser Welt Zufall ist, und mein Zeugnis öffnete mir schließlich die Türen zur Orientale. Die Frau im Sekretariat kniff erstaunt die Augen zusammen, als sie es sah. Ich war keine Italienerin, doch mit diesem Diplom konnte ich nichts anderes sein als genau das. Und so quittierte sie meinen Aufnahmeantrag mit vier offiziellen, ruhmreichen Stempeln und machte mich zu einer Studentin wie viele andere auch. Durch meine Aufnahme in Lucas Clique, die mittlerweile meine eigene war, hatte ich meine Mimikry dann schließlich fast zur Vollendung gebracht.

Die Jungs und ich hatten ein besonderes Spiel, das mit der Bitte um ein kaltes Bier begann und normalerweise mit einer Tasse heißen Tees endete.

»Ich bitte dich, Süße«, flehte mich an jenem Nachmittag Tonino an, der wie ein Seestern alle viere auf Lucas Bett ausstreckte. Beim zuckenden Licht des Fernsehers war das Elend seiner Bedürftigkeit ebenso gut zu erkennen wie das der Tapete, die Luca nur notdürftig mit Zetteln voller Notizen in arabischer Handschrift bedeckt hatte. »Wenn ich nicht bald ein Konterbier kriege, werde ich dieses verdammte Kopfweh gar nicht mehr los.«

»Du hast es nicht anders gewollt«, sagte Angelo.

»Und du, Blondschopf? Hast du den Joint etwa nicht gewollt?«

»Hört mir alle zu«, sagte ich und schlug meinen strengsten Ton an, womit Luca, der sich gerade eine Zigarette rollte, allerdings nicht gemeint war. »Morgen früh habt ihr Vorlesung. Na los, letzte Woche vor den Ferien, das schafft ihr! Zucker oder Honig?«

Tonino fluchte standesgemäß in drei verschiedenen Dialekten, doch keiner der Jungs leistete Widerstand. Ich grinste vor mich hin und ging in Richtung Küche. Von wegen Getränke – hier bedurfte es nur einer Portion Mutterliebe. Durch Angelos angelehnte Tür erhaschte ich einen Blick auf sein schwarzweißes Kuhfell, auf dem wir oft saßen und bei grünem Tee aus kleinen japanischen Tässchen unsere jeweiligen Schriftzeichen in Kanji oder Kyrillisch entzifferten. Ich stieg die Treppe hoch, die mittlerweile kein Geländer mehr hatte, und trat an ihrem Ende mit einem großen Schritt über einen Riss im Boden hinweg, weil ich wieder an den alten Kinderreim *step on a crack, break your mother's back* denken musste, und meiner Mutter den Rücken brechen wollte ich natürlich nicht. Der Riss begann am Kamin in der Küche, etwa einen halben Meter von der Außenmauer aus, verlief quer durch das Wohnzimmer und teilte die Fliesen bis zur Terrasse in zwei Hälften. Komisch, dass wir einen so auffallenden Schaden übersehen hatten, als wir damals eingezogen waren. Ganz gewiss lag das an dem morbiden Charme dieses alten Herrenhauses, das uns mit seinen Kaminen, Fresken und Reliefs, die überall im Halbdunkel vor sich hin dämmerten, abgelenkt hatte.

Als ich zurückkehrte, hatte ich ein Tablett voller Teetassen sowie einen Teller mit Keksen dabei, das Bett senkte sich unter unserem gemeinsamen Gewicht. Durch die Teeaktion hatte ich die ersten Szenen des Films verpasst, aber es handelte sich sowieso um einen neuseeländischen Streifen namens *Die letzte*

Kriegerin, den wir uns nicht zum ersten Mal zu Gemüte führten. Die Handlung kannte ich folglich; es ging um einen kriminellen Maori-Clan, der sich nachts auf Parkplätzen, in Bars und im Freien zoffte – ein Film, der vor Tattoos, Blut und wüsten Beschimpfungen nur so strotzte, wobei Letztere in der italienischen Synchronfassung von gesitteten Norditalienern gesprochen wurden.

»Ach, wie schön ist Neuseeland«, sagte Angelo verträumt.

»Von wegen schön«, gab Tonino zurück.

»Komm, so gefährlich ist das bestimmt nicht. Schau dir nur die weiten Räume an, und diese Typen machen einfach, was sie wollen. Da würde ich wirklich gern mal hin.«

»Klar, ist ja auch entschieden besser, sich von einer Maori-Gang die Fresse polieren zu lassen, als von der Mafia einen Schuss ins Knie zu kriegen.«

Angelo schmollte und zog sich energisch die Decke bis ans Kinn. Er hatte ein Nasenpiercing und einen ausgeprägten sizilianischen Akzent, auf den jeder Mafioso stolz gewesen wäre. Doch da war nichts zu machen: Angelo hatte ein sonniges Gemüt, begegnete allen Lebenslagen mit der verträumten Heiterkeit eines Kindes im Süßwarenladen, und das ließ Tonino ihm nicht durchgehen. Die Tatsache, dass Angelo mit seinem hellen Teint mehr wie ein Schwede als wie ein Sizilaner aussah, tat sein Übriges – eine Bleichheit, die sich nicht nur auf seinen engelsgleichen Kopf beschränkte. Das konnte ich selbst bezeugen, seit ich einmal die Krankenschwester gespielt hatte, als er unter einer massiven Nackenverspannung litt. Angelo hatte sich mit dem Gesicht nach unten auf das Kuhfell gelegt und die Hose heruntergezogen, und ich hatte all meinen Mut zusammennehmen müssen, um ihm die Spritze mit dem Entzündungshemmer in die rechte, milchweiße Arschbacke zu jagen.

»Trotzdem fahre ich eines Tages da hin«, beharrte Angelo mit einem Mund voll Keks.

»Du hast dir doch das Hirn weggekifft«, feixte Tonino.

»Fahr ruhig. Die Welt ist ein Buch…«

Dieser etwas obskure Satz kam von Luca, der inmitten einer Rauchwolke saß, ich hatte gar nicht damit gerechnet, dass er zuhörte. Eine weitere nächtliche Szene des Films stürzte das Zimmer in Finsternis, doch der Talisman an Lucas Hals, der vielleicht aus Bein geschnitzt war, leuchtete im Dunkeln, als reflektierte er eine unbekannte Lichtquelle.

»Aber Neuseeland ist weit weg«, sagte ich. Mir waren Sardinien, Umbrien, Holland, Kiew oder Wien lieber – ob mit oder ohne meine Familie. Oder, noch besser, Capri, Procida, die Phlegräischen Felder oder die Gassen Neapels. »Wer hat stattdessen Lust, in den Ferien die Chiesa di Maria Santissima del Carmine zu besuchen?«, schlug ich vor. Das war wieder einer meiner »Ausflüge«, wie die Jungs sie nannten.

»Eine Kirche an Ostern?«, konterte Angelo. »Ne, kommt nicht in Frage. Lieber sitze ich an einem Tisch und schlag mir den Bauch mit Cassata voll…«

»Man nennt sie auch Cimitero delle Fontanelle«, sagte Luca. »Lohnt sich wirklich hinzugehen.«

In mir flackerte Hoffnung auf. Vielleicht würde Luca diesmal ja wirklich die Recherchen für seine Doktorarbeit oder die Proben mit seiner Band unterbrechen und mit mir auf Entdeckungsreise durch die Stadt gehen, die durch Geburtsrecht seine Heimat war. Doch er fügte nichts mehr hinzu und paffte weiter, ein Schemen im Halbdunkel.

»Ich kann auf gar keinen Fall«, antwortete Tonino. »Im März werden bei uns die Olivenbäume beschnitten… Ach, stimmt ja, Intellektuelle wie ihr machen sich mit solchem Bauernkram nicht die Hände schmutzig. Aber es tut gut. Diese Muskeln hier hab ich nicht bloß, weil sie schön sind ...«

Die Jungs brachen in Gelächter aus, aber ich erschrak. *Pietro.* Ich hatte mir noch gar nicht die Kassette angehört, die er mir am Abend zuvor geschenkt hatte. Es war eine Angewohnheit von mir, Briefe und Päckchen, die ich aus Amerika bekam, ungeöffnet beiseitezulegen, manchmal sogar mehrere Tage, einfach um die Vorfreude zu verlängern. Vielleicht wollte ich die Kassette nach Sonias Geständnis auch einfach vergessen. Trotzdem war ich auf einmal nervös geworden. Wo hatte ich sie bloß hingetan?

»He, wo gehst du denn hin?«, rief mir Angelo hinterher. »Das ist doch die Stelle, wo Nigs Initiationsritus stattfindet.«

Mein Wildlederrock hatte die vergangene Nacht nicht vergessen: Er roch nach Lagerfeuer, und da war es, das schmale Päckchen, das ich ihm anvertraut hatte. Jetzt, bei besserer Beleuchtung, konnte ich auch die Inhaltsliste lesen, handgeschrieben in einer ebenso ordentlichen wie originellen Schrift und umrahmt von kleinen Zeichnungen: Marienkäfern und Fischen in rostfarbener Tinte – ein so verspieltes, liebevolles und unbestreitbar intimes Detail, dass mir ganz schwindelig wurde.

Ich setzte mich aufs Bett und legte die Kassette in den Rekorder. Der erste Song war *Son of a Preacher Man* in der Version von Aretha Franklin. Die erste große Liebe, der Sohn des Predigers. Ich seufzte. Mein Gefühlsleben war bis dato nur eine Abfolge von Melodramen und Missverständnissen gewesen.

In Castellammare hatte ich Franco kennengelernt, ein späteres Mitglied der Camorra. Damals hielt ich es für die große Liebe – genauer gesagt, einen Film über die große Liebe, Szene auf Szene. Die Szene, in der ich seine breite Taille umklammert hielt, während wir uns auf seiner Vespa durch die Ruinen seines geisterhaften Viertels schlängelten, einer Gegend, die im Lauf der Jahrhunderte immer wieder von Erdbeben und Erdrutschen heimgesucht worden war. Die Szene in der schummrigen ebenerdigen Behausung seiner Familie, die erste Begegnung mit der Mutter, die vor Schmerz in ihren chronisch kranken Beinen – Beinen wie Baumstämme – stöhnte. Die Szene, in der ich die Geschichte von seinem Freund hörte, der von einem rivalisierenden Clan ermordet worden war. Die Szene, wie Franco entgegen jeglichem Ehrenkodex hemmungslos in meinen Armen weinte, mitten in einem alten Haus, das uns ein Freund zur Verfügung gestellt hatte und wo es nicht einmal elektrischen Strom gab. Ich war damals sechzehn und wollte ihn retten. Eines Tages hatte er mich ohne Erklärung verlassen, ein vorhersehbares und vermutlich auch zu bevorzugendes Ende. Danach waren mir die pubertierenden Sonnenuntergänge über dem verschmutzten Meer noch atemberaubender vorgekommen – blutrot und verlockend wie sizilianische Orangen.

Dann kam Cesare, und der war ein Fehler gewesen, für den ich teuer bezahlen musste, denn seine Genialität und exzentrische Art waren die Vorboten von Schizophrenie gewesen, doch hinterher ist man immer schlauer. Ich war verliebt in seine Verliebtheit, seinen feurigen Blick, seine schiefen Zähne. Er war unansehnlich, vielleicht sogar hässlich, besaß jedoch eine unerschütterliche Selbstgewissheit und schrieb Gedichte von der dichten Sprödheit von Haikus. Cesare zeigte schon bald erste Anzeichen von Besessenheit, und ich stellte erst später fest, dass er mir das ebenso sinnlose wie armselige Geschenk seiner Jungfräulichkeit gemacht hatte. Noch lange danach, als er das Studium abgebrochen hatte und sich in einer psychiatrischen Klinik in seiner Heimatstadt Catanzaro erholte, schickte er mir Päckchen, an die Adresse meines Vaters und Barbara in Washington gerichtet; sie enthielten Sammlungen von selbst verfassten Gedichten ebenso wie streng geheime Bauanleitungen für Bomben. Mit jeder neuen Erklärung seiner ewigen Liebe, eine wortreicher als die andere, war nicht nur mein Herpes schlimmer geworden, sondern auch meine Scham, die sich schließlich in Ekel darüber verwandelte, dass ich das vorurteilslose Mädchen gespielt und Sex als intellektuelles Experiment benutzt hatte, ebenso wie für meine Gedankenlosigkeit und die Leichtigkeit, mit der mein Überlebensinstinkt jegliches Mitgefühl überwogen hatte.

Und dann war da Luca. Oder genauer gesagt, eben nicht. Eines Abends zu später Stunde hatten wir auf dem Bett einen Film gesehen und waren eingeschlafen, ich in seinen Armen. Plötzlich wachte ich auf. Der Film war zu Ende, und Lucas Brust hob und senkte sich in einem ebenso ruhigen wie fernen Rhythmus, der mir an sich schon außergewöhnlich vorkam. Seine Haare hatten sich aus dem Pferdeschwanz gelöst, die Lippen waren leicht geöffnet, doch selbst im Schlaf versunken war Lucas rauer Charme ungebrochen. Ich tat nur so, als würde ich schlafen, wie gelähmt von dem Genuss, ihn anzuschauen, ja anzubeten, und ließ die Nacht langsam verstreichen, unter dem leisen Ticken seines Digitalweckers, der seinen grünen Schein über uns verbreitete, während Lucas Talisman mir seine kryptische Schrift in die Haut drückte. Ich hatte Angst, ihn zu wecken. Ich wollte an seiner Seite sein, solange es mir, wie durch ein Wunder, gestattet war, ihn mit Haut und Haaren in mich aufzunehmen. Sein esoterisches Wissen, seine Gelassenheit, seine Geduld, sein Selbstvertrauen. Während jener wunderschönen und endlosen langen Nacht glaubte ich eine wichtige Entdeckung zu machen: dass das, was ich für ihn empfand, nicht bloß Verknalltheit war – es war viel mehr. Ich begehrte ihn nicht, diesen Luca Falcone: Ich wollte er *sein*.

Jetzt ließ ich mich ins Kissen zurücksinken, um mir den Rest jenes ersten Liedes auf der Kassette anzuhören, in dem von einem heimlichen Kuss und beruhigendem Geflüster die Rede war. In dem Song war eine gewisse Berauschtheit und unmissverständliche Sinnlichkeit, die mir noch nie aufgefallen war, obwohl ich ihn schon so viele Male in meinem Leben gehört hatte. Ich fragte mich, ob Pietro den Text überhaupt bis ins Letzte verstehen konnte und ihm bewusst war, dass er mir nichts anderes geschickt hatte als … ein Liebeslied.

3

An Pietros Gesicht konnte ich mich nicht mehr genau erinnern: Unsere Begegnung hatte nur wenige Minuten gedauert, und ich selbst hatte auf den Abschied gedrängt. Je mehr ich mich bemühte, ihn mir vorzustellen, umso mehr verflüchtigte er sich, unscharfe Gesichtszüge, die sich mit all den Augen, Nasen, Mündern der Menschen um mich herum vermischten, welche das Cinema Astra während der Glottologie-Vorlesung bevölkerten. Aus Angst, ihn endgültig in der Menge zu verlieren, nahm ich mir vor, nicht mehr so viel an ihn zu denken und mich stattdessen auf die Lehrveranstaltung zu konzentrieren.

In dem Saal war es dunkel und heiß, wie in einem Bauch, die Sitze waren bequem und mit rotem Samt bezogen, die Stimme meines Profs lief auf niedriger Frequenz. Nein, mich würden keine wilden Pferde von hier wegbringen, dachte ich, bevor mir bewusst wurde, dass diese Zeile aus dem zweiten Lied auf Pietros Kassette stammte, *Wild Horses* von den Rolling Stones.

Ich lenkte meine Aufmerksamkeit wieder auf mein Notizbuch und versuchte, jedes Wort mitzuschreiben, das von der Bühne kam. »Alle Sprachen der Welt variieren, was die *Taxa* angeht, das heißt die Sprachfamilien«, schrieb ich feinsäuberlich und kompakt. »Farben gehören zu den bedeutenden Taxonomien: In der Tat könnte man von ethnischem Chromatismus sprechen…«

»Was für ein Schwachsinn.« Die Brünette neben mir riss die stark geschminkten Augen auf und fügte hinzu: »Außerdem sieht Signorellis Kopf aus wie ein Kinderüberraschungsei.«

»Aber er ist sehr gut.« Nicht nur das, für mich war dieser Prof ein Rockstar.

»Ja, aber er kann einem nichts beibringen. Er liest alles aus dem Lehrbuch ab.«

Das stimmte nicht ganz, aber ich musste trotzdem wieder einmal gegen die Befürchtung ankämpfen, meine Einschreibung an der Uni sei, wie es so oft hieß, in einem Zustand geistiger Umnachtung geschehen.

»Dich hab ich schon ein paarmal im Russischkurs gesehen. Wie heißt du?«

»Eddie, und du?«

»Ach, dann bist du die Ausländerin?« Meine Platznachbarin rückte mir auf die Pelle – viel zu nah –, als hätte ich ein Zauberpulver an mir, das ich auf sie übertragen könnte. Ich war ihr noch nie begegnet, doch ich kannte den am Lehrstuhl für europäische Sprachen so weit verbreiteten Hunger, in eine andere, sehr, sehr weit entfernte Galaxie gebeamt zu werden. Ohne Luft zu holen, feuerte sie ihre Fragen auf mich ab: »Woher kommst du? Bist du Deutsche? Wie bist du denn ausgerechnet auf Neapel gekommen?«

»Ich komme aus… dem Spanischen Viertel.«

Ich wusste ganz genau, wie man auf neapolitanische Weise die Endsilben verschlucken und das *sp* weich machen musste, und konnte auch mit der Verwunderung umgehen, die mir begegnete, wenn ich in den Straßen der Stadt unterwegs war, aber meine nur wenig mediterrane Physiognomie ließ sich nicht leugnen. Auch das Mädchen neben mir ließ sich nicht aufs Glatteis führen, wandte aber wenigstens seine Aufmerksamkeit von mir wieder auf den Prof.

»... ein Unterschied zwischen leuchtendem und mattem Weiß. Im Altgriechischen war *melas* ein strahlendes Schwarz, eine Unterscheidung, die beim Übergang von der antiken Sprache zur modernen vollkommen verloren gegangen ist. Und man weiß nicht, warum. In der Antike lag besonderes Augenmerk auf der Luminosität einer Farbe ...«

»Mir reicht's, das lese ich zu Hause nach.« Das Mädchen klappte seinen Block zu und fügte mit hörbarer Vorfreude hinzu: »In Sala Consilina. Mein Zug geht morgen früh.«

»Sala Consilina ...«

»Provinz Salerno. Das kannst du nicht kennen, ist nur ein kleines Kaff.«

Offenbar war es ihr peinlich. Ich hätte ihr gerne gesagt, sie solle sich keinen Kopf machen, denn die eigentliche Provinztante sei ich, die in einer ganzen Reihe von austauschbaren amerikanischen Vorstädten aufgewachsen war. Doch das hätte sie nicht verstanden. Die Demütigung dessen, der aus der Provinz in die Großstadt zieht, war eine tief verwurzelte historische Wirklichkeit, während meine Scham eine ganz und gar moderne war – vermischt mit dem uramerikanischen Unbehagen zu wissen, dass man unter dem Strich trotzdem privilegiert ist.

»Dann gute Fahrt.«

»Frohe Ostern.«

Ich richtete den Blick erneut auf Signorellis Glatzkopf. Er war in der Tat ein Genie, weil es ihm nicht nur gelungen war, mir zahllose faszinierende Tatsachen über die Sprachevolution zu vermitteln, sondern mir auch so manch überraschende Einsicht in die menschliche Natur im Allgemeinen beschert hatte. Geistesblitze nonverbaler – oder vielleicht auch präverbaler – Art, die mir manchmal mitten in einer Vorlesung oder in anderen undenkbaren Situationen kamen, die zu notieren mir jedoch nie gelang, weil sie so schnell davonflirrten wie Glühwürmchen.

Ganz selten jedoch geschah etwas Außergewöhnliches. Manche dieser stummen Erleuchtungen, die ich zwar nicht recht zu greifen wusste, mir jedoch offenkundig auch nicht komplett entfallen waren, begannen sich zusammenzurotten und miteinander zu flüstern. Geheimnisse in einer fremden Sprache, vielleicht der eines Tieres, die zusammen eine Art Summen verursachten. Dann dauerte es nicht lange, bis dieses Summen zu einer seltsamen und erregenden Kakofonie angeschwollen war, wie kurz vor einem Konzert, wenn im Orchestergraben die Instrumente gestimmt werden. Ganz allmählich begannen sich diese undefinierbaren Geräusche zu einem einzigen, dominierenden Gedanken zusammenzufinden, durch den sich *alles* erklären ließe. Und es wäre nicht etwa eine simple Feststellung, sondern ein gewaltiges Brüllen, etwas, das so unerhört und erstaunlich wäre, dass es einem schier das Trommelfell zerreißen würde. *Die Wahrheit.*

Könnte ich nur lange genug den Atem anhalten, dachte ich, damit dieses Crescendo von Klängen sich endlich zu jenem gewaltigen Getöse, jener geheimnisvollen Botschaft vereinen könnte, dann würde ich endlich *wissen*. Endlich wüsste ich um die ureigensten Antriebskäfte des Menschen und würde die Gründe dafür kennen, warum die Menschen tun, was sie tun, und sind, was sie sind, seit Urbeginn. Die Kunst, der Krieg, die Religion … die Liebe.

Ich begann, *Wild Horses* vor mich hin zu summen. Plötzlich fühlte ich mich wie eingesperrt auf diesem Sessel, in diesem fensterlosen Kinosaal. Ich wollte raus hier, wollte nach Hause laufen und wieder diese Kassette hören. Und zwischen den Zeilen lauschen.

Ich ging hinaus. Studenten strömten aus den Bars und den Antiquariaten, drosselten die Geschwindigkeit der Autos und beugten sie ihrem Willen. Hier gehörte die Stadt uns. Aus unserer Clique sah ich Constantino, der Japanisch studierte, und die Französischstudentin Rina, doch da man in der Menschenmenge nicht stehen bleiben konnte, beschränkten wir uns auf ein herzliches Winken. Ich war gegen den Strom unterwegs. Fast sah es so aus, als würden sich alle aus dem historischen Stadtzentrum entfernen und wären auf dem Weg zum Bahnhof. Der eine heute, der andere morgen – alle würden in ihre Heimatorte aufbrechen. Überall wurde man berührt, geschubst, angerempelt – niemals grob, sondern immer nur kameradschaftlich. Doch ich ließ mich nicht von meinem Weg abbringen. Genau diese lange Straße, die Spaccanapoli, die nicht aus Zufall mitten durch Neapels Herz führte, würde mich nach Hause ins Spanische Viertel bringen.

Weil Ferien waren, hatte ich endlich die Gelegenheit für meinen Besuch in der Chiesa del Carmine. Ich nahm den Bus, was an sich ungewöhnlich für mich war, aber ich wusste nicht, wie ich zu Fuß in das Sanità-Viertel gelangen sollte. Dort herrschte eine unbehagliche Stille. Irgendwo über mir wetzte jemand ein Messer auf einem Schneidbrett, in der Ferne brummte träge ein Moped. Ganz gewiss war das hier kein Ort, um den Fotoapparat zücken, die Minolta, die meinem Vater gehört hatte. Stattdessen holte ich einen viel benutzten Stadtplan aus der Tasche und entfaltete ihn an den ramponierten Knicken zu neuem Leben. Dann bog ich nach links ab.

Die Gassen machten, was sie wollten, und hielten mich wie in einem Schraubstock fest. Meine Schuhe verrieten mich, jeder Schritt ein Klacken auf den neapolitanischen Pflastersteinen, den sogenannten *basoli* aus Lavagestein, großen, flachen Blöcken, von Meißelspuren gezeichnet, die die Straßen zu riesigen, von Motten zerfressenen Teppichen machten. Meine Schritte waren regelmäßig, als folgten sie einem Rhythmus. Ach, da war es – noch ein Lied von Pietro, genauer gesagt von U2, das mir den Takt vorgab. *Where the Streets Have No Name.*

Ich blieb stehen. Wie in einem Canyon mitten in der Wüste ragten auf einmal hohe Tuffmauern vor mir empor. Alles hatte die Farbe von Sand, doch die Sonne hatte hier nichts zu schaffen. Es waren natürlich entstandene Höhlen, in denen Menschen lebten, armselige Behausungen ohne Fenster, wie erdrückt unter dem Gewicht des Felsgesteins. Eine junge Frau im Pyjama, schwanger, stand in einem der Eingänge im Halbdunkel. Immer wenn ich mich unbeobachtet fühlte, gestattete ich mir den Luxus, sie verstohlen zu betrachten. Als sie mich sah, schloss sie die Tür.

Eine Weile ging ich an dieser äußersten Grenze des Viertels entlang, bis ich vor einer Kirche stand, auch sie in einer Höhle. Sie hatte die Farbe des Tuffs, schien aber nicht aus dem sie umgebenden Felsgestein zu bestehen, sondern sich davon abzuheben; ein elegantes Mahnmal dessen, wie man gegen die Umstände aufbegehren kann.

Als ich eintrat, tat ich es mehr, um Zuflucht zu suchen, ich bezweifelte, dass das die richtige Kirche war. Im Inneren nichts Auffallendes, der übliche bunte Marmor, Weihrauch, ein paar alte Hutzelweiber, die den Rosenkranz beteten. Eine der Frauen sprang auf und kam mir entgegen.

»Du bist hier wegen der Toten. Stimmt's, meine Schöne?«

»Ja, das stimmt.« Woraus hatte sie das geschlossen? Aus meinem etwas atemlosen Eintreten oder aus der Tatsache, dass ich es versäumt hatte, meine Finger ins Weihwasserbecken zu tauchen?

»Ich bring dich runter.« Sie sprach in dem typischen schleppenden Tonfall neapolitanischer Witwen, als wollte sie ihre Trauer in jeder einzelnen Silbe zum Ausdruck bringen, doch dabei lächelte sie. Während ich ihr in Richtung Altar folgte, drehte sie sich zu mir um und sagte: »Du bist nicht von hier.«

»Nein.«

Am anderen Ende führte eine Treppe nach unten. Es roch modrig. Da es vollkommen dunkel war, tastete ich mich vorsichtig die krummen Stufen hinab, bis ich wieder festen Boden unter den Füßen spürte. Während sich meine Augen ganz allmählich an die schummrige Beleuchtung gewöhnten, nahm ich mehr von dem Raum wahr, der vor mir lag. Ein Trampelpfad wand sich zwischen undeutlichen Haufen von etwas Unbestimmbarem entlang, die an den sandigen Wänden der Höhle lehnten. Nur durch eine einzige Öffnung in der Decke, ein mit Unkraut bewachsenes Quadrat Himmel, fiel ein grünliches Licht herein, und erst jetzt begannen die Haufen ihre wahre, gruselige Gestalt zu offenbaren. Gebeine.

»Von wem sind die?«

»Das weiß nur Gott, der Herr«, hallte die Stimme der Frau wider. »Es sind die Toten ohne Namen. Menschen, die bei Erdbeben ums Leben kamen, durch die Pest. Damals starben die Leute wie die Fliegen.«

Es herrschte eine seltsam beiläufige Vertrautheit inmitten all dieser sterblichen Überreste. Ich erkannte Oberschenkelknochen, Wirbel und noch viel kleinere Knochen, bei denen es sich vielleicht um Finger handelte. Ich hatte nur ein einziges

Mal in meinem Leben dem Tod ins Auge geblickt, beim Begräbnis meiner Stiefgroßmutter, doch damals war er mir wie eine seltsame Leere erschienen, als schaute man in die Augen einer Puppe. Vor dem Tod hatte ich mich damals nicht gefürchtet, nur davor, mich irgendwie danebenzubenehmen, mit einer pietätlosen Bemerkung, einem falschen Schritt.

»Die Gläubigen hier widmen ihre Gebete diesen Menschen«, fügte die Frau hinzu, »in der Hoffnung, sie dann in einem Traum zu sehen.«

Ich näherte mich einem besonders zart geschwungenen Knochen. Was hatte die Signora damit gemeint, man wünsche sich, sie *im Traum zu sehen*? Als ich mich umdrehte, um sie danach zu fragen, war sie verschwunden.

Nun ganz allein, setzte ich meinen Weg mit vorsichtigen Schritten fort. Erst jetzt begriff ich, dass sich die eigentliche Kirche hier unten befand. Der Pfad wurde schmaler, die Gebeine immer mehr. Es war nicht beängstigend, sondern einfach nur still, wie ein Spaziergang inmitten von gefällten Kiefern, auf einem Weg voller Äste, Zweige und Nadeln. Doch meine Fantasie lief auf Hochtouren. Vielleicht, so dachte ich, war ja während einer der Cholera-Epidemien, die die Stadt heimgesucht hatten, eine verheiratete Frau und Mutter von drei Kindern zu Tode gekommen und mitten in der Nacht wie eine Lumpenpuppe in diese Tuffhöhle geworfen worden. Oder der Vulkan hatte während eines sonntäglichen Marktes Feuer gespuckt, und ein Bursche, der Khaki-Früchte verkaufte, die ganz jungen, von denen man eine pelzige Zunge bekommt, war an den giftigen Vulkangasen erstickt. Nein, unmöglich: Der Vesuv war schon seit geraumer Zeit inaktiv und diente nur noch als malerischer Hintergrund auf der anderen Seite der Bucht. Dann war es ja vielleicht eher ein Erdbeben gewesen, das eine Mauer neben dem Jungen zum Einsturz brachte und die orangeroten Früchte wie Murmeln über das Pflaster kullern ließ …

Die Feuchtigkeit in der Grotte fuhr mir in die Knochen, ein arthritisches Kneifen, das mir aus den vielen Jahren, die ich in ungeheizten Zimmern gelebt hatte, nur allzu bekannt war – Zimmern, in denen der Putz abblätterte wie alte Pflaster und sich Risse durch die Mauern zogen, als wären es die Narben vergangener Erdbeben. Ich blieb vor einem hölzernen Sarg stehen, notdürftig gezimmert aus Feuerholz, wie es die Jungs und ich für unseren Kamin sammelten. Der Sarg war leer, stellte ich mit einer unbestimmten Mischung aus Dankbarkeit und Enttäuschung fest. Nur ein paar Schritte weiter wieder ein Sarg. Er schien noch älter zu sein, was man aus dem modrigen Holz schließen konnte, und war viel kleiner, vielleicht die letzte Ruhestätte eines Kindes.

Ich hatte hier nichts zu suchen, das begriff ich erst jetzt. Doch meine Augen waren zu begierig, und so folgte ich weiter dem Weg, bis ich vor einem Berg von Schädeln stand. Sie glänzten, als hätten viele, viele Hände sie jahrelang gestreichelt, bis sie aussahen wie aus lackiertem Holz; andere waren in grob gezimmerte Truhen mit eingeritzten Kreuzzeichen gebettet worden. Vor einer der Truhen ging ich in die Hocke.

Das Gesicht, der einzige materielle Zugang zur Seele. Die großen schwarzen Augenhöhlen betrachteten mich, als wären sie erstaunt über ihr Schicksal, der Mund war zu einem stummen Schrei verzerrt. Das hier war längst keine Besichtigung mehr, und mein Unternehmungsgeist war verschwunden und zu einer Art stillen Anteilnahme geworden. Ich wollte hier mit diesem Menschen sein, wollte vielleicht sogar meinen ganzen Mut zusammennehmen und ihm mit der Hand über den Kopf streichen, so wie man einem Kind ein Schlaflied singt, wollte über seinen Schlaf wachen. Ich wollte unter Beweis stellen, dass ich keine Angst vor dem Tod hatte, weil das Schicksal weiß, was es tut. Oder etwa nicht?

»Alles in Ordnung?«, durchdrang die Stimme der Frau die Stille. Zweifellos war sie gekommen, um nach mir zu schauen – vielleicht durfte man sich ja in dem Ossarium gar nicht allein aufhalten. »Für jeden Schädel ist ein Gemeindemitglied verantwortlich«, erklärte sie mir in dieser Langsamkeit, die, wie ich erst jetzt begriff, nichts mit Trauer zu tun hatte, sondern mit dem Bemühen, korrektes Italienisch zu sprechen. »Man kümmert sich um den Schädel wie um einen Familienangehörigen. Man macht ihn sauber, baut ihm einen Altar und betet jeden Tag darum, dass dieser arme Christenmensch endlich das Fegefeuer verlassen kann.«

Ich hörte ihr wortlos zu. Das Fegefeuer stellte ich mir wie einen Wartesaal vor; Erfahrungen mit der Hölle hatte ich in meinem Leben noch nicht gemacht – und vielleicht auch noch nicht mit dem Paradies.

»Im Leben gibt es immer jemanden, der sich um uns kümmert«, fuhr sie fort, und jetzt blitzte ein Hauch Dialekt hervor. »*Quaccheruno ca' te fa nu poco l'avvocato cu 'o Signore.*« Jemand, der sich beim Herrgott für dich einsetzt … Manche Wahrheiten kann man nur in Dialekt ausdrücken, und wäre ich gläubig gewesen, so hätte ich Amen gesagt. Aufgrund meiner anthropologischen Studien wusste ich, dass die Frau recht hatte – schließlich sind wir alle gesellschaftliche Wesen –, doch dass ihre Bemerkung nicht auf die gesamte Menschheit gemünzt war, sondern auf mich persönlich, begriff ich erst, als sie, im rauen Flüstern eines Rauchers, hinzufügte: »Hast du denn einen Freund?«

»Ich? Nein.«

Es war die einzig mögliche Antwort, und doch blieb mein Herz einen Moment lang stehen. Denn zusammen mit diesem *Nein*, das mir mehr wie ein Protest vorkam als wie eine Tatsache, war auf einmal Pietro vor meinem inneren Auge erschienen, mit einer Deutlichkeit, deren ich meine Erinnerung nicht für fähig gehalten hatte. Seine magere Gestalt, sein entschlossener Blick, die markante und leicht krumme Nase, der wie versiegelte Mund, als gäbe es da etwas Vergnügliches, das er für sich behalten wollte.

»Ein hübsches Mädchen wie du? Da muss es doch ganz bestimmt jemanden geben.« Die Signora hatte sich den Dialekt angezogen wie einen weichen Hausschuh und ergriff meine Hand. Ihre war warm und rau. *»Ce sta un omm' ca' te sta aspiettanno, scummittiss' l'ultimo sordu dint' a sacca.»*

Ein Mann, der mich erwartete? Da würde sie ihre letzte Lira drauf wetten? Unsere Blicke begegneten sich. Aus ihren Augen sprach eine Wärme, wie sie einem bei echten Neapolitanern oft begegnet, eine Herzlichkeit, die mich beinahe dazu veranlasst hätte, ihr, einer Unbekannten, mitten in einem Gemeinschaftsgrab, alles zu gestehen: die Geschichte von einem Jungen, der mir ein Geschenk gemacht hatte und mir einfach nicht mehr aus dem Kopf ging. Ein Fremder, den ich vielleicht nie wiedersehen würde und der offenbar etwas in mir – in uns – gesehen hatte, das ich selbst bislang noch nicht erkennen konnte.

Stattdessen sagte ich: »Ich bin gerne allein.”

»Allein, was?« Die Signora tätschelte meine Hand – zu heftig, es fühlte sich fast an wie eine Ohrfeige – und ergriff sie dann. Die Vertrautheit war mit einem Schlag dahin. Und trotzdem – hatte sie nicht gerade eben in meine Seele geschaut und vielleicht auch in die Zukunft?

Als ich wieder draußen war, erschien mir die Sonne unerträglich stark und das Viertel trotz der frühen Siesta, der geschlossenen Fensterläden, der träge dahingekritzelten Graffiti, unerträglich lebendig. Hatten eigentlich die Straßen hier einen Namen? Auf einmal traten mir Tränen in die Augen, ob es nun wegen der grellen Sonne war oder aus Rührung, und ließen die Sanità zu einer verschwommenen, unwirklichen Landschaft werden. War es die Welt, die sich meiner Sicht fügte, oder umgekehrt meine Atome, die wie tanzende Derwische herumwirbelten und mit meiner Umgebung verschmolzen? Einen Moment lang, einen winzigen Augenblick fast schmerzlicher Schönheit, gab es keine Grenzen mehr. Alles war möglich.

Von: tectonic@tin.it
An: heddi@yahoo.com
Gesendet am: 3. Januar

Liebe Heddi,
ich hätte dir schon längst antworten sollen. Jetzt versuche ich es wieder, zum hundertsten Mal, unsicher, ob ich in all diesen Jahren genügend Mut angesammelt habe, um dir endlich die Wahrheit über mein Leben zu schreiben.
Ich führe ein Leben, das mir nicht gefällt. Seit ungefähr zwei Jahren arbeite ich auf einer Bohrinsel in der Adria. Die eine Hälfte des Monats arbeite ich, die andere habe ich frei (wenn man es so nennen will). Die Arbeit verschafft mir keinerlei Befriedigung. Ich habe Angst davor, immer derselbe zu sein, tagaus, tagein.
Ich suche immer noch nach einer Beschäftigung im Ausland, und immer wenn ich eine Bewerbung mit Lebenslauf losschicke, verbringe ich mehrere Tage damit, mir vorzustellen, wie es wäre, eine Arbeit zu finden, die nicht allzu weit von dir entfernt ist, und dann könnten wir uns mal auf einen Kaffee treffen und plaudern.

Es kommt häufig vor, dass ich über die Fehler nachdenke, die ich begangen habe (und das sind viele), Fehler, die in ein komplettes Scheitern münden. Du wirst dich fragen, was ich eigentlich von dir will. Ich weiß es nicht. Aber du bist die einzige Frau, die ich jemals wirklich geliebt habe. Ich habe dir wehgetan, und aus der Distanz der Jahre finde ich keine echte Erklärung mehr dafür, warum ich damals die Flucht ergriffen habe. Ich finde immer nur Rechtfertigungen mir selbst gegenüber. Ich weiß sehr wohl, dass ich die einzige Möglichkeit im Leben, glücklich zu werden – mit dir –, verwirkt habe. In mir ist das Bewusstsein gereift, all meine Gefühle, den Respekt und die Liebe zu dem wundervollsten Menschen, den ich jemals gekannt habe und jemals kennen werde, mit Füßen getreten zu haben. Und die Gewissheit, dass ich mich aufs Glücksspiel eingelassen hatte und alles auf die falsche Karte gesetzt hatte, wo doch der Hauptgewinn in greifbarer Nähe war.

Um auf meine Frage zurückzukommen: Was will ich von dir? Du sollst wissen, dass meine Selbstachtung auf ein Minimum geschrumpft ist, und du sollst auch wissen, dass es in meinem Leben niemals mehr eine Frau wie dich geben wird. Ich hatte mehrere ebenso unbedeutende wie kurze Beziehungen, nach deren Ende ich noch überzeugter war als zuvor, was für eine riesengroße Scheiße ich gebaut habe. Du sollst sehen, was für ein armseliges Leben ich führe, und ich möchte sicher sein, dir gezeigt zu haben, dass du recht hattest.

Es gibt mir ein gutes Gefühl, dass du die Erinnerung an mich nicht komplett begraben hast, dass du mir von dir und von deiner Katze erzählt hast. Es ist ein Geschenk, das ich nicht verdiene. Ich hoffe, du hast Lust, mir noch mehr darüber zu schreiben. Ich möchte mir so gern vorstellen, was du machst, wo du einkaufst, was du dir kochst, wie du das Wochenende verbringst. Bis dahin grüß mir die mexikanischen Cowboys und, wenn es dir passend erscheint, Barbara und deinen Vater.

P.

4

»Rat mal, wer heute Abend kommt«, sagte Sonia, während wir den Tisch deckten, den wir zur Feier des Tages auf die Terrasse hinausgetragen hatten. »Angelo hat ihn eingeladen.« Sie flüsterte und lächelte, die Mondsichel schien auf ihr schönes südländisches Gesicht, während eine warme Brise in ihren Locken spielte und sie schwerelos wirken ließ wie schwarze Algen, die im Meer trieben.

Schon seit einigen Tagen wehte der Scirocco, klammheimlich hatte er sich angeschlichen, und da war er jetzt. Um diese Jahreszeit war immer mit dem Wind aus der Sahara zu rechnen, und trotzdem überraschte er uns jedes Mal. Heiß und feucht wälzte er sich durch die Gassen des Spanischen Viertels wie eine Schlammlawine und presste sich schamlos gegen alles, was ihm auf seinem Weg begegnete: die Schenkel von verheirateten Frauen, das Fell der streunenden Hunde, die Hälften von Kohlköpfen. Kaum hatte er das Viertel erreicht, drang er bis in die letzten Gassen vor, nach links und nach rechts, gen Norden und gen Süden, mit nichts anderem im Sinn, als den Wüstensand, den er mit sich führte, überallhin zu blasen, in die Spitzensäume der Höschen, die zum Trocknen aufgehängt waren, ebenso wie ins Innerste der Roller, die zu lange geparkt waren, und jedes Lebewesen einzuhüllen wie in eine stickige, kratzige Decke.

Doch es war auch eine Art raubeiniges Vergnügen am Scirocco, an seiner zeitweisen Anarchie, an dem Gefühl der Machtlosigkeit, das er in dir weckte, und an der Wärme, die er mit sich brachte und es uns ermöglichte, draußen zu essen. Der Wind, der wie die großen Herden der Savannen von Afrika heraufgezogen war, kündete vom bevorstehenden Sommer, und dieses Jahr verspürte ich mehr denn je Lust auf diese lange, unbeschwerte Jahreszeit. Eine Lust, die sich, kaum hörte ich Sonias Neuigkeiten, in meinen Eingeweiden zusammenzog wie ein dumpfer Schmerz. Etwas flüsterte mir ins Ohr. Es war der Wind. *Beeil dich,* sagte er.

»Ich hab eine Entscheidung getroffen. Heute Abend rede ich mit ihm.«

»Super, Sonia. Gut so.«

»Oh, die Pasta!«

»Ich geh schon.«

Wenigstens in der Küche war niemand, nicht einmal der Wind. Ich rührte in dem großen Topf mit den Bucatini, diesen langen Röhrennudeln, die nie zur rechten Zeit fertig wurden und sich auch jetzt, mit meinem Holzlöffel, kaum zähmen ließen. Kurze Zeit darauf hörte ich Stimmen von unten. Schritte kamen die Treppe hoch.

Angelo schrie: »Mannomann, das Zeug ist wirklich Bombe!«

Dann eine entfernt bekannte Männerstimme. »Genau, und meine Großeltern machen sie sogar noch selber.«

Schließlich eine tiefe Stimme voller Timbre. »Sie ist nicht so gut wie letztes Jahr, aber ich hoffe, sie schmeckt euch trotzdem.«

Wie hatte ich an dem Abend des Fests gleichgültig gegenüber der Macht dieser Stimme sein können? Pietro erschien als Erster an der Treppe, in der Hand eine Flasche hausgekelterten Wein. Ich schaute nicht ihm ins Gesicht, sondern dem gelockten jungen Mann, der hinter ihm kam und in dem ich Davide erkannte, gefolgt von Angelo. Er hatte etwas in der Hand, das in Metzgerpapier eingewickelt war. »Schau dir bloß an, was uns Pietro aus seinem Dorf mitgebracht hat«, rief Angelo begeistert und löste das Papier, damit ich sehen konnte, was drin war. »Hausgemachte *soppressata*, die beste Salami der Welt. Was sagst du dazu?«

»Cool«, sagte ich und spähte zu Pietro, der unter dem Stuckmedaillon an der Decke stand und wartete. Er wirkte verlegen und trat von einem Fuß auf den anderen. Ich wusste nicht, ob er mich schon gesehen hatte.

Ich zeigte mit dem dampfenden Löffel. »Dort lang«, sagte ich leise, und er folgte mir nach draußen, ob er mich nun gehört hatte oder nicht.

»*Madonna mia*«, war seine allererste Bemerkung. »Was ist das hier, der Königspalast?« Er schaute auf den abgeblätterten Wasserspeier, der an einer Wand der Terrasse hing. In besseren Zeiten wäre aus diesem Teufelsgesicht Wasser ins Becken gesprudelt.

Tonino gab Pietro einen männlich-herben Klaps auf die Schulter und nahm ihm die Weinflasche ab. »Welcher Lackaffe auch immer sich das hier bauen ließ, hielt sich bestimmt für König Ferdinand höchstpersönlich. Hast du die Fresken gesehen? Abgefahren.«

»Mit anderen Worten, der Aufbau ist illegal«, kommentierte Luca, »einfach auf den Palazzo aus dem fünfzehnten Jahrhundert draufgeklatscht. Stammt allerhöchstens aus den Dreißigerjahren.«

»Trotzdem«, erwiderte Pietro, »mal abgesehen davon, wie alt das Ding ist, müssen die Besitzer doch Geld wie Heu gehabt haben.«

»Vielleicht vor ein paar Jahren, als es sich in diesem Viertel noch etwas besser leben ließ«, sagte Angelo. »Aber die jetzigen Hausbesitzer sind auch nur *vasciaioli*. Richtige Prolls und Betrüger obendrein. Du müsstest mal hören, was für ein hochgestochenes Italienisch die reden, wenn sie uns anrufen, weil sie die Miete erhöhen wollen.«

»Tagsüber leben sie in ihrem ebenerdigen Loch«, präzisierte Luca, »aber die eigentliche Wohnung liegt ein Stockwerk über uns.«

»Ganz schöner Unterschied…«

»Woher weißt du eigentlich immer dieses ganze Zeug, Falcone?«, erkundigte sich Tonino.

»Euer geschniegelter Nachbar war auch nicht zu übersehen«, mischte sich Davide ein, und tatsächlich blieb er niemals unbemerkt, der Transvestit, oder *femminiello*, wie man hier sagte, mit seinen muskulösen Pferdebeinen, der immer vor dem *basso* gegenüber unserem Haus auf der Straße stand. Es fiel schwer, an unserem Haus vorbeizugehen und nicht langsamer zu werden, nicht in jenen einzelnen Raum hineinzuspähen, der den Betrachter mit seinem blutroten Diwan, jeder Menge Plastikmarmor und goldenem Schnickschnack lockte wie in ein chinesisches Bordell.

»Bei dem wird doch jeder Hetero zum Schwulen«, sagte Tonino, dessen Männlichkeit allerdings ungebrochen war.

Angelo schüttelte ungläubig den Kopf. »Aber warum um alles in der Welt sollte jemand lieber da unten in diesem finsteren Loch leben als hier oben wie ein Pascha? Das begreife ich wirklich nicht.«

»Wahrscheinlich, um sich die mörderischen Treppen zu ersparen«, sagte Tonino. »Ich schwöre euch, diese sechs Stockwerke bringen mich irgendwann noch um.«

»Vielleicht wollen sie aber auch bloß im Viertel bleiben, sozusagen mitten im Geschehen«, mutmaßte Luca und reichte Pietro ein Päckchen Tabak zum Selberrollen.

Pietro lehnte mit einem herzlichen Winken ab. Stattdessen zog er eine Schachtel Marlboro aus der Tasche und zündete sich eine an. Nach ein, zwei Zügen wirkte er deutlich entspannter. »Es sind Lights«, erklärte er, an mich gewandt. Es klang nach Rechtfertigung.

Sonia kam mit dem Topf voller Bucatini *alle puttanesca* heraus, ein Pastagericht, das mit seinen aus dem Küchenschrank zusammengekratzten Zutaten und dem ungewissen Ursprung (Sizilien? Rom? Ischia?) die ideale Speisung für unseren bunt zusammengewürfelten Haufen war. Wir setzten uns, Pietro mir gegenüber, und jemand goss Rotwein ein. Ich trank eigentlich fast nie Alkohol – davon wurde mir nur schwindelig –, aber an diesem Abend ließ ich es zu, dass man mir einen Fingerbreit einschenkte … na ja, vielleicht auch zwei. Aus reiner Höflichkeit nahm ich einen Schluck, und ich spürte sofort, wie er mir ins Blut ging, ein heißes, angenehmes Gefühl wie die Liebkosung des Scirocco, der mir mit seinen warmen Fingern das Haar zerwühlte. Ich fasste es zu einem lässig geschlungenen Knoten zusammen.

»Guten Appetit.«

Wir aßen in gewohntem Schweigen, so, wie es einer guten Mahlzeit gebührte, zumal der immer heftiger werdende Wind eine gewisse Konzentration auf den Teller nötig machte. Auf diese Weise bot sich mir die Gelegenheit, mir Pietro unbemerkt genauer anzusehen, um herauszufinden, ob das, was mir von ihm im Gedächtnis geblieben war, der Wirklichkeit entsprach. Seine Gesichtszüge hatte ich genau so in Erinnerung, doch heute kamen sie mir viel einzigartiger vor. Pietro hatte die riesigen, ausdrucksvollen Augen eines Rehs, doch im Profil verströmte er mit seiner langen, knochigen Nase eine geradezu babylonische Vornehmheit. Was seinen Mund anging, so weigerten sich meine Augen, ihn anzuschauen.

Ich beobachtete ihn, während er Davides Glas auffüllte (»Nicht gerade der beste Jahrgang, aber besser als Wasser«), und kam zu dem Schluss, dass die Attraktivität seines Gesichts keine gewöhnliche war, sondern eine fast übertriebene Schönheit, die gerade dadurch an Hässlichkeit grenzte. Doch obwohl Pietro permanent mit jener Grenze zwischen unerreichbarer Schönheit und schlichter Vulgarität spielte, überschritt er sie niemals. Er war sonderbar und wunderbar. Ich musterte ihn so aufmerksam, dass ich selbst über die Distanz des Tisches hinweg die Hitze seines Atems zu spüren glaubte, ja sogar den federleichten Kitzel seiner Wimpern auf meiner Haut. *Beeil dich*, flüsterte der Scirocco mir zu.

Ich nahm einen großen Schluck Wein und bemerkte, dass auch Sonia nur Augen für Pietro hatte. Sie schaute auf seine Lippen. Sie bewegten sich, und erst jetzt wurde mir bewusst, dass Pietro etwas sagte. Tonino hatte ihm eine Frage gestellt.

»Die Hydrogeologie«, sagte Pietro, »dient dazu, Wasser unter der Erdoberfläche aufzuspüren, damit man zum Beispiel weiß, wo man einen Brunnen graben kann.«

»Was, gibt es denn immer noch Leute, die Brunnen graben?«, fragte Sonia.

Tonino erwiderte: »Das müsstest du doch wissen. Kommst du nicht aus Sardinien?«

»Ach, die jungen Leute aus der Stadt...«, seufzte Angelo in gespielter Resignation. Es machte ihm Spaß, Sonia damit aufzuziehen, dass auch sie am weit entfernten Rand des Stiefels aufgewachsen war.

»Kann man denn nicht einen dieser Stöcke benutzen, um Wasser aufzuspüren?«, fragte Davide.

»Die alten Leute bei uns machen das noch«, antwortete Pietro.

»Ach, meinst du diese Stöcke, mit denen sie ihre Frauen verprügeln?«, feixte Tonino. »So einen hat mein Vater auch.«

Alle brachen in Gelächter aus, und ich lachte aus Solidarität mit. Auch Pietro lachte, und dann legte er auf einmal nachdenklich die Hand mit den langen Fingern vor seinen Mund und richtete seinen Blick auf mich. Es war ein bedeutungsvoller Blick, als hätte er seit dem Beginn des Abends auf genau diesen Heiterkeitsausbruch der Gruppe gewartet, auf die Gelegenheit, inmitten einer geselligen Runde, in der alle abgelenkt waren, seinen Blick auf mich zu richten. Jedes Fitzelchen Leichtigkeit, das ich bis dahin hatte aufbringen können, war auf der Stelle flöten, und auf einmal hörte ich sie nicht mehr, all die fröhlichen Stimmen ringsum, denn ich saß nicht mehr mit meinen Freunden am Tisch, sondern lebte mit Pietro in einer tiefen, glasklaren Welt wie am Grunde des Meeres, wo nur Stille herrschte, eine Stille, die im verlangsamten und unaufhörlichen Rhythmus der Wellen in deinen Ohren pulsiert.

Dort unten waren wir beide ganz allein, und Pietro war auf einmal alles andere als ein Unbekannter. Er schaute mich an, drang mit seinem Blick bis an den Grund meiner Seele vor, zu dem, was mir buchstäblich am Herzen lag, und sagte mir, ohne ein Wort zu äußern: *Ich bin heute Abend wegen dir da.* Die Gabel, die ich in Händen hielt, war auf einmal schwer wie Blei – fast fiel sie mir aus den Fingern –, und das Blut wich mir aus dem Gesicht, sodass ich ausgesehen haben muss wie ein Geist. Längst war ich zum Spielball des Scirocco geworden, doch mir fehlte sowohl die Kraft, mich ihm entgegenzustemmen, als auch die, Pietros Blick auch nur eine weitere Sekunde standzuhalten.

Ich wandte mich ab. Erneut drang das Gelächter an meine Ohren. Pietros Augen richteten sich auf etwas anderes, und sogleich war die Gewissheit in mir, dass er und ich gerade einen stummen Dialog geführt hatten, noch vor einem Augenblick so unbesiegbar, wie weggeblasen. Gewiss hatte ich Halluzinationen, oder ich war betrunken.

»Machst du auch Vulkanologie?«, fragte Luca.

Ohne eine Regung zu zeigen oder sich an eine bestimmte Person zu richten, antwortete Pietro, dass er diese Fachrichtung nur ein einziges Jahr studiert hatte. »Nein, ich werde mich nicht auf Vulkane spezialisieren. Aber ich habe großen Respekt vor ihnen, sagen wir mal so.«

Deshalb habe er sich stattdessen für Geologie entschieden. Die kleine Hemdentasche mit der Zigarettenschachtel, die Schuhe: Jetzt passte alles zusammen. Was konnte an einem Geologiestudenten so einschüchternd für mich sein?

»Der Vesuv«, sagte ich, überrascht über meine eigene Stimme. »Hast du dich mit ihm beschäftigt?«

»Ja, schon. Er ist ein gutes Beispiel für einen Schichtvulkan.«

»Was bedeutet das?«, fragte Sonia, und Pierto erklärte ihr, Schicht- oder Stratovulkane hätten eine typische Kegelform und entstünden im Laufe Tausender von Jahren durch periodisch auftretende Eruptionen. Durch die Lavaergüsse kämen Basalte, Rhyolite und andere geheimnisvolle Phänomene ans Tageslicht.

»Also nichts anderes als ein gigantischer Pickel«, fasste Davide zusammen und kaute an einem Stück Salami.

Pietro lächelte, hielt sich erneut die Hand vor den Mund und strich sich über das sauber rasierte Kinn. »So kann man es auch sagen. Aber es sind die gefährlichsten Vulkane der Erde.«

»O Gott, müssen wir uns dann Sorgen machen?«, fragte Sonia.

»Vielleicht. Etwa die Hälfte der Vulkane, die in letzter Zeit ausgebrochen sind, waren Stratovulkane.«

»Was meinst du mit *in letzter Zeit*?«

»In den letzten zwölftausend Jahren.«

Am anderen Ende des Tisches amüsierten sich Davide und Angelo köstlich über irgendetwas. Ihr Gelächter lenkte meinen Blick über die Terrasse hinaus auf den Golf und dahinter auf den Vulkan, der im orangeroten Schein des Scirocco deutlich zu sehen war.

»Aber das bedeutet doch nicht«, warf ich ein, »dass es in unserem Leben einen Ausbruch des Vesuvs geben wird, oder? Es könnte doch genauso gut erst in Tausenden von Jahren passieren.«

»Wer weiß, aber es ist sinnlos, sich Sorgen zu machen. Das sind die Gesetze des Chaos. Dagegen können wir praktisch gar nichts machen.«

Pietro hatte mit einer Schicksalsergebenheit gesprochen, die nur wenig zu seinem ebenso entschiedenen wie selbstgewissen Bariton zu passen schien, der Stimme eines Wetterfroschs, der einen Bilderbuchsturm vorhersagt. Was nicht ohne Wirkung blieb, denn Sonia sagte: »Also, ich lass mir da jetzt keine Panik machen.«

Der Anblick ihres aufleuchtenden Gesichtes holte mich in die Wirklichkeit zurück. Das hier war nicht mein Abend, sondern der von Sonia. Vielleicht hatte sie ja auch Angelo ihr Geheimnis anvertraut, der Pietro ihr zuliebe zum Essen eingeladen hatte. Ich zog sogar die Möglichkeit in Betracht, dass Pietro kein einziges Wort von dieser Kassette mit amerikanischen Songs verstanden hatte und einfach nur einen musikalischen Austausch mit jemandem im Sinn hatte, der aus dem Geburtsland des Rock 'n' Roll stammte. Auf einmal war ich mir fast sicher, dass das, was ich kurz zuvor als stummen Diskurs über den Tisch hinweg interpretiert hatte, nichts anderes war als ein kurzer Blick in meine Richtung, der wie so viele Blicke bestenfalls ein paar Augenblicke gedauert hatte. Vielleicht war Pietro ja tatsächlich wegen Sonia zu uns ins Haus gekommen oder auch aus gar keinem besonderen Grund. Ich nahm mir vor, mir darüber keinen Kopf mehr zu machen – und vor allem keinen einzigen Schluck mehr von diesem Wein zu trinken.

Pietro schnitt noch ein wenig von der *soppressata* auf. »Jedenfalls würden wir eine deutliche Vorwarnung durch ein Erdbeben bekommen.«

»Das hat ja auch Plinius der Jüngere beschrieben«, warf Luca ein. Wie immer, wenn er das Wort ergriff, verstummten alle. »Auch die Bewohner Pompejis hatten schon Tage vor dem Ausbruch Erdstöße verspürt, aber sie brachten das Phänomen nicht mit dem Vulkan in Verbindung. Sie dachten, die Götter seien unzufrieden mit ihnen.«

»Und das Wasser schmeckte nach Schwefel, bevor die Brunnen ganz versiegten«, fügte Pietro hinzu. »Aber die Leute begriffen immer noch nicht den Zusammenhang. Es fehlten wissenschaftliche Erkenntnisse. Sie wussten nicht mal, dass es sich um einen Vulkan handelte. Für sie war es einfach nur ein Berg, an dem man einen guten Wein anbauen konnte …« Als wollte er sich ein unangebrachtes Lachen verkneifen, oder weil er zu viel gesagt hatte, hielt er sich erneut die Hand vor den Mund.

Bei Luca hinterließ das, was Pietro gesagt hatte, auf jeden Fall einen Eindruck, denn als er nun mit seiner Schilderung jenes berühmten Vulkanausbruchs begann, erteilte er Pietro jedes Mal voller Kollegialität und fast sogar Galanterie das

Wort, wenn in seiner historischen Erzählung eine geologische Einzelheit zur Sprache kam. Vielleicht lag die große Weisheit Lucas ja gerade darin, dass er wusste, was er nicht wusste, und Pietro brachte seine Anmerkungen oder Korrekturen mit ebensolcher Demut vor. Eines Tages, gegen ein Uhr, habe es, so berichteten sie, einen gewaltigen Donner gegeben, begleitet von einer Eruptionssäule, die dreißig Kilometer hoch war. Als diese an die Himmelsdecke stieß, habe sie sich ausgebreitet wie eine Schirmpinie, so schilderte es der achtzehnjährige Plinius, der die Katastrophe von Miseno aus beobachtete. Nach einer Weile habe sich die Erde dann das zurückholen wollen, was ihr rechtmäßig gehörte, und so sei das ganze Material herabgestürzt – Asche, Bimsstein, Erdmassen. Plötzlich senkte sich nächtliche Finsternis herab. Den ganzen Nachmittag und die ganze Nacht regnete es Steine, ein unheilvoller Regen, der Dächer zum Einsturz brachte und ganze Häuser und Straßen füllte, der Pompeji und Stabia unter sich begrub, Herculaneum jedoch verschonte, welches hingegen unter Schlammmassen begraben wurde. Wolken aus erstickender Asche überraschten die Überlebenden auf der Flucht. So, wie sich das Meer von der Küste zurückzog und die Meerestiere auf dem trockenen Sand zurückließ, so hatten auch die Götter die Menschen verlassen.

Während Luca erzählte, blies der Scirocco den Rauch aus seiner Zigarette mal nach Osten, mal nach Westen und ließ ihn schließlich in die Nacht davonwehen. »Außerdem gab es giftige Gase.«

»Und intensive Hitze«, fügte Pietro hinzu. »Und pyroklastische Ströme.«

Luca nickte anerkennend und schloss dann: »An jenem Tag starben schätzungsweise neunzehntausend Menschen.«

Ich lauschte ihnen wie gebannt und an meinen Stuhl gefesselt. In all den Jahren, die ich als Schülerin in Stabia gelebt hatte – übrigens genau dem Ort, an dem Plinius der Ältere, der Onkel, vermutlich durch Erstickung den Tod gefunden hatte –, hatte ich wie wir alle nur wenige Gedanken an die Geschichte verschwendet, die sich dort abgespielt hatte. Nun jedoch erfüllte mich diese vertraute Wahrheit, aus Gründen, die mir nicht ganz klar waren, mit einer wie elektrisierenden Angst, die zugleich fast an Euphorie grenzte, was möglicherweise an Lucas schillernden Ausschmückungen der Geschichte lag, vielleicht aber auch an etwas ganz anderem.

Ich spähte zu Pietro hinüber. Wie ich hatte er den Blick auf Luca gerichtet, der aus seiner Tasse trank, ohne dem afrikanischen Wind, der ihm die Locken seines Pferdeschwanzes zerzauste, Beachtung zu schenken. Er schaute ihn auf genau die gleiche Weise an, wie ich selbst ihn oft anschaute, mit einer Bewunderung, die ich verzweifelt zu verbergen suchte, besonders in Momenten wie diesen, wenn ich das Herz auf der Zunge trug – ob es nun am Wein lag oder am Wind, konnte ich nicht sagen. Die anderen jedoch machten jetzt alle den Hals lang, um den Vulkan dort jenseits der Lichter der Stadt besser zu sehen, als hätten sie seine Anwesenheit gerade erst bemerkt.

»Ganz zu schweigen von dem verheerenden Ausbruch im Jahre 1631«, sagte Luca schließlich.

Niemand wagte es, nach 1631 zu fragen. Unten in der Gasse schrie jemand, ein Roller fuhr mit quietschenden Reifen an: Das alles kam uns so weit weg vor. Pietro griff nach seinen Marlboro Lights, die seine Hemdentasche zu einem akkuraten Rechteck ausbeulten. Bei dieser Bewegung öffnete sich sein Hemd ein wenig und gab kurz den Blick auf einen silbernen Anhänger frei. Eine Sonne vielleicht.

Ich wandte den Blick sofort wieder ab. Er war ein Geschenk,

das ich niemals auspacken würde. Doch der Scirocco spielte mit dem mottenzerfressenen Kragen meiner Jacke und pustete mir in den Nacken. *Heddi, Heddi*, flüsterte er. *Beeil dich.*

Der Wein war aus, die Salami verspeist, doch der Abend war noch nicht vorüber. Einer nach dem anderen bewegten sich die kunterbunt zusammengewürfelten Stühle vom Tisch weg, und Davide nahm auf dem Rand des versiegten Brunnens Platz, um mit Luca zu sprechen; sie wirkten sehr vertraut. Das Gespräch am Tisch wandte sich leichteren Themen zu. An einem gewissen Punkt nahm Angelo ein Stück Brot mit Rinde und balancierte es auf seiner Oberlippe. »Wie steht mir ein Schnurrbart?«

»Du siehst aus wie Signor Rossi«, kommentierte Tonino trocken.

»Ach ja, Signor Rossi, dieses kleine Männchen aus dem Zeichentrickfilm«, sagte Sonia. »Den hab ich geliebt, als ich klein war.«

»Wie – gab es damals auf Sardinien bereits Fernsehen?«, lästerte Angelo.

Wieder Gelächter. Ich schaute nicht zu Pietro, um zu sehen, ob er lachte oder nicht. Sicher wusste er wie alle anderen, wer der Signor Rossi aus ihrer Kindheit gewesen war. Ich stand auf, um den Tisch abzudecken.

»Ich helf dir.« Das war Pietro, der bereits neben mir stand und die schmutzigen Teller aufeinanderstapelte. Ich dankte ihm und bedeutete ihm mit dem Kinn, mir in die Küche zu folgen. Hinter mir sagte er: »Es heißt, du bist unheimlich sprachbegabt.«

»Wer hat dir das erzählt?«

»Und dass du fünf Sprachen sprichst.«

»Nein, nur vier. In Russisch bin ich eine Niete«, sagte ich und stellte die Teller neben seine auf den Küchentresen.

»Russisch – wow! Da muss man ja auch noch ein ganz neues Alphabet lernen.«

»Das ist nicht schwer. Ich könnte dir in fünf Minuten beibringen, wie man das liest.«

»Gern. Das fände ich toll.«

War ich gerade so keck gewesen, Pietro eine Privatstunde anzubieten? Das hatte ich gar nicht vorgehabt. Und trotzdem hatte ich ihn mit ins Haus genommen, weit weg von den anderen, was nur wenig logisch war, denn den Tisch abräumen hätte ich sehr gut allein geschafft. Allerdings war ich mir sicher, dass es sich besser reden ließ, wenn man vor diesem ruhelosen Wind geschützt war. Ich winkte ihn zu dem erkalteten und verrußten Kamin herüber. Aus der Nähe roch ich sein After Shave. Es duftete frisch, nach Kiefernwald.

Ich zeigte auf die braun geblümten Fliesen. »Was hältst du von diesem Riss hier?«

»Oh«, machte er. »Wie weit geht der?«

»Bis hoch zur Terrasse.« Ich sah ihn so vorsichtig an dem Riss entlanggehen, als bewegte er sich am Rande eines Abgrundes. »Ich glaube, er wird größer«, fügte ich hinzu. »Aber den Jungs ist es ziemlich egal, selbst Angelo, der in seinem Zimmer auch einen Riss an der Decke hat.«

»Für mich verheißt das nichts Gutes, zumal er über die gesamte Außenmauer verläuft.« Er ging in die Hocke.

Ich tat es ihm nach. Ich wusste nicht, was ich von ihm hören wollte, da er weder Ingenieur noch Architekt war, sondern Geowissenschaftler, ich spürte nur, dass es ein großer Genuss war, neben ihm zu hocken, ohne ihm in die Augen schauen zu müssen, in einer so häuslichen und vertrauten Haltung.

Mein Blick fiel auf Sonia, draußen auf der Terrasse. Sie war ein herzensgutes Mädchen aus guter Familie. Trotz ihrer ansonsten stromlinienförmigen Gestalt hatte sie immer noch ein wenig Babyspeck an den Wangen, den ich selbst bereits vor einigen Jahren verloren hatte, praktisch von einem Tag auf den anderen. Darunter hatten sich markante Wangenknochen hervorgeschält, von denen ich gar nicht wusste, dass ich sie besaß, wie Felsen, dort, wo sich das Meer zurückzieht, vielleicht ein Überbleibsel des Cherokee-Blutes, das mir durch die Adern rann und, wenngleich nur in geringer Dosis vorhanden, immer wieder die Nomadin in mir zum Vorschein brachte.

Ich dachte an Sonias feierliches Geständnis kürzlich an jenem Abend auf dem Dach zurück, wusste aber nicht, welches Gewicht ich ihm geben sollte. War das so wie in diesem Kartenspiel, bei dem derjenige, der als Erster die Karten auf den Tisch legt, das einvernehmliche Recht hat, am Ende auch zu gewinnen? Irgendwie schien mir das tatsächlich der Fall zu sein, und so hatte es, natürlich immer gemäß den Spielregeln, auch keine Bedeutung, dass Pietro mir ein Geschenk gemacht hatte, dass die alte Frau am Cimitero delle Fontanelle mysteriöserweise von seiner Existenz gewusst hatte, dass die Erinnerung an seine sanfte Art eine Musik war, die mir keine Ruhe mehr ließ, und dass sich nun, in diesem Moment, sein übertriebenes Gesicht mit dieser Nase, die aus der Nähe auf einmal doch sehr zart aussah, mir zuwandte und eine ernste Miene zeigte. Machte er sich Sorgen wegen des Risses im Boden, oder gingen ihm die gleichen Gedanken durch den Kopf wie mir?

5

Zwei Tage später traf ich Pietro zufällig in der Nähe meiner Universität, und er lud mich ohne Umschweife für den Nachmittag auf einen Kaffee bei sich zu Hause ein, er wohne mit seinem Bruder zusammen. Gegen vier, schlug er vor und kritzelte die Adresse – »Via de Deo 33, Iannace« – auf ein Stück Papier. Sie befand sich im Spanischen Viertel, offenbar nur wenige Blocks von meinem Haus entfernt.

Trotzdem verirrte ich mich auf dem Weg, so, wie es die gitterartig angelegten Straßen seit ihrer Konzeption als Quartier für die Soldaten des spanischen Königs vorsahen. Bars und praktisch identisch aussehende Obst- und Gemüsestände, dazu allerlei fliegende Händler, die Eier oder geschmuggelte Zigaretten verkauften, standen praktisch an jeder Ecke und machten die Straßenzüge zu einem Spiegelkabinett, in dem sich jeder Ortsfremde verlief und jeder Ortskundige blind zurechtfand.

Um mich diesem Problem zu stellen und dem Labyrinth ein Schnippchen zu schlagen, hatte ich mir verschiedene Wege durch das Viertel eingeprägt. Zum Beispiel bog ich vom Eingang der Orientale zuerst nach links ab, dann wieder nach links, dann nach rechts zum Straßenaltar, dann geradeaus weiter, wobei ich den Pfützen auswich, die unter den Ständen mit Oktopus und Miesmuscheln standen, bis mich die Straße endlich mit einem Aufatmen aus dem Spanischen Viertel ausspuckte und ich den Corso erreicht hatte. Geführt von einer Art motorischem Gedächtnis bewegte ich mich durch das Viertel wie ein Equilibrist auf einem imaginären Seil, das kreuz und quer durch den Antennenwald und die Wäscheleinen, durch den Smog und den Lärm führte und durch das ich unversehrt blieb – sogar unberührt. Dieses Viertel konnte man nicht erobern, doch dank der Wege, die ich mir zurechtgelegt hatte, besaß ich immerhin die nötige innere Kontrolle, um mich notfalls sogar mit verbundenen Augen zurechtzufinden. Die Via de Deo jedoch lag an keinem meiner Wege. Ich drückte meine Tasche fest an mich und hangelte mich von Straßenschild zu Straßenschild.

»He, Zahnstocher!«

Es traf mich der kalte Blick eines Mädchens von acht oder neun Jahren, das offenbar bereit war, sich mit mir anzulegen. Es war schwer zu begreifen, was die Leute im Viertel von uns Studenten hielten. Angeblich schützten sie uns vor den kriminellen Machenschaften, die hier allerorten im Gange waren, aber wer konnte das wissen? Manchmal wirkten die Leute neugierig, andere Male fühlten sie sich offenbar gestört, doch meistens bedachten sie uns mit genau dem gleichen Blick, den sie für die streunenden Hunde des Viertels übrighatten, ein Gesichtsausdruck, aus dem Überdruss, aber auch ein Hauch von Zärtlichkeit sprach. Ansonsten hielten sie gebührenden Abstand.

Das Mädchen gab auf und ging weiter. Aus dem Augenwinkel sah ich etwas Schwarzweißes in eines der kleinen Gässchen schlüpfen und in einem der *bassi* verschwinden. Eine Ziege, da war ich mir fast sicher. Und ich glaubte wahrlich, schon alles gesehen zu haben, was es in dem Viertel zu sehen gab, einschließlich eines weißen Kaninchens, das in dem Feuerholzstapel unter dem Ofen einer Pizzeria lebte. Die Ziege schien mir ein gutes Zeichen zu sein, und ich folgte ihr in das Gässchen, in dem sie verschwunden war. Es roch deutlich nach Stall, aber von dem Tier war weit und breit nichts zu sehen. Aus den Eingängen der *bassi* folgten mir die traurigen Blicke ihrer Bewohner. Ich hielt die Augen auf die Pflastersteine aus Vulkangestein gesenkt, doch langsam kam doch Angst in mir auf und krallte sich mit kleinen, scharfen Klauen in meine orientierungslosen Füße.

Bei der ersten Querstraße bog ich nach rechts ab. Eine Salumeria, immerhin ein Zeichen von Zivilisation. Kurz nahm ich unter den aufgehängten Schinken Zuflucht und wagte einen Blick auf das Straßenschild. »Via de Deo«. Straße Gottes, dachte ich, da war sie. Ob nun in Wirklichkeit oder nur in meiner Fantasie – die Ziege hatte mir den Weg gezeigt. So war das eben: Am Ende kam mir Neapel immer zu Hilfe.

Meine Oberschenkel brannten, während ich den steilen Aufstieg in Angriff nahm. Auch die Roller mussten sich hier anstrengen, die Fahrer Männer mit gebeugtem Kopf, dahinter beleibte Witwen im Damensitz. Frauen schleppten mühsam ihre Einkäufe den Anstieg hoch, auch Kinder. Dreiundzwanzig. Fünfundzwanzig. Siebenundzwanzig. Mir schlug das Herz bis zum Hals, was ich dieser abartig steilen Straße zuschrieb, die mich früher oder später bis zu San Martino bringen würde, dem Kloster, das außerhalb des Viertels und so hoch oben lag, dass es einem wie der Eingang zum Paradies erschien.

Dreiunddreißig. Durch die Gitterstäbe des Tors blickte man in einen ziemlich dunklen Innenhof, der mit Pflanzen überwuchert war. Ich ließ meinen Blick über die schwindelerregend hohe Fassade des Hauses gleiten. Darüber lag das blaue Viereck des Himmels, eine Andeutung von Weite, und auf einmal hatte ich das Gefühl, ich würde jeden Moment platzen.

Ich versuchte mir ins Gedächtnis zu rufen, dass es ja nur für einen Kaffee war und sonst nichts. Und doch: Als ich auf den Klingelknopf drückte und die Anweisung hörte, in den obersten Stock zu kommen, klang das Klicken, mit dem sich das Tor öffnete, wie die Stimme der Vorsehung, die ein unwiderrufbares Urteil sprach.

Pietro hob den Blick vom Tisch. Schon durchdrang der buttrige Geruch des Kaffees die Wohnung, eine Zigarette lag brennend im Aschenbecher neben weiteren Kippen, alle in der Mitte geknickt. Er stand auf, um mich zu begrüßen, ein schmallippiges Lächeln auf dem Gesicht. Sein Hemd war fest in die Hose gesteckt. Anscheinend zog er kurz in Erwägung, mir die Hand zu geben, doch dann tat er es doch nicht. Aber er küsste mich auch nicht auf die Wange.

»Ganz schön hell hier«, sagte ich, immer noch atemlos.

»Das ist unser Monte Carlo.« Er lachte. »Setz dich. Wohin du willst. Der Kaffee ist fertig. Milch, Zucker?«, feuerte er seine Sätze auf mich ab, während er sich zwischen Zimmer und Küche hin und her bewegte.

»Mit Milch, wenn du welche hast; wenn nicht, ist auch egal.«

Ich nahm am Tisch Platz und schaute mich um. Das Wohnzimmer war geräumig wie unseres, doch weitere Vergleiche zwischen den beiden Behausungen waren nicht möglich, außer der Gemeinsamkeit, dass sich beide im obersten (und vermutlich illegal angebauten) Stockwerk befanden. Hier sah es so aus, als wäre jemand erst vor Kurzem eingezogen, denn es hingen weder Bilder noch Poster an der Wand; stattdessen jede Menge luftig heller Raum, nur durch das Metall des Schreibtischs und eine Reihe Bücher durchbrochen. Über einem Sofa aus Vinyl führte eine moderne Treppe offenbar auf eine zweite Ebene. Ansonsten Fenster über Fenster, durch die die Sonne hereinflutete, bis in die unzugänglichsten Ecken, selbst unter die Treppe, und alles mit einem weichen, hellen Schein übergoss.

»Zucker?«

»Ja, danke.«

»Gabriele, Kaffee!« Pietros Stimme hallte in der spärlich möblierten Wohnung wider. »Mein älterer Bruder«, fügte er hinzu und stellte mir die Tasse hin. Seine Hand zitterte leicht; kam das von den vielen Zigaretten oder daher, dass wir zum ersten Mal allein miteinander waren?

»Ich hab dich kürzlich gar nicht gefragt, wie es bei dir zu Hause war«, sagte ich und verrührte meinen Zucker übertrieben sorgfältig.

»Na ja, das Übliche.«

»Und was ist das Übliche?«

»Grauenvoll, wie immer!«

Dieses vernichtende Urteil wurde nicht etwa von Pietro gesprochen, sondern von einer Stimme, die ebenso tief war wie die seine. Ein Mann mit schütterem schwarzem Haar und einer Nase, die mir schon bekannt, allerdings nicht ganz so extravagant geschwungen war, trat auf uns zu. Noch im Stehen sagte er: »Gabriele. Freut mich, dich kennenzulernen. Und ich sag es dir lieber gleich: Wenn du jemals in unser Dorf eingeladen wirst, denk dir eine Ausrede aus und erspar dir das Grauen.«

»Hör nicht auf ihn. So schlimm ist es gar nicht.«

»Nein, schlimm ist es nicht«, sagte Gabriele mit dramatischem Gesichtsausdruck. »Wie wollen wir es dann nennen? Idyllisch? Beschaulich? Ein suggestiver Ort, der zum Nachdenken anregt?«

»Du musst ihm verzeihen. Gabriele hat für frische Luft nichts übrig. Ihm ist der Smog lieber.«

Gabriele zündete sich eine Zigarette an und nahm einen tiefen Zug, als läge er unter einem Sauerstoffzelt. »Mein kleiner Bruder sieht alles durch die rosarote Brille«, sagte er. »Aber das ist nicht seine Schuld: Er ist der Liebling der Familie. Und das ganz zu Recht.« Bei diesen Worten schaute er Pietro mit einem Ausdruck der Liebe an, wie ich ihn noch nie gesehen hatte, eine innige Ergebenheit, bei der ich den Blick senken musste. »Also, eigentlich hätte ich tausend Fragen, die ich dir gerne stellen würde, aber ich glaube, das macht mein Bruder lieber selber. Außerdem muss ich bis Ende der Woche eine Zeichnung fertig kriegen. Deshalb bin ich gleich wieder weg.« Er trank seinen Kaffee auf einen Satz.

»Bist du Künstler?«, fragte ich, weil es mir auf einmal gar nicht recht war, dass Gabriele uns hier allein ließ.

»Ich studiere Architektur.«

»Mein Bruder ist auch Architekt.«

»Der Glückliche. Ich fürchte, für mich wird das nur ein Traum bleiben. Und jetzt sag ich ciao, Eddie, aber ich bin mir sicher, wir sehen uns bald wieder.«

Mit schwerem Schritt verschwand Gabriele die Treppe hoch. Was hatte er damit sagen wollen, dass wir uns bald wiedersehen würden? Ich hatte den deutlichen Eindruck, dass Pietro mit seinem Bruder über mich gesprochen hatte. Und was gab es da zu erzählen?

Das Blöde an einem Espresso ist, dass man ihn so schnell getrunken hat. Nach einem etwas unbehaglichen Schweigen fragte mich Pietro, ob ich Steine möge. Eine allgemeine Frage, auf die ich mich nur allzu gern stürzte. Ich erzählte ihm, als Kind habe mein Vater mich manchmal ans Meer mitgenommen, um Fossilien zu sammeln, und ich beschrieb ihm die Behälter voll verschiedenem Sand und all die anderen Schätze, die er auf seinen Reisen rund um die Welt angesammelt hatte. Auch mein Vater hatte Geologie studiert, dann aber umsatteln müssen, was mir dennoch tief in meinem Inneren das Gefühl gab, ein ganz besonderes, ja, genetisch bedingtes Verhältnis zu Steinen zu haben. »Am Strand benutzte er so einen… wie nennt man die? So eine Art Hammer.«

»Ein Geologenhammer«, erwiderte Pietro munter. »Ja, so einen hab ich auch.«

»Echt?«

»Den müssen alle Geologiestudenten haben. Er gehört zu unserem Handwerkszeug wie das Schwert zu einem Ritter.« Er lachte, schaute dabei aber angestrengt ins Innere seiner Tasse, als wollte er aus dem Kaffeesatz und der rätselhaften Spur der Zuckerkristalle etwas über sein Schicksal erfahren. Plötzlich blickte er auf. »Willst du ihn sehen? Er ist oben.«

Dann war es also doch nicht nur ein Kaffee. Eine Gewissheit, die mich mit einer gewissen Erleichterung erfüllte, auch wenn mir das Herz bis zum Halse klopfte. Während ich ihm die Treppe hinauffolgte, konnte ich mir ein Lächeln nicht verkneifen. War das nicht ein bisschen pennälerhaft, ein Mädchen mit dem Vorwand auf sein Zimmer zu locken, man wolle ihr seinen Geologenhammer zeigen, so wie die sprichwörtliche Schmetterlings- oder Briefmarkensammlung? Hätte er sich da nichts anderes ausdenken können? Und dann auch noch ausgerechnet ein Hammer… Doch es war gerade die Abgedroschenheit dieser Flunkerei, seit meiner Jugendzeit vertraut, die es mir ermöglichte, die Einladung anzunehmen, und das Gefühl der Behaglichkeit, das diese herrliche Lüge herstellte, an der wir alle beide beteiligt waren, fegte jeden Zweifel hinweg. Denn eines war gewiss: Hier und heute, beim dritten Mal, dass wir ein Wort miteinander wechselten, und kaum waren wir dort oben, ein Stockwerk höher, würden wir uns küssen.

Pietros Zimmer war kaum mehr als eine Kammer oder wie eine Art Kabine mit Blick auf den Hafen, ein Juwel, in den Fensterrahmen gefasst. Es war gerade genug Platz darin für ein Einzelbett, ein selbst gezimmertes Bücherregal und ein Jimi-Hendrix-Poster. Pietro nahm den Hammer vom Regal und hielt ihn mir vorsichtig hin, als handelte er sich um ein kostbares und hauchdünnes Stück Porzellan. Er zeigte mir seinen Namen, den er eigenhändig in den Griff graviert hatte. Ich lauschte, ohne den Blick von seiner fleischigen Unterlippe lassen zu können, und fragte mich, wie zum Teufel wir den fliegenden Wechsel von einem Geologenhammer zu einem Kuss schaffen sollten.

»Entschuldige, das Zimmer ist klein«, sagte er. »Wenn du dich setzen willst, auf dem Bett ist Platz.«

Aha, da war er, der fliegende Wechsel. Ich setzte mich, ohne dieser kleinen Schicksalswende Widerstand zu leisten. Trotzdem war mir auf einmal mulmig. Wie kam ich nur dazu, im Zimmer eines vollkommen Unbekannten und noch dazu auf seinem Bett zu sitzen? Von einem rasanten Abfall meines Blutdrucks war mir auf einmal ganz leicht im Kopf, während der restliche Körper sich so schwer anfühlte wie ein Sack voller Steine. Schon stellte ich mir vor, wieder in meinem eigenen Zimmer in Sicherheit zu sein und jenen Kuss Revue passieren zu lassen, der in Wirklichkeit noch gar nicht stattgefunden hatte, oder, das ging mir kurz durch den Kopf, mit allen Mitteln zu versuchen, ihn zu vergessen.

Pietro nahm neben mir Platz und sagte nur: »Ich leg mich ein bisschen hin.« Er platzierte den Hammer auf dem Boden und machte es sich auf dem Bett bequem. Seine Beine zeigten in Richtung Meer.

Auch ich legte mich hin, wodurch mein Schwindel etwas weniger wurde. So verharrten wir auf diesem schmalen Bett in Kindergröße, beide auf dem Rücken, während alle Bedenken, eins nach dem anderen, sich in Luft auflösten und zur Decke hochstiegen wie Dampf. Wir schauten lange hoch zu dieser schrägen Decke wie in einen Spiegel, der eine geradezu schwindelerregende Reihe von Möglichkeiten offenbarte.

»Magst du Jimi Hendrix?«, fragte ich schließlich.

»Nicht besonders. Mir gefiel das Poster, das ist alles.« Ich hörte Pietros Stimme so nah wie nie zuvor, dass er so leise sprach, betonte noch, wie tief sie war. Ich wünschte mir, er würde endlos zu mir sprechen, doch er stellte mir nur eine Frage – was für eine Musik mir gefalle.

»Ich weiß nicht, alles Mögliche.« Ich zuckte mit den Achseln in Richtung Decke. »Die Lieder, die du mir aufgenommen hast, haben mir gefallen.«

Er lachte verlegen. »Ich hab mir sehr viel Mühe gegeben, dir diese Kassette aufzunehmen. Ich hab ewig gebraucht.«

»Aber du kanntest mich doch gar nicht.«

»Es war wie der sechste Sinn, Heddi.«

Auf einmal herrschte tiefe Stille. Ich konnte mich nicht zu ihm drehen, jetzt, wo er so nah war, dass sein Atem mich streifte. Dann, wie aus heiterem Himmel, wurde es dunkel über mir, und Sandpapier streifte meine Lippen. Ich zuckte zusammen, wich zurück. Das war gründlich danebengegangen.

»Was ist denn? Alles okay?«

»Du hast mich nur überrascht.«

»Wieso denn? Wusstest du nicht, dass ich dich küssen wollte?« Er ließ sich frustriert auf das Bett zurückfallen.

Einen Moment lang überlegte ich, alles platzen zu lassen und einfach zu gehen. Doch eine Stimme tief in meinem Inneren – vielleicht war es ja auch nur mein alter Wissensdurst – befahl mir zu bleiben, die ganze Verlegenheit und Tollpatschigkeit einfach hinter mir zu lassen. Ich *musste* es wissen. Und so beugte ich mich über ihn – das Blut stieg mir zu Kopf, und so war auch der Schwindel sofort beseitigt – und berührte seine Lippen mit meinem Mund, als wollte ich ihn beruhigen. Pietro machte den Hals lang, kam mir entgegen, als wollte er mir wie bei diesem alten Jahrmarktspiel einen Apfel mit dem Mund reichen. Ich wich zurück, seine Bartstoppeln piksten. So küsste man also in der Provinz Avellino?

Ich konnte immer noch nicht den Blick von seiner Unterlippe losreißen, die aussah wie eine reife Frucht, und dann biss ich, ohne nachzudenken, zärtlich hinein. Reglos und mit geschlossenen Lidern ließ er mich gewähren. Er atmete schwer, vielleicht vor Angst vor dem, was ich tun würde. Ich wusste es selbst nicht.

Um guten Willen zu zeigen, drückte ich meine Lippen auf die seinen. Diesmal war es so, wie wenn man eine frische Feige öffnet und entdeckt, wie weich ihr Fruchtfleisch ist, von der Sonne durchglüht und perfekt gereift. Ich wollte mehr. Noch ein Kuss, und noch einer. Bald war es kein Küssen mehr, sondern Gier, ein Hunger, der scheinbar niemals gestillt werden konnte. Fast war es, als stünden wir in einem Wettstreit, wer mehr abbekommen konnte, als schnappten wir nach den köstlichsten Kirschen in einer Schale, und am Ende würde es vielleicht tatsächlich einen Gewinner und einen Verlierer geben.

Noch nie zuvor war ich so sehr bei der Sache gewesen, jeder vernunftmäßige Gedanke hatte sich verflüchtigt, und ich war nur noch ein rein körperliches Wesen, das jede Bewegung, jeden Reiz bis ins kleinste Detail empfand. Meine Oberlippe war längst wund von seinem Dreitagebart, doch ich spürte den Balsam seiner Zunge, das glatte Porzellan seiner Zähne. Ich spürte die Schnalle seines Gürtels, die sich in meine Hüfte drückte, die hartnäckigen Knöpfe seines Hemdes, seine langen Finger, die sich in meine Haare wühlten. Er roch nach Kaffee und Aftershave, nach Tomaten, nach Schweiß. Ich musste die Augen geschlossen halten, sonst wäre es unmöglich geworden, die Fülle an Eindrücken, die auf mich einstürzten, unter Kontrolle zu halten, eine Flut an Wahrnehmungen, die ich nicht in Einklang miteinander bringen konnte.

Ich verlor jegliches Zeitgefühl, oder vielleicht hatte auch die Zeit ihre Linearität verloren. Wann hatten wir begonnen, uns zu küssen – vor zwei Minuten oder vor zwei Stunden? Ich hatte nicht die geringste Ahnung. Der Beginn war längst in den Orkus des Vergessens geraten, und das Ende war keine Unvermeidlichkeit mehr. Aus einem Kuss wurde der nächste, und unsere einzige Gewissheit war, dass wir nicht aufhören konnten.

Auf einmal kam etwas über mich, eine Inspiration, wie ein Gedankenblitz, doch er war nicht hell, sondern dunkel, wie ein schwarzer Strahl, ein Blackout. Ich war wie geblendet, als herrschte tiefste, finsterste Nacht um mich herum. In dieser Finsternis fühlte ich mich wie in der Schwebe, körperlos, sogar ohne ein Bewusstsein meiner selbst, und das war ein so schönes Gefühl, dass ich mir wünschte, es würde nie enden und ich könnte immer so bleiben, ein Schiff im Universum. War das der Grund, warum Leute Heroin nahmen? Doch wenn das so war, dann waren wir beide auf dem gleichen Trip, hingen an der gleichen Nadel, denn in genau diesem Moment, wie auf Kommando, öffneten wir beide die Augen.

Wir schauten uns an, eine Ewigkeit, oder vielleicht auch nur einen Atemzug lang. Es war ein durchscheinender, friedvoller Blick bar jeglicher Bewertung oder Verlegenheit, sogar jenseits der Neugier. Unsere Münder berührten sich noch, doch es fühlte sich an, als wären es zwei andere Menschen, die sich da küssten. Wir hatten nichts damit zu tun, wir waren nur Beobachter des Wunders dieser Welt.

Wir schlossen die Augen wieder, ließen uns von unseren Küssen weiter und weiter durchs Universum tragen, eine kleine Sternenexplosion nach der anderen. Was sich gehörte, spielte keine Rolle mehr. Lippen wanderten über Wangen, über ein Kinn, über einen Hals. Ich rieb meine Wangen über seinen Stoppelbart, gierig nach seiner Rauheit. Er rollte sich auf mich, flüsterte mir etwas ins Ohr, wie ein heißer Nebel an meinem Haar, in meinen Ohren, beseelte Worte ohne Sinn. Meine Güte, dann küsste man also *so* in der Provinz Avellino? Vor uns schien ein gewaltiger Aufruhr der Elemente zu liegen, der mir fast Angst machte, doch in diesem göttlichen Chaos tastete ich erneut nach seinem Mund, um mich an seinem Atem zu laben, einen Anker zu finden. Ich vergaß, wo ich war, wusste nicht mehr, wie ich hierhergekommen war, ich vergaß sogar seinen Namen und die Tatsache, dass auch er eines der Individuen auf der Welt war, die einen Namen hatten, eine Vergangenheit, Alltagssorgen. Es war schlicht und einfach *er*, dieser Mann, dessen Mund ich küsste, jeden warmen und weichen Winkel davon, und dessen Brust sich an mich drückte, Brustbein und Rippen und dahinter sein schlagendes Herz.

Erst als die Sonne unterging und wie eine Flut aus Fanta unser Zimmerchen übergoss, schauten wir uns in die Augen und wussten, dass wir wieder zu zwei eigenständigen Individuen geworden waren. Wir begannen zu lachen, ohne Grund, vielleicht aus Erleichterung. Ich stützte mich auf seiner Brust ab, um ihn mir näher anzuschauen. Da war er, der kleine Anhänger, den ich nicht hätte sehen sollen, als sich auf der Terrasse kurz sein Hemd geöffnet hatte: eine lächelnde silberne Sonne. Ich fragte ihn, ob es eine besondere Bewandtnis damit habe.

»Den hab ich mir vor ein paar Monaten auf einem Markt gekauft. Und während ich ihn kaufte, dachte ich mir, wie schön es wäre, jemanden zu haben, dem ich ihn schenken könnte. Gefühlsduselig, ich weiß.«

»Überhaupt nicht.« Ich nahm die Sonne in die Hand. Um das grinsende Gesicht herum waren spitze Strahlen, fast zu scharf, um sie anzufassen. »Gefühl*voll*, würde ich sagen.«

»Du bist wirklich ein guter Mensch, Heddi«, sagte er feierlich.

»Wie hast du erfahren, wie ich heiße?«

»Ich habe ein bisschen rumgefragt, war nicht besonders schwer.« Er strich mir die Haare glatt und fügte hinzu: »Du bist so schön, wunderschön. Aber das hat man dir bestimmt schon tausendmal gesagt.«

Und es stimmte, das hatte ich, wie alle Frauen, schon oft gehört. Was den weiblichen Körper anging, so war ein Mann, zumindest im Spanischen Viertel, kein richtiger Mann, wenn er seiner Umwelt nicht postwendend mitteilte, was er von den Frauen im Allgemeinen und im Besonderen hielt. Aber es war etwas ganz anderes, das aus dem Munde von Pietro zu hören.

»Ich weiß wirklich nicht, was du in mir siehst«, fuhr er fort. »Ich komme aus einem kleinen Dorf, nicht aus einer Großstadt wie du.«

»Was denn für eine Großstadt?« Als würden alle amerikanischen Städte an ihrer vertikalen Ausrichtung gemessen, versuchte ich Washington, D.C., herunterzuspielen, indem ich ihm sagte, es gebe dort praktisch keine Wolkenkratzer, und erzählte ihm, in dem Viertel, in dem mein Vater und meine Stiefmutter lebten, wohnten viele arbeitslose Mexikaner, die mit ihren großen Hüten bereits um die Mittagszeit so besoffen seien, dass sie sich kaum mehr auf den Beinen halten konnten. Dass nur einen Steinwurf entfernt von ihnen auch die Botschaften Polens und Ugandas lagen, verschwieg ich ihm, ich wollte mir meine Argumentation nicht durch die Tatsache versauen lassen, dass es sich immerhin um die Hauptstadt der USA handelte. Ebenso wenig erwähnte ich allerdings, dass ich die andere Hälfte meines Lebens mit meiner Mutter und meinem Stiefvater in einem Vorort verbracht hatte.

Pietros heimatliches Pünktchen auf der Landkarte nannte sich Monte San Rocco. Seine Eltern seien Bauern, erklärte er mir, und arme Leute – oder wenigstens verhielten sie sich so. Seine Mutter habe nicht einmal die Grundschule bis zu Ende besucht, und es sei Pietro gewesen, der seinem Vater beigebracht hatte, mit seinem Namen zu unterzeichnen. »Zuerst hat er immer nur ein Kreuz gemacht.«

»Willst du damit sagen, er ist Analphabet?«

Pietro drehte sich zur Wand. »Ich glaube nicht, dass du mich noch eines Blickes würdigen würdest, wenn du mich auf einem Traktor sähst.« Jetzt schaute er mich wieder an. »Und trotzdem, Heddi – seit ich dich zum allerersten Mal gesehen habe, wollte ich mit dir zusammen sein. Es war einfach stärker als ich.«

Mein Herz schlug wie eine Trommel, und ich hoffte, er konnte es nicht hören. »Wer weiß? Vielleicht sehe ich dich ja eines Tages, wie du einen Traktor lenkst ... oder sagt man, wie du einen Traktor *fährst*?«

»Nein, man *fliegt* ihn.« Er wischte sein Lachen mit einer

Handbewegung weg. Was mich betraf, so hatte er mich nicht aus einer sprachlichen Unsicherheit gerettet, sondern auch die Anspannung gelöst, und ich brach in Gelächter aus. Er fügte hinzu: »Eines Tages würde ich gern nach Washington fliegen.«

»Mir gefällt es hier besser.«

»Wirklich?«

»Ich liebe es, am Meer zu leben.«

Ich legte den Kopf an seine Brust. Ich kannte diesen Mann kaum, doch sein ganz eigener Geruch war mir bereits vertraut, obwohl er so exotisch war – ein Hauch von Gewürz, aber ein so elementares wie Salz, auf das ich vermutlich nie wieder würde verzichten können. Es war ein Duft, den sein mittlerweile zerknittertes Hemd verströmte, seine staubigen Haare und eben dieses ganz eigene, längst verflogene Aftershave, dessen Spuren ich jetzt auch am Gesicht hatte.

Unter uns, im Viertel, hörte man Autos hupen, Menschen waren auf dem Nachhauseweg oder geräuschvoll mit der Zubereitung des Abendessens beschäftigt. Im Dämmerlicht, glühend und zähflüssig wie Magma, lagen unsere Schatten wie längliche Säulen an der Wand. Der Scirocco mit seinen sandigen Böen hatte sich offenbar gelegt. Vielleicht würde er erst im nächsten Jahr zurückkehren.

Ich fuhr erschrocken hoch. »Ich muss nach Hause.«

»Jetzt gleich?«

»Es ist schon spät. Die Jungs werden sich Sorgen machen.«

Doch ich dachte gar nicht an die Jungs. Ich dachte an Sonia.

Von: heddi@yahoo.com
An: tectoni@tin.it
Gesendet am: 14. Januar

Lieber Pietro,

wie seltsam, dir nach so langer Zeit zu schreiben. Überhaupt – wie seltsam zu schreiben, denn ich korrespondiere nur mit wenigen Menschen, und ich führe auch kein Tagebuch... manchmal habe ich das Gefühl, dass ich mit den Worten noch nicht meinen Frieden gemacht habe und mich wohler fühle, wenn ich in einem Wald bin und das Zwitschern der Vögel höre. Kannst du das glauben – ich in einem Wald? Es gefällt mir, in ihre Welt einzutauchen und all diese mir unverständlichen und ein wenig traurigen Sprachen zu hören, ein großer Kanon, als befände man sich mitten in einem Herzen, das schlägt...

Dabei hat meine Arbeit sehr viel mit Worten zu tun. Ich unterrichte Englisch für Ausländer, hauptsächlich Chinesen, Koreaner, Russen. Es ist ein spielerisches Lernen, oft machen wir auch Ausflüge zusammen, das verbindet sehr. Irgendwann gehen meine Schüler dann an die

Uni, oder sie finden den Arbeitsplatz, den sie sich gewünscht haben, und ... man sieht sich nie wieder. Aber es macht mich glücklich, ihnen dabei geholfen zu haben, ihre Träume zu verwirklichen. Ich erinnere mich an die Träume, die du hattest. Was ist aus ihnen geworden?

Es stimmt, manchmal denke ich auch an meine gescheiterten Träume und leide darunter. Aber du darfst dir keine Vorwürfe machen, Pietro. Es ist nicht deine Schuld: Es ist die Schuld des Schicksals. Oder, besser, schuld ist das Fehlen von Schicksal und von Ordnung in der Welt, schuld ist das Chaos. Und auch ich trage meinen Teil Schuld an dem, was passiert ist. Außerdem habe ich in diesen Jahren ohne dich etwas Wichtiges gelernt: dass man auch leben kann, ohne konkrete Antworten zu bekommen. Man überlebt, und das Leben geht weiter. Die Welt mit ihren Gezeiten, mit ihren natürlichen Rhythmen ist ja doch schön, ja, wunderschön sogar, auch wenn sie (oder vielleicht gerade weil sie) so gleichgültig gegenüber unseren Höhen und Tiefen und unseren gebrochenen Herzen ist.

Es würde mir wirklich sehr gefallen, wenn du eines Tages mal bei mir vorbeikommen würdest, damit wir ein wenig plaudern können, aber das scheint mir eher schwierig zu sein. Ich lebe nicht in Washington, wie du annimmst, sondern in Neuseeland. Vielleicht steht die Welt hier ja tatsächlich ebenso auf dem Kopf wie die Sternbilder. Das andere Ende der Welt ...

H.

6

Dieser Kuss, dieser Kuss ... fühlt es sich vielleicht so an, wenn man den ersten Bissen einer verbotenen Frucht kostet? Nur ein allerletzter Moment des Zögerns und dann sofort die Belohnung dafür, dass man den gesunden Menschenverstand über Bord geworfen hat: eine Explosion der Allmacht auf der Zunge und eine Welle des perfekten Genusses, unaufhaltsam.

Ich hatte nicht viel Ahnung von biblischen Geschichten, aber mir schien, dass an diesem Kuss so viel Angenehmes gewesen war, dass er eigentlich nur gegen das Gesetz sein konnte, vielleicht auch gegen die Natur. Und jetzt, wo ich ihn gekostet hatte, jetzt, wo ich um ihn wusste, konnte ich nicht mehr zurück. Ich musste zu dem stehen, was ich getan hatte, und ich konnte das, was geschehen war, nicht ungeschehen machen. Dabei hatte ich nicht im Geringsten den Wunsch, etwas rückgängig zu machen. Ich war nur geschockt, ja sogar entsetzt. Wie war es nur möglich, dass ein solches Geheimnis sich mir mein ganzes bisheriges Leben nicht erschlossen hatte?

Dieser Kuss – ich spulte ihn wieder und wieder im Geiste ab. Im Gegensatz zu einer Kassette nutzte sich die Erinnerung jedoch nicht ab, und sie wurde auch nicht verzerrt: Je öfter ich das, was geschehen war, Revue passieren ließ, desto reicher an Details, an Gefühlen wurde es. Ich durchlebte den Kuss wie in Zeitlupe, kostete ihn noch einmal, nahm auf einmal Dinge wahr, die mir zunächst entgangen waren – wie salzig Pietros Hals geschmeckt hatte, das Braun seiner Augen, zart und lebendig wie ein frisch entrindeter Baum, und seine Hand, so schmal und doch groß genug, um meinen Kopf ganz zu umschließen, als er mich an sich zog. Jener Kuss war etwas, das es verdiente, wieder und wieder durchlebt zu werden; schließlich war er mir nur eine halbe Stunde gewährt worden, nachdem ich ganze dreiundzwanzig Jahre ohne ihn hatte auskommen müssen.

Höchstens. Ganz abgesehen davon, dass ich nicht damit gerechnet hatte, jemals etwas Derartiges zu empfinden. Ein solcher Kuss, ging mir durch den Kopf, war nicht wiederholbar, genauso wie man auch nur ein einziges Mal von der verbotenen Frucht kosten kann. Der Gedanke, dass es, um ihn noch einmal zu erleben, genügen würde, noch einmal mit Pietro allein zu sein, kam mir gar nicht, denn jener Kuss hatte keinen direkten Bezug zu dem Individuum. Er war größer als er, größer als ich. Und wir konnten ihn deshalb nicht noch einmal neu erschaffen, weil *er uns* erschaffen hatte.

»Bist du unterwegs nach Kanton?«, sagte eine Stimme neben mir.

»Wie bitte?«

Luca wies mit dem Kopf auf die riesige alte Landkarte von China unter Glas, die der ganze Stolz des Instituts für Orientalistik war. Wer weiß, wie lange ich schon dasaß und nicht in mein Semiotikbuch schaute, sondern auf jene Karte, ohne jedoch wirklich hinzusehen.

»Ich lese.«

»Ich kenne doch meine Krebse.« Luca warf seine abgewetzte Büchertasche auf den Tisch und zog sich mit einem lauten

Quietschen einen Stuhl heran. Ein paar Studenten hoben den Kopf. »Roberta ist auch so.«

»Wie denn?«

»Ein Panzer, der niemals leer ist.«

Der Vergleich mit Roberta war ein großes Kompliment. Luca und Roberta waren schon ewig ein Paar, sozusagen eine Institution, die es bereits lange vor meiner Ankunft im Spanischen Viertel gegeben hatte. Dann jedoch, es war schon eine Weile her, war Roberta in ein Dorf auf dem Peloponnes gezogen, um für ihre Doktorarbeit altgriechische Gedichte zu übersetzen. Ich fragte mich, ob Luca sie vermisste, und ob er sie noch liebte. Aber über solche Themen sprachen wir nicht.

»Hast du einen Moment Zeit?«

»Klar.«

Luca nahm eine Kassette aus seiner Tasche und sagte, er brauche Hilfe beim Entziffern des englischen Texts eines Liedes, das seine Heavy-Metal-Band bei einem Konzert singen wollte. Während er seinen Stuhl an meinen heranrückte und seine Ohrstöpsel entwirrte, fühlte ich mich geschmeichelt von der Tatsache, dass Luca Falcone mich tatsächlich brauchte, auch wenn es nur für einen Moment war. Luca war immer mit irgendeinem Projekt beschäftigt – der arabischen Schrift, astrologischen Tabellen, antiken Runen, der Restaurierung von Samuraischwertern –, doch der Kultivierung seiner Fertigkeiten widmete er sich mit einer geradezu meditativen Konzentration, durch die er Galaxien weit entfernt von mir, den Jungs, der Universität und von Neapel war.

Aus den Kopfhörern röhrte es unverständlich. Mir schien es ein beschissenes Lied zu sein, aber da es Luca gefiel, musste es notgedrungen Qualitäten besitzen, die sich mir einfach nicht erschlossen. Einmal hatte er mir erklärt, wie man Safranrisotto zubereitet. Diese zarten, korallroten Fäden, die nur durch eine Glaskapsel vor der Welt beschützt wurden, schienen mir in keiner Weise auch nur essbar zu sein, ganz zu schweigen von ihrem seltsam muffigen Geruch. Mit zarten Fingern hatte Luca eines der Zweiglein in kleine Stücke zerteilt und diese dann mit einem gehauchten Kuss in den Topf befördert. Wie durch Zauber hatte sich der leicht blubbernde Reis – und ich hätte schwören können, auch der Dampf, der von ihm aufstieg – zu einem strahlenden Gelb verfärbt. Luca war ein Alchemist, und so musste eben auch an diesem Song etwas sein, das aus Gold war.

Ich schrieb ihm den Liedtext auf, so gut ich es konnte. Die ganze Zeit über saß er neben mir und schaute mir über die Schulter, so nah, dass ich seine Lavendelseife riechen und das Knirschen seiner Lederjacke hören konnte. Am Ende sagte er: »Was würde ich nur ohne dich machen, Heddi?«

Mein Name war nordischer Herkunft und altmodisch, aber ich liebte es, wenn Luca ihn sagte. Er war ein ausgezeichneter Linguist, der fließend Arabisch, Französisch und Englisch sprach und sich folglich auch nicht mit seiner korrekten Aussprache begnügte – vielmehr holte er ihn aus den Tiefen seines Inneren hervor, wie einen Seufzer. Auf einmal hatte ich große Lust, ihm von Pietro zu erzählen, doch ich verkniff es mir. Ich befürchtete, dann könnte sich die Magie jenes Nachmittags verflüchtigen, ein Nachmittag, der mich immer noch verhexte, als hätte mir jemand ein großes, großes Geheimnis ins Ohr geflüstert. Außerdem – was, wenn Sonia auch Luca verraten hatte, dass sie Gefühle für Pietro hegte? Mir lag viel daran, in seinen Augen keinen Makel zu haben, ob moralisch oder anderweitig.

Meine Gedankengänge wurden durchbrochen, als er begann, seine Tasche zu schließen. »Studier nur weiter. Wenn du in dem Tempo so weitermachst, hast du deinen Doktor als Allererste von uns.«

»Ach, was bedeutet schon ein Doktortitel?«, erwiderte ich. »Am Ende ist es doch bloß ein Stück Papier.«

»Das stimmt, aber für die meisten Leute ist dieses Stück Papier mehr wert als ein kostbarer islamischer Papyros. Vor allem für meinen Vater.« Luca hatte sich die Umhängetasche quer über die Brust gehängt, saß aber immer noch auf dem Stuhl neben mir, sein Ton war vertraulich, aber auch einen Hauch besorgt geworden. Er seufzte. »Außerdem – ob ich nun Bock darauf habe oder nicht: Irgendwann muss dieses Kapitel abgeschlossen werden.«

»Was für ein Kapitel?«

Er lächelte mir von der Seite zu. »Bist du jemals in Tunesien gewesen? Das ist ein faszinierendes Land, ich würde gern mal wieder hin. Auch meine Freunde in Japan laden mich ständig ein. Aber zuerst die Doktorarbeit … und dann das Militär.«

Das Militär. Das war ein schlimmes Wort, das in unserem Freundeskreis niemals ausgesprochen wurde, und es jetzt, in dieser Situation zu hören, war ein Affront – für mich, aber auch für ihn. Doch nun erklärte mir Luca mit unbeschwerter, vielleicht aber auch resignierter Stimme, er habe damals beschlossen, seinen Militärdienst – im Gegensatz zu den meisten seiner Schulkameraden – nicht gleich nach dem Gymnasium abzuleisten. Vielleicht sei das ja ein Fehler gewesen, denn in dem Alter, in dem er jetzt war, sei das Leben in der Kaserne unerträglich. Deshalb habe er sich für den Zivildienst entschieden und würde aus Gewissensgründen verweigern.

»Wie auch immer, ein Jahr ist viel zu lang, Luca!« Unvorstellbar lang, ebenso unvorstellbar wie die Möglichkeit, dass Luca nach jenem Jahr nicht mehr nach Neapel zurückkehren würde.

»Anderthalb Jahre«, präzisierte er. »Sonst würde man es sich zu leicht machen.«

»Nichts davon ist leicht…« Ich wünschte mir so sehr, dass Luca irgendeinen seiner Tricks aus dem Hut zaubern würde, um das Ganze einfach verschwinden zu lassen oder wenigstens einen Ausweg zu finden. Stattdessen beschränkte er sich darauf, mir tief in die Augen zu schauen, mit diesem Blick, als wollte er auf einer anderen Existenzebene mit mir kommunizieren. Doch ich begriff gar nichts, und so beschloss ich, keine griechische Tragödie aus etwas zu machen, das noch in weiter, nebliger Ferne lag, und es mit dem Thema bewenden zu lassen.

Er stand auf und bedeutete mir, ihn ins Spanische Viertel zu begleiten. Ich ließ mich nicht lange bitten, sondern klappte mein Buch zu und griff nach meiner Tasche. Die Tatsache, dass wir gerade eines unserer vertraulichsten Gespräche gehabt hatten, nahm dem Moment ein wenig von seiner Schwere. Und während wir die Spaccanapoli entlanggingen, Arm in Arm und mit fast synchron aufeinander abgestimmten Schritten, war ich mir sicher, jeder, der uns sah, hätte gedacht, Luca Falcone und meine Wenigkeit seien allerbeste Freunde.

»Luca, was soll das bedeuten – *die Welt ist ein Buch*?«

»Die Welt ist ein Buch, und wer nicht reist, kennt nur eine einzige Seite.«

»Ist das von dir?«

»Du überschätzt mich. Nein, Augustinus. Aber für mich bedeutet es, dass man auch die Dinge, die zu lernen es sich wirklich lohnt, nicht aus einem Buch erfährt.«

Ich war entschlossen, auf das Gespräch mit Sonia besser vorbereitet zu sein, aber vielleicht übertrieb ich, als ich sie ins Caffè Gambrinus einlud. Dort in dem alteingesessenen Kaffeehaus

konnten sich die wohlsituierten Gäste in den riesigen goldenen Spiegeln bis ins Unendliche gespiegelt sehen, ein Effekt,
von dem einem schwindelig wurde und der dazu führte, dass
ich mich noch tiefer in meinen antiken Stuhl sinken ließ, dessen dunkelgrünes Polster an die samtige Unterseite von Oli-
venblättern erinnerte. Doch an jenem Tag verspürte ich eine
schmerzliche Sehnsucht nach meinem Lieblingsrückzugsort,
wo man auch am frühen Nachmittag noch einen Cappuccino
bestellen konnte, ohne dass sich das Antlitz des Fliege tragen-
den Kellners missbilligend verzog, ein Ort, an dem ich mich
meinen alten, jugendlichen Fantasien von einem Italien hinge-
ben konnte, wie es sein sollte. Das Gambrinus, der berühmte
literarische Salon aus dem neunzehnten Jahrhundert, war eines
der letzten Überbleibsel des Neapels, das einmal eine bedeu-
tende europäische Metropole gewesen war. D'Annunzio hatte
in Neapel gelebt (er war Stammgast im Gambrinus gewesen),
Degas und Goethe ebenso. Und hatte nicht auch der Marquis
de Sade in dieser Stadt sein höllisches Paradies gefunden?

Sonia nahm am Tischchen Platz. Ich spürte die Blicke, die
sich auf uns richteten, auf meine abgewetzte Jacke, Sonias rein
schwarze Montur.

»Wow«, sagte sie. »Ist ja richtig chic hier.«

Mir fiel ein, dass auch Pietro bei dem Abendessen auf der
Terrasse etwas Ähnliches über unsere Wohnung gesagt hatte.
Es war nicht schwer, sich die beiden als Paar vorzustellen. Sie
besaßen den gleichen unverstellten Blick auf das Leben und
stammten aus der gleichen Welt, sie hatten die gleichen Zei-
chentrickfilme gesehen. Als hätte ich sie ihres idealen Gefähr-
ten beraubt, hatte ich auf einmal das Gefühl, Sonia den Löwen
zum Fraß vorgeworfen zu haben, und es war kein schönes Gefühl.

Wir schlürften unseren Kaffee und plauderten über unsere jeweils strengsten Dozenten. Der von Sonia war ein eingefleischter Fan der portugiesischen Grammatik, während meine Lieblingslehrerin eine elegante Bulgarin war, die dem Kurs bereits am allerersten Tag strengstens verboten hatte, auch nur ein Wort Italienisch zu sprechen (wir waren übrigens nur zu zweit in dem Seminar), uns andererseits schon nach kurzer Zeit erlaubt hatte, sie zu duzen und mir ihrem Vornamen Iskra anzusprechen, und uns anbot, während eines Auslandssemesters bei ihrer erwachsenen Tochter in Bulgarien zu wohnen. So plätscherte unser Gespräch dahin, und ich warf einen Blick hinaus auf die Piazza del Plebiscito, die bis zum Ende meines ersten Studienjahres als riesiger Parkplatz gedient hatte. Die jüngsten Pläne zur Erneuerung der Innenstadt hatten die Autos verschwinden lassen, und auf einmal war da draußen, abgesehen von obszönen Graffitis und abblätternden Plakaten, eine unerwartete Luftigkeit entstanden, ein offener Raum voller Möglichkeiten.

Sandras leere Tasse wurde mit einem leisen Klacken auf den Tisch gestellt. Jetzt oder nie. Doch wo sollte ich beginnen? Ich hatte bislang noch mit niemandem über Pietro gesprochen. Entweder ich spielte das herunter, was zwischen uns vorgefallen war, oder ich sagte ihr die schockierende Wahrheit – dass ich nämlich seit jenem Nachmittag die allergrößte Mühe hatte, auch nur eine Zeile in einem Buch zu lesen oder bei Nacht zu schlafen.

»Du machst so ein ernstes Gesicht. Steckst du in irgendwelchen Schwierigkeiten?«

»Nein, nein, mir geht's gut … Erinnerst du dich noch an das, was du kürzlich auf dem Dach gesagt hast, über Pietro?«

»Klar, aber er sieht auch wirklich toll aus.« Sonia rollte mit den Augen, als wollte sie sich an etwas Göttliches erinnern, und fügte hinzu: »Ich meine, toll auf eine ungewöhnliche Weise, findest du nicht? Und er hat diese wunderschönen Hände, wie ein feiner Herr...«

Diese letzte Beobachtung brachte mich etwas aus der Fassung, und ich stammelte ein paar Sätze vor mich hin, ohne auch nur einen davon zu beenden. Ich fühlte mich wie eine konfuse Idiotin, oder wie einer dieser Zirkusclowns, der in einem zerfledderten Koffer wühlt und immer weitere Dinge hervorzieht, eins sinnloser als das andere – einen Schuh, einen Schirm, eine Banane –, bis er endlich gefunden hat, was er sucht. Was ich suchte, war eine Formulierung, die möglichst schwammig war. »Ich empfinde etwas für ihn«, sagte ich schließlich.

Sonias Lächeln erfror um einen Hauch. »Und ich vermute, er empfindet auch was für dich...«

»Tut mir leid, aber...«

Sonia fiel mir ins Wort – auf einmal war da wieder ihr sardischer Dialekt, blitzschnell, als hätte sie es eilig – und sagte, sie freue sich für mich, sehr sogar, und dann umarmte sie mich, hüllte mich in eine nach ihrem Wassermelonenshampoo duftende Wolke.

Es war wie der triumphierende Klick, mit dem das allerletzte Teil eines Puzzles seinen Platz findet. Vor dem Cafè tanzte die Mittagssonne auf den Glasscheiben, während ich den kurzen Heimweg ins Spanische Viertel zurücklegte. Ich stürzte mich buchstäblich in die Gassen, die mich mit allem, was sie zu bieten hatten, willkommen hießen – den Rufen der Fischhändler, dem Knattern der Roller, den bunt behängten Wäscheleinen über meinem Kopf. Mühelos machten sich meine Beine an den Aufstieg zur Via de Deo. Von den Balkonen wehte eine appetitanregende Duftwolke aus gebratenem Paprika und Kotelett herunter. Erst jetzt fiel mir ein, dass ich am Morgen fast nichts gegessen hatte und mein Magen leer war. Doch das betonte noch dieses leichte, schwebende Gefühl in meinem Kopf und in jeder Faser meines Seins, während ich durch die angelehnte Haustür schlüpfte und die Treppe hochlief, immer zwei Stufen auf einmal. Ich hatte weder angerufen, noch mich über die Sprechanlage angekündigt. Ich kam zur Mittagszeit, ohne eingeladen zu sein, ohne auch nur ein Brot als Mitbringsel dabei zu haben. Und doch rannte ich, als wäre ich viel zu spät dran.

7

Ich riss unwillkürlich die Augen auf. »Und wieso kamst du denn nach Neapel?«

Eine etwas scheinheilige Frage, die mir selbst oft gestellt worden war, als könnte meine Antwort rechtfertigen, warum *wir alle* hier waren. Dabei stimmte es: Neapel war keine Stadt, die man sich aussuchte. Sie war ein Geschenk, das man annehmen musste, ob nun von Geburt an oder als Schicksal.

Pietro erzählte mir, sein Bruder habe die Entscheidung getroffen, nach Neapel zu ziehen, um dort Architektur zu studieren, und ihre Eltern seien, ohne zu zögern, einverstanden gewesen. Gabriele sei immer schon gut in der Schule gewesen, es sei das Einzige, was er konnte. Doch damit war Gabriele nicht zufrieden gewesen. Er sagte ihnen, ohne Pietro würde er nicht gehen. Auch sein jüngerer Bruder, so argumentierte er, habe das Recht, seinen Traum zu verwirklichen und Geologie zu studieren. Doch darauf hatte es nur ein klares Nein gegeben. Für seine Eltern kam es nicht infrage, den einzigen Sohn zu verlieren, der wusste, wie man aus Oliven das legendäre grüne Gold der Gegend machte oder aus Weizen goldenes Puder. Doch Gabriele war hartnäckig, ein Dickkopf, und so hatten die Eltern irgendwann kapituliert.

Doch auch Pietro war nicht zufrieden gewesen. Er verkündete seinen Eltern, er wolle nicht in Neapel studieren, sondern in Rom, denn das war die größte Distanz, die er sich vorstellen konnte, zwischen sich und seiner Heimat zurückzulegen. Und vielleicht bedeutete es den Eltern auch nicht viel, wohin er ging, denn ob nun in die eine Stadt oder in die andere – verlieren würden sie ihn sowieso. Sie selbst waren nie weiter gekommen als nach Schaffhausen, wo er und Gabriele geboren waren, doch von der Schweiz hatte die Familie nie mehr gesehen als eine Molkerei und einen mit Spielzeug übersäten Flur in einer angemieteten Wohnung, weniger ein Korridor als ein Babysitter, denn bei geschlossenen Türen waren die Kinder hier in Sicherheit, während die Eltern sich in ihren Schichtdiensten abwechselten. Manchmal, wenn sie nach Hause kam, hatte die Mutter den Kindern Eis aus der Fabrik mitgebracht. Als die beiden Jungs groß genug waren, um an die Türklinken heranzukommen, hatte man sie nach Italien zurückgebracht, wo sie gemeinsam ihren ersten Schultag erlebt hatten, in derselben Klasse, als wären sie Zwillinge.

An Rom hatte Pietro große Erwartungen gehabt, doch die Wirklichkeit war eine ganz andere. Die einzige Unterkunft, die er sich leisten konnte, war eine Einzimmerwohnung direkt an der Autobahn gewesen, von der aus er mit öffentlichen Verkehrsmitteln eine ganze Stunde bis zur Sapienza brauchte. Um Abhilfe zu schaffen, hatte er sich einen Roller aus zweiter Hand gekauft, doch so war der größte Teil des Geldes, das er monatlich zur Verfügung hatte, für Benzin draufgegangen. Mehr Geld hatte er von seinen Eltern nicht verlangen wollen, denn das wäre so gewesen, als hätten sie recht behalten. Jedenfalls hatte er damals niemanden, mit dem er sich auf einen Kaffee oder eine Pizza treffen konnte, seine Kommilitonen hatten entweder anderweitig zu tun, oder sie betrachteten ihn offen von oben herab. Der einzige Freund, den er gehabt hatte, war ein gewisser Giuliano gewesen, auch er Geologiestudent und aus einem Dorf in Irpinien, der jedoch leider am anderen Ende der Stadt lebte.

Pietro studierte ohne Unterlass. Besonders gut war er in Geophysik, auch in Mineralogie, doch bei der Prüfung in Mathematik rasselte er gleich zweimal durch. Auf einmal kamen ihm Zweifel. Was machte er eigentlich hier in der Hauptstadt? Warum glaubte er, dass ausgerechnet er, mit seiner Herkunft, Geologe werden könne? Im Nachhinein war klar, dass er damals in eine Depression hineingerutscht war. Wäre Giuliano nicht gewesen, wer weiß, was für eine Dummheit er damals möglicherweise gemacht hätte …

Schließlich hatte er seinen Bruder angerufen, um ihm all das zu sagen, und dieser zögerte nicht lange. »Dann zieh doch nach Neapel!«, sagte er. Das Leben an der Uni sei großartig, erklärte ihm Gabriele. Man wohne in der Innenstadt, gehe überallhin zu Fuß und diskutiere über Politik, Literatur, Kunst. Zum Mittagessen trinke man Wein, nachts studiere man und schlafe bis in den hellen Morgen hinein. Das Fazit: In Neapel könne man mit wenig Geld leben wie ein König. Studenten bekämen Vergünstigungen im Theater und im Kino, und für die klassischen drei Gänge im Restaurant zahle man zweitausend Lire. Ganz zu schweigen von den Mieten zu Spottpreisen im Spanischen Viertel.

Als Pietro seine Geschichte zu Ende erzählt hatte, waren die Penne fertig. Wir setzten uns an den Tisch. »Guten Appetit«, sagte er. »Man muss die Feste feiern, wie sie fallen.« Er gluckste vor Lachen.

Ich liebte seine Art, sich in alten Sprichwörtern auszudrücken, etwas, das sonst niemand tat, aber es wirkte nicht gekünstelt. Und ich hatte recht gehabt: Er konnte wirklich kochen. Trotzdem war mir nach zwei, drei Bissen der Appetit vergangen. Vielleicht hatte ich zu viel getrunken, obwohl mein noch immer volles Glas dies Lügen strafte. Ich bemerkte, dass die Oberfläche der roten Flüssigkeit vibrierte: Kam das daher, dass die Nachbarn ihren Fernseher auf volle Lautstärke gestellt hatten, oder war es das Beben, das ich in mir selbst spürte?

Ich legte die Gabel ab und nahm den Faden unseres Gesprächs wieder auf. »Du hast für deine Überzeugungen gekämpft, Pietro.« Ich hatte ihn zum allerersten Mal mit seinem Namen angesprochen, quasi ein Lapsus, der mich bestürzte und bei dem mir heiß und kalt wurde, als hätte ich ihm gerade eine Liebeserklärung gemacht. »Und jetzt bist du hier.«

»Ja. Hier bin ich, mit dir. Unglaublich.« Auch Pietro legte sein Besteck ab. »Nur gut, dass ich von Rom weggegangen bin. Es war die beste Entscheidung meines Lebens.«

Unsere Blicke begegneten sich, und ich begriff, dass auch ihm der Appetit vergangen war. Wozu brauchte man jetzt auch Essen – oder überhaupt jemals?

Er führte mich die Treppe hoch, doch von Verlegenheit war keine Spur mehr. Wir wirkten riesig in seinem Kämmerchen. Er nahm mein Gesicht in beide Hände und küsste mich wie eine lange verschollen geglaubte Geliebte, voller Genuss und Dringlichkeit. Dann legte er die Hände um meine Taille und zog mich heftig an sich.

Ich drückte ihn nach hinten aufs Bett, was mich selbst überraschte, doch er ergab sich sofort und zog mich mit sich hinab. Das Gefühl meines Körpers an seinem – dieses erdrückende Gewicht, diese vollkommene Nähe – schenkte mir einen kurzen Moment der Pause, bevor ich spürte, wie sein Schwanz unter mir hart wurde, ein heißes Drängen, und ich begriff, dass nichts in mir, aber auch gar nichts, in Frieden war oder unter Kontrolle.

Wieder küssten wir uns, aber nicht so, wie wir uns beim ersten Mal geküsst hatten, sondern als wollten wir dort weitermachen, wo wir aufgehört hatten, ein unverzagter Sprung in eine perfekte Dunkelheit, in der es nur ein Wir gab und vielleicht schon immer gegeben hatte. Trotzdem küssten wir uns mit der Gier derjenigen, die nicht warten können, wie Menschen, die eine große Wüste durchquert hatten und einen solchen Durst haben, dass sie jetzt, wo das Wasser in greifbarer Nähe ist, trinken müssen, ohne Luft zu holen. Als ich meine Lippen über seinen längst schweißnassen Hals wandern ließ, versuchte er, mir das Gummi aus den Haaren zu ziehen, was ihm nicht gelang, weil unsere Küsse immer heftiger wurden. Wir konnten nicht mehr aufhören, es war einfach nicht möglich, selbst ein Erdrutsch, der das ganze Viertel und mit ihm auch uns unter sich begraben würde, hätte uns nicht abhalten können. Nur das allein war von Bedeutung, nur er und ich, und so packten wir uns, an den Haaren, überall, und begannen einander zu verschlingen, um mehr zu bitten und zu betteln, so wie man Gott anfleht, an den ich nicht einmal glaubte, und ich begriff, dass es ja vielleicht tatsächlich möglich war, vor Lust zu sterben.

Wir brachen einige Regeln: Schuhe auf dem Bett, das Mädchen oben, das Fenster sperrangelweit offen, und das alles am helllichten Tage. Doch es war Mittagszeit, und der Einzige, der uns zuschaute, war der Vulkan.

Die Nachmittagssonne schien auf unsere am Boden verteilten Klamotten. Wir fingen an zu lachen, ein genüssliches, freies Lachen, als hätten wir erst in diesem Moment die Pointe eines guten Witzes verstanden. Draußen vor dem Fenster, in der

Bucht, warteten die Schiffe auf dem Silbertablett des Meeres in der Sonne. Anscheinend war die Hitze, die immer auf den Scirocco folgte, endlich unterwegs.

»Jetzt kommt bald der Sommer«, sagte ich. »Er liegt in der Luft.«

»Ich möchte jeden Tag davon mit dir verbringen, wenn du mich lässt.« Ich schmiegte mich in seine Achselhöhle, spürte, wie seine Lippen sich auf meine Stirn drückten. »Komm her«, sagte er krächzend zu mir. »Schlaf mit mir.«

Das Letzte, was ich wollte, war schlafen, aber da war etwas – vielleicht das Zusammenspiel der Nachmittagssonne, die über uns lag wie eine zweite Decke, mit dem lauwarm gewordenen Wein und dem regelmäßigen Atem Pietros –, das mich am Ende tatsächlich zur Ruhe kommen ließ.

Ich fand mich vor einem Häuschen im Grünen wieder; vielleicht lebte ich dort. Es war ein Haus am Meer, in der Nähe von Castellammare, mit einem Hang voller Olivenbäume dahinter, weich und graugrün wie eine geliebte Wolldecke. Als ich jedoch genauer hinschaute, entdeckte ich, dass über dem Olivenhain und dem Häuschen, genauer, über der ganzen Landschaft, eine schwindelerregend hohe Felswand aufragte, etwas, das nicht aus dieser Welt stammte, sondern aus dem Reich der Riesen. Der Vesuv. Wie hatte ich es nur geschafft, ihn vorher nicht zu bemerken? Er schien vor meinen Augen noch zu wachsen, weshalb ich ihn nicht aus den Augen ließ, während ich rückwärts in Richtung Meer ging, doch je mehr ich den Vulkan betrachtete, umso mehr zog er mich in seinen Bann.

Aus dem Nichts tauchten graue, regenschwere Wolken auf, die sich übereinander auftürmten und eine gewaltige Mauer bildeten. Die Sonne verschwand. Bald schloss mich der Himmel ein wie eine Falle, aus der ich nicht mehr herauskam, und als die Erde unter meinen Füßen bebte, gab es für mich keinen Zweifel mehr an dem, was da gerade passierte.

Ich kehrte dem Vulkan den Rücken zu, taumelte in Richtung Meer. Am Strand lag ein Ruderboot, das ich mit einem beherzten Stoß über die knirschenden Kiesel hinweg zu Wasser ließ. Ich ruderte und ruderte, doch es war das Wasser selbst, das mich beunruhigte, denn es war spiegelglatt, trotz der bevorstehenden Katastrophe. Meer und Himmel waren aschgrau, eine Farbe, die weder zum Tag noch zur Nacht gehört, die Farbe des Endes der Welt. Dann, urplötzlich, in einem Anfall von Wut oder Leidenschaft oder Wahnsinn, begann der Vesuv Feuer zu spucken, schickte eine glühende Gesteinsmasse die Hänge herab, wie heißes Wachs, das an einer Kerze hinabrinnt, als wollte er sich selbst zerstören. Ich schaute wie benommen auf die Lava, glänzend in ihrer Trägheit, wie sie langsam auf die Olivenbäume und das Haus zuglitt. Warum hatte es keine Warnung gegeben, nicht einmal das kleinste Signal? Doch das alles war jetzt zweitrangig geworden; ich musste weiter. Rudern, rudern. Entkommen.

Auf einmal hörte ich Schreie: Menschen, die aus dem Olivenhain strömten, zum größten Teil Frauen und Kinder. Ich hatte das einzige Boot, war ihre einzige Rettung. Ich musste unbedingt ans Ufer zurück, um so viele aufzunehmen, wie ich nur konnte. Doch mittlerweile spuckte der Vulkan auch Felsbrocken, die auf das Wasser rund um mich herum prasselten. *Wenn du zurückfährst, wirst du sterben,* sagte eine Stimme in meinem Kopf. Ich blieb in meinem Boot, starr vor Schreck, denn ich wusste, was ich gleich tun würde.

Dann sah ich nur noch die wenigen Härchen auf Pietros Brust, die sich hoben und senkten. Das Zimmer stand in Flammen, glühend rot ergoss sich die Nachmittagssonne durch die Fenster. Hatte ich doch nur einen Augenblick geschlafen? Ich streckte eine Hand aus und berührte die silberne Sonne mit ihren stachligen Strahlen.

»Hallo«, sagte er mit schläfriger Stimme.

»Ich hatte einen bösen Traum.«

»Hast du Angst?«

»Nicht mehr.«

Er drehte sich zu mir, um mich zu küssen, ein Kuss, der uns mit aller Macht zurück in den Strudel zog, der sich drehte und drehte und uns schließlich wieder ausspuckte, atemlos. »Eines Tages«, flüsterte er gepresst, fast atemlos, »eines Tages werde ich dich heiraten.«

8

Die nächsten zwei oder drei Nächte waren wir unzertrennlich. Tagsüber – in der Vorlesung, der Bibliothek oder im Aufenthaltsraum der Fakultät – versuchte ich zu studieren, fühlte mich aber so, als hätte ich leichtes Fieber. Ich war abgelenkt, erhitzt und zählte die Stunden und Minuten, bis ich endlich wieder in Pietros Armen liegen konnte, um diesen Hunger in mir zu stillen, doch irgendwie genügte es mir nicht. Ich wusste nicht genau, was mit mir vorging. Trotzdem schaffte ich meine Prüfung in Kulturanthropologie, allerdings mit einer Note, die ich lieber für mich behalten hätte. Ich tröstete mich damit, dass es ein Examen war, das nicht so viel zählte wie das in Glottologie oder Semiotik.

»Ach, dann sind es eben keine dreißig Punkte, Süße«, sagte Tonino zu mir, während ich die Treppe zu unserer Küche hochstieg. »Das sind immer noch achtundzwanzig mehr als die, die ich in Sanskrit hatte.«

»Aber du weißt schon, Tonino, dass man eine Prüfung antreten muss, um sie bestehen zu können?«, feixte Angelo und gratulierte mir mit einem dicken, feuchten Kuss auf die Wange.

»Dann sag du mir doch, Angelo, du Klugscheißer, selbst wenn ich die Prüfung bestehe, wozu zum Henker sie im Leben eigentlich gut sein soll?«

»Es geht ums Wissen an sich, Tonino«, sagte ich. »Das ist doch nicht zweckgebunden.«

In dem ganzen Durcheinander war mir nicht ganz klar, ob die Jungs es bemerkt hatten, dass Pietro hinter mir hereingekommen war, ob sie der Tatsache, dass wir zu zweit auftauchten, überhaupt Aufmerksamkeit schenkten, oder ob ihnen aufgefallen war, dass der silberne Anhänger mittlerweile deutlich sichtbar an meinem Hals prangte. Ich sah nur, dass die Anwesenheit Pietros, der ziemlich genau an der Stelle stehen geblieben war, an der er mir vor nicht allzu langer Zeit zitternd diese Kassette geschenkt hatte, ohne jegliches Staunen und nur mit einem schlichten Nicken quittiert wurde. Eine Ungezwungenheit, die ich als Zustimmung interpretierte, und ein Stillschweigen über das allzu Offensichtliche, das ich nur als den ultimativen Beweis für die brüderliche Liebe meiner Jungs interpretieren konnte.

Tatsächlich war ich nur kurz vorbeigekommen, um mir frische Klamotten zu holen, und stellte aus einem Grund, der sich mir nicht ganz erschloss, zu meiner Erleichterung fest, dass Luca nicht zu Hause war. Doch die Jungs, die noch im Schlafanzug über ihren Büchern brüteten, welche bereits mit einer dicken Schicht aus Zigarettenasche bedeckt waren, schienen sich gern stören zu lassen. Sie machten für uns Platz am Tisch und holten eine Flasche Whisky, als hätten sie schon den ganzen Tag auf eine Ausrede gewartet, sich endlich nicht mehr mit linguistischer Philosophie oder Geschichte der Kalligrafie beschäftigen zu müssen – und was für eine bessere Ausrede gab es als eine Diskussion über Steine? Felsen, Sand, Staub, das waren Dinge zum Anfassen. An einem bestimmten Punkt fragte Angelo, wie man eigentlich Erdöl fand.

»Na ja, zuerst muss man sich die Sedimentologie und die

Stratigrafie eines Ortes anschauen«, antwortete Pietro. »Gewinnt man daraus den Eindruck, es könnte sich Hydrokarbon unter der Oberfläche befinden, macht man Probebohrungen.«

»Wenn ich bei mir zu Hause auf unserem Acker mit der Heugabel herumstochere, könnte ich dann auch auf ein bisschen schwarzes Gold stoßen?«, wollte Tonino wissen.

»Was, in Apulien?«

»Aber du bist doch Kommunist«, warf Angelo ein. »Was willst du denn mit dem vielen Geld?«

Alle brachen in Gelächter aus, es wurde ein bisschen Whisky verschüttet. Ohne große Mühe hatte sich Pietro in die Clique eingefügt, die ihn mit allerlei derben Schimpfwörtern belegte, was besonders bei Tonino Zeichen größter Zuneigung war. Auf mehr hatte ich nicht hoffen können. Wie immer, wenn er lachte, hielt sich Pietro die Hand vor den Mund, eine Geste, die ich mittlerweile für ein Zeichen guter Erziehung, ja sogar für elegant hielt. Mir ging durch den Kopf, in Pietro etwas gefunden zu haben, das von geradezu atemberaubender Schönheit war – wie einen kostbaren Edelstein von vielleicht unschätzbarem Wert inmitten so vieler grauer und farbloser Gesteinsbrocken, denen ich bislang begegnet war –, und ich konnte es kaum glauben, dass er tatsächlich, dort in diesem Schatzkästlein von Zimmer, mir gehörte.

So gesprächig wie selten, erzählte Pietro weiter, es gebe viele Jobchancen in der Ölbranche, wenn man nicht ortsgebunden sei und sich gut mit seiner Professorin in Erdölgeologie stellte. Er wolle bei ihr seine Doktorarbeit schreiben, und sie, die viele Kontakte sowohl in Italien als auch im Ausland hatte, habe bereits die Möglichkeit angedeutet, ihm einen Job bei einer Ölfirma zu besorgen. Pietro fügte hinzu, es gebe verschiedene Länder, wo man in dieser Branche Fuß fassen könne, bei einigen hätte man gar nicht gewusst, dass sie Ölvorkommen besaßen. »Zum Beispiel im Golf von Mexiko, vor der Küste von Louisiana«, sagte er und warf mir in genau diesem Moment einen Blick zu, der mehr von mir zu wollen schien als nur die Bestätigung, dass er den Namen des amerikanischen Bundesstaates richtig ausgesprochen hatte. »Ist mir eigentlich egal, wo. Ich würde überallhin gehen.«

»Hauptsache, es ist nicht in dieser Scheißstadt hier«, sagte Tonino.

Alle nickten. Mir war dieser Drang, die Koffer zu packen und um die Welt zu ziehen, nicht fremd, doch an einem gewissen Punkt hatte sich mein Hang zum Nomadentum gelegt, denn ich hatte mich in Neapel verliebt. In diesem Moment jedoch, wo alle sich darin einig waren, wie gering die Lebensqualität in dieser so rückständigen Stadt sei, kam mir ebendiese Liebe, diese *Sehnsucht*, auf einmal kindisch und übertrieben vor.

»Meine Alten haben nicht die geringste Ahnung«, fuhr Pietro fort. »Ihrer Meinung nach ist das Studium der Geologie auch nichts anderes als ein Kurs über die mineralischen Bestandteile von Düngemitteln. Sie gehen fest davon aus, dass ich hinterher ins Dorf zurückkomme und den Hof weiterführe.«

»Aha. Wie viel Hektar habt ihr denn?«, fragte Tonino, der sich gerade eine frische Zigarette in den Mund gesteckt hatte.

Pietro gab zuerst Tonino Feuer und dann sich selbst. In perfekter Symbiose pafften sie vor sich hin und fachsimpelten über Anbauflächen und Erträge. Angelo und ich schauten uns etwas ratlos über den Tisch hinweg an und zuckten mit den Achseln.

»Aber das Landleben ist knochenhart«, sagte Pietro. »Acht Monate im Jahr friert man sich den Arsch ab.«

»Und ständig muss man sich nach dem Scheißwetter richten. Regnet es, regnet es nicht und so weiter und so fort.«

»Sagen wir doch, wie es ist: eine schreckliche Maloche. Klar, auf dem Dorf ist es schön, es ist wunderbar, ab und zu mal hinzufahren. Aber dort leben? Um Himmels willen, nein. Mir reichen die Jahre, die ich dort verbracht haben, das könnt ihr mir glauben.«

Vor dem Fenster gurrten ein paar Tauben, was das Zeug hielt. Ich spürte, wie sich Pietros Hand unter dem Tisch warm auf meinen Oberschenkel legte, ein heimliches Zeichen. Schließlich stand ich auf, um mir meine frischen Klamotten zu holen, doch auch, als wir zwei dann zusammen gingen, zeigte sich auf den Gesichtern der Jungs nicht die Spur von Verwunderung, sondern nur Enttäuschung darüber, dass sie jetzt wieder mit dem Büffeln weitermachen mussten.

Eines Nachts nutzten Pietro und ich einen Kurzbesuch Gabrieles in Monte San Rocco und verbrachten die Nacht statt in Pietros Kämmerchen im breiten Bett seines Bruders. So bequem es auf dem Futon war, der unter dem schrägen Dach auf dem Boden lag, so brutal war das Erwachen. Ich hörte laute Schreie in besonders ausgeprägtem Dialekt – Flüche, da war ich mir sicher, die allerdings keiner menschlichen Sprache anzugehören schienen. Viel eher klang es nach tollwütigen Hunden, die sich zerfleischten, oder nach einem heftigen Hustenanfall mitsamt hochansteckendem Auswurf. Was auch immer es war, das Gezeter kam aus den unteren Stockwerken unseres Mietshauses und wurde durch den schmalen, dunklen, kaminartigen Innenhof akustisch verstärkt. Dann, nach einem letzten Aufbäumen, verstummte es wieder.

»O mein Gott, Liebes, wie schön du bist«, murmelte Pietro,

als er neben mir aufwachte. »Meine Oma hat immer gesagt, wie schön eine Frau ist, sieht man am besten morgens beim Aufwachen.«

Darüber musste ich lachen, denn der Morgen war bereits fortgeschritten, ich hatte einen Vortrag über Theatergeschichte geschwänzt und lag nackt auf den Laken des Bruders meines Liebhabers. Hinter dem Bett, genau auf der Höhe unserer Köpfe, befand sich ein kleines Fenster mit Blick aufs Viertel. Gabriele hatte eine Wasserpflanze in einer Weinflasche auf dem Fensterbrett stehen, doch wie es schien, war sie dort draußen in großer Lebensgefahr, denn nur wenige schwindelerregende Zentimeter trennten sie von einem Sturz in das sonnenverbrannte und baumlose Häusergewirr wie eine tunesische Medina zu ihren Füßen. Das Öffnen des Fensters würde genügen.

Ich lenkte meinen Blick ins Gabrieles Zimmer zurück und schaute mich um. Es war geräumig und mit Büchern vollgestopft, in einer Ecke stand ein Zeichentisch. Neben jeder Menge Druckerzeugnisse standen auch allerlei Objekte auf dem Regal – geschnitzte Kästchen für Stifte, Schachteln mit Intarsien, Murmeln mit eingeschlossenen, farbigen Wirbeln, Amphorenscherben, Federn, Pinienzapfen –, ein faszinierendes Sammelsurium, das ich mir zu gern näher angeschaut hätte, wäre Pietro nicht dagewesen.

Ich setzte mich auf und zog mir das Laken über die nackte Brust. »Bist du dir sicher, dass wir hier sein dürfen?«

»Ich hab dir doch gesagt, dass Gabriele vor sechs heute Abend nicht da ist. Außerdem wird er es nicht einmal merken, dass wir in seinem Bett geschlafen haben, so aufgeregt, wie er über die Arbeit sein wird, die meine Eltern ihm aufgebrummt haben.«

»Aber was muss er denn dort machen? Pflügen oder mit der Hacke arbeiten?«

»Wo denkst du hin? Der kann ja noch nicht mal einer Henne das Ei unterm Hintern hervorholen. Nein, er macht ein Projekt für meine Mutter.« Als er mein ratloses Gesicht sah, fügte er hinzu: »Frag ihn gelegentlich mal danach. Ich wette mit dir, er wird sich sehr geehrt fühlen und dir mit Freuden von seinem fantastischen, avantgardistischen Entwurf berichten. Jetzt jedoch wäre eine schöne Dusche gut. Lass mich mal sehen, ob Madeleine da ist.«

Madeleine war ihre Mitbewohnerin, die mit einem Erasmus-Stipendium nach Neapel gekommen war, doch bislang waren wir uns noch nicht über den Weg gelaufen. Auf halbem Wege die Treppe hinunter flüsterte Pietro mir zu: »Ich muss dich warnen, die ist wirklich schizoid. Auch wenn Gabriele den Ausdruck ›architektonisches Genie‹ bevorzugt.«

»Was hat sie denn mit der Dusche zu tun?«

»Ich zeig's dir gleich.« Pietro rief ihren Namen, einmal, zweimal, und wollte es bereits aufgeben, als sich am Ende der Treppe eine Tür öffnete und eine junge Frau heraustrat.

Mich erinnerte Madeleine sofort an einen Wirbelsturm in Menschengestalt. Vor ihr ging eine beunruhigende Faszination aus, was vielleicht an ihrem kurz geschnittenen und verwuschelten Haar lag, dem noch kürzeren, zerknitterten T-Shirt, dem freien Bauchnabel, der mir zuzuzwinkern schien. Oder war es die Art, wie sie sich die Augen mit den Fäusten rieb, als wäre sie ein kleines Kind, wie sie mit rauer Stimme und einem unmissverständlichen französischen Akzent ihre Nachbarn verfluchte, die sie wieder einmal aus dem Schlaf gerissen hatten, waren es ihre Füße, die (nach japanischer Art) in weißen Söckchen und Flipflops steckten, oder ihre drahtige Gestalt, die großen, verärgerten Augen?

Madeleines Blick wanderte die Treppe hoch und ruhte

schließlich auf mir. Auf einmal wirkte sie hellwach und betrachtete uns mit seltsamer Gier, als läge es in der Luft, dass wir gerade miteinander geschlafen hatten. Wir machten uns bekannt, und einen Moment lang konnte ich den Blick kaum von ihr wenden, denn Madeleine war von einer wilden Schönheit, wie ich sie nie zuvor gesehen hatte. Und sie war die einzige andere Ausländerin, die ich jemals an der Uni kennengelernt hatte.

Sie wandte sich mit drolligem Schmollen an Pietro. »Dann soll ich dir also mit der Dusche helfen? Okay, und was kriege ich dafür?«

»Beim nächsten Mal helf ich dir, okay?«

»Und einen Kaffee aufs Haus?«

»Einverstanden. Wenn ich fertig bin.«

»Du kannst es wirklich mit den Frauen«, sagte sie, mit noch rauerer Stimme. Prompt errötete Pietro, der die Treppe wieder hochstieg.

Madeleine kam mir alles andere als verrückt vor, dachte ich, während wir unter der Dusche standen, von deren Dampf kurze Zeit später alles beschlagen war. Heißes Wasser strömte im Zickzack über Pietros Oberkörper, bildete eine kleine Pfütze dort, wo der Brustkorb sich leicht nach innen wölbte. Ich betrachtete ihn ohne Scham, so, wie man ein Foto betrachtet: den schlanken Körper, die langen Läuferbeine, die schwarzen Härchen dazwischen. Wie schön er war, fast zu schön zum Anfassen.

Auf einmal kam vom Stockwerk unter uns lautes Getöse.

»Was ist das?«

Pietro lachte. »Das hat mit dem Wasserdruck zu tun, der hier oben im siebten Stock ziemlich scheiße ist. Weißt du, wenn die Zündflamme des Boilers ausgeht, muss man ihm einen Tritt versetzen, um ihn wieder in Gang zu bringen. Aber diese Französin, das schwör ich dir, drischt auf ihn ein, als würde sie fürs Kickboxen trainieren. Die müsste mal ein bisschen runterkommen.«

»Vielleicht braucht ihr einen Klempner.«

»Ich brauch nur dich.«

Wir küssten uns, und während uns das lauwarme Wasser in die Münder lief, machte sich Madeleine unten erneut am Boiler zu schaffen. Lachend unterdrückten wir den Impuls, noch länger im Warmen zu bleiben, und das wachsende Verlangen, uns dort unter der Dusche im Stehen zu lieben, und halfen uns stattdessen beim Einseifen.

Gabriele kehrte aus dem Dorf zurück, schwer bepackt mit Mandelkeksen, gefüllten Paprika und Rotwein. Bevor er die Tür hinter uns zuzog, griff er sich noch eine der Flaschen als Mitbringsel für die Geburtstagsparty, zu der er uns mitnahm.

Der Nachthimmel lag über den Dächern des Spanischen Viertels, ein tiefes, wie verwaschenes Blau, doch noch hing die nachmittägliche Frühlingswärme zwischen den Häusern, wie gefangen inmitten der vergessenen Wäschestücke auf den Leinen, dem Duft nach frittierten Tintenfisch und dem süßlichen Gestank des Mülls. Als wir hinter uns einen leisen Aufprall hörten, fuhren wir herum. Mit lautem Klicken ihrer Krallen huschten mehrere riesige Ratten, die man hier *zoccole* nannte, auf eine Tüte mit Müll zu, die, noch bebend von ihrem Sturz von einem der Balkone über uns, bereits begann, ihren fettigen, scharf riechenden Inhalt auf die Straße zu ergießen. Wer auch immer dieser Schlaukopf war, der seinen Müll einfach auf die Straße warf, weil er sich die Treppe ersparen wollte, schloss bereits wieder die Tür. Und was machte das schon? Am nächsten

Morgen würden die Müllmänner sowieso alles mitnehmen und jede Spur beseitigen.

»Macht es euch was aus, wenn ich mir noch schnell Zigaretten hole?«, fragte Gabriele.

»Meine sind auch alle«, stimmte Pietro ihm zu.

Wie ein Leuchtturm lockte uns der Schein einer Neonröhre zu sich. Die Tatsache, dass zu so später Stunde die meisten Läden geschlossen waren, kurbelte in den ebenerdigen Wohnungen des Viertels den Verkauf an. Bei dem *vascio*, auf den wir jetzt zusteuerten, war das Angebot besonders üppig. Auf einem Tischchen vor der Tür lagen Süßigkeiten, darüber hingen, zu Trauben zusammengebunden, Chipstüten. Es war die stumme Aufforderung einzutreten, durch die die Grenze zwischen Straße und Haus, zwischen Öffentlichkeit und Privatem aufgehoben wurde, genauso wie die schwülwarme Nachtluft die die Grenze zwischen der Hitze, die ich auf meiner Haut spürte, und der Wärme, die in meinem Inneren glühte, verschwimmen ließ.

In der Wohnung saß ein älterer Mann, aß ein Kotelett und schaute uns mit abwesendem Blick entgegen, als wären wir aus Luft. Offenbar hatte er nicht vor, sich durch irgendwelche Kundschaft bei seinem Essen stören zu lassen, und die Nacht war noch jung. Von einem Bett hinter einem Vorhang stand nun die Ehefrau auf und schlurfte in Pantoffeln auf uns zu. Eigentlich wollte ich mir dieses Bett nicht anschauen, doch mein Blick wurde wie mit Gewalt angezogen von der Plüschüberdecke im Leopardenmuster, dem ungemachten und gewiss noch warmen Bettzeug, dieser Mischung aus Nachlässigkeit und Intimität. Am Ende ließen sich meine Augen doch verführen, und ich sah es mir mit der gleichen Faszination an, mit der man sich im Fernsehen Sexszenen oder solche mit roher

Gewalt anschaut. Doch die Signora wirkte entspannt, vielleicht auch gleichgültig. In ihrem rosa Morgenrock vollzog sie mit der größten Selbstverständlichkeit diese Gratwanderung zwischen Geschäft und Vergnügen, zwischen Schlaf und Arbeit, Nacht und Tag. Sie trat hinter ihrem Mann hervor, der immer noch kaute, kramte in einer Schublade und förderte eine Schachtel geschmuggelter Zigaretten zutage, um sie uns zu reichen. Wie durch Zauberhand verschwand das Geld in einer der Taschen des Morgenrocks.

»Die schmecken nicht besonders, kosten aber wenig«, sagte Pietro und schob das Päckchen in seine Hemdtasche.

Wir gingen weiter. Unsere Schuhe klackten auf dem Kopfsteinpflaster, ein Geräusch, das jedoch vom Lärmen der Fernseher in den Häusern übertönt wurde. Plötzlich blieb Gabriele stehen. »O Gott! Und was machen wir jetzt?«

Auch Pietro und ich blieben stehen. Vor uns stand ein riesiger Hund, so schwarz, dass er auch nur eine Ausgeburt unserer finsteren Fantasie sein konnte. Er lag auf einem Stück Karton und richtete seine Augen, in denen sich das künstliche Licht ringsum spiegelte, auf uns. Tauben, so dick wie Hühner, pickten um seinen Körper herum, der mit Narben übersät war, wie eine Landkarte, die von vielen Kämpfen zeugte. Er atmete schwer durch die Nase, was klang wie das Schnauben eines Wildpferdes, und verfolgte mit den Augen jede unserer zögerlichen Bewegungen. Ich griff nach Pietros Arm.

»Mann, was ist das denn für ein Vieh?«, sagte er.

Mir schien, dass der Hund zu einem bestimmten Zweck dort lag, dann begriff ich, dass er Wache hielt. Hinter ihm erhob sich eine Reihe von flachen, mit Graffiti bedeckten Mäuerchen, wie große Dominosteine, die auf der gesamten Länge des Blocks die Straße versperrten. Hier kam der städtische Fluss zum Stillstand, und die Bewohner hatten eine Art Damm aus Liegestühlen und Rollern aufgeschichtet und Wäsche darüber aufgehängt. Gekrönt wurde alles von einem riesigen Gerüst, so hoch wie die Häuser selbst, das den Blick auf den Himmel versperrte und aus diesem Teil des Viertels eine Art Metallkäfig machte. Der Hund stieß ein finsteres Knurren aus, vielleicht war es aber auch nur das Brummen eines Mopeds in der Ferne.

»Aber bist du dir denn sicher, dass das hier ist?«, murmelte Pietro, an seinen Bruder gerichtet.

»Ich glaub schon.« Gabriele zog ein Stück Papier aus der Tasche, die Einladung.

»Dann müssen wir eben hier vorbei, und basta.«

»Aber selbst wenn der Hund uns vorbeilässt«, sagte ich, »wie schaffen wir es über die Mauer?« Es würde wie eine Art Hindernislauf sein: Der einzige sichtbare Durchgang in der ersten Mauer war von einem geparkten Roller versperrt.

»In der Tat. Baufällige Gebäude, die gestützt werden müssen«, bemerkte Gabriele nachdenklich. »Ergo die Barrikade.«

Pietro äffte lautlos dieses *ergo die Barrikade* nach und hob spöttisch die Augenbraue. Ich schaute ihn stirnrunzelnd an und hoffte, dass Gabriele seine Herablassung nicht bemerkt hatte. War es denn nicht auch für Pietro offensichtlich, wie sehr sein Bruder ihn liebte?

Wir spähten vorsichtig in die Querstraße zur Linken, doch auch sie war von einer Reihe flacher Mauern versperrt.

»Laut dieser Karte hier«, sagte Gabriele, »muss man leider unbedingt auf die andere Seite rüber, wenn man zu Anna will. Allerdings fürchte ich, dass der direkte Weg heute Abend nicht infrage kommt.« Er warf einen Blick auf den Hundekoloss und fuhr sich mit der Hand durch das schüttere Haar.

Wir hatten keine andere Wahl als umzukehren und uns einen

anderen Weg zu suchen, und genau so kam es, dass wir uns verirrten. Pietro verschränkte seine Finger mit meinen, während wir versuchten, aus dem Straßenlabyrinth schlau zu werden und ihm eine gewisse Logik zu entlocken. Erst als wir zum zweiten Mal vor einer auffallenden lila Hose standen, die auf einer Wäscheleine hing, wurde uns klar, dass wir uns im Kreis bewegt hatten. Pietro schlug vor, die Party sausen zu lassen, da wir dort ja sowieso niemanden kannten, doch dann stießen wir, durch reinen Zufall, doch noch auf das richtige Haus.

Wir folgten dem Geräuschteppich aus Gelächter und Musik in eines der höher gelegenen Stockwerke. An der Tür küsste Gabriele die Jubilarin, eine Kommilitonin, die auch Architektur studierte und sich überschwänglich über den Wein freute, und verschwand. Die losen Fliesen unter unseren Füßen knirschten, als Pietro und ich uns einen Weg durch die Partygäste hindurchbahnten. Die Wohnung bestand aus mehreren Räumen, die nur mit Kerzen beleuchtet waren und ineinander übergingen, denn einen Flur gab es nicht. Der süßlich herbe Geruch von Marihuana lag in der Luft, Stimmengewirr. Katzen schlichen auf Samtpfoten durchs Haus und ließen sich nur flüchtig streicheln, dann waren sie wieder verschwunden. Ich folgte einer von ihnen in ein Zimmer, in dem weniger los war, dann hatte ich auch Pietro verloren. Vor mir stand eine Reihe von Stühlen, die jemand lieblos an einer Wand aufgestellt hatte. Ihre Einsamkeit rührte mich, und so nahm ich auf einem Platz.

Kurze Zeit darauf tauchte Gabriele an meiner Seite auf und drückte mir einen Plastikbecher mit Rotwein in die Hand. »Trink, dann fühlst du dich gleich wohler.«

»Aber mir geht es gut so«, sagte ich, nahm aber trotzdem einen Schluck. »Es ist das Leben, von dem ich momentan ein bisschen beschwipst bin.«

»Ich weiß. Es ist ansteckend«, antwortete er und kippte seinen Wein auf einen Satz herunter. »Aaah. Von diesem ganzen Im-Kreis-Herumlaufen habe ich einen Mordsdurst bekommen.«

»Nicht im Kreis – im Quadrat«, seufzte ich.

Ich überließ Gabriele gerne meinen Becher, dazu brauchte ich keinen Vorwand. Seine Augen leuchteten auf, während er den Inhalt in seinen Becher kippte, eine Geste, die nicht nur zeigte, dass er es mit der Hygiene ernst meinte, sondern auch für unsere zunehmende Vertrautheit sprach. Irgendwie hatte ich auf einmal Lust, etwas mit ihm zu teilen, und so kam es, dass ich ihm von meinem Ausflug zum Cimitero delle Fontanelle erzählte.

Während ich sprach, rückte Gabriele immer näher an mich heran, um mich inmitten des Partygetümmels besser hören zu können. Jetzt konnte ich ihn mir näher anschauen – das nicht rasierte Kinn, die Lippen, die bereits vom Wein leicht gerötet waren. Obwohl er so penibel war, was Hygiene anging, schenkte Gabriele seinem Äußeren nur wenig Aufmerksamkeit. Er wirkte immer ungekämmt, was auch für seine wild wuchernden Augenbrauen galt, und nachlässig gekleidet: fehlende Knöpfe, zu lange Hosen, die auf dem Boden schleiften. Jetzt, wo er so nah neben mir saß, dass ich die würzige Komplexität des Weines so intensiv riechen, ja, fast schmecken konnte, als hätte ich ihn selbst getrunken, überkam mich auf einmal das beschwipste Verlangen, ihm das wirre Haar zu kämmen und sein zerknittertes Kordjackett glatt zu streichen.

»Leider, Eddie, habe ich nur wenig Zeit für solche Ausflüge. Aber ich weiß, dass es nicht die einzige Gegend der Stadt ist, wo es solche Höhlen gibt«, sagte er, ohne allerdings zu präzisieren, ob er damit Höhlen im Allgemeinen meinte oder welche mit Gebeinen. »Es gibt viele andere. Vielleicht ist Neapel unter unseren Füßen ja komplett leer.«

»Leer? Wie meinst du das?«

Etwas flackerte kurz in Gabrieles Augen auf, als spiegelte sich in ihnen das gesamte Kerzenlicht des Zimmers. Ich begriff, dass Gabriele meine Verwirrung genoss, doch ich gönnte es ihm von Herzen, so, wie ich ihm auch gerne meinen Wein gegeben hatte.

»Schau dich um. Dieses Gebäude hier, alle Gebäude, die uns umgeben: Sie sind aus Stein gebaut. So weit das Auge reicht, kein bisschen Grün. Aber woher stammt es deiner Meinung nach, dieses ganze Baumaterial?«

»Darüber habe ich nie nachgedacht.«

Während er diesen wackligen Becher mit der gleichen Behutsamkeit in der Hand hielt, als wäre es ein kostbarer Kelch, erklärte er mir, viele andere Städte seien aus Material erbaut worden, das man vom Lande holte, doch bei Neapel sei das nicht der Fall. Seit dem antiken Griechenland wisse man, dass der Untergrund fast ausschließlich aus gelbem Tuffgestein bestehe, einem Material vulkanischen Ursprungs, das hervorragend zu verarbeiten und deshalb ein idealer Baustoff sei. So habe man begonnen, den Stein direkt aus den oberen Erdschichten abzutragen, ebenso wie aus Höhlen im umliegenden Hügelland. Und während man so unbemerkt die Erde unter seinen Füßen aushöhlte und leerte, wuchs die Stadt an der Oberfläche sichtbar von Tag zu Tag. Der Tuff sei so gut zugänglich, dass diese Praxis bis zum Ende des neunzehnten Jahrhunderts angehalten habe. Deshalb, fügte Gabriele hinzu, seien auch die Gebäude des Spanischen Viertels auf diese Weise gebaut worden, auch wenn dafür im Vergleich zu den Herrenhäusern weniger dicke Mauern errichtet wurden. Möglicherweise um noch weitere Kosten zu sparen, seien die Mauern in den oberen Stockwerken immer dünner geworden.

»Obere Stockwerke wie in eurem Haus«, sagte ich, von meinem eigenen Haus ganz zu schweigen.

»Na ja, dazu musst du wissen, dass die Gebäude im Viertel maximal vier oder fünf Stockwerke hoch waren. Alle anderen sind später aufgesetzt.«

»Aufgesetzt?«

»Illegale Aufbauten, meine liebe Eddie, ohne jegliche Kontrolle durch die Baubehörde. Denk nur mal ein bisschen drüber nach. Wir haben sowieso schon die geringste Mauerdicke, die für tragende Strukturen nötig ist. Kommt dann noch der zusätzliche Druck durch die nicht vorgesehenen Aufbauten dazu, entsteht ein gravierendes Einsturzrisiko. Zumal der kampanische Tuff besonders mürbe und zart ist. Hast du jemals bemerkt, wie er unter den Fingern zerbröselt, wenn man ihn an Stellen, wo sich der Putz gelöst hat, anfasst?«

Während Gabriele eine Zigarette aus der Schachtel nahm und nach seinem Feuerzeug kramte, wurde mir endlich die wahre Bedeutung des Wortes *illegal* klar, eines Begriffs, den man in Neapel oft benutzte, jedoch immer frei von moralischer Verurteilung. Auf Gebäude bezogen bedeutete er folglich nicht nur etwas, das verboten war, sondern etwas Gefährliches.

Er zündete die Zigarette an, nahm einen Zug. »Aus diesen und anderen Gründen ist Neapel einzigartig auf der Welt. Es ist unvergleichlich.«

Im Zimmer nebenan brandeten Gelächter und Applaus auf, und auf einmal fühlte ich mich überwältigt von alldem, was ich da gerade erfahren hatte, Einzelheiten, die faszinierend und beunruhigend zugleich waren, wie ein Haufen Legosteine, die ich nicht zusammensetzen konnte und die mir deshalb mit lautem

Getöse, wie das Gelächter nebenan, aus den Händen fielen. Ich verstand Neapel einfach nicht, nicht wirklich. Mir fehlte das Gesamtbild, eine größere Perspektive, eine echte Landkarte. Und war in dieser Hinsicht Neapel nicht ein bisschen so wie das Spanische Viertel? Es war nur scheinbar leicht zu durchschauen, folgte jedoch in Wirklichkeit einer mysteriösen Logik, die die Stadt zu einem Konglomerat aus unbekannten Größen machte, das nicht zu entwirren war. Mein eigenes lückenhaftes Wissen über meine zweite Heimatstadt war unwiderlegbarer Beweis dafür, dass ich niemals so sein würde wie Luca, klug und in der Stadt zu Hause. Denn trotz all der Jahre, die ich hier verbracht hatte, trotz Gymnasium und der vielen Exkursionen und Besichtigungen, trotz der Leidenschaft, die ich für diese Stadt hegte, und des innigen Wunsches, mich von ihr mitreißen zu lassen, ja, ganz in ihr aufzugehen, war da etwas an ihr, das sich mir entzog. Liebe allein genügte nicht.

Ich schaute Gabriele an. Wie er so dasaß, im Profil, mit der Zigarette in der Hand, sah er Pietro sehr ähnlich: die lange, kantige Nase, das geschwungene Grau des Bartes, und das flackernde, unstete Licht der Kerzen tat ein Übriges, um die Grenzen zwischen den beiden Brüdern noch mehr zu verwischen. Ganz allmählich wurde mir bewusst, dass Gabriele und ich dabei waren, eine Bindung zueinander aufzubauen, vielleicht auch Zuneigung, etwas, das mir außerordentlich wichtig schien, auch wenn ich mir noch nicht erklären konnte, warum. Doch ich hatte kein großes Vertrauen in meine Fähigkeit, diese Zuneigung zu dosieren, denn auch ohne den Wein, ohne die physische Präsenz Pietros, war mir dieser auf einmal näher denn je, und ich spürte, wie sehr seine Worte mein Denken entflammten, wie seine Zärtlichkeiten meine Haut versengten und seine Küsse meinen Mund berauschten. Was Pietro und ich da machten, hatte nichts mit Sex zu tun – wir ließen uns anstecken, wie von einer Krankheit. Und eine Nebenwirkung, dessen war ich mir sehr wohl bewusst, war, dass ich eine Sinnlichkeit ausstrahlte, von der ich mir nicht sicher war, ob ich sie wollte und ob andere sie an mir wahrnehmen sollten. Eine Sinnlichkeit, die größer war als ich und zugleich anonym, die mir aus allen Poren strömte und sich ungehemmt auf meine Umgebung übertrug, vor allem auf Gabriele, der immerhin genetisch ein Teil von Pietro war und in diesem Moment, vollkommen in Gedanken verloren, eine seidige Rauchwolke zur Decke hochsteigen ließ.

»Aber ist es nicht gefährlich?«, fragte ich ihn.

»Was denn?«

»Ich meine, dass all diese Gebäude und Straßen auf einem Untergrund errichtet sind, der ausgehöhlt ist.«

»Ganz im Gegenteil.« Gabriele wandte sich zu mir, auf dem Gesicht eine Mischung aus Erregung und Verschworenheit, als würde er mir jeden Moment ein Geheimnis verraten. »Es gibt Leute, die sagen, es sei sogar ein Vorteil, der Neapel sozusagen elastischer gemacht und ihm dadurch größere Schäden durch die Erdbeben erspart habe. Unser Dorf, das faszinierende Monte San Rocco, wurde durch das Beben 1980 praktisch dem Erdboden gleichgemacht, und wie du weißt, hat es damals auch viele Dörfer am Vesuv schwer getroffen. Warum hat es dann in Neapel nur geringe Schäden gegeben? Sicher könnte mein Bruder hier eine wissenschaftlichere Erklärung liefern, aber sagen wir mal, die unterirdischen Höhlen sind offenbar dazu in der Lage, seismische Wellen zu absorbieren. Ja, komm, wir fragen ihn gleich. Da ist er ja.«

Das passierte mir jedes Mal, wenn ich Pietro erblickte. Zuerst das schwindelerregende Gefühl, dass sich alles drehte – die

Welt, die sich krümmte oder vielleicht gerade aus dem Nichts erschaffen wurde, und mein Kopf nur ein verzückter Betrachter. Dann kam der Fall, als stürzte ich aus großer Höhe hinab, doch kaum gab ich mich diesem Stürzen hin, schenkte es mir ein Glück, unfassbar groß und unfassbar beunruhigend.

Von: tectonic@tin.it
An: heddi@yahoo.com
Gesendet am: 23. Februar

Liebe Heddi,

ich bin gerade von der Plattform zurückgekehrt und habe deine Mail bekommen. Das ist wirklich unglaublich! Und wieso Neuseeland? Seit wann bist du da? Welche Jahreszeit hast du jetzt? Hast du dir ein Tattoo machen lassen? Und wie lange ist es her, dass du deine Familie gesehen hast? So viele Fragen. Ich würde so gern ein paar von deinen Fotos von der Landschaft da unten sehen, bestimmt fotografierst du noch besser als früher.

Hier ist alles wie immer: Nichts ist wirklich gut, aber alles geht dank einer gewissen, nicht immer angenehmen Trägheit voran. Seit ich deine Mail bekommen habe, lese ich sie wieder und wieder in der Hoffnung (ich lebe von Hoffnung), zwischen den Zeilen etwas zu finden – aber was eigentlich? Ich weiß es nicht. Du bist eine wundervolle Frau. Ich selbst wäre niemals in der Lage gewesen, einem Schuft wie mir zu verzeihen oder wenigstens freundliche Worte für ihn zu finden.

Ich bin nicht einmal der Schatten dessen, was ich vor ein paar Jahren war. Ich bin zynischer geworden, desillusioniert, müde und – du hast recht – vielleicht auch ein bisschen depressiv. Du warst mein Adrenalin, meine heiße Schokolade, mein Wollschal, mein Weinvorrat.

Manchmal denke ich über die Menschheit nach, über das Verhalten der Leute, über ihre Verrücktheit und ob sie einen Sinn ergibt. Wenn ich mich besonders gut fühle, finde ich sogar plausible Erklärungen dafür, was ich dir angetan habe, doch wenn ich böse auf mich bin (und das bin ich die meiste Zeit), könnte ich mir einfach nur in den Arsch beißen. Ich habe dich gehen lassen, weil ich mich stark fühlte. Weil ich glaubte, ohne dich leben zu können. Und nichts davon stimmt. Du warst, auch wenn du es nicht willst, die einzige Frau, die mich glücklich gemacht hat, und du wirst es immer sein. Das habe ich erst spät begriffen, zu spät, wie in der allerbesten Tradition des Hollywoodkinos.

Ich komme zurecht. Ich bilde mir ein (aber nur an guten Tagen), es müsse doch auch für mich ein bisschen Frieden geben. Doch ich würde dich so gerne wiedersehen. In letzter Zeit stelle ich mir manchmal vor, ich wäre Besitzer eines kleinen Hauses auf dem Land, vielleicht in der Toskana oder im Piemont, und ich sehe Kinder herumwuseln und dich schreibend am Computer. Sehr malerisch, findest du nicht? Oder nur Hirngespinste, wie ich sie vor langer Zeit auch schon hatte? Sehen wir uns irgendwann mal?

P.

9

Im Spanischen Viertel gab es eine Art Hof-Hierarchie. Wir im sechsten oder siebten Stock genossen eine Extraportion Sonne, spektakuläre Sonnenuntergänge, manchmal sogar eine Meeresbrise. Aus dieser Höhe betrachtet wirkte die Anarchie der Gassen oft weit, weit weg. Jene hundertachtundsechzig Stufen waren zugleich ein Beweis für das Überleben des Stärkeren und unsere chinesische Mauer.

Doch bereits im dritten Stock, ganz zu schweigen vom zweiten – oder, um Himmels willen, im ersten – lebte man wie in einem Kartenhaus. Balkone waren wie gestapelt, Bettlaken hingen kreuz und quer übereinander, und die Gebäude selbst waren, als stünden sie nicht sowieso schon eng genug beieinander, durch elektrische Kabel miteinander verbunden, von denen Straßenlampen baumelten, als wollte man die Häuser davon abhalten auseinanderzudriften. Bis dass der Tod euch scheidet. In den unteren Stockwerken konnte man das Sonnenlicht in Zentimetern messen. Einmal am Tag lag auf einmal ein schmaler Goldbarren aus Licht auf dem Küchentisch, als hätte ein Gast ihn vergessen, doch noch bevor man ihn einstecken konnte, verformte er sich zu einem Rhombus mit ausgefransten, wie von der Dunkelheit angeknabberten Kanten, bis schließlich nur noch ein winziges Karo übrig war – das auch verschwand. Und das Leben im Erdgeschoss – nun, das war schlicht und ergreifend unvorstellbar.

Die Bewohner des Viertels bedienten sich gerne eines Weidenkörbchens, das man im Dialekt *panaro* nennt. Ich liebte es zu beobachten, wie das Körbchen in Bungeejumping-Manier aus einem der höheren Stockwerke hinabsauste, um dann, unten angekommen, mit Brot, Milch, vergessenen Schlüsseln oder Geld gefüllt zu werden. Mich erinnerte der *panaro,* der auf seinem waghalsigen Weg nach unten meist von geschrienen – und oft missverstandenen – Anweisungen begleitet wurde, an eine Spinne, die sich an ihrem eigenen gesponnenen Faden entlanghangelt. Doch für uns Studenten war das Körbchen dann doch zu proletarisch, denn unsere Verbindung zu der lärmenden und manchmal sogar rauflustigen Welt da unten war eine noch feinere und mit Sicherheit moderne Einrichtung: die Sprechanlage.

»He, Pié, ist Eddie da?«, ertönte eines Tages eine knisternde Stimme.

»Das ist Tonino«, rief Pietro. »Für dich.«

Ich lief zur Sprechanlage, sofort mit einem schlechten Gewissen. Ich war in letzter Zeit nur sehr wenig zu Hause gewesen und hatte damit womöglich die spielerische Alltäglichkeit aufs Spiel gesetzt, auf der meine Freundschaft mit den Jungs basierte, ganz zu schweigen vom Büffeln für die bevorstehenden Prüfungen, bei dem ich sie im Stich gelassen hatte.

Wie um meine Befürchtungen zu bestätigen, klang Tonino sehr ernst. »Du musst sofort nach Hause kommen, Eddie. Keine Zeit, das näher zu erklären.«

Ich lief auf die Straße hinunter. Trotz seiner kurzen Stummelbeine marschierte Tonino im Affenzahn durch das Viertel, über dem die Lethargie des frühen Nachmittags lag, und ich musste mich anstrengen, mit ihm mitzuhalten. Die ganze Zeit über klimperte die kleine Silbersonne unter meinem T-Shirt ihren immer eindringlicheren Rhythmus, während ich Tonino bedrängte, mir doch zu sagen, worum es ging, doch er beschränkte sich nur darauf zu sagen: »Wir konnten deinen Fotoapparat nicht finden.«

»Wozu braucht ihr denn die Kamera?«

»Wart's ab. Vollkommen abartig, das alles.«

Im obersten Stock angekommen, betraten wir die Wohnung. Durch Angelos weit offen stehende Tür sah ich sofort die weichzeichnerartig verschwommene Luft in dem Zimmer, wie im Film, wenn sich eine Traumsequenz andeutet. Doch das alles war real, die Luft schmeckte nach Kalk, dann sah ich Angelo, der neben dem Fenster stand. Er wirkte nachdenklich, war dabei aber drolligerweise von Kopf bis Fuß mit weißem Staub bedeckt, wie ein Pizzabäcker. Auch Sonia war nach Geisha-Art weiß bepudert; sie saß auf dem Bett und lehnte sich an die Wand. Alle beide waren reglos, wie zwei Schauspieler, die darauf warten, dass der Vorhang aufgeht.

»Aber was ist hier los?«

Aus dem Flur ertönte Lucas Stimme. »Schau mal nach oben.«

Über Angelos Bett zog sich eine tiefe, breite Wunde quer über die Decke, ausgefranst wie Sardinien auf der Landkarte. Darunter, direkt auf dem Kuhfell, das als solches nicht mehr zu erkennen war, lag ein riesiger Gesteinsbrocken – ob Verputz oder Stein, konnte ich nicht erkennen –, dazu ringsum größere und kleinere Fragmente sowie jede Menge Staub. Ich hätte sofort begreifen müssen, worum es sich handelte, doch die Gesamtsituation war ein solches Gemetzel, dass ich zunächst nichts kapierte.

»Sonia und Angelo saßen auf dem Bett und haben sich

irgendwelchen Scheiß im Fernsehen angeschaut«, erklärte Tonino, »als mir nichts, dir nichts ein Riesenbrocken von der Decke heruntergekommen ist.«

»Der hätte uns den Schädel einschlagen können«, fügte Angelo hinzu und konnte nur mit Mühe seine Begeisterung verbergen. »Hat nicht viel gefehlt. Ich hab eine Schramme am Bein.«

»Alles in Ordnung mit euch?« Ich wollte schon über den Schutt hinübersteigen, als Tonino mich daran hinderte.

»Nichts bewegen. Zuerst müssen wir Fotos machen, damit wir die den Vermietern zeigen können, oder der Versicherung oder sonst jemandem. Sonst glaubt uns das keiner.«

»Mir geht's gut, Eddie«, beantwortete Sonia meine Frage. »Er hat mich nur am Arm gestreift. Wir hätten uns gern ein bisschen sauber gemacht, aber wir wollten auf dich warten, damit du Fotos machst.«

»Die Kamera ist dort in der Schublade … unter den Wörterbüchern«, sagte ich gedankenverloren zu Tonino. »Aber es ist nur ein Schwarzweißfilm drin.«

»Macht nichts. Ist sowieso alles weiß.«

Ich stellte meine Minolta scharf und begriff erst jetzt, was ich da vor mir hatte. Und dann begann ich zu fotografieren. Den aufmüpfigen Stein, der sich bei seinem Sturz aufs Bett einige Kanten abgebrochen hatte. Angelo mit Verputz in den Haaren. Die Bettdecke voller Schutt, Sonias Stiefel, weiß bepudert. Hätte sie nur ein paar Zentimeter weiter von Angelo entfernt gesessen, wäre der Stein ihr mitten aufs Bein gefallen und hätte es vielleicht gebrochen. Oder wenn Angelo in genau jenem Moment zur Seite gerutscht wäre, um umzuschalten … Er hatte recht: Alle beide waren um Haaresbreite schweren Verletzungen entgangen – oder Schlimmerem. Warum schmerzte es mich dann so sehr, hier in Sicherheit, hinter meiner Kamera verschanzt, zu stehen und Bilder zu machen, statt dort bei meinen Freunden zu sein, in diesem Zimmer, das ich so gut kannte, und ebenso wie sie von Kopf bis Fuß mit Staub bedeckt zu sein? Es war ein absurder Neid.

Ich war gerade mit dem Fotografieren fertig, als Angelo bereits, um den Gesteinsbrocken herum, auf dem Weg in die Küche war, um sich einen wohlverdienten Kaffee zu machen, und Sonia ins Bad stiefelte, um zu duschen.

»Nein«, sagte Luca, »wir müssen hier raus. In dieser Wohnung sind wir nicht mehr sicher.«

»Die Decke ist schon unten, Falcone. Was soll denn noch runterkommen?«, erwiderte Tonino.

»Der Riss im oberen Stockwerk wird immer größer. Offenbar hat das miteinander zu tun. Das Haus bricht auseinander.«

Mit diesen Worten schickte Luca uns zum Kaffeetrinken in eine Bar im Viertel, damit er in der Zwischenzeit mit der Vermieterin sprechen konnte. Nur Luca wusste, in welchem *basso* im Spanischen Viertel sie wohnte, da er derjenige war, der ursprünglich, zu Zeiten lange vor uns, den Mietvertrag unterzeichnet hatte.

Nach einer halben Stunde stieß er zu uns. Er berichtete, die Vermieterin sei in Morgenrock und Pantoffeln mit ihm in die Wohnung gegangen, habe sich umgeschaut und seinem Bericht mit einer Miene gelauscht, aus der weder eine Gefühlsregung sprach, noch zu schließen war, wie viele Trümpfe sie unter Umständen im Ärmel hatte. Stattdessen habe sie ein protziges Handy aus der Tasche gezogen, ihren Neffen angerufen und maschinengewehrartig auf ihn eingeredet, in einem so schweren Dialekt, dass selbst Luca, der einen waschechten Neapolitaner zum Vater hatte, nicht durchblickte. Danach hatte sie ihr

Handy mit einem zuckersüßen Lächeln zugeklappt und Luca mitgeteilt, was bei dem Gespräch herausgekommen war, bei dem es sich gar nicht um ein hitziges Streitgespräch, sondern um eine bauliche Einschätzung handelte, die allerdings ohne Ortsbegehung durch den Fachmann stattgefunden hatte. Sie vertraue ihrem Neffen wie ihrem eigenen Sohn, sagte sie, zumal er ihrer Meinung nach der allerbeste Ingenieur im ganzen Spanischen Viertel sei, zumindest würde er es sein, sobald er sein Studium abgeschlossen hatte. Dieser Neffe nun habe geraten, eine Reihe von Stahlträgern einzuziehen, um den Boden in der Außenmauer zu verankern, die offenbar tatsächlich dabei sei, sich vom Gebäude zu lösen. Umbauarbeiten, die nach neapolitanischer Zeitrechnung sechs Monate dauern würden, und bis dahin würde die Wohnung unbewohnbar sein.

Eine Weile übertönte das laute Brummen der Kaffeemaschine in der Bar unser Schweigen auf angenehm ohrenbetäubende Weise. Angelo war sichtlich in seinem Stuhl zusammengesunken und ergriff als Erster das Wort. »Mensch, ich hab diese Wohnung so gern.«

Ich pickte ein Stückchen Putz aus seinen Haaren. »Ich auch«, sagte ich. Doch im selben Moment spürte ich auch etwas, das mich mitriss wie eine Strömung im Meer, und ein Teil von mir wusste, dass es falsch gewesen wäre, mich diesem Sog zu widersetzen.

»Aber es wird auch seine positiven Seiten haben«, sagte Sonia. »Und wie!« Angelo sprang vor Aufregung fast von seinem Stuhl auf. »Der Sommer steht vor der Tür, und wir fahren sowieso bald alle nach Hause. Dann würde ich sagen, wir packen das Notwendigste und sind eben für ein paar Monate obdachlos.«

»Ja, ja, das möchte ich sehen, wie du als braves blondes Jüngelchen zusammen mit Anarchos und Punks in einem besetzten Haus wohnst«, witzelte Tonino.

»Und was weißt du schon? Ich dachte eher, ich würde bei Davide wohnen, und du gehst halt dorthin, wo dich einer erträgt. Na los, Leute, wir könnten uns eine Menge Miete sparen, und im Oktober, genau zur rechten Zeit, wenn wieder Vorlesung ist, ist die Wohnung dann frisch renoviert.« Mit diesen Worten ließ Angelo sich zufrieden in seinen Stuhl zurücksinken.

Vielleicht zum allerersten Mal war Tonino offen auf Angelos Seite. Von der anderen Seite des Tisches warf mir Luca einen seiner starren Blicke zu, als wollte er mich in seinen Bann ziehen, und diesmal war ich überzeugt davon, was er mir in seiner unendlichen Weisheit sagen wollte: Ich solle sie einfach reden und mich von der Strömung treiben lassen.

Ich zog zu Pietro um. An dieser Entscheidung war etwas so Selbstverständliches, Offensichtliches, dass ich nicht weiter darüber nachdenken wollte. Im Taumel des Moments kam es mir gar nicht in den Sinn, dass ich vielleicht überstürzt handelte oder was für Konsequenzen es haben könnte. Ich schaute nicht in die Zukunft – vielleicht hatte ich das nie getan –, und ebenso wenig beschäftigte ich mich mit der Vergangenheit. Kaum hatte ich jene düstere und baufällige Wohnung hinter mir gelassen, die ich so sehr geliebt hatte, schien sie mir auf einmal das zu sein, was sie von Anfang an gewesen war: nur eine Zwischenstation.

Pietro legte seine Matratze auf den Boden und entfernte den Bettrahmen, damit Platz für eine zweite Matratze war. Auf einmal wurde es in dem sowieso schon winzigen Zimmer noch enger. Ich stand in der Tür, weil ich nicht wusste, wie ich ihm bei diesem Puzzle von Möbelstücken behilflich sein konnte, dachte an die Jungs und fragte mich, wo und mit welcher Häufigkeit wir uns jetzt noch treffen würden.

»Ich finde, die passen super da hin«, sagte Pietro und schob eine Matratze nach der anderen in die Ecke unter dem Fenster, damit man wenigstens noch die Tür öffnen und schließen konnte.

»Bist du sicher?«

»Ganz sicher.«

»Ich kann dir auch was zahlen.«

»Kommt überhaupt nicht infrage.«

»Es ist nur für den Sommer.«

»Dann schauen wir.«

Ich betrachtete ihn beeindruckt, sei es von seiner physischen Kraft, sei es von seiner Entschiedenheit, was das Thema anging, als hätte er immer schon davon geträumt, sich ein Zimmer, das kaum größer war als ein Schrank, mit einem anderen Menschen zu teilen. Er schaute mich mit einer Miene ergebener Genugtuung an, vielleicht, weil er gerade ein geometrisches Problem gelöst hatte, und verteilte dabei sein ganzes Körpergewicht auf sein Lieblingsbein, die Hände in die Hüften gestützt. Auf einmal erinnerte er mich an den Pietro, der damals, an jenem ersten Abend, als er zu uns zum Essen gekommen war, außer Atem von der Treppe, unter dem Stuck-Medaillon in unserem Wohnzimmer gestanden hatte, als wartete er darauf, dass etwas vom Himmel fiel.

Bei diesem Bild von ihm, der damals immer noch ein Fremder gewesen war, erschauderte ich. War das nicht gerade mal zwei Monate her? Auf einmal war da der eisige Kitzel eines Zweifels – darüber, dass ich buchstäblich Hals über Kopf zu ihm gezogen war, dass ich immer noch so wenig über ihn wusste; dass auch die kleinste Berührung von ihm genügte, um mich mitzureißen, ja, zu einer anderen werden zu lassen, und darüber, dass ich all die Seminare und Vorlesungen bereitwillig geschwänzt hatte, um mit ihm zusammen zu sein. All das, all diese impulsiven Handlungen, verantwortungslos und vielleicht sogar gefährlich, machten mich auf einmal zu einer Fremden, in der ich mich selbst kaum wiedererkennen konnte.

Jetzt bildeten die beiden Matratzen eine Art Ehebett, mit einer Besucherritze in der Mitte. »Mir tut es bloß leid um diesen Spalt hier«, sagte er.

»Ist doch in Ordnung.«

Und tatsächlich wurde dieser Spalt im Lauf der Nacht immer größer. Wenn ich morgens aufwachte, war das Erste, was ich sah, der lange blaue Streifen des Meeres, wie ein Buntstift in Ultramarin. Aus diesem neuen Winkel betrachtet, schien das Viertel wie vom Erdboden verschluckt zu sein. Pietro schlief noch, als ich aufstand.

Ich benutzte das Bad ein Stockwerk tiefer, jenen Raum mit dem Boiler, den Madeleine mit Fußtritten traktiert hatte, sowie einer Badewanne, die sich auch ohne fremde Hilfe problemlos mit warmem Wasser auffüllen ließ. Ich stellte die kleine Espressokanne aufs Feuer und trat auf die kleine Terrasse hinaus. Noch zwei Stufen und ich stand auf der Teerpappe des Daches.

Was für ein schöner Morgen. Rings um mich herum reckten sich Fernsehantennen vergeblich nach oben, um den weißen Sonnenhimmel anzupiksen. Ich fragte mich, wie viele von diesen zerfallenden Wohntürmen auf Hohlräumen standen, wie Gabriele mir erklärt hatte. Doch was bedeutete das schon? Hier oben fühlte ich mich riesengroß, in einer Welt ohne Decke. Die wenigen morgendlichen Geräusche, die man hier hören konnte, waren gedämpft, wie auf Pantoffeln. Und auch die Luft selbst

schien noch tief zu schlafen – nur ein paar angezündete Zigaretten, eine kürzlich geteerte Straße, frisch gebackenes Brot,
Meeresluft. Am liebsten hätte ich mich an diesen Düften satt
gerochen, hätte den Blick über das Viertel wandern lassen, bis
sein Hunger gestillt war, und mich mit dem funkelnden Strass
des Golfs behängt. Auf der spiegelglatten Wasserfläche wirkten
die Containerschiffe irreal: Sie zitterten wie Luftspiegelungen
und hatten die Farbe von Rost oder Staub, ein verschwomme-
nes Braun wie der Vulkan hinter ihnen.

Der Kaffee gab ein gurgelndes Blubbern von sich, und ich
kehrte in die Küche zurück. Zu meiner Überraschung war Madeleine schon auf, mit wildem Haar und nur notdürftig bekleidet, doch was mich noch mehr überraschte, war, dass sie mich
mit einem strahlenden Lächeln begrüßte und mir einen Kuss
gab – ganz anders als die bärbeißige junge Frau, die uns mit
der Dusche geholfen hatte. Offenbar war sie nach acht Stunden Schlaf der Charme in Person. Jetzt kam auch Pietro, und
wir nahmen zu dritt an dem wackeligen Tischchen Platz, um
Kaffee zu trinken.

Jeder Zweifel, was ihn betraf, hatte sich in Luft aufgelöst. Ich
fühlte mich wie zu Hause, und ich liebte ihn.

Wie der Einbruch der Zimmerdecke auf Sonia und die Jungs,
die ihn am eigenen Leibe erfahren hatten, gewirkt hatte, konnte
ich nur erahnen, doch ich hatte beschlossen herauszufinden, wie
es um Neapel bestellt war und ob es tatsächlich kurz vor einem
Zusammenbruch stand. Eines Sonntagvormittags überredete ich
Pietro zu einem Ausflug zum Parco di Capodimonte. Fast fühlte
man sich hier wie auf Bali, exotisches Gezwitscher brachte die
Äste der Bäume, die einen gewaltigen grünen Baldachin über
unseren Köpfen bildeten, zum Beben, das frisch gemähte Gras

war feucht, und es gab Palmen. In Neapel war jede Palme für mich ein Lebenszeichen, Symbol einer angeborenen und unzerstörbaren Schönheit, und dort oben standen viele davon.

»Ach, was für eine Labsal für meine wunden Augen«, sagte Pietro. »Warum bin ich bloß noch nie hier gewesen?«

»Gern geschehen«, neckte ich ihn. »Ich werd's niemandem verraten, dass eine Ausländerin dich hierhergeschleppt hat.«

Er zog eine Schachtel Marlboro aus der Tasche und zündete sich eine an, inhalierte mit schmalen Augen. »Ich finde es toll, dass du nicht von hier bist. So bist du anders als alle anderen, die immer im gleichen Fahrwasser unterwegs sind.«

»Was meinst du mit allen anderen?«

»Der größte Teil der Leute, vor allem da, wo ich herkomme.«

Wir spazierten im Park umher, händchenhaltend oder eng umschlungen, und kamen nur ab und zu an beruhigenden Zeichen der Zivilisation wie Laternen oder schmiedeeisernen Bänken vorbei. Gelegentlich begegneten wir ganz normalen Menschen: alten Leuten auf einer Bank, Eltern mit Kinderwagen, Sportskanonen, die joggten oder radelten. Sie alle schaute ich an und musste ein Lächeln unterdrücken, denn ich wollte mir den Stolz darauf, Pietro an meiner Seite zu haben, nicht anmerken lassen. Mir kam es ungehörig vor, stolz auf ihn zu sein und diese Leute mit meiner unbändigen Freude über etwas, das ich hatte und sie nicht, zu behelligen.

Wir schlenderten lange umher, bis schließlich einer der kiesbestreuten Wege an einem Aussichtspunkt endete und die ganze Stadt unter uns lag, ein gewaltiges Häusermeer, das sich bis zum Vulkan und dem Golf erstreckte, der immer da war und doch niemals derselbe.

Pietro nickte anerkennend. »Hierher hätte ich dich gern mit dem Auto chauffiert, wie es einer Dame gebührt.«

Jetzt standen wir wieder an unserem Ausgangspunkt: dem Museum von Capodimonte, dem zweiten Königspalast der Stadt. Er war in einem flüchtigen Rot gestrichen, das in der Zeit zwischen Sonnenaufgang und Sonnenuntergang, wenn der Park seine Tore fürs Publikum öffnete, manchmal an das ausgeblichene Rot eines alten Sonnenschirms erinnerte, manchmal auch an frisches Blut oder verschütteten Rotwein. Vor dem Museum lag eine riesengroße Rasenfläche in leuchtendem Grün.

Ich öffnete die Schnallen meiner Sandalen und trat mit nackten Füßen auf den weichen, saftig grünen Teppich. Das hatte ich schon seit Jahren nicht mehr getan. Ich legte mich auf den Rücken, spürte, wie sich Pietro neben mir im Gras ausstreckte. Das Gras war kühl, ich erinnerte mich daran, wie ich mich als kleines Mädchen im Schnee ausgestreckt hatte und mit den ausgestreckten Armen und Beinen gerudert hatte, ein *snow angel* oder Schneeengel, und ich fragte mich, ob man vielleicht auch von einem Grasengel sprechen könne. Der Himmel über uns war klar und endlos.

Auf einmal hörten wir ein leises Rumpeln. »Donner?«, scherzte ich.

»Ich schwöre dir, mein Bauch war es nicht.«

Innerhalb weniger Sekunden war das Grollen angeschwollen und zu einer Art unnatürlichem Röhren geworden, als würde die Luft vom Himmel eingesogen werden. Dann tauchte hinter den Palmen ein riesiges schwarzes Flugzeug auf. Es flog in erschreckend geringer Höhe über uns hinweg, wie in Zeitlupe; ich konnte klar und deutlich das ausgefahrene Fahrgestell sehen, die silbrigen Kratzer an seinem Bauch. Instinktiv drückte ich mich mit meinem ganzen Gewicht in den Rasen, als bestünde die Gefahr, von ihm gestreift zu werden.

»Heilige Muttergottes!«, schrie Pietro. »Was war das denn?«
Aufgewühlt diskutierten wir verschiedene Möglichkeiten, beschlossen jedoch am Ende, dass es sich um ein Militärflugzeug gehandelt haben musste.

»Ich bin noch nie geflogen«, sagte Pietro.

»Kein einziges Mal?«

»Nein.«

Ich strich mit der Hand über die stacheligen Grashalmspitzen. »Glaubst du, es kommt noch eins?«

»Ich hoffe es. Warten wir noch ein bisschen.«

Die Spannung war sehr groß. Es war wie am Unabhängigkeitstag, wenn man auf das Feuerwerk wartet – das Verlangen, mit dem Feuer zu spielen. Unsere Geduld wurde belohnt, als kurz darauf ein weiteres Flugzeug auftauchte, und ich dachte, vielleicht war ja unsere Glückssträhne vorbei, und es gab tatsächlich einen Zusammenstoß, diesmal mit dem Dach des Museums, und mir entfuhr ein Schrei. Dann – nichts.

Wir warteten darauf, dass sich im Park alles beruhigte und die Vögel wieder zu zwitschern begannen. »Du könntest mich mitnehmen«, sagte Pietro. »Mich in deinem Koffer verstecken.«

»Und wo würdest du gerne hinfahren?«

»Was hältst du von Amerika?«

Amerika hatte viele Facetten, doch die, die mir in diesem Moment in den Sinn kam, war das Amerika der Vorstädte. Ich war nicht von dort weggegangen, weil mir dort etwas Schlimmes passiert war, sondern weil dort nie *irgendetwas* passierte. Das Leben dort war wie ein langsamer, schmerzloser Tod. Ich drehte mich auf eine Seite und stützte mich auf dem Ellbogen auf. »Aber weißt du, wo ich gerne hinwollte?«

»Wo denn?«

»Nach Norwegen.«

Ich erzählte ihm, dass ich vor vielen Jahren, als ich das Bewerbungsformular für den Schüleraustausch ausgefüllt hatte, bei den Ländern Norwegen als meine erste Wahl angegeben hätte. Italien war auf dem letzten Platz gelandet. In der Broschüre war das Foto eines norwegischen Häuschens inmitten einer bläulich verschneiten Landschaft abgebildet gewesen, die Fenster leuchteten einladend orange. Das hatte mich damals als Fünfzehnjährige überzeugt. Bevor ich die Bewerbung abschickte, hatte ich sie allerdings meiner besten Freundin Snežana gezeigt, der Tochter eines bulgarischen Schriftstellers und Dissidenten. Sie war über meine erste Wahl entsetzt und riet mir, ich solle statt Norwegen Italien an erste Stelle setzen. Ich war ganz und gar nicht überzeugt, doch Snežana hatte dunkle Ringe unter den Augen und war schon am Schwarzen Meer gewesen, und so hatte ich ihren Rat befolgt. Damals war es mir wie eine Entscheidung aufs Geratewohl und ohne große Konsequenzen erschienen, »Norwegen« auszustreichen und »Italien« hinzuschreiben, aber das war sie nicht.

Pietro hatte sich zu mir gedreht, mit wild zerzausten Haaren und so wunderschön, dass ich mir mit all meiner Kraft wünschte, er würde seine übliche Scheu in der Öffentlichkeit ablegen und mich küssen. »Dann fahren wir nach Norwegen. Du weißt, dass die da Erdöl haben, in der Nordsee?«

Ich machte *brrr*. »Oder Island. Dort haben sie wenigstens Vulkane, um uns ein bisschen zu wärmen.«

»Dann Mexiko. Da haben sie Vulkane *und* Strände. Du und ich, wir könnten am Meer sitzen und gigantische Margaritas schlürfen.«

»Und erst die Fidschi-Inseln! Da wollte ich immer schon hin, aber ich weiß nicht, wo sie sind.«

Natürlich war das alles nur dahingesagt. Oder auch nicht.

Pietro: »Ganz egal, wo du hinwillst, ich bring dich hin.« Und trotz der Passanten beugte er sich tatsächlich über mich und gab mir einen Kuss, allerdings etwas schaumgebremst, genau dort auf der feuchten Wiese.

Wir legten uns wieder wie Grasengel auf den Boden, mit ausgebreiteten Armen, Hand und Hand, und waren einfach nur glücklich. Nicht eine Wolke am Himmel. Es gab nur eine blaue Fläche über uns, eine grüne unter uns und wir mittendrin wie gefallene Engel. Auf einmal glaubte ich, die Welt – und die Liebe – in ihrer ganzen, grundlegenden Schönheit erkennen zu können. Und ich hatte das Gefühl, statt an die Erde gepresst zu sein, hätten wir uns von ihr gelöst und sogar unsere Schwerkraft verloren. Wie Federn.

Pietro seufzte. »Und wenn ich dran denke, dass ich meinen Schweizer Pass weggeschmissen habe. Wie bescheuert.« Er erklärte mir, mit achtzehn habe er auf seine Schweizer Staatsbürgerschaft verzichtet, um nicht dort den Militärdienst antreten zu müssen. »Ohne meinen Bruder hätte ich gar keinen Bezug zu dem Land.«

»Aber ich hab ihn nie über die Schweiz sprechen gehört.«

Lachend setzte er sich auf und zog sich die Schuhe an. »Nicht Gabriele. Mein Bruder Vittorio.«

»Du hast noch einen Bruder?«

»Er ist der Älteste, aber es wird fast nie über ihn geredet.« Vittorio, erzählte er, sei mit einer Schweizerin verheiratet und habe zwei Kinder. Zuerst habe er in demselben Molkereibetrieb gearbeitet, wo die Eltern tätig gewesen seien; damals habe er Nachtschicht gearbeitet und, wenn er um fünf Uhr morgens nach Hause kam, den Vater geweckt und sich an seiner Stelle ins Bett gelegt. Vittorio war siebzehn gewesen, als die Mutter angefangen hatte, für ihre endgültige Rückkehr nach Monte

San Rocco zu packen. »Meine Eltern versuchten ihn umzustimmen, aber es half nichts. Er wollte nicht nach Italien zurück. Mein Vater blieb auch noch in Schaffhausen, denn er musste arbeiten, um Geld nach Hause zu schicken. So konnte meine Mutter letztlich nichts dagegen ausrichten.«

Dann gab es also irgendwo noch einen Mann, der Pietro ähnelte, und mir kam der Gedanke, wie es wohl wäre, wenn man sich selbst vervielfältigen könnte, wie in einem Spiegelkabinett. Eine berauschende Idee, die wahrscheinlich auch nur daher kam, dass ich schon so lange nichts mehr gegessen hatte.

Und genau in diesem Moment sagte Pietro: »Ich habe einen Mordshunger, Schatz. Komm, gehen wir nach Hause.«

Gehen wir nach Hause. Es war Musik in meinen Ohren, was er da sagte, und am liebsten wäre mir gewesen, er hätte es mir tausendmal ins Ohr geflüstert. *Gehen wir nach Hause. Nach Hause.* Doch Pietro war bereits aufgestanden und reichte mir aufmunternd meine Sandalen, als wollte er mich daran erinnern, wenn ich sie nicht bald anzöge, würde ich auch das letzte bisschen Gewicht verlieren, das mich am Boden hielt, und einfach davonfliegen.

Doch Luca war uns wie immer einen Schritt voraus, denn als wir ins Spanische Viertel zurückkehrten, erfuhren wir, dass er eine Fähre bestiegen hatte. Er war auf dem Weg nach Griechenland.

10

Ich konnte mir keinen Grund denken, warum Luca Hals über Kopf aufgebrochen war. Zweifellos war er nach Griechenland gefahren, um Roberta zu besuchen, doch wenn er es getan hatte, um sie zurück nach Neapel zu locken, warum jetzt und nicht vor sechs Monaten oder einem Jahr? Angelo sagte nur: »Wenn dir ein Stück Decke auf den Kopf fällt, siehst du die Welt in vielerlei Hinsicht mit anderen Augen.« Die Jungs hatten nur karge Informationen über seine Abreise und nicht die geringste Ahnung, wie lange er wegbleiben würde. Ich wünschte mir so sehr, der Mensch zu sein, dem Luca am meisten vertraute, doch ich wusste, die Wirklichkeit sah ganz anders aus.

Vorhersehbarer war, dass man mir Pietro wegnahm. Im Haus der Eltern gab es jede Menge Arbeit: Bäume mussten beschnitten, landwirtschaftliche Geräte gerichtet werden. Es sollte nur ein kurzer Aufenthalt sein, nicht einmal eine Woche, doch ich fand den Gedanken trotzdem beunruhigend. An der Tür, kurz bevor er aufbrach, sagte Pietro zu mir: »Wenn du mir fehlst, weißt du, was ich dann mache? Ich schicke ich dir einfach eine Nachricht. Und immer dann, wenn du eine Fliege summen hörst, ein Fenster, das zuschlägt, oder wie jemand bei einem Auto in die Bremsen steigt, weißt du, dass ich mich an dich erinnere und in Gedanken hier bei dir bin. Und das werde ich immer sein.«

In Pietros Abwesenheit wurde ich allmählich zu einer festen Größe in der Wohnung. Ich stieg im Schlafanzug die Treppe hinunter, ich wischte den Boden, wechselte ein paar Worte mit Madeleine und studierte an Pietros Schreibtisch aus Metall, mitten im Wohnzimmer. Doch was auch immer für ein Buch ich mir vornahm, ich kam einfach nicht voran.

Unsere Nachbarn zankten sich wie die Katzen. Ein- oder zweimal am Tag begann eine Dame mit einer schrillen Stimme wie ein Bohrer, die heilige Muttergottes anzuflehen oder ewige Verdammnis heraufzubeschwören. Wenn man ihr etwas in den Hof hinunterrief, feuerte sie das nur noch mehr an; manchmal zeterte sie so wütend, dass ich mich vom Schreibtisch erhob und in den Hof hinunterschaute. War das Ende der Welt jetzt gekommen? Tief unten im Hof sah ich Hausbewohner in Morgenmantel und Pantoffeln, wie sie sich wütend gegen die Geländer ihrer Balkone warfen, mit den Fäusten herumfuchtelten und einander aufs Wüsteste beschimpften. Doch da die Streitigkeiten in tiefstem Dialekt abgehalten wurden, verstand ich bestenfalls Bruchstücke – *scurnacchiato,* Hurensohn, *a dilluvio,* wie eine Flut, *tutta chilla fatica,* so eine Arbeit, *tutte strunzat',* alles Scheiße, *ommo 'e merda,* Arschloch, oder *janara,* Hexe –, konnte mir aber keinen Reim darauf machen, worum es eigentlich ging.

Mir wurde bewusst, dass ich in meinem ganzen Leben eigentlich noch nie einen Menschen vermisst hatte. Morgens, wenn sich die ersten Sonnenstrahlen in meine Träume brannten, schlug ich die Augen auf, und das Erste, worauf mein Blick fiel, war Pietros zerknitterte und gähnend leere Betthälfte. Zu Beginn versuchte ich, so viel Zeit wie möglich außerhalb des

137

kleinen Zimmerchens zu verbringen: Meinen Morgenkaffee trank ich auf dem Dach, oder ich ging zur Uni oder in die Salumeria, um mir hundertfünfzig Gramm Speck zu kaufen (ach, nein, heute nur hundert). Doch die Leere folgte mir überallhin, genauso wie bei Nacht der Vollmond dir zu folgen scheint und hinter jeder Ecke mit rätselhaftem Gesicht auflauert, vielleicht besorgt, vielleicht aber auch insgeheim voller Genugtuung über deine Ängste. Schon bald begriff ich, dass ich dieser Leere deshalb nicht entkommen konnte, weil ich sie in mir trug, ein rundes Vakuum wie ein Mond, ein vollkommenes Loch, wie eine Wunde in meinem Leib, die jedoch ihr ganz eigenes Gewicht hatte. Sie ähnelte den Schmerzen, die ich bekam, wenn ich meine Regel hatte oder mich in ein zu heißes Bad sinken ließ. Dann stieg eine Hitzewelle in mir auf, von der mir schwindelig wurde, begleitet von dem Gefühl, vollgefressen und zugleich ausgehungert zu sein, überschäumend vor Leidenschaft und dennoch danach lechzend. Am Ende beschloss ich, gar nicht erst zu versuchen, das Gefühl zu verdrängen. Jene Abwesenheit war das Einzige, was mir nach Pietros Abreise geblieben war, und wenn ich schon nicht ihn haben wollte, nahm ich wenigstens die Leere hin, die er hinterlassen hatte. Ich begriff, dass es ebenso ein Privileg war, unter seiner Abwesenheit zu leiden, wie ihn zu lieben.

Mich meinem Kummer zu ergeben verschaffte mir am Ende seltsamerweise doch Linderung. Irgendwann schaffte ich es, im Bett zu liegen, ohne einen Blick auf die quälenden Knitterfalten in seinem Laken zu werfen. Lieber suchte ich nach Gabriele, betrachtete ihn von der Seite, tauchte ein in seine Stimme. All das ließ meine Sehnsucht nach Pietro zwar eher wachsen, doch es war auch ein Hinweis darauf, dass er in dieser Welt existierte. In der Stadt unterwegs zu sein, verschlimmerte im

Gegensatz dazu die Symptome, vielleicht weil es hier so unendlich viele Individuen gab, die umherliefen, diskutierten, lachten, ohne dass ein Einziger darunter war, der Pietro auch nur im Entferntesten ähnelte. Dort, in den Gassen der Stadt, gewann diese heiße Woge des Unwohlseins endgültig die Oberhand in mir und breitete sich in meinem ganzen Körper aus, ohne sich jedoch jemals daraus befreien zu können. Ich fühlte mich wie im Fieber und war überzeugt davon, dass auch mein Gesicht glühend heiß war. Jeder, dem ich begegnete, konnte es sehen, als stünde ich tatsächlich lichterloh in Flammen. Für jeden sichtbar und für mich schmerzlich spürbar – ich war verliebt.

Zugleich schien mein Viertel meinen Kummer zu teilen, schien die Tränen zu vergießen, die ich aus Eigenliebe unterdrückte. Die Lockrufe der Straßenhändler, die ihre Ware anboten – Weidenkörbchen, geröstete Nüsse –, klangen wie Klagelaute, wenn sie in den Gassen unterwegs waren, so eng und feucht wie eine Umarmung am Grab. Die Kirchenglocken läuteten in melancholischem Moll. Eines Tages weinte ein kleines Mädchen in einem der *bassi* – ich glaube, wegen eines kaputten Spielzeugs – und wollte nicht mehr aufhören, doch statt es auszuschimpfen, wie es die Tradition wollte, ließen die Erwachsenen es respektvoll in Ruhe, damit es seine Trauer ausleben konnte. Ein anderes Mal stieg mir von einem der Balkone unter mir der nach Pinien duftende Dampf aus einer Dusche in die Nase, kaum mehr als ein billiges Duschgel, das mich doch so sehr bewegte wie ein echter Kuss von Pietro, rau und nach seinem frischen, leicht bitteren Aftershave duftend. Es waren Fantastereien, wie ich sie nie zuvor erlebt hatte. In meinem Zustand fiebrigen Deliriums begann sogar der Verdacht in mir aufzukommen, unsere Beziehung sei ebenso unfassbar schön wie in weite Ferne gerückt und könne genau deshalb nur die Ausgeburt meiner Fantasie sein.

Eines Morgens, als ich mich auf den Weg zu meinem Bulgarischkurs bei Iskra machte, hatte ich gerade das Spanische Viertel verlassen, als ich auf der Via Roma einen Obdachlosen bemerkte. In Washington hatte es unzählige Menschen gegeben, die kein Dach über dem Kopf hatten und von denen viele seelisch krank waren, in Neapel jedoch nicht. Gewiss, in den Straßen des Zentrums gab es jede Menge Zigeuner, die mit mitleiderregender oder theatralischer Miene bettelten, und Junkies, verloren in ihrer eigenen Welt. Doch die Roma hatten ihre Nomadencamps, in die sie abends zurückkehren konnten, und die Heroinabhängigen lebten, soweit ich wusste, nicht auf der Straße. Dieser Mann jedoch war weder Zigeuner noch drogenabhängig, und geisteskrank wirkte er auch nicht.

Er saß vor einer Bar in einem Rollstuhl, die Haare von der Sonne ausgeblichen, ein Gesicht wie aus Leder, beide Beine oberhalb des Knies abgetrennt. Neben ihm, auf einer Decke, der man sich natürlich besser nicht näherte, lag ein Mischlingshund, dessen Zähne in allen Himmelsrichtungen aus dem Maul ragten. Doch es war genau dieses unansehnliche Tier, das mich veranlasste, mich an sein Herrchen zu wenden.

»Gehört der Ihnen?«

»Guter Hund«, lautete die Antwort.

Der Mann hatte einen steten Blick, seine Augen das wässrige Blau eines tauenden Gletschers, und als er sprach, schien mir, ich hätte ein raues, nicht gerolltes R gehört, einen winzigen Akzent. Der Zustand seines Gebisses war ebenso desaströs wie der des Hundes. Sein Alter war schwer zu schätzen. Er hatte weder ein Schild noch eine Tasse für Spenden.

Ich bückte mich und streichelte das verfilzte, wie ölige Fell des erbarmungswürdigen Tieres. »Brauchen Sie Geld für den Hund?«

»Ja, danke. Vielen Dank.«

Ganz sicher ein ausländischer Akzent, dachte ich, vermutlich deutsch. Ich gab dem Mann etwas Kleingeld und ging meines Weges. Am Tag darauf suchte ich die Stelle absichtlich auf, und da war der Mann wieder, vor derselben Bar, zur gleichen Uhrzeit. Die Leere in meinem Magen hatte nichts mit Hunger zu tun, und so waren auch der Cappuccino und das Aprikosenhörnchen, die ich mir in der Bar geben ließ, nicht für mich.

»Vorsicht, heiß«, sagte ich zu ihm.

Als ich ihm die Sachen reichte, berührte er mich mit seinen schmuddeligen Händen, doch ich empfand weder Angst noch Ekel. Statt sich auf das Essen zu stürzen, hob er den Blick und schaute mich mit kummervollen Augen an. Ich schämte mich dafür, dass ich ihn offenbar gekränkt hatte und davon ausgegangen war, er habe Hunger, obwohl möglicherweise etwas ganz anderes der Fall war. Trotzdem konnte ich in diesen Augen nichts anderes erkennen als Mitgefühl, Mitgefühl *mit mir,* als belastete seine eigene Situation als einsamer und behinderter Mensch ihn nur wenig, und der einzige Schmerz, den er wirklich empfände, sei der meine, ein Kummer, der mir alle Kräfte raubte, seit Pietro nicht mehr da war.

Es war dieser Blick, der mich entwaffnete, und so murmelte ich rasch eine Entschuldigung, gab ihm etwas Geld und ging. Vielleicht war er nichts anderes als ein Spinner, der sehr wohl ein Zuhause hatte, in das er zurückkehren konnte, ein verrückter Künstler oder ein Onkel auf Besuch aus Deutschland. Doch ich wusste, wer auch immer er war – indem ich ihm diesen Kaffee und dieses Hörnchen schenkte, hatte ich etwas in

Bewegung gesetzt, das ich nicht mehr aufhalten konnte oder wollte.

Es fiel mir schwer zu glauben, dass Luca, der dazu die Adria und den gesamten italienischen Stiefel überqueren musste, früher aus Griechenland zurückkehren würde als Pietro aus dem Hinterland von Neapel. Doch es war ohne jeden Zweifel Luca Falcone, den ich vor dem Palazzo Corigliano inmitten des üblichen Trubels und durch einen leichten Regenschleier hindurch erkannte. Und ich musste nicht nach ihm rufen, denn er kreuzte bereits quer durch ein Meer aus Studenten, Rollern und Tauben direkt auf mich zu. Er bewegte sich mit der Gelassenheit eines Weltenbummlers, den Rucksack über einer Schulter und Regenperlchen im Haar.

Luca erzählte mir, er sei am Abend zuvor angekommen und habe die Nacht im Haus seiner Tante in Barra verbrachte, das in einer Industriegegend am Stadtrand lag. Er bat mich, ihn zu unserer alten Wohnung zu begleiten, eine Bitte, die ich ihm weder abschlagen konnte noch wollte. Während ich ihm durch das Spanische Viertel folgte – er bestimmte den Weg –, berührten sich unsere Schultern öfters und gaben jedes Mal den Geruch von feuchtem Stoff ab. Schließlich betraten wir mit großem Schlüsselklappern das Haus. Es roch nach feuchtem Keller, nach Vernachlässigung. Ohne erstaunt zu sein, machte ich die Bemerkung, die Renovierungsarbeiten hätten offenbar noch gar nicht begonnen.

»Ist doch egal, Heddi. Weder du noch ich werden jemals wieder hier wohnen. Aber ich denke, das wusstest du längst.«

Mit feierlichem Schritt folgte ich Luca in sein früheres Zimmer. Das ungemachte Bett war wie kristallisiert in dem Moment, als die Decke heruntergebrochen war. Eine Espressotasse stand immer noch auf der Kommode, doch weder die Bücher noch die arabische Kalligrafie waren noch da, wodurch die uralte, fleckige Tapete mit Blumenmuster noch hässlicher wirkte. Ich versuchte die Erinnerung an uns alle, wie wir auf diesem Bett lagen und uns ein Video nach dem anderen reinzogen, zu verdrängen.

»Du hast ein bisschen Farbe gekriegt.«

Luca erwiderte nichts und zog stattdessen eine Flasche Ouzo aus seinem Rucksack. Als er den Schraubverschluss öffnete, erfüllte das intensive Aroma von Anis und Kardamom die abgestandene Luft. Er setzte sich aufs Bett, goss ein wenig davon in die Espressotasse und bot sie mir an, gewiss nur aus Höflichkeit, und als ich erwartungsgemäß abwinkte, kippte er den Ouzo auf einen Satz hinunter. Ich stand immer noch wie angewurzelt im Zimmer. Ich fühlte mich, vielleicht irrationalerweise, wie abgeschnitten – von ihm, seinen Beweggründen, seinem Vertrauen in Dinge, die größer sind als wir.

Doch der Ouzo ist ein Trank, der schnell wirkt, und er löste Luca die Zunge. »Ich war wegen Roberta in Griechenland. Nicht, weil ich wieder mit ihr zusammen sein wollte, sicher nicht. Ich wollte sie nur wiedersehen, wollte sehen, was von dem, was wir einmal waren, übrig ist. Jetzt haben wir das Kapitel abgeschlossen.«

Er stand auf, gab mir einen schmatzenden Kuss auf die Stirn, gefolgt von einem fast unhörbaren *mmm*. Ich interpretierte es als die Aufforderung, nichts zu sagen, aus Respekt. Luca öffnete den Schrank, und der Spiegel in der Schranktür fing beim Drehen in den Angeln einen Lichtstrahl auf, der einen Augenblick lang das ansonsten finstere Zimmer erhellte. »Aber jetzt muss ich wieder weg«, sagte er. »Diesmal nach Varese.« Seiner Mutter gehe es gesundheitlich nicht gut, und als einziger

Sohn müsse er sich um sie kümmern, erklärte er, während er ein paar Hemden aufs Bett legte. Mir wurde erst jetzt bewusst, dass er packte.

»Gut, dass du zu ihr fährst«, sagte ich, doch in meiner Kehle war es eng geworden, und es verschlug mir fast die Sprache, obwohl ich den Ouzo gar nicht probiert hatte. »Und wenn du zurückkehrst, suchen wir uns eine neue Wohnung.«

»Ich komme nicht mehr nach Neapel zurück, Heddi.«

Es war eine Nachricht, die ich mir durchaus hätte denken können, wäre mein Kopf im Einklang mit meinem Herzen gewesen. Die letzte Verbindung, die Luca mit Neapel hatte, war die Präsentation seiner Doktorarbeit; jetzt würde er zum Zivildienst irgendwohin geschickt. Ohne Vorankündigung zog er mich an sich und drückte mich.

Ich spürte, wie mir die Knie weich wurden. War es das? Das Ende einer Freundschaft, die sich für mich immer so angefühlt hatte, als würde sie nicht den Gesetzen der Zeit und der Abnutzung unterliegen? Wie sehr hatte ich mich getäuscht! Andererseits hatte ich selbst in letzter Zeit dazu beigetragen, dieses Ende zu beschleunigen. Ich schloss fest die Augen, presste mich an Lucas Brust und gab mich alldem einen Moment lang hin – seinem kratzigen Hemd, dem zerzausten Haar, dem ruhigen Schlag seines Herzens.

So verharrten wir lange, bis der Sprühregen draußen zu einem richtigen Regen wurde. Als ich die Augen wieder öffnete, fiel mein Blick auf unser Spiegelbild, das Bild zweier Menschen, die sich ohne Scheu vor Nähe umarmen. Ja, wir konnten durchaus als beste Freunde durchgehen. Doch es gab noch so viele Dinge, die ich ihm nicht gesagt hatte.

Pietro rief mich jeden Abend an. Bei Dunkelheit, erst recht mit geschlossenen Augen, umgab mich seine Stimme wie ein ganz eigenes Universum. War das vielleicht das griechische *melas,* von dem mein Professor gesprochen hatte, das leuchtende Schwarz? Pietro erzählte mir von seinen Arbeiten auf dem Hof, von dem Schwein, das, bis zu dem Tag, an dem sein Schicksal es ereilen würde, fraß wie ein römischer Kaiser, von den antiken Münzen, die er auf den Feldern ausgrub, von seinem Kinderzimmer, wo er in diesem Moment saß und flüstern musste, um niemanden zu wecken.

»Ich möchte mal mit dir hierherkommen«, sagte er mir eines Abends, »um dir alles zu zeigen.«

Ich stellte mir wunderschöne Szenen vor. Wie seine Eltern uns zum Essen riefen, ein Klang, der vom Wind getragen wurde. Ich stellte mir das Haus inmitten der Weizenfelder vor – die große Terrasse, den gedeckten Tisch –, Bilder, die immer schärfer wurden, je näher Pietro und ich kamen, während wir uns einen Weg durch ein goldenes Feld bahnten, die Ähren kitzlig wie viele Katzenschwänze. Dann nahmen wir alle gemeinsam an dem Tisch aus wurmstichigem Holz unter einer Laube aus Olivenzweigen Platz, sonnengebräunt und angenehm müde von der Sonne und der körperlichen Arbeit. Bilder und Gerüche, so satt und lebhaft, dass ich fast die aufgeschnittenen Zitronen schmecken konnte, das frisch gebackene, noch warme Brot. Das Gefühl dazuzugehören, war so stark, dass mir ein Schauder über den Rücken lief.

»Heddi, ich habe noch nie jemandem mein Dorf gezeigt.«

»Du willst mir doch nicht sagen, dass du noch nie eine Freundin mit nach Hause genommen hast.«

»Es gab nie eine, die ich dorthin bringen wollte. Außerdem weißt du ja, wie das bei den Familien im Süden ist: Du bringst jemanden mit nach Hause, und sie fangen schon an, die Aussteuer zu besticken.«

Ich zögerte. »Bist du denn sicher, dass ich dann kommen soll?«

»Na klar. Und mach dir keine Gedanken, mein Schatz. Sei einfach du selbst, und du wirst sehen, dass sie dich gleich ins Herz schließen.«

»Und du, bist du nicht nervös?«

»Überhaupt nicht.« Er stieß deutlich hörbar den Atem aus, vielleicht der letzte Zug an einer Zigarette. »Mit dir fühle ich mich unbesiegbar. Wie Superman.«

Wir legten auf. Ich blieb noch einen Augenblick auf dem Kunstledersofa sitzen, um mich herum die beißende Stille. Dann stieg ich in dem Bewusstsein, egoistisch zu sein, die Treppe hoch und klopfte an Gabrieles Tür. Er räusperte sich und sagte »Herein!« Er saß an seinem Zeichentisch, von einer einzigen Lampe unvorteilhaft beleuchtet, und unpassend zur Jahreszeit in eine Strickjacke und einen Schal gemummelt.

»Alles okay mit dir?«

»Ich bin bloß erkältet. Oder ich kriege eine Grippe. Vielleicht ist es auch Rinderwahn, bin noch unentschlossen.«

»Wenn du magst, ich hab was Homöopathisches, das könnte dir vielleicht helfen.«

»Du bist wirklich freundlich, Eddie, aber für das, was ich habe, gibt es nur eine Medizin«, sagte er und zeigte auf den Boden, wo seine treuen Begleiter standen: eine Flasche Wein und ein Glas.

Ich legte die letzten Schritte bis zu seinem Schreibtisch zurück und versuchte mir nicht anmerken zu lassen, wie vertraut ich mit seinem Zimmer war und wie neugierig auf seine kleinen Schätze, die überall herumstanden. »Was zeichnest du?«

»Nichts. Ein Projekt, das sowieso nie umgesetzt wird.« Gabriele bedeutete mir näher zu kommen, bis ich die intensive Hitze der Lampe spürte, die auf die Zeichnung gerichtet war. Er strich mit den Fingern übers Papier, zeigte mir das, wie er sagte, aerodynamische Dach, »in Theorie wie ein Vogel im Flug«, dann den prachtvollen Eingang sowie einen Querschnitt durch mehrere Korridore, die sich nach oben zur Decke verjüngten, wie »im Inneren der Türme der Sagrada Familia.«

»Das ist wunderschön«, sagte ich, und er brach in Gelächter aus, das jedoch sogleich in einem so heftigen Husten mündete, dass er bis an die Ohren rot anlief. Ich wartete, bis er sich ein wenig erholt hatte, und fragte ihn, was das denn für ein Gebäude sei, das er für seine Mutter entwerfe.

»Für unsere Mutter? Hat dir das Pietro gesagt?«

»Entschuldige, hätte er das vielleicht nicht verraten sollen?«

»Ganz im Gegenteil. Du bist die Frau seines Herzens, dir muss er alles sagen.« Er kramte in einer Reihe von aufgerollten Zeichnungen, zog eine hervor und rollte sie auf. »Aber genau genommen ist es kein Gebäude, was ich für meine Mutter entwerfe.«

Ich runzelte die Stirn, legte den Kopf schief. »Was ist es dann, ein Möbelstück?«

»Na ja, es ist noch in der Anfangsphase. Ich hab ihr wieder und wieder gesagt, dass es absurd ist, so etwas zu entwerfen, hab mit allen Mitteln versucht, sie davon abzubringen, aber sie besteht darauf.«

Ich verstand immer noch nichts. Gabriele nahm einen Schluck von seiner Medizin und musterte mich aufmerksam, als suchte er auf meinem Gesicht nach den Spuren genau der Mischung aus schmerzlicher Ironie und genießerischem Amüsement, das aus seiner Miene sprach.

»Es ist ihr Grabstein.«

Von: heddi@yahoo.com
An: tectonic@tin.it
Gesendet am: 29. Februar

Lieber Pietro,
danke für deine letzte Mail. Du schreibst so gut, aus dem Herzen. Ich hoffe nur, dass ich dem mit meiner Antwort gerecht werden kann.
Ich lebe seit vier Jahren in Neuseeland, und hier habe ich auch das Millennium gefeiert. Kein Vergleich mit den Silvesterpartys im Spanischen Viertel (erinnerst du dich?). Vor dem Jahreswechsel waren alle hier sehr aufgeregt, vor allem deshalb, weil dieses kleine Land das allererste sein würde, das die Sonne des zweiten Jahrtausends aufgehen sehen würde. Die Gegend, die der Datumsgrenze am nächsten ist, ist eine Halbinsel namens East Cape. Sie ist nur spärlich bewohnt, hauptsächlich von Maoris, mit Regenwald bewachsen und von endlosen Stränden gesäumt. Genau an einen dieser Strände bin ich gefahren, in Begleitung einer Freundin, um auf das historische und bedeutungsvolle Morgengrauen zu warten. Es fiel uns schwer einzuschlafen.

Kaum war die Sonne untergegangen, wurde der hauchfeine weiße Sand ziemlich kalt, und ich hatte nur einen Schlafsack, aber kein Zelt dabei. Doch stell dir nur vor, diese vielen, vielen Sterne... buchstäblich ein Himmelszelt. Das Rauschen der Wellen im Dunkeln war ohrenbetäubend (und das nennt man den Stillen Ozean?), doch ich hatte Angst, nicht rechtzeitig aufzuwachen. Trotzdem war ich dann eine der allerersten Zeugen der Morgenröte des neuen Jahrtausends. Eigentlich war es gar nichts Besonderes, nur ein kleines neugeborenes Licht, ein bisschen rosa und ein bisschen orange, das sich ganz schüchtern hinter den Wolken am Horizont hervorstahl. Aber es hat mir Mut gemacht, dieses Licht zu sehen, das sich seiner besonderen Bedeutung gar nicht bewusst war, wie es herauskam und ebendas tat, was es tun musste, was es jeden Tag tun muss. Und genau das wurde die Zukunft für mich: einfach ein neuer Tag, den ich beginne, einer nach dem anderen.

Auf den ersten Blick wirkt Neuseeland wie das perfekte Beispiel einer neuen Welt: ein idyllisches, aber modernes Land (nach einer kurzen Epoche als Kolonie), mit allen Annehmlichkeiten. Vielleicht ist es das sogar in Auckland, wo ich zusammen mit einer deutschen Ärztin, einem Postangestellten und einem Maori-Mädchen, das ebenfalls Englisch unterrichtet, in einem Holzhaus wohne. Doch kaum verlässt du die Stadt, wie ich es in jeder freien Minute tue, um auf Vulkane zu steigen, an den Strand zu gehen oder inmitten von urzeitlichen Farnwäldern zu wandern, wird dir bewusst, dass Neuseeland durchaus eine Geschichte hat, eine Geschichte, die viel, viel älter ist als wir kleinen Menschenwesen.

Es ist unmöglich, all die atemberaubenden Landschaften und Anblicke, die sich an jeder Ecke bieten, mit der Kamera einzufangen. Ich mache fast immer Fotos mit dem Makro-Objektiv: die Adern von Blättern, eine weiße Feder auf schwarzem Sand, du weißt ja, wie ich bin. Kürzlich hatte ich eine eigene kleine Fotoausstellung (nichts Besonderes, nur in einer Bar im Zentrum), aber es sind leider keine Digitalfotos, weshalb ich dir keines anhängen kann. Dafür schicke ich dir diesen Schnappschuss von mir am Ufer des Taupo-Sees.

Ich schreib dir bald wieder, versprochen. Und bis dahin pass bitte auf dich auf.

H.

11

Um nach Monte San Rocco zu gelangen, fuhren wir mit dem Bus von Neapel nach Borgo Alto, wo wir das Auto eines Onkels nehmen konnten, das vor einer Bäckerei geparkt war, die Schlüssel unter einem der Sitze versteckt. Wir fuhren an den Läden und Häusern des kleinen Dorfes vorbei, bis nichts mehr da war, nur noch nacktes, welliges Land mit mattem Grün bewachsen. Pietro erzählte mir, von dort bis Monte San Rocco seien es nur etwa zehn Minuten, doch die Straße zog und zog sich, auf und ab, mal im Uhrzeigersinn und mal dagegen, wie in einer Zentrifuge, und mir schien, dass wir überhaupt nicht vorankamen.

»Bist du schon aufgeregt?«, fragte mich Pietro, schaltete in den dritten Gang hoch und legte seine langen, schmalen Finger auf meinen Oberschenkel. »Mach dir keinen Kopf. Meine Eltern sind schon älter und vollkommen harmlos. Biet ihr an, das Geschirr zu spülen, und meine Mutter hat dich sofort in ihr Herz geschlossen.«

Reichte es also doch nicht, *so zu sein, wie ich bin?* Ich drehte mich zur Seite und schaute aus dem Fenster. Bestimmt würde es bald regnen, wenn man all die dunklen Wolken sah. Nur in der Mitte war noch ein Fleckchen blauer Himmel zu sehen.

»Was ist das, das Auge eines Wirbelsturms?«

»Keine Panik, Baby. Das ist nur ein bisschen Regen.« Pietro schien ganz in seinem Element zu sein: Eine Hand lag entspannt auf dem Schaltknüppel, ein Ellbogen ragte aus dem Fenster. Dann endlich kamen statt nacktem Land einzelne Häuser in Sicht, und ehe man sich's versah, fuhren wir in ein Dorf hinein. »Herzlich willkommen in Monte San Rocco, in seiner ganzen ländlichen Pracht.«

Mit Mühe kroch das Auto die letzte Steigung hinauf, die bis vor eine Metzgerei, eine Bar und auf eine Piazza führte. Auf einmal sehnte ich mich zu der schier endlos und ziellos sich windenden Straße zurück. Wir bogen in eine Seitenstraße ab. Eine alte Frau beobachtete uns von ihrem Fenster aus. Ein Hund bellte. Mit einem allerletzten Schnaufer quälte sich der Wagen eine steinige Zufahrt hoch und kam schließlich vor einem zweistöckigen Haus zum Stehen.

»Da wären wir.«

Eine feuchte Kälte hüllte mich ein, als ich aus dem Auto stieg. Die Luft roch nach Holzfeuer und nassem Stein, dem Vorboten von Regen. Pietro holte unser Gepäck von hinten, während ein Huhn laut gackernd in Richtung Haus lief.

Wir betraten das Haus und fanden die Eltern in der Küche vor. Der Vater beugte sich gerade über den Kamin, um einen Armvoll Holz abzuladen. Zweiglein und trockene Blätter hafteten an seinem Pullover, aber er schien es nicht zu bemerken, ebenso wenig wie er uns bisher wahrgenommen hatte. Die Mutter hingegen, die ein im Nacken geknotetes Kopftuch trug, stand auf, um uns willkommen zu heißen, sagte aber kein Wort.

»Ach, da bist du ja wieder, mein Junge!«, sagte der Vater. »Und du hast eine Freundin mitgebracht.« Wenigstens glaubte ich, das so verstanden zu haben, denn obwohl ihr Dialekt mit dem Neapolitanischen verwandt war, machte er mich eher ratlos.

»Papa, ich möchte dir Eddie vorstellen,« rief Pietro laut und stellte das Gepäck so behutsam auf den Boden, als enthielte es kostbare Kristallgläser. Es war eine Geste von beeindruckender Vertracktheit, wie er einerseits so vorsichtig mit den Taschen umging und dabei gleichzeitig praktisch schrie. Möglicherweise lag es allerdings auch am Dialekt selbst. Auch bemerkte ich, dass Pietro meinen Namen für die Ohren seines betagten Vaters absichtlich vereinfacht hatte, was zweifellos seinen guten Manieren und seinem Respekt geschuldet war.

»Sehr angenehm«, sagte der Vater auf Italienisch und in voller Lautstärke. War er etwa schwerhörig, oder hatte die gewaltige Menge von Härchen, die ihm in den Ohren wuchsen, etwas damit zu tun? Er ergriff meine Hand mit beiden Händen, breite Pranken, die rau waren wie die Rinde eines Baumes. Er sagte etwas in Dialekt, aus dem ich deutlich die Worte »schöne Tochter« herauszuhören glaubte, während ich ihm in die lächelnden Augen blickte, die hinter den dicken Brillengläsern überdimensional groß wirkten und von vielen Fältchen umgeben waren. Sie erinnerten an die Zweige einer alten Eiche.

Die Mutter stand immer noch stocksteif da wie eine Matrioschka, die Hände vor dem Bauch verschränkt, das Gesicht von zu viel Wind und Sonne gerötet. Schließlich löste sie eine Hand von der Schürze und streckte sie mir entgegen. Sie war schlaff, und ich ergriff sie, trat näher, um die Frau auf beide Wangen zu küssen. Dabei erhaschte ich einen kurzen Blick auf ihre Ohrringe. Es waren goldene Hänger – eine Erinnerung an jüngere Jahre, die dieses vom Alter gezeichnete Gesicht schmückten.

»Es freut mich sehr, Sie kennenzulernen, Signora«, sagte ich und hielt ihre Hand, spröde und weich wie der Handschuh eines Gärtners, noch einen kurzen Augenblick fest. »Sie wohnen wunderschön hier.«

»Ist mir eine Freude, Sie kennenzulernen«, antwortete sie in langsamem, gesetztem Italienisch. Kurz betrachtete sie mich ernst, dann krempelte sie die Ärmel hoch und kehrte mir den Rücken zu, um sich wieder in der Küche zu schaffen zu machen.

»Komm mit, ich führe dich im Haus rum«, sagte Pietro.

Und das war alles? Nach all der Anspannung war das Schlimmste schon vorbei. Ich folgte Pietros schlanker Gestalt durch die Zimmer, die bereits frühzeitig im Dunkeln lagen. Durch die herabgelassenen Rollläden kam nur wenig Licht herein, das im Esszimmer, einem förmlichen Salon mit Siebzigerjahre-Möbeln vor einem ausgeschalteten Fernseher, auf den betont angerichteten Whiskygläsern spielte. Ein noch dunklerer Flur führte nach oben in den ersten Stock. Der Treppenabsatz war leer bis auf ein Fenster, von dem man die mittlerweile graue Landschaft sah, und ein Telefon mit geringelter Schnur, die Pietro jeden Abend, wenn er mich angerufen hatte, bis in sein Zimmer gezogen hatte.

Sein Schlafzimmer war in Eisblau gestrichen, alte Poster hingen an der Wand, dazu ein Schrank, ein schmales Bett, ein Schreibtisch, darüber ein Regal mit einer Steinsammlung. Ich wäre gerne noch etwas länger in dem Zimmer des jungen Mannes geblieben, den ich liebte, doch er zog mich bereits hinunter in den Keller.

»Es ist noch keine eigenständige Wohnung, aber eines Tages wird es das sein«, sagte er. Genauer gesagt handelte es sich um einen Kellerraum mit Zementboden, in dem mehrere Säcke und ein Holzstuhl untergebracht waren. »Siehst du? Hier kocht meine Mutter am liebsten.« Pietro zeigte auf einen alten Kohleofen. Ich fragte mich zwar, wozu jemand zwei Herde brauchte, fragte aber nicht nach, während wir nach oben gingen und an der Küche und dem Eingang vorbei auf die Terrasse traten.

Ich atmete tief den Geruch nach schwarzer Erde und Kuhmist ein. »Die Luft hier ist herrlich!«

»Jedes Mal, wenn ich nach Neapel zurückkomme, brennen mir am ersten Tag vom Smog die Augen«, sagte Pietro und legte die Arme aufs Geländer. »Weißt du, Heddie, meinem Vater hast du gefallen.«

»Wirklich?« Ich streckte die Hand aus, und er nahm sie und schob sie in die warme Tasche seiner Jacke.

»Klar. Das hat man gleich gemerkt.« Er richtete den Blick in die Ferne. »Siehst du das Haus da unten?« Pietro zeigte an den Hühnern in der Auffahrt vorbei, zu einer unbefestigten Straße. Hinter ein paar Bäumen mit frischen Knospen standen mehrere Häuschen.

»Meinst du das Backsteinhaus?«

»Das Backsteinhaus gehört meiner Tante Libertà. Seit dem Erdbeben haben sie es immer noch nicht fertig gebaut. Nein, ich meine das dahinter, das graue Haus mit dem Ziegeldach.«

Sie sahen alle so aus. Die orangeroten Dächer hoben sich deutlich vor den dunklen Wolken ab, und ich bedauerte es, meine Kamera zu Hause gelassen zu haben. Pietro ließ meine Hand los, um aus seiner Brusttasche eine Zigarette zu nehmen. Dabei erzählte er, das Haus gehöre seinem Onkel Stefano, mit dem sein Vater vor etwa fünfzehn Jahren einen Streit wegen einer nicht zurückgezahlten Schuld gehabt hatte. Seither sei es der gesamten Familie verboten, das Wort an ihn zu richten. Mir fiel der Gedanke schwer, Pietros Vater mit seinen dicken Brillengläsern, die die gütigen Augen so sehr vergrößerten, könne zu so etwas fähig sein wie der rasenden, tobenden Wut, die ich aus meinem Viertel in Neapel kannte.

»Es ist der Wahnsinn. Meine Familie ist wie besessen von Geld. Alles andere hat keinerlei Bedeutung.« Er sprach mit der Zigarette zwischen den Lippen. »Und siehst du dort, das Haus daneben, das mit der Pinie davor? Dort wohnt das Mädchen, das ich laut meiner Mutter heiraten soll.« Er lachte tonlos, vielleicht weil es ihm peinlich war, und wurde rot im Gesicht.

Ich gab mich unbeteiligt. »Und was wäre das, so eine Art arrangierte Ehe?«

»So ähnlich wie die meiner Eltern? Nur über meine Leiche. Nein, dieses Mädchen und ich, wir kennen uns, seit wir acht waren. Als Kinder gingen Gabriele und ich oft zu ihr rüber, um auf ihrer Fichte zu klettern. Was eine ziemliche Schnapsidee war, weil wir hinterher immer total zerkratzt von den Nadeln waren.« Er starrte geradeaus, als ließe er die Erinnerung Revue passieren.

»Aber deine Mutter glaubt doch nicht im Ernst, dass du dieses Mädchen heiratest.«

»Wer kann schon wissen, was in ihrem Kopf vorgeht? Der einzige Grund, warum wir heiraten sollen, ist, weil die Grundstücke ihrer Familie an unsere grenzen.«

Wo war eigentlich dieses ganze Land, das Pietros Familie gehörte? Ich musste mich erst noch an die Tatsache gewöhnen, dass es zweierlei Paar Schuhe waren, auf dem Dorf zu wohnen und Felder zu besitzen, die direkt an dein Haus grenzten.

»Und dann, unter uns gesagt, ist sie hässlich wie die Nacht«, fügte er hinzu und begrub seine nur halb gerauchte Zigarette in einer Topfpflanze.

Seine Bemerkung über das unvorteilhafte Äußere seiner Nachbarin kam mir alles andere als ungelegen, und mir war so leicht ums Herz, dass ich ihn darauf hinwies, es sehe gar nicht nach ihm aus, auf eine gute Marlboro Light zu verzichten. Er erklärte mir, er habe sie ausdrücken müssen, weil seine Eltern nicht wüssten, dass er rauchte. Ich musste lachen, denn die Schachtel drückte sich deutlich sichtbar in der Tasche seines Karohemdes durch.

»Sagen wir mal so, Baby. Sie tun so, als wüssten sie nicht, dass ich Raucher bin. Deshalb rauche ich – aus Respekt dafür, dass sie ein Auge zudrücken – draußen.«

»Das ist aber kompliziert.«

»Wieso, hast du denn nichts in dieser Art, das du vor deiner Familie verbergen willst? Oder bist du immer so ehrlich?«, fragte er staunend, aber offenbar ohne Hintergedanken.

»Na ja, als ich noch klein war und mein Vater uns Fleisch vorsetzte, putzte ich mir immer die Zähne, bevor ich zu meiner Mutter nach Hause kam, damit sie es nicht roch.«

»Ein Texaner und eine Vegetarierin«, sagte er. »Das klingt wirklich nach einem Bund, der im Himmel geschlossen wurde.«

»Genau. Hat ja dann auch mit einer Scheidung geendet.«

»Du und ich, wir werden uns nie scheiden lassen.« Pietro zwinkerte mir zu und sagte, er wolle schnell ins Haus zurück, um mir eine Wollmütze zu holen. Dann würde er mir eine Stelle zeigen, die er liebte.

Wir verließen das Dorf und fuhren über Land. Pietro ließ sich Zeit beim Fahren. Allmählich wurde das Land flacher, immer wieder kamen wir durch Alleen mit exakt gepflanzten Bäumen, hinter denen gleichgültige Kühe und Felder mit nicht näher zu bestimmenden Nutzpflanzen zu sehen waren. Es hatte immer noch nicht geregnet, aber vielleicht fand ja der Sturm am Ende doch nur in meinem Kopf statt. Irgendwann blitzte sogar die Sonne hervor und verwandelte mit ihrem gleißenden Licht die grünen Tunnel der Alleen in leuchtend brennende Reifen, durch die wir unbeschadet hindurchfuhren. Doch lange blieb sie nicht, die Sonne, und auch das Land wurde wieder zunehmend hügelig, was das Autofahren schwieriger machte. Pietro nahm die Hand von meinem Bein. Bald waren wir so hoch, dass die Kühlerhaube des Autos durch Nebel pflügte.

Pietro hielt auf dem Grasstreifen an. Wir blieben im leicht bebenden Auto sitzen; jetzt machte sich auch der Wind bemerkbar, der offenbar ziemlich stark war.

»Von da oben hat man eine atemberaubende Aussicht aufs Tal. Leider ist die Sicht heute scheiße. Tut mir leid.«

»Macht doch nichts. Hier kommt man sich vor, als würde man in den Wolken schweben, wie am höchsten Punkt der Welt.«

»Heddi, ich liebe es, wie du immer das Beste an den Dingen siehst. Dann fühle ich mich gleich auch positiv gestimmt, was mein Leben angeht, meine Zukunft.« Und wir küssten uns leidenschaftlich, fast ein wenig verzweifelt, als wäre es uns in den vergangenen Stunden verboten gewesen.

Als wir ausstiegen, wehte uns eine steife Brise entgegen und zerzauste uns das Haar. »Ich wusste doch, dass du diese Mütze brauchen würdest«, sagte er, und wir stiegen gleich wieder ein. Mit leisem Brummen kam Leben in den Motor.

Wir waren noch jung, Studenten, die finanziell von ihren Eltern abhängig waren, daran bestand kein Zweifel. Doch für diesen kurzen Augenblick – während wir in der Abenddämmerung in dem Auto von Pietros Onkel, das wir uns für unbestimmte Zeit einfach zu eigen gemacht hatten, durch das Hügelland zurückfuhren, nur wir beide, ich, die ihm den Nacken streichelte, er mit der Hand auf meinem Oberschenkel – hätten wir ebenso gut auch verheiratet sein können und das Auto, das uns nach einer Spritztour aufs Land nach Hause brachte, wäre unseres gewesen. Pietro lächelte, den Blick nach vorne gerichtet, und es schien ihn Mühe zu kosten, die Augen nicht von der Straße zu wenden und mir zu zeigen, dass sie vor Stolz glänzten. Vielleicht hing er ja den gleichen Fantasien nach wie ich.

An diesem Abend aßen wir schweigend am Küchentisch, nur begleitet von den Synchronstimmen des Fernsehers im anliegenden Wohnzimmer. Es handelte sich um einen Hollywoodfilm miesester Qualität, und ich versuchte, mich dafür nicht persönlich verantwortlich zu fühlen. Trotzdem waren Pietros Eltern so gebannt von dem Geschehen in der Glotze, dass meine Komplimente an die Köchin ins Leere gingen, weshalb ich beschloss, den Werbeblock abzuwarten, um eine Konversation anzufangen. Leider nutzte Pietros Mutter genau diese Zeit, um aufzustehen, Brot zu schneiden und die Würste in der Pfanne zu wenden, auch der Vater erhob sich mehrmals und schürte das Feuer. Nachdem das Essen fast vorüber war, hatte ich die letzte Gelegenheit verpasst, etwas zu sagen, als während einer besonders überdrehten Waschmittelwerbung der Vater das Wort ergriff und ein paar Sätze im Dialekt auf Pietro abfeuerte, von denen ich nur die Worte »Land« und »morgen früh« verstand, denn der Akzent war so stark, dass mir seine Verwandtschaft mit dem Neapolitanischen so gut wie gar nichts brachte. Was mir allerdings auffiel, war die Art und Weise, wie der Dialekt, als Pietro antwortete, seine Stimme veränderte: Auf einmal klang sie viel, viel tiefer, ganz anders als sonst. Kurz tauchte vor meinem inneren Auge ein Bild von ihm als Kind auf, das an seinem ersten Schultag nicht ein einziges Wort Italienisch kann.

Alle standen auf und ließen die Tischdecke so, wie sie war, voller Brotkrümel und zerknüllter Papierservietten. Pietro schien es wie ich kaum erwarten zu können, dass wir uns zurückziehen und für uns sein konnten. Doch zuerst, erinnerte ich mich, musste ich seiner Mutter noch beim Abspülen helfen. Ich stellte die Teller zusammen und warf wie Pietro die Servietten ins Feuer, das sie gierig verschlang. Seine Mutter stand inmitten einer Dampfwolke am Spülbecken. Ich trat auf sie zu. Aus der Nähe stellte sich heraus, dass sie die Zierliche war, nicht ich.

»Lassen Sie mich doch machen, Signora.«

»Nur keine Umstände«, antwortete sie mit fast greifbarer Müdigkeit, aber in klarem und korrektem Italienisch.

»Sie haben ein köstliches Abendessen gekocht und sind bestimmt schon seit dem Morgen auf den Beinen. Dann kann ich doch wenigstens das Geschirr spülen.«

Doch die Mutter rührte sich nicht vom Fleck, wie eine kleine Statue vor dem Spülbecken, und erwiderte mit überraschendem Nachdruck: »Nein. Geht jetzt schlafen.«

Pietro zuckte mit den Achseln. Ich hoffte, dass mein Angebot trotz der Ablehnung die magische Formel, zu der er mir geraten hatte, erfüllt hatte. Er führte mich zu dem Sofa im Esszimmer. Eine Weile saßen wir dort im flackernden, bunten Licht des Fernsehers: Der Film war zu Ende, jetzt war eine vollkommen sinnentleerte Show dran. *Mamma mia*, war das kalt in Monte San Rocco! Ich presste die Hände zwischen meine Knie, um sie warmzuhalten, während in der Küche immer noch das Geschirr klapperte. Fast schien mir eine Ewigkeit vergangen zu sein, als Pietro endlich verkündete, es sei Schlafenszeit.

Kaum waren wir allein im Zimmer, als er mir erzählte, bei Tisch habe sein Vater ihn gebeten, ihm am darauffolgenden Tag zur Hand zu gehen. »Ich muss ihm dabei helfen, den Traktor zu einem unserer Grundstücke zu bringen. Wir fahren in aller Herrgottsfrühe los.«

»Kann ich mitkommen?« Als er den Kopf schüttelte, beeilte ich mich hinzuzufügen: »Ihr merkt gar nicht, dass ich dabei bin, das verspreche ich dir, ich verhalt mich ganz ruhig und schau mir die Landschaft an.«

»Tut mir leid, Baby, aber es ist zu weit, man braucht eine Stunde bis dahin, und was machst du dann dort? Hör mal, wie wär's damit: Du verbringst den Morgen mit meiner Mama, oder du machst es dir gemütlich und liest dein Buch. Fühl dich ganz wie zu Hause. Dann komme ich zurück, und wir verbringen den Rest des Tages zusammen.« Mit diesen Worten gab er mir einen keuschen Kuss auf die Stirn, als würde uns jemand beobachten.

Ich hatte eigentlich keine besondere Lust, einen ganzen Morgen nur mit seiner Mutter zu verbringen, andererseits, überlegte ich, war es ja vielleicht wirklich eine gute Gelegenheit, sie besser kennenzulernen. Ich versprach, mir Mühe zu geben. Damit schien Pietro zufrieden zu sein. Er ging zum Schrank und holte einen Flanellpyjama für mich heraus.

»Wozu das denn? Ich hab doch dich zum Wärmen.«

»Aber ich schlafe in Gabrieles Zimmer.« Auf meine sichtbare Enttäuschung hin fügte er hinzu: »Das ist ein bisschen so wie mit den Zigaretten. Sie tun so, als wüssten sie nicht, dass wir zusammen sind. In ihren Augen können sich nur Paare, die seit dreißig Jahren verheiratet sind, ein Bett teilen, ohne sich verdächtig zu machen. Meine Eltern stammen noch aus der letzten Eiszeit, das darfst du nicht vergessen.«

Ich zog den Schlafanzug an und sagte: »Okay, das verstehe ich, aber leugnen sie damit nicht das, was offensichtlich ist? Ich meine, in Neapel schlafen wir doch auch im selben Bett.«

»Heddi, meine Eltern wissen nicht, dass wir zusammenleben.«

Ein Lächeln stahl sich in mein Gesicht. *Zusammenleben?* Konnte man das so nennen, oder war es nicht einfach so, dass er mich eine Weile bei sich aufgenommen hatte? Ich hatte ihn noch nie so sehr geliebt wie in diesem Moment. In diesem Augenblick war überbordende Freude in mir, die allerdings zunehmend von dem Wissen getrübt wurde, dass wir in Schwierigkeiten steckten, wenn Pietro seinen Eltern nicht bald reinen Wein einschenkte.

»Pietro, ich bitte dich …«

»Hör zu, ich werde es ihnen sagen. Aber nicht jetzt, sie sehen dich heute das erste Mal. Am Ende haben sie noch einen schlechten Eindruck von dir.« Irgendwo draußen bellte ein Hund, und Pietro zeigte sein berühmtes schiefes Lächeln und trat von einem Fuß auf den anderen. »Ist das in Ordnung, Liebe meines Lebens?«

Klar war das in Ordnung, mehr als in Ordnung, nach diesem Kosewort, bei dem mir das Herz überlief wie eine übervolle Tasse. Schon jetzt fehlte er mir, ich spürte die ersten Symptome, und in diesem Moment hätte er mich um alles bitten können, und ich hätte einfach Ja gesagt, für ihn hätte ich gelogen, sogar betrogen. Doch zum Glück bat er mich um nichts, das Einzige, was ich zu tun hatte, war, das Thema unseres Zusammenlebens in Anwesenheit seiner Eltern nicht anzusprechen.

Ich hob die fest untergeschlagenen Laken hoch und schlüpfte ins Bett, und Pietro zog sie bis unter mein Kinn hoch, strich mit der Hand über die zwar altmodische, aber frisch gewaschene Decke, deren gelbgrüne Blumen unter seiner Berührung zu erblühen schienen. In diesem Moment kam von draußen ein heimeliges Rauschen. Endlich war der Regen da.

12

Auch am nächsten Morgen prasselte der Regen unablässig aufs Dach. Wach wurde ich jedoch von gedämpften Stimmen, die vom Stockwerk unter mir an mein Ohr drangen. Ich schlüpfte rasch in meine Kleider und ging in die Küche hinab. Pietro, der bereits angezogen war und eine schwarze Wollmütze auf dem Kopf hatte, rührte mit lautem Klappern in seinem Kaffee. Als ich eintrat, hatte er gerade etwas zu seinen Eltern gesagt und unterbrach sich mitten im Satz.

»Guten Morgen«, sagte er zu mir. »Hast du gut geschlafen?«

Ich grüßte mit der gleichen förmlichen Höflichkeit in die Runde. Pietros Mutter hatte wieder ihr Kopftuch auf, als würde sie es selbst zum Schlafen nicht ablegen. Leise flüsterte ich Pietro zu: »Ich hab verschlafen.«

»Ist doch erst acht.«

»Na, dann mal los, Junge«, rief der Vater in strengem Ton, was ich mir wegen des Dialekts sehr wahrscheinlich nur einbildete, denn rund um seine Augen waren wieder jede Menge verschmitzte Fältchen.

»Wir wollten abwarten, bis es aufhört zu regnen, aber jetzt müssen wir trotzdem los«, sagte Pietro und stürzte den Rest seines Kaffees herunter. »Auf dem Tisch stehen Kekse, die meine Mama selbst gebacken hat. Greif zu.«

»Danke. Ich habe keinen Hunger.« Ich hätte mich gern wenigstens mit einem Kuss von ihm verabschiedet, traute mich aber in Anwesenheit der Eltern nicht, ebenso wie er sich nicht traute, mich wie sonst Baby zu nennen.

»Komm, iss ein bisschen was«, beharrte er.

Darauf murmelte die Mutter etwas, das ich trotz des Dialekts klar und deutlich verstand. »*Edda è troppo sicca.*«

Interessant, dachte ich, dann entsprach dieses *edda*, sie, dem neapolitanischen *essa,* und das Wort *sicca,* also mager oder dünn, hatten die beiden Dialekte gemeinsam. Erst im zweiten Moment wurde mir bewusst, was sie da gesagt hatte: *Sie ist zu dünn,* und mehr als das ästhetische Urteil schmerzte mich, dass sie es gesagt hatte, als wäre ich nicht im Raum. Sie hatte von mir gesprochen, als hätte ich so wenig Fleisch auf den Rippen, dass ich mich gleich verflüchtigen würde wie ein Atemhauch, der sich in der eisigen Luft der Küche auflöste, oder ein Gespenst.

Wir beiden Frauen nahmen pflichtgemäß nebeneinander Aufstellung, während sich die beiden Männer an der Tür ihre Regenmäntel anzogen. Ich schaute zu, wie Pietro zusammen mit seinem Vater den laut brummenden Traktor bestieg. Selbst durch den Regenschleier hindurch war er so schön, dass es wehtat, was ihm allerdings nicht bewusst war, wie man an seinem wie gewohnt verlegenen Lächeln sah. Ich nahm mir vor, ihn gleich nach seiner Rückkehr zu bitten, mich einmal auf einen Traktorausflug mitzunehmen.

Die Mutter machte mit einem dumpfen Schlag die Tür hinter uns zu. »Schreckliches Wetter«, murmelte sie und setzte sich vor die träge züngelnden Flammen im Kamin. »Essen Sie nur.«

Ich fand es entmutigend, dass sie mich immer noch siezte. Ich hatte einen trockenen Mund, und im Bad war ich auch noch nicht gewesen. Trotzdem zog ich mir einen Stuhl heran, nahm neben ihr Platz und biss herzhaft in einen der Mandelkekse. »Die sind sehr gut, Signora.«

»Ach, nicht der Rede wert«, sagte sie, an das Feuer gerichtet. »Nur ein altes Rezept.«

»Schauen wir mal, ob ich die Zutaten erraten kann«, sagte ich mit gespieltem Eifer, obwohl ich eigentlich dringend aufs Klo musste. »Also ... Mandeln, natürlich. Und Eier, tut man die rein?«

Auf mich wirkte es so, als hätte sie meine Frage gar nicht verstanden, abgesehen davon interessierte mich die Antwort sowieso nicht wirklich. Sie zerbrach ein Stück Holz auf ihrem Schenkel und warf es ins Feuer. Kleine, gierige Flammen stürzten sich sofort darauf. Eine Weile saßen wir einfach nur da und beobachteten, wie sie an dem Holz entlangzüngelten und es schließlich ganz verschlangen.

Weil ich befürchtete, das Schweigen zwischen uns könnte sich verfestigen, begann ich, ihr von den Plätzchen zu erzählen, die meine Mutter gebacken hatte, als ich noch klein war, und bei denen sie den Zucker durch Melasse ersetzt hatte (wobei ich im Eifer des Gefechts statt Melasse Molasse sagte). Die Krönung sei dann ein Strich Marmelade gewesen, wie eine kleine Straße, die über das Plätzchen führte. Deshalb hatte meine Mutter die Kekse auch Jelly Roads genannt, was ich für Pietros Mama in *stradine di marmellata* übersetzte. Später habe sie die Leckerei sogar in handelsüblichen Mengen an einen Bioladen verkauft.

Plötzlich verstummte ich, weil ich merkte, dass ich aus lauter Nervosität ins Plappern gekommen war. Warum hatte ich mir ausgerechnet eine solch belanglose und zugleich sprachlich komplexe Geschichte ausgesucht? Wie kam ich bloß dazu? Erschöpft beschloss ich, zu einem Schluss zu kommen. »Jedenfalls gingen die weg wie die warmen Semmeln. Leute, die makrobiotisch essen, stehen einfach auf so was …«

»Besser so«, sagte Pietros Mutter, ohne erkennbaren Bezug und ohne mich dabei anzuschauen.

Was sollte ich mir noch ausdenken, um in ihr, wenn schon nicht Begeisterung, so doch wenigstens ein bisschen Interesse zu wecken? Während ich an dem praktisch ungenießbaren Keks herumknabberte, zerbrach ich mir den Kopf. Dann kam mir eine Idee. »Na ja, Pietro«, hub ich an, »der kann ja wirklich gut Traktor fahren. Macht er das schon lange?«

»Ja.«

»Das heißt, seit er ein Junge war?«

Nicken.

»Braucht man dazu einen Führerschein?«

»Aber nein.«

Jetzt geriet ich vor lauter Nervosität noch mehr ins Schwatzen, was auch an meiner Blase lag, die mittlerweile zum Platzen gefüllt war und einen schier unerträglichen Druck auf mich ausübte. An einem gewissen Punkt stellte ich in den Raum, dass ich nicht Auto fahren konnte – und sie Gott sei Dank auch nicht. Ein Manko, das wir teilten und das uns vielleicht einen konnte, da konnte der Gang zur Toilette noch warten. Lebhaft, wenn auch vielleicht ein wenig anbiedernd, plauderte ich weiter: »Ach, manchmal kommt es mir schier unmöglich vor, wie man zugleich schalten und lenken soll. Wie macht man das nur?« Dabei betrachtete ich sie genau, suchte in ihrem zerknitterten Gesicht nach dem geringsten Hinweis auf Solidarität oder auch nur Verständnis nach meinem Eingeständnis der Schwäche.

»So schwierig wird es wohl nicht sein.«

Nach einer Weile verkündete sie, sie wolle hinausgehen und Holz holen. Als sie aufstand, sah ich, dass ihre Schürze schon zu dieser frühen Stunde mit Tomaten und Erde befleckt war. Ich bot mich an, ihr zu helfen, doch sie schüttelte den Kopf. Ich hoffte so sehr, dass sie mich bald bitten würde, sie nicht mehr Signora zu nennen. Dabei wusste ich nicht einmal, wie sie mit Vornamen hieß.

Das war meine Gelegenheit, aufs Klo zu gehen. Der Fliesenboden war so kalt, dass ich es sogar durch die Socken hindurch spürte. Es war kein Zufall, dass alle sich immer in der Küche aufhielten: Sie war der einzige warme Raum im ganzen Haus. Ich lauschte dem Regen, der aufs Dach prasselte, und betrachtete lange mein fleckiges Abbild in dem alten Spiegel, als müsste ich mich meiner Anwesenheit in diesem Haus vergewissern.

Als ich in die Küche zurückkehrte, schüttelte Pietros Mama ihre Schürze aus, in der sie Zweige und Äste transportiert hatte, und ging in die Hocke, um sie ins Feuer zu werfen. Ich versuchte ihr zu helfen, indem ich einige davon in Pyramidenform aufschichtete, wie die Jungs es mir beigebracht hatten. Sie ließ mich gewähren. Das Feuer flackerte auf und gab eine angenehme Wärme ab.

»Was machen Sie denn mit dem Getreide, das Sie auf Ihren Feldern ernten?«, fragte ich nach einer Weile schüchtern.

»Wir mahlen es zu Mehl. Früher habe ich Brot daraus gebacken.«

»Warum machen Sie das nicht mehr?«

»Zu mühsam. Ich bin schon alt.«

Mir kam der Entwurf für den Grabstein in den Sinn, den mir Gabriele gezeigt hatte. Nein, sie sei nicht krank, hatte er gesagt. Vielleicht war sie einfach nur alt und müde. Ermutigt durch ihre vergleichsweise lange Antwort fragte ich sie nach den Oliven. Doch diesmal war ihre Erwiderung eher einsilbig, und sie schaute dabei immer ins Feuer. Auch als ich mich nach dem Weinberg erkundigte, kam nicht viel dabei heraus. Doch ich nickte, lächelte, machte gute Miene zum bösen Spiel. Dabei hatte ich gar nicht vor, mich bei ihr einzuschmeicheln, sie aus der Reserve zu locken oder andere Facetten an ihr zu entdecken, diesen Ehrgeiz hatte ich nicht. Mir hätte ein einfaches Gespräch genügt, ein paar nette Worte – darauf, das spürte ich, wollte ich nicht verzichten, so groß die Demütigung auch war.

»Ich habe gehört, Sie haben zwei goldige Enkelkinder.«

»Sie sprechen unsere Sprache nicht.«

»Kinder lernen schnell.«

»Was weiß ich.«

»Es muss schön sein, Ihren Sohn wiederzusehen, wenn er aus der Schweiz zu Besuch kommt.«

»Vittorio?«, fragte sie und hob sogleich die Stimme. »Ach …« Es war ein lang gezogener, verächtlicher Ausruf, gefolgt von einer wegwerfenden Handbewegung, als würde sie eine lästige Mücke verscheuchen. Danach nichts mehr.

Es regnete in Strömen. Das Licht draußen hatte sich nicht verändert, denn es kämpfte sich immer noch durch dicke, dunkle Wolken hindurch, die alles hinter sich verbargen wie hinter einem dichten Vorhang. Es war schwer zu erraten, wie spät es war. Die Zeit schlich dahin, zäh wie der Schlamm draußen im Garten. Auf einmal erfasste mich ausgerechnet die Angst um die Hühner draußen. Waren sie vielleicht ungeschützt in den Wolkenbruch hineingeraten, oder stand gar der Hühnerstall unter Wasser? Doch ich ging nicht ans Fenster, um nachzusehen. Stattdessen blieb ich hartnäckig neben Pietros Mutter sitzen, sprang von einem Thema zum anderen und nahm jede ihrer wortkargen Antworten hin. Manchmal erwiderte sie gar nichts, sondern starrte nur ausdruckslos ins Feuer. Auch ich suchte immer wieder bei den Flammen Halt, als wäre das Feuer mein Freund oder eine Zuflucht, ein sicherer Ort, an den ich mich wenigstens für eine Weile zurückziehen konnte.

Erst nach langer Zeit kam mir die Idee, dass ich mich ja ebenso gut vom Feuer entfernen konnte. Ja, genau das würde ich tun – mich mit einem Buch unter der Bettdecke mit den grünen und gelben Margeriten einigeln, bis Pietro wieder da war. Doch es war eine schwere Entscheidung und kostete mich schier übermenschliche Kraft, vom Stuhl aufzustehen, ihn zurückzuschieben und die Knie zu strecken.

»Signora, ich gehe ein bisschen lesen.«

»Wo gehen Sie denn hin?«

»Nach oben.«

»Bleiben Sie sitzen. Oben ist es zu kalt.«

Ich saß also in der Falle. Mir war schleierhaft, wieso seine Mutter so erpicht darauf war, mich an ihrer Seite zu haben, wenn sie gar nicht mit mir reden wollte. Hatte sie an meiner Gesellschaft etwa Gefallen gefunden? Doch ich hatte bereits so viele Anläufe für ein Gespräch genommen, dass mir nichts mehr einfiel, und so gab ich es schließlich auf und blieb sitzen, starrte ins Feuer.

In diesem Moment wurde mir bewusst, dass sich dort im Kamin etwas abspielte und die Flammen mich ebenso bannen konnten wie ein Fernseher. Sie erzählten fesselnde, aber auch sonderbare und unaussprechliche Geschichten. Leuchtend orangerote Flammen mit einem blutroten Kern in der Mitte blähten sich auf und sanken wieder in sich zusammen wie flatternde Bettlaken, die man in einem warmen Wind aufgehängt hat, sie knackten und knisterten. Dann waren da die kleineren, gelben Flämmchen, die gierig züngelten und leckten und tanzten, die zischten und wisperten und flüsterten. Auch in der Glut brannte ein Feuer, mit bedrohlicher Gier. Ab und zu, wenn ein Holzstück nach unten fiel, stoben Funken hoch und entfesselten eine Woge der Hitze. Die ganze Zeit über bewegte ich mich nicht vom Fleck. Ich saß da neben Pietros Mutter wie im Gebet versunken, nicht eine Sekunde schaffte ich es, den Blick abzuwenden, aus Angst, auch nur eine Episode des Schauspiels, seinen Höhepunkt oder seinen Schlussakkord zu verpassen.

Der Regen wurde immer dichter und ließ sogar den Traktorschuppen und die angrenzenden Häuser verschwinden, doch von Pietro und seinem Vater war nach wie vor nichts zu sehen. Ich wusste nicht, wie viele Stunden vergangen waren, seit sie uns vom Fahrersitz des Traktors zugewunken hatten. Auf einmal kam mir ein schrecklicher Gedanke, den ich, kaum hatte er Gestalt angenommen, nicht mehr verdrängen konnte. Was, wenn ihnen etwas zugestoßen war und der Mann meiner Träume blutend im Straßengraben lag, während der Regen gleichgültig auf ihn herabprasselte? Und das Letzte, was ich zu ihm gesagt hatte, war ausgerechnet *Ich habe keinen Hunger* gewesen …

Ich hatte schon so lange nichts mehr gesagt, dass meine Stimme krächzte. »Es regnet wirklich stark.«

Pietros Mutter brummte zustimmend, und ich blickte auf. Tatsächlich wirkte auch sie besorgt. Vielleicht hatte ich sie falsch eingeschätzt. Möglicherweise stand ihr deshalb nicht der Sinn nach Konversation, weil sie sich Sorgen um ihren Mann und Sohn machte. Zum ersten Mal spürte ich, dass es zwischen uns eine Gemeinsamkeit gab, eine Verbindung, die zwar nicht gerade von Zuneigung getragen war, aber von uralter Erfahrung, eine schmerzliche Solidarität, wie sie nur zwei Frauen teilen können, die gemeinsam auf jemanden warten.

»Signora, was meinen Sie? Ist alles mit ihnen in Ordnung?«

»Natürlich.«

»Aber der Sturm ….«

»Was für ein Sturm denn?«, erwiderte sie barsch. »Es regnet, das ist alles.« Dann warf sie einen Zweig ins Feuer und verkündete, es sei Zeit fürs Mittagessen.

Wir aßen die Reste vom vorigen Tag, auch das altbackene Brot. Das Feuer knisterte laut neben dem Tisch, wie ein dritter Gast. Als ich mich danach an die Spüle stellen wollte, um abzuwaschen, schob mich Pietros Mutter wortlos mit der Hüfte beiseite. Doch wenn ich ehrlich war, war mein Versuch sowieso nur halbherzig gewesen, und ich beharrte nicht darauf.

Als Pietro und sein Vater an diesem Nachmittag zurückkehrten, glühten meine Wangen vom Feuer. Von einem Windstoß begleitet, kamen sie zur Tür herein, und hätte ich gekonnt, so wäre ich Pietro um den Hals gefallen, so erleichtert war ich, auch wenn ich dadurch selbst so pitschnass geworden wäre wie er. Wir sagten kein Wort, doch er strahlte so, dass mir klar war, wie sehr er sich über unser Wiedersehen freute.

Seine Miene verfinsterte sich jedoch sofort wieder, als er, an die Mutter gewandt, ein paar Sätze im Dialekt abfeuerte. Auch der Vater, der sich die Brille mit einem trockenen Tuch abwischte, berichtete von ihrer Fahrt. Ich verstand wieder nur Bruchstücke – »Regen«, »man sah gar nichts«, »Traktor«, »Auto«. Als ich einen Blick aus dem Fenster warf, sah ich ein kleines weißes Auto, das hinter dem Wagen des Onkels parkte. Offenbar hatten sie es sich geholt und den Traktor auf dem Feld stehen lassen. Dies war ein Detail, nach dem zu fragen ich mir am Abend zuvor nicht die Mühe gemacht hatte, ebenso wenig wie ich wusste, was sie auf dem Feld eigentlich anbauten und warum sie den Traktor dort zurücklassen mussten.

Pietros Mutter kochte Tee für die beiden pudelnassen Männer, ohne mir einen anzubieten. Doch an dieser Unterlassung war auch etwas Vertrautes, Familiäres, als wären wir im Verlauf dieses mühsam gemeinsam verbrachten Tages zu einer Art Einverständnis gekommen. Ihre anfängliche Befangenheit war verschwunden, und so brauchte sie sich jetzt nicht mehr zu verstellen und musste auch weder Interesse an der Freundin ihres Sohnes heucheln noch verbergen, was wirklich in ihr vorging.

Pietro sagte, mit einem Zwinkern in meine Richtung, er wolle sich zuerst umziehen. Ich murmelte, ich wolle mir ein Buch holen oder dergleichen, und folgte ihm die Treppe hoch. Wir waren kaum in seinem Zimmer, als er mich schon an sich riss und küsste. Im Halbdunkel des Raumes spürte ich sein eiskaltes Gesicht an meinem und seinen Mund, der mich überraschte und brannte wie ein geheimer Liebesbrief.

»Entschuldige, dass wir so lange gebraucht haben«, flüsterte er. »Der Regen hat uns aufgehalten. Er kam frontal von vorne, und ich konnte kaum den Traktor lenken.«

»Ich hab mir solche Sorgen um dich gemacht. Ich dachte, ihr hättet gesagt, man braucht eine Stunde bis dorthin.«

»Eine Stunde mit dem Auto. Drei mit dem Traktor. Das Grundstück liegt schon in Apulien. Aber ich hab die ganze Fahrt an dich gedacht.« Wieder küsste er mich, zog mich an der Hand ins Zimmer. Er holte sich Kleidung aus dem Schrank und zog sich rasch um. »Wie ging es denn mit meiner Mutter?«

»Nicht schlecht.«

Er fragte nicht weiter nach. Er sei müde, sagte er, und müsse sich dringend ein wenig hinlegen. Das war das Allerletzte, was ich hören wollte. Ich wollte, dass er mit mir irgendwo hinging, der Regen war mir egal. Man könnte in eine Bar im Dorf gehen oder auch einfach nur im Auto sitzen und den Regentropfen dabei zuschauen, wie sie über die Windschutzscheibe rannen und ihre eigentümlichen Schlieren bildeten. Alles, nur nicht im Haus bleiben. Doch Pietro hatte nasse Haare, und seine Hände waren vor Kälte so klamm, dass er Mühe hatte, seine Jeans zu-zuknöpfen – etwas, das mich rührte. Rasch machte ich Anstalten, das Bett glatt zu streichen, das ich in meiner morgend-lichen Hast ungemacht zurückgelassen hatte.

»Lass nur, Baby. Ich leg mich unten aufs Sofa. Hier ist es so-wieso viel zu kalt.«

»Außerdem denken die sich, wer weiß, was wir hier machen.«

»Genau. Und ganz falsch wäre es ja auch nicht.« Er grinste anzüglich.

Als er wieder aufwachte, stand das Essen bereits auf dem Tisch. Draußen rauschte immer noch der Regen. Während wir bei unablässig eingeschaltetem Fernseher die hausgemachte Pasta verzehrten, gestattete ich mir den Luxus, Pietros Mutter keine Aufmerksamkeit zu schenken, denn es war mir einfach zu mühsam, ein Tischgespräch in Gang zu bringen. Stattdessen versuchte ich es so zu machen wie Pietro, indem ich schwieg und mich so klein machte, dass am Ende die Tatsache, dass seine Eltern sich nicht für mich interessierten, unerheblich war.

Nur noch eine Nacht, dann würden wir am Morgen den Bus besteigen, der uns zurück nach Neapel brachte. Die Vorstellung abzureisen, machte mich so froh, dass ich es gar nicht bedau-erte, weder auf den Feldern nach römischen Münzen gesucht noch eine Runde im Dorf gedreht zu haben. Gabriele hatte von Anfang an recht gehabt: Die gute Luft konnte weder die Stille noch die Kälte wettmachen. Ich sah fast schon sein Gesicht vor mir, traurig und ironisch, wenn wir wieder daheim waren. Wahrscheinlich würden wir wie er bei seinem letzten Besuch auf dem Land tonnenweise knochenharte Mandelkekse, reifen Käse und Wein dabeihaben. Jetzt begriff ich auch, dass diese kleinen Mitbringsel eigentlich eine Wiedergutmachung für die erlittene Qual waren.

Zugleich freute ich mich darauf, in die Stadt zurückzukehren – zu meinen Büchern, unserem Bett, unserer stetig wachsenden *National-Geographic*-Sammlung – und endlich wieder meine Energie aufzuladen. Dann würde ich ja vielleicht wirklich irgendwann den Mumm aufbringen, erneut seiner Mutter entgegenzutreten und zu versuchen, sie vielleicht doch noch für mich zu gewinnen. Mit diesem Hintergedanken konnte ich auch dem irrationalen Instinkt nicht widerstehen, ihr zum dritten Mal anzubieten, das Geschirr zu spülen.

Von: tectoni@tin.it
An: heddi@yahoo.com
Gesendet am: 2. April

Liebe Heddi,
du bist an einen wirklich wunderschönen Ort gezogen,
mit Stränden und Palmen, genau wie aus National Geographic. Wenn ich an dich da unten denke, sehe ich eine
Biene auf einer Blume vor mir. Irgendwie bin ich froh,
über die Gesetze des Chaos in gewisser Weise mitbe-
stimmt zu haben, die dich dorthin verschlugen, indem
ich dich verließ. Und trotzdem fällt es mir schwer, auf
deine Mail zu antworten... Wo soll ich nur anfangen?
Vergangenen Sommer hatte ich kurzzeitig die Illusion,
es sei möglich, in einem kleinen, abgeschiedenen Kaff
wie Monte San Rocco ein halbwegs normales Leben
zu führen. Alles begann in einer Nacht Mitte Juni. In
einer Kneipe traf ich eine Frau, die ich schon kannte.
Wir waren beide solo. Wir waren nur einen einzigen
Abend zusammen, doch mir schien es der Wegbereiter
zu etwas Neuem zu sein... Wahrscheinlich war es der
Alkohol, gepaart mit dem Gefühl, sich so gut amüsie-

ren zu müssen, dass es darüber etwas zu erzählen gab.

Einige Wochen später, in der Kneipe, in die ich immer gehe, habe ich dann ein Mädchen von hier kennengelernt, das seit vielen Jahren in Rimini lebt. Komischer Vogel, ein bisschen verrückt, aber sympathisch, gesellig, nichts mehr. Also, dachte ich, dann wird dieser Sommer vielleicht doch richtig gut. Von wegen.

Aus lauter Frust habe ich mich dann im Frühjahr an die Renovierung meines Hauses gemacht... Ich dachte, na gut, dann richte ich das Erdgeschoss für meine Eltern her, damit sie es leichter haben, dann können sie dort wohnen bleiben... zweiter Fehler.

Zwei Monate lang habe ich die Hölle durchgemacht, mit Maurern und jeder Menge bröckelndem Verputz, aber die Alten wollen sich einfach nicht mehr verpflanzen lassen... Der Herbst kommt, dann der Winter... absolute Leere, kein Urlaub, keine Flirts, alles tote Hose...

Ein Scheißleben, anders kann man es nicht sagen. Das Schlimmste daran ist jedoch die Gewohnheit. Mittlerweile glaube ich, all die Enttäuschungen, die Fehler und Probleme sind geheilt wie alte Wunden. Ich beschreibe mich selbst als einen Mann im freiwilligen Exil, aber manchmal bin ich so mutlos, dass ich kotzen könnte... Ich weiß weder ein noch aus, sehe keinen Ausweg.

Es mag zynisch und gemein klingen, doch mir wird immer mehr bewusst, dass vieles an meiner Unzufriedenheit und meinen Ängsten mit meinen Eltern zu tun hat, die sich mit dem Idioten in mir verschworen haben, damit ich auf monströse Weise so werde wie sie.

Einerseits könnte ich ihnen niemals etwas Böses wünschen: Sie sind alt, ewig können sie nicht mehr leben.

Andererseits habe ich das ebenso deutliche wie unaussprechliche Gefühl, auf etwas zu warten, als ergäbe mein Leben hier nur einen Sinn, wenn ich sie irgendwann unter die Erde bringe. Immerhin: Solange ich mir für die Zukunft noch etwas wünsche und Dinge vor mir sehe, die ich machen könnte, kann es so schlecht nicht sein.

Auch wenn es dir schwerfällt, es dir vorzustellen: Ich denke oft an dich ... voller Scham. Scham vielleicht dem Schicksal gegenüber. Oft ertappe ich mich bei dem Gedanken, wie anders mein Leben gewesen wäre. Ich hatte meine große Chance, aber ich hatte sie zu früh (auch wenn ich sie mir in meinem tiefsten Inneren vermutlich wünschte). Es war diese ungute Kombination aus zu jung, zu wenig Erfahrung, zu verwöhnt ... und zu früh auch für die Reue.

Wie gewöhnlich habe ich das Gefühl zu fantasieren, aber ich bin mir auch sicher, du wirst diese Zeilen mit Aufmerksamkeit lesen, weil das einfach deine Art ist. Und mir genügt das, mehr will ich gar nicht. Ich fühle mich anderen Menschen überlegen, weil ich dich kennengelernt habe. Weil ich in mir die Erinnerung an deine große Liebe bewahren kann. Weil mir ein Privileg zuteilwurde. Weil du mein Prüfstein bist und ich dadurch dazu verdammt bin, mich niemals zufriedenzugeben ...

Ich hoffe, diese Worte können dir auch nur annähernd vermitteln, was ich für dich empfinde. Und es genügt mir zu wissen, dass du sie nicht einfach in den Papierkorb wirfst.

Dein

P.

13

Jedes Mal, wenn ich ins Spanische Viertel zurückkehrte, war der sinnliche Overkill so gewaltig, dass meinem Nervensystem nichts anderes übrig blieb, als sich schnell wieder zu akklimatisieren. Trotz des deprimierend grauen Himmels und des stürmischen Wetters hatte Monte San Rocco mit Landschaften aufgewartet, die nach einer Weitwinkelaufnahme förmlich schrien, und dazu eine Luft, so süß und duftend, dass man sie am liebsten gegessen hätte. Unser Viertel hingegen, das wie aufgrund eines Geburtsfehlers praktisch immer im Halbdunkel lag, bedurfte im Auge des Betrachters einer gewissen Kurzsichtigkeit, eines verengten Blicks, der dich dazu zwang, dich nur auf die Pflastersteine unter deinen Füßen zu konzentrieren und alles auszublenden, was rechts und links davon lag. Die Ohren mussten sich wieder daran gewöhnen, verschiedene Geräusche zu unterscheiden, die nützlichen von den nutzlosen zu trennen und den Hintergrundlärm auszublenden. Man musste sich wieder ins Gedächtnis rufen, wie man atmete, nämlich nur flach, um sich nicht von all den Gerüchen überwältigen zu lassen, die im Widerstreit zueinander standen und die Luft ebenso verdarben, wie sie sie zum Leben erweckten. Wie auch immer: Besonders dieses Mal fand ich die Hitze in den Gässchen anheimelnd und ließ mich nur allzu gerne hineinsinken wie in einen alten Sessel.

Wir verabredeten uns spontan zum Essen. Da unsere alte, baufällige Behausung nicht mehr infrage kam, stand uns nur Pietros Dach zur Verfügung. Unsere Füße hinterließen ebenso wie die Tischbeine flüchtige Abdrücke in der Teerpappe, wie Spuren in schwarzem Sand. Es war ein schöner Abend, die klebrig feuchte Luft roch nach Meer und brachte die Lichter der Schiffe im Golf zum Funkeln. Auch der Vesuv war noch da, eine schwarze Abstraktion vor dem Hintergrund eines künstlich erhellten Himmels, doch ich versuchte nicht hinzuschauen, denn je nach Tagesform, weckte er in mir mal ein Gefühl des Unbehagens, mal der Euphorie, oder ich fühlte mich einfach nur unbedeutend und mutterseelenallein im Universum. Eine Wirkung, die er, wie ich zugeben musste, schon immer auf mich gehabt hatte, seit ich sechzehn Jahre alt gewesen war.

Es kamen Angelo und Tonino, auch Davide. Als Sonia vor der Tür stand, war sie nicht allein. Ein groß gewachsener junger Mann hatte ihr einen Arm um die Taille gelegt, in der anderen Hand trug er eine Flasche guten Wein. Sein honigfarbener Haarschopf war auf dramatische Weise auf eine Seite geföhnt, als hätte er gerade einen langen Strandspaziergang gemacht. Er trug eine modische Kordjacke in der Farbe seines Haares, allerdings war sie zu eng. Als er lächelte, sah man, dass seine Zähne leicht krumm waren, was seine unübersehbare Attraktivität noch augenfälliger machte.

»Das ist Carlo.«

»Ach, dann seid ihr also die berühmten Jungs?«

Sonia strahlte wie ein Honigkuchenpferd. Ich versuchte, aus ihrem Verhalten, der Gelöstheit ihres Umgangs und der Strahlkraft ihres Lächelns darauf zu schließen, wie lange die beiden schon zusammen waren. Zwar machte es mich ein wenig traurig, dass sie mir nichts von diesem Carlo erzählt hatte, doch mein Bedauern wurde durch die rein egoistische Erleichterung darüber wettgemacht, dass ich sie eben doch nicht, wie befürchtet, den Löwen zum Fraß vorgeworfen hatte.

Ich beobachtete Carlo, denn ich wünschte mir sehr, ihn zu mögen. Er kam leicht mit den anderen ins Gespräch und hielt das Weinglas wie ein Cocktailglas, attraktives Beiwerk, auf das er gut und gerne hätte verzichten können. Dabei horchte ich genauer auf das, was er mit den anderen sprach, und verortete ihn mit seiner klaren, großzügigen Sprechweise, den weichen, abgerundeten Vokalen in die höher gelegenen Gegenden der Stadt – dort, wo die betuchten Leute wohnten.

Jeder hatte etwas zum Essen mitgebracht, darunter mein Kartoffelgericht, um das ich öfters gebeten wurde, das ich aber, wenn ich ehrlich war, erfunden hatte. Schon bald löste der Wein unsere Zungen, die Zeit verging wie im Fluge, und trotz der ab und zu aufblitzenden Abwesenheit von Luca hatte ich endlich wieder einmal das Gefühl, es würde nie wieder Morgen.

An einem gewissen Punkt erzählte uns Carlo, der Ingenieurswesen studierte, vom Bau der Brooklyn Bridge, an den ich mich nur vage von der Schule erinnerte. Es war eine echte Räuberpistole, in der es um mehrere Zusammenstöße mit Fährbooten, einige Todesfälle wegen Dekompressionskrankheit und die Geschichte des leitenden Ingenieurs selbst, Washington Roebling, ging, der am Ende gelähmt gewesen war und die Bauarbeiten vom Fenster einer Wohnung mit Blick auf den East River überwachen musste. Eine fesselnde Story, die Carlo mit Sicherheit schon mehrmals zum Besten gegeben hatte, was man an den vielen Kunstpausen und der übertriebenen amerikanischen Aussprache merkte, die manchmal wie einstudiert wirkten.

»Unglaublich, das klingt wie aus einem Film noir«, sagte Sonia.

»Ja, ist schon eine Nummer ...«

»Roeblings wahre Passion galt allerdings den Mineralien und Steinen«, fügte Pietro an, doch er tat es nicht in der respektvoll-bescheidenen Weise, mit der er vor einiger Zeit zu Lucas Schilderung des Vulkanausbruchs von Pompeji beigetragen hatte, sondern so, als wollte er dem heutigen Erzähler widersprechen, ihn vielleicht sogar demütigen. Umso mehr überraschte es mich, als er hinzufügte: »Und tatsächlich: Wenn du nach Washington, D. C., fährst, wirst du sehen, dass ein ganzes Stockwerk des Naturgeschichtemuseums genau diese Sammlung beherbergt.«

Carlo lächelte nur amüsiert und schaute woandershin.

Angelo sagte: »Mensch, das wär doch der Hammer, eines Tages nach Brooklyn zu fahren und mit den Hells Angels rumzuhängen.«

»Rumhängen, bist du des Wahnsinns?«, erwiderte Tonino. »Ja, ja, geh hin und sag ihnen auch noch, dass du *Engel* heißt, dann empfangen sie dich bestimmt mit offenen Armen. Und gespreizten Beinen.«

»Mann, Tonino.«

»In Wirklichkeit glaube ich allerdings, dass die ihren Hauptsitz in Manhattan haben«, sagte Carlo und warf seine honigblonde Mähne mit geübtem Schwung nach hinten. »Stimmt das, Eddie?«

»Keine Ahnung.«

Ich hatte gehofft, mich aus dem Gespräch heraushalten zu können, weil es mein Unwissen über meine Heimat offenbaren könnte, mit der die anderen offenbar so vertraut waren. Vor allem Pietro. Mich hatten nicht nur seine historischen

Kenntnisse beeindruckt, sondern auch der Stolz, mit dem er das Kaninchen seines Wissens aus dem Hut gezaubert hatte.

Ich spürte, wie er mich unter dem Tisch streichelte. Später, im Bett, würden wir bestimmt noch eine Weile wach bleiben und uns über unsere Eindrücke von Sonias neuem Freund austauschen. Sympathisch, würde ich sagen, wenn auch vielleicht ein wenig angeberisch. Ich konnte es kaum erwarten, was Pietro von ihm hielt, der besser als jeder Theaterkritiker in der Lage war, eine Person auseinanderzunehmen. Danach, so hoffte ich, würden wir noch miteinander schlafen und dann eng umschlungen in unserer Besucherritze einschlafen, die Pietro liebevoll den »großen Graben« getauft hatte.

Ich bemerkte, dass sein Glas leer war, ebenso wie die Weinflasche, und schob ihm meines hin. Pietro sagte: »Ach, gut, danke. Du bist meine ganz persönliche Weinreserve. Meine Weinbank.«

»Weinbank?«, fragte Davide. »Wo finde ich auch so was?« Dabei zog er zwei Joints aus der Tasche und reichte Angelo einen.

In genau diesem Moment tauchte Gabriele auf dem Dach auf, mit knallrotem Gesicht und sauer wegen der körperlichen Ertüchtigung, die die sechs Stockwerke ihm beim Hochsteigen jedes Mal abverlangten. Selbst vollkommen außer Atem war er in der Lage, in der schwülwarmen Luft des Abends die Aufmerksamkeit aller auf sich zu ziehen, als er sagte: »Was für ein schöner Anblick, da sitzt ihr unter dem Sternenhimmel und esst, als weiltet ihr beim Fest der gefüllten Paprika in Monte San Rocco.«

»Monte – was?«, fragte Carlo.

Ich ließ mich auf Pietros Schoß nieder und überließ Gabriele meinen Stuhl, der diesen ohne Umschweife annahm, die Beine übereinanderschlug, ein Taschentuch hervorzog und sich die Stirn abwischte. Erst jetzt schien er den Neuankömmling zu bemerken, der ihm direkt gegenübersaß, und sich seiner guten Manieren zu besinnen. Er streckte Carlo die Hand hin, tat dies aber so übertrieben und linkisch, dass eines sofort klar war: Trotz der makellosen Verwendung eines altmodischen Wortes im Konjunktiv war er sturzbetrunken.

»Angenehm. Gabriele. Obwohl ich in Schaffhausen das Licht der Welt erblickt habe«, lallte er, »habe ich das Pech, von Neandertalern aus dem beschaulichen Monte San Rocco abzustammen.«

Aus Liebe zu Pietro fühlte ich mich bemüßigt, sein Heimatdorf in Schutz zu nehmen, und lobte dessen Schönheiten. Doch dann sah ich aus dem Augenwinkel Sonias überraschte Miene. Offenbar hätte ich es vorher verkünden sollen, dass ich Pietros Eltern kennengelernt hatte und es mit unserer Beziehung folglich ernst geworden war. Dass sie das auf diese Weise, in Anwesenheit aller anderen, erfahren hatte, musste für sie der letzte Beweis dafür sein, dass es mittlerweile für Vertraulichkeiten zwischen uns beiden zu spät war.

Gabriele hingegen schaute nicht mich an, sondern seinen Bruder, und durchbohrte ihn mit sengendem Blick. Liegt vermutlich am Alkohol, dachte ich. Er zischte ihn an: »Ich hab dir doch gesagt, du sollst sie nicht dahin bringen.«

»Dein Bruder hat recht, Pietro«, sagte Davide, der ebenfalls aus Avellino stammte. »Was soll sie denn da? Ist doch sterbenslangweilig.«

»Nein, was er meint, ist, dass meine Mutter eine harte Nuss sein kann«, präzisierte Pietro, was in meinen Augen eine zutreffende Umschreibung war.

»Ach ja, die süditalienischen Mütter«, warf Carlo ein, als

wollte er an die besonderen Qualitäten eines guten Weines erinnern. »Da ist nichts zu machen.«

»In welcher Hinsicht?«, fragte ich.

Carlo erklärte, immer in seiner gewinnenden Art, das Problem mit den süditalienischen Müttern sei, dass sie es als ihre Pflicht erachteten, die Freundin ihres Sohnes einer möglichst harten Probe zu unterziehen. Das sei eine Art Initiationsritus. Am Ende jedoch sei es unvermeidlich und genetisch vorprogrammiert, dass sie das Mädchen, als gute Glucke, unter ihre Fittiche nahm, als wäre es ihre eigene Tochter.

»Glucke?«, sagte Sonia lachend. »So nennst du die Frauen jetzt?«

»Und gilt das für uns Kerle etwa nicht?«, warf Tonino ein. »Die Probe ist doch beim Vater deiner Angebeteten noch viel härter. Der nagelt dich dermaßen – *Hast du denn einen Job? Was für Absichten hast du mit meiner Tochter?* –, dass dir selbst die Lust am Nageln vergeht. Und dann schaut er dich mit diesem Röntgenblick an und will wissen, wie viel Geld du in der Tasche hast oder wie groß deine Eier sind.«

»Eier hast du besser gar nicht«, sagte Davide.

»Verarschst du uns jetzt oder was, Tonino?«, fragte Angelo. »Du willst uns doch nicht etwa weismachen, dass ein Mädchen *dich* mit nach Hause mitgenommen hat?«

Schallendes Gelächter. Ich schmiegte mich an Pietros warmen Körper. Ein Übergangsritual, das war es also gewesen. Nicht etwa echte Antipathie vonseiten der Mutter, die mich schließlich kaum kannte, sondern vielmehr ein notwendiger Test, eine Tradition, die schon seit uralten Zeiten eingehalten wurde und mir jetzt nur allzu natürlich vorkam.

»Du hast also schon die Eltern kennengelernt? Ihr beide verliert wirklich keine Zeit«, merkte Angelo an.

Alle begannen, uns gutmütig aufzuziehen, wollten unbedingt den Verlobungsring sehen, empfahlen uns dringend, nur ja keine unehelichen Kinder in die Welt zu setzen, bevor wir in den heiligen Stand der Ehe traten, und wollten das genaue Hochzeitsdatum wissen, damit sie sich je nach Jahreszeit bereits nach der passenden Jacke und Krawatte umsehen konnten.

Immer wieder hob Pietro unter mir liebevoll das Bein an. Unerwarteterweise schien er sich der Fopperei durch die Runde nicht ungern zu unterziehen, ja sogar ein gewisses Vergnügen daran zu haben, was mich so sehr freute, dass ich rasch den Blick senken musste. Ich wollte weder Sonia in die Augen schauen noch dem Blick der anderen Freunde begegnen, die da gerade offen, lautstark und unter allerlei Zoten unsere Liebe feierten, denn ich befürchtete, sie könnten in meinen Augen das ganze Glück über die Wendung ablesen, die mein Leben genommen hatte, eine unbändige Freude, die schon fast ans Lächerliche grenzte. Es war das pure Glück, das mich erfüllte und in krassem Gegensatz zu unserer Situation als mittellose Studenten stand, die noch lange nicht wussten, was aus ihnen werden würde. Doch dieses Glück fühlte sich auch ein wenig wie ein Verrat an meinen Freunden an, und in diesem Moment war ich fest davon überzeugt, wenn ich es ihnen zeigte, könnte ich ihnen damit wehtun, denn es war so gleißend hell, dass es sie blenden würde. So verliebt war ich.

»Und für dich, Kamerad, gibt's eine schöne grüne Uniform«, schlug Angelo vor, worauf Tonino verächtlich schnaubte.

»Ich könnte wetten, dass unsere geliebten Eltern ganz in Schwarz auftreten«, sagte Gabriele.

»Gabriele«, zischte Pietro kaum hörbar, »geh dir mal einen Kaffee machen.«

»Aber blicken wir der Wahrheit doch mal ins Gesicht«, fasste Davide zusammen, »Hochzeiten sind ein großer Scheiß. Den ganzen Tag kitschige Musik hören und sich den Wanst vollschlagen...«

Bevor Davide zu Ende sprechen konnte, gab es einen Riesenknall, und wir erstarrten. Einen kurzen Moment lang war das Einzige, das sich bewegte, der Rauch aus den Zigaretten und Joints, der sich gen Himmel wand wie eine verzauberte Kobra. Dann ertönte ein weiterer Knall, unten auf der Straße, gefolgt von einem lauten Schrei.

»Da wird geschossen«, rief Angelo.

Bei diesem Ruf des Sizilianers, der es schließlich wissen musste, geriet alles in Bewegung, und wir schoben schnell unsere Stühle weg und rannten zur Brüstung des Daches. Weit unten umschlossen die Gassen unser Haus wie der Wassergraben eine Burg. Beleuchtet vom kränklichen Licht der Straßenlaternen, wirkten sie menschenleer und zur Abwechslung sogar langweilig. Dann jedoch hörte man mehrere Motorräder, die mit schrillem Reifenquietschen davonfuhren, sehr wahrscheinlich eine Flucht gedungener Mörder. Vielleicht ein Hinterhalt gegen einen Camorraboss, oder jemand, der seine Grenzen überschritten hatte, war ins Knie geschossen worden. Uns ging es wie den Leuten bei der Presse – wahrscheinlich würden wir es nie erfahren. Was auch immer da unten geschehen war: Es war ein berauschendes Gefühl, der Gewalt so nahe zu kommen und doch so weit weg und in Sicherheit zu sein.

»Sollen sie sich doch gegenseitig umbringen, die Drecksäcke«, sagte Tonino. »Das ist natürliche Selektion in Reinform.«

Offenbar war das Drama dort unten beendet. Eine Weile blieben die Jungs noch am Geländer stehen und plauderten; Carlo stand neben Pietro, der ihm etwas jenseits des Golfes zeigte. Ich kehrte an den Tisch zurück und nahm neben Sonia Platz, die die anderen mit fast melancholischer Miene betrachtete.

»Ist ein guter Typ, Carlo«, sagte ich zu ihr. »Kommt mit allen gut zurecht.«

»Ja, stimmt schon««, sagte sie mit einem kleinen Seufzer. »Er ist wirklich was Besonderes.«

Seltsamerweise war ich aus diesem Blickwinkel auf einmal nicht ganz sicher, ob Sonia dabei wirklich zu Carlo schaute oder vielmehr auf die hagere Silhouette von Pietro, die sich vor dem Lichterschein der Stadt deutlich abzeichnete. Doch es blieb kaum mehr als ein unbestimmter Gedanke, denn in diesem Moment überstrahlte das helle Scheinwerferlicht der Polizeihubschrauber uns und die umliegenden Dächer, fast ein wenig halbherzig, als wüssten die Ordnungshüter ebenso wie wir, dass es da unten längst nichts mehr zu sehen gab.

Ich war immer mehr von Madeleine fasziniert, eine Mischung aus Anziehung und Verunsicherung, ähnlich der, die ich für meine Wahlheimat empfand, die sich jedem Versuch, sie zu fassen und für mich zu gewinnen, entzog. Madeleine war nur selten zu Hause, setzte sich aber manchmal bei ihrer Heimkehr zu uns, um mit uns zu lachen und zu rauchen; andere Male schlug sie die Tür hinter sich zu und ging schnurstracks in ihr Zimmer, ohne auch nur Hallo zu sagen. Mit Gabriele diskutierte sie gern über Architektur oder Politik, ja, redete sich oft regelrecht in Rage, während sie mit mir meistens über belanglose Dinge plauderte und mich dabei mal neugierig, mal feindselig oder sogar mütterlich betrachtete. Als der Sommer dann endlich da war, begann Madeleine sichtlich unter der Hitze zu leiden und trug immer spärlichere Kleidung; an anderen Tagen klagte sie morgens über eine eingebildete Kälte und erschien in einem dicken Männerpullover zum Morgenkaffee, wobei sie sich wild die sowieso vom Schlaf zerzausten Haare wuschelte, als wollte sie wie ein kritzelndes Kind ihr eigenes Abbild verschandeln, sich hässlich machen, was ihr natürlich nicht gelang, denn niemand auf der Welt hätte der Schönheit und dem finsteren Reiz Madeleines widerstehen können. Ich hatte bald gelernt, ihre Stimmungsschwankungen mit der An- oder Abwesenheit des Integralmotorradhelms ihres Freundes Saverio in Verbindung zu bringen. Lag das Ungetüm morgens auf dem Sofa, wusste ich, dass Saverio bei ihr geschlafen hatte, fehlte er hingegen, dann hatten sie sich vermutlich gezankt, und es war davon auszugehen, dass bei Madeleine der Haussegen schief hing.

Eines Morgens, als der Helm nicht da war, saß Madeleine putzmunter am Wohnzimmertisch, zwischen den Lippen eine Zigarette, an der sie sog, als ginge es um ihr Leben, die nackten Beine übereinandergeschlagen. Mit dem einen japanischen Flipflop bearbeitete sie den leeren Boden unter dem Tisch. »Ach, wen haben wir denn da«, sagte sie in einer Stimme zu mir, die spöttisch und lockend zugleich war. »Miss America mit ihren langen Haaren, die selbst in aller Herrgottsfrühe eine Augenweide sind! Oder sollen wir dich lieber Miss Neapel nennen?«

An diesem Morgen schien ihr eine so große Laus über die Leber gelaufen zu sein, dass es nicht nur mit Saverios Abwesenheit zusammenhängen konnte. Ich bot mich an, ihr einen Kaffee zu machen. Sie nahm an, wurde auf einmal großzügig und kündigte an, mir eines Tages einmal Leber mit Zwiebeln auf französische Art zuzubereiten.

»Ich kann es kaum erwarten.« Da war etwas an Madeleine, das einen dazu veranlasste, sie anzulügen, ja, sogar *für sie* zu lügen.

Ich werkelte in der Küche herum, doch als ich mit dem dampfenden Kaffee ins Wohnzimmer kam, hatte das Malträtieren des Bodens aufgehört, und Madeleine bedeckte ihre Augen mit einer Hand, als hätte sie schreckliche Migräne.

»Geht es dir nicht gut?«

»Blendend. Wirklich blendend«, sagte sie, doch mit einer brüchigen Stimme, die sie Lügen strafte.

Ich ging vorsichtig auf sie zu wie auf ein verletztes Tier. Wie instinktiv nahm Madeleine die Hand von den Augen, um mich wegzuscheuchen, und ich sah, dass ihre Augen von dem Bemühen, nicht zu weinen, blutunterlaufen waren. Ein wilder Blick, der mir Angst machte, denn ich fürchtete, es könnte sich etwas zutiefst Beunruhigendes und Unaufhaltsames dahinter verbergen, das ich nicht hätte ertragen können. Und so versuchte ich sie abzulenken, mit dem Kaffee, mit harmlosem Geplauder. An diesem Morgen funktionierte es.

Ich wollte Madeleine verstehen, ihr vielleicht sogar helfen, doch ehrlich gesagt fehlte mir die Zeit dazu. Das Studium rief. Gerade hatte das Sommersemester begonnen, und als erstes Examen stand Semiotik auf dem Plan. Diese Wissenschaft, die sich mit der Frage beschäftigt, wie Bedeutung entsteht, war mein Lieblingsfach, das ich sogar zu meinem ersten Nebenfach gemacht hatte, doch wir waren nur eine Handvoll Teilnehmer, die den Kurs verfolgten, und am Tag der Prüfung waren wir sogar nur zu zweit, mein Professor und ich.

Es war schon auf den allerersten Blick zu erkennen, dass Massimo Benedetti ein Genie war – nicht nur an seiner üblichen, politisch inspirierten Uniform, die aus blauen Sneakers, Jeans und blauem Sweatshirt bestand, sondern wegen seiner Augen, die man sonst nur aus Comics kannte, zwei riesigen, möglicherweise verrückten Kugeln, die gefährlich weit aus den Augenhöhlen ragten und scheinbar nur von den schwarz gerahmten, aschenbecherdicken Brillengläsern in Schach gehalten wurden. Außerdem verstieg er sich gerne zu aberranten Theorien, vorgetragen in einem starken Mailänder Akzent, etwa: »Und es ist genau in der Zahl Drei, in der wir die magische Kraft der menschlichen Erkenntnis finden, den Mut, Ideen voranzubringen, die unsere Sicht auf die Welt auf den Kopf stellen.« Auch während meiner Prüfung schwang er auf diese Art große Reden, schlug dann mit der flachen Hand so fest auf den Schreibtisch, dass seine Schreibgeräte tanzten, und brach in ein dröhnendes Gelächter aus, das den Blick auf seine Schneidezähne freigab.

Es war meine Prüfung, und früher oder später musste ich zu Wort kommen. Ich *wollte* zu Wort kommen. Ich wollte Klarheit in meinen Gedanken schaffen, wollte meine Ideen zur Natur des Menschen zum Ausdruck bringen, wollte so reden, dass die Diskrepanz zwischen dem, was ich dachte, und dem, was ich sagte, nicht mehr existierte. Ich wollte mich genial fühlen wie Benedetti, oder wie Signorelli, wollte einen unzerstörbaren Glauben an das akademische Wissen besitzen. Doch es gelang mir nicht. Was ich von ihm zu hören bekam, waren keine Fragen, sondern eine Sintflut aus Worten, in der ich mich nur mit größter Mühe über Wasser halten konnte.

Erst als Benedetti den Begriff »Dreiheit« aus dem Ärmel zog, gelang es mir, mich einzubringen und auszuführen, was der Begriff im Denken von Charles Sanders Pierce bedeutete, und obwohl offensichtlich war, dass es ein großes Opfer für ihn war, unterbrach mich mein Professor nicht. Von der Dreiheit sei es nur ein kurzer Weg zur Zweiheit und Einheit, sagte ich, wobei ich noch hinzufügte, irgendwo gelesen zu haben, dass Pierce

den Begriff der Dreiheit oder Triade auf die Personalprono-
men der dritten, zweiten und ersten Person Singular ausgewei-
tet hatte: es, du und ich.

»Dann fühlen wir uns also wirklich von der echten Linguistik angezogen, Signorina?«, sagte er mit maliziösem Vergnügen
und hervorquellenden Augen.

»Na ja, Pronomen sind faszinierend. Der Dialog ist ein Spiel
mit der Macht, das seinesgleichen sucht.«

Benedetti stürzte sich in einen weiteren verzweigten Diskurs, den er schließlich erst nach einem Blick auf die Uhr beendete – er war Pendler und musste mit Sicherheit einen Zug
erwischen. Schließlich beschränkte er sich darauf, mich zu fragen, welches Thema ich für meine Doktorarbeit in Erwägung
ziehe. »Ich kann mir vorstellen, dass es in Richtung Semiotik
geht. Warum denken Sie über den Sommer nicht darüber nach
und lassen es mich dann wissen?«

Ich stand auf und reichte dem Professor meine Hand, die
dieser mit ungehobelter Kraft schüttelte. Erst in diesem Moment fiel ihm mein blaues Studienbuch ein, in das er schwungvoll seine Unterschrift setzte. »Ach, immer diese Formalitäten!
Aber man muss ja das Prozedere einhalten, selbst wenn man
die Revolution plant, nicht wahr?«

Nein, ein Genie war ich nicht, aber ich hatte die Prüfung mit
der höchsten Punktzahl cum laude abgeschlossen. Als ich nach
Hause ging, war ich sehr glücklich, doch die Nachricht, die dort
auf mich wartete, war das Sahnehäubchen auf meinem Glück.
Es war ein Brief aus Amerika, in dem Barbara vorschlug, sie
und meinen Vater Ende des Sommers auf den Kykladen zu treffen. Bevor sie die Flüge buche, wolle sie nur wissen, welches
Datum mir recht wäre – welches *uns beiden* recht wäre.

14

Gleich nach meiner Semiotikprüfung begann ich, mich auf das Examen in Theatergeschichte vorzubereiten. Eines wurde mir nämlich immer klarer: wie viel ein Universitätsabschluss mir bedeutete. Er war kein Luftschloss mehr, das ich mir immer erträumt hatte, sondern wie Luca es mir damals in der Studentenbibliothek so unerwartet erklärt hatte – ein sehr reales Stück Papier, das für die Gesellschaft von hohem Wert war. Und wieder einmal hatte Luca recht behalten. Dieser akademische Titel war der Schlüssel zu all unseren Träumen. Und mir wurde immer mehr bewusst, wie richtig und wie befriedigend die chronologische Abfolge der Schritte war, die nötig waren, um diese Träume Wirklichkeit werden zu lassen – alle nötigen Prüfungen abzulegen, sich einen Professor und ein Thema für die Doktorarbeit zu suchen, diese zu schreiben und vorzustellen. Im Grunde genau das Prozedere, auf das sich Benedetti bezogen hatte.

Warum nur hatte es dann den Anschein, als wollte die Stadt, in der ich lebte, meinen studentischen Bemühungen Knüppel zwischen die Beine werfen? Denn je dringender ich Ruhe brauchte, umso mehr war im Viertel los, und damit meine ich nicht nur den täglichen Zank in unserem Hof, der offenbar irgendetwas mit dem Wasser zu tun hatte. Für die Bewohner des

Spanischen Viertels war *reden* gleichbedeutend mit *schreien,* und was auch immer in der Nachbarschaft vorging – jeder bekam es mit. Selbst in der kurzen Ruhepause um die Mittagszeit war das Kratzen der Gabeln auf den Tellern zu hören, das Geschrei irgendwelcher Schauspieler einer Daily Soap, die dem ganzen Viertel die schreckliche Wahrheit über ein Testament, eine Pistole oder einen eineiigen Zwilling mitteilten – melodramatische Klagen, die von denen im wahren Leben kaum zu unterscheiden waren, wenn Madeleine sich wieder einmal in ihrem Zimmer einschloss, um zu weinen.

Die Müllabfuhr streikte. Ehe man sich's versah, waren die sich stapelnden Müllsäcke aufgerissen und gaben auf dem Kopfsteinpflaster die Geheimnisse unserer Nachbarn preis. Damenbinden, Hühnerknochen, unbezahlte Rechnungen. Der Gestank war unerträglich. Die Gassen des Viertels waren mit Müll verstopft und die Straßen der Altstadt mit Autos. Oft waren die Ampeln kaputt, doch auch wenn sie funktionierten, gingen die Leute bei Rot über die Straße. Es war, als würde Neapel meinen semiologischen Studien ins Gesicht spucken, als hätte es schon lange vor Pierce und de Saussure, möglicherweise bereits in uralter Zeit, begriffen, dass die Regeln des Spiels im Grunde willkürlich waren und dieses deshalb keinerlei Respekt verdient hatte.

Mitten in diesem Chaos, wie der einsame Fels in der Brandung, saß der schweigsame und würdevolle Obdachlose der Via Roma. Einmal, als ich bei ihm vorbeiging, um ihm etwas zum Frühstück zu bringen, war er hinter einer Menschenmenge verborgen, die sich um ihn versammelt hatte. Ich quetschte mich zwischen den Leuten hindurch. Jetzt war mir alles klar: Zwei Welpen, sicher erst ein paar Tage alt, zappelten neben ihrer Mutter auf der schmuddeligen Decke, die auf dem Boden lag.

Ich hatte nicht einmal bemerkt, dass es sich um eine Hündin handelte, geschweige denn, dass sie trächtig war.

Ein kleines Mädchen nahm eines der Hündchen auf den Arm, das sich herauszuwinden versuchte und dabei sein haarloses, dickes Bäuchlein zeigte. »Und der, wie heißt der?«, fragte es.

»Das da Männchen«, erwiderte der Mann. »Und das da Weibchen.«

Dabei lächelte er so sehr, dass die Haut seines Gesichts aussah wie Packpapier. Die Leute gaben ihm Geld, und zwar jede Menge, das er in seinen schmutzigen Fingern hielt, als wüsste er nichts damit anzufangen. Ich ging in die Hocke, um den zweiten Welpen zu streicheln, der einen süßlich sauren Geruch nach Milch und Pipi verströmte. Dann gab ich seinem stolzen Herrchen mein letztes Kleingeld und ließ ihn mit seinen Bewunderern allein.

An jenem Abend lagen wir im Bett und hatten gerade das Licht ausgemacht, als ich Pietro fragte, ob er nicht gerne einen Hund hätte. Vielleicht sehnte ich mich weniger nach einem Hund als nach einem Lebewesen, dem ich etwas von den Gefühlen abgeben könnte, die zwischen uns im Überfluss vorhanden waren, um sie gleichmäßiger zu verteilen und so eine Liebe erträglicher zu machen, die so stark war, dass ich sie manchmal kaum aushalten konnte.

»Ich hab schon einen Hund«, erwiderte er. »In Monte San Rocco.« Gesualdo schlafe im Schuppen bei dem Traktor und verschwinde des Öfteren, manchmal tagelang; deshalb war ich ihm noch nicht begegnet. »Aber ich hätte gern einen richtigen Hund«, gestand er mir. »Einen, der bei uns auf dem Bett schläft und mit dem man im Wald spazieren geht. Oder im Regenwald von Costa Rica.«

»Oder an einem thailändischen Strand.« Ich seufzte resigniert. »Ich weiß schon, es wäre viel zu schwierig, hier in Neapel einen Hund zu halten.«

»Nicht schwierig, Baby. Unmöglich. Alles in Neapel ist unmöglich.«

Es bestand das Risiko, wieder in die alte Diskussion über die Gesetzlosigkeit der Stadt zu verfallen, mit den altbekannten Adjektiven. Doch an diesem Abend hatte ich – vielleicht wegen der Nachbarn, die sich auch nach Einbruch der Dunkelheit heiser schrien – keine Lust, Stellung für Neapel zu beziehen, es in Schutz zu nehmen und ihm mal wieder die Haut zu retten. Sollen sie doch alles schwarzmalen, dachte ich einen Moment lang.

»Wie auch immer, bald muss ich nach Monte San Rocco. Diesmal für fast einen Monat.«

»Wegen der Oliven?«, fragte ich besorgt. »Die erntet man doch im Sommer, oder?«

Doch ganz so war es nicht. Pietro erklärte mir, um seine Prüfung in Hydrogeologie zu bestehen, müsse er einige Sondierungen des Wasservorkommens vornehmen – und der allerbeste Ort dafür sei sein Heimatdorf, weil er dort leicht Zugang zu verschiedenen Grundstücken und Feldern bekomme. »Ich kenne praktisch jeden Mann, jede Frau und jeden Esel dort. Und mit der Hälfte davon bin ich entfernt verwandt. Mit den Eseln natürlich nicht.«

Ich war entsetzt, versuchte aber zu lachen – und vernünftig zu sein. Der Sommer raubte mir all meine Freunde, einen nach dem anderen. Tonino war schon abgereist, ohne auch nur eine einzige Prüfung anzutreten. Normalerweise wäre auch ich nach Washington gefahren und hätte dort in einer Bar oder einem Restaurant gejobbt, um Geld für meinen Rückflug nach Neapel zu verdienen. Ein offenes Ticket, denn meine Rückkehr war ungewiss. Diesmal jedoch hatten mein Vater und Barbara für Ende Juli Flüge nach Athen gebucht, wir beide mussten uns nur noch um eine Fähre kümmern. Ich hatte keinen Zweifel daran, dass wir noch einen Platz bekommen würden, sobald Pietro das Thema seinen Eltern gegenüber angesprochen hatte.

Doch meine Beunruhigung legte sich erst, als Pietro sich ins Bett sinken ließ und mit heiserer Stimme sagte: »Wir werden doch nur einen Monat getrennt sein, und es sind nur ein paar unbedeutende Hügel. Aber für dich würde ich jeden Berg überwinden, und wenn es zu Fuß ist. Und ich würde es barfuß tun, im Schnee, ich würde Hasen und Raben essen, um zu überleben.«

»Weiter ... nicht aufhören«, murmelte ich.

»Für dich würde ich Meere überqueren, mich an ein Floß klammern, mein T-Shirt als Segel aufspannen und Miesmuscheln und anderen Scheiß essen.« Wir mussten lachen. »Im Ernst ... Ich würde es gern tun, auch wenn ich fünf Jahre brauche, weil ich weiß, auf der anderen Seite bist du und wartest auf mich.«

Vor seiner Abreise schafften wir es noch, einen Ausflug zu machen, Ausgangspunkt war das Haus von Mamma Rita. Sie behandelte Pietro genau so, wie ich es erwartet hatte – wie ein Findelkind, das sie durchfüttern musste. Zwar gab sie uns nicht die üblichen Ratschläge einer Mutter – ihr eigenes turbulentes Liebesleben war geprägt von Auf und Abs, wie eine Achterbahn, hatte jedoch keine Perlen der Weisheit hervorgebracht –, doch ich spürte deutlich, der Gedanke, dass ich mich endlich mit einem netten Jungen zusammengetan hatte, beruhigte sie. Abgesehen davon hatte sie mir bereits in fast allen anderen Bereichen meines Lebens wertvolle Ratschläge gegeben: Sie hatte mir schon als junges Mädchen gezeigt, wie man ein Herrenhemd bügelt, einen gekochten Oktopus säubert und in der Kalimera-Bar in Sorrento so tut, als könnte man Samba tanzen. An mein häufiges Abtauchen war sie gewöhnt, sie tolerierte es mit Gelassenheit, genau wie meine Mutter, und zeigte sich folglich auch nicht enttäuscht, als wir nur eine einzige Nacht blieben und bereits am nächsten Morgen weiterfuhren, um die Halbinsel von Sorrento zu erkunden.

Ich wollte Pietro einen Strand zeigen, den ich damals durch meine Clique in Castellamare kennengelernt hatte, ein Kleinod, das man in der Gegend Regina Giovanna oder auch das Bad der Königin Johanna nannte. Sonia und Carlo stießen am Bahnhof von Sorrento zu uns. Von dort aus mussten wir zu viert eine große Strecke zu Fuß gehen, bis wir an einem Olivenhain vorbeikamen, der später in der Sommersaison zu einem unansehnlichen Parkplatz umfunktioniert werden würde. Jetzt jedoch war nur Vogelgezwitscher zu hören, das uns auf dem ganzen Weg Gesellschaft leistete. Ab und zu spähte ich Richtung Neapel, das in der Ferne zu sehen war unter einer dicken Smogwolke, als würde es vor lauter Neid auf uns, die wir an einem so einsamen und idyllischen Ort unterwegs waren, ersticken. Unerwarteterweise bereitete mir die Vorstellung Gewissensbisse.

»Einmal habe ich eine Olive direkt vom Baum gegessen«, erzählte ich. »Und sie sofort wieder ausgespuckt, so bitter war sie.«

»Ja, das glaube ich«, sagte Pietro und zog mich am Pferdeschwanz.

Der Abstieg zum Strand begann mit einem Trampelpfad. Hier gab es keinen Schatten mehr, und die Luft schmeckt deutlich nach Salz. Im Gänsemarsch und bei hochstehender Sonne wanderten wir weiter, bis wir vor den Überresten der namensgebenden römischen Villa standen.

»Da ist ja fast nichts mehr da«, bemerkte Carlo. »Sieht aus wie ein Haufen Steine. Aber ich hab sowieso meine Zweifel an dieser Geschichte mit der Villa ...«

»Na, du musst es ja wissen«, sagte Pietro. »Du bist hier der Ingenieur ...«

Pietro machte es Spaß, Carlo ein wenig aufzuziehen, denn er stieß sich an dessen hochnäsiger und besserwisserischer Art. Er sagte: »Dem fehlt nur noch ein französischer Akzent.« Und auch ich musste zugeben, wenn Carlo Sonia wegen ihrer Herkunft aufzog, wie er es gerade eben tat, indem er ihr kulturelles sardisches Erbe auf ein paar Steinhaufen aus dem Megalith reduzierte, tat er es nicht mit der wohlwollenden Leichtigkeit Angelos.

»*Nuraghe* und Schafe. Mehr habt ihr nicht?«

Sonia begnügte sich damit, ihm mit dem zusammengerollten Handtuch eins überzubrennen. »Du, pass auf, sonst nehm ich dich diesen Sommer nicht mit!«

»Ist sowieso die Fähre, die mich mitnimmt.«

»Klugscheißer!!«

Sie schlug ihn noch einmal, und die beiden liefen lachend weiter. Pietro und ich wechselten einen überraschten Blick. Offenbar war ich nicht die Einzige, die sich dem Ritual »ins Dorf deines Liebsten gehen« unterzog. Doch im Unterschied zu uns schienen Carlos und Sonia jenen Besuch auf die leichte Schulter zu nehmen. Ich wusste nicht, ob ich sie um diese Haltung beneiden oder sie missbilligen sollte, weil sie meine eigene Erfahrung herunterspielte oder sich ihre Beziehung in gewisser Weise an Intensität und Ernsthaftigkeit mit der unseren maß.

Wie auch immer – auf einmal befürchtete ich, irgendwann würde es zum Vergleich zwischen ihnen und uns kommen.

Dann hatten wir endlich den Strand erreicht, eine Torte aus hellen und dunklen Gesteinsschichten, die sich bis zum Wasser hinabzog. Wir stiegen über die Felsspalten, suchten uns einen etwas erhöhten Platz und zogen unter den Kleidern unsere Badesachen an. Auf dem sonnenbeschienenen Fels wurden unsere Handtücher sofort warm. Carlo war der Erste, der die Badehose anhatte und mit einem sehenswerten Kopfsprung und einem gewaltigen Platschen im Wasser war. Als er wieder an die Wasseroberfläche kam, warnte er uns, das Wasser sei eiskalt, und warf seine nasse Haartolle schwungvoll in den Nacken. Sonia blieb am Rand sitzen und streckte nur die Füße ins Wasser.

»Gehen wir auch rein?«

»Zuerst rauch ich noch eine«, erwiderte Pietro. »Ein bisschen aufwärmen, weißt du.«

Angesichts der Feierlichkeit, mit der er sich die Zigarette anzündete, seine blassen Knie hochzog und skeptisch aufs Meer hinausschaute, kam mir auf einmal der Gedanke, es könnte ein Fehler gewesen sein, ihn hierher zu bringen. Dieser ganze lange Weg, und wozu? Doch es beruhigte mich sofort wieder, als er meine braun gebrannten Füße streichelte (er nannte mich seine Cherokee-Prinzessin) und mir sagte, es sei ein schöner Platz. Dann blickte er wieder aufs Meer hinaus und blinzelte in die Sonne.

»Schau nur, die beiden, wie sie herumtoben«, sagte er.

Sonia war jetzt auch im Wasser und schwamm kreischend vor Carlo davon, der den weißen Hai machte und sie unter großem Gespritze und Geplansche verfolgte.

»Die sehen glücklich aus.«

»Ich sag's dir, Heddi, das wird nicht lange halten.«

»Woher willst du das wissen, wie lange eine Beziehung hält?«

»Du und ich, Baby. Das ist mein Prüfstein.«

Am Ende hatte also Pietro den Vergleich angestellt, und das Ergebnis war vernichtend für die beiden. Ich zog die Minolta aus der Tasche und richtete sie auf die Salzkristalle, Überreste einer stürmischeren Zeit, die sich bis zum Wasser hinab durch das schwarze Gestein zogen. Ich machte ein Bild von Pietro im Profil, der mit der Zigarette zwischen den Lippen haargenau so aussah wie der Marlboro-Mann aus der Zigarettenwerbung. Es war ein Gesicht, an dem ich mich einfach nie sattsehen könnte. Doch während ich ihn anschaute, kam ein Zweifel in mir auf. Als er sagte: *Das wird nicht lange halten,* hatte er einen so bestimmten und für seine Verhältnisse ungewohnt abfälligen Ton angeschlagen, dass es mich zusammen mit seiner ernsten Rauchermiene auf einmal in Unruhe versetzte.

Sonia kam zu uns gelaufen und sagte atemlos: »Das ist eiskalt, aber wunderschön und sauber.«

Sie hatte sich lange Zöpfe geflochten, aus denen das Meerwasser tropfte, und ließ sich auf ihrem Handtuch nieder, kurze Zeit darauf gefolgt von Carlo, der sich neben ihr fallen ließ. Ich rief ihre Namen. Als sie sich umdrehten, machte ich ein Foto, das auf ihren Gesichtern einen Ausdruck angenehmer Überrumpelung zeigte. Sonia legte sich wieder auf den Rücken und ließ kreischend und kichernd eine Kitzelattacke von Carlo über sich ergehen, der sich richtig ins Zeug legte. Pietro täuscht sich bestimmt, dachte ich.

»He, worauf wartet ihr beiden?«, rief uns Carlo zu. »Habt ihr Angst vor dem kalten Wasser? Das ist das erste Bad des Sommers, das muss doch kalt sein.«

»Und es könnte auch das letzte sein, bei meinem Pech«,

murmelte Pietro und drückte seine Zigarette am Felsen aus. Asche zu Asche, Staub zu Staub.

Ich schaute ihn perplex an. Was wollte er mit diesem *letzten Bad* sagen?

»He, in Monte San Rocco gibt es kein Meer«, sagte er und küsste mich, fast wie zur Entschuldigung, wie er es in der Öffentlichkeit nur selten tat, hinter dem Rücken eines Paares, das so war wie wir und doch überhaupt nicht so.

»Wieso, hast du denn nicht vor zu baden? In Griechenland, meine ich?«, fragte ich ihn.

»Klar. Für mich ist das beschlossene Sache.«

Offenbar hatten seine Eltern ihm ihre Zustimmung gegeben. Ich sprang vor Freude auf. Griechenland würde unsere Wiedergutmachung dafür sein, dass wir drei lange Wochen voneinander getrennt sein würden. Das schwarze Gestein brannte unter meinen Füßen, als ich Pietro in Richtung Wasser zog.

»Das Wasser ist fantastisch … wenn ihr keine Herzprobleme habt«, schrie uns Carlo hinterher.

Ich hatte ganz bestimmt ein Herzproblem, dachte ich, aber wenn es dagegen eine Medizin gab, dann wollte ich sie nicht. Wie es auch Sonia gemacht hatte, setzte ich mich auf den Felsvorsprung und hängte vorsichtig die Füße ins Wasser, die auf einmal ganz weiß und fremd aussahen. Tatsächlich kam mir das Wasser eisig vor, und es kostete mich meine ganze Überwindung, hineinzuspringen.

»Kann man stehen?«, fragte Pietro oben auf dem Felsen.

Ich schüttelte nur den Kopf, weil es so kalt war, dass mir die Luft wegblieb.

»Klingt nach Polarmeer. Nein danke, ich bleibe lieber hier.«

Ich tauchte unter und kam ganz in seiner Nähe wieder an die Oberfläche. »Jetzt fühlt es sich schon wärmer an.«

»Lass gut sein, ich bitte dich. Ich gehe nicht ins Wasser.«
Pietro sagte nichts mehr, bis ich schließlich wieder aus dem
Wasser kletterte und mich neben ihn aufs Handtuch setzte. Ich
hatte das Gefühl, mein Blut fließe heiß wie Lava durch meine
Adern. »Hör mal zu, Baby«, sagte er so leise, dass es über dem
Rauschen der Wellen, die den Fels benetzten, fast nicht zu
hören war. »Ich hab mein ganzes Leben auf dem Festland verbracht. Ich bin in den Bergen geboren, im Hügelland aufgewachsen. Als Kinder haben Gabriele und ich ein paarmal in
einem Gebirgsbach herumgeplantscht. Das ist alles.«

»Sehr malerisch.«

»Du hast mich nicht verstanden.« Er senkte die Stimme so
sehr, dass ich fast auf Lippenlesen angewiesen war, als er am
Ende hinzufügte: »Ich kann nicht schwimmen, Heddi. Wenn
ich ins Wasser springe, gehe ich unter wie ein Stein.«

Nachdem Pietro abgereist war, hatte ich einen Traum. Ich
träumte, am höchsten Punkt von Ischia zu stehen, auf einem
sehr hohen Berg, der genauso irrwitzig spitz zulief wie in einem
Comic und ebenso frei von Gefahr war. Unter mir lag der Golf
von Neapel, ein Anblick, der mich liebkoste wie ein Seiden-
schal, bemalt mit Sonnenstrahlen und vom Wind umweht. Es
lagen mehrere Boote vor Anker, im Hintergrund die Inseln
Capri und Procida.

Im Traum hob ich die Kamera, um diese ganze Schönheit in
einem Bild festzuhalten. Erst im Sucher fiel mein Blick auf den
Vulkan. Wieso hatte ich ihn vorher nicht gesehen? Vielleicht
hatte ich vergessen, dass es ihn gab. Ich ließ den Fotoapparat
sinken und bemerkte, dass am Horizont viele Wolken aufzo-
gen. Nein, es waren keine Wolken, Es war der Vulkan, der gräu-
liche Wolken ausstieß, die ganz allmählich den Himmel ver-

deckten wie ein verschmutzter Radiergummi, der mit groben Strichen ein Meisterwerk verhunzt.

Auf einmal wurde mir bewusst, dass ich an einer viel zu exponierten Stelle stand. Ich musste unbedingt absteigen, doch meine Füße rührten sich nicht vom Fleck. Mir blieb nichts anderes übrig, als meine Untätigkeit zu rechtfertigen: Ich befände mich an einem sicheren Ort, sagte ich mir, auf einer Insel am anderen Ende des Golfes, mit einer Kamera, die mich vor der Realität beschützte. In meinem tiefsten Inneren wusste ich jedoch, dort oben zu verharren, wäre das Schlimmste, was ich tun könnte, und jene Zerstörung voller Faszination zu beobachten, eine Entscheidung, die weder sicher für mich noch richtig oder logisch war, sondern nur durch mangelnde Willenskraft bedingt. Denn das, was dort am Vulkan passierte, grausam, aber auch unleugbar schön, war ein Spektakel, das meine Augen unbedingt sehen wollten, koste es, was es wolle, und ich wusste nicht, wie ich es ihnen verweigern sollte.

Von: heddi@yahoo.com
An: tectonic@tin.it
Gesendet am: 12. April

Lieber Pietro,
ich habe das, was du geschrieben hast, nicht in den
Papierkorb geworfen. Ganz im Gegenteil, ich habe es
wieder und wieder gelesen, und es hat mich bewegt,
verwirrt, neugierig gemacht. Und jetzt, wenn du willst,
erzähl ich dir auch mal eine Geschichte…
Willst du wirklich wissen, warum ich nach Neuseeland
gekommen bin? Deinetwegen, wegen jenes Telefonats.
Die Verbindung war schlecht, und deshalb klang deine
Stimme metallisch, fast roboterhaft, während du diese
undenkbaren, unerträglichen, albtraumartigen Worte
sprachst. Ich erinnere mich nicht, wie ich dir geantwortet habe – habe ich dich angefleht? Nein, ich will es
nicht wissen.
Danach hatte ich das Gefühl zu sterben. Ich wollte sterben; nicht mir das Leben nehmen, sondern einfach im
Nichts verschwinden, um keinen Körper mehr zu haben,
der physisches Leid erdulden muss. Ich hatte furchtbares

Bauchweh, in einem einzigen Monat hatte ich zweimal meine Tage, am Mund einen schlimmen Herpes. Meine Tränen waren glühend heiß und trockneten nie. Im Gegenteil, sie gruben eine Schneise auf meinen Wangen, über die so viele Jahre keine Tränen gelaufen waren, so glücklich war ich gewesen.

Aus Angst, ich würde verhungern oder verdursten, klopfte eines Nachmittags mein Vater an meine Tür und brachte mir einen Milchshake, wie er ihn mir als Kind immer gemacht hatte, er nannte ihn Tigermilch. Ich trank nur ein Schlückchen davon, um ihn nicht zu enttäuschen. Ich habe es dir nie gesagt, aber er will nie mehr deinen Namen hören.

Ich schämte mich für meinen Zustand, und das Mitgefühl meiner Familie und der alten Freunde machte alles nur noch schlimmer. Und so habe ich das getan, was ich schon immer gut konnte: meine Koffer packen. Ich stellte eine Liste von drei Orten auf, zu denen ich fliehen konnte – weit weg von dir, aber auch von mir selbst. An die erste und zweite Stelle setzte ich Korea und Japan, weil ich dort als englische Muttersprachlerin gute Arbeitsmöglichkeiten hätte. An dritter Stelle kam Neuseeland. (Vielleicht weißt du nicht, dass Snežanas Bruder Ivan einige Zeit vorher nach Auckland gezogen war.) Dieses Mal brauchte ich keine guten Ratschläge, sondern strich die ersten beiden Länder gleich aus und wählte das, was am wenigsten logisch war.

Außer Ivan kannte ich niemanden hier. Und das war besser so, denn so war ich nicht gezwungen, über mich und über das, was in dieser weiten Welt nur eine winzige Tragödie gewesen war, zu sprechen. Und jedes

Wort kostete mich Mühe; ich hatte meine letzten Kräfte damit aufgebraucht, diesen endlos langen Flug hinter mich zu bringen, zu Hause bei Ivan anzukommen und meinen armseligen Koffer in eine Ecke zu stellen. Von jenem Moment an habe ich es einfach zugelassen, dass mir Dinge passierten, ohne den geringsten Widerstand zu leisten. So kam es, dass ich nur drei Tage später die Nordinsel zusammen mit drei vollkommen Unbekannten (nur einer davon war ein Freund von Ivan) bereiste, die ein komplettes Programm inklusive Bungeejumping, Wildwasser-Rafting und eine Klettertour mit Seil und Karabinern aufgestellt hatten.

Zusammen mit ihnen kam ich mir vor wie der letzte Trampel. Doch sie waren nicht nur sportbegeistert, sondern unterrichteten auch Sport und waren folglich daran gewöhnt, mit Menschen umzugehen, die unvorbereitet und ängstlich waren. Sie nahmen mich zu all ihren wahnwitzigen Aktivitäten mit und ließen mir sogar – wie der Zufall es will – ein Überlebenstraining angedeihen. Ich lernte, wie man nasse Kleidung durch seine eigene Körperwärme am Fußende des Rucksacks trocknet, oder wie man auf einem Gaskocher in einer einzigen Aluminiumtasse eine vollständige und nahrhafte Mahlzeit zubereitet. Ich entdeckte, dass Trekking hungrig macht und dass der Körper leben will, wenn es schon die Seele nicht will. Es war der Beginn einer Leidenschaft fürs Camping und das Leben in freier Natur, das ich auch meinen Eltern und meinem Bruder vermitteln konnte, als sie mich mehrfach besuchen kamen (er war mittlerweile schon zweimal da, das zweite Mal zusammen mit seiner Freundin, einem Mädchen aus Triest).

Und es war der Moment, in dem ich wieder begann, mich an den kleinen Dingen des Lebens zu erfreuen (oder besser, den kleinen Befriedigungen). Dafür werde ich diesen drei Verrückten für immer dankbar sein.

Ich weiß nicht, warum ich dir das alles schreibe und meinen Gedanken zu dieser späten Stunde einfach freien Lauf lasse. Vielleicht deshalb, weil es sich so anfühlt, als würde ich mit dir reden, so wie früher. Trotzdem ist mir bewusst, dass du dich am anderen Ende der Welt befindest, sogar auf der anderen Erdhalbkugel, in einer anderen Jahreszeit.

Ist es auch bei dir Nacht, während du diese Zeilen liest? Ist Gabriele dort bei dir? Wie sehr würde ich mich freuen, mal wieder von ihm zu hören. Ich habe mit fast keinem mehr Kontakt. Der Einzige, von dem ich in den letzten Jahren gehört habe, ist Luca, kurz nachdem seine Mutter gestorben war. Ich könnte ihm jetzt schreiben, mich bei ihm melden, ich weiß nicht, warum ich es nicht tue.

H.

15

Als an jenem Morgen der Bus mit einem erleichterten Schnauben in Borgo Alto hielt, wartete Pietro bereits auf mich, die Hände tief in den Taschen und auf den Lippen ein kaum verhohlenes Lächeln. Wir brachten beide kein Wort heraus und gingen stumm zum Wagen, Hand in Hand, eine einzige Faust, die unsere ganze Aufgewühltheit in sich verschloss. Ich schaute ihn verstohlen an, während er mit meiner Tasche über der Schulter neben mir ging, kaum hatte ich es endlich geschafft, den Blick von ihm zu lösen, spürte ich, wie er mich selbst anschaute, fragend, bohrend.

»Steig ein, Baby, heute zeig ich dir alles.«

An das Auto, dessen Tür er jetzt für mich öffnete, erinnerte ich mich; es war der weiße Wagen, den er und sein Vater an dem Tag der großen Sintflut gegen den Traktor eingetauscht hatten. Kaum hatte er den Motor angelassen, streckte ich die Hand aus und streichelte ihm den Nacken, der anfing, ein bisschen zu schwitzen. Wir fuhren eine Weile durchs Hügelland, bis wir auf eine Schnellstraße kamen.

»An die Straße kann ich mich gar nicht erinnern.«

»Natürlich nicht«, sagte er nur.

Vor uns stand eine Fabrik. Wir nahmen die Ausfahrt und fuhren in Richtung Parkplatz, der im Schatten von drei oder vier Schornsteinen lag. Pietro machte den Motor aus. Es war niemand zu sehen, Unkraut schob sich durch den Zement. Pietro erklärte mir, früher sei hier ein Stahlwerk gewesen, es habe viele Arbeitsplätze geschaffen, sei aber seit Langem nicht mehr in Betrieb.

Wir stiegen aus und gingen einen Feldweg entlang, Grashalme kitzelten mich an den Knöcheln. Irgendwann erreichten wir ein Wäldchen, und Pietro drehte sich zu mir, nahm mein Gesicht in beide Hände, wie einen Kelch, aus dem er trinken wollte. Dann küsste er mich zart, mit dem geduldigen Selbstvertrauen eines klassischen ersten Kusses, den es zwischen uns nie gegeben hatte. Wie wundervoll es war, endlich wieder allein miteinander zu sein. Dort im Schatten, der zart durchbrochen war wie Spitze, mischte sich der würzige Fichtengeruch mit dem seines Aftershaves, das Muster der Zweige mit seinen dunklen Locken.

»Du bist die Luft, die ich atme«, flüsterte er mir ins Ohr, »und das Wasser, das ich trinke.«

Er nahm mich an der Hand und führte mich auf eine Lichtung. Grillen zirpten in der flirrenden Hitze, ab und zu schrie ein Vogel. Ich hatte schon seit Wochen die engen Gassen von Neapel nicht mehr verlassen, und so störte mich weder die sengende Sonne noch die Tatsache, dass dieses öde, ausgetrocknete Stück Land, das auf einmal zur Wildnis geworden war, an eine aufgelassene Fabrik grenzte.

»Vorsicht, hier gibt's Schlangen.« Ich blieb abrupt stehen, schaute über meine Schulter, was Pietro sehr amüsierte. »Keine Sorge, ich beschütze dich. Ich kenne hier jeden Stein und jeden Grashalm.« Genau hier, so erklärte er mir, hole er seine Proben. Er entnehme Erde, untersuche sie, stelle Messungen an und setze sich dann mit einer Zigarette hin, um die Ergebnisse in eine Karte einzutragen. »Der Baum da drüben spendet besonders guten Schatten. Komm.«

Unter dem Baum mit dem »guten« Schatten hatte ich gleich die Schlangen vergessen und ließ mich von Pietros Begeisterung anstecken. Während er von den Kluftgrundwasserleitern des Apennin sprach, betrachtete ich sein gebräuntes Gesicht, die lebhaften Augen, die von der Sonne ausgebleichten Haare, wie auf einem seiner Kinderfotos, das er mir geschenkt hatte. Es war ein prickelndes Gefühl, ihn bei so guter Laune zu erleben. »Wenigstens ist dir die Recherche nicht schwergefallen«, sagte ich.

»Na ja, anstrengend war es schon, aber ich bin einfach gerne auf dem Land – allein, weit weg von unserem Dorf, von meinen Eltern. Hier draußen fühle ich mich wie Tarzan.« Er trommelte sich auf die Brust. »Jedenfalls trage ich mich mit dem Gedanken, meine Doktorarbeit in Hydrogeologie zu machen.«

»Aber deine große Leidenschaft ist doch das Öl. Oder hast du es dir anders überlegt?«

»Absolut. In die Branche kann ich später immer noch einsteigen. Wer weiß, vielleicht werde ich irgendwann der neue JR«, sagte er und lachte vor sich hin. »Aber im Unterschied zu euch Linguisten müssen wir für unsere Doktorarbeit Feldforschung betreiben, uns die Hände schmutzig machen. Würde ich meine Arbeit über Erdöl schreiben, könnte es sein, dass ich irgendwo lande. In Hydrogeologie hingegen könnte ich problemlos alle Erhebungen hier in Monte San Rocco machen.«

Ich nahm einen kleinen Stein zur Hand und kratzte damit über den staubigen Boden. Wie war es möglich, mit einem Doktor in Hydrogeologie Karriere in Erdöl zu machen – verwandelte sich Wasser dann in Benzin? Und wie konnte ein verlassenes Dorf in Irpinien zum Sprungbrett in die große weite

Welt werden, die auf uns wartete? Ich kratzte und schabte, doch es kam mir immer unlogischer vor, wie ein Zahlenrätsel, das nicht aufgeht.

»Tatsache ist, dass ich es nicht mehr aushalte, ohne dich zu sein, Pietro. Es macht mich verrückt.«

»Und mich etwa nicht?« Ich fehlte ihm, sagte er, von dem Moment an, wenn seine Mutter ihn weckte, indem sie seinen Namen brüllte, bis zum Abend, wenn er todmüde ins Bett fiel. Ein paarmal hatte er in seinen Klamotten ein Haar von mir gefunden und es zwischen den Seiten eines Buches oder in einer leeren Zigarettenschachtel aufgehoben. Und während er mir das alles erzählte, begriff ich, dass dieses Geständnis ihn ein wenig Überwindung kostete. »Das ist der Grund, warum ich den Abschluss so schnell wie möglich machen möchte. Danach muss mir nur noch einfallen, was ich in Bezug auf das Scheißmilitär machen soll.«

Diese Nachricht traf mich mit der Wucht einer Ohrfeige, und ich ließ mich in das brüchige Gras zurückfallen. Mehr denn je erschien mir dieser Militärdienst wie ein Verbrechen, eine Erfindung, die einzig und allein dazu gedacht war, den Menschen Leid zu bringen. Wenn ein paar Wochen der Trennung schon so schmerzlich waren, wie würde sich dann erst ein Jahr anfühlen? Es musste einen Ausweg geben. Unbedingt.

Wir diskutierten lange darüber, Pietro rauchte zwei weitere Zigaretten. Wir zogen selbst die abwegigsten Möglichkeiten in Betracht. Er könnte einen Reisepass beantragen und sich ins Ausland absetzen, bevor er einberufen werden konnte. Er könnte sich als schwul ausgeben, was ein Ausschlussgrund war. Er könnte eine Krankheit vorschützen, vielleicht eine psychische Störung. Tatsächlich erschien uns eine manisch-depressive Psychose eine Weile als die Lösung all unserer Probleme.

Doch es bedurfte keiner großen Fantasie, um zu dem Schluss zu kommen, dass all diese Möglichkeiten ernsthafte Folgen für seine zukünftigen Arbeitsmöglichkeiten haben würden, sogar juristische. Wir waren beide gesetzestreu und zu allem Unglück auch kerngesund, sowohl körperlich als auch seelisch.

»Oder ich mache eben Zivildienst.«

»Aber was bringt das?«, warf ich ein. »Der Dienst ist ja sogar noch länger.«

»Das schon«, erwiderte Pietro, in keiner Weise entmutigt, »aber du könntest mich leichter besuchen als in der Kaserne. Ich könnte um eine Stationierung in deiner Nähe bitten, vielleicht irgendwo in der Nähe von Neapel, und so müsstest du nur ein Stück mit dem Auto oder Zug fahren, um mich am Wochenende zu besuchen.« In null Komma nichts war er mit einem Plan herausgerückt, der allem Anschein nach wasserdicht war. Dann war es also nicht das erste Mal, dass er das in Erwägung zog, und zwar bis ins kleinste Detail, und vielleicht war es diese geheime Vorausplanung, die mich mehr kränkte als der Vorschlag selbst. Mit derselben munteren Entschlossenheit sagte er, in der Zwischenzeit könnten wir in aller Ruhe das organisieren, was nötig war: Lebenslauf, Flugtickets, Jobsuche und so weiter. »Und dann, das schwöre ich dir, heißt es, gleich, wenn ich entlassen werde: sayonara, tschüss und leckt mich!«

Ich nahm wieder meine sinnlosen Berechnungen im Staub auf. Ich war müde und hatte einen trockenen Mund, fast glaubte ich, die Trockenheit dieses weiten Landes schmecken zu können, in dem wir nur noch zwei kleine Pünktchen auf einer Lichtung waren. Pietro schob mir die Haare hinter die Ohren, küsste mich, murmelte Baby, Baby und fing, ein wenig verlegen, an, *Wild Horses* zu singen.

Ich holte tief Luft. Er hatte recht. Nichts konnte uns trennen:

weder durchgegangene Pferde noch die Zeit selbst. Was waren denn schon anderthalb Jahre für uns? Ich spürte seine Hand unter meinem Kleid, eine Kletterpflanze, die sich langsam an meinem nackten Schenkel emportastete. Ich sagte: »Worauf wartest du noch?«

»Du meinst, hier?«

»Hier ist niemand.«

»Wir können nicht… die Schlangen.« Er zog mich hoch. »Komm.«

Wir kehrten zum Auto zurück, das an der Grenze zwischen einem Stück Brachland und der sogenannten Zivilisation geparkt war, und liebten uns auf dem Beifahrersitz. Das Rauschen des Verkehrs auf der Autobahn übertönte unsere Seufzer und das Quietschen der Sitze. Wir hatten ein bisschen Angst. Angst davor, gesehen zu werden, vielleicht von einem armen, arbeitslosen Christenmenschen, der einen Spaziergang zu seinem früheren Arbeitsplatz machte. Doch wir hörten trotzdem nicht auf, aneinandergeklammert in diesem begrenzten Raum mit den vielen harten Kanten. Nein, die Angst erhöhte sogar noch den Genuss, obwohl wir erwachsen waren, erlebten wir noch einmal einen Moment jugendlicher Verzweiflung, den wir schon bald nie mehr erleben würden, weil uns dazu der Grund – oder auch die Umstände – fehlten.

Pietro chauffierte uns durchs Hügelland, das ich vielleicht wiedererkannt hätte, wäre es nicht in ein neues Kleid gehüllt gewesen, denn die Felder waren von der Sonne verbrannt und windgepeitscht, und an die Stelle des Grüns waren fahle Erdtöne getreten. Pietro schien ein genaues Ziel zu haben. Schon bald hielt er neben einem Feigenbaum, vielleicht noch so einem guten Baum, den er kannte, und ließ mich in seinem behäbigen Schatten Platz nehmen. Von hier aus hatte man eine schöne Aussicht auf das umliegende Land.

Pietro hatte an alles gedacht. Weil er wusste, dass wir es zum Mittagessen nicht bis zu seinen Eltern schaffen würden, hatte er zwei belegte Brote eingesteckt. Er reichte mir eines und entkorkte eine Flasche Hauswein. Er sagte immer, eigentlich sei der echte (und gesunde) Wein immer rot, doch er müsse zugeben, bei dieser Hitze könne man nur weißen trinken. Tatsächlich war es ein leichter, fruchtiger Tropfen, der wunderbar mit der pikanten Salami und dem harten Brot harmonierte.

»Dieses Land hier«, sagte er, »gehört meiner Familie.«

Ich ließ den Blick über die Felder schweifen (alles Getreide, vermutete ich), wusste jedoch nicht, wie weit das Land tatsächlich reichte. Doch das sei noch nicht alles, sagte Pietro. Es gebe noch ein großes Stück Land, etwa eine halbe Stunde mit dem Auto entfernt, dann das Land in Apulien, einen Olivenhain, eine kleine Weide in der Nähe des Hofes... Folglich war der Besitz seiner Familie ein Sammelsurium aus verschiedenen Grundstücken, dachte ich, aber warum musste er sie mir eigentlich alle einzeln aufzählen? Das konnte ich mir erst erklären, als Pietro sagte, eines der Grundstücke sei auf ihn überschrieben.

»Dann bist du also Geologe, Koch und Großgrundbesitzer«, scherzte ich, doch er blieb ernst. Wenn er seinen Doktor in der Tasche hätte, erklärte er mir, würde auch das Land vor uns in seinen Besitz übergehen. Irgendwann würde ihm dann das gesamte Land seiner Familie gehören.

»Aber wieso, kriegt Gabriele denn nichts?«

»Mach dir keine Sorgen, Gabriele geben sie eine Menge Geld, wenn und falls er beschließt, seinen Doktor zu machen. Aber mit dem Land will er nichts zu tun haben.« Was Vittorio anging, so habe er auf seine Rechte verzichtet, als er vor Jahren in der Schweiz geblieben war.

Wir saßen eine Weile da, schauten uns die Weizenfelder an und bissen von dem Brot ab, das vielleicht aus genau diesem Korn gebacken war. Ich dachte über diese Erbschaftsgeschichte nach, die mir fremd und rätselhaft war, und versuchte zu ergründen, ob die Aufteilung der Güter zwischen den Brüdern wirklich so gerecht war. Der eine würde einen Haufen Geld bekommen, der zweite nichts, der dritte einen *Platz*.

»Aber was machst du dann mit diesem ganzen Land?«

»Na ja, wenn ich den Hof bewirtschaften würde, könnte man jede Menge Geld damit machen. Aber natürlich habe ich nicht die geringste Absicht, das zu tun.« Er trank, nahm einen Bissen Brot. »Weißt du, wie viel dieses Land insgesamt wert ist? Hunderte von Millionen Lire, vielleicht sogar eine Milliarde.«

»Dann sind deine Eltern also reiche Leute, willst du mir das sagen?«

»Auf dem Papier, ja. Aber im Geiste sind sie so arm wie damals, als sie auf die Welt kamen. Sie führen immer noch das harte, entbehrungsreiche Leben wie vor fünfzig Jahren. Sie bestellen ihren Garten, machen ihre Nudeln selbst. Nichts wird verschwendet. Alte Klamotten werden nicht weggeschmissen, sondern geflickt und getragen, bis sie auseinanderfallen.« Das hatte er voller Verachtung gesagt, doch dann wandte er sich mit einem schelmischen Lächeln zu mir und sagte: »Aber weißt du, was ich mit dem Land machen werde?«

»Nein, was denn?«

»Ich verkaufe es.«

Ich betrachtete die Felder vor uns, die sanft auf und ab wogten wie eine weiche, bunte Decke auf einem schlafenden Riesen. »Und deine Eltern, werden die dann nichts sagen?«

»Was sollen sie denn sagen?« Laut Pietro seien die Ländereien immer schon nicht für die Eltern gedacht gewesen, sondern für die Söhne, damit diese später einmal ein besseres Leben hatten. Doch die Welt habe sich verändert, heutzutage gebe es viele andere Möglichkeiten, sich seinen Lebensunterhalt zu verdienen, als nur Land zu bestellen. »Außerdem – was denken die denn, wozu Gabriele und ich studieren?«

»Einfach nur so«, sagte ich trocken und gab ihm den Rest meines Brotes. Es war einfach zu heiß zum Essen.

»Ist nur einfaches Zeug, ich weiß… Eines Tages werde ich dich zum Essen ausführen können, so oft du willst. Und dann bestelle ich uns Montepulciano und Straußenfilet und Kaviar – was noch alles! Alles, was dein Herz begehrt.«

»Das begehrt aber keinen Strauß und keinen Kaviar, sondern nur dich.«

Geld hatte für mich nie eine große Rolle gespielt. Früher hatte ich voller Stolz die zerschlissenen Klamotten meines großen Bruders aufgetragen und war gern mit unserer Rostlaube herumgefahren, bei der nicht einmal die Heizung funktionierte. Wenn wir verreisten, ob nach Jamaica oder Mexiko, hatten wir nie im Hotel gewohnt, sondern bei irgendwelchen Leuten auf der Matratze genächtigt. Nun jedoch zu erfahren, dass mein Liebster – ein Landei, das selbst nur fünf Hemden und einen Geologenhammer sein Eigen nannte –, wie's der Zufall wollte, ein wohlhabender Mann war, hob auf einmal eine Last von mir, von der ich gar nicht gewusst hatte, dass ich sie seit meiner Kindheit mit mir herumschleppte. Es war die Bürde eines Lebens in prekären Verhältnissen – all die Mietwohnungen und neuen Schulen, die vielen gescheiterten Projekte und Ehen meiner Eltern. Pietro und ich hingegen würden nicht die Konsequenzen von so viel Freiheit tragen müssen. Wir würden aus dem Vollen schöpfen können. Ja, das musste ich, wenngleich mit einer gewissen Scham, zugeben: Ich war glücklich darüber, dass dieses Geld auf einmal die Bühne meines Lebens betreten hatte. Sehr glücklich.

»Dann kannst du dir ja eine Reise nach Griechenland leisten«, sagte ich mit einem Lächeln, das nichts von dem verbarg, was in mir vorging.

Pietro lächelte, diesmal ohne die Hände vor den Mund zu halten. »Mein Vater hat schon zugestimmt, außerdem begleiten uns ja deine Eltern. Das heißt, dass auch meine Mutter irgendwann nachgibt.«

Ich war auf Wolke sieben. Auf einmal fühlte ich mich so unbelastet und frei, dass ich am liebsten davongeflogen wäre, über die sonnenbeschienenen Felder hinweg, bis zu dem Punkt weit in der Ferne, den mir Pietro jetzt mit dem Finger zeigte, ein kleines weißes Gebäude mit Ziegeldach. Das, so sagte er mir, sei die Kirche, die sein Großvater gebaut habe, zusammen mit anderen Leuten aus dem Dorf, wobei sie Steine aus dem Fluss dort unten benutzt hätten, die man nur mit Schubkarren und bloßen Händen auf den Hügel geschafft habe.

»Komm, ich fahr dich hin«, sagte er und stand auf.

Wir ließen uns Zeit und gondelten den ganzen Nachmittag durchs Hügelland, immer auf dem indirektesten Weg in Richtung Monte San Rocco. Ab und zu bat ich ihn anzuhalten, damit ich die Ähren fotografieren konnte, die in der tiefstehenden Sonne glühten wie Fackeln. Pietro zeigte mir das Dörfchen, in dem er als Jugendlicher mit einigen Tunichtguten herumgehangen hatte, fuhr an dem Feld vorbei, wo ihm Gabriele vor vielen Jahren einen Schneeball an den Kopf geworfen hatte. Der Schnee im Kern des Balls war ein wenig getaut und hatte sich in dem Moment, als er auf seine Schläfe prallte, in ein hartes Stück Eis verwandelt – doch es war Gabriele gewesen, der in Tränen ausbrach, als er sah, wie das Blut seines kleinen Bruders den Schnee besudelte wie Rotwein eine frische Tischdecke am Sonntag. Er zeigte mir ein Dorf, das in schwindelerregender Höhe auf einem Berg balancierte, einen Ort, der so viel Unglück brachte, dass man ihn lieber nicht beim Namen nannte. Allein auf seine Erwähnung reagierten die Leute der Gegend abergläubisch und kratzten sich an den Eiern oder machten obszöne Gesten mit den Fingern. Im Dorf selbst hallten die Schritte in den verlassenen Straßen wider und riefen mit ihrem unerwarteten Klappern uralte Frauen auf den Plan, die stumm auf der Schwelle ihrer Häuser auftauchten.

Dann endlich hob Pietro die Hand vom Steuer, um einen alten Herrn zu grüßen, und ich wusste, wo wir waren – auf der steilen Straße, die in den Ortskern von Monte San Rocco führte. Auf einmal hatte ich einen Kloß im Hals. Eigentlich war ich nicht bereit, schon wieder seiner Mutter gegenüberzutreten, ich hatte mir nicht einmal überlegt, was ich zu ihr sagen oder wie ich mich verhalten sollte. Das Einzige, was ich zur Vorbereitung des Treffens getan hatte, war, ihr ein Geschenk zu kaufen: einen cremefarbenen Schal mit braunem Muster, ein zartes Etwas, wie ein Schmetterlingsflügel, den ich spontan auf einem Markt in Neapel erstanden hatte. Pietro hatte mir geraten, ihn ihr ganz beiläufig zu geben, um sie nicht in Verlegenheit zu bringen. Doch mir kam es mittlerweile absurd vor, ihr etwas zu schenken, von dem ich wusste, dass sie es niemals tragen würde.

Pietro, der schon immer ein Gespür dafür gehabt hatte, was mir im Kopf herumging, legte mir beruhigend eine Hand auf den Oberschenkel. »Hab keine Angst, wir fahren noch nicht zu mir nach Hause. Ich würde gerne mit dir in die Bar an der Piazza gehen, ist es dir recht?«

Ich nickte heftig.

»Um ehrlich zu sein«, sagte er und parkte, »kann ich es kaum erwarten, dort mit dir hinzugehen, braun gebrannt und schön, mit diesem Kleid, das dir so gut steht, damit die endlich mal sehen, dass ich das große Los gezogen haben. Die werden vor Neid platzen.«

Pietro nickte einem dicklichen Mann zu, der am Eingang der Bar stand, offenbar ein Geheimzeichen, mit dem wir uns Zugang zu dem höhlenartigen Inneren der Bar verschafften. Ich spürte den verschwitzten Blick des Mannes in meinem Rücken, sein bewunderndes Grinsen, während Pietro in Dialekt zwei Kaffee bestellte und dem Mann hinter dem Tresen die Hand gab. Überall um uns herum saßen Männer, über die Tische gebeugt, steckten die Köpfe zusammen, rauchten, tranken, spielten Karten. Außer der Muttergottes an der Wand war ich die einzige Frau. Während wir unseren Kaffee tranken, durchbohrten die Blicke aus schwarzen Augen den Rauch in der Kneipe und wanderten bewundernd über mich hinweg, ohne sich zu verstellen, ohne auch nur den Versuch, diskret zu sein, ohne etwas zu sagen. Diese Männer begehrten mich nicht nur, sie wollten Pietro *sein*. Mehr als je zuvor begriff ich, wie groß die Kluft zwischen ihm und den Menschen aus seinem Dorf war. Pietro gehörte nicht in diese Welt, weder psychologisch noch philosophisch oder intellektuell, unter keinem Gesichtspunkt. Er war ja noch nicht einmal hier geboren.

Aus dem Gesicht, das er machte, war deutlich zu schließen, dass wir die erhoffte Wirkung erzeugt hatten, und ich teilte seine Genugtuung. Er stellte die Tasse auf dem Tresen ab und sagte: »Wird langsam spät. Wir müssen weiter.«

»Schon?« Die Bar war wie ein Wolfsbau, aber ich war trotzdem enttäuscht.

»Sonst kommt meine Mutter noch auf den Gedanken, wir wären nach Las Vegas abgehauen, um zu heiraten.«

Um zu *heiraten*? Seine Eltern wussten nicht einmal, dass wir zusammenlebten.

16

Im Auto, vor Pietros Haus, versuchte ich die ganze Leichtigkeit des Seins, die unser Tag mir geschenkt hatte, bei mir zu behalten. Doch sie war so flüchtig wie all die guten Vorsätze, die man bei einem Gottesdienst fasst und dann schnell wieder vergisst. Mit jedem Schritt schwand sie dahin und war schließlich ganz verflogen, als wir vor der Tür standen.

»Gabriele«, rief ich freudig aus. Da stand er im Eingang, wie kopiert und eingefügt mitten in dieser Einöde, und am liebsten wäre ich ihm vor Begeisterung um den Hals gefallen.

»Hallo, Gabriele«, sagte Pietro beim Eintreten, seine Stimme so gleichmütig wie das Hintergrundgeplapper des Fernsehers. »Wo ist Mama?«

Da tauchte sie aus dem Dunkel des Korridors auf und wischte sich die Hände an ihrer Schürze ab. Ich gab ihr einen Kuss auf die Wange. »Guten Abend, Signora.« Ihr Taufname war Lidia.

»War der Bus verspätet?«

Zum Glück antwortete Pietro an meiner Stelle. »Mama, ich hatte noch ein paar Sachen zu erledigen, nachdem ich sie abgeholt hatte.« Ich konnte mir nur schwer ein Lächeln verkneifen, als ich daran dachte, was wir auf dem Beifahrersitz seines Autos »erledigt« hatten, ein paar blaue Flecken unter meinem Kleid gemahnten mich deutlich daran.

Als der Vater Pietro nach draußen rief, kramte ich in meiner Tasche und zog den Schal heraus. Lidia nahm ihn ohne große Begeisterung entgegen und murmelte: »Wofür ist der? Für den Kopf?«

Gabriele rollte mit den Augen. Sie ist nur depressiv, versuchte ich mir ins Gedächtnis zu rufen. Durch das Fenster beobachtete ich, wie Pietro den Traktor über den Hof manövrierte und ihn im Schuppen parkte. Beim Brummen des Motors wurde das Bellen eines Hundes laut, der einen alten braunen Umhang trug, wie ein alter Einsiedler. Das war bestimmt Gesualdo, der Hund, der nicht wirklich ein Hund war.

Als ich mich wieder umdrehte, bemerkte ich, dass man mich allein in der Küche zurückgelassen hatte. Ich fühlte mich verloren und konnte das Alleinsein nicht wirklich genießen, denn ich wusste mich nicht zu beschäftigen und fragte mich, ob ich auf Pietro warten oder lieber zu Gabriele gehen sollte, der sich in das dunkelste Zimmer des Hauses zurückgezogen hatte, wo sich sein zugleich strenges und feines Profil vor dem Licht des Fernsehers abzeichnete. Da saß er auf dem Sofa, nur ein paar Schritte von mir entfernt, doch ich ging nicht zu ihm.

Trotzdem war – obwohl auch diesmal der Fernseher lief – dieser Abend vollkommen anders als der letzte. Die Sonne war wie eine große, warme Kerze, die einfach nicht erlöschen wollte. Es war fast warm. Doch der bemerkenswerteste Unterschied war tatsächlich das Vorhandensein eines Gesprächs – genauer gesagt einer politischen Debatte, die Gabriele aufs Tapet gebracht hatte.

»Wer aus Italien emigriert, der wird sehr schnell merken, dass der Rest der Welt uns genauso sieht«, sagte er mit polternder Stimme und gerötetem Gesicht und ließ seinen Teller mit Fusilli unberührt stehen. »Wir sind einfach Italiener und basta, da zählen doch nicht mehr die kleinen kulturellen Facetten, über die wir hier im Land diskutieren. Padanier, Sizilianer, Sarden – haben wir eigentlich vergessen, dass das Land seit 1871 vereinigt ist?«

»Gabriele, du redest immer über Kultur, über Geschichte. Aber was kümmert es dich in diesem Fall?«, warf Pietro ein. »Es gibt doch nur eins, das zählt – die Kohle. Das alles ist eine rein wirtschaftliche Frage. Die im Norden wollen kein Geld rausrücken, wenn es hinterher bloß Rom einsteckt. Punktum.«

»Ich hab in der Schweiz mal einen aus dem Friaul kennengelernt«, mischte sich der Vater kauend und in tiefstem Dialekt ein. »Ich hab kein Wort kapiert.«

»Papa, wahrscheinlich hat er umgekehrt von deinem Dialekt auch nur Bahnhof verstanden«, antwortete Gabriele langsam, aber mit erhobener Lautstärke, und wandte sich dann wieder an Pietro. »Ich bin kein Chauvinist, wie du sehr wohl weißt, aber wie kann man es nur zulassen, dass ein hirnloser Separatist wie Bossi sogar Senator wird und sich als Fürsprecher des gesamten Nordens aufspielt?«

Die Mutter erhob sich vom Tisch. »Wer will noch einen Nachschlag von der Pasta?«

Das war mehr ein Vorwurf als ein Angebot, aber diese Pause in der Diskussion war meine Chance, um endlich – wie immer verzweifelt um gute Manieren bemüht – die Nudeln zu loben, die hervorragend waren. Gabriele winkte mürrisch ab, als seine Mutter ihm den Servierlöffel hinhielt, doch sowohl Pietro als auch sein Vater ließen sich noch einmal den Teller vollladen, ohne auch nur aufzublicken. Die Mutter runzelte die Stirn beim Anblick meines Tellers, der immer noch reichlich mit der schier unmenschlichen Portion gefüllt war, die sie mir aufgetan hatte, und nahm mit einer ungeduldigen Handbewegung wieder Platz. Wie lange sollte es eigentlich noch dauern, dieses mütterliche Prüfverfahren?

»Aber dieses Padanien ist doch im etymologischen Sinne ein Begriff aus jüngerer Zeit«, warf Gabriele ein. »Erfunden, würde ich sagen.«

Ich schaute Lidia verstohlen an, wie sie mit ihrem Kopftuch am Tisch saß und die Pasta ohne großen Genuss in sich hineinschaufelte, die Augen auf den Teller gerichtet, als wollte sie sich von dem Streit der Männer abschotten. Dem Streit der Jungen. Ich sah, wie sie sich mit dem runzligen Handrücken etwas Soße von den Lippen wischte. Da war etwas an dieser Geste, bei der mir auf einmal warm ums Herz wurde, und sie tat mir leid. Sollten wir ihr tatsächlich einen guten Teil des Besitzes wegnehmen, für den sie ihr Leben lang geschuftet hatte?

Ich schob Pietro mein praktisch unberührtes Weinglas hin, der mir, seiner Weinbank, nur zuzwinkerte. Ich sah, dass er langsam die Geduld mit seinem Bruder verlor, der mit seinem hochnäsigen nordneapolitanischen Akzent, verstärkt durch den Alkohol, den moralisch Entrüsteten herauskehrte. Mittlerweile reagierte Pietro auf seine Einlassungen nur noch mit entrüstetem Schnauben und knappen Widerworten in einer Mischung aus Italienisch und Dialekt, vielleicht aus Respekt vor dem Vater, der allerdings nichts mehr zum Gespräch beitrug und sich ausgiebig die Zahnzwischenräume mit einem Fingernagel säuberte.

Und doch – wie viel schöner war es, hier zu sein, wenn auch Gabriele da war! Nicht nur, dass wir mit ihm zu dritt waren – und damit die Jungen in der Überzahl gegenüber der älteren Generation –, sondern auch, weil Gabriele sich so verhielt, als säße er zusammen mit Madeleine und den anderen befreundeten Architekten an unserem schartigen Tisch in der Via de Deo. Ich mochte es, wie er sich für ein politisches Thema erwärmte, das doch nur wenig mit uns zu tun hatte, wie er jedes Wort betonte und polemisch wurde. Und mir gefiel auch, wie er Pietro Meinungen entlockte, die ich noch nie von ihm gehört hatte, und ihn dazu zwang, leidenschaftlich Partei zu ergreifen. Selbst mit seinen aus Rücksicht auf die Eltern schaumgebremsten Schimpfwörtern erfüllte Gabriele nicht nur die Leere jenes Bauernhauses mit Leben, sondern er zeigte auch seine ganze Verachtung für das dumpfe Leben, das hier geführt wurde. Und jedes Mal, wenn sich unsere Blicke begegneten, glaubte ich in seinen Augen, wie einen kleinen Diamanten unter angenehmem Druck zusammengepresst, unser Geheimnis funkeln zu sehen – die Tatsache, dass wir alle drei in Neapel zusammenlebten.

Noch zuversichtlicher fühlte ich mich, als Pietro mir nach dem Essen die Schmach der x-ten Ablehnung meines Angebots, das Geschirr zu spülen, ersparte und eines seiner unwiderstehlichen Angebote machte. »Hast du Lust mitzukommen und meinen Cousin Francesco kennenzulernen?«

Das Wohnzimmer von Tante Gina, in dem wir auf einem weichen Sofa Platz nahmen, erinnerte mit all seinem Schnickschnack an einen Andenkenladen, denn es war voller Schäferinnen, Mühlen und Glucken aus Keramik, ein jedes Figürchen auf seiner eigenen Spitzendecke. Auf dem mit Intarsien geschmückten Tisch, den wir vor uns hatten, stellte die Tante eine Auswahl von Butterplätzchen hin. Mitten in dem überladenen Salon stand ihr Sohn Francesco neben der Feuerstelle und wirkte fast wie ein Eindringling mit seinem schütteren Bart und dem aufgeknöpften Hemd, unter dem sich ein Bauchansatz abzeichnete. Er war etwa zehn Jahre älter als wir und hatte bereits Krähenfüße, selbst wenn er nicht lächelte, was ihn immer eine Spur amüsiert aussehen ließ.

»Iss nur, die sind gut«, sagte er zu mir und fügte dann, ohne auch nur den Blick abzuwenden, an seine Mutter gerichtet hinzu: »Mama, vielleicht will sie lieber was mit Schokolade.« Noch bevor ich etwas einwenden konnte, war die Hausherrin bereits aufgesprungen und schlurfte auf Pantoffeln in Richtung Küche. Kaum war sie weg, sagte Francesco zu mir: »Gott sei Dank bist du endlich nach Monte San Rocco gekommen, Eddie. Der da war ja nicht mehr auszuhalten, so sehr hat er sich vor Liebe verzehrt. Er jaulte wie ein geprügelter Hund.« Er zwinkerte Pietro zu, schlug dann einen anderen Ton an. »Aber ich weiß, wie das ist, eine Fernbeziehung. Vor Jahren war ich mal mit einer Deutschen zusammen. Karin.«

»Und was ist passiert?«

»Na ja, am Ende … ich …«

Tante Gina kehrte zurück und entschuldigte sich wortreich dafür, dass die Nougatpralinen aus waren. Trotzdem bog sich das Tischchen vor Süßigkeiten, sodass fast kein Platz mehr für das Tablett mit dem Kaffee war. Sie fragte mich, wie viel Zucker ich wolle.

»Für sie einen Löffel, Tante, und auch einen großzügigen Schluck Milch, sonst ist er ihr zu bitter«, antwortete Pietro an meiner Stelle und gab beiläufig damit zu verstehen, wie alltagstauglich unsere Beziehung war. Vielleicht wollte er auch, dass sie nachfragte.

Ich sah mir Francesco genauer an, der seinen Kaffee im Stehen trank, den Ellbogen auf den Kaminsims gelegt. Seine Gesten und sein Umgangston mit der Mutter schienen zu unterstreichen, dass er alles andere als ein Eindringling war, sondern vielleicht sogar der Herr des Hauses. Und tatsächlich war es Francesco und nicht Tante Gina, die mich nach meiner Heimatstadt Washington ausfragte. Doch ich hatte nichts gegen die Fragen, und auch die Umgebung, in der sie gestellt wurden, gefiel mir: diese kleinen Fantasiefigürchen, die über mich wachten, die Pralinen, die im Munde zergingen, Pietros Oberschenkel, der sich bedeutungsvoll an meinen drückte. Die Tante beugte sich vor, um jedem Gemeinplatz zu lauschen, den ich über die Hauptstadt der Vereinigten Staaten zum Besten gab, riss ab und zu in aufrichtigem Staunen die Augen auf oder bot mir die Pralinenschachtel an, ohne dabei jedoch zu sagen, ich sei zu dünn und müsse dringend ein paar Pfund mehr auf die Rippen bekommen. Am Ende beglückwünschte sie Pietro sogar dafür, eine so »wunderschöne und auch noch intelligente Freundin« gefunden zu haben, doch sosehr ich mich über dieses Kompliment freute, weckte es in mir auch den unguten Verdacht, dass an Lidias Verhalten tatsächlich etwas kulturell Unangemessenes – und zutiefst Falsches – sein könnte.

Francesco stellte seine Kaffeetasse auf dem Kamin ab. »Leute, kommt mit raus, ich will euch was zeigen.«

Mittlerweile war es stockdunkel im Dorf, die Grillen zirpten in der kühlen Luft, unzählige Sterne standen am Himmel. Ohne einen Bürgersteig ragten die Häuser wie eine lang gezogene Mauer an der Straße empor, sie waren fast alle neu, vermutlich nach dem Erdbeben von 1980 aus dem Boden gestampft. Nur wenige alte Gebäude standen noch, doch wegen des abbröckelnden Putzes, der dunklen Fensterhöhlen und dem Unkraut, das aus den Gullys spross, unterschieden sie sich deutlich vom Rest. Und genau zu einem dieser Häuser führte uns Francesco; es war eine Art ebenerdiger Lagerraum. Er schob den Riegel zurück und riss schwungvoll die Holztür auf wie jemand, der vor einer abgedunkelten Bühne einen Vorhang öffnet.

Pietro rief: »Wahnsinn, du hast es dir wirklich gekauft!«

»Schau nur, was für eine Schönheit es ist«, sagte sein Vetter und betrat die Garage. »Jede Menge PS, dunkelblaue Karosserie, eingebauter CD-Player mit abnehmbarem Gehäuse.«

»Du hast mir keinen Ton gesagt, du Hund. Dabei hast du noch nicht mal mit deiner Doktorarbeit angefangen, aber scheiß drauf.«

Die beiden redeten von Pferdestärken und von Getriebe und ließen ehrfürchtig die Hände über den Kombi gleiten, als handelte es sich um eine Zeitmaschine. Francesco öffnete die Türen mit der Fernbedienung, zeigte uns, wie groß der Kofferraum war, und weckte mit dieser einfachen Geste eine Erinnerung in mir, wie mein Bruder und ich vor langer, langer Zeit wie Gepäck im Kofferraum unseres Kombis gereist waren und auf den ausgebreiteten Taschen geschlafen hatten. Wie toll war der Blick von dahinten gewesen – der weiße Asphaltstreifen des Highways, der sich wie das Kielwasser eines Bootes hinter uns herzog, die dicken Autos, die uns überholten, all die Orte, denen es schwerfiel, uns gehen zu lassen. Wer weiß, wo uns unsere Mutter damals hinbrachte, vermutlich handelte es sich um den Umzug von Boston nach Washington, denn zu unserer Rechten sah man irgendwann den Sonnenuntergang über New York, einen Himmel, über den sich ein tiefes Orangerot ergoss, genau die Farbe der billigen Eislutscher mit jeder Menge Farbstoff und Konservierungsmittel, die wir nicht essen durften. Und ich empfand keinerlei Bedauern für den verpassten Stopp, keine Trauer um den Abschied, sondern einzig und allein die Freude am Fahren, am Unterwegssein.

Während wir ins Haus von Pietros Eltern zurückkehrten, erfuhr ich, was mit der deutschen Freundin seines Cousins passiert war. Alles sei schiefgegangen, erklärte er im Flüsterton, als Francesco Karin in Hamburg zurückgelassen hatte, um sich um seinen kranken Vater zu kümmern, und es aus dem ein oder anderen Grund – dem psychischen Zustand der Mutter, seinen Juraprüfungen, schließlich dem Tod des Vaters – nicht mehr geschafft hatte, jemals wieder zurückzufahren. Doch das war nicht alles. Francesco hegte ein dunkles Geheimnis, von dem niemand außer Pietro wusste: In Deutschland war zwischenzeitlich eine Tochter von ihm auf die Welt gekommen, die er ab und zu, ohne Kenntnis der Mutter oder der Großfamilie, besuchte… aber nur, wenn es die Arbeit und die Umstände erlaubten. Ich musste Pietro hoch und heilig versprechen, mich nur ja nicht zu verplappern, wenn Francesco übermorgen käme, um mich abzuholen und nach Borgo Alto zu bringen.

Am Morgen meiner Abfahrt packte ich meine Siebensachen mit einer Mischung aus Melancholie und Erleichterung, für die ich keinen Namen hatte. Pietro tauchte im Zimmer auf, ging schnurstracks zu seinem Schreibtisch aus Kindertagen, der mit blauem Kuli vollgekritzelt war und ansonsten ein kleines Steinmuseum enthielt. Er nahm etwas von dort und kam zu mir. »Nachdem wir doch keine Zeit hatten, römische Münzen zu suchen… da, nimm.«

Als er die geschlossene Faust öffnete, lag eine kleine Figur aus dunklem Metall darin. Kopf und Arme fehlten, doch die breite, athletisch gebaute Brust kam dadurch noch besser zur Geltung. Eine Stoffbahn zog sich quer über den Rumpf, war seitlich an der Taille verknotet und fiel locker zwischen den Beinen hindurch. Diese waren muskulös, leicht gespreizt und am Knie abgeknickt, als würde die Statue laufen. Vielleicht im

Wettkampf, oder auf der Flucht. Die Statue war klein genug, um ein Spielzeug zu sein, doch dafür war sie anatomisch zu genau proportioniert und auch zu schwer – vermutlich aus Blei. Vielleicht handelte es sich um die Darstellung eines Gottes, oder sie hatte früher auf einem Hausaltar gestanden und erinnerte an eine geliebte Person, die das Zeitliche gesegnet hatte.

»Das kann ich nicht annehmen, Pietro. Die ist viel zu wertvoll.« Indessen hatte er sie mir in die Hand gedrückt, und ich spürte ihr kühles Gewicht, das sich tief in meine Handfläche drückte.

»Das ist nur alter Plunder, den ich auf der Weide gefunden habe. Außerdem – was dir gehört, gehört auch mir, oder nicht? Wenn du es dir nicht anders überlegt hast.«

»Wie meinst du das?«

»Dass du mit jemand anderem zusammen sein willst.«

»Aber nein, Pietro. Diese Figur wird ab jetzt immer bei mir sein, solange wir voneinander getrennt sind. Das schwöre ich dir.«

Nachdem er hinausgegangen war, legte ich die Statue aufs Bett, bevor ich fuhr, würde ich sie in meine Hosentasche stecken, denn aus einer uralten Angst vor mobilen Räubern, die einem im Spanischen Viertel von der fahrenden Vespa aus die Tasche von der Schulter rissen, wollte ich sie auf gar keinen Fall meinem Reisegepäck überlassen.

Als Francesco am nächsten Morgen etwas zu früh erschien, ergriff Pietro die Gelegenheit beim Schopf, sich den Kombi noch einmal bei Tageslicht anzuschauen. Eine Spritztour musste allerdings vertagt werden, da sein Cousin, der bereits meine Tasche im Kofferraum unterbrachte, den ganzen Tag in Borgo Alto verbringen würde, wo er in einer Anwaltskanzlei tätig war. Jetzt musste ich nur noch eine Runde drehen und mich verabschieden. Pietros Vater war nicht da, doch Gabriele schon. Er kam mit einer Tasse an die Tür und schrie: »Mama! Eddie fährt weg!«, als könnte ihr das auch nur das Geringste bedeuten.

Lidia erschien auf der Terrasse. Ich trat auf sie zu, nahm ihre Hände, die noch feucht von der Hausarbeit waren, und drückte ihr rechts und links einen Kuss auf die wie immer geröteten Wangen. »Danke für alles, Signora.«

»War doch nichts«, erwiderte sie mit trauriger Miene.

Ich verabschiedete mich von Gabriele. Wie immer drückte er mich herzlich und ging dann wieder ins Haus. Der Motor war bereits angelassen und hüllte die Hühner in eine Abgaswolke. Ich stieg neben Francesco ein. Pietro streckte den Kopf zum Fenster herein und küsste mich, obwohl seine Mutter nur ein paar Schritte entfernt von uns stand, auf den Mund, flüchtig, aber nichtsdestotrotz betont. »Gute Reise, Baby«, sagte er und fügte, während Francesco den Rückwärtsgang einlegte und sich auf der Auffahrt in Bewegung setzte, laut hinzu: »Wir sehen uns zu Hause!«

Im ersten Moment fiel mir an diesen ganz natürlichen, ja sogar banalen Worten nichts auf. *Wir sehen uns zu Hause.* Erst einen Moment später wurde mir bewusst, was er da gesagt hatte. Hätte man die Blicke, die zwischen uns hin und her gingen, abbilden sollen, so wäre es ein Dreieck gewesen. Ich schaute zu Lidia, deren Gesicht wie immer eine Maske war, sie jedoch starrte von der Terrasse aus Pietro an, der eine Hand vor den Mund geschlagen hatte, als könnte er ungeschehen machen, was ihm da gerade herausgerutscht war. Dabei sah er mich mit großen, stummen Augen an. Aus dem fahrenden Wagen heraus sah ich ihn immer kleiner werden, während sich die Straße hinter uns erstreckte, länger und länger wurde, wie ein Gummiband, das jeden Moment zerreißen konnte. Es war offenkundig, dass Pietro das nicht absichtlich gesagt hatte und es sich nicht um einen Akt von Heldenmut handelte. Hatte die Mutter es überhaupt gehört? In diesem Fall hatte er sie mit der nackten Wahrheit konfrontiert, ebenso wie mit all den Lügen und Ausflüchten, die mir erst jetzt bewusst wurden und die nun für alle auf der Hand lagen, außer für Francesco, der rein gar nichts gemerkt hatte, sondern nur konzentriert in den Rückspiegel schaute, um nicht den Hahn totzufahren.

Ich sah, wie Lidia sich zur Tür wandte, den Rücken ein wenig gebeugt, wie sie sich mit den Händen über die Schürze strich, um notgedrungen zu ihren haushaltlichen Pflichten zurückzukehren. Vielleicht hatte sie es ja wirklich nicht gehört, oder sie hatte es gehört, aber keine Schlussfolgerung daraus gezogen. Die Hühner waren alle am Leben. Immer schneller rollten wir über den Asphalt, und Pietro verschwand hinter der Ecke.

Langsam kam ich wieder zu Atem. Francescos Familienkutsche war wie eine dicke Gewehrkugel, die fast lautlos und gut geölt über die Landstraßen glitt, mit geschlossenen Fenstern und Klimaanlage. Von dieser Warte aus kam mir das Dörfchen fast irreal vor.

»Fährt schön leise, stimmt's?«, fragte Francesco stolz.

»Ja, wirklich.«

Doch was, überlegte ich, war denn nun so schlimm daran, dass die Wahrheit ans Licht gekommen war? Wir hatten doch kein Verbrechen begangen. Außerdem hätte Pietro es ihnen sowieso früher oder später gesagt, und seine Mutter würde irgendwann anerkennen müssen, dass es mich gab. Das war genau jetzt. Vielleicht war Pietros Lapsus am Ende ja zu etwas gut. Durch diesen kleinen Moment der Unachtsamkeit hatten wir endlich das Schicksal auf unserer Seite, und es würde uns dabei helfen, die Dinge in die Hand zu nehmen. Auf einmal verspürte ich eine angenehme Frische, die weit über die Kühle der Klimaanlage hinausging.

»Mit allem Komfort.«

»Sehr bequem, ja.«

Doch das Gefühl dauerte nur wenige Augenblicke an, denn auf einmal erfasste mich ein ungutes Gefühl, und ich griff rasch in meine Tasche, zuckte zusammen. Nichts. Ich hatte die kleine römische Statue in Pietros Zimmer auf der Bettdecke liegen lassen. Ich fühlte mich beschissen, wie eine Lügnerin, denn offenbar war ich nicht einmal dazu in der Lage, ein banales kleines Versprechen der Liebe zu halten. Ich entschuldigte mich bei Francesco, bat ihn, noch einmal zurückzufahren. Er nickte mit einem kurzen: »Kein Problem, Fräulein.« Fast schien es ihn zu freuen, dass er nun auch noch ein schwungvolles Wendemanöver zum Besten geben konnte.

Der Wagen war kaum mehr als ein Flüstern auf der Straße, als wir zurückfuhren, bis wir auf spritzenden Kieseln vor dem Haus zum Stehen kamen. Es war niemand zu sehen, weder Menschen noch Geflügel. Ich stieg aus und lief zur Tür. Sie stand offen; ich ging hinein. Niemand in der Küche. Ich lief weiter, rief: »Pietro? Gabriele?«

Der Fernseher plapperte ohne Zuschauer vor sich hin. Ich ging weiter, den Korridor entlang. Immer noch keiner zu sehen. In diesem Moment dachte ich kurz darüber nach, einfach schnell ins Zimmer zu schlüpfen, die Figur zu nehmen und mich wieder hinauszuschleichen. Wie eine Diebin. So wäre ich wenigstens Lidia aus dem Weg gegangen und hätte uns einen weiteren Abschied, weitere Dramen erspart. Trotzdem schlug mir das Herz bis zum Hals, als ich die ersten Stufen hochstieg. Auf einmal blieb ich stehen, denn ich hatte aus dem Keller Stimmen gehört.

»Mama, warum machst du denn bloß so ein Drama daraus? Wir sind doch nicht mehr in den Fünfzigerjahren.« Das war Pietros Stimme, angespannt und leise.

»Du hast recht«, kam jetzt die Stimme von ihr, jedoch mit einer Lautstärke, die ich nie für möglich gehalten hätte. »Geh nur, geh! Fahr ruhig nach Neapel zurück mit diesem Mädchen. Fahr mit dem Boot nach Griechenland oder sonst wohin. Ist mir egal. Du bist der allerschlimmste von meinen Söhnen.«

Ich nahm die römische Figur und taumelte wie ein Nachtfalter, der vom Licht überrascht wird, aus dem Haus. Niemand hatte mich gesehen.

Von: tectoni@tin.it
An: heddi@yahoo.com
Gesendet am: 16. Mai

Liebe Heddi,
wieder bin ich in der Situation, dir schreiben zu wollen
und nicht zu wissen, wo ich anfangen soll. Nachdem ich
deine letzte Mail drei- oder viermal gelesen hatte, fielen mir tausend Sachen ein, kleine und große, die ich
dir sagen wollte.
Ich will dir nicht verschweigen, dass ich immer noch
Luftschlösser baue. Ich denke über mich nach. Und ich
denke an den Moment, in dem ich das alles leid bin und
es nicht mehr ertragen kann. Erst dann wird es mir gelingen, frei zu sein. Ich werde aufbrechen können, ohne
Ziel, ohne Zeitdruck, und dann werde ich vielleicht den
Mut haben, dich anzurufen, um deine Adresse zu erfahren und vielleicht zu dir zu reisen, und wenn es nur
für einen Tag ist, um dir noch einmal in die Augen zu
schauen, noch einmal deine Stimme zu hören…
Ich möchte so gern der Mann sein, der ich vor fünf Jahren war. Oder wenigstens etwas Ähnliches. Ich bin end-

lich erwachsen (zumindest versuche ich, mich davon zu überzeugen), ich habe keine finanziellen Probleme, sicher bin ich nicht Donald Trump, aber alles andere fehlt mir. Ich träume immer noch davon, in meinem Beruf zu arbeiten. Ich habe meinen Lebenslauf an eine australische Firma geschickt, man weiß ja nie.

Ab und zu versuche ich mich zu verlieben, aber nach einer Weile wird mir bewusst, dass ich mich nur selbst belüge. Ich habe Coelho gelesen, aber das hat mein Leben nicht verändert, auch Drogen hatten nicht die erwünschte Wirkung. Also habe ich angefangen, gute Miene zum bösen Spiel zu machen, habe mir eingeredet, alles, was ich getan habe, all meine Handlungen, seien mir von meinem Willen diktiert worden, von meinen Wünschen in genau diesem konkreten Moment. Das Problem besteht im Grunde im Verlust meines historischen Gedächtnisses: Ich erinnere mich nicht mehr, was ich mir in dem Moment wünschte, als ich handelte, aber ich bin mir sicher, es gab etwas, das ich mir wünschte. Mittlerweile fällt es mir schwer, auf mein Bauchgefühl zu hören, auch auf das, das mir sagt, ich solle meinen Job kündigen und in ein Flugzeug steigen. Werde ich den Mut dazu aufbringen? Und wenn ich ihn aufbringe, wirst du dann noch dort sein?

Ich umarme dich.

P.

17

Träumte ich? Waren Pietro und ich wirklich gemeinsam unterwegs in Richtung Athen? Athen in Griechenland, nicht Athens in Ohio? Die Fähre schwankte so sehr, dass das Wasser aus dem Meerwasserswimmingpool, ein kleines, quadratisches Stück Meer, über die Kante schwappte. Um den Pool herum saßen Norweger, Spanier und Deutsche, alle um die zwanzig, mit Birkenstocks und pastellfarbenen Stirnbändern, die tranken und Gitarre spielten, um sich auf die lange Nacht einzustimmen, die uns alle erwartete. Genau das war das Ambiente, das Luca gefallen hatte, dachte ich, wenn es denn nun bei seiner Überquerung der Adria auch so gewesen war. Ich wünschte mir so sehr, dass Pietro und ich in dieser Menge nicht mehr weiter auffielen, und tatsächlich war uns dies allem Anschein nach gelungen. Wie die anderen hatten wir eine zart gebräunte Haut und lagen auf unseren improvisierten Kissen, sprich, den Rucksäcken, die schon einige Dieselflecken vom Deck abgekommen hatten und schwer von dem Proviant waren, den wir am Hafen von Brindisi im Großmarkt gekauft hatten: eine ganze Salami, zwei Baguette, Wasser und Wein. Und wie die anderen hoben wir uns den Schlaf für später auf, tranken den Rotwein direkt aus der Flasche und plauderten auf Englisch mit unseren Schlafnachbarn.

Trotzdem, und obwohl mir die Szenerie nicht neu war, war mir bewusst, dass wir beide nicht wirklich dazugehörten. Für die anderen war Griechenland einfach nur eine Station auf ihrer Reise, ein Knoten in einem sehr viel längeren und gut festgemachten Seil, das sie schließlich bis in die Türkei bringen würde, oder vielleicht nach Ägypten, bevor sie wieder zu den langen Schatten des nördlichen Lichts zurückkehrten, zur Zivilisation, zur Normalität. Pietro und ich waren längst nicht so frei und auch nicht so normal. Nach Griechenland würden wir direkt wieder in den Moloch Neapel zurückkehren, was für manchen von unseren Schiffsgenossen ein weiterer, aufregender Knoten in der Dritten Welt gewesen wäre, für uns aber einfach nur *daheim*. Und jedes Mal, wenn einer unserer neuen Reisebegleiter uns mit schneeweißen Zähnen fragte: »*So, where do you guys come from?*«, empfand ich wieder einmal eine Mischung aus Stolz und Scham meiner Wahlheimat gegenüber, bei der mir ganz flau wurde. Aber vielleicht war es ja auch der starke Geruch nach Diesel, die Kälte oder das aufgewühlte und immer dunkler werdende Meer, die mir diese Übelkeit bescherten.

Trotzdem schwappte immer wieder Vorfreude in mir hoch, wie das Wasser aus dem kleinen Pool, eine Freude, die ich am liebsten vom Bug des Schiffes aus in alle Himmelsrichtungen hinausgeschrien hätte. Eine Begeisterung, nicht nur über die Tatsache, dass Pietro mitten in der Erntezeit von seinen Eltern die Erlaubnis zu reisen bekommen hatte. Und auch nicht Vorfreude auf das kleine Abenteuer, das uns erwartete, auf die geliebten Gesichter, die ich endlich einmal wiedersehen würde. Nein, es war die Vorfreude auf eine bevorstehende und überaus bedeutsame Bestätigung. In nur wenigen Stunden nämlich würden mein Vater, der Mathematiker, und meine Stiefmutter, eine Psychotherapeutin, Gelegenheit haben, uns beide als Paar zu erleben und das zu tun, was bislang niemandem gelungen war – weder unseren Freunden, geschweige denn Pietros Eltern und nicht einmal Pietro und mir in einer langen Nacht der Liebesschwüre. Diese beiden, davon war ich überzeugt, würden sofort identifizieren können, was mich verzehrte, seit ich Pietro zum ersten Mal begegnet war, und ohne das mein Leben keinen Sinn mehr hatte, und sie würden ihm *einen Namen geben* können. Und mit diesem Namen, wie auch immer er lautete, würde unsere Beziehung endlich eine konkrete Form bekommen, wie der Basalt, der Alexandrit oder der schwarze Diamant. Denn wie sonst konnte man wissen, ob das alles nicht doch nur ein Traum gewesen war, ein Stern, der erlischt, sobald die Sonne über dem Ionischen Meer aufgeht?

Wir trafen vor meinen Angehörigen im Hotel ein, die erst noch landen, aufs Gepäck warten und den Zoll durchqueren mussten. Endlich konnten wir duschen, und Pietro kam mit nassen Haaren aus der Dusche, ein Handtuch um die Hüften geschlungen, einen Lichtstrahl, der durch die geschlossenen Fensterläden hereinfiel, auf der nackten Brust. Wir hätten sogar miteinander schlafen können, denn meine Eltern hatten für uns ein Doppelzimmer gebucht.

»Und wenn sie ausgerechnet jetzt kommen? Wie stehe ich denn dann da? Ich kann es mir nicht leisten, nicht nur der Rabensohn, sondern auch noch der Rabenschwiegersohn zu sein.«

Ich war zu geschmeichelt von seiner Wortwahl – *Schwiegersohn* –, um mich von dem Gedanken an seine Mutter herunterziehen zu lassen, von der uns mittlerweile zwei Meere trennten. Doch was die Ankunft meiner Eltern anging, so hätte sich

Pietro keine Sorgen machen müssen, denn sie kündigten ihr Eintreffen mit einem zögerlichen Klopfen an der Tür an.

Barbara schloss mich in ihre Arme, eine überschwängliche Mischung aus klimpernden Ohrringen, Pailletten, kastanienbraunen Locken und Sommersprossen. Wir lachten und staunten, als wären wir uns rein zufällig auf den Straßen von Athen in die Arme gelaufen. Aber war das nicht auch im vergangenen Sommer in der Türkei so gewesen? Und im Sommer davor auf Sardinien? Wir sammelten diese gemeinsamen Urlaube wie die Anhänger an einem Bettelarmband, ein Sommer nach dem anderen, der allererste auf Jamaika, als ich vier Jahre alt gewesen war.

Ich hatte das Kennenlernen von Pietro und meinem Vater verpasst, die mittlerweile mit den Händen in den Hosentaschen im Zimmer auf und ab gingen. Mein Vater nahm mich in die Arme, eine Umarmung, die mit einem zärtlichen Klopfen auf den Rücken endete, so, wie er es bei Katzen tat. Als ich endlich wieder bei Sinnen war, stellte ich alle vor. Barbara schloss Pietro in die Arme wie einen Freund aus uralten Zeiten.

»*Do you guys want to take a shower?*«, fragte ich sie und sagte dann zu Pietro: »Vielleicht wollen sie ja duschen.«

»Hab schon verstanden«, murmelte er, ohne den Blick von den beiden zu wenden, als hätte er Angst, etwas zu verpassen.

»*First a coffee please!*«, rief Barbara mit gewollter Theatralik.

»Ich würde sie ja gerne zum Kaffee einladen, aber ich habe noch keine Drachmen getauscht«, sagte Pietro zu mir, doch Barbara ließ bereits ihre Handtasche vor uns baumeln, die prall gefüllt und bereits halb geplündert war, und zeigte uns jede Menge lilarote Geldscheine nebst einer Kette mit kaputtem Verschluss, den Pässen, einem Gedichtband von Odysseas Elytis und einer einzelnen orangeroten Socke.

Wir verließen das Hotel. Draußen waren die Schilder der Geschäfte und die Straßennamen in einem angenehm unbekannten Alphabet geschrieben. In den Gassen herrschte seidige Hitze. Ich spürte Pietros Anspannung, doch er verbarg sie gut, und ich war sowieso zu glücklich, um viel darüber nachzudenken. Wir fanden eine Bar, die ganz mit Efeu bewachsen war, die kleinen Tischchen standen wackelig auf dem Pflaster. Während wir einen körnigen und süßen Kaffee tranken, stellte Barbara Pietro Fragen nach seiner Person, seinem Studium, seinen Geschwistern. Alles respektvolle Fragen, genährt durch den Koffeinschock, aber auch durch jene unstillbare Neugier, die so typisch für Barbara war, nicht nur berufsbedingt, sondern ihre ureigene Natur.

Anfangs dolmetschte ich für die beiden, doch je mehr sich Pietro an Barbaras Sprechweise gewöhnt hatte, desto weniger brauchte er meine Übersetzerdienste. Seine Stirn war gerunzelt, die Augen lebhaft, wie wenn er über seinen Sedimentologie-Lehrbüchern brütete, doch er schlug sich überraschend gut und beherrschte meine Muttersprache mit der Gewandtheit eines Schlangenbeschwörers. Ich hatte ihn noch nie am Stück Englisch reden hören, wobei er sich durchaus etwas traute, und lauschte fasziniert.

»*Okay, if I smoke?*«, fragte er an einem bestimmten Punkt.

Barbara nickte und sagte, wie mein Vater habe sie fast ihr ganzes Leben lang geraucht. »*Vente cinque ani.* Camels«, radebrechte sie und schaute Pietro fragend an, ob sie die Zahl richtig gesagt hatte. Barbara hatte eine seltene Gabe: Sie schaffte es fast immer, dass Menschen sich in ihrer Gesellschaft wohlfühlten und so manches ihrer Geheimnisse preisgaben. Doch Pietro war zu sehr Gentleman, um sie zu korrigieren, und zündete sich seine Zigarette mit etwas verschlossenem, aber sichtlich zufriedenem Lächeln an.

Mein Vater indessen saß vor seiner mittlerweile leeren Tasse, nickte uns oder Passanten gelegentlich zu und tippte im gleichen Rhythmus mit dem Fuß auf den Boden, als wollte er den Takt seines Lieblingsstückes von Bach halten. Er war bereits braun gebrannt, mein indianisches Blut kam von seiner Seite der Familie. Bislang hatte er fast nichts gesagt, selbst über den Kaffee hatte er sich nicht geäußert, doch er sah zufrieden aus, ein Mann, der die ganzen Ferien noch vor sich und seine Familie um sich hat und die schwüle Hitze genießt, die ihn an das Texas seiner Jugend erinnert. Was für eine Rolle Pietro in dieser Rechnung der Zufriedenheit spielte, war noch eine unbekannte Größe.

Und es war ausgerechnet Pietro, der ihn dazu brachte, etwas zu sagen, denn er zeigte auf die Pflastersteine unter unserem Tisch und fragte ihn, ob er der Meinung sei, es handele sich um Vulkangestein. Mein Vater unterbrach das metronomische Tippen und richtete den Blick zu Boden, ließ sich jedoch Zeit mit einer Antwort. Mittlerweile war davon auszugehen, dass Barbara mit meiner Partnerwahl zufrieden war, doch nun warteten wir alle drei gespannt auf meinen Vater, als ginge es nicht etwa um eine einfache Antwort auf eine wissenschaftliche Frage, sondern um das unwiderrufliche Urteil eines Richters. Er zog die Stirn in Falten, was ihm das Aussehen eines alten Cowboystiefels gab, und antwortete mit allergrößtem Ernst: »Marmor, scheint mir.«

Da nun eine geologische Diskussion mit jeder Menge lateinischer Begriffe angezettelt war, wurden meine Dienste als Dolmetscherin nicht mehr benötigt. Die beiden fachsimpelten, was das Zeug hielt. Pietro erstaunte mich einfach immer wieder: Ohne auch nur den leisesten Hinweis meinerseits hatte er instinktiv begriffen, welches der Schlüssel war, um das Herz meines Vaters zu öffnen. Jetzt stand es ihm sperrangelweit offen.

Barbara stützte das Kinn auf die Hände und seufzte zufrieden. »Weißt du, Heddi, man begreift auf Anhieb, dass Pietro und du eine ganz besondere Bindung zueinander habt. Ich sehe sofort, dass das eine gesunde, aufrichtige Beziehung ist, eine ...«

»Ach ja??« Gleich würde sie es sagen, das Wort – das Substantiv –, das das Unaussprechliche aussprach. Doch sie fügte nichts weiter hinzu, offenbar musste ich mich der Tatsache stellen, wenn Barbara – eine Frau, die sich von Wörtern ernährte und Bücher verschlang – keinen Namen dafür hatte, dann gab es ihn vielleicht gar nicht.

Sie fragte, ob noch jemand einen griechischen Kaffee wolle. »*Na ciofeca*«, eine schreckliche Brühe also, urteilte Pietro, der mir gegenüber fast nie neapolitanischen Dialekt sprach. Auch auf dem Gesicht meines Vaters stand die gleiche Mischung aus Abscheu und Panik.

Ich beruhigte ihn mit der Nachricht, wir hätten ihm eine große Tüte seines Lieblingskaffees mitgebracht, den ich vor unserer Abfahrt in einer Bar hinter der Piazza Garibaldi gekauft hatte. Dabei handelte es sich um einen eher tristen und nur wenig besuchten Raum ohne Fenster, mit einer einzigen nackten Glühbirne, einem abgewetzten Tresen aus künstlichem Holz und einem einäugigen Barmann, der vermutlich auch stumm war. Die Inhaber der Bar, zwei ältere Brüder, rösteten ihre eigenen Bohnen, die jedoch nicht einfach nur Bohnen waren, sondern kostbare Skarabäen, um die sie selbst das Gambrinus beneidet hätte – möglicherweise, so dachte ich mir manchmal, das Verdienst ebendieses sanften Zyklopen, der mit seinem einen guten Auge (das freilich so wertvoll war wie ein drittes) den Röstvorgang überwachte und genau den richtigen Zeitpunkt erspürte, wenn die Bohnen perfekt gebräunt waren.

Nun hatte ich natürlich unser Geschenk vorweggenommen, doch meine Eltern freuten sich trotzdem wie Schneekönige und brachten einen Toast auf Neapel aus, das ihnen den Tag gerettet hatte und uns sogar in Athen erreichte. Und tatsächlich war ich jetzt, wo ich meine Wahlheimat durch ihre Augen sah, bereit, ihr alles zu verzeihen. Sogar der breite Dialekt des Spanischen Viertels wurde hier, aus seinem Kontext gerissen, zu etwas Schönem, einem Geheimkodex, einem Spiel zwischen Liebenden. Allerdings entdeckte ich aus der geografischen Distanz heraus, dass meine Gefühle für diese Stadt nicht mehr in der Liebe bestanden, die ich einmal empfunden hatte, sondern in einer Art Dankbarkeit dafür, dass sie mir Pietro geschenkt hatte. Neapel war keine Hauptfigur mehr, sondern Hintergrund.

Wir schlenderten in Richtung Hotel wie zwei Paare beim Sonntagsspaziergang, Pietro und ich Hand in Hand, Barbara und mein Vater ein paar Schritte vor uns. Sie ging eng an ihn geschmiegt, den Kopf an seiner Schulter, wie sie es gerne tat, und ich glaubte fast den Seufzer der Erleichterung zu hören, den sie ausstießen, als hätte die ganze Welt endlich ihren Frieden gefunden.

»Und?«, fragte ich Pietro. Zweifellos war er überwältigt von all seinen Eindrücken, aber mir genügte schon einer.

»Madonna, Heddi, was für eine tolle Familie du hast«, sagte er begeistert. »Und dein Vater ... mir fehlen wirklich die Worte.«

Zehn Tage lange reisten wir von einer Insel zur anderen, trockenen Eilanden mitten im Meer, vom Wind gepeitscht und unglaublicherweise doch von Menschen bewohnt – in Häusern, die allesamt weiß getüncht waren und blaue Fensterläden und Türen hatten. Der Sommerwind der Kykladen, der Meltemi, blies unablässig von Norden, offenbar von der euroasiatischen Steppe. Er wirbelte den Sand auf und zerzauste die Wellen, er wehte Sonnenschirme weg, stieß Wasserflaschen um, und das alles mit einer Hartnäckigkeit, die fast komisch war, wie ein Hund, der den ganzen Abend den Kopf auf deinen Oberschenkel legt in der Hoffnung, dass du früher oder später nachgibst und ihm etwas zusteckst. Oft wurden die Fähren annulliert, und vielleicht wäre es ja auch besser gewesen, die von Paros nach Ios zu annullieren, die wir nahmen, denn während der gesamten Überfahrt blies der Wind seitlich auf unser Schiff, als wollte er das sowieso schon angeschwollene Meer zwingen, uns zu verschlingen. Ein kleines Mädchen musste sich übergeben. Die Stühle, der Schiffsboden, alles war geneigt, und auf der Brücke war es unmöglich zu gehen, wenn man sich nicht an irgendetwas festhielt. Selbst das fanden wir komisch. Der Wind pfiff, buchstäblich.

Mitten in diesem Wind, in den Bergen von Paros, gab es ein Tal voller Schmetterlinge, die vollkommen reglos in den Bäumen saßen, als würden sie schlafen. Wir machten einen Ausflug nach Delos, dem Geburtsort von Apollo, eine fast unbewohnte Insel, auf der es Miniaturdinosaurier gab, Eidechsen, die über die Mosaike und die Gesichter der am Boden liegenden Statuen huschten. Wenn ich wollte, zückte ich meine Minolta. Wir aßen Pflaumen und Joghurt, und manchmal (auch um Kaffee zu vermeiden) nahmen wir Milko zu uns, eine Art Kakao, den die Griechen lieben und der selbst im kleinsten Dorf serviert wurde, wenn wir in einer Bar Rast machten und in Barbaras Reiseführer blätterten. Wir sahen hagere alte Frauen, ganz in Schwarz, über Plätze gehen, und manchmal musste ich an Lidia denken. Ich fragte mich, ob diese alten Frauen, so zerbrechlich sie wirken mochten, die gleiche Verbitterung gegenüber dem Leben in sich trugen, das sie so tief gebeugt hatte. Auf Mykonos hingegen waren es Pelikane, die Maskottchen dieser Insel, die die Plätze überquerten, riesige Vögel, die ungehindert durch die Gassen spazierten wie watschelnde Imperatoren, mit Donald-Duck-Füßen und überdimensionalen Schnäbeln. Wenn sie vorübergingen, streichelten die Bewohner ihnen über den Kopf, oder sie versetzten ihnen einen gespielten Tritt, der angeblich Glück brachte. Da ich davon überzeugt war, kein zusätzliches Glück in meinem Leben mehr zu brauchen, berührte ich einen mit den Fingern. Sein Hals war gummiartig weich und blassrosa, wie ein ausgekautes Erdbeerkaugummi.

Efcharisto, petra. Danke, Pelikan. Das waren die einzigen Worte, die ich auf Griechisch lernte, die mir am Ende jedoch gar nichts nützten, weil der Wind, zusammen mit einer angenehmen Kühle, auch das Englisch mit sich brachte. Die holländischen und australischen Touristen sprachen es, und wir sprachen es auch. Pietro sammelte Wörter wie bunte Steine, indem er sie, vor allem im Gespräch mit meinem Vater, zu immer neuen Sätzen zusammenbaute. Diese Konstrukte betrachteten die beiden dann von allen Seiten, als wären sie ein Rätsel, das es zu lösen galt. Mit der gleichen Genauigkeit inspizierten die beiden an den menschenleeren Stränden den Sand, und ab und zu hörte ich, wie mein Vater Pietro versehentlich mit dem Namen meines Bruders ansprach.

Die geologische Bindung zwischen den beiden war so stark, dass ich mir eines Tages am Strand, als Pietro mich vom Handtuch hochzog, weil er mir etwas zeigen wollte, sicher war, es würde ein Stein sein. Stattdessen jedoch führte er mich zum Wasser, tauchte bis zur Taille ein, legte sich dann auf den Rücken und hob die Beine an. Inmitten des Meeresrauschens dauerte es einen Moment, bis ich begriffen hatte, was er da tat.

»Du treibst, Pietro! Du lässt dich treiben!«

Er schenkte mir ein verlegenes Lächeln und richtete sich wieder auf. »Nicht so laut, Baby. Sie sollen nicht wissen, dass ich nicht schwimmen kann.«

»Aber du bist ja schon fast dabei. Außerdem – hast du nicht bemerkt, dass auch mein Vater nicht schwimmen kann? Deshalb geht er nie ins Wasser.«

Das schien die Wertschätzung, die Pietro für ihn hatte, noch deutlich zu erhöhen. Er warf einen raschen Blick zum Strand. »Was meinst du, finden die mich sympathisch?«

»Machst du Witze? Natürlich.«

»Woher weißt du das?«

»Das sieht man.«

»Hoffen wir's.«

Ich hörte es ihm deutlich an, dass er genauso nach Anerkennung lechzte wie ich gegenüber seiner Mutter. Allerdings hatte ich den deutlichen Eindruck, Pietro habe die Situation – im Gegensatz zu mir – besser im Griff.

Das Wasser war ein Kaleidoskop aus Blau- und Grüntönen, die um uns herum schillerten und funkelten, wenn wir uns bewegten. Wir ließen jegliche Schamhaftigkeit fahren und pressten uns aneinander, schlangen die Beine umeinander und ließen uns immer weiter ins Tiefe treiben. Wir vertrauten uns dem Meer an, genossen den Auftrieb des Salzwassers, ließen es in die warme Höhle unserer Münder spülen. Da war der pure Geschmack des Salzes und des sauberen Wassers, ohne Makel, ohne Geheimnisse, die Leichtigkeit unserer Körper im Wasser und die Liebe, die uns trug wie eine Welle, und am Horizont das Bewusstsein, dass wir unser ganzes Leben noch vor uns hatten. Das alles floss zusammen zu einer Woge des Glücks, so vollkommen, so glasklar, dass ich glaubte, es nicht mehr aushalten zu können. Und tatsächlich war schlagartig alles vorbei, als die Angst in mir aufstieg, es könnte irgendwann zu Ende sein.

Wir bekamen Gänsehaut und verließen das Wasser. Meine Füße waren mit Sand paniert, als ich mich neben meinen Vater aufs Handtuch legte. Wie Pietro hatte er ein sehr gutes Urteilsvermögen, was Menschen anging, und ich war mir so sicher, dass ihm mein Freund gefiel, dass ich alles darauf gewettet hätte. Trotzdem blieb da noch der Rest eines Zweifels.

In diesem Moment sagte er, aus eigenem Antrieb: »Pietro ist wirklich ein guter Junge.«

»Findest du?«

Mein Vater nickte in Richtung Meer, ein zufriedenes Lächeln umspielte seine Lippen.

»Und wenn wir heiraten wollten?«

Mein Vater legte seine sonnenwarme Hand auf mein sandiges Knie. »Dann laden wir alle ein und machen ein schönes Barbecue.«

Ich brach in ein überglückliches Lachen aus, schaute hinüber zu Pietro, der neben Barbara Platz genommen hatte und sie nach ihrer Lektüre fragte, und versuchte seinen Blick zu erhaschen. Ich wollte ihm mit den Augen sagen, dass er sich keine Sorgen zu machen brauchte, und dass die moralische Unterstützung, die ich bereits seit meiner Kindheit bekam, ob ich nun kluge Dinge tat oder törichte, ab jetzt auch ihm galt.

Von: Heddi@yahoo.com
An: tectonic@tin.it
Gesendet am: 27. Mai

Liebster Pietro,

wieder muss ich mir Sorgen machen, um dich und um deinen Gemütszustand. Du bist dafür geboren, Großes zu tun und die Berge dieser Welt zu erklimmen und zu erforschen. Stattdessen bist du immer noch dort, umgeben von weltlichen Gütern, die dich nicht glücklich machen.

Ich habe mich schon oft gefragt, was dieses flüchtige Etwas, das man Glück nennt, eigentlich ist. Ich habe meditiert, Yoga gemacht, habe CDs über Buddhismus gehört, all diese Dinge, die uns lehren, dass das wahre Glück im Gleichgewicht liegt. Und doch muss ich sagen, dass ich die glücklichsten Momente meines Lebens in ganz anderer Erinnerung habe.

Auch ich habe versucht, mich wieder zu verlieben. Die Geschichte begann kurz nach meiner Ankunft hier, als ich noch litt wie ein Hund, und dauerte eben so lange, wie sie dauerte. Ivan hatte uns miteinander bekannt gemacht, vielleicht weil er dachte, eine Liebesgeschichte würde mich wieder zur Vernunft bringen, und so habe ich es geschehen lassen. Außerdem war es ein bildschöner Mann, ein Surfer mit samoischen Wurzeln mit brauner Haut, groß und muskulös, ein Bild von einem Mann, nach dem sich die Leute – Männer wie Frauen – auf der Straße umdrehten, dessen Schönheit jedoch an mich verschwendet war. Er war sehr gut zu mir. Er fuhr mit mir Kajak auf dem Meer und Snowboard in den Bergen, und er brachte mich sogar nach Samoa, wo wir fünf Wochen am Strand lagen und seine verschiedenen Onkel und Tanten besuchten. Ich habe tolle Fotos dort gemacht, von Männerröcken mit Blumenmuster und Ananas, die in Spiralen aufgeschnitten war.

Er führte ein gesundes Leben mit jeder Menge Yoga und Sushi, konsumierte weder Alkohol noch Zigaretten, genau der Mann, den meine Mutter für mich ausgesucht hätte. Doch zusammen waren wir wie zwei Alkoholiker auf Kur: ein jeder in seinen ganz eigenen Kummer verstrickt und unfähig, dem anderen wirklich zu vertrauen. Er brachte mir das Autofahren bei. Bist du stolz auf mich? Nun bin ich Besitzerin einer goldfarbenen Rostlaube, die zu allem Überfluss auch noch eine manuelle Gangschaltung hat. Dir fiel es damals so leicht, mit dem Auto deiner Eltern durchs Hügelland zu fahren, du lenktest mit einer Hand und schaltetest, ohne hinschauen zu müssen. Das zu lernen, dauert in Wirklichkeit jedoch eine ganze Weile.

Fast hätte ich den eigentlichen Grund dafür vergessen, warum ich dir schreibe. Ich habe eine gute Nachricht. Mein Bruder und seine Freundin heiraten! Vielleicht

habe ich dir ja schon geschrieben, dass sie ursprünglich aus Triest stammt, auch wenn sie seit ihrer Kindheit
in den USA lebt. Gefeiert wird zuerst in Washington,
doch die Trauung findet im August in Triest statt. Ich
bin Trauzeugin. Natürlich kann ich mir die Gelegenheit
nicht entgehen lassen, auch einen Abstecher nach Neapel zu machen. Wirst du da sein? Ich hoffe sehr, dass du
nicht einen Job bei irgendeiner australischen Firma angenommen hast, denn dann wären wir wie zwei Satelli-
ten, deren Wege sich am Nachthimmel kreuzen.

H.

18

Am Ende des Sommers, wenn die Studenten aus der Stadt verschwunden waren (Pietro und Gabriele inbegriffen), wirkte Neapel wie eine Geisterstadt. In Wirklichkeit waren natürlich immer noch Millionen von Einwohnern da, doch die machten sich erst bemerkbar, wenn abends die Sonne wie eine rote Murmel hinter die Oberstadt von Neapel gekullert war. Dann strömten sie aus den Häusern, frisch geduscht, hellwach und gierig auf das Leben. Viele Stunden des Tages jedoch verbrachten die Neapolitaner in ihren verrammelten Wohnungen, auf der Flucht vor der mörderischen Hitze.

Die Hitze Neapels war nicht einfach nur heiße Luft. Sie war eine *Sache*. Ein fast körperlich spürbares Wesen, das die Straßen der Stadt mit seinem Schwefelatem erfüllte und die klebrigen Finger in den Müll steckte, um hinterher deinen Nacken, deine Brüste, deine Schenkel zu betasten. Es gab kein Entkommen. Die Hitze drang ungehindert in die ebenerdigen Wohnungen ein, aber sie erreichte dich auch, wenn du im siebten Stock wohntest, ohne die geringste Mühe zwängte sie sich durch die Ritzen deines Fensters, glitt neben dir ins Bett, wühlte sich ins Origami deines Bettzeugs. Diese Hitze, die an deinem Hals atmete, dir übers Haar leckte und dich nicht schlafen ließ.

Ich versuchte zu studieren, doch eigentlich hatte ich nur Lust, baden zu gehen. Pustekuchen. Der Golf von Neapel, dessen Wasser nur gut zur Aufzucht von Miesmuscheln war, lag dort hinten und funkelte wie Narrengold, er zwinkerte und lachte jedem von uns ins Gesicht, der in der Stadt geblieben war.

Ich beschloss, die verbleibende Hitzeperiode draußen bei Rita zu verbringen. Doch manchmal, wenn wir nachts auf der Promenade von Castellammare oder Sorrento unterwegs waren, schaute ich auf den Golf hinaus, pechschwarz bis auf ein paar gelbe Lichter, wie Elektrokardiogramme auf der Oberfläche, und auf der anderen Seite lag Neapel und schaute mich bitterböse an. Eingehüllt in orangefarbenen Dunst, schien es langsam zu verbrennen, wie in der Glut eines uralten Feuers. Ich musste in die Stadt zurück. Dort war mein Platz, in guten wie in schlechten Zeiten.

Kurz nach seiner Rückkehr nach Neapel trat Pietro seine Prüfung in Sedimentologie an und rasselte durch. Das hatte weniger mit unseren zwei Wochen in Griechenland zu tun als mit der vielen Feldarbeit und seinen hydrogeologischen Forschungen. Doch als er mit seiner Mutter telefonierte, bekam er gar nicht die Chance, sich zu rechtfertigen.

»Ja, hallo?«, sagte er, als das Telefon klingelte. »Na, hast du schon gegessen?«

Die Mutter erwiderte nichts, sondern fragte nur: »Hast du die Prüfung geschafft?«

»Nein.«

Sie legte auf.

Pietro blieb auf dem Sofa sitzen, in der Hand den laut tutenden Hörer. Wir machten uns in Richtung Altstadt auf den Weg, fast ohne ein Wort zu sagen. Um ihn zu trösten, durchforstete ich meine Erinnerung nach einer ähnlichen Anekdote aus den Jahren des Geologiestudiums meines Vaters, doch mir fiel keine einzige ein.

Auf den Gassen des Universitätsviertels wurde bereits wieder über Descartes und Derrida diskutiert. Die Studenten hatten die Stadt erneut in Besitz genommen, was sich nicht nur für die Antiquariate auszahlte, sondern auch in unserer Lieblingskneipe *Campagnola* spürbar war, wo wir uns mit Sonia und den anderen verabredet hatten. Dort gab es jeden Tag ein Überraschungsmenü, das statt auf einer Speisekarte auf einer Schiefertafel stand, für Studenten wurde die Rechnung großzügig abgerundet und auf Metzgerpapier geschrieben. Das Lokal war kaum mehr als ein Loch in der Wand, launige Bemerkungen flogen hin und her, während in der Küche die Calamari frittiert wurden, und der Geruch des Bratfetts sich auf sehr demokratische Weise in die Bekleidung der Gäste hängte, ob es nun die Tweedjacken von Professoren, die kalkbekleckerten Overalls der Maurer oder die Retrohemden der Studenten waren.

»Bestellen wir Rotwein für alle«, sagte Pietro zu mir. »*Even if their red wine sucks.*«

Richtig, die Saison für Weißen war vorbei. Und jetzt, wo wir wieder zu unserer anormalen Normalität zurückgekehrt waren, konnte auch der Dialekt nicht mehr als Geheimsprache herhalten.

Pietro bedeutete dem Wirt, uns zwei große Keramikkrüge zu bringen. »Jetzt kann ich auch gleich mein letztes Geld auf den Kopf hauen«, sagte er, »nachdem ich wahrscheinlich sowieso enterbt werde.«

»Es ist nur eine Prüfung. Im nächsten Semester kannst du die doch nachholen.«

»Aber ich werde trotzdem immer der allerschlimmste Sohn bleiben.«

»Ach, das wieder.«

Irgendwie hatte ich es geschafft mir einzureden, dass jene Worte bezüglich meiner Person – *dieses Mädchen* – mich mehr gekränkt hatten als ihn. Doch wie auch immer – hatten sie uns nicht wenigstens von jeglicher Verantwortung befreit und es uns ermöglicht, gemeinsam in die Ferien zu fahren? Mittlerweile zog ich allerdings die Möglichkeit in Betracht, dass es weniger sorglos als unbesonnen von uns gewesen war, abzureisen, und dass Pietros Mutter in Wirklichkeit weder wegen Griechenland noch wegen der vermasselten Prüfung aufgelegt hatte, sondern um es ihm heimzuzahlen. *Du bist der allerschlimmste von meinen Söhnen.* Es war gedankenlos von mir gewesen, jenen Worten nicht das entsprechende Gewicht zuzumessen, Worten, auf Italienisch geäußert, als wäre er der Ausländer. Sie nun wieder zu hören, schockierte mich wie beim ersten Mal.

»Das hat sie doch nicht so gemeint, Pietro«, versuchte ich die Sache herunterzuspielen. »Das war nur so dahingesagt. Oder sie will dir damit vermitteln, dass du bei der Auswahl deiner Freundinnen einen schlechten Geschmack hast. Du weißt schon, diese spindeldürre Amerikanerin.«

Ganz gewiss hatte Lidia ein Händchen für knappe, aber treffende Aussagen. *Edda è troppu secca. Das Mädchen ist zu dünn.* Ich erinnerte mich, wie diese vier kargen Worte es geschafft hatten, mich nicht nur treffend zu umschreiben, sondern mich auch zu isolieren und zurückzuweisen, alles in einem Aufwasch. Und viel von ihrer Macht, wurde mir bewusst, lag eben genau in diesem sächlichen Pronomen *edda*, der dritten Person Singular … Auf einmal, urplötzlich und aus dem Nichts, glaubte ich ein Thema für meine Doktorarbeit gefunden zu haben.

»Aber sie hat wirklich nicht das Geringste von dir kapiert, Heddi. Ich weiß gar nicht, wie ich dich verdient habe. Vielleicht durch irgendeine Heldentat in einem früheren Leben.«

Ohne große Umschweife landeten Gläser und die Krüge mit dem Wein auf dem Tisch. Pietro schenkte uns ein und nahm ein paar gierige Schlucke, rieb sich mit den langen Fingern die Lippen sauber. Nachdenklich ließ er die Hand dort liegen, als wollte er seinen Mund verschließen.

»Aber ich hab doch recht, was deine Mutter angeht, oder nicht? Die kann mich nicht ausstehen.« Doch war es nicht wirklich ein wenig übertrieben, seiner Mutter Verachtung für meine Person zu unterstellen? Auf einmal hatte ich das Gefühl, als hätte ich gerade die Grenze guten Benehmens überschritten.

»Dir entgeht nichts, Baby.« Pietro zündete sich eine Zigarette an, als würde ihm das dabei helfen, seine Gedanken zu ordnen. »Und wie gedenkst du, dieses Problem zu lösen?«

»Ich?« Meinte er etwa die Tatsache, dass ich, im Gegensatz zu ihm, nicht in der Lage war, Herzen zu erobern?

»Und wer sonst?«

»Du, Pietro. Wie gedenkst *du* es zu lösen?« Ich spürte, dass meine Wangen glühend heiß geworden waren, obwohl ich den Wein noch gar nicht angerührt hatte. Jetzt war ich verärgert.

Pietro antwortete, er tue bereits alles, was in seiner Macht stehe, um den Respekt seiner Eltern zu ernten, außerdem habe er ihnen gesagt, er würde bis Weihnachten nur noch ein einziges Mal nach Hause kommen. »Ich mach ihnen noch einmal den Sklaven bei der Olivenernte, und damit hat sich der Fall. Sollen sie den Weizen selber ansäen. Ich hab die Schnauze voll. Aber du, Baby, musst auch deinen Teil dazu beitragen.«

»Was soll ich denn noch machen, Pietro? Zum tausendsten Mal anbieten, das Geschirr zu spülen?«

»Ach, scheiß auf dieses Geschirr.« Er drückte seine noch längst nicht aufgeraucht Marlboro Light im Aschenbecher aus und nahm entschlossen meine Hand, knetete sie wie ein Stück Ton. »Schau, meine Alten haben kapiert, woher der Wind weht. Sie wissen, dass ich bald mit der Uni fertig bin, und erhöhen den Druck. Jetzt brauch ich deine Hilfe, um ein bisschen Aufschub zu bekommen.«

Ich zog ihm meine Hand weg. »Was soll das heißen? Willst du, dass ich dich vor deiner Familie rette?«

Ich lächelte, rechnete damit, dass er mir widersprach, doch er tat es nicht. Stattdessen bedachte er mich mit einem durchdringenden Blick, der viel zu lange andauerte und nur durch Angelo unterbrochen wurde, der auf einmal in der Tür des *Campagnola* stand.

»Mensch, ihr seht ja gut aus!«

Mit seiner peruanischen Satteltasche über der Schulter bewegte sich Angelo im Slalom durch die volle Trattoria und fiel uns auf die unzarte Weise eines Menschen, der sich eiserner Gesundheit erfreut, um den Hals. Er ließ sich auf einen Stuhl fallen, schenkte sich Wein ein und erzählte anekdotenreich von den Abenteuern seines Sommers: von den Open-Air-Konzerten in Catania, seinem Techtelmechtel mit einem heißen israelischen Feger auf Filicudi, und wie er das Harpunenfischen gelernt hatte, dummerweise in einem Naturschutzgebiet, was ihm eine saftige Strafe eingebracht hatte. Die Schilderung seines Harpunenabenteuers machte ihn offenbar hungrig, denn er schlug vor, wenigstens schon eine Vorspeise zu bestellen. Sinnlos, auf Tonino zu warten, der immer noch dabei sei, seine Bücher einzupacken, erklärte er abschweifend, doch als er begann, von Stützbalken zu faseln, verlor ich endgültig den Faden.

»Die Wirkung, das muss ich zugeben, ist ein bisschen frankensteinartig«, fuhr er fort und lehnte sich auf seinem Stuhl zurück. »Aber wenn sie dann den neuen Boden drüberlegen, sieht man nichts mehr. Der einzige Unterschied wird sein, dass der Küchenboden einen halben Meter höher ist, aber wen stört das schon bei den hohen Wänden. Und wenn erst mal die Fliesen verlegt sind, können wir wieder einziehen.«

Erst jetzt begriff ich, dass es um unsere alte Wohnung ging, doch bevor mir meine Begriffsstutzigkeit peinlich sein konnte, erklärte Angelo, sie hätten vor, Davide zu fragen, ob er mit ihnen in die alte Wohnung ziehen wolle. Die neue Wohnung. Wie war es möglich, dass ich nicht die geringste Nostalgie für jene Wohnung empfand, die ich einmal so sehr geliebt hatte, es mir sehr wohl aber einen etwas kindlichen Stich gab, weil sie mich nicht gefragt hatten, ob ich auch wieder miteinziehen würde?

Dann kam Sonia. Ihr rabenschwarzes Haar und die Fledermausärmel ihres Tops flatterten hinter ihr her, doch sie war so braun gebrannt, dass man sie nie und nimmer für ein Gothic-Mädchen gehalten hätte. Während wir aßen, erzählte sie uns von den Traumstränden auf Sardinien, wo sie mit Carlo gewesen war. Ich traute mich nicht zu fragen, ob Carlo mit ihr im Zimmer hatte schlafen dürfen, oder ob man bei Tisch das Wort an ihn gerichtet habe. Als wir mit dem Erzählen an der Reihe waren und von unserem herrlichen griechischen Abenteuer, von Meltemi, Tempeln und zahmen Pelikanen berichteten, konnten wir immerhin die Tatsache unter den Tisch fallen lassen, dass wir den Großteil des Sommers getrennt voneinander verbracht hatten.

Als Pietro am Ende aufstand, gewiss, um heimlich die Zeche zu bezahlen, begann Angelo in seinem bunten Sack zu wühlen, auf der Suche nach irgendetwas, das ihm abhandengekommen war. Die Pause, die eintrat, nutzte Sonia, um mich zu fragen, wie es mir denn mit Pietros Eltern ergangen sei. Offenbar rechnete sie mit einer Verbesserung, doch genau das Gegenteil war der Fall. Jetzt hatten wir sozusagen eine *Situation,* die in mir einen dumpfen Schmerz weckte, wenn ich daran zurückdachte. Doch ich konnte einfach nicht lügen, nicht Sonia gegenüber.

»Ach komm, Eddie. Wieso sollte denn seine Mutter *dich* nicht mögen?«, war ihre Reaktion. »Na ja, jedenfalls bist du das glücklichste Mädchen der Welt.«

»Wieso?«

»Pietro ist verrückt nach dir, das liegt auf der Hand«, sagte sie mit gesenkter Stimme – »und ist es nicht das, was wir uns alle wünschen – so sehr geliebt zu werden?«

Davon war ich ganz und gar nicht überzeugt. Meiner Erfahrung nach war es schön zu lieben – geliebt zu werden war zweitrangig.

Dass Pietro und ich uns stritten, und zwar zum allerersten Mal, beunruhigte mich in keiner Weise. Immerhin waren einige Wahrheiten an die Oberfläche gekommen, die unsere Beziehung gestärkt hatten, oder zumindest kam es mir so vor. Wenn wir uns liebten, taten wir es mit noch größerem Elan, als wären wir auf eine bis dato unbekannte und heftig sprudelnde unterirdische Quelle gestoßen, die uns antrieb. Jedenfalls verschwand nach jenem sogenannten Streit Lidia mehr und mehr aus unseren Gesprächen. Wir hatten anderes im Kopf.

Im neuen Studienjahr gab es jede Menge zu tun, Prüfungen, Kolloquien mit Benedetti als meinem Doktorvater, außerdem Seminare und Vorlesungen. Doch es hatte sich etwas verändert, denn nach diesen akademischen Begegnungen hatte ich nicht mehr wie früher Lust, mit dem Kopf in den Wolken in den Gassen herumzuschlendern, schier überwältigt von dem, was ich da gerade erfahren hatte. Stattdessen ging ich mit gesenktem Kopf umher und nahm das Gehörte auseinander, kam so mancher Heuchelei, Ungenauigkeit oder auch Anmaßung auf die Schliche. Ich war kritischer geworden, und selbst die intellektuellen Debatten mit Tonino, Gabriele oder Madeleine über den Unterschied zwischen Sozialismus und Kommunismus oder die Vor- und Nachteile des sozialen Wohnungsbaus übten keinen Reiz mehr auf mich aus. Ich wollte meine Prüfungen ablegen, Recherchen zu meiner Doktorarbeit anstellen und endlich meinen Abschluss machen.

Und so ließ ich mich von meiner Ungeduld und Energie treiben, vor allem in den Gassen der Altstadt, wo der allergrößte Teil der Studenten wohnte – oft zu zweit in hässlichen, meistens überteuerten Zimmern. Dort fühlte ich mich wohl, in einer Gegend, wo der hohe Anteil von zugezogenen Studenten – ganz zu schweigen von den vielen schwarzafrikanischen Straßenhändlern, den *vuccumprà* – das rein Neapolitanische abschwächte. Außerdem hatten die verwinkelten Gässchen des Viertels ihr Gegenstück – die Spaccanapoli, die Straße aus griechisch-römischer Zeit, die das antike Neapolis von Ost nach West durchtrennte, von einer Sonne zur anderen, schnurgerade und tief, mit kaltem Herzen und von kundiger Hand wie mit einem Skalpell geschnitten, ohne Zögern, ohne Umwege. All die Gässchen rund um die Universität, die zu den schmalsten und dunkelsten der ganzen Stadt gehörten, mündeten früher oder später in dieser Straße, und damit endete auch die Beengtheit, denn die Spaccanapoli bot mehr als jeder andere Punkt in der Altstadt eine Art Panorama. Doch es war keine Aussicht auf den Golf oder die Burgen, nicht einmal auf den Himmel. Es war ein Blick auf das Herz Neapels, so weit das Auge reichte, kurz und doch schwindelerregend wie ein Wolkenkratzer. Beim Blick in die Spaccanapoli begann sich alles in dir zu drehen, denn du konntest sie betrachten, so lange du wolltest und bis dir die Augen übergingen, und sahst trotzdem nicht, wo sie eigentlich endete. Wenn es dieses Ende überhaupt gab, entglitt es dir stets, es verwischte mit den Schatten, versteckte sich hinter der Wäsche auf den Leinen, hinter den Rollern und den vielen, vielen Menschen.

Genau hier auf der Spaccanapoli sah ich eines Tages ein Schild mit der Aufschrift »Neapel unterirdisch«, es hing über einer Tür, die mit einer Kette verschlossen war. Ich hatte es noch nie bemerkt, vielleicht war es auch neu. War das der Zugang zu den unterirdischen Höhlen, von denen mir Gabriele erzählt hatte? Ich nahm mir vor, ihn darauf anzusprechen. Vielleicht konnte man einen Ausflug hierher machen, aber mit welchem Ziel, war mir nicht ganz klar. Ich wusste nur, dass ich den Funken meiner Leidenschaft für Neapel vielleicht wieder entfachen konnte, wenn ich es als den Zwischenstopp betrachtete, der es für mich mittlerweile war.

Und doch wollte mir diese Distanz nicht recht gelingen, sie war wie eine Inszenierung, die ich noch nicht genug geübt hatte. Denn wohin auch immer ich in dieser Stadt ging, begleitete mich jene Melancholie, die ich seit dem allerersten Tag, als ich den Fuß in sie gesetzt hatte, kannte, eine Traurigkeit, scheinbar unberührt von den glücklichen Vorzeichen einer städtischen Erneuerung, die mittlerweile immer wahrscheinlicher wurde. Doch es hatte keinen Sinn, dass ich diese Melancholie immer noch empfand. Ich führte ein erfülltes Leben, war so glücklich wie nie zuvor – ich war verliebt, stark, fühlte mich fast unbezwingbar. Dann war es ja vielleicht gar keine Melancholie, die mit meiner inneren Wirklichkeit zu tun hatte, sondern eine Art äußerliche Unpässlichkeit, die sich meiner bemächtigte, wie eine Wetterfühligkeit, die auf eine Zeit lange vor meiner Ankunft hier zurückging. Ein Schmerz, zu alt und zu tief, um allein der meine zu sein – er musste etwas mit der Stadt zu tun haben.

Jene Melancholie lebte in der Puppenklinik an der Spaccanapoli, einer alten Ansammlung von kaputten Puppen, die in einem großen Haufen auf dem Arbeitstisch eines vollkommen überarbeiteten Puppendoktors auf ihre Reparatur warteten. Die Melancholie lebte in ihren schlaffen Körpern, ihren grell gezeichneten Gesichtszügen, ihrem verfilzten Haar, den zu einer Umarmung ausgestreckten Ärmchen, die nicht erwidert wurde. Kleine Lolitas, mit wunderschönen, unergründlichen Gesichtern wie dem von Madeleine.

Die Melancholie lebte in jeder Gasse, eingehängt bei den besten Freundinnen, die im Minirock durch die Straßen schlenderten und Lutscher leckten: Es war ihre verlorene Kindheit. Sie lebte in den arbeitslosen Männern, die vor der Bar standen und über die neuesten Fußballergebnisse diskutierten, und im mürrischen Brummeln des Mannes an der Kaffeemühle, der sich darüber beklagte, tagaus, tagein nichts anderes zu tun und trotzdem nie auf einen grünen Zweig zu kommen. Sie lebte in der Dame mittleren Alters, die auf der schmutzigen Treppe einer Kirche stand und unter den Augen der Öffentlichkeit Kinderbücher verscherbelte, wobei sie nur mit Mühe Titel wie *Drei kleine Schweinchen* herausbrachte. Traurigkeit lag im Mangel an Privatsphäre und Scham. Melancholie, das war der Nieselregen am späten Vormittag, Tropfen, so leicht und vergänglich wie Schneeflocken, die das Kopfsteinpflaster mit einer schmierigen Schicht überzogen, durch die der Karren des

Meereschneckenverkäufers nur mühsam vorankam. Man hörte sie deutlich, diese Melancholie, in seinen Rufen – »*Maruziell'! Maruziell'!* Schöne, frische Schnecken!« –, einem traurigen Ruf, wie das Lied des Muezzin. Und Melancholie lag auch darin, wie die Gasse hinterher nach Fisch und Bonbons roch, wenn er vorbeigezogen war, nach Ignoranz und guten Absichten, nach Gosse und Weihrauch.

Vor allem jedoch lebte die Melancholie in dem Vulkan, auf den man nur von bestimmten Straßen der Innenstadt einen kurzen Blick erhaschen konnte, flache, eindimensionale Fragmente, die nichts über das große Ganze aussagten. Der Vesuv kam nicht zu uns. Er war einfach da und saß seine Zeit ab, und wenn es sein musste, würde er auch noch Zehntausende oder gar Hunderttausende von Jahren warten können. Unsere Vorhaben, unsere Ängste, unsere wahnwitzige Liebe – all das bedeutete ihm rein gar nichts. War dies eine Weisheit, so tief wie seine Magmakammer, oder einfach nur Gleichgültigkeit? Schwer zu sagen. Doch ich fragte mich durchaus, ob das, was mich wirklich beunruhigte, nicht etwa die Möglichkeit war, dass wir alle dem Vulkan gleichgültig sein könnten, sondern dass seine Gleichgültigkeit einzig und allein mir galt. Ich nahm sein Schweigen persönlich.

Jahrhunderte um Jahrhunderte hatte sich in Neapel nichts geändert, und ich hatte langsam den Verdacht, jene seltsame Melancholie, die vielleicht einzigartig für diese Stadt war, könnte womöglich nichts anderes sein als das Bewusstsein, dass das Leben weitergeht, ganz gleich, was geschieht.

Und tatsächlich ging das Leben weiter ohne Luca Falcone. Während des Sommers hatten wir uns fast an sein Fehlen gewöhnt, doch jetzt, wo alle wieder da waren, wurde auch offensichtlich, dass er fort war und mit ihm sein ganz eigener Zauber. Ich spürte sein Fehlen vor allem im Spanischen Viertel. Luca war diesem Viertel immer mit philosophischer Gelassenheit begegnet, als wüsste er ganz genau, wie es tickte, ein geheimes Räderwerk, vielleicht wie das der Menschheit selbst. Doch ohne Lucas höhere Warte war das Viertel zu einer kruden Wirklichkeit geworden, und auf einmal fand ich es unmöglich, seine hässlichen Seiten zu ignorieren. Die Häute von geschlachteten Kaninchen vor den Metzgereien. Ratten bei helllichtem Tag, die mit chirurgischer Geschicklichkeit Mülltüten öffneten. Die hoffnungslose Finsternis in den Seitengassen. Die Türen, hinter denen sich Frauen prostituierten und mit Drogen gehandelt wurde. In einem dieser Gässchen, wer weiß welchem, war da immer noch jener schwarze Hund, der Bewacher der Mäuerchen und Gerüste, König eines kleinen Königreiches, das das Raster der Straßen unterbrach wie eine Klammer aus Metall. Und dann überall im Viertel aufjaulende Mopeds, Menschen, die sich stritten, pfeifende Alarmanlagen von Autos, ein einzigartiges Klanggemisch, wie ein gigantischer Stepptanz. Nur dass das hier kein Musical war.

Mehr denn je musste ich auf meine einstudierten Wege zurückgreifen. Nur einmal ließen mich meine Füße im Stich und trugen mich zur alten Wohnung zurück. Auf der Straße lief ich Tonino in die Arme, der auf einen Sprung hergekommen war, um nach dem Stand der Renovierungsarbeiten zu schauen. Ich fiel ihm buchstäblich um den Hals, drückte mich an ihn und ließ mich von seinem Dreitagebart piksen, eingehüllt in seine typische Duftmischung aus zu viel Kaffee und zu vielen Zigaretten.

Tonino gestand mir, er habe die Nacht durchgemacht, um sich auf eine Prüfung vorzubereiten. »Sanskrit, endlich. Hoffen wir das Beste.«

»Na dann viel Glück.«

»Danke, aber ich hab so das Gefühl, das wird diesmal nicht reichen.«

»Dann gehe ich eben in die Kirche«, scherzte ich, »und bete für dich.«

»Ja, bitte! Sag San Gennaro, ich brauche ein Wunder.«

»Na gut, schauen wir, was man tun kann.«

»Und wenn du gerade dabei bist, sag ihm auch, er soll mir einen Schwanz wachsen lassen wie den vom unglaublichen Hulk.«

Wie gut es tat, sich schlappzulachen, wie immer.

Dann sagte Tonino, auf einmal wieder ernst: »Und wenn ich es nicht schaffe, dann verlasse ich vielleicht einfach dieses finstere Loch hier und besorg mir einen Job wie Luca.«

»Was meinst du mit Job?«

»Was, weißt du das denn nicht, Süße? Der Arsch hat einen Job beim Militär bekommen, als *Offizier*«, erklärte Tonino. »In gewisser Weise ist Falcone wirklich ein Genie. Alle anderen ziehen die Arschkarte, machen ein Jahr lang Militärdienst und verdienen noch nicht mal genug, um sich eine Schachtel Zigaretten zu kaufen. Unser Luca jedoch weiß, wie man's macht, und bringt die dazu, ihm einen Sack Geld dafür zu zahlen, dass er die anderen Hohlköpfe herumkommandiert.«

Ein Roller kurvte geschickt um uns herum und ließ uns in seiner stinkenden Abgaswolke stehen. Wie war es nur möglich, dass einer wie Luca Falcone, der mit Sicherheit den Militärdienst aus Gewissensgründen verweigert hätte, freiwillig zur Armee ging? Luca mit dem wilden Haarschopf, Luca, der Metal-Fan, der Kalligraf und Tarotkartenleger, der Gedankenleser? Außerdem – fing das alles eigentlich nicht erst an, wenn man mit dem Studium fertig war?

»Aber hast du das von ihm?«

»Ja, ich hab's vom Meister höchstpersönlich. Stillgestanden!« Tonino brach in raues Gelächter aus, aber ich musste kummervoll dreingeblickt haben, denn bevor er ging, griff er noch in seine Brieftasche und gab mir einen Zettel mit Lucas Telefonnummer in Varese.

Danach stand ich eine Weile dort im Smog und starrte auf die sinnlose Ansammlung von Zahlen auf dem Zettel. Zuerst die Flucht nach Griechenland, dann das. Wie hatte ich mir nur einbilden können, dass ich eine ganz besondere Beziehung zu Luca hätte und tatsächlich in der Lage sei, aus seinen hypnotischen Blicken schlau zu werden? Am Ende wusste ausgerechnet ich nicht, wer dieser Luca Falcone wirklich war. Vielleicht wusste es keiner von uns.

Ich wusste nur eins: dass Luca ein Mensch von extremer Eigenständigkeit war. Er forderte die Erwartungen anderer Menschen an ihn heraus, indem er das genaue Gegenteil tat. Als seine Eltern im Norden geblieben waren, war er nach Süditalien zurückgekehrt. Während wir anderen für unsere Prüfungen lernten, hatte er sich selbst das Runenalphabet beigebracht. Nachdem unsere Decke eingestürzt war und sich alle nach einer neuen Behausung umschauten, hatte er die erstbeste Fähre nach Griechenland genommen. Und während Pietro und ich in seine Fußstapfen in Griechenland traten, war Luca schon längst dabei gewesen, sich einen Job zu suchen. Luca war ein Mensch, der sich einfach in kein Schema pressen ließ, der wusste, wann es an der Zeit war weiterzuziehen, der den Mut hatte, einen klaren Schnitt zu machen und alle Brücken abzubrechen – zu Orten, zu Menschen, zu *mir*.

Und ich war immer noch da, hier im Spanischen Viertel.

19

Aus reiner Übung wurden wir unserer Zeit Herr. Die Zeit gehorchte uns, bei Bedarf wurde sie länger, wenn nötig, auch kürzer. Der Ausflug, den Pietro immer wieder nach Monte San Rocco machen musste, erwies sich als tatsächlich nur kurz, während die Nachmittage, die wir mit Studium verbrachten, sich zu prall angefüllten Minuten voller kostbarer Daten verdichteten. Es war zu einer Manie geworden, Seminarscheine zu sammeln wie früher Briefmarken. Und trotzdem schritt die Zeit voran: mit Abendessen unter Freunden, unter die sich oft auch die Clique von Gabriele und Madeleine mischte, mit dem Filmfest, bei dem es für Studenten spottbillige Tickets gab, oder den Open-Air-Konzerten, die das Studentenwerk organisierte. Wir waren vor allem die Herren und Herrinnen der Nacht, jedenfalls in der Altstadt. Die Piazza Bellini mit ihrer gedämpften Beleuchtung, ihrer exotischen Musik und den gewagten Gesprächen verjagte die Dunkelheit in eine Ecke, schimpfte sie aus wie ein kleines Kind, das seinen Platz nicht kennt und noch nicht mit den Erwachsenen aufbleiben darf. Für Pietro allerdings war dieser Platz zu versnobbt, er zog San Domenico Maggiore vor, wo kürzlich eine Bar aufgemacht hatte, die mit ihren Öffnungszeiten all die ansprach, die selbst entscheiden konnten, ob sie frühmorgens aufstanden oder lieber im Bett blieben.

Ich hatte so viel Zeit, dass ich sie gern mit dem Obdachlosen auf der Via Roma teilte. Mehrere Male in der Woche brachte ich ihm etwas zum Frühstück, und er dankte mir jedes Mal mit großer Herzlichkeit und Demut. Eines Tages traf ich ihn nicht morgens, sondern erst am Nachmittag an seinem gewohnten Platz an. Ich ging extra über die Straße, aus reiner Gewohnheit, um ihm Hallo zu sagen. Ein schönes Lächeln breitete sich auf seinem Gesicht aus, und er zeigte mir Zähne, die mir keine Angst mehr machten. Trotzdem war etwas an ihm anders, zu dieser späten Stunde …

»Möchten Sie einen Kaffee oder etwas zu essen?«

»Schon gegessen. Danke, danke.«

Ich linste nach der Decke, die neben ihm ausgebreitet war. Die Hündin war dabei, sich mit den Zähnen das Fell am Bauch zu säubern – ob von Flöhen oder weil sie die Räude hatte, wusste ich nicht. Ihr war ein mottenzerfressener Pullover vom Rücken gerutscht, mit der ihr Herrchen sie zugedeckt hatte, denn bald würde es kalt werden. Dann begriff ich. »Die Welpen, wo sind die?«

»Weg, alle weg!« Man sah, dass er noch etwas hinzufügen wollte, doch die italienische Sprache war für ihn wie ein Stacheldrahtzaun, den er nicht überwinden konnte. Als ich ihn fragte, ob die kleinen Hunde denn ein Zuhause gefunden hätten, gab er mir keine Antwort, sondern fuhr sich nur mit der zitternden Hand über seine schmutzige Stirn.

»Ist dir kalt?«, fragte ich ihn. Ich hatte beschlossen, zum Du überzugehen.

»Gut, gut. Ich abends gehen zur Wärmestube. Essen. Manchmal duschen.«

Es gibt Zeiten, da tritt der Körper in Aktion, und mit dem Kopf sieht man einfach nur zu. Und so geschah es, dass ich mich auf einmal, urplötzlich von Müdigkeit übermannt, neben ihm auf den Boden setzte, direkt neben dem Rollstuhl und auf einer unappetitlichen Ansammlung von irgendwelchen Abfällen. Aus diesem Blickwinkel war nicht mehr zu übersehen, dass er wirklich nur noch ein halber Mensch war. Seine Beine waren oberhalb des Knies abgetrennt, fast wie mit einem Schwert abgehackt. Es war furchterregend. Die ganze Zeit über zogen achtlos Menschen an uns vorüber, aus unserer Perspektive Hosenbeine, Röcke, Schuhe.

»Signore, darf ich fragen, was mit dir passiert ist?«

Der Mann wandte sich mit väterlichem Blick zu mir, aber vielleicht sah das von unten auch nur so aus. »Mir?«

»Ja. Warum bist du hier?«

Er fuhr sich langsam mit der Hand über die Beine, ohne sie zu berühren, wie ein Zauberer, der etwas verschwinden lassen will. »Ich kommen nach Italien viele Jahre her. Aus Deutschland. Ich Priester. *Capito?*« Er stach sich mit dem Finger in die Brust, als wollte er sich eines Verbrechens bezichtigen.

»Vorher warst du also Priester?«

Er erwiderte nichts, sondern richtete den Blick wieder starr auf die vorbeiziehenden Passanten. Für ihn war die Geschichte offenbar fertig erzählt, was fehlte, das würde ich mir wohl selbst zusammenreimen müssen. Doch ich wusste nicht, wie, ich hatte mich nie mit den Weltreligionen beschäftigt. Welcher Priester gibt seinen Beruf und seine Berufung auf? Einer, der, aus welch obskurem Grund auch immer, aufhört, an das Wunder zu glauben, von dem er überzeugt gewesen war, er könne sich, wie eine Katze an der Sonne, darin aalen bis ans Ende seiner Tage und darüber hinaus?

Ich war schon dabei, wieder aufzustehen und zu gehen, als der Mann den Kopf zu mir drehte und mich ansah. Seine

Augen waren von einem klaren, reinigenden, aber alles andere als kalten Blau. »Dann *Katastrophe! Große Katastrophe!*«

»Was ist denn passiert? Ein Unfall?«

»*Katastrophe!*«, wiederholte er. Es war wie ein Aufschrei der Verzweiflung, der mir Angst machte. Doch der Mann war nicht verrückt. Er fügte nichts weiter hinzu, und da ich kein Kleingeld dabeihatte, das ich ihm geben konnte, stand ich auf und ging nach Hause.

Im ganzen Spanischen Viertel stand kein einziger Baum, und es gab auch nicht viel Licht, an dem man den Wandel der Jahreszeiten hätte ablesen können. Vielmehr stellte man ihn daran fest, dass an den Ständen der Obstverkäufer wie durch Zauberhand aus Melonen Kürbisse wurden, aus Pflaumen Khakifrüchte. Man merkte es an der Bekleidung der Hausfrauen in den *bassi*: keine Holzpantoffeln und Kittel in Pastellfarben mehr, sondern gefütterte Schlappen und ausgeleierte Strickjacken in Erdfarben. Man sah es am schicksalsergebenen Gesichtsausdruck, den uralten Zügen von Menschen, die sich durchbeißen und vieles stoisch ertragen. Und daran, wie dich der dunkelnde Himmel, kaum war die Siesta zu Ende, bereits umschloss wie in einer Katakombe. An der feuchten Kälte, die dir dann durch Mark und Bein ging. Doch in der Via de Deo 33 litten Pietro und ich nicht viel unter der Kälte. Da gab es den Gasofen im Wohnzimmer, und zwischen den Laken unseres Bettes herrschte sowieso eine Hitze, wie sie selbst eine Kupferbettflasche nicht erzeugt hätte. Von dort aus sahen die Lichter des Hafens aus wie ferne Leuchtfeuer, die langsam in der Nacht ausbrannten.

Niemand kehrte in unsere alte Bude zurück, um dort zu wohnen, und so wurde all das Wunderbare, das ich dort erlebt hatte, zu Fossilien meiner Erinnerung. Die Renovierungsarbeiten hatten sich verzögert, und die Besitzer hatten die Miete erhöht, weil man mit den neuen Fliesen deutlich mehr Eindruck schinden konnte als vorher. Und so kam es, dass die Clique sich ein neues Zuhause im Sanità-Viertel suchte, auch Davide war mit von der Partie.

Kurz vor Weihnachten wurden Pietro und ich dorthin zum sonntäglichen Mittagessen eingeladen. Ich bezweifelte allerdings nicht – genauer gesagt hoffte ich es –, dass es sich um nichts anderes handeln würde als einen Teller Spaghetti Puttanesca.

Es war ein weiter Weg zu Fuß, und es herrschte eine Hitze, die sich irgendwie falsch anfühlte. An der Via San Gregorio Armenio gab es an jeder Ecke Krippen zu kaufen, und über den anderen Gassen der Altstadt, die mit großen, beleuchteten Schneekristallen geschmückt waren, hing der Duft von gerösteten Maronen. Ab und zu sah man sogar eine Dame im Pelz – bei dem es sich vermutlich auch nur um gefärbtes Kaninchen und nicht Nerz handelte –, denn wann, wenn nicht an Weihnachten, konnte man den in Neapel schon tragen? Und mitten durch diese erhitzte Menge glitt eisig und leise ein Auto, das ganz gewiss einem Mafioso gehörte. Der Wagen teilte die Menge, wie es auch ein Leichenwagen getan hätte, und als er vorüberfuhr, erkannten die Fußgänger in den verspiegelten Scheiben nichts anderes als ihre eigenen staunenden Gesichter und darauf die Mischung aus Ehrerbietung und Furcht von Menschen, die gerade vom Tode gestreift wurden.

»Was für ein Auto«, sagte Pietro.

»Aber mit Blut bezahlt.«

»Du, hör mal, Baby, ich wäre ja schon mit einem zufrieden, wie es Francesco hat. Mir tun die Füße weh von dem vielen Gehen. Wir sind doch keine Zigeuner.«

Dem war von meiner Seite nichts hinzuzufügen. Schwer zu sagen, welches Gefährt mir weniger zusagte – dieser schwarze, mit Sterioden aufgepumpte Hengst oder Francescos blauer Kombi, der von außen nur seine praktische Seite als Familienkutsche zeigte, drinnen jedoch den bitteren Geruch aller neuen Dinge verströmte, in dem es keinen Platz mehr für Träume gibt. Jener Wagen war die Wiedergutmachung für ein nicht gelebtes Leben, doch ich wusste, dass Pietro das anders sah.

In der Sanità fehlte nicht viel, und wir hätten uns verlaufen. Die Passanten sahen uns misstrauisch an, auch in der Salumeria mit halb heruntergezogenem Rolladen, wo wir anhielten, um Brot und Wein zu kaufen. Pietro hätte sich niemals dazu herabgelassen, nach dem Weg zu fragen, und murmelte stattdessen die Anweisungen vor sich hin, die ihm die Jungs gegeben hatten. Dann endlich entdeckten wir den Bezugspunkt, den zu finden sie uns geraten hatten: das leere Gehäuse einer abgebrannten Vespa. Und tatsächlich hing direkt daneben die richtige Hausnummer 17, eine Zahl, die schon seit der Antike angeblich Unglück brachte und in diesem Fall hastig mit rotem Lack auf die Hauswand gemalt worden war, wie ein Kreuzzeichen.

Es gab weder Klingelschilder noch eine Sprechanlage. Der Zweifel, ob wir an die richtige Adresse geraten waren, löste sich erst im fünften Stock auf, wo durch eine angelehnte Tür das würzige Aroma von Marihuana und das dumpfe Wummern eines Verstärkers drang. »He, Leute«, rief Pietro beim Eintreten in die Wohnung, »hat jemand eure Sprechanlage mit nem Laptop verwechselt und ist damit abgehauen?«

Davide schaltete den Verstärker aus, und Angelo stellte seine elektrische Gitarre ab, um uns zu begrüßen. Tonino kam hinter dem Herd hervor, die Brillengläser vom Dampf beschlagen. Er sagte: »Hier im Viertel ist es besser, anonym zu bleiben.«

»Klar. Anonyme Alkoholiker«, korrigierte Davide. Alles brüllte.

»Aber es ist gar nicht die Sprechanlage, die uns so tierisch auf die Eier geht«, fügte Angelo mit ernster Miene hinzu und spielte an seinem Nasenpiercing herum. »Das Allerschlimmste ist das Telefon. Die Telecom will es nicht anschließen.«

»Wieso das denn nicht?«, sagte ich. »Ihr seid doch Musterbürger.«

»Wisst ihr denn nicht, wie es die guten Leute hier in der Sanità machen? Die rufen alle miteinander den Onkel, die Cousine, den Opa und die Schwester der Schwägerin in Argentinien an, reden ein paar Stunden und vergessen dann passenderweise, die Telefonrechnung zu bezahlen. Und wer soll sie in diesen dunklen und gewundenen Gassen finden?«

»Blutsauger«, brummelte Tonino. »Im Spanischen Viertel war es viel besser.«

Nach einer kurzen Führung durch die Wohnung setzten wir uns an den Tisch, um zu essen. Meine Beziehung zu den Jungs hatte sich in guten wie in schlechten Zeiten immer um einen Tisch herum abgespielt. Davide fügte sich problemlos in diese Szenerie ein, und so ähnelte auch dieses Mittagessen in fast jeder Hinsicht denen von früher. Angelo klaute mir die Oliven vom Teller, Tonino fluchte über irgendeine politische Sache, die Tischgespräche wanderten, wie es bei Männern so üblich ist, schnell zu Verdauungsthemen und dann unweigerlich zu Sex, es wurde jede Menge Wein auf dem Tisch verschüttet und mit der Molle des Brots aufgetunkt. Ich fragte weder nach dem Studium noch nach Toninos Sanskrit-Examen. Man sah sofort, dass in dieser Wohnung alles andere gemacht wurde als studieren, und ich hatte nicht vor, den Finger auf eine Wunde zu legen, auch nicht zum Spaß.

Nach dem Kaffee trat ein behagliches, ausgedehntes Schweigen ein. Davide erhob sich, ein wenig widerwillig, um die elektrische Gitarre zu holen. Tonino zündete sich eine Zigarette an, Pietro auch, der meine Füße auf seinen Schoß zog und mir die Schuhe aufband. Angelo rollte sich einen Joint, doch mit seiner blonden Haartolle und diesem Engelsgesicht, das er hatte, sah es vollkommen unschuldig aus. Draußen auf dem Balkon schien herrlich die Sonne. Ansonsten gab die Stadt nur wenige Lebenszeichen von sich, und auch in der Wohnung drohte sich sonntägliche Lethargie breitzumachen. Es war wie bei einer Uhr, deren Zeiger hängengeblieben ist und tickt, ohne sich weiterzubewegen, eine Untätigkeit, die irgendwann Juckreiz auslöst. Fast hatte ich es vergessen – war das auch in der alten Wohnung so gewesen? Schade um den Sonnenschein. Auf einmal hatte ich viel mehr Lust, an die frische Luft zu gehen, die Schläfrigkeit abzuschütteln und einen Spaziergang zu machen.

»Und ihr, wo feiert ihr Weihnachten?«, fragte Angelo und zündete seine Tüte an.

Das war ein Thema, das wir beide bislang erfolgreich umschifft hatten, doch Pietro antwortete: »Na ja, in Monte San Rocco, notgedrungen. Weihnachten ist man doch bei seinen Eltern, oder?«

»Krass«, sagte Tonino. »Den traditionellsten Event des Jahres mit deinen zukünftigen Schwiegereltern zu verbringen! Vielleicht schleppen die euch ja sogar zur Christmette! Wird bestimmt ein Brüller.«

Ich hörte, wie Davide im anderen Zimmer sagte: »Da kriegst du große Lust, dir die Pulsadern aufzuschneiden.«

»Aber Heddi ist eine harte Nuss«, beeilte sich Pietro zu sagen. »Die schafft das schon.«

Es war zugleich eine Einladung und ein Kompliment, doch

auf einmal wurde mir bei dem Gedanken heiß und kalt, denn ich ahnte, dass es mit Pietros Einladung nicht getan sein würde. Da trat ich lieber die Flucht nach vorne an. Leise sagte ich: »Weihnachten nicht, Pietro. Kommt nicht infrage.«

Pietro wirkte gekränkt. »Und wo wolltest du die Feiertage verbringen?«

»Es sind doch nur ein paar. Ich bleibe hier in Neapel und lerne, was weiß ich. Oder ich fahre nach Castellammare. Genau, das mache ich.«

Als ich wieder aufblickte, sah ich, dass sich die Jungs diskret zurückgezogen hatten, Angelo mit seinem Joint aufs Sofa und Tonino in die Küche, wo er geräuschvoll das Geschirr zusammenstellte. Ich stand auf, um ihm zur Hand zu gehen.

»Setz dich, Süße, du bist Gast«, sagte er zu mir. Dann ließ auch er sich aufs Sofa sinken, drückte die Kissen platt und machte die Polster mit seinen Schuhen noch dreckiger, als sie es schon waren. »Außerdem macht Angelo hier die Hausarbeit.«

Angelo stöhnte genervt. Von seinem Joint stieg eine schmale Rauchsäule zur Decke und breitete sich dann zu einer Art Atompilz aus, der eine Weile im Zimmer hing.

»Darf ich mal?«

Alle drehten sich in meine Richtung, sogar Davide, und schauten mich entgeistert an. Tonino richtete sich auf dem Sofa auf.

»Wie bitte?«, fragte Angelo konsterniert. »Was hast du da gesagt?«

»Ja. Ich hab es noch nie probiert.«

»Ich weiß!« Mit einem zufrieden-erstaunten Lächeln auf dem Gesicht reichte mir Angelo den Joint.

Ich nahm ihn entgegen und versuchte ihn so zu halten

wie er, mit leichtem Druck zwischen Daumen und Zeigefinger und dem kleinen Finger als Unterstützung. Vor mir waberte der Rauch, wie in Zeitlupe, und bildete lebhafte, wie ölige Schlieren. Ich sah schlängelnde Aale, Drachen. Es war ein Moment wie in einem Traum, doch zugleich war ich hellwach und musste über jeden Schritt, den ich machte, entscheiden.

»Was soll ich tun?«

Angelos Stimme hatte die ermunternde Wärme einer Schullehrerin. »Nimm einen kleinen Zug. Behalt ihn einen Moment lang im Mund und stoß ihn dann wieder aus.«

Ich warf Pietro einen Blick zu, der mich nicht aus den Augen ließ, jetzt aber aufmunternd nickte. Warum hatte ich darum gebeten, ziehen zu dürfen? War ich nach all diesen Jahren auf einmal neugierig geworden? Aber ich empfand keine Neugier. Auch keine Angst. Ich empfand gar nichts. Doch wie auch immer – jetzt war es zu spät, einen Rückzieher zu machen. Ich hatte den Joint bereits zwischen den Lippen, zart wie Reispapier.

Ich nahm einen Zug. Der Rauch glitt in meinen Mund wie eine Flüssigkeit, lauwarm und so unbestimmt, dass ich befürchtete, er würde sich gleich in nichts auflösen. Ich behielt ihn im Mund, so lange ich konnte, und atmete dann aus, wobei ich einen Kussmund machte, so, wie ich die Jungs es hatte machen sehen. Sofort stieg mir ein Geruch nach verbranntem Gummi und feuchtem Henna in die Nase.

»Und?«, fragte Angelo.

»Ich weiß nicht. Ich spüre nichts.«

»Dann hast du nicht auf Lunge geraucht«, sagte Tonino und legte sich wieder ab.

Angelo bot mir an, es noch einmal zu versuchen, aber ich schüttelte den Kopf und gab ihm den Joint zurück. Einen glücklich machenden Moment lang, während es mir gelungen war, den Rauch im Mund zu behalten, hatte ich das Gefühl gehabt, meine ganze Vergangenheit mit den Jungs wirbelte in mir auf, all die endlosen Partys und die leeren Stunden, all die Tassen mit heißem Tee und die Zoten, die Verschwörungstheorien und die miesen Filme. Doch der Rauch war flüchtig, ein Genuss, der sich schnell entzog, und ich hatte es nicht geschafft, ihn lange bei mir zu behalten. Zwecklos, mir etwas vorzumachen – es war das Ende einer Ära.

Pietro hatte offenbar eine Seite an mir entdeckt, die er noch nicht kannte, denn er schaute mich fasziniert an und hauchte die Worte *Come ti voglio bene,* »Ich hab dich so lieb.« In Neapel war das die einzige Möglichkeit, zu sagen: »Ich liebe dich.«

Es waren nur noch wenige Tage bis Weihnachten, als das Telefon klingelte. Pietro hob den Hörer ab und sagte tonlos: »Hast du gegessen?«

Es war keine echte Frage, sondern ein Gruß von vielschichtiger Bedeutung, den man nur in Irpinien oder vielleicht sogar nur im Hause Iannace verwendete. Für mich waren jene kargen Worte an seine Mutter das Zeichen, das Zimmer zu verlassen. Ich machte mir lange genug in der Küche zu schaffen, ehe ich ins Wohnzimmer zurückkehrte. Pietro hatte bereits aufgehört zu telefonieren, blieb aber immer noch auf dem Sofa sitzen, den Mund zu einer Grimasse verzerrt, die ich noch nie gesehen hatte.

»Was ist denn los?«

Sein Blick wanderte über den Boden, als hoffte er, irgendwo da unten einen Goldbarren zu finden. Schließlich sagte er: »Es geht um Weihnachten.«

»Und zwar?«

»Sie will, dass wir die Feiertage unter uns verbringen.«

»Das soll heißen, ich bin nicht eingeladen.«

»Tut mir leid. Damit habe ich nicht gerechnet.«

Ich ließ mich neben ihn aufs Sofa sinken. Das Kunstleder quietschte, und mir war auf einmal übel. Es war nicht nur die Wirkung der schlechten Nachricht, sondern auch das ungewisse Gefühl, dass etwas wirklich Hässliches passieren würde, so wie wenn man spürt, dass man an der Unterlippe Herpes bekommt.

»Und wie hast du reagiert?«

»Was sollte ich denn sagen? Ich hab nicht widersprochen. Ach, Baby, dieses ganze Weihnachtsgetue ist doch nur Show. Hier ›Frohe Weihnachten‹ und da ›Frohe Weihnachten‹, man besucht Leute, die man das ganze Jahr über nicht sieht, weil man einen Dreck mit ihnen zu tun hat, rein gar nichts. Und dann bieten sie dir, nicht aus Sympathie, sondern nur, weil man das so macht, etwas zu trinken und zu essen an – und wehe dir und deiner Familie, wenn du ablehnst. Lauter frittierter Scheiß, alles viel zu süß. An Weihnachten wird bei uns aufgetischt, das schwöre ich dir, als wäre gerade der Krieg zu Ende. Die fressen wie die Scheunendrescher. Glaub mir, ich würde viel lieber hier bei dir bleiben.«

Einen Moment lang machte mich diese Flut an Häme gegenüber seiner Familie und seiner Heimat sprachlos. »Wenn es so eine Qual ist, dann geh doch nicht hin.«

»Wenn ich nicht hingehe«, erwiderte Pietro, »dann stecken wir bis zum Hals in der Scheiße. Meine Mutter könnte sogar in Betracht ziehen, mich zu enterben. Deshalb beiße ich mir lieber auf die Zunge und sage nichts, um des lieben Friedens willen, auch wenn sie mich auf die Palme bringt. Ich muss sie mir noch eine Weile gewogen halten.«

Ich schwieg, wie vor den Kopf gestoßen von all dem Gift, das er verspritzte, jetzt sogar seiner Mutter gegenüber. Wollte er sich nur abreagieren oder mich dazu anspornen, dass ich in irgendeiner Form intervenierte? Aber mir fehlte jetzt, gerade mal zwei Tage vor Weihnachten, einfach die Kraft für ein solches Aufbegehren, zumal ich innerlich einen ganz anderen Kampf zu führen hatte – den gegen eine Opferhaltung, die ich seit meiner Kindheit hatte und die ich hasste. Ein negativer Zug, typisch für Krebsgeborene, versuchte ich mir einzureden, um dagegen anzukämpfen, und sagte mir, dass ich ja sowieso keine Lust hätte, nach Monte San Rocco zu fahren. Allerdings blieb die Tatsache unbestreitbar, dass Lidia mich offen und ohne Wenn und Aber zurückgewiesen hatte, während der Festtage, wo ich selbst ohne Familie hier war – etwas, das ich weniger als Affront verstand denn als offene Wunde in meiner Brust, die erst jetzt zu schmerzen begann. Auf einmal hatte ich einen Kloß im Hals und musste schwer mit mir kämpfen, um nicht in Tränen auszubrechen.

Pietro bat mich noch einmal um Verzeihung und schob mir zärtlich eine Haarsträhne hinters Ohr. Er habe mit seiner Familie eine Abmachung getroffen, nach der er zwar Weihnachten mit ihnen verbringe, zu Silvester jedoch wieder nach Neapel zurückkehre. »Nur dieses letzte Opfer, und dann werden wir den Beginn unseres gemeinsamen Lebens feiern können!«

Warum sprach er eigentlich von uns immer nur in der Zukunftsform? Doch dieses Vergehens machte auch ich mich schuldig, denn all unsere Pläne, all unsere Träume waren so lebenswichtig geworden wie die Luft selbst, in der wir diese Luftschlösser bauten.

Madeleine war die Letzte, die abreiste. Sie war guter Dinge, mit Sicherheit auch deshalb, weil Saverio bereits unten auf der Straße auf sie wartete, um sie mitzunehmen, das unruhig schnurrende Motorrad zwischen den Beinen. An der Tür wünschte sie mir noch schöne Weihnachten und sagte mit kleiner Stimme und großen Augen: »Wirklich eine Schande, dich hier so allein zu lassen. Du Arme. Aber ich heb dir ein bisschen Panettone auf.« Rasch wickelte ich ihr den regenbogenfarbenen Schal um, ich wollte nur noch, dass sie ging. Ich sollte Madeleine leidtun? Nie im Leben.

Doch in dem Moment, in dem die Tür klickend ins Schloss fiel, verlor die Wohnung ihre Lebendigkeit, als hätten die Elektronen eines jeden Objektes darin aufgehört zu rotieren. Die einzige eingeschaltete Lampe auf dem Schreibtisch spiegelte sich zweidimensional im Fenster, und aus dem Innenhof drangen gedämpft die Gerüche und Geräusche des Festtags an mein Ohr: das Blubbern und Braten, das Raspeln und Streiten bei der Vorbereitung des großen Weihnachtsessens.

Keiner hatte mich gezwungen, hier im Viertel zu bleiben. Ich war einzig und allein aus Stolz nicht nach Castellammare gefahren, weil ich es vermeiden wollte, Rita gegenüber, die mich zusammen mit Pietro im Dorf wähnte, etwas erklären zu müssen. Außerdem – was war schon Weihnachten, wenn erst die Magie der Kinderzeit verflogen war? Nur noch ein althergebrachter Brauch, bunt und nett, doch ohne eigenen Wert, eine willkürliche Tradition, mit der man ebenso leicht brechen konnte, wie man sich nach dem Mittagessen einen Cappuccino bestellt.

Doch warum, dachte ich, sollte ich eigentlich mit dem Öffnen der Geschenke bis morgen früh warten, so wie es amerikanische Sitte war? Ich griff nach dem Päckchen, das mir Barbara und mein Vater geschickt hatten, und schnitt das Paketband

durch. Darin befanden sich, neben jeder Menge anderer liebevoll ausgesuchter Dinge, auch eine Tüte mit getrockneten Chilis
aus New Mexico und ein Seidenhemd für Pietro. Ich hielt es
mir an die Nase, um den Duft des Hauses in Washington ein-
zuatmen, den es verströmte. Doch das war nicht der Moment,
in Heimweh zu versinken. Nicht an diesem Abend.

Der Herpes an meinem Mund stand mittlerweile in voller
Blüte, und meine Unterlippe pulsierte und brannte. Nachdem
weder Zitronensaft noch andere natürliche Mittel geholfen
hatten, riss ich eine Packung mit antiviralen Tabletten auf und
schluckte an der Spüle in der Küche zwei davon. Das Wasser in
Neapel schmeckte immer nach Kalk. Dann setzte ich mich an
Pietros Schreibtisch und hielt die Hände an den Gasofen, um
mir die Hände aufzuwärmen. Dann konnte ich ja ebensogut
ein wenig lernen.

Ich blätterte in den Karteikarten, darauf hatte ich einige Zi-
tate notiert, die mir möglicherweise in meiner Doktorarbeit
nützlich werden konnten. »Historisch gesehen ist die dritte
Person die schwächste Form der Pronomen... die stark im
Rückgang begriffen ist.«

Er, sie, es... all diese Pronomen waren, nicht nur im Italienischen, sondern in vielen anderen Sprachen, dazu bestimmt,
sich zu entwickeln, zu vereinfachen oder gar nicht mehr verwendet zu werden. Im Mandarin unterschied man nicht zwischen *er* und *sie*. Im gesprochenen Englisch gab es, um die
schwere Formel des *he* oder *she* zu vermeiden, die Tendenz, die
dritte Person Plural zu verwenden, also *they*, die das Geschlecht
nicht spezifizierte – sodass es wenigstens in der Sprache eine
Gleichheit zwischen den Geschlechtern gab.

Allerdings lag in meinen Augen auch eine gewisse Naivität
in diesem Zitat, das die dritte Person Singular so abtat, denn

es unterschätzte dessen heimtückische Macht, durch die sie ja auch nach Zehntausenden von Jahren immer noch lebendig war. Denn sobald ein Sprecher jemanden als *er* oder *sie* bezeichnete, markierte er ihn schließlich als *den anderen*. Er sagte mit einer Autorität, die keinen Widerspruch duldete, dass der andere ihm nicht ähnlich und ein Fremder sei, der nicht zur Gemeinschaft und zur Familie gehörte, buchstäblich unsichtbar, selbst wenn er dort vor einem stand, mitten in der eigenen Küche.

Ich ließ meinen Verstand dorthin wandern, wo er von Beginn an hingewollt hatte. Zu Pietros Mutter. *Edda*, darauf hatte sie mich reduziert. Damals, an jenem ersten Morgen, hätte sie ebensogut nichts sagen können, doch wenn sie es sich wirklich nicht verkneifen konnte, dann hätte sie es mir wenigstens ins Gesicht sagen können: *Aber wie dünn du bist, meine Tochter.* Jenes Pronomen *edda* war nicht einmal eine grammatikalische Notwendigkeit gewesen (nur das konjugierte Verb und das weiblich deklinierte Adjektiv hätten genügt), aber nein, Lidia hatte es unbedingt hinzufügen müssen, weil sie damit unterstreichen wollte, dass ich nicht dazugehörte, um mich auf diese Weise zu negieren.

Jetzt, in der Stille der Wohnung, versuchte ich, es noch einmal genau so auszusprechen, wie sie es getan hatte, doch meine Zunge verweigerte mir die Dienste. *Edda, erda, erra.* Nein, es ging nicht. Es war einer dieser unaussprechlichen Laute im Dialekt, unerreichbar. Edda. Wenn ich jetzt darüber nachdachte, dann klang es wirklich wie ein Frauenname, der einer alten Frau im Dorf, von Kopf bis Fuß schwarz gekleidet, wie man sie hierzulande so oft auf der Straße sah. Ganz gewiss kein Name, der zu meinem Charakter passte, und auch nicht zu meinem Alter und meiner Lust am Leben. Wieso wurde mir eigentlich erst jetzt bewusst, dass er, wie üblich ausgesprochen ohne h, fast ganz genau meinem eigenen Namen entsprach?

In der Wohnung wurde es immer dunkler, doch jenes Pronomen dort auf dem Tisch war gut beleuchtet, wie bei einem Verhör oder auf dem Obduktionstisch. Und jetzt sah ich endlich klar. Wie hatte ich auch nur einen Moment glauben können, dass Lidia mich bei einem traditionellen Weihnachtsfest mit offenen Armen empfangen würde, das im Übrigen auch noch katholisch war? Es war eine so unglaubwürdige Szene, dass sie fast Hollywoodzüge hatte, ein kitschiges Happy End, bei dem einem schier schlecht werden konnte. Und auf einmal wurde mir tatsächlich flau, was vielleicht mit dem Medikament zu tun hatte, das ich genommen hatte, ohne den Beipackzettel zu lesen.

Zweifellos war es ein Affront von Lidia gewesen, die Freundin ihres Sohnes ausgerechnet an Weihnachten nicht einzuladen, obwohl unsere Beziehung offiziell geworden war … in jeder Hinsicht. Dann war doch ihre Verweigerung in gewisser Weise auch eine Verweigerung dessen, was man gesellschaftlich von ihr erwartete, ein klares Nein zum Vorspiegeln falscher Tatsachen, das gesellschaftlich doch eigentlich von ihr erwartet wurde. Sie war es einfach leid, so zu tun als ob, und wenn ich ehrlich war, war ich es auch. Und so schenkte mir die Unverblümtheit ihres Handelns am Ende sogar ein gewisses, seltsames Gefühl des Friedens.

Da war sie wieder, die Übelkeit: Ich hatte sie mir also nicht eingebildet. Ich rannte die Treppe hoch in Richtung Bad und schaffte es gerade noch rechtzeitig zur Kloschüssel. Da war offenbar etwas an diesen Tabletten, das ich nicht vertrug. Oder musste man sie einfach nur nach dem Essen nehmen? Ich trank Wasser aus dem Hahn und ließ mich dann auf die kalten Fliesen sinken, zitternd, aber erleichtert.

Was ich nicht weiß, macht mich nicht heiß. Ich stellte mir Lidias selbstgefällige Miene vor, wenn sie sah, dass mein Platz an ihrem Tisch leer war. Doch sie täuschte sich, wenn sie glaubte, dass das auch bedeutete, ich würde auf ihren Sohn verzichten und nach Amerika zurückkehren. Noch einmal musste ich mich tief über die Schüssel beugen und übergeben, doch es kam nur noch Leitungswasser. Mir brannte die Kehle, mein sich verkrampfender Magen war leer. Ich hatte buchstäblich nichts mehr zu verlieren.

Es war wirklich eine erbarmungswürdige Szenerie: Ich, ganz allein an Weihnachten, kotzte mir die Seele aus dem Leib. Doch statt mich selbst zu bemitleiden, wie es typisch für mein Sternzeichen war, wurde ich auf einmal fast euphorisch. Ich hatte mich von einer schweren Last befreit, und jetzt fühlte ich mich leicht, bereit, noch einmal neu anzufangen. Ob mit oder ohne einen Namen – das zwischen Pietro und mir war unzerstörbar, eine Bindung, die viel mehr Gewicht hatte als Blutsbande. Zusammen waren wir nicht etwa die Summe aus eins und eins, sondern eine exponentielle Multiplikation, eine Kraft, die größer war als wir zwei und mit Sicherheit größer als eine müde und depressive dritte Person, die alles tat, um uns Knüppel zwischen die Beine zu werfen.

Als wollte das Universum mir genau in diesem Moment die Bestätigung geben, läutete das Telefon. »Das hier ist die Hölle ohne dich«, sagte Pietro, offenbar voller Gewissensbisse für das, was er selbst seine Schwäche nannte. Nein, antwortete ich ihm, er sei nicht schwach gewesen. Er hatte sogar recht gehabt: Sein Kampf war auch der meine, und wir würden ihn gemeinsam ausfechten. Denn gemeinsam waren wir so sehr im Vorteil, dass es fast ungerecht war.

Von: tectonic@tin.it
An: heddi@yahoo.com
Gesendet am: 16. Juni

Liebe Heddi,

was du geschrieben hast, ist wirklich eine tolle Nach-richt. Ich kann es kaum erwarten, dich zu sehen. Natür-lich werde ich in Neapel sein, keine Sorge. Ich hol dich auch mit dem Auto ab, wenn du willst. Sag mir einfach Bescheid, sobald du nähere Informationen hast.

Deine Mail hat mir unheimlich gutgetan, und bitte ent-schuldige, dass ich ein wenig gebraucht habe, um dir zu antworten. In letzter Zeit hatte ich mit gesundheitli-chen Problemen zu kämpfen. In den vergangenen Wo-chen habe ich nicht gearbeitet, denn ich habe den einen Scheißplatz (die Adria) gegen einen anderen (Monte San Rocco) eingetauscht. Ich habe etwas am Knie, eins dieser Leiden, das sich sonst nur Sportler zuziehen, das sich für mich aber eher wie das Zipperlein eines alten Mannes anfühlt. Ich werde dir nicht mal erzählen, was es ist, so peinlich ist es.

Jedenfalls tat mir das Knie permanent weh, oder vielleicht war das ja auch nur eine Ausrede, um endlich diesen Drecksjob auf dem Meer zu kündigen und mir eine Auszeit zu nehmen, um nachzudenken ... Ich suche ständig nach Ausreden. Also habe ich beschlossen, mich von einem Doktor durchchecken zu lassen, der mir sagte, ich müsse mich einer »ganz kleinen« Operation unterziehen. Allerdings habe ich auch gleich begriffen, dass da was nicht stimmte, wahrscheinlich bin ich in falsche Hände geraten von zwei Typen, die nur auf dem Papier Ärzte sind, aber vermutlich besser an der Straßenecke stehen und Maroni verkaufen würden...

Immerhin bin ich noch am Leben und krebse so vor mich hin, obwohl mir der Schweiß in Strömen unter dem Verband hervorrinnt. Hier wird es immer heißer, und ich würde am liebsten nur schlafen, zu jeder Tages- und Nachtzeit. Trotzdem komme ich nicht zum Nachdenken, vielmehr ist es eine Phase, in der sich Langeweile mit ruhigen oder manchmal sogar entspannten Phasen abwechselt.

Heute hat mich mein oberster Boss angerufen und wollte von mir wissen, was für Pläne ich für die allernächste Zukunft hätte. Ich habe ihm gesagt, die Schufterei auf dem Meer sei nichts für mich, und ich hätte anderes vor (oder zumindest vorgehabt), woraufhin er – mit schmeichelnder Stimme, als wäre ich ein Kind, das vor dem Eismann steht – sagte, es sei nicht seine Absicht, mich auf dem Meer zu Tode schuften zu lassen, sondern er habe anderes mit mir vor, das er mit mir persönlich besprechen wolle. Ich mache mir keine Illusionen, denn ich kenne diese Typen, wenn der mich angerufen hat, dann steckt er selbst bis zum Hals in der

Scheiße und will mich nur überreden zu bleiben … aber ich habe nicht vor, für Geld meine Seele zu verkaufen. Mir tut es gut, gar nichts zu tun, wenigstens für den Moment und dann – scheiß drauf! Ich bin immer noch jung und werde mir schon was Gescheites ausdenken! Es gibt noch so viel zu sehen auf der Welt.

Ist es nicht so?

P.

20

Der Silvesterabend war eine Lücke in der Zeitrechnung, denn er gehörte weder richtig zum alten Jahr noch zum neuen, ein Niemandsland, in dem nicht die üblichen Regeln galten. Das Haus füllte sich wieder mit Versprengten – aus Frankreich, Sardinien, Sizilien, Irpinien, Amerika –, die seit dem Weihnachtsabend die Stunden gezählt hatten, bis sie endlich wieder ins Viertel zurückkonnten. So wurde die Via de Deo 33 zu einem Hafen, einem Schmelztiegel, einer Nacht ohne Ort, ohne Geschichte. Alles war auf einmal wieder möglich.

Unsere Einkäufe machten wir im allerletzten Moment, und wir waren nicht die Einzigen. Die Geschäfte, von denen es an unserer abschüssigen Straße viele gab, waren rappelvoll mit Menschen, die einkauften, als stünde ein Luftangriff bevor. Um Zeit zu sparen, teilten wir uns auf. Sonia und Carlo gingen zum Fischhändler, Davide und seine Schwester zum Feinkostladen, Madeleine und Gabriele holten Brot, und ich kaufte zusammen mit Pietro Obst und Gemüse ein. Bei dem Händler handelte es sich um einen alten Mann am Ende der Straße, der uns jedes Mal einen faulen Apfel oder eine matschige Tomate in die Tüte tat. Er versuchte, uns übers Ohr zu hauen, aber wir ließen ihn gewähren, weil er für uns so aussah, als könnte er das Geld brauchen.

»Guter Abend fürs Feuerwerk«, sagte der Alte zu uns, blickte zu dem schmalen Streifen blauen Himmels hoch, der zwischen den Häusern zu sehen war, und reichte mir eine Tüte mit eher schlaff aussehendem Endiviensalat.

Abgesehen von dem Salat war ich zufrieden. Wir hatten geplant, den Jahreswechsel auf der Piazza Plebiscito zu feiern, dort war eine Installation aus einem Salzberg aufgebaut, aus dem Holzpferde herausschauten (man nannte es Kunst), und die Stadt veranstaltete ein Gratiskonzert mit anschließendem Feuerwerk. Warum sollte man vom Dach aus zuschauen, wenn man endlich einen Grund hatte, auf die Straße hinunterzugehen?

»Passt auf, Leute«, fügte der Gemüsemann hinzu, »nach elf passieren die verrücktesten Sachen hier auf der Straße.«

Es war bereits halb neun, als wir mit der Zubereitung unseres Silvestermenüs begannen. So rebellisch wir alle sein mochten – den traditionellen Silvesterrezepten waren wir trotzdem treu geblieben, und zum Jahreswechsel gehörte es einfach dazu, sich den Bauch vollzuschlagen. Denn wie konnte man denn feiern, streiten und lieben, ohne zu essen?

Der eine schnippelte, der andere brutzelte, ein Dritter deckte den Tisch. Mir hatte man die Zubereitung von Cotechino, einer deftigen Wurst, mit Linsen zugeteilt (einer Speise, die wichtig war, weil ihr Verzehr finanziellen Erfolg im neuen Jahr verhieß); aus Sparsamkeit mussten wir zwar die Wurst weglassen, fügten dafür jedoch, nach einer Rezeptur aus dem Dorf von Davide und Silvia, Rosmarin zu den Linsen hinzu. Hinter der offenen Balkontür erstreckte sich unsere Terrasse wie ein kalter Seufzer, dahinter, jenseits der Brüstung, funkelten die Lichter der Häuser, die sich hoffnungsvoll den Hang des Vulkans hochzogen. Gabriele betrat die Küche mit einem Glas Rotwein in der Hand und setzte sich, leicht schwankend, auf die Stufe, um mir beim Kochen zuzusehen.

»Am liebsten würde ich die ganze Nacht hierbleiben und quatschen. Was meinst du, Eddie, bist du auch dafür?«

»Und das Feuerwerk verpassen?« Irgendwo im Viertel zündete jemand, wie schon so oft in den vergangenen Tagen, einen Feuerwerkskörper: ein Zischen, gefolgt von einem etwas erbärmlichen leisen Krachen. »Ach, komm, das wird ein Mordsspaß.«

»Na gut«, erwiderte Gabriele. »Dein Wunsch ist mir Befehl, meine süße Schwägerin.«

Aus dem Mund jedes anderen Menschen hätte das geklungen, als wollte er mich auf den Arm nehmen. Doch Gabriele war nicht irgendein Mensch, und dieses *süße Schwägerin* rührte mich. In diesem Moment war ich mir sicher, wenn wesentlich später in dieser Nacht alle anderen Geräusche verstummt wären – die Feuerwerkskörper, das Gelächter der Freunde, das mürrische Brummen von Pietros Mutter am Telefon – würden wir drei noch übrig sein. Er, ich und Pietro.

»Gib mir einen Kuss«, sagte er.

Ich tat, wie mir geheißen, und drückte meine Lippen auf seine Wange, die sich wie die von Pietro rau wie Sandpapier anfühlte, besonders an der empfindlichen Stelle, die mein abgeheilter Herpes hinterlassen hatte. Es war ein herzlicher Schmatz, mit geschlossenen Augen, als wollte ich damit für immer unsere besondere Beziehung besiegeln.

»Nicht so ein Kuss.«

Ich zuckte zurück, als hätten mich seine Worte verbrannt. Einen winzigen, zerbrechlichen Moment lang hielt ich dem Gewicht seines Blickes stand und sah in seinen Augen die gleiche Wut, die ich auch schon des Öfteren darin gesehen hatte, wenn es um Pietro ging: Wut, gemischt mit einer schier unerträglichen Liebe. Doch jetzt richtete sich diese wütende Leidenschaft auf mich, und, o Gott, wie sehr sie brannte – viel mehr als der Dampf aus dem Topf mit den Linsen. Wie lange wollte ich mir eigentlich noch einreden, dass es nur am Alkohol lag?

Alkohol oder nicht, auch ich hatte Schuld daran, da war ich mir sicher. Wollte er mir mit dieser Bitte um einen Kuss – einen *richtigen* Kuss, daran bestand kein Zweifel – die wenigen kurzen und intimen Momente der Schwäche zum Vorwurf machen, in denen ich ihn mit seinem Bruder verwechselt hatte? Wollte er mich entlarven oder gar infrage stellen, für wen ich mich in Liebesdingen entschieden hatte? Niemals hatte ich mir mehr als in diesem Moment des Vorwurfs gewünscht, Gabriele zu sagen, wie viel er mir bedeutete. Doch bei manchen Dingen ist es sinnlos, sie auszusprechen. Wir mochten uns nicht so, wie Freunde sich mögen, sondern wie zwei Individuen, die, ohne es zu wollen, in derselben Familie gelandet sind, und unsere Zuneigung war nackt und drängend, wie die zweier Schiffbrüchiger, die es zufällig an denselben Strand gespült hat. Ich hatte das vage Gefühl, dass es in Wirklichkeit kein Kuss war, was Gabriele von mir wollte, sondern etwas anderes, das mindestens ebenso real und ebenso riskant war. Er wollte, dass ich den Dingen auf den Grund ging, dass ich vielleicht etwas sah, das ich noch nicht sah, oder etwas tat, das ich nicht tat. *Hör auf, dir etwas vorzumachen,* hatte ich geglaubt, in jenen vor Frust und Wein und den Schwefeldämpfen, die an diesem Abend in der Luft hingen, geröteten Augen zu lesen.

Doch noch bevor ich wirklich begreifen konnte, was da gerade zwischen uns vorgefallen war, geschweige denn darauf reagieren, schlüpfte Silvia in die Küche, um den Fisch auszunehmen, und Gabriele ging hinaus.

Es war halb elf, als wir mit dem Essen fertig waren. Draußen wurde immer heftiger geknallt, meistens nur ein leises Ploppen wie bei Popcorn, oder ein Pfeifen, aber ab und zu waren es auch richtige Böller, die die Fensterscheiben zum Klirren brachten. Der Himmel hing tief, ein Plafond aus unnatürlichem Gelb wie die künstliche Beleuchtung in einem Zoo. Pietro zündete sich eine Zigarette an. Auch er brachte die Idee auf, nicht mehr hinauszugehen und sich das Feuerwerk von der sicheren Terrasse aus anzuschauen. Angelo und Silvia waren strikt dagegen, und Pietro zeigte sich sichtlich irritiert von der Tatsache, dass es ausgerechnet Carlo war, der seine Partei ergriff.

»Ich hab da schon einige Geschichten gehört, das sage ich euch«, pflichtete er Pietro bei. »Verbrennungen dritten Grades, Amputationen, solche Sachen.«

Am Tisch wurde es mucksmäuschenstill.

Doch irgendwie musste ich Gabriele auf meine Seite gezogen haben, denn er war es am Schluss, der ein Machtwort sprach: »Zweifellos alles übertrieben, Carlo. Die Zeitungen leben von solchen Storys. Jedenfalls sollten wir frühzeitig am Platz sein, um eine gute Sicht auf die Bühne zu haben.«

Als wir endlich die Wohnungstür hinter uns schlossen, die Manteltaschen voller Spirituosen, traute ich mich nicht, auf die Uhr zu schauen. Auf der Treppe war es ungewöhnlich dunkel. Vielleicht waren unsere Nachbarn alle früher losgezogen als wir, oder sie hatten die Lichter gelöscht, um die Show besser sehen zu können. Doch was für eine Show eigentlich? Der Himmel über unserem Hof war ein Rechteck aus flackerndem, verräuchertem Licht, wie bei einem Waldbrand, der sich von den Gärten des Klosters in unsere Richtung ausbreitete. Doch zu *sehen* war nichts: Die Show bestand vielmehr aus alldem, was vom Feuerwerk zu *hören* war – das Rumpeln der Böller, die schrillen Schreie, die gespannte Stille vor der nächsten Salve. Genau das war auch der Grund, warum man ein Feuerwerk in Neapel *botte*, also Schläge, nannte, denn da gab es keine aufblühenden Lichtergarben, sondern laute Böller wie Kanonenschläge, die deinen Kopf in die Mangel nehmen, als wäre er ein Fußball, die dir in den Augen brennen und dich so viel Schießpulver und verkokeltes Plastik einatmen lassen, dass du es schnell bereust, überhaupt vor die Tür gegangen zu sein.

Gabriele war der Erste, der die Schwelle überquerte, nüchtern, mit sicherem Schritt. Ich folgte ihm und trat sofort in Glasscherben. Ein zerbrochener Teller. Wir bedeckten unsere Münder, um uns vor der schlechten Luft zu schützen, der eine mit einem Schal, der andere mit dem Revers des Mantels, und machten uns in Richtung Via Roma auf den Weg. Es war ein Hindernislauf, denn die Strecke war gepflastert mit brennenden Mülltonnen, ausgeweideten Bettdecken und zertrümmerten Möbeln. Um voranzukommen, hielt ich den Blick gesenkt und orientierte mich am Schwarz der Pflastersteine unter unseren Füßen.

Silvester in Neapel war der Beginn einer Fastenzeit, einer Art Entgiftung, denn während wir unser Silvesteressen verspeisten, hatte sich das Viertel seiner gesamten kaputten und nicht mehr reparablen Dinge entledigt, und zwar mit der ganzen Wut, die das Unerwünschte verdient. Alles war von den Balkonen geschmissen worden, ein einziges kollektives ekstatisches Würgen. Fast bekam man Lust, stehen zu bleiben und zu wühlen, all die schmutzigen Geheimnisse ans Tageslicht zu zerren, doch in diesem Augenblick erschütterte ein gewaltiger Knall die Gasse, ihren Auswurf und auch uns, die wir ein Teil von ihr geworden waren. Wir waren wie in einer Schneekugel gefangen, die jemand mit diebischem Vergnügen ausgiebig schüttelte; wer weiß, was da noch alles herunterkommen würde. Eine Salve Feuerwerkskörper wurden ganz in unserer Nähe abgeschossen, als wollte uns jemand mitteilen, dass gleich etwas passieren würde.

Wir gingen schneller. Als ich den Blick hob, sah ich, dass unsere Gruppe sich getrennt hatte. Gabriele war nicht mehr zu sehen – oder vielleicht war er ja die Gestalt da vor mir, aber meine Augen tränten so sehr, dass ich nichts erkennen konnte. Trotzdem schien es mir wichtig zu sein, dass wir uns nicht zu weit voneinander entfernten. Pietro nahm mich an der Hand, doch zu reden hatte keinen Sinn, und auch das Denken hatten wir mitten in diesem Zischen und Fauchen eingestellt.

Ich spürte, wie etwas auf meinen Haaren landete, das zwischen den Fingern zerfiel wie Asche. Pietro zog mich auf die andere Straßenseite, dann hörte ich hinter uns ein lautes Krachen, als hätte es einen Autounfall gegeben. Wir fuhren herum. Eine Waschmaschine war auf der Straße gelandet, stark verbeult und immer noch bebend nach ihrem brutalen Sturz von einem der Balkone. Mir klingelten die Ohren von dem Knall, ich spürte Pietros lange, schmale Finger, die sich mit meinen verschränkten, sie fest drückten, bevor wir unter einem Balkon im ersten Stock Zuflucht nahmen.

Noch immer regnete es Gegenstände, manche fielen blitzschnell, Geschirr vielleicht, andere segelten mit engelsgleicher Gelassenheit, wie die Blätter eines Schulhefts, wer weiß mit welchen Lebensbeichten beschrieben. Pietro und ich blieben in unserem Unterschlupf stehen und schauten uns diesen niederträchtigen Regen an, unbeständig wie alles in dieser Stadt. Wir warteten, doch es war ein Unwetter, bei dem man nicht voraussagen konnte, was als Nächstes kommen würde. Den Rücken gegen das feuchte, bröckelnde Tuffgestein gedrückt, versuchte ich das Waschpulver aus meinen Haaren zu entfernen. Pietro flüsterte mir ins Ohr: »Ich verstehe ja, dass man ab und zu ausmisten muss, aber die Leute hier sind vollkommen durchgeknallt.«

Endlich entdeckten wir die anderen. Madeleine, Davide, Silvia und Angelo hatten unter einem Balkon des Hauses gegenüber Zuflucht genommen. Weiter vorne standen Gabriele, Sonia und Carlo, an die Mauer desselben Hauses gedrückt wie wir. Stillschweigend einigten sich Pietro und ich, uns ihnen anzuschließen. Eng an die Mauer gepresst und unbewaffnet bewegten wir uns vorwärts wie die Kriegsberichterstatter aus den Nachrichten, streiften mit den Rücken unserer Jacken abgeblätterte Plakate, die verrammelte Tür eines verlassenen *basso*. Ganz langsam, Schritt für Schritt, dann hatten wir sie unversehrt erreicht. Sonia wirkte tief gebeugt, dort unter dem Balkon, als machte ihre Körpergröße sie besonders verletzlich.

»Wir gehen zurück, Leute!«, war Carlos Stimme inmitten des Lärms zu hören.

Was?, dachte ich, jetzt, wo wir dieses ganze Stück Straße schon geschafft haben? Ich drehte mich um. In Wirklichkeit waren wir gerade mal *einen Block* vorangekommen, und das Gebäude, das uns als Schutz diente, endete abrupt an einer Seitengasse.

»Aber an diesem Punkt müssen wir doch weitergehen, oder?«, fragte Sonia.

Carlo suchte nach Zustimmung in unseren Mienen. »Wollt ihr etwa da rüber?«, brüllte er.

Die schmale Gasse dröhnte und zitterte unter den Explosionen, Funken flogen kreuz und quer, und jede Mengen Glasscherben lagen auf dem Boden. Das alles würden wir durchqueren müssen, wenn wir es jemals aus dem Viertel und zur

Piazza Plebiscito schaffen wollten. Und ich war mir nicht mehr sicher, ob ich das wollte.

Pietro sagte: »Wir haben keine Wahl. Kehren wir um.«

Ich schaute zu Gabriele, auch er stand an die Mauer gepresst und atmete schwer, doch er lächelte, seine Augen funkelten. Die Dummheit, die wir da gerade begingen, schien ihn zu erregen – oder war das nur eine Auswirkung des reichlich genossenen Weines? Es trat ein Moment relativer Stille ein, und in dieser Pause brüllte Gabriele: »Auf geht's!« Es war ein Befehl, der keinen Widerspruch, kein Zögern oder auch nur Nachdenken duldete, ein Appell an einen Instinkt, den wir vergessen geglaubt hatten. Bewegung kam in die Gruppe. Als wir unter freiem Himmel waren, bedeckten wir unsere Köpfe mit den bloßen Händen, dann verloren wir uns aus den Augen. Ich lief einfach nur und sah niemanden, weder vor mir noch hinter mir, sondern nur meine laufenden Füße auf den Pflastersteinen. Pietro hatte mich losgelassen, ich hatte nicht nur seine Hand verloren, sondern auch ihn. Doch die Donnerschläge ringsum hatten jedes Gefühl taub gemacht, und ich rannte nur noch, als hinge mein Leben davon ab.

Am Ende fanden wir uns erneut unter einem Balkon wieder, atemlos und voller Adrenalin. Wenn wir es durch diese Querstraße geschafft hatten, dann würde wir auch noch die drei oder vier anderen schaffen, die uns von der vergleichsweise sicheren Via Roma trennten. Wir flitzten wieder los, jeder rannte für sich, einzeln, blind, euphorisch, Querstraße nach Querstraße, bis die zertrümmerten Teller und der angekokelte Müll leeren Feuerwerkshülsen und Heinecken-Flaschen wichen, dem Zeichen einer deutlich jüngeren Partygemeinde.

»Ich hab dir doch gesagt, wir müssen früher los«, sagte Carlo und fiel Sonia um den Hals, was allerdings mehr an einen tollpatschigen Ringkampf erinnerte. »Diese Deppen hätten uns fast umgebracht.«

»Ach komm, das war doch aufregend«, gab sie zurück.

»Aufregend? Es war oberkrass«, schrie Angelo und stieß einen Jubelschrei aus.

Silvia lachte, alle lachten, sogar Carlo. Vom Adrenalin hatten wir alle rote Backen, nur Pietro war als Einziger bleich geworden. Er blickte finster drein, schlug den Kragen seiner Jacke hoch und vergrub die Hände in den Taschen. Unseren kleinen Ausflug nannte er »Training für den Geheimdienst« und klopfte sich eine Marlboro Light aus der Schachtel. Dann wandte er sich in Richtung Piazza.

Sein Ernst machte mich betroffen. Auf einmal kam mir Pietro wie der einzige Erwachsene und Verantwortungsbewusste unter uns vor, der Einzige, der sich der Gefahr und des Kontrollverlusts, denen wir uns ausgesetzt hatten, bewusst gewesen war. Ein Mann, der Verpflichtungen hatte – immerhin besaß er Ländereien –, und das war kein Spiel mehr für ihn. Auf einmal war mir das Lachen vergangen. Vor Gewittern und Schlangen hatte ich schon lange Respekt, doch warum hatte ich bisher noch nie die Möglichkeit in Betracht gezogen, dass uns auch Neapel gefährlich werden könnte? Vielleicht war ich ja doch naiv gewesen.

Auf der Piazza del Plebiscito war das Konzert in vollem Gange, doch niemand schien der Musik zu lauschen, die von der Bühne kam: Es wurde gelacht, am Handy telefoniert, Bier getrunken, gekifft, jede Menge Dialekt gesprochen. Es war voll wie in einem dicht gehängten Schrank, und als wir uns an Wollmänteln und Schaffelljacken vorbeidrückten, berührten wir unabsichtlich gegeltes Haar und Modeschmuck. Wenn das die städtische Erneuerung sein sollte, dann hatte sie für meinen Geschmack ein bisschen zu viel Erfolg. Wir stellten uns unter eine der Reiterstatuen.

»König Karl III. von Spanien, aus dem Hause Bourbon«, klärte uns Gabriele auf.

Pietro fragte Carlo: »Ach, dann heißt du nach ihm?«, aber der hörte es nicht.

Angelo und Silvia waren in ein Gespräch vertieft. Madeleine rauchte und beobachtete mit trauriger Miene die Menge, vielleicht hatte sie sich ja wieder einmal mit Saverio gestritten. Dabei bemerkte sie Davide nicht, der sie wie betört von ihrer Schönheit anstarrte, oder vielleicht spürte sie es ja doch, war aber daran gewöhnt, auf diese Weise angeschaut zu werden. Pietro zog eine Flasche Whisky aus seiner Manteltasche und ließ sie kreisen. Carlo hatte Sonia an sich gepresst, als fürchtete er, sie in dem Getümmel zu verlieren, doch sie schien nichts dagegenzuhaben: Sie lächelte ihr mondgleiches Lächeln, das runde Gesicht von rabenschwarzem, in der Mitte gescheiteltem langem Haar eingerahmt.

Der Sänger der Band verkündete, es sei fast Mitternacht.

»Und jetzt?«, fragte Carlo. Eine Atemwolke stand vor seinem Mund. »Wer hat den Moët & Chandon mitgebracht?«

»Genau!«, rief Angelo und förderte eine Flasche billigen Sekt zutage. »Trinken wir auf unser Überleben!«

Gabriel entkorkte eine Flasche Landwein und murmelte etwas von alten Lastern. Auf der Bühne hatten die Musiker aufgehört zu spielen, und hinter ihnen hörte man jetzt erneut den Lärm aus dem Spanischen Viertel, das sich selbst zerstörte. Auf dem Platz begann die Menge, die Sekunden herunterzuzählen, Wunderkerzen wurden angesteckt, Feuerwerkskörper gezündet, Sektflaschen entkorkt. *Acht, sieben, sechs...* Angelo kämpfte mit dem »bescheuerten Korken« der Sektflasche, doch indessen war man schon bei *eins* angelangt, das triumphierende Gebrüll der Menge übertönte seine Litanei von sizilianischen Schimpfwörtern, und der sowieso schon feuerrote Himmel füllte sich mit bunten Lichtergarben.

Normalerweise war ich an Silvester immer ein wenig niedergeschlagen. Ich konnte nicht verstehen, warum alle das Ende eines ganzen Jahres ihres Lebens feiern konnten, hatte es das nicht verdient, gebührend erinnert und beweint zu werden? Doch diesmal empfand ich es ganz und gar nicht so. Funken regneten auf uns herab, wir wünschten uns ein gutes neues Jahr, der Sekt floss in Strömen, und ich genoss es, im Epizentrum dieser Piazza zu stehen, umgeben von einigen der Menschen, die mir am allerwichtigsten auf der Welt waren.

Pietro kam zu mir, ich spürte seinen Dreitagebart, der mich an der Stirn kitzelte, seinen Branntweinatem, der mir das Gesicht wärmte. Ich schlang die Arme um seinen Hals, und auf einmal waren wir ganz allein, mitten in der Menge, eine warme, feuchte tropische Insel, weit weg vom Feuerwerk, von den Stimmen.

»Das ist das schönste Silvester meines Lebens, Pietro.«

»Das wird unser Jahr, mein Liebes. Wir machen unseren Abschluss, und dann hauen wir ab. Wir reisen um die Welt, bis wir ein Land gefunden haben, in dem wir Wurzeln schlagen wollen.«

»Ja, Wurzeln schlagen. Genau das will ich mit dir machen.«

Ich spürte seine Finger, die unter dem Mantel meinen Rücken hochwanderten. »Ich weiß, dass ich dich an Weihnachten enttäuscht habe«, sagte er. »Ich hab dich nicht in Schutz genommen, hab dein Vertrauen gebrochen. Ich war wirklich ein Feigling. Und dann habe ich auch noch *dich* gebeten, *mich* zu retten. Glaubst du, du kannst mir verzeihen?«

»Aber ich war doch auch schwach, Pietro. Nie wieder. Von heute an werden wir alle Hindernisse gemeinsam angehen.«

»Es wäre untertrieben, wenn ich sage, ich liebe dich. Du bist der Sauerstoff, den ich zum Leben brauche.« Er kniff die Augen zu. »Ich hab wie ein Hund darunter gelitten, an Weihnachten von dir getrennt zu sein. Und die ganze Zeit über hatte ich ein seltsames Gefühl – als wäre ich unter Wasser, hielte die Luft an und schaute nach oben zum Licht. Aber mich tröstete der Gedanke, schon bald wieder bei dir zu sein, um an die Oberfläche zu steigen und Luft zu holen. Ich kann es nicht so gut erklären.« Er blickte mich entschlossen an. »Heddi, ich kann meinen Mund nicht mehr halten. Es reicht. Ich verspreche dir, dass ich mich von jetzt an nicht mehr verbiegen lasse. Ich werde unsere Liebe verteidigen, koste es, was es wolle.«

Wozu brauchen wir Sterne, wenn am Himmel Smaragde und Rubine funkeln? Pietro und ich gaben uns einen Neujahrskuss, wie ihn sich nur Liebende geben. Sein Whisky wärmte mir den Mund mit seiner aufrichtigen Klarheit, ein flüssiger Sonnenaufgang, der seine Strahlen in meiner Brust ausbreitete, mir weich durch den Körper rann, zwischen die Beine, bis mir die Knie weich wurden und meine Füße endlich wieder warm waren. So viel Liebe. Mussten wir wirklich diesen ganzen Weg auf zerstörten Straßen zurücklegen, um uns endlich wieder in unserem Bett in den Armen liegen zu können?

Ich spürte eine kalte Flasche an meinem Arm. »Hört auf zu knutschen, ihr beiden«, sagte Angelo lächelnd und reichte mir den Sekt. »Es ist Neujahr, ihr müsst alle küssen, oder habt ihr das vergessen?«

Ich trank, wünschte allen ein gutes neues Jahr. Und es hatte seinen Grund, warum Gabriele als Letzter dran war: Ich fühlte mich noch nicht bereit, nach Pietros Kuss, der noch süß wie

Karamell in meinem Mund zerfloss. Doch er riss mich einfach auf seine direkte und herzliche Art in seine Arme, die keinen Raum für Zweideutigkeiten ließ. Allem Anschein nach war er wieder nüchtern und hatte vergessen, was vorhin in der Küche zwischen uns vorgefallen war. Auf einmal war ich mir auch nicht mehr sicher, ob ich es mir nicht nur eingebildet hatte.

Die Gruppe teilte sich auf. Gabriele begann Madeleine von der Kirche vor uns zu erzählen, die an das Pantheon in Rom erinnere. Ich hatte Lust, ein wenig mit Sonia zu quatschen, an diesem Abend hatten wir noch nicht viel geredet. Und da war sie schon, hatte sich aus Carlos Umklammerung gelöst und stand groß und kerzengerade vor mir, wie eine Ballerina. Pietro war an ihrer Seite, lachte auf seine stille Art vor sich hin, dieses zurückhaltende Lachen, das ich sogar mitten im Lärm der Piazza erkannte. Er wirkte entspannt, sorglos, nicht mehr der zukünftige Großgrundbesitzer, sondern ein Junge, der sich um nichts Gedanken machen muss. Ich wäre gerne selbst die Person gewesen, die ihn zum Lachen brachte, mit so viel Spontanität, so viel Unverstelltheit. Die Person mit einer witzigen Bemerkung, einem Wortspiel, einer scharfen Beobachtung des menschlichen Trubels um uns herum. Die Person, die ihn dazu brachte, sich unbeschwerter zu fühlen, und sein Gesicht zum Leuchten brachte.

Fast hätte ich laut zum Ausdruck gebracht, was ich mir für das neue Jahr vorgenommen hatte, doch ich überlegte es mir anders. Wir beide hatten bereits einige gute Vorsätze, die es umzusetzen galt, und das allein – von den Prüfungen und der Doktorarbeit einmal abgesehen – würden uns den größten Teil unserer Energie kosten.

Der Sekt war getrunken, der Whisky auch. Wir machten uns in Richtung Spanisches Viertel auf den Weg. Angelo konnte kaum mehr die Augen offen halten, Madeleine sang französische Lieder und torkelte wie ein besoffener Matrose. Von allen schien Pietro der Nüchternste zu sein.

Die letzten Feuerwerkskörper knatterten vor sich hin wie eine Rostlaube, die jeden Moment den Geist aufgibt, und als wir diesmal in die Via de Deo einbogen, mussten wir nicht mehr Schutz unter einem Balkon suchen. Das Viertel sah aus wie ein Schlachtfeld, doch es war nicht klar, ob hier ein Krieg gewonnen oder verloren worden war. Wir hätten ebenso gut die einzigen Überlebenden sein können, während wir uns in der gespenstischen Stille unseren Weg durch die vermüllten Straßen suchten. Ein hinkender Hund kam an uns vorbei.

»Der Arme«, sagte ich. »Den hat's erwischt.«

»Bestimmt ein Streuner.«

Erst jetzt fiel mir auf, dass die Marlboro in Pietros Hand zitterte, außerdem sah er im Licht der Straßenlaternen des Viertels seltsam blass aus. Kaum waren wir im Haus, rannte er die Treppe hoch und nahm dabei immer zwei Stufen auf einmal. Ich hörte ihn husten und lief ihm hinterher in den oberen Stock. Er kniete im Bad vor dem Klo auf den Fliesen, in genau der gleichen Haltung wie ich eine Woche zuvor, und hielt sich mit beiden Händen fest, die schwarzen Locken fielen ihm ins Gesicht. Er hatte den ganzen Abend keinerlei Anzeichen von Betrunkenheit gezeigt. Wie konnte es sein, dass ich nicht bemerkt hatte, welche Mengen Alkohol er in sich hineingeschüttet hatte?

Stöhnend übergab er sich ein zweites Mal, seine Unterarme zitterten heftig, so fest umklammerte er die Schüssel. Es erschütterte mich, ihn so verletzlich zu sehen. Ich ging neben ihm in die Hocke, strich ihm mit der Hand über die Stirn. Ich wusste nicht, warum ich das tat, vielleicht wollte ich ihm einfach nur den Kopf halten, und tatsächlich schmiegte er sich, mühsam atmend, in meine Hand. Noch ein Brechanfall.

»Das wird schon wieder«, versuchte ich ihn zu beruhigen.

Er schüttelte den Kopf, nahm all seine Kraft zusammen und stieß hervor: »Lass mich.« Husten. »Geh. Ich will nicht, dass du mich so siehst. Hau ab!«

Ich zog die Hand zurück, als hätte ich mich an seiner Scham verbrannt. Auch ich schämte mich, dafür, dass ich versucht hatte, ihm zu helfen, obwohl er mich in Wirklichkeit gar nicht brauchte. Ich verließ das Bad, blieb jedoch noch auf dem Flur stehen für den Fall, dass er stürzte. Die Klospülung rauschte, dann das Wasser am Waschbecken. Kurz darauf kam Pietro aus dem Bad, schwankend wie ein mexikanischer Cowboy am Cinco de Mayo. Er ließ sich voll angekleidet auf unser Bett fallen, und so hätte er bis zum Morgen geschlafen, wenn ich ihm nicht Schuhe und Jeans ausgezogen hätte.

21

Ich blieb stehen, um mir die Hosenbeine aufzukrempeln, und sah, dass meine Stiefel mit einem feinen Staub bedeckt waren. Um mich herum war kein Baum, kein Schatten, der Himmel ein blaues Blatt Papier, ab und zu mit einem weißen Wölkchen bemalt. Die Luft war trocken und geruchlos, doch sie brachte jenen Staub mit sich, den Geschmack des Vulkans. Vielleicht war es Sommer, wer weiß, die Sonne stach, fast blendete sie mich, doch sie spendete keine Wärme.

Es fühlte sich an, als wäre ich schon Stunden unterwegs, doch der Krater war immer noch weit entfernt. Ich gehörte einer geologischen Expedition an (das musste so sein, denn ich hatte einen Geologenhammer in der Hand), doch ich hatte keine Ahnung, wonach ich eigentlich suchte. Die einzige Gewissheit war, dass ich da hochmusste, immer weiter hoch, bis ich endlich am Rande dieser gewaltigen riesigen Schüssel stehen würde – von Riesen ausgehoben oder von den Göttern –, um auf ihren Grund zu schauen. Dort musste ich unbedingt hin, und wenn ich bis tief in die Nacht durchmarschieren musste. Als würde ich meinem Liebsten entgegenlaufen, waren mir weder die Zeit noch die Mühe eine Last. Doch warum war da in diesem gewaltigen Sehnen auch ein Hauch von unaussprechlicher Angst?

Schritt für Schritt fielen mir mehr Einzelheiten ein. Zunächst war ich nicht allein gewesen, ich hatte die Exkursion mit einer Gruppe von Anthropologen und Linguisten begonnen. Erst später war sie zu einer geologischen Unternehmung geworden, nachdem die anderen beschlossen hatten umzukehren. Sie hatten erfahren, der Vesuv würde jeden Moment ausbrechen, zum ersten Mal seit jener kleinen Eruption während des Zweiten Weltkrieges, doch dieses Mal würde es der große Ausbruch sein, vor dem sich alle fürchteten – und den sie doch insgeheim herbeisehnten. Trotzdem hatte ich mir in den Kopf gesetzt, weiter in Richtung Krater zu gehen, denn, so überlegte ich, wie könnte denn an einem so schönen Tag etwas so Schreckliches passieren?

Urplötzlich verfinsterte sich der Himmel, und ein Wind kam auf, so stark, dass er mir den Hammer aus der Hand riss. Jetzt war das Unwetter da, der heitere Himmel nur ein Trugbild und die Sonne eine große Lüge. Und ich war darauf hereingefallen. Ich trat den Rückweg an. Auf dem Weg tanzten die Kieselsteine, als wollten auch sie rasch ins Tal, doch wir waren uns alle der Sinnlosigkeit dieses Unterfangens bewusst. Schon spürte ich den heißen Ascheatem in meinem Rücken, mittlerweile rannte ich, doch ich hatte zu viel Angst, um mich umzudrehen und dieser Wolke ohne Herz ins Gesicht zu blicken, die unter lautem Donnern auf mich zukam und mich zu verschlucken drohte. Doch es war nichts Persönliches: Ich war ein Kollateralschaden, ein zufälliges Opfer, meine ganz eigene persönliche Tragödie.

Wie mit Händen auf meinen Schultern versetzte mir die Wolke einen heftigen Stoß und brachte mich auf dem abschüssigen Gelände zu Fall. Ich schloss die Augen und fiel ins Leere. Es war ein langer Sturz in eine Finsternis, die so vollkommen war, dass ich sogar noch die Zeit hatte zu weinen. Ich hatte keine Todesangst, nur die Gewissheit zu sterben. Das Einzige, was mich beängstigte, ja, mich in Schrecken versetzte, war der Moment körperlichen Schmerzes, den ich erleben würde, sobald mein Körper dort unten aufschlug. Und so wand ich mich und zuckte wild bei meinem Sturz in den Abgrund, den ich schon bald erreichen würde, ein Sträuben, das sich nicht gegen den Tod richtete, sondern gegen den Schmerz, der unvermeidlich war.

Der Schmerz riss mich aus dem Schlaf. Mein Rücken war gebeugt, die Muskeln verkrampft: Das war mir seit meiner Kindheit nicht mehr passiert. Pietro lag neben mir und schlief im Hemd, das vollkommen zerknittert war. Ich streckte vorsichtig mein Rückgrat und stützte mich auf den Ellbogen auf, um aus dem Fenster zu schauen.

Offenbar hatte es in der Nacht geregnet. Die Häuser, die sich zum Hafen hinzogen, hatten eine dunklere Farbe angenommen, die Farbe von nassem Stein. Der Himmel war noch immer verhangen, offenbar hatte er vor, jeden Moment eine weitere Ladung über uns zu ergießen. Und vor diesem düsteren Hintergrund schlief der verschneite Vulkan.

Doch es war nicht bloß ein Hauch Schnee: Der Vesuv war dick verschneit, so wie ich ihn in all den Jahren, die ich in Neapel und Umgebung verbracht hatte, nur selten gesehen hatte. Die ausgefransten Umrisse des Gipfels waren in einen königlichen Mantel aus gleißendem Weiß gehüllt, was möglicherweise ja die wahre Quelle des diffusen winterlichen Lichts über der Stadt war. Und tatsächlich war er in dieser trüben Landschaft die einzige Sonne, der einzige Gott. Ein Anblick, dem man sich einfach nicht entziehen konnte. Er erinnerte an eine alte Reproduktion des Fujiyama, eine Abbildung, wie ich sie einmal auf einem Kopftuch gehabt hatte, doch dort draußen, in Fleisch und Blut, war unser Vulkan wesentlich beeindruckender. Er war majestätisch und furchterregend. Je mehr ich ihn mir anschaute, desto mehr schien mir, als würde er nur so tun, als schliefe er.

Mir lief es eiskalt den Rücken herunter. Ich schlüpfte wieder unter die Decke, schmiegte mich an Pietro in der Hoffnung, ihn zu wecken, doch er schlief tief und fest, und nach einem Blick auf den Radiowecker wurde mir klar, dass es sträflich gewesen wäre, ihn am ersten Tag des neuen Jahres so früh aus dem Schlaf zu reißen. Stattdessen stand ich auf, zog mir einen Pullover über und stieg die Treppe zum unteren Stockwerk hinab.

Madeleine schien auf mich gewartet zu haben. Wie in Trance saß sie vor dem schlachtfeldartig verwüsteten Esstisch, nur spärlich bekleidet in einem hauchdünnen Pyjama, die Beine übereinandergeschlagen. Mit dem Fuß, der in den üblichen japanischen Schlappen steckte, wippte sie zu einem Song mit, den nur sie hörte. Im Halbdunkel sah ihr Gesicht wie eine alte Fotografie aus, unscharf durch den Rauch einer liegen gelassenen Zigarette.

»Das ist der Teil, den ich hasse«, sagte sie.

»Was für ein Teil?«

Madeleine erinnerte sich an die Zigarette und nahm einen tiefen, bedeutungsvollen Zug. »Der Tag danach.«

Ich fragte, warum sie denn zu so früher Stunde schon auf den Beinen sei. Anscheinend hatten unsere Nachbarn sie wieder einmal geweckt. Ich hatte nichts gehört, so wie Madeleine nicht den Schnee auf dem Vesuv gesehen hatte. Als ich es ihr sagte, erwiderte sie: »Schnee, *merde*. Aber sollte Neapel nicht

Sonnenschein, Strand und Pizza sein?« Sie brach in ein etwas gezwungenes Lachen aus und schaltete das Radio ein.

Die Küche sah furchtbar aus, verkrustete Teller standen herum, Fischgräten lagen auf fettigem Zeitungspapier, doch ich brachte es nur fertig, die Kaffeekanne herauszufischen. Das Aufbrühen des Kaffees war ein Ritual, das mich entspannte. Ich benutzte das harte Wasser aus der Leitung und drückte den Kaffee vorsichtig aufs Sieb herunter, im Radio lief Luca Carboni. Eine Weile stand ich da und beobachtete den blauen Schein der Gasflamme. Vom Herd aus konnte ich Madeleine nicht sehen, aber ich spürte ihre Anwesenheit, ihre schlechte Laune, ihren Wunsch, mehr zu sagen – viel mehr.

»Diese Nacht war der Wahnsinn«, kam ihre Stimme aus dem Wohnzimmer.

»Fandest du?« Ich machte den Kühlschrank auf. Die Milch war aus.

»Wir waren ziemlich blöd, Eddie. Das da draußen war wie im Krieg.«

Ich kehrte zu ihr zurück und stellte zwei Tassen mit dampfendem Espresso mitten in das Chaos des Tisches. Unter Madeleines flammendem Blick hatte ich auf einmal ein schlechtes Gewissen, als wäre es meine Idee gewesen, auf die Straße hinunterzugehen. Dabei war ich mir gar nicht sicher, ob Madeleine sich wirklich nur darauf bezog. Ich spürte, dass zwischen uns eine Art Spiel begonnen hatte, eines, das mir nicht neu war, von dem ich aber weder die Regeln kannte noch wusste, was es sollte.

»Das war nur mal wieder eine der dummen Aktionen, von denen man seinen Eltern besser nichts erzählt. Am Ende ist doch gar nichts passiert.«

»Das war nur Zufall. Wir haben Roulette gespielt und gewonnen. Aber es hätte in einer Katastrophe enden können.«

Das Wort *Katastrophe* weckte ungute Erinnerungen in mir, denn ich musste unweigerlich an den obdachlosen Priester denken und an die geheimnisvolle Katastrophe, die ihn in zwei Hälften zerteilt hatte. Trotzdem spürte ich, wie das, was Madeleine gesagt hatte, auf mich zu wirken begann wie der Kaffee auf leeren Magen. Konnte es sein, dass wir wirklich eine Art russisches Roulette gespielt hatten? Noch wollte ich nicht zugeben, dass sie vielleicht recht hatte.

»Ach komm, wenn die Müllmänner mal durch sind, sieht es im Viertel wieder genauso aus wie vorher«, sagte ich.

»Aber auch vorher war es doch widerlich. Ein widerliches Labyrinth.«

»Was für ein Labyrinth denn, Madeleine? Das Spanische Viertel ist kein Labyrinth. Es ist vorhersehbar, mathematisch angelegt«, erwiderte ich, nicht, um ihr zu widersprechen, sondern weil ich auf einmal Lust hatte, sie in einen akademischen Disput zu verwickeln. »Es ist einfach nur ein Raster. Nennt man das nicht so in der Stadtplanung?«

»Ein Raster – Straßen, die sich im rechten Winkel kreuzen, gemäß einem städtebaulichen Muster, wie es typisch für römische Städte und einige Ansiedlungen im achtzehnten Jahrhundert war«, dozierte sie tonlos. »Eins mit Sternchen.« Sie stellte deutlich hörbar ihre Tasse auf dem Tisch ab. »Und jetzt du, Eddie. Hast du dich noch nie im Spanischen Viertel verlaufen?«

»Nein.«

Sie zog eine weitere Zigarette aus der Schachtel. Ich wusste nicht, ob ich dadurch, dass sie auf meine Flunkerei nicht reagiert hatte, als Siegerin aus der Diskussion hervorgegangen war. Ich trank ebenfalls meinen Kaffee aus und begriff auf einmal, dass das Spielchen, das wir beide spielten, einiges, wenn nicht sogar alles, mit meinem eigenen Stolz zu tun hatte.

Madeleine rauchte, das Haus schlief, nur das Radio füllte die Stille. Ich versuchte, mir die Legende des klassischen Labyrinths, dem von Knossos, ins Gedächtnis zu rufen, von dem uns unser Griechischlehrer am Gymnasium in Castellammare erzählt hatte. Minos, der König von Kreta, hatte vom athenischen Herrscher jedes Jahr einen Tribut von vierzehn Menschen gefordert, sieben jungen Frauen und sieben jungen Männern, die in einem von seinem Architekten Dädalus entworfenen Labyrinth ausgesetzt wurden. Dabei handelte es sich um einen komplizierten Irrgarten aus unzähligen schmalen Gängen, die sich kreuzten und gabelten oder in so mancher Sackgasse endeten – und das alles in fast vollkommener Dunkelheit. Im Herzen des Labyrinths lebte der blutrünstige Minotaurus, halb Mensch, halb Stier, der die jungen Leute, einen nach dem anderen, verschlang, wenn sie sich verliefen. Wie in einem Horrorfilm. Am Ende wurde das Ungeheuer von Theseus, dem Sohn des Königs von Athen, zur Strecke gebracht, der sich unsterblich in Minos' Tochter Ariadne verliebt hatte. Diese hatte ihm ein Wollknäuel gegeben, das er abwickelte und dadurch den Weg zurück fand. Doch trotz dieses Liebesbeweises der Königstochter führte dieser sie am Ende nicht als seine Gemahlin nach Athen, sondern ließ sie während der Rückreise auf der Insel Naxos zurück, wo sie geankert hatten, um sich auszuruhen. Theseus ging wieder an Bord, während Ariadne schlief.

Vielleicht hatte auch Madeleine solchen Gedanken nachgehangen, denn auf einmal sagte sie, als wollte sie das Thema endgültig abschließen: »Lieber ein Labyrinth als ein Raster.«

»Meinst du?«

»Klar. Denn in einem Raster sind alle Straßen gleich, und du denkst, dass du auf dem rechten Weg bist, bis dir irgendwann bewusst wird, Scheiße, du hast dich doch verlaufen.«

Jetzt fing ihr Fuß wieder an, rhythmisch auf den Boden zu klopfen, vollkommen außer Takt mit dem Song, der gerade im Radio lief, und heftiger als je zuvor. Der Zorn stand ihr gut: Es war, als würde man eine Tafel sauber wischen, denn so kam ihre ganze urtümliche, urgewaltige Schönheit zum Vorschein, der gegenüber ich selbst mich, wenn nicht hässlich, doch immerhin sehr durchschnittlich fühlte. Mit jedem Zug an der Zigarette schien Madeleine weitere unaussprechliche Gedanken aus sich herauszulocken.

»Eddie, sag mal. Was machst du eigentlich hier in dieser Scheißstadt?«

»Das ist eine lange Geschichte, Madeleine.«

»Um etwas über irgendwelche bescheuerten Gebäude zu lernen? Dir einen Jungen zu schnappen und dann nach Hause zurückzukehren?«

Ich brauchte einen Moment, bis ich begriffen hatte, dass sie von sich selbst sprach. »Nach Neapel kannst du doch immer zurück.«

»Ach klar, natürlich«, sagte Madeleine mit spöttischer Miene und drohte das ganze Haus aufzuwecken, indem sie aus vollem Halse den Refrain von *Torna a Surriento* anstimmte. Doch vielleicht hatte sie ja mit diesem emotional überladenen Lied die falsche Wahl getroffen, denn auf einmal wurde sie sentimental und ihre Augen feucht. »Nein, nein«, sagte sie und schüttelte den Kopf. »Es sollte immer nur für eine kurze Zeit in meinem Leben sein. Nur ein Intermezzo, dann kehre ich zu meinem Leben zurück. Und zu meinem Freund in Frankreich.«

Ich hatte schon viel zu lange in Neapel gewohnt, um den moralischen Zeigefinger zu heben, wenn ich von Untreue hörte. Doch für mich war sie ein Phänomen einer anderen Generation, und die Tatsache, dass eine junge, intellektuelle Frau, noch dazu aus dem Ausland, ihren Liebsten betrügen oder von einer Beziehung zur nächsten springen könnten, machte das Bild, das ich von Madeleine hatte, nur noch komplizierter.

»Ich muss bald hier weg«, erwiderte sie mit sichtlicher Mühe. »Aber wie soll ich das machen? Ich weiß nicht mehr, wer ich bin. Ich kann ja nicht mal mehr Französisch.«

Alles an ihr – der resignierte Ton, die tränenfeuchten Augen – rührte mich, doch mein einziger Trost waren ein paar karge Worte. »Aber das ist doch nicht das Ende, Madeleine…«

»Hast du nicht verstanden, Eddie? Ich hab mich verloren.«

Auf einmal schien sie böse auf mich zu sein, und sie brach in Tränen aus, Tränen, die schimmernd wie Quecksilber über ihre Wangen liefen. Doch sie schien sich ihrer gar nicht bewusst zu sein und auch nicht zu schämen, als wären es Regentropfen, die eben vom Himmel fielen. Sie versuchte sie nicht einmal abzuwischen. Das Spiel war zu Ende, und sie hatte es gewonnen. Trotzdem hörte sie nicht auf zu beteuern, dass sie sich *verloren* habe.

Ich war kaum vertraut mit Madeleines Leben in Neapel und wusste auch zu wenig über ihre Beziehung zu Saverio, um zu begreifen, was genau sie eigentlich mit diesem Gallizismus *ich hab mich verloren* sagen wollte, und so kam er mir seltsam aus der Luft gegriffen vor, etwas, das ihrem Kater oder der Müdigkeit zuzuschreiben war. Gleichzeitig hatte ich das Gefühl, dieser Satz, geläutert durch die Tränen und den billigen Schampus, sei die reinste Wahrheit, folglich vollkommen logisch und offenkundig, und nur ich sei nicht dazu in der Lage, ihn in seiner Nacktheit und Unverstelltheit zu begreifen – es sei denn, es ginge darum, ihn wie ein Mantra herunterzubeten. Madeleine schluchzte, und ich saß einfach nur da und schaute sie an, unfähig, ihr mein Mitgefühl zu zeigen, zu agieren.

»He, warte mal!«, rief Madeleine auf einmal und stellte das Radio lauter. »Ja, das ist dieses Lied. Erinnerst du dich?« Sie sprang auf, klatschte mit den Flipflops im Takt auf den Boden und wackelte im Sambarhythmus mit den Hüften. Es war *Joe le taxi*, und Madeleine sang es mit einer nicht weniger faszinierenden Stimme als damals Vanessa Paradies mit gerade mal vierzehn Jahren, hielt dabei die Arme in die Höhe und ließ sie kreisen wie eine Bauchtänzerin. Ich fand es bezaubernd, sie in ihrer Muttersprache singen zu hören, was sie noch sinnlicher machte. Auf einmal streckte sie die Arme nach mir aus und zog mich vom Stuhl hoch. »Komm, tanz mit mir!«

Ich tanzte weder gern noch besonders gut, und auf einmal merkte ich, wie übermüdet ich war. Doch ich konnte sie einfach nicht alleine tanzen lassen, nicht am ersten Tag des Jahres, nicht mit diesen Tränen auf ihren Wangen. Als das Lied zu Ende war, schenkte mir Madeleine ein strahlendes Lächeln, das ich als persönliches Kompliment empfand. Sie schlang mir die Arme um den Hals, hüllte mich mit ihrem unerwartet süßen, wie milchigen Duft ein und sagte: »Eines Tages musst du mich besuchen kommen! Du und ich in Marseille!«

Einen Moment lang fühlte ich mich sehr geschmeichelt, doch ich widerstand der Versuchung, dies als Freundschaftsbeweis zu sehen. Wir beiden ähnelten uns nur in der Theorie, wir waren beide gleich alt, weit weg von zu Hause und hatten ein Faible fürs Akademische, doch hier war es mit den Parallelen schon vorbei. Ich besaß weder Madeleines magnetische Schönheit, die einer Sternschnuppe, noch ihre Sinnlichkeit, und ich würde niemals in meinem ganzen Leben dazu in der Lage sein, einen anderen Mann zu lieben. Vielleicht waren das alles Mängel, vielleicht aber auch nicht. Wenn ich sie nun an mich drückte, nur deshalb, um die Sache zum Abschluss zu bringen. Ich sagte, ich würde wieder ins Bett gehen und riet ihr, lieber einen Pullover überzuziehen, sonst würde sie sich mit ihrem windigen Outfit und bei der Kälte noch einen Schnupfen holen.

Pietro hatte von *Joe le taxi* nichts mitbekommen, er lag immer noch halb angezogen und wie ein Baby auf der Seite und schlief. Ich schlüpfte unter die Decke und schmiegte mich an ihn. Diesmal wachte er auf und murmelte, ich solle meine eiskalten Füße an ihm wärmen. Ich erzählte ihm vom Schnee auf dem Vulkan, obwohl er sich nicht einmal umdrehen wollte, um ihn zu betrachten, und erzählte ihm von meinem Traum, der immer noch so präsent in mir war, dass mir in meiner Müdigkeit kurz der Gedanke kam, der Ausbruch des Vesuvs habe wirklich stattgefunden, während dieses seltsame, chimärenhafte Gespräch mit Madeleine ein Traum gewesen sei.

»Glaubst du an vorausdeutende Träume?«, fragte ich ihn.

»Du, hör mal, Baby, in dem Moment, wo dieser gewaltige Pickel da drüben sich öffnet, haben wir schon längst die Flatter gemacht, das kann ich dir garantieren. Es war ein Traum, und damit hat sich's.«

Wieder beruhigt sagte ich. »He, dann können wir doch das Nummernspiel spielen.«

Das war natürlich nur ein Witz, denn keiner von uns hätte sich mit einer Ausgabe von *La Smorfia* erwischen lassen, dem neapolitanischen Traumbuch, das einem dabei helfen sollte, von bestimmten Träumen auf Zahlen zu schließen, auf die man dann im Lotto setzte.

»Alles klar. Angst – 90.«

»Unglück – 17.«

»Wir werden noch reich.« Er zog meine Hand an seine Lippen, küsste meine Finger. »Allerdings sieht es ganz so aus, als würde sowieso alles in Ordnung gehen, nachdem das Blut des heiligen Gennaro wieder flüssig wurde. O Wunder!«

Angesichts des spöttischen Tons, in dem er das sagte, schämte ich mich ein wenig, denn in Wirklichkeit faszinierte mich dieser Volksaberglaube. »Und was passiert, wenn es sich irgendwann nicht mehr verflüssigt?«

»Dann droht laut diesen Neandertalern hier großes Unglück. Immer wenn es nicht flüssig geworden war und hinterher ein Unglück passierte, haben sie passenderweise eine Verbindung dazu hergestellt. *Selbsterfüllende Prophezeiung* nennt man das. Mit Wissenschaft hat das nichts zu tun.«

»Und was für ein Unglück wäre das zum Beispiel?«

»Ein Erdbeben in Irpinien beispielsweise.«

Ich drückte mein Gesicht gegen die Wirbel seines Rückgrats. Urplötzlich von einer schier unerträglichen Verehrung für ihn ergriffen, kniff ich die Augen zusammen und atmete tief seinen ganz eigenen Duft ein, eine Mischung aus Wald und Schweiß. Es war wie eine außerkörperliche Erfahrung, denn auf einmal sah ich Pietro und mich von oben, aus der Vogelperspektive.

Ich sah uns aneinandergeschmiegt auf einer Matratze, die direkt auf dem Boden lag. Doch es war kein Zimmer, sondern ein besserer Abstellraum, und auch kein echtes Haus, sondern einfach nur ein illegal aufgesetztes weiteres Stockwerk, eines der höchsten von all den Aufbauten hier, die wie der Turm zu Babel einen Wettlauf hinauf zum Castel Sant' Elmo machten, wenn nicht sogar zu den regenschweren Wolken. Aus der Höhe offenbarte sich auch der unerreichbare Labyrinth-Charakter unseres Viertels mit all seinen gleich aussehenden Gassen und Sackgassen, bei denen es unendlich viele Einbahnstraßen gab, aber nur einen Weg hinaus, begraben unter der gutgelaunten

Gewalt der gerade vergangenen Nacht, die, auch wenn noch so gut aufgeräumt wurde, irgendwann doch wieder passieren würde. All das sah der Vulkan von seinem Thron aus, ohne es zu bestätigen oder zu leugnen. Staunend machte ich die Entdeckung, dass aus dieser Höhe der Golf und das umliegende Land aussahen wie ein riesiger Mund, ein gewaltiger Pacman, der die Inseln auffressen wollte, und von noch höher sah ich das Mittelmeer, Gesamteurasien und den ganzen Globus, der nur dem Anschein nach stillstand, in Wirklichkeit jedoch der Gnade einer außer Rand und Band geratenen Logik ausgeliefert war.

Für Pietro und mich war dies der erste Januar, doch überall sonst auf der Welt, ob in Sydney, Peking oder St. Petersburg, war man bereits in den frühen Morgenstunden des zweiten Tages des Jahres, also morgen, angelangt. Wer weiß, was morgen passieren würde. Zweifelsohne große Dinge, dachte ich, wunderschön und modern und wichtig vor allem in ihrer Unbestimmtheit. Was genau diese großen Dinge sein würden – das wurde mir in diesem Moment bewusst –, entging mir und war mir schon Jahre entgangen. Hunderte und Tausende von verpassten Gelegenheiten, von Morgen, die es niemals geben würde. Ein seltsames Unbehagen machte sich in mir breit, ein Gefühl unerträglicher Ausgeliefertheit und eines Verlusts, für den es keine Wiedergutmachung gab. In Neapel waren wir immer einen Schritt hinterher, unheilbar verfangen in einem Gestern, gemacht aus Aberglauben und der Wissenschaft vom Blut. Was zum Teufel machte ich eigentlich noch hier?

Ich begriff, dass ausgerechnet mein Stolz der Grund gewesen war, warum ich jene seltsame Schachpartie mit Madeleine nicht gewonnen hatte, eine Partie aus Blicken und Doppeldeutigkeiten. Sie hatte mich wieder mit jener Entscheidung konfrontiert, die ich damals nach jenem Austauschjahr getroffen hatte, nämlich in Neapel, dieser *Scheißstadt,* zu bleiben, in der man sich nur ständig verlief und viel zu starken Gefühlen begegnete. Für Madeleine war Neapel der schlechte Wurf beim Würfelspiel, die Kugel beim Roulette, die auf der falschen Zahl landete. Deshalb hatte sie mich dazu gezwungen, meine Wahl zu verteidigen und zu begründen, warum ich meine gesamte Jugend und die Zeit als junge Frau hier verbracht hatte, *ein Drittel meines Lebens,* und die Tatsache, dass ich ihr keine rechte Antwort darauf hatte geben können, war bitter für mich. Denn jetzt, aus der Höhe, gelang es mir endlich, Neapel so zu sehen, wie der Rest der Welt es sah. Nicht etwa gefährlich, maßlos oder zum Verrücktwerden schön, sondern einfach nur zurückgeblieben, immer noch der Vergangenheit verhaftet. Verschwunden. Vergessen.

Ich schlug die Augen auf. Auf Messers Schneide zwischen Wachheit und jenem täglichen Delirium, das man den Schlaf nennt, wäre ich beinahe wieder eingenickt. Pietro fragte mich, ob ich noch wach sei, und wollte wissen, ob ich Lust hätte, noch einmal nach Monte San Rocco zu fahren. Die Kälte sei da, und bald würde das Schwein geschlachtet.

Von: Heddi@yahoo.com
An: tectoni@tin.it
Gesendet am: 21. Juni

Lieber Pietro,
die Geschichte mit dem Knie tut mir leid (auch wenn ich deine lebhaften Schilderungen der beteiligten Personen sehr genossen habe). Ich hoffe sehr, du bist bis August mehr oder weniger wiederhergestellt, körperlich, aber auch ein wenig mental. Ich weiß nicht, was ich mir von unserer Begegnung erwarte, aber ich will eigentlich keine Erwartungen haben: Vielleicht ist es ja ein Gutes, dass ich momentan viel zu wenig Zeit habe, um mir Gedanken darüber zu machen…
Ich reise am 22. Juli in die Vereinigten Staaten und fliege dann am 6. August nach Mailand. Ich habe bereits Luca angeschrieben, mit dem ich mich am Lago Maggiore treffe, wo er einen Bauernhof gekauft hat, den er umbaut. Nach der Hochzeit, die am 10. in Triest stattfindet, treffe ich auf halbem Wege eine Freundin aus Neuseeland, die vor einem Jahr nach London umgezogen ist, wir fahren gemeinsam nach Venedig, machen einen

kurzen Abstecher nach Rom, und dann geht es zum Baden für ein paar Tage nach Capri. In Neapel dürfte ich am 18. August eintreffen, und wir sehen uns dann am 20., wenn es dir recht ist. Könntest du mich bei Rita abholen, vielleicht gleich morgens? Dann hätten wir den ganzen Tag zusammen. Ich gebe dir noch einmal die Adresse, falls du dich nicht mehr erinnerst: 47 Traversa Fondo D'Orto, am äußeren Stadtrand von Castellammare in der Nähe von Pompeji.

Ich hoffe, unser Treffen lässt sich mit deinem Job vereinbaren, aber es wäre sehr schön, dich wiederzusehen. Wenn ich ganz ehrlich bin, würde es mir leidtun, wenn wir es nicht schaffen würden, uns zu sehen. Hast du was dagegen, das auch Gabriele zu sagen, wo auch immer er sich befindet? Gib ihm doch vielleicht gleich meine Mailadresse. Es wäre schön, auch ihn wiederzusehen, wenn das möglich ist.

Entschuldige die kurze Mail, aber ich habe momentan noch einiges für die Reise zu organisieren. Außerdem ist es spät, und ich muss Hausaufgaben korrigieren...

Ich umarme dich.

H.

22

Als wir ankamen, war das Schwein bereits geschlachtet. Es war die Ruhe nach dem Sturm. Während wir unser Gepäck aus Francescos Wagen holten und ihm zum Abschied zuwinkten, kam das Tier in Sicht, es hing an einem Fuß aufgehängt und der Länge nach in zwei Hälften zerteilt auf der Terrasse und sah aus wie ein Längsschnittbild, das man aus dem Biologieunterricht kennt, mehr ein abstraktes Schwein als ein wirkliches. Trotzdem schämte ich mich wegen dieses Tieres, das ich lebendig nie gesehen hatte und das jetzt in fast unanständiger Haltung vor mir aufgehängt war, mit gespreizten Beinen, die intimsten Details für alle sichtbar.

Die Sonne schien zwischen den skelettartig unbelaubten Bäumen hindurch und tauchte das Bauernhaus in ein farbloses, jedoch nicht freudloses Licht. Rund um einen Arbeitstisch standen mehrere ältere Männer und Frauen in dicken Pullovern mit aufgekrempelten Ärmeln. Sie waren dabei, das geschlachtete Tier zu zerteilen. Ihre Hände waren riesig und gerötet, voller Schwielen, die Nägel eingerissen, wie die Hände des Riesen, der den Jack aus dem Märchen die Bohnenstange hinunterjagt. Die Leute schwatzten und lachten, und in der kalten Luft stand der Atem vor ihren zahnlosen Mündern. Das noch warme Fleisch des Tieres dampfte. Es war eine Szene aus dem Dorfleben, wie ich es mir immer vorgestellt hatte, ein Monte San Rocco, wie es hätte sein sollen oder vielleicht immer noch war, so munter und malerisch wie die Krippenbilder, die man in Neapel kaufen konnte.

Als sie Pietro erblickten, riefen sie nach ihm, ein breites Lachen auf den rotbackigen Gesichtern. Auf dem Weg zur Haustür kamen wir an ihnen vorbei, und Pietro nickte ihnen respektvoll zu. Ich hatte den Eindruck, dass er alle und jeden kannte, wahrscheinlich war er mit einigen sogar verwandt. Dann begaben sie sich wieder an die Arbeit, senkten ihre großen Schlachtermesser über das Schwein und warfen große Stücke Speck auf einen Haufen, wie Socken auf einen Wäschestapel.

Im Haus roch es nach verbranntem Holz. Ich hatte auf einmal Gänsehaut an den Armen und auf meiner Brust, nicht nur wegen der feuchten, modrigen Kälte, die den Mauern entströmte, sondern auch, weil es mir unangenehm war, ohne Vorankündigung in Lidias Küche zu erscheinen. Doch es war gar niemand da, um uns zu begrüßen, die Küche war zur Abwechslung einmal leer. Im Kamin lag Asche, zwei Kaffeetassen standen einsam in der Spüle. Sehr wahrscheinlich waren auch seine Eltern irgendwo draußen, so sehr mit dem Schlachten beschäftigt, dass sie uns gar nicht bemerkt hatten.

»Das ist schön«, sagte ich. »Alle packen mit an, wie eine große Familie.«

»Ja, nicht?« Pietro brach sich ein Stück von einem Hartkäse ab, der auf dem Tisch lag, und aß es. »Sie werden bis heute Abend zu tun haben, um die Würste zu machen, du weißt schon, Salsiccia, Capocolla usw. Das muss alles an einem Tag erledigt werden, sonst verdirbt das Fleisch.«

Ich machte es mir gemütlich, legte die Füße auf den Sims des

Kamins, vor dem ich kürzlich so lange gesessen hatte, und stieß einen Seufzer der Erleichterung aus. Die Schlachthelfer würden somit bis zum Einbruch der Dunkelheit bleiben, und ihre Anwesenheit machte es leichter für uns, Lidia das mitzuteilen, was wir ihr zu sagen hatten. Außerdem konnten jetzt alle, denen wir vor dem Haus begegnet waren, bezeugen, dass Pietro und ich ein Paar waren. Morgen würde es das ganze Dorf wissen, und seine Mutter konnte es nicht mehr leugnen. Vor vollendete Tatsachen gestellt, würde sie sich wohl oder übel geschlagen geben müssen.

Pietro setzte sich neben mich und schälte sich aus seiner Jacke. »Ich hoffe, es war nicht zu schlimm für dich, das Schwein so zu sehen.«

»Ich wusste ja noch nicht mal, wie es hieß.«

»Es hatte keinen Namen. Wir haben es einfach nur ›das Schwein‹ genannt.«

Er brach noch ein Stück Käse ab und fütterte mich damit. Ich hatte Hunger und genoss Pietros liebevolle Geste fast ebenso sehr wie das köstlich intensive Aroma des Käses, dem man anmerkte, dass er mit viel Geduld gereift war. Er meinte, wir könnten uns glücklich schätzen, erst nach dem Töten des Tieres angekommen zu sein, nicht so sehr wegen des vielen Blutes, das dabei floss, sondern wegen der Geräusche. Das Schwein, so erklärte er mir, begreife, schon bevor es das Schlachtwerkzeug sehe, dass es getötet würde, beginne zu quieken und zu schreien wie ein Kind und höre bis zum Ende nicht mehr damit auf. Viele der Bewohner von Monte San Rocco schlachteten ihre Schweine am selben Tag, und deshalb sei das Dorf seit dem Morgengrauen mit diesen grauenerregenden Schreien erfüllt. »Wenn du einmal so geweckt worden bist, willst du lieber gar nicht mehr den Kopf vom Kissen heben«, schloss er, offensichtlich amüsiert über die Wirkung, die seine gruselige Geschichte auf mich hatte.

Wieder steckte er mir ein Stückchen Käse in den Mund.

Woher wusste ein Schwein, dass es sterben würde? Das war mir wirklich ein Rätsel. Vielleicht trugen ja alle Schweine seit Anbeginn der Zeit dieses Wissen wie eine atavistische Erinnerung in sich.

»Guten Tag«, kam in diesem Moment eine müde Stimme von hinten.

Wir sprangen auf. Ein gezwungenes Lächeln auf den Lippen, streckte Pietros Mutter die Hand aus, eine lustlose Aufforderung, mich zu nähern. Seltsam, ich hatte mir vorgestellt, Lidia würde mir mit offener Feindseligkeit begegnen. Was hatte es nach der Geschichte mit Weihnachten auch für einen Sinn zu heucheln? Und doch reichte sie mir die Hand mit der gleichen Förmlichkeit wie immer. Ich nahm sie und zog Lidia ein Stück zu mir heran, in der Hoffnung, mein ungebetenes Auftauchen in Monte San Rocco würde sie ebenso aus dem Konzept bringen wie der dreiste Kuss, den ich ihr gab, ein Brandzeichen auf ihrer Wange, das ihre harte Schale ja vielleicht zum Bröckeln bringen würde.

Ihr gezwungenes Lächeln war bereits wieder erloschen, als sie in Dialekt zu Pietro sagte: »Junge, leg noch ein Stück Holz auf, damit *die da* nicht friert«, und hinzufügte, in einer Stunde würde gegessen. Wieder fiel mir ihre hartnäckige Verwendung der dritten Person Singular für mich auf, doch diesmal war dies nur eine semiotische Beobachtung, die ich vielleicht für meine Doktorarbeit verwenden konnte.

Die Mutter ging hinaus. Pietro marschierte zu dem Holzstapel, der neben der Tür lag, und kehrte mit einem Armvoll Scheite und Zweigen zurück. Ich ging ihm beim Aufschichten des Kleinholzes zur Hand. Während wir schweigend mit dieser häuslichen Arbeit beschäftigt waren, warfen wir uns gelegentlich einen verschwörerischen Blick zu. Dann schürten wir das Feuer, und ich genoss die noch junge, aber angenehm wärmende Hitze, die daraus aufstieg und mein Gesicht liebkoste. Pietro war aufgestanden, aber immer noch ganz in meiner Nähe, ich spürte die Wärme seines groß gewachsenen Körpers direkt hinter meinem Stuhlrücken, wie ein Olivenbaum, der mich beschützte.

Nach einer Weile fragte er mich, ob ich Lust hätte, hinauszugehen und dabei zuzuschauen, wie die Alten das Fleisch zubereiteten. Ich war gut aufgewärmt und spürte die Kälte nicht, als wir aus dem Haus traten. Jetzt stand am Kopfende des Holztisches, der voller roter Blutspritzer war, Pietros Vater, lachte aus vollem Halse und inspizierte durch seine Gleitsichtbrille hindurch die Fleischstücke, die, irgendeiner Logik folgend, auf verschiedene Haufen aufgeteilt waren. Der cremige Geruch von rohem Fleisch lag in der Luft, die Messer klapperten. Die alten Leute schienen mit ihrer Verwendung sehr vertraut zu sein, denn sie schnitten zügig und sicher, zogen die eigenen Finger immer genau im richtigen Moment weg.

Ich folgte Pietro bei seinem Rundgang um den Tisch. Er war herzlich und höflich zu allen. An einem Punkt blieb er bei einer älteren Frau stehen, die immer noch rabenschwarzes Haar hatte. Er stellte ihr Fragen, die für mich unverständlich waren, aber irgendetwas mit Knochen und Innereien zu tun hatten, und machte mich dann mit ihr bekannt. Sie gefiel mir sofort, schon allein wegen ihres klangvollen Namens: Tante Libertà.

»Ciao, Liebes«, sagte sie. »Ich würde dir ja einen Kuss geben, aber ich bin furchtbar dreckig.« Und in der Tat hatte sie Spritzer Schweineblut an der Schläfe. Trotzdem war es eine schöne Frau, mit diesen unglaublich schwarzen Haaren, der weißen

Haut und einem Mund, der aussah wie eine Rosenknospe. »Morgen bringst du sie zu mir, hast du verstanden, Pietro?«, fügte sie hinzu und schenkte mir einen Blick, aus dem Herzlichkeit und Gastfreundschaft sprachen.

»Gerne, wenn Zeit dazu ist, Tante. Wir werden sehen«, sagte Pietro und setzte seinen Rundgang um den Tisch fort.

Ich entdeckte Lidia in dem ebenerdigen Teil des Hauses, der auf die Straße hinausging. Sie rührte in einem riesigen Topf, der über einem direkt auf dem Betonboden entfachten großen Holzfeuer stand. Mich überraschte, sie an einer improvisierten Kochstelle zu sehen, wo sie doch nicht nur einen alten Holzofen im selben Raum zur Verfügung hatte, sondern auch einen perfekt funktionierenden Gasherd ein Stockwerk darüber. Irgendwie sah es nicht wie Kochen aus, sondern als wollte sie sich bestrafen. Umgeben von Einweckgläsern voller Gemüse, Kartoffelsäcken, Stöcken und Asche stand sie mit finsterer Miene da und verrichtete eine Arbeit, die sie vermutlich schon ihr ganzes Leben hatte tun müssen.

Durch Tante Libertàs Freundlichkeit wagemutig geworden, ging ich die paar Schritte über die Kieselsteine bis zur offenen Tür. »*Salve, Signora*«, sprach ich sie höflich an. »Was kochen Sie denn da?«

»Ein Gericht, das wir immer machen, wenn ein Schwein geschlachtet wird«, antwortete sie, ohne den Blick von dem Topf zu heben, in dem etwas vor sich hin köchelte.

»Und wie geht das genau?«, fragte ich. Offenbar konnte ich mir diese Unart nicht abgewöhnen, immer zu versuchen, sie mir gewogen zu machen, ihr zu zeigen, dass ich ein artiges Mädchen war, das gerne etwas von ihr lernen wollte, und ihr auf diese altmodische Art zu verstehen zu geben, dass ich ihren Sohn verdiente.

»Das ist nichts. Fleisch, Kartoffeln, Paprika. Es wird mit einem Teil des Schweins gemacht, das heutzutage nicht mehr vielen Leuten schmeckt.«

»Was für ein Teil ist das?«, fragte ich.

»Ich weiß es nicht«, erwiderte sie, womit sie sicher meinte, sie wisse den Namen nicht auf Italienisch. »Wir essen ihn, weil wir nichts verschwenden. Das ist kein so schönes Fleisch, wie ihr es in Neapel in den Metzgereien findet.«

»Aber es duftet sehr gut.«

»Ist nichts Besonderes.« Als wollte sie mir zeigen, dass das Gespräch damit für sie beendet war, legte sie den Holzlöffel weg und wischte sich die Hände an den zerschlissenen Falten ihrer Schürze ab. Während ich wieder nach draußen ging, hörte ich, wie ein paar Zweige unter dem Gewicht des Topfes zerbrachen.

Es dauerte nicht lange, bis das Mittagessen auf dem Tisch stand. Die alten Leute betraten das Haus und gingen ins Esszimmer, wo ich bislang noch nie gegessen hatte. Der Fernseher war ausgeschaltet. Am Kopfende des Tisches saß Pietros Vater, auf der einen Seite die Männer, die ihre Mützen immer noch aufhatten, auf der anderen Seite die Frauen mit ihren Kopftüchern. Alle hatten mächtigen Hunger, und Lidias Schmorgericht wurde ohne großes Aufhebens mit einer großen Kelle auf den Tellern verteilt. Die goldenen Ohrringe der Frauen blinkten im Einklang mit ihren Kaubewegungen, während sie das mysteriöse Gericht verzehrten. Auch die Männer aßen geräuschvoll und mit sichtbarem Appetit, nahmen gerne eine zweite Portion und diskutierten mit ebenso großer Begeisterung und Lautstärke über Landmaschinen und Geld. Bei diesem gut gelaunten Meinungsaustausch, der ausschließlich in Dialekt ausgetragen wurde, machte die Tischrunde so viel Getöse, dass die Kristallgläser in der Vitrine klirrten, und der rote Hauswein floss wie selbstverständlich in Strömen.

Pietros Mutter saß mir gegenüber und hatte alle Hände voll zu tun, um ihre Gäste mit Brot und Wein zu versorgen, was sie jedoch nicht davon abhielt, meinen Teller und dessen Inhalt prüfend im Auge zu behalten. Es war der gleiche säuerliche Blick wie immer, der allerdings heute, inmitten des fröhlichen Trubels am Tisch, einiges von seiner Macht eingebüßt hatte, tatsächlich erinnerte er mich an das müde Gesicht eines Poker-Dealers während einer besonders langen und lautstark ausgetragenen Partie. Obwohl ich nicht am Schlachten teilgenommen hatte, fühlte ich mich dennoch so, als würde ich dazugehören. Die Tante mit dem rabenschwarzen Haar lächelte mir immer wieder zu, während Pietros Vater über irgendetwas in schallendes Gelächter ausbrach. Ich konnte es kaum glauben, als ich spürte, wie Pietro seine Hand unter dem Tisch auf mein Bein legte. Es war genauso, wie ich es vorhergesehen und erhofft hatte – die allgemeine Fröhlichkeit dämpfte deutlich den Missmut der Hausherrin.

Einer der Männer, der einen weißen Dreitagebart hatte, stellte Pietro eine Frage, die ich nicht verstand. In Pietros Antwort ging es um seine Doktorarbeit, und dann hörte ich klar und deutlich, wie er sagte, er würde bald mit dem Studium fertig sein. Als dieser magische Satz ausgesprochen war, begann man ihn sogleich zu feiern und zu bejubeln – ein junger Mann aus ihrem Dorf würde doch tatsächlich Doktor werden! Jemand erkundigte sich nach dem Stand der Dinge bei Gabrieles Studium, doch Pietro antwortete mit ein paar dürren Worten und seufzte mit väterlicher Resignation. Der Druck an meinem Oberschenkel verstärkte sich.

»Und wer ist denn nun dieses hübsche Ding?«, fragte eine korpulente Frau in Dialekt und zeigte mit dem Kinn auf mich.

»Heddi studiert Sprachen und wird mit Sicherheit früher mit dem Studium fertig als wir alle!«, verkündete Pietro mit einem Augenzwinkern in meine Richtung und fügte dann, für mich auf Italienisch, hinzu: »Sie ist sehr intelligent.«

Der Herr mit den weißen Bartstoppeln fragte Pietro – soweit ich es verstehen konnte –, wann wir wieder in die Stadt zurückkehren würden, und Pietro antwortete im Dialekt: »Übermorgen.« Eine der älteren Damen wollte wissen, wie viele Stunden im Auto man denn bis Neapel brauche, und Pietro erwiderte, sichtlich verlegen, wir würden den Bus nehmen.

»Aber mit dem Auto ginge es doch viel schneller«, beharrte die Signora, die offenbar nicht begriffen hatte, dass Pietro gar kein Auto besaß. Als sie endlich zwei und zwei zusammengezählt hatte, sagte sie: »Mach dir nichts draus, Pietro, wenn du deinen Abschluss hast, kriegst du eins geschenkt.«

Ohne dass ich verstanden hätte, warum, fingen alle am Tisch zu lachen an. Mir kam wieder das erstaunte und vor Neid erblasste Gesicht Pietros in den Sinn, als er Francescos neues Auto gesehen hatte, obwohl dieser ja sein Studium noch gar nicht fertig hatte. War es etwa eine neue Tradition auf dem Lande, den jungen Männern, die ihr Studium abschlossen – oder zumindest fast –, ein Auto zu schenken?

Einer der alten Herren fragte ihn, welches Modell er denn im Auge habe.

»Einen Ferrari!«, antwortete ein anderer an Pietros statt, was für die Tischrunde wieder ein Anlass war, zu lachen und sich zuzuprosten.

»Nein.«

Das Gelächter brach ab, sogar die Weingläser schwebten mitten in der Luft.

»Nein«, wiederholte Lidia und fügte – was fast wie ein Tadel klang – auf Italienisch hinzu: »Man sieht ja, dass Pietro das Auto gar nicht mehr will.«

»Wieso denn das, Mama?«, erwiderte der. »Wie kommst du darauf, dass ich es nicht mehr will?«

»Mach dir keine Gedanken«, bellte der Vater. Was auch immer er dann noch sagte, hatte die gewünschte Wirkung, denn die Tischrunde kehrte zu ihrem allgemeinen Zustand der Heiterkeit zurück. Pietros Vater hob sein Glas und prostete allen zu, ob es nun ein Toast auf die unerwartete akademische Laufbahn des Sohnes war oder auf das erfolgreich gemeuchelte Schwein, und kippte den Inhalt herunter.

Danach ging es zurück an die Arbeit, und Pietro und ich blieben allein am Esstisch zurück, der mit Mandarinenschalen übersät war. Wie ich es als Kellnerin bei meinen Sommerjobs in Washington gelernt hatte, fing ich rasch an, den Tisch abzuräumen. Ich war offenbar nicht die Einzige, die beschlossen hatte, die Gelegenheit beim Schopf zu ergreifen und abzuspülen, bevor Lidia zurückkehrte: Auch Pietro schien begriffen zu haben, dass es eine bessere Gelegenheit, sich nützlich zu machen, nicht mehr geben würde. Wir warfen die Papierservietten in den Kamin, wo sie das Feuer zum Auflodern brachten, die Mandarinenschalen verkokelten und schrumpelten in der Hitze zusammen. Dann ließen wir Wasser ein, und ich tauchte, dankbar für die angenehme Wärme des Wassers und ermutigt durch Lidias lange Abwesenheit, die Hände ins Becken.

Ich schrubbte die Teller, Pietro spülte sie ab. Wir arbeiteten schweigend, mit der Konzentration von Athleten kurz vor ihrem Einsatz, und schauten uns immer wieder erstaunt an. War es denn wirklich möglich, dass ich in Lidias Küche stand und Geschirr spülte? Fast keimte in mir die Hoffnung auf, die

Tatsache, dass sie es schmutzig hatte stehen lassen, sei weniger ein Versehen gewesen als eine Art Rückzug. Und dass all die lautstarke und unbeschwerte Zustimmung, die an diesem Tag auch mir zuteilgeworden war, ihre Reserviertheit mir gegenüber gebrochen hätte. Vielleicht war es ja wirklich so, dass Lidia begann zu kapitulieren.

Pietro spülte den allerletzten Teller ab. Rasch schaute er sich um und küsste mich, dort mitten in der Küche, und setzte dem Ganzen noch die Krone auf, indem er sagte: »Wir haben's geschafft, Baby.«

In genau diesem Moment kam seine Mutter herein, in der Hand einen offenbar schweren Topf. Pietro lief ihr entgegen.

»Mama, lass doch, ich mach das.«

Sie reagierte nicht und ließ sich auch nicht helfen. Stattdessen hievte sie den Mammuttopf, der an der Unterseite voller Ruß war, auf die Arbeitsfläche. Dabei rutschte der Deckel ab, Dampf stieg auf. Es war kochendes Wasser. Ohne auch nur einen Blick in Richtung der Teller zu werfen, die neben der Spüle in einem Gestell trockneten, sagte Lidia tonlos auf Italienisch: »Aha. Dann wird der offenbar nicht mehr gebraucht.«

»Wir könnten das Wasser benutzen, um den Tisch abzuwischen«, sagte Pietro, wobei er sich vermutlich auf den großen Schlachttisch draußen bezog.

Die Mutter murmelte etwas in Dialekt, winkte dann wortlos ab und ging mit schweren Schritten hinaus.

Pietro zuckte mit den Achseln und sagte: »Lass gut sein.«

Aha. Dann hatte Lidia also durchaus die Absicht gehabt, das Geschirr zu spülen, und sich nur verspätet, weil sie gewartet hatte, bis das Wasser auf ihrer Feuerstelle warm wurde. Pietro und ich hatten mithilfe eines ganz normalen Boilers den Sieg über sie davongetragen. Es war ein Sieg der modernen Welt über ihre vorsintflutliche Art zu kochen, bei der es offenbar nicht infrage kam, die Hitze der letzten Glut zu verschwenden, und man stattdessen darauf beharrte, alles so langsam und aufwendig zu machen wie nur irgend möglich.

Pietro nahm mich auf die Terrasse mit, die lang genug war, um zwar dem gut gelaunten Treiben der alten Leute an der Schlachtbank zuschauen zu können, sich gleichzeitig jedoch der baumelnden Karkasse des Schweins so fern wie möglich zu halten, die aus dieser Perspektive angenehmerweise noch vollkommen intakt wirkte. Die Hügel in der Ferne waren mit altem Schnee bedeckt, und der Wind brachte Erinnerungen an Herdfeuer mit sich, die ich selbst nie gekannt hatte.

Pietro zündete sich eine Zigarette an und stieß mit offenkundiger Erleichterung den Rauch aus. Mit noch feuchter Hand ergriff er die meine und hängt mich bei sich ein. Während er rauchte, betastete er meine vom heißen Wasser schrumpelig gewordenen Finger, als handelte es sich um die topografische Karte eines unentdeckten Landes. »Heute Abend gibt's noch mal Schwein. Meinst du, du hältst das aus, mein Schatz?«

»Für mich ist es in Ordnung. Was ist mit dir?«

»Ich? Ich bin dran gewöhnt.« Er zog an der Zigarette. »Weißt du, heutzutage ist es eigentlich verboten, so ganz ohne Kontrolle eine Hausschlachtung zu machen. Wenn die Behörden davon Wind bekommen, gibt es mächtig Ärger. Aber die Leute machen es trotzdem immer noch.«

Ich ließ den Blick über die Ziegeldächer schweifen und versuchte das Haus des Onkels zu finden, mit dem die Familie so zerstritten war, dass man ihn nicht einmal grüßen durfte, und das des Mädchens, das sich Pietros Mutter als seine Zukünftige auserkoren hatte. Für mich sahen alle Häuser gleich aus.

»Also, was war das jetzt für eine Geschichte mit dem Auto?«, fragte ich. Pietro schüttelte verständnislos den Kopf. »Diese Signora hat doch gesagt, deine Eltern würden dir nach dem Abschluss ein Auto schenken. Vielleicht habe ich das aber auch falsch verstanden.«

»Ach so, *das* Auto meinst du.« Pietro bestätigte, was ich gehört hatte, das Geschenk sei geplant, seit er mit der Uni angefangen hatte.

»Aber wäre es nicht schöner, wenn wir uns das Geld sparen und uns zusammen ein Gebrauchtes kaufen?« Das war einfach nur so dahingesagt, doch diese romantische Idee gefiel mir immer besser. »Du weißt schon, so eine süße kleine Rostlaube.«

»Du meinst eine Schrottkarre.«

Ich verbarg meine Enttäuschung über Pietros abfällige Bemerkung und blickte wieder auf das Panorama. Auf einmal hatte ich bei diesem kleinen Schlagabtausch das Gefühl, es stecke noch etwas anderes dahinter.

»Außerdem brauche ich auch jetzt gleich ein Auto. Wie soll ich dich denn sonst besuchen kommen, wenn ich den Zivildienst antreten muss?« Als wollte er mich für diese Erinnerung an ein trauriges Thema entschädigen, zog Pietro eine geröstete Maroni aus seiner Tasche und drückte sie mir in die Hand.

Ich schälte mechanisch die hübsche, mahagonibraune Schale von der Frucht. »Wann wollen wir denn mit deiner Mutter sprechen, Pietro?«

»Worüber?«

»Über unsere Pläne. Über die Zukunft.« Ja, es musste einfach heute sein, bei diesem angenehmen Stimmengemurmel, wie das Summen in einem Ameisenhaufen, und nachdem wir einen kleinen, aber bedeutsamen Sieg beim Geschirrspülen davongetragen hatten.

»Meinst du nicht, es ist besser, die Fakten sprechen zu lassen?« Er streichelte mir übers Haar. »Heddi, hier zusammen zu sein, in Anwesenheit von halb Monte San Rocco, ist nicht zu unterschätzen. Das war ein super Schachzug von uns, und er wird uns den Weg ebnen.«

Zweifellos hatte er recht. Ich biss in die Kastanie. Eigentlich konnte ich mich nie recht entscheiden, ob mir Kastanien eigentlich wirklich schmeckten. Wie konnte etwas so Hübsches und Süßes nur einen so bitteren Nachgeschmack haben?

»Aber jetzt muss ich erst noch ein bisschen an der Matratze horchen«, sagte Pietro und machte sich auf den Weg ins Haus. »Ich bitte dich, ich bin todmüde.«

Während Pietro sich auf das Sofa im Wohnzimmer legte, setzte ich mich vor das langsam ausglühende Feuer, stocherte gelegentlich mit der Zange in den verkohlten Holzscheiten herum und genoss die angenehme Wärme, die von den kleinen Flammen aufstieg. In der Stille konnte ich auf einmal deutlich ein Klopfen hören, das nicht von draußen, sondern aus dem Inneren des Hauses kam. Das musste Lidia unten in der Küche sein.

Auf einmal hatte ich Lust, hinunterzugehen und mit ihr zu reden. Warum warten, bis Pietro es tat? Bestimmt hatte seine Mutter ihm doch längst die Schwindelei bezüglich unseres Zusammenlebens verziehen und auch die »Schande« unseres Urlaubs in Griechenland ad acta gelegt. Folglich hatte sie auch keine Rechnung mehr mit ihm zu begleichen, sondern mit mir. Heute, wo ich mich nicht mehr als Opfer der Situation empfand, war der ideale Moment gekommen, um endlich unverblümt miteinander zu reden.

Ich sprang auf und stieg die Treppe hinunter, ohne auch nur

einen Moment innezuhalten und meine impulsive Entscheidung zu überdenken, dabei hatte ich keine Ahnung, was ich sagen sollte, wenn ich Lidia gegenüberstand. Nur wenige Treppenstufen später sah ich ihre Beine, die steif wie Wachspapier in groben schwarzen Strümpfen steckten. Auf dem Boden neben dem Tischchen, an dem sie saß, stand eine Schüssel mit Schweinefleisch. Jetzt gab es kein Zurück mehr.

»*Salve, Signora*«, begrüßte ich sie noch einmal. Ich hatte meine Fassung wieder komplett zurückgewonnen und zitterte bestenfalls ein wenig, weil es hier unten eisig kalt war.

Seine Mutter grüßte mich mit matter Stimme und ohne dabei von dem Schneidebrett aufzublicken, auf dem sie Fleisch in große Würfel schnitt.

»Was machen Sie denn da Gutes?«

»Soppressata.«

Was für ein Sprung in die Vergangenheit. Ich musste sofort wieder daran zurückdenken, wie Pietro damals, als er zum allerersten Mal zu uns zum Essen kam, diese hausgemachte Wurstspezialität mitgebracht hatte. Mir wurde bewusst, dass ich damals, während dieses aufregenden Abends, der mein Leben verändert hatte, etwas gekostet und verspeist hatte, das eigenhändig von Lidia hergestellt worden war. Und dass in diesem Austausch zwischen Händen und Mund eine ebenso unfreiwillige wie unleugbar körperliche Intimität lag, fast wie ein Band, das unmöglich zu durchtrennen war.

»Gut«, sagte ich und ließ mich, da es in dem Raum keine anderen Sitzmöglichkeiten gab, auf einem Mehlsack nieder, der an der Wand lehnte.

»Das Mehl ist aus unserem Weizen.«

Die Bissigkeit dieses Tadels war mir durchaus bewusst, und ich warf einen Blick durch das Fenster auf die Freunde und Bekannten vor dem Haus, eine fröhliche, aber in diesem Moment weit entfernte Welt. Mittlerweile hing Lidias Küche voller frischer hergestellter Würste, die den intensiven und nur schwer erträglichen Geruch von frisch geschlachtetem Rohfleisch verströmten, und ich spürte, wie meine Entschlossenheit dahinschwand. Was hatte ich mir eigentlich davon versprochen, hier herunterzukommen, ausgerechnet in ihr Revier? Ich machte Anstalten aufzustehen.

»Dem Weizen, den wir hier auf unserem Land anbauen«, fuhr Lidia fort. »Dem Land, das eines Tages auf Pietro übergehen wird.«

Wie gesprächig sie auf einmal war! Ich nahm wieder meinen respektlosen Platz ein und wagte es, eine Frage zu stellen, zu der ich bereits die Antwort kannte. »Aber … was ist mit Gabriele und Vittorio?«

»Vittorio? Pah…« Sie stieß einen Schrei aus, fast wie das Krächzen einer Krähe, die einzige Reaktion, die ich jemals von ihr bezüglich ihres ältesten Sohnes gehört hatte. Dann stieß sie mit einem Aufstöhnen, als hätte sie plötzlich heftiges Zahnweh, Gabrieles Namen hervor. »Wer weiß, wann der Junge endlich mit dem Studium fertig ist. Immer will er Geld, mehr Geld. Wenn man bedenkt, dass er derjenige war, der gut in der Schule war.«

»Und in der Tat ist er sehr, sehr gut, Signora. Ich habe seine Entwürfe gesehen.«

»Entwürfe? Nach so vielen Jahren sieht man immer noch nur Entwürfe…«

»Es dauert einfach seine Zeit, bis man so ein Studium abschließen kann.«

»Was weiß denn ich?«, sagte sie und warf ein paar Würfel Speck in die am Boden stehende Schüssel. »Mich haben sie nach vier Jahren von der Schule genommen.«

Dabei sprach sie, fand ich, für eine Frau, die noch nicht einmal die Grundschule abgeschlossen hatte, ein durchaus fließendes Italienisch, dem auch ihre besondere, freudlose Art, jedes Wort einzeln zu betonen, keinen Abbruch tat. Und ich staunte über die Tatsache, dass Lidia immerhin, wenngleich ohne den Blick von der Fleischschüssel zu heben, ein Stück ihrer Kindheit mit mir geteilt hatte. Hatte dann Pietro also wirklich von Anfang an recht gehabt, als er sagte, das Geschirrspülen sei der Schlüssel zu ihrem Herzen?

In leidendem Ton fuhr sie fort: »Ich musste auf dem Land meines Vaters arbeiten, mein tägliches Brot verdienen. Es war ein karges Leben, damals lebten wir nicht in Saus und Braus wie die jungen Leute von heute.«

»Und wo liegt das Land Ihrer Familie?«

»Spielt keine Rolle. Ich habe geheiratet und nie wieder einen Fuß dorthin gesetzt.« Ihr Gesicht verzerrte sich, als nähme sie einen unangenehmen Geruch wahr. »Ich war schon alt, fast dreißig. Ich hatte keine Wahl. Das war damals nicht so wie heute, wo die Leute zusammenleben und so.« Ich hielt den Atem an, weil ich fest damit rechnete, dass das Gespräch jetzt eine unangenehme Wendung nehmen würde, doch das war nicht der Fall. »Mein Mann besaß keinen Grund«, fuhr sie zu erzählen fort. »Wir hatten einen kleinen Jungen und immer noch kein Land, das uns gehört. Deshalb gingen wir ins Ausland … als Arbeiter, um sieben Tage in der Woche zu schuften. Fünfzehn Jahre lang.«

»Das war bestimmt hart.«

Ohne eine Antwort zu geben, stand Pietros Mutter auf. Offensichtlich hatte sie keine Lust darauf, mit mir ein wirkliches Gespräch zu führen, sondern wollte einfach nur reden. Immerhin etwas… Sie begab sich in einen Winkel des Raumes und kramte zwischen Einweckgläsern und Jutesäcken. Ich beobachtete sie dabei, wie sie sich bückte, um hier etwas aus einem Sack am Boden zu nehmen und dort aus einem Glas, alles von angestrengtem Schnauben begleitet, während ihr immer wieder das Kopftuch in die Stirn rutschte. Es bereitete mir Mühe, mir Lidia als junge Frau vorzustellen, als Braut mit glattem Gesicht und regelmäßigen Zügen, ein unscheinbares Ding. Doch am Ende gelang es mir doch nur, sie so zu sehen, wie sie jetzt war: eine alte Frau von einer Zerbrechlichkeit, die nervös machte.

»Kann ich helfen?«

Meine rhetorische Frage verhallte im Nichts. Lidia kehrte wieder an das Tischchen zurück und holte jetzt aus der Tasche ihrer Schürze ganze Fäuste von grobem Salz und Pfefferkörnern, die sie auf dem Fleisch und den Fettstücken verteilte. Sobald sie sich mischte, nahm die Paste den gleichen Rosaton an wie Lidias blasse Hände. »Wir schickten das gesamte Geld nach Hause, um Land dafür zu kaufen«, fuhr sie fort. »Unser ganzes Leben lang haben wir für dieses Land, dieses Haus, geschuftet.«

Diesmal war ich klug genug, nichts darauf zu erwidern. Rasch fügte ich insgeheim die bruchstückhaften Erzählungen Pietros zusammen. Zwei Jahre nachdem sie aus der Schweiz zurückgekehrt waren, an einem kalten Novembersonntag des Jahres 1980, während im Fernsehen eine Partie zwischen Juventus und Inter übertragen wurde, war das Erdbeben gekommen. Eine heftige Bewegung in der Verwerfung, die von den Geologen später als bestenfalls »groß« oder sogar nur »moderat« eingestuft wurde, sich für die Menschen, die auf dem Land lebten, jedoch so anfühlte, als wäre der Boden unter ihren Füßen zu Wasser geworden. Eine Minute und dreißig Sekunden, eine endlose Zeit, in der das Land wogte wie die See und brüllte wie ein Löwe, in der es Häuser, Kirchen, Krankenhäuser, ganze Dörfer verschlang. Fast dreitausend Tote, neuntausend Verletzte, dreihunderttausend Menschen wurden obdachlos. Die Provinz Avellino war am stärksten betroffen, und das Epizentrum des Erdbebens, Sant' Angelo dei Lombardi, lag nur wenige Kilometer von Monte San Rocco entfernt. Ihr eigenes, erst kürzlich erbautes Haus war verschont geblieben, doch viele andere im Dorf wurden dem Erdboden gleichgemacht.

»All diese Opfer. Alles nur für sie, für unsere Söhne.« Lidia schüttelte so heftig den Kopf, dass die Ohrringe wackelten. »Aber ihnen bedeutet das Land überhaupt nichts.«

»Pietro kommt doch oft, um zu helfen.«

Sie hob spöttisch eine Augenbraue. »Wann es ihm in den Kram passt. Aber wenn wir erst einmal sterben, so Gott es will, wird es niemanden mehr geben, der sich um das Land kümmert. Niemanden.«

Aufgewühlt verlagerte ich mein Gewicht auf dem Sack, auf dem ich saß, dem Herzen des Landes. Hatte die Mutter vielleicht bereits begriffen, dass Pietro ein Grundstück nach dem anderen verkaufen würde? Um einem möglichen Angriff auf die moralische Integrität meines Geliebten vorzubeugen, erwiderte ich mit gedämpfter Stimme: »Pietro tut sein Bestes.«

»Pah …« Wieder dieses verächtliche Krächzen, ein Geräusch, von dem ich geglaubt hatte, es sei Vittorio vorbehalten. »Wenn er sein Bestes tun würde, täte er dieses nette Mädchen heiraten.«

Auf einmal packte mich die nackte Angst, trotz Lidias unbeholfener Verwendung des Konjunktivs – eines Fehlers, der mir sonst vielleicht ein trügerisches Gefühl der Überlegenheit geschenkt hätte –, und der praktisch absoluten Gewissheit, dass es sich bei besagtem Mädchen um die Nachbarstochter handelte, die alles andere als eine gute Partie war.

»Aber er wird schon noch zur Vernunft kommen«, murmelte Lidia, fast als führte sie Selbstgespräche. »Alles nur eine Phase ... das vergeht schon wieder.«

Ich senkte den Blick auf den Zementboden. *Das vergeht schon wieder.* Dann war ich also nur eine *Phase*, die früher oder später vorbei sein würde, so, wie ein Fieber vergeht oder eine Wunde verheilt. Lidia hatte es ohne jegliche Bosheit gesagt, in dem gleichen enttäuschten Ton, in dem sie über ihr eigenes Leben sprach. Dennoch hatte sie diesen Satz so entschlossen und endgültig ausgesprochen wie eine Prophezeiung, fast sogar wie einen Fluch.

Der Moment war gekommen, um etwas zu sagen. Einen schönen, unwiderlegbaren Satz, der unsere Liebe umschreiben und die Tatsache unterstreichen könnte, dass uns nichts und niemand jemals davon abbringen würde. Einen Satz, ausgesprochen mit fester Stimme, in glasklarem Italienisch mit einigen dialektalen Einsprengseln, um Lidia klarzumachen, wie wenig es mir im Grunde bedeutete, was sie dachte. Doch nichts dergleichen kam mir über die Lippen. Unter irgendeinem Vorwand – es gebe noch Geschirr abzutrocknen oder Ähnliches – stieg ich die Treppe wieder hoch, ohne mich noch einmal umzudrehen.

Das Feuer war erloschen, und ich ließ mich neben Pietro auf dem Sofa nieder. Er schlief tief und fest. Zärtlich legte ich ihm eine Hand auf die Brust, nicht, um ihn zu wecken, sondern einfach nur, um mich selbst daran zu erinnern, was für ein Glückspilz ich war. Die Hand bewegte sich im Takt mit seinem Atem auf und ab, ein hypnotisches Auf und Ab wie unser Weg durch die Hügellandschaft von Monte San Rocco ein paar Stunden zuvor. Ich spürte, wie sich diese gesunde Schläfrigkeit auf mich übertrug, und ich dachte, wie schön es doch wäre, einfach dieser Müdigkeit nachzugeben und einzuschlafen, den Schlaf zu akzeptieren. *Alles* zu akzeptieren.

Auf einmal merkte ich, wie müde ich war. Müde von meinen Bemühungen, Lidias Gnade zu erwirken, und schon jetzt müde von den gigantischen Plänen, die wir uns an Silvester vorgenommen hatten. Seit heute stand fest: Seine Mutter würde sich nicht nur niemals von mir erobern lassen – sie würde sich auch all unseren Plänen für die Zukunft entgegenstellen. Dass sie mir von mageren Zeiten und von Vernunftehen erzählt hatte, diente weder einer Annäherung mir gegenüber, noch hatte sie sich etwas von der Seele reden wollen – sie hatte mir einzig und allein zeigen wollen, dass ihre Antipathie mir gegenüber vollkommen gerechtfertigt war. Wir hatten uns schwer getäuscht. In Wirklichkeit gab es gar keine heldenhafte Schlacht, der wir entgegengingen – Pietro und ich hatten schlicht und ergreifend keine Chance. Uns blieb nur noch eins: zu gehen.

Auf einmal kam mir eine Idee, die mir in ihrer Schlichtheit genial erschien. Ich könnte doch einfach abreisen, nach Neapel zurückfahren. Warum war mir das nicht schon früher eingefallen? Vielleicht hatte ich mir einfach nur falsche Hoffnungen gemacht, oder ich war masochistisch veranlagt. Ich könnte noch an diesem Abend abreisen, auch wenn es schon dunkel war, mich vom Linienbus in den Schlaf schaukeln lassen und aus meinem Busfenster ein sternenbesetztes Kissen machen. Allein der Gedanke daran erfüllte mich auf einmal mit einem Gefühl kolossaler, möglicherweise ja sogar endgültiger Freiheit, als müsste ich, wenn ich jetzt aus Monte San Rocco abreiste, nie mehr in meinem ganzen Leben dorthin zurückkehren.

Pietro rührte sich, und ich flüsterte seinen Namen.

»Hallo, Baby«, sagte er und rekelte sich.

»Gut geschlafen?«

»Und wie. Den Schlaf des Gerechten.«

Kaum streckte er die Hand nach seiner Zigarettenschachtel aus, beeilte ich mich zu sagen: »Du, Pietro, hör mal. Ich weiß, dass wir eigentlich noch zwei Tage hierbleiben wollten, aber ich überlege, ob ich nicht vorher abreisen soll.«

»Wann denn?«

»Heute Abend. Oder morgen früh.«

»Okay«, antwortete er. Er wirkte überhaupt nicht überrascht, eher sogar erleichtert. »Morgen um zwölf gibt es einen Bus von Borgo Alto aus.« Die Promptheit, mit der er das sagte, brachte mich aus dem Konzept. Wollte er denn nicht einmal die Möglichkeit in Betracht ziehen, zusammen mit mir abzureisen? In diesem Moment betrachtete er mich mit einer Miene, die fast nostalgisch aussah, und sagte: »Schau, Heddi, wenn nur einer von uns sich retten kann, dann will ich, dass du es bist.«

Am späten Nachmittag hing die Karkasse des Schweins nicht mehr da. Die einzigen Spuren der Schlachtung waren die Scharten in dem blutdurchtränkten Tisch. Die meisten Dorfbewohner waren nach Hause zurückgekehrt, nur einige waren geblieben, um das restliche Fleisch von den Knochen zu kratzen. Auch die Sonne schien nur noch an einem dünnen Faden zu hängen, und über der Straße hing winterliche Kälte und die Furcht vor Verschwendung. Ich trat auf die Terrasse hinaus, schlang mir zum Schutz vor der Kälte den Schal vor den Mund und genoss die Wärme meiner bevorstehenden Abreise. Ein liegen gebliebener Zweig zerbrach mit sattem Knistern unter meinem Fuß.

Pietro rief mich von der Straße aus. Er hatte seine schwarze Wollmütze auf. »Hast du Lust, noch eine Runde auf dem Traktor zu drehen?«

»Gern.«

Er öffnete das Metalltor der Scheune. Gesualdo war nirgendwo zu sehen, vielleicht war er ja zu neuen Abenteuern unterwegs oder hatte sich in eine ruhige Ecke verzogen, um an einem Schweinsknochen zu nagen. Pietro stieg auf den Traktor und warf den Motor an, der mit lautem Knattern zum Leben erwachte. Dass er eine Landmaschine zu rein privaten Zwecken benutzte, schien Pietro in keiner Weise zu stören. Er streckte mir die Hand entgegen und sagte: »Pass auf deine Füße auf!«

Oben auf dem Traktor fühlte ich mich hoch über allen Dingen, aber auch den Elementen ausgeliefert. Die verbliebenen Schlachthelfer winkten mir fröhlich zu, während wir die steile Straße hinabfuhren. Immer wieder rutschte ich auf dem Metallsitz nach vorne in Richtung Pietro und versuchte lachend, das Gleichgewicht zu halten. »Hilfe, ich falle!«, schrie ich, doch das laute Motorengeräusch übertönte meine Stimme. Mein Atem entwich dem Schal und löste sich in der Luft auf.

»Du wirst schon nicht fallen.« Pietro drehte sich zu mir um und versuchte, mich mit der gleichen warmherzigen und selbstgewissen Stimme zu beruhigen wie damals bei unserer allerersten Fahrt nach Monte San Rocco – wobei er sich wie ein Billardspieler auf den schwarzen Schaltknüppel konzentrierte, ohne auch nur einmal hinsehen zu müssen –, als er zu mir gesagt hatte, wir befänden uns nicht im Auge des Sturms, und ein Gewitter stehe auch nicht bevor.

Die Sonne war beinahe ganz vertrocknet, und die Luft schmeckte nach Schnee, als wir an Fenstern, Gärten, an Türen vorbeifuhren. Ein alter Mann winkte uns zu, als er uns erblickte. Ich erwiderte seinen Gruß mit königlichem Winken, wie bei einer Parade, bei der man niemals anhalten darf und weiß, dass man all diese Leute nie wiedersehen wird. Seltsam, dachte ich dennoch, jener alte Mann mit seinem stummen Gruß, und unser großes Nutzfahrzeug, das wie ein gewaltiges Tier ziel- und planlos an ihm vorbeiröhrte.

Ich schaute zu Pietro, der ihn ebenfalls grüßte. Er wirkte leicht amüsiert, doch auch müde, als lauschte er zum x-ten Mal der Pointe eines Witzes.

23

Ich hatte wirklich nicht damit gerechnet, Luca Falcone jemals wiederzusehen, und so glaubte ich an eine Fata Morgana, als er eines Abends, bei einem kostenlosen Konzert auf der Piazza San Domenico, vor mir stand. Rund um mich herum wogte alles im Reggaerhythmus – Rastazöpfchen und Dreadlocks, Handtaschen und Peroni-Flaschen –, doch ich stand reglos da. Schuld an allem war Tonino, der diese Überraschung organisiert und mich und Angelo zu der Stelle gezogen hatte, deren überaus schlechte Sicht auf die Bühne erst jetzt ihre Erklärung fand.

»Heddi«, sagte unser alter Freund, immer noch dieses krumme Lächeln auf den Lippen.

Ich war so versunken in diesen Anblick der einzigartigen Asymmetrie in Lucas Gesicht, dass ich seine weit ausgebreiteten Arme nicht bemerkte. Und es war auch keine Umarmung, als sich die Ärmel seiner Lederjacke um mich schlossen, sondern eine Rückkehr in alte Zeiten, mit diesem Knirschen alten Leders, das ich, wie es schien, schon mein ganzes Leben lang kannte, und diesem ganz eigenen Duftgemisch aus getrocknetem Lavendel und Tabakkrümeln, doch als wir uns wieder voneinander lösten, sah ich überrascht, wie sehr er sich verändert hatte. Die Haare, genau das war es. Der unordentliche

Pferdeschwanz war verschwunden (Angelo verwuschelte ihm das streichholzkurze Haar) und damit auch seine kluge, lässig-überlegene Art. Aber hatte ich denn wirklich vergessen, dass Luca gerade mal sechsundzwanzig Jahre alt war? Wie jung er war, war frappierend.

Auch die anderen schauten ihn staunend an, während sie ihn fragten, wie lange er denn in Neapel bleiben wolle. Er bleibe nur noch ein paar Tage bei der Tante in Barra, erklärte er in besonders melodiösem Tonfall, in der Tat hatte seine Stimme auch die letzten Spuren ihrer neapolitanischen Düsterkeit verloren.

»Ach komm schon«, sagte Angelo, »erzähl uns doch mal ein paar Zoten aus der Kaserne. Musst du vor dem Appell wirklich deine Stiefel wienern?«

»Stockbetten mit Postern von Monica Bellucci, da könnte ich wetten«, warf Tonino trocken ein. »Natürlich nackt, wie der Herrgott sie schuf.«

Luca lächelte, als wollte er seine alten Kumpels bei Laune halten. Er wohne nicht in der Kaserne, klärte er sie auf, sondern sei fast jeden Abend rechtzeitig zu Hause, um mit seiner Familie zu essen. Seine Arbeit bestehe hauptsächlich aus Papierkram an einem Schreibtisch. Er gestand, dass er einige Kilos zugelegt hatte. Immerhin sei er jetzt Offizier, ein gut bezahlter im Übrigen, und übe eine verantwortungsvolle und angesehene Tätigkeit aus, die nur Männern mit höherer Bildung zustehe.

Ich hörte ihm nur mit halbem Ohr zu, denn ich versuchte, mir alles an ihm genauestens einzuprägen – seine Gesten, seine Ausdrucksweise. Wer weiß, wann ich ihn wieder zu Gesicht bekommen würde? Ich wusste, dass ich wohl kaum auf eine weitere Begegnung hoffen durfte, dazu waren wir vermutlich nicht eng genug befreundet. Trotzdem ging es mir nicht aus dem

Kopf, dass er sich immerhin mit Tonino verschworen hatte, um diese kleine Überraschung für mich in Szene zu setzen.

Ein blondes Mädchen fiel Tonino und Angelo um den Hals und reichte ihnen ein paar Flaschen Bier, eine kurze Unterbrechung, die ich nutzte, um Luca zu fragen, wie es seiner Mutter gehe, was vielleicht ein Fehler war, denn er antwortete mir knapp: »Sie hat Krebs.«

Unter allen Wörtern der Welt ist das – und wird es vielleicht auch immer sein – das furchterregendste. Es ist der Oger des Wörterbuchs, die ebenso grässliche wie durchaus vorhandene Möglichkeit, dass keiner von uns für seine Leistung, seine sympathische Art oder seinen gesunden Lebensstil belohnt werden wird und der Tod sich stattdessen einen Spaß daraus macht, sich ausgerechnet die Talentiertesten, die Sympathischsten und die Gesündesten unter uns herauszupicken. Doch am Ende kann sich der Tod immer aus der Affäre ziehen, ohne Verantwortung zu übernehmen, er wäscht seine Hände in Unschuld, denn ein Krebsgeschwür ist nicht irgendeine Krankheit, sondern der Verrat des Körpers an sich selbst, denn es stellt sich heraus, dass dieser Körper das Böse in sich trägt, dass er lange damit lebt, ohne davon zu wissen, und sich dadurch in aller Unschuld selbst zerstört.

Ich murmelte ein paar Worte des Bedauerns, die Luca mit Würde entgegennahm, während er eine Packung Tabak und Blättchen aus der Tasche zog. Auf der Piazza ging eine Flasche zu Bruch. Ich tat eine Weile so, als würde ich der Musik zuhören, doch ich war mir immer noch deutlich Lucas Anwesenheit bewusst, die überlebensgroß war, die Präsenz eines Riesen, direkt neben mir. Ich befürchtete, wenn ich jetzt etwas sagte, könnte ich den Zauber brechen, und er würde einfach wieder verschwinden.

Doch es war Luca, der die geringe Distanz zwischen uns überbrückte, indem er seine in Leder gehüllte Schulter wie beiläufig an meine drückte. »Ich muss dir was sagen. Vielleicht schicken sie mich weg auf Mission.«

»Was für eine Mission denn?«

»Genaueres weiß ich nicht. Einzelheiten werden nicht mitgeteilt, solange ich noch nicht entschieden habe, ob ich mitmache. Auch um welches Land es sich handelt, ist geheim.«

»Dann also Ausland«, sagte ich, fast resigniert, weil ich einfach immer in seinem Schatten stehen würde, und erst als er, untermalt vom sich steigernden Rhythmus der Kongas, die fatalen Worte »Mittlerer Osten« aussprach, kam es mir in den Sinn zu protestieren. »Nein, Luca, du wirst doch nicht in den Kampf ziehen ...«

»Ich würde nicht als Soldat hingehen. Was die interessiert, sind meine Arabischkenntnisse.«

Er hatte seine gerollte Zigarette zwischen den Lippen, diesen kleinen Papyrus, den er noch nicht angezündet hatte und möglicherweise gar nicht anzünden wollte, vielleicht würde er ja auch beschließen, ihn wieder in die Tasche zu stecken, sich umzudrehen und einfach in die Nacht davonzugehen. Was Luca Falcone tat, war nicht vorherzusagen, auch jetzt, wo er weit weg von Neapel lebte, war er immer für eine Überraschung gut. Es war ihm gelungen, ein Betätigungsfeld für seine abstrusen akademischen Kenntnisse zu finden, und zwar außerhalb der Welt der Universität. Und er würde in den Krieg ziehen, wenn auch im Gewand des Intellektuellen. Dort auf der Piazza, inmitten von wippenden Rastalocken und Lippenpiercings, die ja im Grunde zu *seinen* Leuten gehörten, stach Luca mit seinem ordentlichen und perfekt gestylten Bürstenschnitt heraus und machte aus dem schnurgeraden Weg, den er in so jungen Jahren eingeschlagen hatte, die einzig wahre Rebellion. Niemals zuvor hatte mich Luca Falcone so verwirrt – und fasziniert.

»Es wird gut bezahlt«, fügte er hinzu, »und ich hätte keinerlei Ausgaben.«

»Dann machst du es also.« Wenn mir dieser knappe Satz ungewollt ein wenig distanziert geriet, so lag das nur daran, dass ich glaubte, Luca längst verloren zu haben – und wie kann man denn einen Menschen zweimal verlieren?

»Entschieden habe ich mich noch nicht.« Jetzt steckte Luca doch endlich seine Selbstgerollte an. »Ich wollte wissen, was du davon hältst.«

»Ich?« Etwas in mir schmolz auf der Stelle dahin, so wie damals, als er mich um Hilfe wegen jenes Songtextes gebeten hatte. Ich fühlte mich privilegiert, ja, auserwählt. »Ich glaube … du solltest das tun, was dein Herz dir sagt«, antwortete ich mit einem Tick zu viel Begeisterung, obwohl mir die Unzulänglichkeit dieses Ratschlags durchaus bewusst war. Aber ich wusste keine andere Antwort, auch nicht mein eigenes Leben betreffend.

Luca streckte seine freie Hand aus, um mir wie ein älterer Bruder die Haare zu verwuscheln, doch er tat es mit einer solchen Vehemenz, dass ich die Schwielen an seinen Fingern spürte, die er trotz seiner Schreibtischarbeit immer noch hatte. Ich fühlte mich klein und wichtig zugleich, während er mich anlächelte und in den Bann seines magnetischen Blickes zog, ein Blick, bei dem ich wieder einmal das Gefühl hatte, er wolle mich in meiner ganzen Ignoranz festnageln und bloßstellen. Diesmal jedoch nahm ich meinen ganzen Mut zusammen und hielt seinem Blick stand – so lange, wie es eben nötig sein würde. Kein leichtes Unterfangen, denn jeder, der Luca Falcone kannte, wusste, dass er niemals nachgab, und tatsächlich spürte ich, wie in mir Unentschlossenheit und Verlegenheit darüber gegeneinander ankämpften, dass ich ihn dort inmitten der Leute auf fast romantische Art anschaute. Doch je länger ich seinem Blick standhielt, desto weniger schüchterte er mich ein, denn ich begriff, dass Luca mir mit seinem Blick weder etwas mitteilen noch mich belehren wollte. Vielmehr schaute er mich an, so wie der Mond dich anschaut, dieses Lichtbad, bei dem man sich einen Augenblick lang nicht mehr wie ein menschliches Wesen fühlt, sondern wie ein Teil der Ewigkeit, vielleicht sogar des Göttlichen. Jenes rätselhafte Lächeln, das dich begreifen lässt, dass Fragen überflüssig sind, weil du die Antworten längst in dir trägst.

Auf einmal sah ich unsere Freundschaft mit fast schmerzlicher Klarheit: all diese Leidenschaft, die uns gemein war – Leidenschaft für das Wissen, das Leben, die Menschen, *füreinander* –, in einem Punkt komprimiert, so klein, dass er fast unsichtbar war, ein Fädchen Safran, das jederzeit dazu in der Lage ist, zu unfassbar intensiver Farbe zu explodieren.

»He, wer will ein bisschen von dieser Brühe hier?«, mischte sich Tonino ein und drückte Luca eine Bierflasche in die Hand. »Es ist pisswarm, aber ich habe es trotzdem genommen. Ich bin ein Gentleman, findest du nicht?«

Die Freundin der beiden war wieder weg und wir vier unter uns, wie in den guten alten Zeiten; nur Sonia fehlte. Luca nahm einen Schluck Bier und reichte die Flasche an mich weiter. Ich sagte nicht nein. Nicht einmal Alkohol würde meiner guten Laune und der geistigen Klarheit, die ich in diesem Moment empfand, etwas anhaben können.

»Die Band ist gar nicht so schlecht«, sagte Angelo.

Tonino rückte seine Brille zurecht und schaute prüfend in Richtung Bühne, als wollte er den Musikern noch eine Chance geben. »Bist du eigentlich taub, Blondschopf? Da hat eine Ladung Durchfall mehr Musikalität.«

Nach meiner Italienischprüfung war in meinem blauen Studienbuch nur noch Platz für ein Examen – Russische Literatur II. Das musste allerdings vorerst warten, bis meine Professorin von einem einzigartigen Anfall von Gedächtnisverlust genesen war. Wie es hieß, habe sie aus Kummer über die Untreue ihres Ehemannes, der auch mein Professor für Russisch war, ihr Gedächtnis verloren und könne sich an die vergangenen dreißig Jahre ihres Lebens nicht mehr erinnern. Momentan erlange sie ihre Erinnerung Stück für Stück zurück, und zwar in chronologischer Reihenfolge – zuallererst könne sie wieder Russisch sprechen, das sie als junge Frau gelernt hatte –, doch sie sei noch weit davon entfernt, sich an die Namen ihrer Studenten zu erinnern, weshalb sie auf unbestimmbare Zeit als Rekonvaleszente zu Hause bleiben würde. Mittlerweile hatte ich allerdings sowieso jegliches Interesse an dieser unnützen Sprache verloren, die klang, als hätte man den Mund voll gekochter Kartoffeln. Für mich war das Russische immer nur ein oberflächlicher Flirt gewesen, der auf eine kurze Phase der Verehrung für Dostojewski in meiner Jugend zurückging. Folglich hätte meine Professorin – ob mit Amnesie oder ohne – im überfüllten Hörsaal in mir sowieso nur ein unbekanntes Gesicht ohne Namen gesehen.

Der Scirocco kam zurück. Er fegte mit wilder Entschlossenheit durch die Gassen, wie Monsunwasser, das gurgelnd in Richtung Gully strömt. Im Vorübergehen riss er Jacken auf und verging sich an Röcken, er zoffte sich mit den Fischern, die ihre Boote aufs Meer hinauszogen, und zerrte an den Schirmen vor dem Gambrinus. Mir riss er die Wollmütze vom Kopf und fegte sie über das Pflaster hinweg, spielte mit ihr wie eine streunende Katze mit einem erbarmungswürdigen Spatz. Er besprenkelte meine Haare mit Kalk, liebkoste meinen Nacken und flüsterte mir ins Ohr: *Erinnerst du dich an mich? Erinnerst du dich, wie wir zusammen in Griechenland waren, wie wir Fähren zum Kentern gebracht haben und danach ins Hotelzimmer zurückgekehrt sind, um eine Runde zu vögeln?* Diese und andere Übertreibungen flüsterte der Scirocco mir zu, nur um nicht zugeben zu müssen, dass er in Wirklichkeit nie in Griechenland gewesen war, sondern aus der Sahara, aus Afrika kam, dem Kontinent, zu dem nach Ansicht vieler auch Neapel gehörte. Scheißmarokkaner, nannte man die Bewohner dieser Stadt im Norden.

Der Wind wehte, die Zeit verflog, und der einzige Fixpunkt in meinem Leben war Pietro. Alles an ihm gab mir Sicherheit. Die Brillengläser, in denen sich der Computerbildschirm spiegelte, die Hand, die sich nachdenklich an seinen Mund legte, wenn er *National Geographic* oder *In eisige Höhen,* Jon Krakauers dramatische Erlebnisse am Mount Everest, las. Die behutsame Art, mit der er Tüten mit Einkäufen abstellte, als hätte er Angst, die Birnen könnten Druckstellen bekommen. Sein Lispeln, wenn die Sprache auf Physik kam oder er aus anderen Gründen nervös war, eine Art stressbedingter Sprachfehler. Das kleine, verschwommene Ying-und-Yang-Tattoo, das er sich selbst an der Innenseite des Oberarms gestochen hatte, mit derselben ruhigen Hand, die auch seinen Namen in den Griff seines Geologenhammers geritzt hatte. Die Perlknöpfe seines Hemds, die kleine Vertiefung in der Mitte seiner Brust. Seine breiten Hände, das Salz auf seiner Haut.

Wenn wir uns liebten, so taten wir es mit der Inbrunst von Menschen, die bald in den Krieg ziehen müssen: morgens, abends oder auch mitten in der Nacht, wenn wir von einer zufälligen Berührung im Schlaf aufwachten oder vom Mondlicht, das wie frischgefallener Schnee auf unsere Bettdecke rieselte. Wir sprachen uns mit lächerlichen Kosenamen an, die nur derjenige bescheuert findet, der gerade single ist. Doch mehr als alles andere liebte ich es, ihn Pietro zu nennen. Seinen Namen auszusprechen war wie ein sonniges Lächeln, das sich auf deinem Gesicht ausbreitet, bevor du die Lippen zu einem Luftkuss spitzt, ein unerwiderter Kuss, zugleich wunderschön und ein wenig traurig.

Kaum blies wieder der Scirocco, trennten sich Sonia und Carlo, und Madeleine fuhr nach Marseille zurück. In den Tagen, die ihrer Abreise vorausgingen, vermied ich es unter allen Umständen, ihr in die Augen zu sehen, weil ich fürchtete, Tränen darin zu entdecken, oder die stumme Aufforderung, eines unserer Spielchen zu beginnen. Doch dann war der Moment ohne weitere Zwischenfälle da, rüde angekündigt durch Saverio, der dreimal auf die Klingel drückte.

An der Tür nahm Gabriele sie in die Arme und sagte: »Nein, ich bitte dich, Madeleine, sonst fange ich auch noch zu weinen an. Wir werden uns wiedersehen. Und es wird die ideale Gelegenheit sein, mein Französisch aufzufrischen, *mon petit chou.*«

»Du wirst mir auch fehlen«, antwortete sie und verabschiedete sich dann von Pietro, der sie mit der üblichen, etwas schaumgebremsten Herzlichkeit umarmte und ihr – zum zweiten Mal nur eine rhetorische Frage – anbot, sie auf die Straße hinunterzubegleiten.

Mit ihrem schweren Koffer in der Hand hatte es den Anschein, als würde Madeleine noch auf der Schwelle aus dem Gleichgewicht geraten. Ich zog sie an mich, fester als je zuvor: Sie war so klein, so zerbrechlich, dass ich Angst hatte, sie zu erdrücken. Mit einer Kakofonie von Abschiedsrufen war sie fort, ohne ein Wort zu sagen, einfach verschluckt vom Treppenhaus.

»Wie schade, dass sie nicht mehr da ist«, sagte Pietro. »Niemals wird jemand wieder den Boiler so formvollendet massakrieren wie sie.«

»Schade? Das ist nicht schade, es ist niederschmetternd«, entgegnete Gabriele. »Ich hasse es, wenn sich Leute einfach mir nichts, dir nichts aus deinem Leben verabschieden.«

Kaum war er in sein Zimmer verschwunden, wandte ich mich an Pietro. »Wenn wir fortgehen, müssen wir ihn mitnehmen.«

»Wen?«

»Gabriele.«

»Ach komm. Kannst du dir das etwa vorstellen – du, ich und Gabriele auf einer Reise rund um die Welt? Schöner flotter Dreier. Wie kommst du nur darauf?«

Das Telefon läutete. Pietro ging dran und ließ sich mit einem Augenrollen aufs Sofa plumpsen. »Hast du gegessen?« Ich war bereits auf dem Weg zur Terrasse, damit er sich ungestörter unterhalten konnte, als ich hinter mir hörte: »Was, Ostern? Klar komme ich.«

Der Himmel draußen war farblos, die Luft roch nach nichts, doch die Tage des Scirocco in Neapel waren gezählt. Unsere auch. Doch die Stadt zu verlassen, schien mir keine Frage einer freien Wahl zu sein: Wir *mussten* hier weg. Denn unter all den Tausenden von uralten, ausgeleierten Gründen, diese Stadt in den Schmutz zu ziehen – man hörte sie von Norden bis Süden, unter Neapolitanern und selbst unter uns –, war der schwerwiegendste seine geografische Lage: nämlich nur ganze hundertzwei Kilometer von Monte San Rocco entfernt.

Von: tectonic@tin.it
An: heddi@yahoo.com
Gesendet am: 15. Juli

Liebe Heddi,
bitte verzeih das übliche Schweigen, mittlerweile weißt
du ja, wie ich ticke. Heute war ich auf dem Land. Ich
habe Weidenzweige geschnitten, die man benutzen
kann, um die Weinreben aufzubinden. Und ich habe
Bäume gepflanzt. Einen davon mit deinem Namen.
Ich gebe zu, dass ich überraschend oft an dich denke,
und ich schäme mich dafür. Fast glaube ich, dass ich eine
multiple Persönlichkeit habe, wenn man das so nennt ...
ich weiß nur, wenn ich an dich denke, fühle ich mich wie
eine andere Person, die ganz anders ist als der Mensch,
der ich bin und den ich jeden Tag darstelle. Ich liebe
es, an diese Person zu denken, die ich vielleicht einmal
war, die ich mir aber möglicherweise auch nur eingebildet habe. Manchmal stelle ich mir vor, wenn ich dich
wiedersehe, könnte alles wieder so sein wie früher. Es
will mir einfach nicht in den Sinn, wie sehr du dich verändert haben könntest, äußerlich jedenfalls nur wenig,

wenn man sich das Foto anschaut, das du mir geschickt hast. Ich erinnere mich gut an dich und werde dich nie vergessen. Damit meine ich genau das: Ich werde weder dich jemals vergessen können noch, wie ich war, noch all das, was ich von dir gelernt habe, noch wie ich dich geopfert habe … und du bist nicht mal dazu in der Lage, mich zu hassen.

Ich bin ein Arschloch, aber ich bin auch auf schreckliche Weise ein Mensch. Ich habe dich verletzt, hab dich belogen … auch während dieses verhängnisvollen Telefonanrufs. Aber was denn für eine andere Frau? Im Grunde war sie nur ein Vorwand, dich zu verlassen. Ich bin ein Feigling. Ich war nie dazu fähig – und werde es vermutlich auch nie sein – an einem Scheideweg zu stehen und die richtige Richtung einzuschlagen. Oft habe ich geglaubt, der Trick sei, gar nicht zu wählen und überhaupt nicht an die Konsequenzen zu denken, weil sowieso alles Schicksal ist. Aber das Schicksal ist nur eine Ausrede für Dumme und Schwache …

Ich weiß, ich bin mal wieder am Schwadronieren, aber ich möchte dir so gern alles sagen, was ich empfinde und denke. Und ich will optimistisch sein: In meinem Horoskop steht, dass in diesem Jahr alles gut wird. Und warum sollte ich nicht wenigstens ein bisschen daran glauben?

In wenigen Tagen steigst du ins Flugzeug, und ich wünsche dir eine gute Reise. Wir sehen uns am Morgen des 20. August vor Ritas Haus. Warte auf mich …

P.

24

Ostern verbrachte ich bei Rita in Castellammare, nur ein Kurzbesuch, weil ich weiter an meiner Doktorarbeit schreiben musste. Als Pietro und Gabriele wieder zurück in der Stadt waren, voll beladen mit hydrogeologischen Proben und bäuerlichen Leckereien (die so bäuerlich gar nicht waren, aber lecker schon), war ich so froh, dass ich sie spontan alle beide zu einem Ausflug ins unterirdische Neapel einlud. Pietro entschuldigte sich mit der Ausrede, ihn interessierten nur natürliche Höhlen, keine künstlichen. »Da ist es bestimmt auch voller Krabbeltiere«, fügte er hinzu.

Mir schien es in jeder Hinsicht angemessen zu sein, dass es Gabriele war, der mich in die Unterwelt Neapels begleitete. Kaum bogen wir in die Via Roma ab, hängte er sich bei mir ein und ließ mich für den Rest des Weges nicht mehr los. Gabriele war einfach so: Er zeigte seine Zuneigung, indem er sich verhielt wie ein Edelmann aus der guten alten Zeit, ganz anders als sein Bruder, der, als hätte er Angst, ein Geheimnis in ganz Neapel hinauszuposaunen, immer eifersüchtiger darauf bedacht war, dass wir für uns blieben. Während wir vor uns hinschlenderten, erzählte mir Gabriele, wie glücklich ich mich schätzen könne, nicht die ganzen Osterferien mit ihnen verbracht zu haben. »Ostern in Monte ist nichts anderes als eine Abfolge von gigantischen Fressgelagen«, erklärte er mir, »die ich nur knapp überlebt habe.« Ich liebte es, wie Gabriele, den sein Heimatdorf nicht im Geringsten einschüchterte, dessen Namen einfach zu einem nonchalanten Monte abkürzte. So klang es wie die ideale Location zum Skifahren.

Wir fanden das handgeschriebene Schild, der Riegel war zurückgeschoben. Es war bereits kurz vor der Mittagspause, und durch die gähnende Tür drang ein Schwall warmer, erdig riechender Luft, der die Zettel und Flugblätter in dem winzigen Eingangsbereich zum Flattern brachte. Ein junger, bärtiger Wärter hob den Blick von seinem Buch und sagte, wir sollten uns beeilen, wenn wir nicht die letzte Führung des Tages verpassen wollten, die gerade begonnen habe, und fügte hinzu, wir könnten ja das nächste Mal zahlen, ein gelungenes Beispiel dafür, wie nonchalant man in Neapel mit Regeln umging. Er zeigte auf Treppenstufen, die direkt in den Schlund der Erde hinabführten.

»Dann gehen wir, oder was meinst du, Eddie?«

»Eine Führung? Ich weiß nicht.«

Ich wäre lieber allein mit ihm auf Erkundung gegangen, so wie immer, doch Gabriele bezog sich gar nicht auf die Tour selbst, sondern auf den finsteren Abstieg, der vor uns lag. Als müsste er dafür seine ganze Willenskraft aufbringen, kratzte er sich heftig am frisch rasierten Kopf. Diese Frisur hatte er sich zugelegt, um seiner fortschreitenden Kahlheit vorzubeugen.

»Wartet. Nehmt die da«, sagte der Wärter und gab uns zwei angezündete Kerzen. Sie waren lang und weiß, wie solche, die man bei kirchlichen Prozessionen verwendet.

Wir stiegen hinab. In der einen Hand hielt ich die Kerze, die ein flackerndes Licht auf die krummen, mühsam dem Fels entrissenen Treppenstufen warf, mit der anderen stützte ich mich an der feuchten und körnigen Wand ab, um nicht zu fallen. Dabei behielt ich Gabrieles Gestalt vor mir immer im Blick, seinen Schatten, mal klar umrissen und mal unheimlich verzerrt auf der Mauer, die unter meinen Fingern wegzubröckeln schien.

»Tuff?«

»Genau.«

Am Fuß der Treppe folgten wir den Stimmen der anderen. Eine Stimme, die ein vornehmes Neapolitanisch wie das von Carlo sprach, aber weiblich war, sagte: »Im Zweiten Weltkrieg wurden sie dann als Schutzräume bei Luftangriffen genutzt. Kommt nur näher. Seht ihr die hier?«

Der Durchgang, in dem wir standen, mündete in einem kleinen, in den Fels gehauenen Raum, in dem sechs oder sieben Kerzen eine Wand mit offenbar aus neolithischer Zeit stammenden Malereien beleuchteten.

»Schau mal hier«, flüsterte mir Gabriele zu. Er hielt seine Kerze an eine Zeichnung im Tuffgestein, sie zeigte ein Kampfflugzeug, darunter Wolken der Zerstörung. Unterzeichnet war es mit dem Namen »Enzo«, darunter das Datum »6. August 1943«.

»Die Bombardements durch die Alliierten müssen den Bewohnern von Neapel wie eine sinnlose und nicht enden wollende Gewalttat vorgekommen sein«, sagte die Führerin, deren Gesicht in dem unsteten Licht nur als Schemen zu erkennen war. Wie sie sagte, hätten während der Luftangriffe – welche Tage, Wochen oder manchmal sogar Monate anhielten – die in die Höhen geflüchteten Menschen sich mit nichts anderem die Zeit vertreiben können als mit Gebeten, oder sie hätten ihren Ängsten in kleinen Kunstwerken Ausdruck verliehen.

»Mit anderen Worten Graffiti«, sagte einer mit toskanischem

Akzent. »Das hat in Neapel eine lange Tradition«, fügte er säuerlich hinzu.

»Wie Sie meinen«, erwiderte die Führerin etwas spitz, »aber denken Sie daran, dass Neapel von allen italienischen Städten am heftigsten bombardiert wurde.«

»Bitte, etwas mehr Respekt«, pflichtete ihr ein anderer bei.

»Es gab Leute, die sich hier unten trauen ließen«, fuhr die Führerin fort. »Kinder spielten, Kinder kamen auf die Welt.« Laut standesamtlichen Eintragungen habe eine gewisse Carmela Montagna hier einem Mädchen das Leben geschenkt, das allerdings nach wenigen Tagen aufgrund Kälte und Feuchtigkeit an einer Lungenentzündung starb. »Ein Leben, das zu Ende war, noch bevor das Kind auch nur einmal die Sonne gesehen hatte.«

Ihre Worte rührten mich. Ob authentisch oder nicht – ich fühlte mich an den winzig kleinen Sarg erinnert, den ich im Cimitero delle Fontanelle gesehen hatte. Ein Wassertropfen fiel auf meine Wange, ich wischte ihn mit der Hand ab.

Am Ende des Krieges, fuhr die Führerin fort, habe die Stadt in Schutt und Asche gelegen, doch das Leben gehe eben weiter – und die Neapolitaner seien dafür bekannt, dass sie sich nicht unterkriegen ließen. Allerdings habe man, da das Netz öffentlicher Verkehrsmittel zerstört war, die Stadt von Schutt und Unrat nur befreien können, indem man ihn in den unterirdischen Höhlen entsorgte. »Vielleicht versuchte man damit auch, die Erinnerung an das zu verschütten, was die Leute hier unten durchgemacht hatten. Jedenfalls ist es eine Tatsache, dass ab den Sechzigerjahren niemand mehr von den Höhlen hier sprach.«

»Aber warum wurde diese Grotte hier nie zugeschüttet?«, fragte ein Mädchen.

»Sie müssen sich vor Augen halten, dass es in ganz Neapel mehr als vierhundert Unterschlüpfe dieser Art gab. Praktisch jedes Haus hatte innen einen Zugang zu einer solchen Höhle. Selbst eine ganze Generation hätte es nicht geschafft, die gesamten Bauwerke der Stadt und die Zeugnisse der Ingenieurskunst, die bis auf die Griechen zurückreichten, hier unten unterzubringen. Bitte hier entlang.«

Gabriele und ich schlossen uns den anderen an, und die Führerin geleitete uns in eine weitere, quadratische Höhle nebenan. Hier nahm ein Wasserbecken fast die gesamte Fläche des Raumes ein, und die Gruppe musste im Gänsemarsch gehen, eine Reihe von Kerzen hintereinander. Über dem Becken hing eine nackte Glühbirne, die dem Wasser einen chemisch grünen Schimmer verlieh, gelegentlich durchbrochen von schillernden konzentrischen Kreisen, wenn ein Tropfen Wasser von der Decke fiel. *Plip plop*, wie das Klimpern eines verstimmten Klaviers.

»Das hier ist eine Zisterne, wie sie zum Beispiel die alten Griechen circa 470 Jahre vor Christi Geburt aushoben«, erklärte die Führerin. »Ursprünglich sammelte man darin Regenwasser, doch dann wurde in römischer Zeit das System der Zisternen und Tunnels durch den Bau von Aquädukten erweitert.« Die Führerin berichtete von der engen Beziehung, die zwischen der unterirdischen Wasserzufuhr und der Stadt an der Oberfläche entstanden war. Ganz früher habe der Großteil der Häuser in Neapel über einen Brunnen im Hof verfügt, durch den die Bewohner ihr Wasser direkt aus den antiken, unterirdischen Zisternen schöpfen konnten, so wie dieser hier. »Hier hat auch der Volksglaube an den sogenannten *munaciello* seinen Ursprung, der sich über das Brunnensystem Zugang zu den Häusern verschafft.«

»Entschuldigung, aber was ist ein *munaciello*?«, fragte das Mädchen von vorhin.

»Laut einem uralten Volksglauben ist das ein kleiner Geist, der eine Mönchskutte trägt und sich bei Nacht in ein Haus schleicht, um allerlei Schabernack zu treiben: Er zerbricht Geschirr, springt aufs Bett, läutet an der Tür, versteckt Gegenstände und so weiter. Daher glauben die Neapolitaner bis heute, wenn man ein neues Haus bezieht, müsse man immer ein wenig Geld für den *munaciello* hinlegen, damit er einem Glück bringt und kein Unglück.«

Dieses letzte Wort – das neapolitanische *jella* – sprach sie, vielleicht gewollt, hauchend und mit unheilvoller Miene aus. Sie stand am Rande des Wasserbeckens, ihr Gesicht wurde nur von den Lichtreflexen auf dem leicht gekräuselten Wasser beleuchtet. »Der Brunnen bildete auch einen Zugang zu Baumaterial, das unterirdisch lagerte«, fuhr sie fort, »und tatsächlich entstanden viele Häuser ursprünglich aus Tuffgestein, das man Block für Block und mit bloßen Händen von unten heraufholte.«

»Genau, was du gesagt hast«, flüsterte ich Gabriele ein wenig aufgeregt zu, doch der schien sich an unser lange zurückliegendes Gespräch nicht zu erinnern. Auch er wirkte wie gebannt von der Tour, die ich vor Kurzem noch gezögert hatte anzutreten.

»Seit der Antike hat man es in Neapel nicht für nötig befunden, sich etwas von außen zu holen – ob es nun Baumaterial, Mode oder eine Lebensphilosophie war«, fuhr unsere Führerin fort. »Man könnte auch sagen, Neapel hat sich selbst erschaffen und ist deshalb niemandem etwas schuldig. Diese Autonomie und Selbstbezogenheit lässt sich bis zu seinen Ursprüngen zurückverfolgen und verbindet den Neapolitaner untrennbar mit dem Boden unter seinen Füßen.« Ich bemühte mich, ihrer Argumentation zu folgen. Mir schien, dass sie mittlerweile von ihrem Konzept abwich, was sich zu bestätigen schien, als sie mit gesenkter Stimme, fast so, als redete sie mit sich selbst, hinzufügte: »Und diese innige Beziehung zwischen der Sonne draußen und dem Dunkel hier unten… zwischen dem, was offen sichtbar und dem, was hingegen im Verborgenen lebt… zwischen dem, was gesagt wird, und dem, was nicht gesagt wird…«

Für Nachfragen ließ sie keinen Raum, denn sie hatte bereits den Kopf eingezogen und war auf dem Weg nach draußen, aus der kleinen Zisterne heraus. Vorsichtig folgten wir ihr, einer nach dem anderen, in den schmalen Korridor. Dort, wo er breiter wurde, blieb die Führerin stehen und hob ihre Kerze mit den Worten empor, wir sollten es ihr nachtun, doch die Decke war trotzdem zu hoch, um etwas erkennen zu können. »Dieser Durchgang hier ist der allererste in diesem Bereich der unterirdischen Stadt, den es uns gelungen ist freizulegen. Er war voller Unrat und Müll. Es hat uns Monate gekostet, ihn auch nur freizuschaufeln.«

»Wie, das haben Sie selbst gemacht?«, fragte einer.

»Zusammen mit unserem Verein, ja. Jemand musste es ja tun. Wenn wir darauf warten, dass die Stadt es macht, können wir bis zum Sankt Nimmerleinstag warten.« Letzteres sagte sie im Dialekt und mit einem Verdruss, der klarmachte, dass mit ihr nicht gut Kirschen essen war.

»Und bis wohin führten die Treppen?«

»Treppen? Wo denken Sie hin? Wir haben uns mit Seilen, Klettergurten und Pickeln heruntergelassen.«

Schweigen senkte sich über den Tunnel, und man spürte deutlich, dass unsere Führerin mit der letzten Bemerkung nicht nur ihre Autorität untermauert, sondern unsere uneingeschränkte Bewunderung erlangt hatte. Während wir ihr bis zum verschütteten griechischen Marktplatz folgten, war beim Gehen auf den rund abgeschliffenen Pflastersteinen höchste Vorsicht geboten. Nach einer Weile blieb sie vor einem schmalen Gang stehen und sagte, mit zwar auswendig gelernten, aber nicht minder engagierten Worten: »Es gibt noch viel zu tun, um das unterirdische Neapel zurückzuerobern und der Öffentlichkeit zugänglich zu machen, einen Teil dieser Stadt, der von unfassbarem Wert nicht nur für das archäologische Wissen über Neapel, sondern auch für die Selbsteinschätzung seiner Bewohner ist. Vielen Dank, dass Sie heute dabei waren. Hier geht es raus. Aber ich muss Sie noch fragen: Gibt es hier jemanden, der an Platzangst leidet?«

»Ich bin Hypochonder«, flüsterte Gabriele mir zu. »Das ist fast dasselbe.«

»Verliert euch bitte nicht aus den Augen«, waren die letzten Worte der Führerin, bevor die Finsternis sie wieder verschluckte.

Die Führung war zu Ende. Ich hatte hochinteressante Dinge erfahren, trotzdem merkte ich, dass ich irgendwie enttäuscht war. Ich war einer alten Ader der Stadt gefolgt, einem verschlungenen Weg, der direkt ins Herz Neapels führte, doch ich war nicht schlauer geworden. Nein, ich fühlte mich sogar fremder als zuvor. Eine Touristin.

Gabriele und ich betraten als Letzte den Stollen, der so eng war, dass die Gruppe im Gänsemarsch gehen musste. Vor mir pulsierte Gabrieles Gestalt im Rhythmus der Kerzenflamme, während sich das gelbe Tuffgestein um uns herum immer weiter verengte und unsere Kleidung streifte. Die Felswände, die sich löchrig, aber glatt anfühlten, strebten rechts und links von unten in die Höhe und verloren sich weiter oben in einer so dichten Schwärze, dass mir von dem Versuch, sie zu durchdringen, die Augen wehtaten. Ich hoffte nur, dass sich Pietro bei seiner Erwähnung von Krabbeltieren getäuscht hatte.

An einem gewissen Punkt wurde es so eng im Stollen, dass wir uns drehen und seitlich weitergehen mussten. Jetzt kam man nur noch eher unbeholfen voran, denn der Fels berührte immer wieder unsere Körper, eine klamme Umarmung, die mich in ihrer Aufdringlichkeit an den Scirocco erinnerte. Trotzdem lernte ich irgendwann, mich halbwegs geschickt vorwärts zu bewegen, ein wenig wie ein Krebs, indem ich mich der Beschaffenheit des Gesteins anpasste.

Dann plötzlich nahm ich, wie einen Sog bei Ebbe, wenn sich das Wasser zurückzieht, von Kopf bis Fuß eine Abnahme des Drucks wahr. Ich hatte das Gefühl zu stürzen (oder vielleicht war ich es ja bereits), die Felswände machten sich selbstständig, und ich selbst, zwischen ihnen eingezwängt, schien nur noch ein unbedeutendes Etwas wie eine leere Hülse zu sein. Hatte da gerade die Erde gebebt?

Auch Gabriele war stehen geblieben. »Verflixt und zugenäht!«, schrie er auf und schaute auf seine Hand.

»Hast du dir wehgetan?«

»Nicht schlimm«, erwiderte er, aber an seinen Knöcheln war Blut, das sich mit Tuffstaub vermischte. Er habe sich aufgeschürft, sagte er, während er beim Gehen versucht habe, die Kerze nicht fallen zu lassen. »Nicht schlimm. Komm, gehen wir weiter, wir dürfen die anderen nicht verlieren.«

»Du blutest doch, Gabriele. Komm, wir machen es zuerst sauber.«

Er protestierte, streckte mir aber dennoch die Hand entgegen. Die Enge in dem Stollen erlaubte keine natürlichen Bewegungen mehr, und so bereitete es mir gewisse Mühe, Gabriele meine Kerze in die unverletzte Hand zu drücken, damit ich ein Papiertaschentuch aus meiner Tasche holen konnte. Es war eine ziemlich tiefe Schürfwunde, und ich versuchte sie vorsichtig zu säubern, ohne noch mehr Dreck hineinzureiben. Dann zog ich ein zweites Tempo hervor, das er sich um die Fingerknöchel wickeln konnte.

»Gib her«, sagte er und zeigte, allem Anschein nach peinlich berührt, auf das benutzte, mit Blut befleckte Tüchlein.

»Ist doch Quatsch, Gabriele. Dein Blut, Pietros Blut, das ist doch kein großer Unterschied.«

Er wandte sich mir zu, schaute mich an. Das Tuffgestein umrahmte sein Gesicht wie ein bauschiges Kissen. »Jetzt verstehe ich, warum mein Bruder so verliebt in dich ist.«

Wir sahen uns in die Augen. Das flackernde Licht der Kerzenflamme brachte Gabrieles adlerhafte Züge, die er mit Pietro gemein hatte, noch mehr zur Geltung. Seite an Seite standen wir in den schmalen Gang eingezwängt, als müssten wir gemeinsam das Gewicht des Felsgesteins schultern, auch unser Atem war im Gleichklang, während wir diesen erdigen Geruch einatmeten, der uns ungehindert und unverfälscht in die Nase strömte. Ich hatte gedacht, jene Bitte um einen Kuss, einen *richtigen* Kuss verdrängt zu haben, doch ich erinnerte mich sehr gut an jenen Moment am Silvesterabend und er offenbar auch. Blitzartig und fast zu lebhaft wie eine Vorahnung kam mir der Gedanke, Gabriele würde jeden Moment seine blutige Hand in meinen Nacken legen, mich an sich ziehen und seinen Mund auf meine Lippen drücken. Mich erfasste eine berauschende Angst.

Er war es, der die Spannung schließlich löste, indem er einen kurzen Seufzer ausstieß und den Blick senkte. »Mein Bruder hatte immer schon Glück im Leben.«

»Und du nicht?«

»Ich weiß es nicht, Eddie. Ich habe viele Freunde, viele Bücher ... Wein, so viel mein Herz begehrt. Dadurch, dass ich nach Neapel gezogen bin, habe ich endlich meine Dimension gefunden. Ich müsste eigentlich glücklich sein, aber eine fundamentale Sache fehlt mir.«

»Und zwar?«

»Ein Mensch, der mich liebt.«

Dass er das zugab, schmerzte mich, und ich stammelte, etwas unbeholfen: »Aber hier hast du wenigstens die Qual der Wahl. Neapel ist voller schöner und intelligenter Mädchen.«

»Und Jungs ...«

Ich schaute ihn perplex an.

»Was jetzt kommt, hab ich noch nie jemandem gesagt, Eddie. Die Männer, die ich bisher geliebt habe, von früher bis jetzt ... ein bisschen wollte ich mit ihnen zusammen sein und ein bisschen auch so werden wie sie: gutaussehend, kultiviert ... Ich weiß nicht mal, wo der Unterschied ist, genaue Vorstellungen habe ich nicht ... Ich hab mich auch in Frauen verliebt, immer unglücklich, und stets war ich hinterher noch einsamer als vorher.«

»Das tut mir so leid.«

»Verstehst du jetzt, warum in Monte San Rocco einfach kein Platz für einen wie mich ist?«, sagte er und lachte bitter. »Und ich habe es Pietro zu verdanken, dass ich diesem schrecklichen Kaff entflohen bin. Dafür werde ich immer in seiner Schuld stehen.«

»Du in Pietros Schuld?« Ganz sicher meinte er doch das genaue Gegenteil. Schließlich war es Gabriele gewesen, der ihre Eltern dazu gebracht hatte, dass sie auch dem kleinen Bruder erlaubten zu studieren. Wenn einer in der Schuld des anderen stand, dann war es Pietro.

»Wie, hat er es dir denn nie erzählt?«

»Nein«, log ich.

Laut seiner Schilderung hatte Gabriele begriffen, dass seine einzige Chance, der Engstirnigkeit seines Heimatdorfes zu entfliehen, darin bestand, an die Uni zu gehen und seinen Abschluss zu machen. Pietro hingegen habe nach dem Abitur überhaupt nicht studieren wollen und auf diesem Vorhaben dickköpfig bestanden. Doch Gabriele ertrug die Vorstellung nicht, Pietro dort in Monte San Rocco versauern zu lassen, und hatte deshalb den Eltern, die nur allzu erfreut darüber gewesen waren, ihren mittleren Sohn endlich aus dem Haus zu haben, verkündet, er würde niemals ohne seinen kleinen Bruder gehen. Weil er wusste, dass Gabriele nicht nachgeben würde, hatte Pietro schließlich eingewilligt und sich ebenfalls eingeschrieben. »Er hat sich für mich aufgeopfert, für meinen Traum«, schloss Gabriele.

Es war die gleiche Geschichte, die ich schon kannte, aber wie in einem Zerrspiegel wahrgenommen. Gabriele hatte sich zum Protagonisten gemacht und vollkommen Pietros Leidenschaft für die Geologie ausgeklammert, ganz zu schweigen von der Entschlossenheit, mit der er ihn gedrängt hatte, nach Rom zu gehen. Wenn man seiner Geschichte Glauben schenkte, so wäre Pietro ohne die Dickschädeligkeit seines älteren Bruders längst einer der Kartenspieler in jener verräucherten Bar geworden oder, im besseren Fall, einer wie sein Vetter Francesco.

Ich weigerte mich, das zu glauben. Vielleicht hatte Gabriele ja eine selektive Wahrnehmung, oder es gab zwischen den Brüdern eine Art Verschmelzung, eine erzählerische Fusion ihrer Träume, Wünsche und Lebenswege, die so weit ging, dass der Unterschied nicht mehr zu erkennen war. Ich zog auch die böswillige Variante in Betracht, dass Gabrieles Schilderung seinen Vorbehalten gegenüber Pietro als dem bevorzugten Sohn geschuldet war (zumindest war er das einmal gewesen), der noch dazu in Kürze schmachvollerweise als Erster seinen Abschluss machen würde, obwohl beide im gleichen Jahr mit dem Studium begonnen hatten. Dennoch war in Gabrieles Miene, dort im Kerzenlicht, während er an die gemeinsame Vergangenheit mit seinem Bruder zurückdachte, nicht einmal ein Hauch von Groll zu erkennen, sondern einzig und allein eine große und schmerzliche Liebe.

»Ich bin froh darüber, nicht auf ihn verzichtet zu haben. Schau doch nur, wie großartig er sich im Studium geschlagen hat.« Er gab mir die Kerze zurück und fügte hinzu: »Gehen wir weiter? Sonst schließen die uns hier noch ein.«

»Ja, gehen wir.«

Tatsächlich konnte ich es kaum erwarten, all die geflüsterten Geständnisse im Dunkel dieser Höhle hinter mir zu lassen – und mich von der Erschütterung zu befreien, die dieser Kuss, der niemals stattgefunden hatte und niemals stattfinden würde, in mir verursacht hatte. Denn eins musste ich mir selbst eingestehen: Ich hatte mich danach gesehnt, dass mein zukünftiger Schwager mich küsste, doch ich wusste nicht, ob dieser Wunsch, falsch in jeder Hinsicht und erschreckend in seiner Klarheit, seinen vielen Ähnlichkeiten mit Pietro geschuldet war oder nicht doch all den Eigenschaften, in denen er sich von seinem Bruder unterschied – seiner Eigenständigkeit und Unabhängigkeit, die fast an Ausgrenzung rührte, seiner Dickköpfigkeit, sich selbst treu zu bleiben, koste es, was es wolle, oder dem Feuer, das in ihm brannte und ihn eher mit Haut und Haaren verzehren würde als jemals zu erlöschen.

Zum Glück entließ uns der Stollen schon bald aus seiner erstickenden Umarmung, und wir stiegen die Treppe hoch, die uns zurück ans Tageslicht brachte.

An jenem Abend hörte ich in den Nachrichten, die unser Nachbar im Fernsehen verfolgte, dass es in Kampanien einen Erdstoß gegeben hatte. Als ich es Pietro gegenüber erwähnte, spielte er es herunter, indem er sagte, es habe sich um ein kleines Beben mit Epizentrum in Benevento gehandelt, bei dem es nur ein einziges Opfer gegeben habe. »Ein altes Bäuerlein, das von einem Infarkt niedergestreckt wurde«, sagte er und pustete Rauch aus dem Bullaugenfenster unseres Zimmers.

»Spürt man ein Erdbeben eigentlich mehr, wenn man unter der Erde ist?«

Das verneinte er, ganz im Gegenteil nehme man ein Erdbeben unterhalb der Erdkruste halb so stark, möglicherweise sogar nur ein Drittel so stark wahr wie oben. Die seismischen Wellen, erklärte er, seien wie Radiowellen, die sich auf ihrem Weg durch die Gesteinsschichten verstärkten. Deshalb sei die Wahrnehmung an der Oberfläche immer am stärksten, ebenso wie die Schäden, die ein Beben anrichtete.

Dann war es also kein Erdbeben gewesen, was ich dort im unterirdischen Neapel gespürt hatte. Seltsamerweise war ich enttäuscht. Enttäuscht darüber, kein Erdbeben erlebt und deshalb auch nicht wiedererkannt zu haben, so wie ich Luftangriffe und andere Katastrophen nur aus Erzählungen kannte. Nicht dass ich Leid erfahren wollte, ganz im Gegenteil. Ich hatte auf einmal nur das Gefühl, Glück und wahres Wissen schlössen sich gegenseitig aus.

Pietro hielt meine finstere Miene offenbar für ein Zeichen der Sorge, denn er beeilte sich zu sagen: »Sei ganz beruhigt, Baby. Wenn es das nächste Mal in Neapel ein Erdbeben gibt, werden wir beide nicht da sein. Dort draußen im Outback, inmitten von Kängurus, erfährst du nicht einmal davon.« Er zog gierig an seiner Marlboro Light. »Aber wenn es wirklich jemals zu einem Beben kommen sollte, dann weißt du, was du zu tun hast, oder?« Ich schüttelte den Kopf. »Stell dich unter einen Türstock. Wenn es sich um eine tragende Mauer handelt, ist das der solideste Teil eines Hauses. Du hättest einige der Häuser sehen sollen, die 1980 in Monte San Rocco zerstört wurden. Oft war das Einzige, was noch da war, der Türstock.«

Mit seiner wissenschaftlichen Art gelang es ihm wie immer, meine Laune zu heben. »Was du alles weißt. Du bist der geborene Wissenschaftler«, sagte ich und merkte erst im nächsten Moment, dass das angesichts dessen, was ich an diesem Tag von Gabriele erfahren hatte, in Wirklichkeit gar kein Kompliment, sondern eher eine kleine Spitze war, und dass ich mir insgeheim wünschte, er würde seine alte und hartnäckige Neigung zur Geologie bekräftigen und damit Gabrieles Version der Geschichte widerlegen.

»Ich bin nicht der, der du glaubst«, sagte er stattdessen, machte die Zigarette aus und nahm mich in die Arme. »Ohne dich bin ich ein Mond ohne Sonne. Ich habe kein eigenes Licht.«

Als Pietro mich auf den Hals küsste, einmal und dann ein zweites Mal, wusste ich, dass der Abend vorüber war. Während wir knutschten, fiel mein Blick auf den Vulkan hinter dem Fenster, der wie immer von Lichtern eingerahmt war – den illegal errichteten Häusern, die dort oben Tag für Tag das Schicksal herausforderten. Früher oder später würde der Vesuv die Geduld verlieren, das wussten alle. Lebten die Bewohner jener Häuser folglich tatsächlich Tag für Tag mit der Angst vor einem großen Unglück oder eher in der Erwartung eines Spektakels? Mir kam der Gedanke, dass das Schlimme, vor dem wir uns am meisten fürchten, paradoxerweise auch das ist, von dem wir uns in unserem tiefsten Inneren wünschen, dass es passiert. Es

war so, als ob der primitivste und unsäglichste Teil von uns –
vielleicht die Amygdala, jene impulsive und präverbale Man-
del in den Tiefen unseres Gehirns – versuchte, das Unheil vor-
wegzunehmen, indem er sagte: *Na los, mach's, dann hast du's
hinter dir.*

Von: heddi@yahoo.com
An: tectoni@tin.it
Gesendet am: 27. August

Lieber Pietro,
ich bin heil in Neuseeland gelandet. Siehst du, am Ende
gab es keinen Grund zur Sorge, was den Flug anging.
Ich hab es mir mit meinem Roman gemütlich gemacht,
habe nachgedacht, ein bisschen herumgesponnen…
Jetzt wird mir bewusst, dass ich psychologisch überhaupt
nicht auf unser Zusammentreffen vorbereitet war. Mein
Versuch, mich mit Zen zu schützen, ist mit Pauken und
Trompeten gescheitert. Aber wie konnte ich ungerührt
bleiben, wenn da deine Stimme war, die mich von der
Straße aus rief? Als ich auf den Balkon trat, hatte ich das
Gefühl zu fallen, aber nicht aus dem zweiten Stock, sondern aus unendlicher Höhe. Und als ich dann den Ring an
deinem Finger glänzen sah, hab ich mich wie die Verräte-
rin gefühlt, weil ich dir vor all diesen Jahren deine Sonne
zurückgeschickt habe, ich, die Treulose, die jedes Vertrauen ins Schicksal verloren hatte. Aber manche Dinge
sollte ich dir vielleicht doch lieber nicht eingestehen.

Die Zeit, die ich mit dir verbracht habe, war kein Tag, sondern eine Woche, ein Monat, ein Leben. Wie viele unerwartete Geständnisse, wie viele alte und neue Gefühle.

Ich hänge dir das Foto an, das wir von uns beiden unten in Puolo gemacht haben. Entschuldige, wenn die Farben ein bisschen unnatürlich herauskommen, aber vielleicht hatten wir wirklich einen Sonnenbrand. Ich habe vergessen, dir zu sagen, dass es nicht weit von dort zu den Bagni della Regina Giovanni ist, zumindest im Boot nicht. Erinnerst du dich, wie wir damals mit Sonia und Carlo dort waren?

Wie du weißt, habe ich mich am Tag danach in Neapel mit Gabriele getroffen. Jetzt frage ich mich, ob ihr euch absichtlich aus dem Weg gegangen seid. Du, der du mit deinem todschicken Auto davonfuhrst (entschuldige die kleine Bosheit), und er, der abgehetzt aus dem Zug stieg. Du fehltest mir schon wieder, und ich begann gleich von dir zu sprechen. Sicher hielt Gabriele mich für verrückt, auch wenn er es nicht gesagt hat. Er schien zu begreifen, dass ich meinem Herzen Luft machen musste. Ich hab über dich gesprochen, als wir durch die engen Gassen der Stadt gingen, als wir zum Essen im Campagnola saßen. Wir haben köstlich gegessen, ich habe sogar Wein getrunken und mir endlich alles von der Seele geredet. Gabriele sprach nur wenig über sich selbst. Täusche ich mich, oder ist er noch niedergeschlagener als früher? Mag sein, dass du das selbst nicht weißt…

Neapel hat sich nicht verändert. Vielleicht stimmt es ja, dass diese Stadt immer dieselbe bleibt und nur wir uns verändern. Aber was ist denn so schlimm daran, sich nicht zu verändern und bis zum Ende sich selbst treu zu bleiben? (Auch wenn diese Treue im Falle von Neapel auch manchmal Untreue bedeutet, Unberechenbarkeit und Wahnsinn?) Um sich selbst treu zu bleiben, muss man sich kennen, muss in den Spiegel schauen können und sich wiedererkennen.

Jedenfalls hat sich selbst unser Mietshaus nicht verändert, zumindest nicht von außen. Gabriele wollte lieber unten in der Bar auf mich warten; er sagte mir, er würde es nie mehr schaffen, diese Straße entlangzugehen, er schaffe es einfach nicht. Also habe ich die Via de Deo allein in Angriff genommen. Seltsam, ich hatte sie nicht so steil in Erinnerung. Weißt du, dass der Gemüsehändler, der uns so oft beschissen hat, noch da ist? Und dass die Nummer 33 immer noch meine Glückszahl ist? Vielleicht war es ja gut so, dass die Haustür verschlossen war. Ich wollte mich nicht aufregen, wollte für Gabriele stark sein.

An jenem Abend haben wir in einer Wohnung an der Rettifilo übernachtet, sie gehört einem Freund von ihm, der verreist war. Selbst in der Nacht war es noch brüllend heiß, wir haben das Licht ausgemacht und die Balkontür sperrangelweit offen gelassen, um frische (wenn auch ziemlich verschmutzte) Luft hereinzulassen. So saßen wir im Dunkeln und schauten uns einen Film im Fernsehen an, Gabriele trank einen Whisky. Die Szene war mir so vertraut, dass all die schmerzlichen Erinnerungen wieder auf mich einstürzten… Jetzt verstehe ich, warum du sagtest, dir würden jedes Mal, wenn du nach Neapel zurückkehrst, die Augen brennen. Bloß liegt es bei mir nicht am Smog.

Ich muss los. Ich denke viel an dich, aber die Bilder, die mir immer durch den Kopf gehen, sind nicht die aus der Vergangenheit. Es sind die Bilder von kürzlich, nur wenige Tage ist es her. Dann bist du also wirklich kein Hirngespinst. Du bist ein Mann aus Fleisch und Blut.

Ich umarme dich.

H.

25

Das Frühjahr verging im Fluge, während ich eine erste Fassung meiner Doktorarbeit schrieb und mich viel mit Freunden verabredete. Eines Abends, als ich mit Angelo und Tonino unterwegs war (Pietro war zu Hause geblieben, um zu lernen), waren wir gerade auf der Via Costantinopoli in Richtung Piazza Bellini unterwegs, als ein Motorroller haarscharf an mir vorbeifuhr, viel näher als nötig, weil die Straße zu dieser Uhrzeit leer war. Er wurde langsamer und fuhr dann, mit der Muskelbeherrschung eines klassischen Tänzers, so nah an mich heran, dass er mich mit seinem Atem streifte, ohne mich jedoch zu berühren. In genau diesem Moment streckte der Fahrer die Hand aus und schob sie mir, wie einen Brieföffner, zwischen die Beine. *Zack.* Dann gab er Gas, und weg war er. Die Jungs liefen fluchend hinter ihm her. Als ich nach Hause kam, erzählte ich Pietro nichts von dem Vorfall, denn er hätte ihn in seiner negativer Haltung Neapel gegenüber nur bestätigt, über das er oft schimpfte wie ein Rohrspatz, ob es nun um die schlechte Luft, die kaputten Straßen, die Arbeitslosigkeit oder die Korruption ging. Auch ich selbst hatte allmählich den Verdacht, die städtische Erneuerung, an die auch wir uns allmählich gewöhnt hatten, könnte ein Geschenk sein, das man uns von einem Tag auf den anderen wieder abnehmen würde.

Und so kam in einem Klima wachsenden Zweifels der Tag, an dem ich meine Doktorarbeit verteidigte. Als wäre es ein x-beliebiger Morgen, ging ich bei dem Obdachlosen vorbei, um ihm sein Frühstück zu bringen. »Lassen Sie es sich gut gehen«, verabschiedete ich mich, wieder zum formellen Sie zurückkehrend, das ihm als Priester ja standesgemäß gebührte. Er winkte mir zum Dank fröhlich zu, was er zuvor noch nie getan hatte und ich als gutes Zeichen interpretierte.

In Wirklichkeit befand ich mich in einem Zustand leichter Panik und suchte überall nach verheißungsvollen Omen. Aus Angst, mich noch nervöser machen zu lassen, als ich es sowieso schon war, hatte ich Pietro gebeten, mich nicht zu der säkularisierten Kirche gegenüber dem Palazzo Giusso zu begleiten, doch Mamma Rita hatte sich über meinen Wunsch einfach hinweggesetzt. Ihr platinblonder Haarschopf hob sich deutlich inmitten all der Eltern und Verwandten ab, die im Sonntagsgewand auf den großen Moment ihrer Sprösslinge warteten. Ich nahm neben Rita, die nach Fendi, gebratenen Auberginen und frisch aufgetragenem Nagellack roch, in der Kirchenbank Platz und hätte mir nichts sehnlicher gewünscht, als in ihrer Küche zu sitzen, zu brutzeln und zu plaudern. Erst recht, als sie mit einem leuchtend rot lackierten Finger auf den Fotografen zeigte, den sie engagiert hatte, damit er den großen Moment festhielt.

»Und mach nicht so ein Gesicht, mein Schatz«, sagte sie mit der gespielten Verärgerung, die ihr so gut zu Gesicht stand. »Die Fotos sind ja nicht für dich. Die schenkst du deinem Vater und Barbara.« Dann löste sie meine Haare, die ich zu einem unordentlichen Knoten zusammengesteckt hatte, und fügte hinzu: »Hättest wirklich was mit deiner Mähne machen sollen. Siehst aus wie ein nasses Küken, genau wie damals, als ich dich am Bahnhof von Castellammare an der Via Nocera abgeholt habe. Erinnerst du dich?«

»Wie könnte ich das vergessen?«, erwiderte ich voller Vorfreude auf die Geschichte, die sie so gerne erzählte.

»Es nieselte, und dir klebten die Haare am Kopf, so wie jetzt. Und dann stieg Tanya zusammen mit dir aus der Vesuviana, und obwohl ich noch nie ein Foto von dir gesehen hatte, wusste ich gleich, dass du das bist. ›Da ist meine Eddie‹, sagte ich. Weißt du noch? Und Santina hinter mir nervt mich in einem fort, indem sie sagt: ›Mensch, Rita, nimm dir doch lieber Tanya, der wird es bei den Giusis sowieso nicht gefallen. Ich vertausche einfach die Anmeldeformulare der AFSAI, und die Sache ist geritzt. Ist doch egal, welche Amerikanerin du kriegst.‹ Und ich: ›Nein, Santina, zum allerletzten Mal! Sag diesen Leuten vom Austauschprogramm, dass ich diese Tanya nicht will. Eddie kommt mit mir und damit basta.‹«

Rita lachte wie ein junges Mädchen, ohne auf die ernsten und stolzen Gesichter rundum zu achten. Jemand drehte sich um und schaute sie böse an, andere lauschten lieber.

»Und weißt du noch, wie meine Schwester Italia nie deinen Namen aussprechen konnte und dich immer Candy Candy nannte, wie diese Puppe?« Ihr Lachen war ansteckend, und wir mussten so sehr kichern, dass ihre langen Ohrringe, die ich ihr vor Jahren geschenkt hatte, klimperten. »Und schau dir dich jetzt an, schon ganz erwachsen. Und fast eine Frau Doktor.«

Plötzlich war meine Angst wieder da und stieg ins Unermessliche, als die Professoren in einer langen Reihe hereinmarschierten und an dem Tisch Platz nahmen, auf dem die gebundenen Doktorarbeiten lagen und Mikrofone installiert waren. Andächtige Stille senkte sich über das Publikum, als die erste Kandidatin gebeten wurde, vor der Kommission Platz zu nehmen. Ich bemühte mich, dem, was das Mädchen sagte, mehr Gehör zu schenken als dem heftig pochenden Herzen in meiner Brust, doch ihre Worte, die verzerrt durch das Mikrofon im Gewölbe der Kirche widerhallten, klangen unwirklich. Zusätzlich verwirrte mich der Profifotograf mit seinem zuckenden Blitz, der um sie herumtänzelte wie ein Ninja-Kämpfer.

Ich war erst wieder bei mir, als dem armen Mädchen auf dem Podium eine Frage gestellt wurde, und zwar von Signorelli, jenem Glottologieprofessor, der mich mit seinen genialen Ausführungen Morgen für Morgen an meinen Sitz im Cinema Astra gefesselt hatte. Mit Erleichterung sah ich, dass neben ihm mein Doktorvater Benedetti saß, auf dem Gesicht eine deutlich amüsierte Miene ob der vielen Formalitäten. Ganz am Ende des Tisches saß der Russischprofessor, der untreue Ehemann meiner in Umnachtung gefallenen Professorin, mit der starren Miene einer Totenmaske, die Augen permanent nach unten gerichtet und wie von der Schwerkraft südwärts gezogenen Wangen. War das Langeweile oder etwa eher Bedauern?

Ein Blitzlichtgewitter, donnernder Applaus, dann war die Studentin keine Studentin mehr, sondern frischgebackene Frau Doktor, und schon wurde mein Name genannt. Rita versetzte mir ein paar aufmunternde Klapse auf den Oberschenkel.

Ich stand auf und schritt wie im Traum auf die Kommission zu. Alles war wie durch Watte gedämpft, verlangsamt. Ich hatte noch die Zeit, meine Hose zurechtzuzupfen, den Blick über die Menge der Angehörigen schweifen zu lassen, über die Statue des heiligen Markus, der einen Löwen zähmt, und sogar über den Fotografen, der gerade einen neuen Film einlegte. Doch ich war immer noch nicht am Tisch der Professoren angelangt, so schwer waren meine Beine, wie Blei.

Als ich dann endlich auf meinem Stuhl saß, schwappte die reale Welt mit ihrer ganzen Schnelligkeit und Direktheit über mich hinweg. Jemand im Zuschauerraum räusperte sich geräuschvoll. Auf einmal hatte ich das dicke Mikrofon in der Hand, an dem noch der kalte Schweiß meiner Vorgängerin klebte. »Guten Tag.« Meine Stimme aus dem Lautsprecher klang seltsam fremd.

Als Benedetti meine Doktorarbeit in die Höhe hob – sie hatte einen blauen Einband mit goldener Schrift – und sie mit allerhöchstem Lob zusammenfasste, war ich endlich wieder in die Gegenwart zurückgekehrt. Tatsächlich war ich sogar so sehr dem Moment verhaftet, ja, fest darin verwurzelt, dass ich mir sicher war, später nicht die geringste Erinnerung mehr daran zu haben, was ich eigentlich genau sagte. Ich sprach über Pronomen und über *political correctness*. Ich schöpfte aus meinem Fundus an schillernden Begriffen, untermalte alles mit theaterreifen Gesten. Mit einer ironischen Bemerkung brachte ich sogar Benedetti zum Lachen, der so heftig auf den Tisch klopfte, dass die Füllfederhalter hüpften. Nur einmal kam ich ins Schleudern, als mein Russischprofessor mir eine Frage auf Russisch stellte. Während ich stammelnd zu einer Antwort ansetzte und die ungeliebten Vokale wie heiße Kartoffeln in meinem Mund hin und her schob, tröstete mich einzig und allein die Hoffnung, nie mehr im Leben noch einmal genötigt zu sein, diese Sprache zu sprechen, von der jeder Klang mich wieder einmal davon überzeugte, bei der Fächerwahl einen großen Fehler gemacht zu haben. Doch der Professor nickte nur zustimmend, und einen Moment später fand ich mich zusammen mit der Kommission im Blitzgewitter wieder. Benedetti schüttelte mir so heftig die Hand, dass sie auf und ab wippte wie eine Feder, und übertönte den Applaus mit seiner dröhnenden norditalienischen Stimme, als er verkündete: »Hundertzehn und cum laude! Außergewöhnlich, Dottoressa!«

Damit war meine letzte Verwandlung komplett.

Noch eine weitere Doktoranwärterin kam dran, dann war die Morgensitzung zu Ende. Alle strömten aus der Kirche, wie ein breiter Fluss, der ins Meer mündet. Die schwüle Frühsommerluft schloss mich in ihre Arme. Meine Erleichterung war so groß, dass sie mich schier überwältigte, und der Schlafmangel der vergangenen Monate, in denen ich meine Doktorarbeit wieder und wieder überarbeitet hatte, machte sich bemerkbar. Rita drückte mich an sich – ob sie lachte oder vor Aufregung zitterte, weiß ich nicht –, und ich gab mich ganz ihrer Umarmung hin, dem üppigen Busen, dem trocken knisternden Haar, den von Lippenstift überzuckerten Küssen. Sie sagte: »Hör mal, Schatz, diesen Samstag erwarten wir dich alle in Castellammare zum Feiern. Zieh dir was an, das sexy ist, denn hinterher gehen wir ins Kalimera tanzen!«

Ich war noch dabei, mich von ihr zu verabschieden, als Benedetti auf mich zutrat und sich an die niedrige Steinwand lehnte. Ich merkte erst jetzt, dass er seinen Standards bis zum Schluss treu geblieben war und auch heute eine Jeans trug. Er richtete seine unglaublichen Augen hinter der dicken Brille auf mich und grinste mich spitzbübisch an. Dann sagte er, er kenne einen kleinen Verlag, bei dem er bereits veröffentlicht habe und der möglicherweise auch Interesse an der Publikation meiner Doktorarbeit hätte. Ich sah, wie seine Lippen sich bewegten, war jedoch immer noch nicht richtig bei der Sache. Erst als er die Möglichkeit eines Doktorats erwähnte, erwachte ich aus meiner Trance.

»Ich kenne ein paar Leute an der Universität Bari«, sagte er. »Die Chancen stehen ganz gut, dass man Ihnen für das nächste akademische Jahr ein Angebot macht.« Mit diesen Worten klopfte er mir so begeistert auf die Schulter, dass mir fast die Luft wegblieb.

Ich fühlte mich geschmeichelt, doch nein: Ich dachte nicht im Traum daran, weiterzustudieren und irgendwann zu einem Benedetti zu werden, an einem Ort, der sogar noch südlicher lag als Neapel.

An diesem Abend feierten wir bei uns zu Hause meinen Doktortitel bis spät in die Nacht. Es kamen Leute, die ich schon eine Weile nicht mehr gesehen hatte, und andere, die ich überhaupt nicht kannte – Freunde von Tonino und Gabriele, oder vielleicht auch Freunde von Freunden – und von denen manche gar nicht um den eigentlichen Anlass der Party wussten. Umso besser. Ich trank ein Bier und ein halbes Glas Wein, ich war fröhlich und ausgelassen, doch am Ende war mir übel, und mich nervten sowohl die laute Musik als auch der Zigarettenrauch, der mir Haare und Kleidung verpestete. Kurz überlegte ich, Pietro zu fragen, ob wir zusammen die Fliege machen und hoch ins Zimmer gehen sollten, doch ich konnte ihn nicht finden. Ich suchte im Wohnzimmer und in der Küche, quetschte mich zwischen den Gästen hindurch auf die Terrasse. Und da stand er in einer schlecht beleuchteten Ecke des Daches und plauderte mit Sonia.

Er lehnte mit dem Rücken an der Brüstung, die Beine leicht gespreizt, rauchte einen Joint und lauschte aufmerksam, nickte und lächelte. Sonia wirkte aufgeregt, sie gestikulierte wild, lachte nervös. Es war verrückt, aber die beiden so zusammen zu sehen, wie sie ganz für sich allein auf dem Dach standen, die hell erleuchtete Stadt hinter sich, überraschenderweise mit einem Joint in der Hand – was das Ganze auf einmal sehr intim machte –, entzündete eine winzig kleine blaue Stichflamme in mir, kalt und zischend.

»Ach, hallo, Eddie«, sagte Sonia auf ihre muntere Art, als sie mich erblickte. Pietro drehte sich zu mir, stieß ein trockenes, ein wenig schuldbewusstes Lachen aus. Sonia sagte hastig, es sei spät und sie müsse nach Hause, und ließ uns auf der schwarzen Dachpappe allein zurück, von der, wie ich erst jetzt spürte, die ganze komprimierte Hitze eines Frühsommertages aufstieg.

»Geht es dir nicht gut?«, fragte er.

»Nein, alles gut … vielleicht hab ich ein bisschen zu viel getrunken.«

»Gönn dir doch auch mal einen kleinen Schwips.«

Ich nahm seine Bemerkung wie eine Kritik auf – dass immer ich diejenige sei, die nicht aus sich herausgehen oder auch nur einfach herumalbern konnte. Doch offenbar meinte Pietro das gar nicht.

»Du hast morgen früh keine Uni«, präzisierte er mit einer Mischung aus Bewunderung und Neid. »Weder morgen noch sonst irgendwann. Du bist frei, jetzt kannst du verdammt noch mal machen, was du willst.«

Erst in diesem Moment wurde mir bewusst, dass es wirklich stimmte. Nach zwei Jahrzehnten ununterbrochenen Unterrichts und Studiums hatte ich endlich frei. Und das Einzige, was mich noch in Neapel hielt, war Pietro.

Schon in aller Herrgottsfrühe stieg eine feuchte Schwüle aus dem Viertel hoch wie Schweiß, der mit den ersten Sonnenstrahlen verfliegt. Die Gluthitze war zurück, ein heißer, böser Atem, der aus den Ritzen der Pflastersteine drang und sich zuerst in die ebenerdigen Wohnungen und dann in die höheren Stockwerke stahl. Bereits um halb neun Uhr morgens waberte sie am bröckelnden Verputz unserer Hausmauer hoch, von Balkon zu Balkon, von Stockwerk zu Stockwerk. Sie ließ sich

Zeit, diese Hitze, trocknete sich an der aufgehängten Wäsche ab, leckte an den Knoblauchzöpfen, kam vielleicht sogar auf einen Espresso herein. Dann stieg sie bis in die allerhöchsten Stockwerke hoch und brachte den Bewohnern der Wohnungen, die sich gerade aus dem Bett quälten, all die Gerüche und Geräusche des Hauses mit wie in einem vollen Transportkorb am Flaschenzug: das erste Husten eines Rauchers, das Prasseln einer morgendlichen Dusche, den ersten Zank.

Die Hitze machte nervös. Immer häufiger brach bei den Bewohnern der Via de Deo 33 Streit aus, und das zu immer unmöglicheren Tages- und Nachtzeiten. Besonders zwei Stimmen hoben sich hervor: eine weibliche, feurige, stets entflammte (obwohl sie sich immer nur auf ein anderes Element, nämlich das Wasser, bezog) und eine männliche, die Unschuld, ja, komplettes Unwissen, beteuerte. Der Mann jedoch ging sofort zum Angriff über, sobald es ihm nicht gelang, den Feuerlöscher der guten Worte zu bedienen, und überschüttete die erzürnte Nachbarin mit den übelsten Beschimpfungen. Wären die beiden nicht durch den Innenhof getrennt gewesen, hätte es durchaus zu Handgreiflichkeiten kommen können. Jedenfalls war es dieser alltägliche Schlagabtausch, der mich am Morgen unweigerlich weckte, wenn die Hitze dies nicht schon längst getan hatte. Besonders jetzt, wo ich keine Vorlesungen mehr zu besuchen hatte, machte sich die Hitze einen Spaß daraus, mich in aller Herrgottsfrühe mit ihrem Glutatem zu piesacken, mir dabei zuzuschauen, wie ich mich halb nackt und verschwitzt zwischen den Laken wälzte, und mich für meine Freiheit auszulachen.

Eines Morgens gelang es mir, Pietro vom Computer wegzulocken, um draußen frühstücken zu gehen. Da ihn das Gambrinus, wo nach seinem Dafürhalten nur »eingebildete Lackaffen« saßen, nervös machte, schlug ich die schlichte Bar an der Via Roma vor, in der ich manchmal meinen Kaffee trank. »Außerdem gibt es da einen Mann, den ich dir gerne vorstellen möchte.«

Doch mitten in der geschäftigen Menge konnte ich den Rollstuhl des Priesters nicht entdecken, und so betraten Pietro und ich die Bar und bestellten zwei Cappuccini und ein Hörnchen für zwei. Wieder draußen, ließ ich den Blick über den leeren Platz auf dem Bürgersteig schweifen. Vielleicht war er ja heute trotz des schönen Wetters in seiner Unterkunft geblieben.

»Also, und wer ist nun der Typ, den ich unbedingt kennenlernen soll?«

»Ach, vielleicht ein anderes Mal.«

»Habe ich Grund zur Eifersucht?«

Um uns noch ein wenig die Füße zu vertreten, gingen wir quer hinter dem Banco di Napoli vorbei bis zur Piazza Municipio. Über allem thronte die Burg Maschio Angioino, und hinter den vor Anker gegangenen Schiffen war das Meer nur als gestrichelte Linie zu erkennen. Das kreidige Blau des Himmels versprach einen weiteren glühend heißen Tag, und tatsächlich lagen die streunenden Hunde des Parks bereits jetzt hechelnd im dürftigen Schatten der Pinien. Sie sahen vollkommen entkräftet aus, das schlaffe Gesäuge im Liegen neben sich. Die Luft stand still.

»Kleine Zigarettenpause? Erbarmen!«, flehte Pietro und ließ sich auf eine Bank sinken. »Langsam wird es wirklich unerträglich hier. Ich kann es kaum erwarten, mich auf die Socken zu machen und hier abzuhauen. Auch wenn das bedeutet, dass ich Zivildienst machen muss.«

»Na ja, du hast dich ja für Neapel und Umgebung beworben, dann wird man sehen.«

Pietro sagte nichts und nahm eine Zigarette aus der Schachtel. Auch wenn nicht die geringste Hoffnung auf eine frische Brise bestand, schützte er aus reiner Gewohnheit die Flamme mit der gekrümmten Hand.

»Du hast doch beantragt, dass du in Neapel bleiben kannst, oder nicht?«

Den Mund fest um seine Marlboro geschlossen, murmelte er etwas, das weder ein Ja noch ein Nein war, doch was er dann sagte, genügte, um mich am Boden zu zerstören. »Die hätten mich nie genommen, Baby. So funktioniert das nicht in Italien. Hier versuchen sie, alle Bauernsöhne aus dem Süden nach Norden zu schicken, und die Arbeiterkinder aus dem Norden landen im Süden. Der Theorie nach lernen so die *terroni* und die *polentoni*, sich nicht gegenseitig die Köpfe einzuschlagen. Damit werden wir nach 230 Jahren endlich die Einheit Italiens erreicht haben. Entweder Italien oder der Tod!«

Ich band mir die Haare zusammen, die jetzt schon verschwitzt waren. Mir gefiel sein pseudomilitärischer Ton nicht, als hätte er jetzt schon Spaß daran, sich herumkommandieren zu lassen. »Und das passt dir?«

»Von wegen, natürlich nicht. Ich sag nur, dass das ihre Strategie ist, und dass wir für die nur Spielfiguren auf dem Brett sind.« Pietro rauchte in Richtung Meer, lautlos verzehrte sich die Asche, und jenseits seiner Zigarette floss der Verkehr entlang der Hafenstraße.

»Du willst also nicht in meiner Nähe bleiben.«

»Wo denkst du hin? Aber du hast damit gar nichts zu tun.« Er zerdrückte die halb gerauchte Marlboro unter seinem Schuh und schaute mir ins Gesicht. »Ich bin kein reiches Muttersöhnchen wie Carlo, ich hab auch kein Vitamin B, deshalb kann ich es schlicht und ergreifend vergessen, dass man mir einen

Posten in Neapel oder Umgebung gibt. Aber selbst wenn ich das Schicksal herausfordern und mich bewerben würde, könnte ich mich gleich in den Fuß schießen.«

»Wieso?«

»Weil hierzubleiben bedeuten würde, dass mir meine Eltern noch weitere anderthalb Jahre im Nacken sitzen. Für sie macht es nicht den geringsten Unterschied, ob ich hier in Neapel Geowissenschaften studiere oder irgendwelche Rollifahrer bespaße. Sie erwarten so und so, dass ich jedes Wochenende nach Monte San Rocco pilgere, um mir auf dem Hof den Arsch aufzureißen.«

»Du könntest ja ab und zu einfach Nein sagen.«

»Du hast leicht reden! Ich kann denen doch nicht absagen, wenn ich nur einen Katzensprung entfernt bin, oder? Ich brauche dringend Abstand von ihnen, viele Kilometer, das brauche ich. Hunderte von Kilometern! Ist das denn zu viel verlangt, verdammt noch mal?«

Es beunruhigte mich, ihn so gereizt zu sehen, fast schien es, als wäre er auf mich wütend. Ich schlang meinen nackten Arm um seinen, wodurch eine seidige Schweißschicht zwischen uns entstand. »Okay, dann reden wir also über Orte«, sagte ich und listete ihm all jene auf, die wir bereits mit dem Finger auf der Landkarte bereist hatten, wenn wir von unserer gemeinsamen Weltreise träumten.

Meine Aufzählung schien ihn etwas zu besänftigen, und seine Laune besserte sich sichtlich. Mit schmalen Augen sagte er: »Ist mir egal, wo wir sind, Baby, Hauptsache, wir sind zusammen. Mit dir würde ich in einem Koffer leben, in einem Kofferraum, im Frachtraum eines Schiffes… einem Zelt in der Wüste…«

»… einem Iglu in der Arktis…«

Die Tatsache, dass wir wirklich den Gedanken realistischer fanden, in einem Auto zu leben oder direkt auf dem Eis zu schlafen, sprach Bände darüber, wie unwirtlich Monte San Rocco für uns war. Ohne auf die Hitze oder auf die anderen Leute zu achten, küssten wir uns. Auf der kleinen Straße neben uns näherte sich eine Vespa, deren Fahrer, als er an uns vorbeifuhr, laute Schmatzgeräusche machte und in Dialekt rief: »He, lass dir doch noch einen blasen!«

»Kommt, keine Sorge«, rief ihm Pietro, ebenfalls in Dialekt, hinterher, und zündete sich eine Zigarette an.

Es war bei ihm wohl nicht nur schlechte Laune, begriff ich jetzt, sondern ein Kummer mit tiefer liegenden Ursachen, die ich nicht kannte und die mir Angst machten. Doch worum auch immer es sich handelte, ich musste ihm dabei helfen, ihn zu überwinden. Ich wechselte die Taktik und sprach darüber, was zu tun war, wenn wir unsere Pläne in die Tat umsetzen wollten. Je mehr Einzelheiten mir in den Sinn kamen, desto mehr konnte ich mich dafür begeistern.

Während er seinen Zivildienst ableistete, schlug ich vor, könnte ich mir einen Job suchen und von dem Lohn etwas für die Flugtickets beiseitelegen. In der Zwischenzeit würde Pietro an seinem Lebenslauf arbeiten und sich nach Arbeitsmöglichkeiten in der Erdölbranche erkundigen. Was meine eigene Karriere (welch hochtrabendes Wort!) anging, so hatte ich mir noch nie Gedanken darüber gemacht, was ich mit meinem Universitätsabschluss anfangen könnte, der ebenso schön und windig war wie das Pergament, auf dem er gedruckt war. Ich ging davon aus, dass das Schicksal mir auch in dieser Hinsicht den richtigen Weg weisen würde, dass es mir ein neues Pünktchen auf der Landkarte zeigen würde, wo ich anfangen konnte, und dann würde ich mich, wie ein Chamäleon, in das neue Bild einfügen. Das konnte ich gut.

Allerdings stellte sich die Frage, seit wann sich mein Lebens-
weg, sowohl arbeitsmäßig als auch geografisch, so komplett
und vielleicht auch ungerechtfertigerweise auf den von Pietro eingestellt hatte. Alles hing jetzt von ihm ab – von seinen
Bedürfnissen, seiner Energie. Mir wurde bewusst, dass ich,
ebenso sehr wie Pietro mich brauchte, um aus Neapel wegzu-
kommen, umgekehrt ihn brauchte – um mich von der Stadt zu
lösen, meine Ängste in den Wind zu schießen und nicht mehr
zurückzuschauen. Da saß ich auf dieser Bank und listete voller
Zuversicht die konkreten Aspekte unseres großen Abenteuers
auf, doch insgeheim fürchtete ich dennoch, das alles könnten
nur Hirngespinste sein, die am Ende nicht in die Tat umzusetzen waren. Ich fürchtete, jemand zu sein, der nichts auf die
Reihe kriegt. Es war mir nicht klar, wie, aber im Laufe der Zeit
war ich zu einer Träumerin geworden, in einer Stadt, in der es
Träumer und Spinner im Überfluss gab.

»Und dann wären wir endlich frei«, schloss ich, ein wenig
melodramatisch.

»Frei…«

Für mich war es schon ein tolles Gefühl, dieses wunderschöne Wort auch nur auszusprechen, wie ein Vogel, der jeden
Moment die Flügel ausbreitet und davonflattert. Doch auf Pietro schien es nicht diese Wirkung zu haben. »Willst du das
denn nicht auch – frei sein?«

»Im Moment bin ich einfach nur müde, Baby. Ich bin ein Gefangener meiner Familie. Und manchmal fühle ich mich auch
wie ein Gefangener der Uni.«

Wer weiß, warum ich in diesem Moment an den Abend denken musste, an dem er es für ausgeschlossen gehalten hatte,
dass ich damals bei meinem Ausflug in die Unterwelt tatsächlich einen Erdstoß gespürt hatte. Zweifellos hatte er recht ge-

habt, doch hatte ich nicht dennoch *etwas* gespürt, nämlich ein Gefühl der Verwirrung und der Verlorenheit, als hätte jede Zelle meines Körpers auf einmal ihre Daseinsberechtigung verloren? In genau diesem Moment hatte ich dasselbe untrügliche Gefühl – vielleicht war es ja auch eine Vorahnung –, etwas verloren zu haben, und zwar etwas, das auf einer geografischen Unmöglichkeit beruhte.

»Pietro, hast du mich noch lieb?«

»Da fragst du noch?«

Nachdem er nach Hause gegangen war, um weiter an seiner Doktorarbeit zu schreiben, machte ich an einem kleinen Markt halt und kaufte ihm den dicksten Ring aus Silber (mexikanischem Silber, wie der Verkäufer behauptete), den ich finden konnte. Ich folgte einem Impuls, als ich ihn kaufte, und erst danach kam mir die Idee, ihn Pietro an dem Tag zu schenken, wenn er seinen Doktortitel bekam. Doch ich war mir nicht sicher, ob ich die richtige Größe erwischt hatte, denn obwohl Pietro große Hände hatte, waren es doch, wie Sonia es genannt hatte, die Hände eines *feinen Herrn*.

Von: tectoni@tin.it
An: heddi@yahoo.com
Gesendet am: 7. September

Meine liebste Heddi,
ich habe auf deine Mail gewartet. Ich konnte es kaum
erwarten, aber ich wusste, dass du mir schreiben würdest. Was soll ich sagen ... jedes Mal, wenn ich deine
Worte lese, spüre ich, wie die Entfernung zwischen uns
zusammenschrumpft. Wenn ich deine Mails lese, tue ich
es mit einem Lächeln, und das liegt daran, wie du sie
schreibst. Unser Wiedersehen war wundervoll, unver-
gesslich, es wird ein ganzes Kapitel in dem Buch einnehmen, das ich eines Tages, wenn ich alt bin, schreiben
werde. Du hast dich überhaupt nicht verändert, zumindest oberflächlich nicht, und wenn ich nach dem bisschen gehe, was ich von dir gehört habe, auch innerlich
nicht.
Ich werde versuchen, ehrlich zu sein. Ich hatte mit großen Neuigkeiten gerechnet, zumindest im emotionalen
Bereich – vielleicht hatte ich sogar darauf gehofft. Ein
bisschen hätte es mich gedemütigt wie einen geprü-

gelten Hund, und ich hätte wieder mit mir gehadert, was für ein Depp ich war, dich zu verlassen ... Jedenfalls wünschte ich mir – und wünsche es mir vielleicht noch immer –, für das, was ich getan habe, das Leid zu bekommen, das ich verdiene. Stattdessen kam ich mit einem ganz anderen, noch stärkeren Gefühl nach Hause: Ich spüre, dass ich etwas tun muss. Und dieses Etwas heißt, alles hinter mir zu lassen und zu dir nach Neuseeland zu fahren.

Doch natürlich ist das nicht so schnell getan wie gesagt, erst recht in meinem Fall. Ich verbringe viel Zeit damit, mir das alles vorzustellen, das Land, wo du wohnst, deine Freunde, und ich versuche, mich mental in dieses Bild einzufügen. Es gefällt mir. Doch mir ist bewusst, dass ich etwas verwechseln könnte – das, was ich für dich empfinde, und den Wunsch, ein anderes Leben zu leben als das, was ich jetzt habe und was vermutlich das Schicksal für mich vorgesehen hat. Und was empfinde ich für dich? Eine Zuneigung, die grenzenlos ist: Ein Teil von mir gehört dir, er wurde durch dich geformt und gestaltet, von der Art mich anzuziehen bis zu meiner Denkweise und dem Wunsch, die Welt zu sehen. Ich habe Lust, dich dort unten zu besuchen, und sei es nur, um zu sehen, wie viele Möglichkeiten mir noch bleiben und was von dem, was wir einmal waren oder hätten sein können, noch geblieben ist. Ich weiß nicht, ob ich es schaffen werde ... aber ganz gewiss werde ich es versuchen.

Ich weiß, es ist nicht leicht, mein Verhalten gutzuheißen, aber ganz gleich, aus welchem Blickwinkel ich mich betrachte, das Bild ist immer schief. Es ist eine denkbar schlechte Mischung aus meinem Charakter und diesem Klotz am Bein, den ich durch meine Gefühlswelt und meine Herkunft habe, durch dieses Erbe meiner matriarchalisch-patriarchalischen Erziehung, meine Faulheit, meine Ängste. Jedenfalls werde ich auf einiges verzichten müssen, und verzichten bedeutet verlieren... Ich weiß nicht, vermutlich hast du es gemerkt: Ich bin verwirrt und verängstigt, aber ich will nicht noch mal alles falsch machen. Ich will nicht, dass du auf mich wartest. Ich will dich überraschen.

Ich drück dich,

P.

26

Und dann war Pietro dran, seine Doktorarbeit zu präsentieren, eine wesentlich weniger förmliche Angelegenheit als bei mir. Natürlich stellten sich an jenem Tag an der Fakultät für Geowissenschaften auch Lidia und Ernesto ein, begleitet von Gabriele. Mitten in dem Großstadtlärm, der direkt vor der Tür des friedlichen Klosters tobte, wirkten sie überfordert und überhitzt, wie frisch Eingewanderte aus dem Zug, der aus dem Norden kam. Besonders die Mutter wirkte ohne ihr Kopftuch und den Dialekt wie auf hoher See, und ich spürte wie immer in den Momenten, in denen ich mich endlich stark fühlte, wie Mitleid mit ihnen mich packte.

Danach bat ich sie zu einem Familienfoto unter einer Arkade. Ich machte ein Foto. Zwei. Drei. Von einem Bild zum nächsten war nicht die geringste Veränderung in der Körperhaltung oder den Mienen zu sehen, als handelte es sich um eine altmodische Daguerreotypie, bei der man schmerzlich lange stillhalten muss, bis endlich der Blitz kommt. Alle vier hatten die Arme vor der Brust verschränkt und standen, trotz meiner Aufforderung, etwas näher zusammenzurücken, vollkommen getrennt nebeneinander, wie gegensätzlich gepolte Magnete, die sich naturgemäß abstoßen. Trotzdem hoffte ich, diese Erinnerung an Pietros großen Tag würde, wenn das Bild erst einmal entwickelt und gerahmt war, ein Geschenk sein, das eines Blickes gewürdigt wurde, ganz im Gegensatz zu dem lächerlich weiblichen Schal, den ich Lidia einmal geschenkt hatte. Der Wunsch, von seinen Eltern akzeptiert zu werden, war mir schon lange vergangen, doch es war mir bewusst, dass es eine gute Sache war, ihnen zu diesem Anlass ein solches Geschenk zu machen. Ein letzter Akt des guten Willens, bevor ich ihnen endgültig den Sohn wegnehmen würde.

Ich wartete, bis sie wieder weg waren, und schenkte Pietro dann den Silberring, den er sich über den Ringfinger der rechten Hand streifte. »Der ist wunderschön, Baby«, sagte er. »Ich nehm ihn nie wieder ab.«

Dieses ganz intime Symbol der Liebe hatte ich ihm gerade rechtzeitig überreicht, denn kurz darauf erhielt er seinen Zivildienstbescheid für einen Ort in der Nähe von Rom, und ich begann einen unangemeldeten Job in der Bar an der Piazza Domenico. Es war genau die hektische Schufterei, an die ich von meinen Ferienjobs in Washington gewöhnt war, aber hier durfte ich nach den Gratiskonzerten auch noch das Klo putzen, das jedes Mal aussah wie ein Tatort. Mir entging nicht die Ironie, dass mich mein Studium eines Orchideenfachs dazu geführt hatte, mir auf so demütigende Weise die Hände schmutzig machen zu müssen, während Pietros Abschluss, bei dem dies fast gang und gäbe war, ihm ausgerechnet einen – allerdings unbezahlten – Job in einer Bibliothek beschert hatte.

Wie ein Läufer, der aus der Form geraten ist, quälte sich der Bus die Serpentinen hoch bis zu den Castelli Romani, die aus dem Fenster betrachtet aussahen wie eine Abfolge von Postkartenmotiven. Darauf hatte Pietro mich bereits am Telefon vorbereitet. Wie Krippen, hatte er gesagt. Um mich herum plauderten meine Mitreisenden mit den entspannten Konsonanten und den trägen Kadenzen eines Dialekts, den sich die Römer in so vielen Jahrhunderten außergewöhnlicher Bemühungen wohlverdient hatten. Abgesehen von dieser anderen akustischen Untermalung erinnerte mich die Fahrt sehr an die nach Borgo Alto. Ein hügeliges Land, das seine winzigen Ansiedlungen wie Kleinode bewachte, und eine endlose Straße, die aussah, als hätte sie den Faden verloren und würde nie irgendwo ankommen.

Als der Bus endlich sein Ziel erreichte, stand Pietro zusammen mit vier oder fünf anderen an dem großen Platz und wartete auf mich, die Hände in den Hosentaschen und auf dem Gesicht ein nur mit Mühe zu bezwingendes Lächeln. Offenbar kämpfte er immer noch standhaft darum, in der Öffentlichkeit Sitte und Anstand walten zu lassen, aber es rührte mich trotzdem.

Er gab mir einen Kuss und nahm mir die Tasche ab. »Herzlich willkommen in Monte Porzio Catone. Einwohnerzahl 1227.«

»Nur?«

»Na ja, plus einen. Heute plus zwei«, sagte er und setzte sich in Bewegung. »Monte Porzio Catone, 1229 Seelen.« Es schien ihm Spaß zu machen, den Namen des Dorfes noch einmal zu sagen. Er sprach ihn, wie die Römer, gedehnt aus, offenbar hatte er seit seiner Ankunft den hiesigen Dialekt geübt. Er sah auch wieder wesentlich besser aus – seine Augen waren klar, die Haut entspannt –, woraus man schließen konnte, wie viel Kraft es ihn gekostet hatte, seine Doktorarbeit in so kurzer Zeit fertigzuschreiben.

»Du siehst gut aus. Man sieht dir an, dass die frische Luft dir guttut.«

»Frische Luft ist das verbriefte Recht jedes Menschen.«

Zu seinem Haus führte ein kleines Gässchen, das frisch gekehrt und nur Fußgängern vorbehalten war. Man kam sich vor wie in einem Reiseprospekt: Fahrräder lehnten an Häusern, die nur zwei oder drei Stockwerke hatten, leuchtend rosa Geranien rankten sich von Balkonen herab, niemand schien gestresst oder genervt zu sein, und eine milde Sonne, die ebenso gut eine Morgen- wie eine Nachmittagssonne sein konnte, schien vom Himmel. Es sah so aus, als würde hier gleich ein Film gedreht. Es war Mittagszeit, und die einzigen Geräusche waren unsere Schritte auf den Pflastersteinen, lauter kleinen Rundungen, die sich von unten an die Sohlen meiner Sandalen schmiegten. In mir kam der verrückte Wunsch auf, gleich nächste Woche in dieses verschlafene Nest zu ziehen, nur um Pietro nahe zu sein.

»Nicht vergessen«, sagte er, als er den Schlüssel in die Hand nahm, »sollte dich jemand fragen, bist du nur auf einen Kaffee hier. Wenn mein Hauswirt rauskriegt, dass hier jemand übernachtet, sitz ich in der Tinte.«

Wir blieben vor der Tür eines Neubaus stehen, den Pietro »seine Sommerfrische« nannte. Daneben lag ein Fußballplatz mit jeder Menge Banderolen und klappbaren Tischen und Stühlen, dahinter sah man die Stadtmauer. Wir hatten das Dorf in nur wenigen Minuten durchquert.

»An diesem Wochenende findet ein Schönheitswettbewerb für Hunde statt«, erklärte er mir. »*Cani e Castelli*, Hunde und Burgen. Das ist das wichtigste Sommer-Event in Monte Porzio.«

»Ein Schönheitswettbewerb für Hunde? Lass uns da hingehen!«

»Wenn du willst.«

Seine Wohnung lag im Erdgeschoss und sah aus wie ein Motelzimmer. Alles war neu gefliest und gestrichen, es gab einen elektrischen Heizkörper, ein Bad, ein Einzelbett und ein einziges Fenster. Pietro öffnete es und ließ Luft herein. Sie roch nach frisch gemähtem Gras vom Fußballplatz.

»Und, wie findest du es?«

»Na ja, ganz anders, als ich mir vorgestellt habe. Ist wirklich gemütlich.«

»Ich weiß. Hatte richtiges Glück«, erwiderte er, sichtlich zufrieden. »Ich bin immer allein, am Abend gibt es nicht viel zu tun, aber das wird nicht lange so bleiben. In ein oder zwei Wochen kommt ein weiterer Pechpilz, der mir Gesellschaft leisten wird. Aus Kalabrien.«

»Vereintes Italien, ja?«, sagte ich mit gespielter Sorglosigkeit, weil mich seine Wortwahl störte. Er habe was – *Glück* gehabt? Dieses Dorf, diese Wohnung, ja, die ganze Situation war doch nur vorübergehend, eine kleine Umleitung in unseren Plänen. Warum redete Pietro dann so, als wäre er an einem Ziel angelangt?

Ich überreichte ihm die neueste Ausgabe von *National Geographic,* er schlug vor, ein paar Schritte zu gehen. Als wir an dem Fußballfeld vorbeikamen, waren die Vorbereitungen für das Fest in vollem Gange, und Hunde verschiedenster Größe und Farbe – sie liefen frei mitten unter den Leuten herum, beschnupperten sich, rollten sich auf dem Gras und liefen Tennisbällchen hinterher – stürmten schwanzwedelnd auf uns zu, als sie uns erblickten. Pietro war ganz in seinem Element, er streichelte hier, ließ sich da spielerisch an der Hand knabbern.

Er führte mich zur Stadtmauer, die das Ende des alten Ortskerns markierte. Wir stützten uns mit den Ellbogen auf das raue Gestein und schauten ins Tal hinab, das man im Sommerdunst kaum erkennen konnte.

»Hier oben habe ich das Gefühl, ganz der – na, wie sagt man

doch gleich – Herr meines Geschicks zu sein, der Kapitän meiner Seele …«

»Ist schön hier.«

Wir gingen auf dem Feldweg weiter, der der Stadtmauer folgte. Grillen zirpten laut in den Baumrinden, und die staubige Hitze war wie ein Schleier, den man mit beiden Händen beiseiteschieben musste. Ich schlug ihm einen Spaziergang durch den Ort vor, doch das wollte Pietro am Abend machen. »Ich möchte auswärts mit dir essen. Es gibt da eine Osteria, die ganz gut klingt. Seit ich hier angekommen bin, möchte ich da essen, aber ich hab nicht mehr das Geld, um auf den Putz zu hauen, so wie früher.«

»Ich habe Geld«, sagte ich, aber es hatte wenig Sinn, so etwas zu Pietro zu sagen, der sich in seiner Männlichkeit angekratzt fühlte.

»Lass dein Geld stecken«, erwiderte er finster und schaute auf seine Schuhe hinab, die mir bei dieser Hitze ebenso unpraktisch vorkamen wie damals am Abend unserer allerersten Begegnung. »Jedenfalls habe ich auf einen besonderen Anlass gewartet, um hinzugehen. Ich hab auch meinen Freund Giuliano und seine Freundin aus Rom eingeladen.« Es war genau der Giuliano, der damals zusammen mit ihm an der Sapienza studiert und ihn vor irgendwelchen Dummheiten bewahrt hatte.

Sie hatten es alle beide in die Hauptstadt geschafft, und sie lebten zusammen, deshalb rechnete ich mit zwei alternativen Studenten, noch alternativer als Pietro und ich. Doch Giuliano war kein Junge mehr, sondern ein ausgewachsener Mann. Er war groß, hatte breite Schultern und einen kleinen Bauchansatz und trug eine Brille mit quadratischen Gläsern, die das fluoreszierende Licht der Osteria reflektierten wie kleine Fernseher. Er arbeitete bereits in Teilzeit, obwohl er sein Studium noch nicht abgeschlossen hatte. Während er über felsische und ultramafische Gesteine sprach, schaute Pietro seinen alten Freund mit einer Bewunderung an, die mit Händen greifbar war.

Seine Freundin Rosaria, auch sie aus Avellino und sehr dunkel, hatte ein gebärfreudiges Becken und eine warme, schnörkellose Stimme. Ab und zu spähte sie mich über das karierte Tischtuch hinweg an, verdrehte in gespielter Verzweiflung die Augen und sagte schließlich: »Leute, wir Mädels sind ja auch große Fans von Steinen, aber was zu viel ist, ist zu viel. Warum schenkt ihr uns nicht ein bisschen Wein ein?« Auch ich ließ mir von Giuliano nachgießen, was jedoch nur meiner Funktion als Weinbank geschuldet war. Rosaria sagte: »So ist es schon besser. Jetzt sprechen wir mal über ein Thema, bei dem wir alle mitreden können. Zum Beispiel die Ehe.«

Pietro lief knallrot an und schlug sich eine Hand vor den Mund.

»Nicht deine, mein Hase«, präzisierte sie. »Unsere. Wir heiraten.«

Pietro nickte zustimmend und gratulierte wortreich. Rosaria nahm seine Glückwünsche mit gespielter Genervtheit entgegen und sagte, nach einer Verlobungszeit von mittlerweile sieben Jahren sei die Hochzeit längst überfällig.

»Endlich können wir unseren Eltern sagen, dass wir zusammenleben«, sagte Giuliano.

»Nein, mein Herr, nur ja nicht vor der Hochzeit!«

Als wollte er diese schöne Nachricht unterstreichen, trat in diesem Moment der Kellner an unseren Tisch und servierte schwungvoll Ochsenschwanzragout und gegrillte Artischocken. Wir stürzten uns aufs Essen – das Pietro und Giuliano als »Gerichte vom Land« lobten – und plauderten gut gelaunt über das Hochzeitskleid, die Kirche, das Lokal für die Feier. Die beiden hatten »nur« zehn Monate für die Vorbereitung.

Zu diesem Thema steuerte Giuliano ein abfälliges Brummen bei, doch ich glaube, nur aus Verlegenheit. Wie Pietro war er ein bescheidener und ungekünstelter Typ, und die Vorstellung, einen ganzen Tag im Mittelpunkt des Geschehens zu stehen, gefiel ihm gar nicht. An mich gewandt sagte er ironisch: »Siehst du, Eddie, wie die Frauen bei uns gestrickt sind? Unfassbar gut organisiert. Rosaria würde eine ausgezeichnete Managerin eines multinationalen Konzerns abgeben, glaubst du nicht?«

»Na ja, was soll ich machen?«, entgegnete sie und fuchtelte mit der Gabel herum. »Wie man bei uns so schön sagt: *Mogli e buoi dai paesi tuoi*. Frauen und Ochsen suchte man sich am besten zu Hause.«

Wir brüllten vor Lachen, und Pietro brachte einen Trinkspruch aus. »Auf das beste Paar, das ich je kennengelernt habe.«

Wir tranken. Giuliano sagte, natürlich seien wir auch eingeladen. »Und wagt es bloß nicht, mit einem Umschlag voller Geld aufzukreuzen. Das würden wir nie von euch annehmen. Ihr sollt einfach da sein, essen und tanzen.«

»Wie richtige Bauerntrampel?«, fragte Pietro gut gelaunt. »Wäre uns eine Ehre, Giuliano. Das lasse ich mir auf gar keinen Fall entgehen.«

Als die Männer wieder mit ihren Steinen weitermachten, nutzte ich die Gelegenheit, Rosaria noch weiter zu ihrer bevorstehenden Hochzeit auszufragen, ein Thema, das ihr augenscheinlich großen Spaß machte. Die Musik, die Gastgeschenke, die Hochzeitsreise: Sie hatte sich bis ins letzte Detail um alles gekümmert. Eine Hochzeit als rauschendes Fest entsprach eigentlich nicht meinen Vorstellungen, doch am Ende schien es mir doch so, als wären in unserem Kleeblatt nur die beiden die Erwachsenen, Pietro und ich hingegen nicht – trotz unseres Universitätsabschlusses, unserer Doktortitel, unserer großen Vorhaben … und großen Versprechungen. Die beiden standen mit beiden Beinen im Leben, und im Vergleich zu ihnen waren wir kaum mehr als schmale Schattengestalten, die immer noch nicht ganz flügge waren.

Gegen Ende des Abendessens schob ich Pietro mein Glas hin, doch er wies es mit einer Handbewegung zurück, die in meinen Augen fast überdrüssig wirkte. »Passt schon«, sagte er.

Hinterher kehrten wir in sein aseptisches Apartment zurück. Draußen vor dem Fenster füllte sich der hell erleuchtete Fußballplatz allmählich mit Gestalten, den vierbeinigen Freunden und ihren Begleitern. Es wurde geplaudert, gebellt, gelacht, Musik spielte. Der Himmel war zweigeteilt – oben drängte die nächtliche Dunkelheit herein, darunter ein Sonnenuntergang wie eine saftige Pflaume.

In dem spartanisch eingerichteten Raum gab es keine Sitzgelegenheit außer dem Bett. Ich setzte mich auf den Rand, Pietro lehnte sich an die Wand. »Es hat mir sehr viel Spaß gemacht, Giuliano und Rosaria kennenzulernen«, sagte ich. »Sehr sympathisch.«

»Und jetzt machen sie also wirklich Nägel mit Köpfen.«

»Weißt du eigentlich, dass man auf Englisch *tie the knot* sagt? Als wäre die Ehe ein Knoten, den man nicht mehr lösen kann.«

»Vielleicht doch eher ein Klotz am Bein.«

Mir sank das Herz in die Hose.

»War nur so dahingeredet, Baby. Jedenfalls sind sie ein schönes Paar.«

»Klar. Das schönste Paar, das du je kennengelernt hast.«

Auf meinen unbeabsichtigt bitteren Ton beeilte sich Pietro

zu sagen: »Du und ich, wir sind wie Spaghetti und Tomaten-soße. Es gibt nichts Besseres.« Er löste den Kopf von der Wand und schloss die Augen. »Madonna, bin ich müde. Fast wäre ich eingeschlafen.«

»Und der Hundewettbewerb?«

Pietro schien mich nicht gehört zu haben. Wie konnte er denn jetzt müde sein, wo wir uns sechzehn Tage nicht gese-hen hatten? Ganze achtundvierzig Stunden standen uns zur Verfügung, und drei hatte ich bereits für die Anfahrt benö-tigt. Sicher, seit meiner Ankunft hatte er alles getan, wie es sein sollte – er hatte mir die Tasche getragen, mich zum Essen ein-geladen, war zuvorkommend gewesen, hatte mich geküsst –, doch all das kam mir auf einmal aufgesetzt vor. Wie schiefe Töne in einem Lied, das man gut kennt. Ich sagte seinen Na-men, doch er zeigte keine Reaktion. Wie ein Stein. Tat er etwa so, als würde er schlafen?

»Pietro«, wiederholte ich, lauter. »Alles in Ordnung mit dir?«

»Ja. Alles gut.« Er schlug die Augen auf, beugte sich zum Nachttischchen hinüber, nahm eine frische Schachtel Marlboro Light, klopfte mehrmals darauf, um den Tabak besser zu ver-teilen, und beteuerte mehrmals, alles sei in bester Ordnung. Doch je öfter er dies sagte, umso klarer wurde mir, dass genau das Gegenteil der Fall war. Ich war beunruhigt.

»Du bist irgendwie nicht mehr du selbst.«

»Das ist normal, Baby. Ist dir eigentlich bewusst, in was für einer Situation ich mich befinde?« Er riss das Zellophan von der Packung, zerrte eine Zigarette heraus. »Ich bin gezwun-gen, ganz allein in diesem Kaff zu leben und mir jeden Tag den Arsch aufzureißen, all diese tonnenschweren Bücherkisten, *die kommen hierhin, die kommen dorthin,* und ich kriege nicht mal eine Lira dafür. Ich hab fünf Jahre an der Uni geschuftet und muss mich jetzt so schinden lassen. Und das soll noch anderthalb Jahre so weitergehen? Mannomann, das nennt man Sklaverei, oder etwa nicht? Die Castelli Romani, von wegen Oase der Ruhe. Hoffen wir bloß, dass mir dieser Kalabrier liegt, denn nur so besteht überhaupt die Chance, dass ich das durchstehe. Wenn nicht, das schwör ich dir, folgt hier bald die Flucht von Alcatraz.«

Dagegen gab es nicht viel einzuwenden, und tatsächlich hatte mir Pietro einmal gesagt, er würde lieber sterben als nach Rom zurückzukehren. Immerhin waren wir offenbar einer Meinung, was den Ort anging, an den man ihn beordert hatte. Dann hatte er, als er von *Glück* sprach, wirklich nur seine Unterkunft gemeint, die so ganz anders war als die Buden, die wir im Spanischen Viertel bewohnt hatten. Alles war neu hier, es hatte keine Geschichte, eine unverbindliche Übergangslösung auf dem Weg von A nach B.

Trotzdem war da etwas, das nicht stimmte. Pietro schien keinerlei Trost in der Zukunft zu finden, als hätte sich sein typischer Geologen-Fatalismus in eine persönliche Schicksalsergebenheit verwandelt. Außerdem erschien er mir viel zu gereizt für jemanden, der ein angenehmes Wochenende vor sich hat. Kurz kam der Verdacht in mir auf, seine Frustration gelte nicht der Unvermeidlichkeit des Zivildienstes, sondern *mir*, als wären der Ort, seine Einsamkeit und die entwürdigende Arbeit aus irgendeinem Grund meine Schuld. Machte er etwa mich dafür verantwortlich, dass er – gemeinsam mit mir – beschlossen hatte, nicht zum Militär zu gehen?

Draußen wurde es endgültig Nacht, im Zimmer war es so finster, dass ich Pietros Gesicht nur noch erkennen konnte, wenn er sich eine Zigarette anzündete und die Flamme des Feuerzeugs kurz seine finstere Miene erhellte. Es war nicht zu leugnen: Er hatte sich wirklich verändert. Doch ging diese Veränderung auf heute zurück? Mir fiel wieder ein, wie gereizt er an jenem Morgen an der Piazza Municipio gewesen war – und damit hatte die Hitze nichts zu tun gehabt, denn sie war nur der Finger auf einer unaussprechlichen Wunde gewesen. Und dann, noch früher, in der Silvesternacht, als er mich, über das Klo gebeugt, mit dröhnender Stimme weggeschickt hatte: *Hau ab!* Genau das hatte er zu mir gesagt, nicht mehr und nicht weniger.

»Bist du böse auf mich?«

»Lass mich in Ruhe«, murmelte er und ließ die Zigarette aus einem Mundwinkel hängen wie ein Cowboy.

»Aber genau das meine ich! Ich stelle dir eine Frage, und du rastest aus. Was hab ich dir denn getan? Zum Teufel, sag schon!«

Ich schlug die Hand vor den Mund, denn mir wurde schlagartig bewusst, dass wir uns bisher noch nie wirklich gestritten hatten und ich gerade etwas gesagt hatte, das ich nicht mehr zurücknehmen konnte, nur wenige Worte, die jedoch so zerstörerisch sein konnten wie winzige Risse in einer Porzellanvase. Erschrocken saß ich da, sinnloserweise mit der Hand vor dem Mund, die, wie ich jetzt erst bemerkte, zitterte wie Espenlaub.

»Frierst du? Bei dieser Hitze?«

»Nein.« Ich verschränkte die Arme vor der Brust. »Ich möchte nur verstehen, warum du böse auf mich bist.«

»Ich sage es noch einmal, ich bin nicht böse auf dich, Baby. Warum sollte ich das sein?«

Draußen wummerte ein Liebeslied in ohrenbetäubender Lautstärke aus den Lautsprechern. Die Hunde bellten, unter den Menschen brach Gelächter aus, ein ohrenbetäubender Lärm. Ich hatte das unlogische Gefühl, vollkommen unterkühlt zu sein, mein Verstand war wie benebelt von Emotionen, die mich nicht mehr klar denken ließen, sodass ich auf einmal weder Ursache und Wirkung auseinanderhalten noch einem roten Faden folgen konnte, der sich durch unsere Beziehung zog. Ich spürte deutlich, dass ich mich mit meinen Worten auf eine gefährliche und umnebelte Reise begeben hatte, für die es weder eine Landkarte noch sonst etwas gab, an dem ich mich orientieren konnte, und tatsächlich füllte Pietros Rauch mittlerweile den ganzen, abgeschlossenen Raum, nur von seiner Wut durchbohrt, so wie der Gipfel eines Berges die Wolken durchstößt.

»Ich weiß es nicht«, sagte ich, als es draußen wieder leiser wurde. »Eigentlich wüsste ich überhaupt keinen Grund, warum du es sein solltest.« Mein Zittern hatte sich ein wenig gelegt, selbst die Hunde draußen wurden ruhiger.

»Dann siehst du doch auch, dass du und ich keinen Grund zum Streiten haben. Komm, legen wir uns hin.« Er stand auf, um sein Hemd aufzuknöpfen, und fügte hinzu: »*Adda passa' 'a nuttata*, wie man in Neapel sagt.« Was eine etwas düstere Version unseres »Morgen ist auch noch ein Tag« war ...

Ich wandte mich ab, um nicht seine nackte Brust zu sehen, die im Dämmerlicht von einem Schweißfilm bedeckt war, denn ich wollte ihn nicht begehren, sondern Ordnung in meine Gedanken bringen. Hatte sich diese Wut in ihm wirklich erst an Neujahr im Spanischen Viertel eingeschlichen oder doch nicht schon vorher, an Weihnachten, als Pietro ohne mich nach Monte San Rocco hatte fahren müssen? Nein, sie hatte sogar noch früher angefangen ... Es war eine hitzige Wut, eine *sommerliche* Wut ... Plötzlich glaubte ich zu begreifen, wann sie ihren Ursprung genommen hatte, nämlich zwei Wochen vor unserer Griechenlandreise. *Du bist der allerschlimmste von meinen Söhnen.* Es war diese ätzende Bemerkung, die ihm keine Ruhe mehr gelassen hatte, ja, die still und heimlich in ihm wütete. Ihn von innen auffraß.

Ich sah ihm dabei zu, wie er die Schnalle seines Gürtels öffnete, und auf einmal überkam mich große Kühnheit. Ich war versucht, ihm die Jeans vom Leib zu reißen, ihn an jeder einzelnen Stelle seines Körpers zu küssen, damit er endlich wieder ganz mir gehörte, nur um ihm nicht die schrecklichsten Dinge an den Kopf zu werfen, Dinge zu denken, die nicht auszudenken waren. Die Hitze, die in mir aufstieg, war die Hitze eines Menschen, der kurz davorsteht, etwas Entscheidendes, etwas Riskantes zu tun. Mein Zittern hörte auf. Dann sagte ich mit fester Stimme: »Nein, Pietro. Es gibt durchaus einen Grund zu streiten, aber nicht mit mir. Du hast ihn seit mehr als einem Jahr vor Augen, aber du willst keine schlafenden Hunde wecken.«

»Und in der Tat will ich keinen Ärger haben, weder mit dir noch mit sonst jemand. Ich will meine Ruhe haben. Was glaubst du denn, warum ich Zivildienst mache, statt zu lernen, wie man eine halbautomatische Waffe lädt?«

»Und trotzdem solltest du manchmal aufbegehren, auch wenn das heißt, dass andere Federn lassen. Sauer sein!«

»Aber was ist eigentlich in dich gefahren? Auf wen soll ich denn deiner Meinung nach sauer sein? Auf Gabriele?«, fragte er mit aufgerissenen Augen, und als ich diesen wütenden Maoriblick auf mich gerichtet fühlte, hatte ich auf einmal große Lust, ihm jene Vergehen zu beichten, deren ich mich doch nur im Geiste schuldig gemacht hatte, weil ich auf einmal meine eigene störende Präsenz in dieser heiligen brüderlichen Beziehung als etwas Unverzeihliches empfand. Dann jedoch fuhr Pietro fort: »Dafür, dass er mir, seit wir Kinder waren, das Gefühl gegeben hat, das Stück Scheiße zu sein, das ihm am Schuh klebt? Oder sollte ich auf Luca sauer sein, bei dem mir schon der Kamm schwillt, wenn ich seinen Namen höre, bloß weil ihr so eng miteinander seid?«

Ich war baff. Da war eine Eifersucht ans Tageslicht gekommen – eine tiefe, böse, finstere Eifersucht wie aus einer antiken Tragödie –, deren ich ihn niemals für fähig gehalten hatte. Doch wenn Pietro eifersüchtig war, sollte das dann heißen, dass er noch verliebter in mich war, als ich gedacht hatte? Oder aber noch wütender auf mich?

»Auf wen also?«, forderte er mich heraus. »Wen?«

»Deine Mutter, Pietro, siehst du das nicht? Auf deine Mutter solltest du sauer sein.«

Er riss sich die Zigarette aus dem Mund, als hätte er sich daran die Lippen verbrannt. »Du begreifst nicht, worum es geht, Heddi.«

»Was gibt es da zu begreifen? Sie versucht uns mit allen Mitteln auseinanderzubringen.«

Mittlerweile war es dunkel, und Pietro beugte sich hinüber, um das Nachttischlämpchen einzuschalten. »Meine Güte, meine Mutter ist eins vierzig groß, sie ist alt und ungebildet noch dazu. Was könnte sie schon gegen uns ausrichten?«

Es wäre mir lieber gewesen, er hätte das Licht nicht eingeschaltet, was die Situation automatisch entdramatisierte. Außerdem hatten die Leute bei der Hundeshow draußen hörbar jede Menge Spaß. Doch ich hatte keine Lust mehr auf die ewig gleiche Leier von ihm. »Trotzdem lässt du dich von ihr herumkommandieren.«

»Na gut, zugegeben, ich mache größtenteils das, was sie von mir verlangt. Aber ich tue es aus eigenem Interesse. So ist das. Jedes Mal, wenn ich meinen Eltern klein beigebe, ist es deshalb, weil es mir was bringt. Wenn nicht, kann ich es verreiben, dass sie mir ein Auto schenken.« Pietro machte keinerlei Anstalten, seinen Platz auf dem Bett wieder einzunehmen. Er war aufgeregt und nahm einen gierigen Zug von seiner Zigarette, zum geschlossenen Fenster gerichtet. »Hier drinnen ist es sauheiß, aber mit den ganzen Mücken...«

»Klar«, gab ich ironisch zurück. »Du willst ja ein funkelnagelneues Auto wie das von Francesco.«

»Ja, Baby, ist doch klar, dass ich das will. Hast du nicht gesehen, was das heißt, hier nicht motorisiert zu sein? Das ist wie im Exil. Giuliano hingegen kann selbst mit der Rostlaube, die er hat, jederzeit Rom verlassen und einen schönen Abend auf dem Land verbringen.«

Es machte mich wütend zu hören, mit welcher Oberflächlichkeit er den sinnentleerten Gedanken eines schönen Abends draußen mit einem konkreten Symbol aufgegebener Träume verband. Ich fauchte, Francesco habe schließlich auf alles verzichtet, auch auf seine Tochter, um seiner Mutter zu Gefallen zu sein, und dass dieses Auto kein Auto sei, sondern die Falle, in der er sitze. *Falle*, genau dieses Wort benutzte ich. Doch mittlerweile empfand ich weder Hitze noch Kälte noch die Angst, unpassende Dinge zu sagen, denn es waren die Worte selbst, die mir Kraft gaben, und nicht umgekehrt. Es war mir egal, wie Pietro es aufnahm, und tatsächlich reagierte er mit lahmen Rechtfertigungen der Art, ich würde viel zu viel Wind um die Sache machen, seine Eltern seien einfache, bodenständige Menschen, die nie und nimmer dazu in der Lage wären, sich etwas Derartiges auszudenken, und dass sie ihm früher oder später das Auto sowieso schenken würden. Langsam verlor ich die Geduld, weil er darauf beharrte, seine Mutter in Schutz zu nehmen – ich hasste seine Generalisierung, ja, Pluralisierung des Problems –, und so fuhr ich ihm über den Mund, indem ich mit dem gleichen sarkastischen Unterton sagte: »Aber lass gut sein, das Auto ist ja sowieso nur eine Kleinigkeit. Viel, viel mehr zählen doch diese Weizenfelder – die sind doch das eigentliche Schnäppchen.«

»Es ist nicht so, wie du denkst«, antwortete er mit verbissener Miene. »Ich muss meine Trümpfe ausspielen. Und zwar zum richtigen Zeitpunkt.« Er fuhr sich mit der Hand durch die Haare, der mexikanische Ring ein Lichtreflex in seiner dunklen Gestalt. Er rauchte angespannt, und wenn ich mich zuerst vor seiner Wut gefürchtet hatte, so stellte ich jetzt fest, dass ich Lust hatte, sie sogar noch zu schüren.

»Und wann ist dieser richtige Zeitpunkt, Pietro? Du hast deinen Abschluss gemacht – wo sind sie dann also, die Ländereien, die sie dir versprochen haben? Haben sie das Thema seit dem Tag deiner Graduierung auch nur einmal angesprochen?«

»Meine Fresse, das ist hier ja wie in einem türkischen Bad.« Er begann auf und ab zu gehen, wie ein Tier im Käfig. »Ich hab jede Menge Schweiß für dieses Land vergossen, zu viel, um es jetzt einfach in den Wind zu schreiben. Ich hab so viele Opfer dafür gebracht! Und habe ich mich meinen Eltern gegenüber jemals darüber beschwert? Niemals!«

Genau wie ich es hatte provozieren wollen, hatte er die Stimme erhoben. Und so erhöhte ich noch die Dosis, mit einer Boshaftigkeit, von der ich gar nicht gewusst hatte, dass ich sie besaß. »Siehst du denn nicht, dass du angebissen hast und jetzt an ihrer Angel hängst? Die denken doch, du willst dieses Land so sehr, dass du alles machen würdest, um es zu bekommen. Deine Freundin verlassen, irgendeinen Bauerntrampel heiraten, einfach alles.«

Er blieb abrupt stehen und zerdrückte seine Zigarette so heftig im Aschenbecher, dass sie nur noch Brei war. »Ich bin keine Marionette, verdammt noch mal!«

Ich hatte es geschafft. Pietro sah rot. Draußen stieß einer der Hunde ein langes, wie urzeitliches Knurren aus. Ich hatte so sehr die Hemmungen verloren, dass ich es mit Sicherheit früher oder später bereuen würde, mich so weit aus dem Fenster gelehnt zu haben. Ich hatte ihn verletzt und auf nichts und niemanden Rücksicht genommen. Doch in diesem Moment verspürte ich nur die Befriedigung, meinem Herzen Luft gemacht zu haben, und den Impuls, weiterzumachen. Mich dürstete nach Wahrheit, ich war wie besoffen von diesem Wunsch, endlich alles auszusprechen, und hatte dabei bereits so viel Herzblut auf diesen schrecklichen weißen Fliesen vergossen, dass ich jetzt einfach nicht mehr aufhören konnte. Warum nicht gleich alles?

Ich sprang auf und schaute ihm ins Gesicht. Eine innere Stimme sagte mir, *nein, tu's nicht,* aber die Worte waren schon heraus. »Siehst du es denn nicht, Pietro? Deine Eltern nutzen deine Verfügbarkeit schamlos aus. Was kümmert sie denn – nein, was kümmert *deine Mama* denn – deine Karriere, deine Selbstverwirklichung, deine wahre Liebe, das Glück? Im Vergleich zu dem Hunger, den sie nach dem Krieg gelitten haben, ist das doch alles nur Luxus, *Ausschweifungen,* die rein gar nichts mit ihrer Art zu denken zu tun haben, denn in Lidias Welt sind die einzigen Werte, zu schuften, zu sparen, sich aufzuopfern, bis ins Grab! Und sie wird dir ihre Unterstützung und vielleicht auch ihre Zuneigung nur dann geben, wenn du dein Leben genauso weggeworfen hast, wie sie es getan hat!«

Pietro riss die Augen auf, was ich da gewagt hatte zu sagen, hatte ihn zutiefst aufgewühlt. Fast wollte ich es selbst nicht glauben, aber ich hatte auch nicht im Entferntesten vor, es zurückzunehmen. Ich fühlte mich im Recht, und ich hatte die

Wahrheit auf meiner Seite. Ich schaute ihm direkt in die Augen, doch er war es, der den Blick abwandte. Schließlich lehnte er sich, noch immer mit nackter Brust, an die Wand und ließ sich ganz langsam, wie ein Regentropfen an einer Glasscheibe, nach unten auf den Boden sinken. Zusammengekauert vergrub er das Gesicht in den Händen. »Nein, du täuschst dich«, drang seine erstickte Stimme an mein Ohr. »Nein, nein …«

Es war eine Szene, wie man sie sonst nur aus Filmen kennt: der große Moment der Wahrheit, eine Offenbarung, die alles auf den Kopf stellt. Urplötzlich war mein Groll wie weggeblasen, und ich ging neben ihm in die Hocke. Ich liebte und begehrte ihn mehr denn je, und ein alter Impuls in mir drängte mich, ihn zu streicheln, zu beruhigen. Doch ich tat es nicht. Meine Liebe zu ihm war keine Droge und auch kein Bedürfnis mehr, das es zu befriedigen galt. Sie war der Beginn von allem und der Gott, an den ich nie geglaubt hatte.

Leise sagte ich: »Du musst begreifen, Pietro, dass es dich um dein Erbe bringen wird, wenn du mit mir zusammenbleibst.« Das Risiko war nicht von der Hand zu weisen. War denn sein Bruder Vittorio, der weder Land noch Geld bekommen hatte und dessen Name in der Familie nicht mehr ausgesprochen wurde, nicht so gut wie enterbt worden? Dabei bestand seine einzige Schuld darin, dass er sich gegen den Willen Lidias weit weg von Monte San Rocco angesiedelt und eine Ausländerin zur Frau genommen hatte.

Pietro sagte nichts, er schüttelte nur den Kopf und knetete seine Schläfen, als wäre es Brotteig. Vielleicht war es gut, dass ich ihm nicht ins Gesicht sehen konnte. Ich wollte, dass er der schmerzlichen Wirklichkeit endlich auf den Grund ging, aber ich wusste nicht, ob ich die Kraft haben würde, Zeugin dessen zu sein.

»Und wozu dient dir dieses Land überhaupt, wenn du es doch verkaufen musst?«, fragte ich in versöhnlicherem Ton. »Wir haben unseren Abschluss, jetzt verdienen wir selbst Geld. Wir werden arm sein, aber glücklich.«

Er nahm die Hände vom Gesicht, das rot war, jedoch keinerlei Tränenspuren zeigte, und drehte den Kopf auf die andere Seite. Die Hunde begannen, aus welchem Grund auch immer, zu heulen, so wie sie es auch in Monte San Rocco nachts taten. Sie klangen wie Wölfe. Eine Weile lauschten wir ihnen, dann begann Pietro wieder seine Schläfen zu massieren, mit noch mehr Nachdruck wie vorher. Doch die Diskussion musste einen Abschluss finden, sie konnte nicht einfach im Raum stehen bleiben.

»Am Ende musst du die Entscheidung treffen. Was ist dir wichtiger: das Geld der Familie oder deine Freiheit?«

Es war eine ganz einfache, vielleicht sogar eine törichte Frage, und die Antwort darauf basierte nicht nur auf unseren eigenen Wertvorstellungen, sondern denen unserer gesamten Generation. Doch Pietro gab mir keine Antwort. Stattdessen bohrte er nur immer weiter seine Finger in die Haut seiner schweißüberströmten Stirn, als hätte er beschlossen, sie sich bei lebendigem Leibe abzuziehen.

Das einzige Licht am Himmel war mittlerweile ein grünlicher Schimmer, wie abgeschliffenes Glas aus dem Meer. Die ersten Sterne standen am Firmament. Pietro und ich nahmen direkt auf dem feuchten Gras Platz, jedoch weit weg von den Leuten und den Scheinwerfern, die das geschmückte Fußballfeld beleuchteten.

Es wurde gelacht, Musik spielte, und Applaus brandete auf, als mehrere Hunde an einer Startlinie Aufstellung nahmen, von ihren Herrchen festgehalten. Dann war das also nicht nur ein Schönheitswettbewerb, sondern auch ein Wett*rennen*. »Drei, zwei…«, zählte eine Stimme aus dem Mikrofon, doch es war ein Fehlstart, der wieder von Gelächter und den unbeholfenen Versuchen der Halter, ihre Hunde in Schach zu halten, gefolgt wurde. Amüsiert von dem Durcheinander begann der Moderator noch einmal rückwärtszuzählen und schrie schließlich: »Und los geht's!«, worauf die Konkurrenten losflitzten und über den grasbestandenen Parcours rannten, wie es schien, nur der Luft hinterher.

Ich drehte mich zu Pietro, um etwas bezüglich der Hunde zu ihm zu sagen, doch ich wusste nicht, was. Wir waren in einer Art Niemandsland angelangt, das jenseits aller Worte und jenseits jeglicher Gefühle lag. Und so sagte ich nichts, und wir blieben dort auf dem Boden sitzen, ausgehöhlt und leer wie eine vergessene Badewanne in einem Garten.

Doch der Wettlauf war noch nicht vorüber, denn die ersten acht, die ins Ziel gekommen waren, wurden zu einer zweiten Runde aufgestellt. Noch einmal rissen Krallen den sowieso schon malträtierten Rasen auf, Ohren flatterten im Wind. Das sah komisch aus und brachte mich beinahe zum Lachen, ein Anflug von Heiterkeit, der im Keim erstickt wurde, als mir wieder unser Streit einfiel. Er lastete auf meinem Herzen wie ein Mühlstein.

Noch einmal wurde die Konkurrenz geteilt. Unter den vier verbliebenen Hunden fiel mir ein winzig kleiner auf, der nur aus Haut und Knochen bestand und mit seinem gespenstisch grauen Fell wie ein Miniaturwindhund aussah. Zweifellos handelte es sich um eine Hundedame, was ich aus ihrem auffallenden Halsband schloss. Sie zitterte wie Espenlaub, und wie Laub würde sie auch jeden Moment von den anderen überrannt und vielleicht sogar zertrampelt werden, die Ärmste. Kurz zog ich in Erwägung, mich abzuwenden, um mir ihre Schmach nicht ansehen zu müssen, doch dann verlor ich sie aus den Augen, und erst der Trubel und Jubel im Ziel sagte mir, dass sie als Erste ins Ziel gegangen war. Der Applaus schwoll an, denn nun stand das allerletzte Rennen zwischen den beiden Finalisten an.

Die Besitzer hielten ihre Hunde fest, indem sie ihnen die Arme um die Brust legten. Der kleine Windhund war kaum zu bändigen, zappelte und schnappte nach dem künstlichen Hasen, der, wie ich erst jetzt bemerkte, lockend zwischen den beiden Hunden geschwenkt wurde. Dann hieß es: »Los!«, und die Hunde begannen zu rennen. Der kleine Hund sauste wie ein Pfeil, ließ sich dann jedoch von dem Köder in die Irre führen, der nach rechts und links gezogen wurde. Sein Gegner fiel nicht darauf herein, doch der kleine Windhund kam ins Schleudern. Seine skelettartigen Hinterläufe zuckten wie wild und schienen sich vom Rumpf lösen zu wollen, während die Hündin sich wand und zappelte, Grashalme und Erdbrocken flogen durch die Luft. Dann jedoch kam sie erneut auf die Beine und nahm den Lauf wieder auf, der jetzt mehr wie eine verzweifelte Flucht wirkte, ein Rette-sich-wer-kann.

Die Hündin gewann, und einen Augenblick später war alles vorbei, das Fußballfeld ein Tohuwabohu aus Applaus, aufgewühlter Erde und dem Gebell ausgelassener Hunde. Pietro und ich kehrten nach Hause zurück und liebten uns auf dem unbezogenen Bett, ohne ein Wort zu sagen und ohne uns aus den Augen zu lassen, ein Duell der Blicke.

Von: heddi@yahoo.com
An: tectoni@tin.it
Gesendet am: 13. September

Liebster Pietro,
heute Morgen las ich deine Mail in der Arbeit. Das hätte ich besser nicht getan, denn sie stürzte mich in eine ebenso große wie schöne Verwirrung, dabei musste ich kurz danach Unterricht geben, ausgerechnet über Konditionalsätze. Dann, am Nachmittag, wurde in einer Konferenz verkündet, einige der Lehrer müssten entlassen werden, weil die Schülerzahlen erneut gesunken seien. Noch überraschender als diese Nachricht war mein Impuls (dem ich dann doch nicht nachgab), die Hand zu heben und mich freiwillig zu melden. Dann würde ich die Erste sein, die ging.

Mir kommt immer wieder ein Ausflug in den Sinn, den ich vor einigen Jahren mit meiner deutschen Mitbewohnerin gemacht habe, nach Pakiri, einem langen Strand knapp eine Stunde von Auckland entfernt, an dem man in kleinen Gruppen reiten kann. Die Trainerin ließ uns aufsteigen und eine Weile durch einen Wald reiten, bis wir zu einer Abzweigung kamen. Hier fragte sie uns, wer weiter durch den Wald reiten wolle, was ein angenehmer Ritt für Anfänger sei, und wer schon besser reiten könne und sich einen kleinen Galopp am Strand zutraue. Das Meer lag direkt vor uns, und man sah die weite Fläche schneeweißen, fast gleißenden Sandes. Meine Freundin, die eine viel bessere Reiterin war als ich, entschied sich für den Strand, ich für den Wald. Doch mein Pferd, ein Wallach, bockte, er blieb einfach stehen, ohne den anderen, die in Reih und Glied in den Wald marschierten, zu folgen, sosehr ich ihn auch anspornte. Dann, urplötzlich, drehte er sich um und fing an, in Richtung Meer zu laufen. Ich packte die Zügel und hielt mich mit beiden Beinen fest, doch er war so schnell, dass ich fast im Sattel stand, ich spürte seine zuckenden Muskeln unter mir, seine gewaltige Kraft, hörte die Hufe, die durchs Unterholz brachen und die Dünen zertrampelten, spürte die Mähne, die mir ins Gesicht wehte. Es war ein richtiger Galopp wie in einem Western, und wie durch ein Wunder stürzte ich nicht. Erst vorne am Wasser kamen wir zum Stehen, direkt neben der Stute meiner Freundin. Später erfuhr ich, dass mein Wallach in die Stute verliebt war und es nicht ertragen konnte, wenn sie sich von ihm entfernte.

Neuseeland hat mir geholfen, erneut am Alleinsein Gefallen zu finden und endlich wieder dem zu vertrauen, was ich kann. Doch in gewissem Sinn hinterlassen die meisten, die hierherkommen, keine bleibende Spur – sie verschwindet wie Fußabdrücke im Sand. Ständig kommen neue Menschen, die versuchen, hier Wurzeln zu schlagen, während andere, die hier geboren sind, früher oder später aufbrechen, um die Welt zu erkunden, einige meiner Freunde eingeschlossen. Ich habe ihre Abreise stets mit Würde ertragen und dafür diejenigen, die neu ankamen, mit offenen Armen empfangen. Wird es denn am Ende dieses Land des Übergangs sein, an dem meine rastlosen Füße endlich zur Ruhe kommen? Doch was wird dann aus meinem neapolitanischen Herzen?

Ich muss dir sagen, dass auch ich Angst habe – vor den Gedanken, die wir einander gestehen, vor den Fantasien, die wir haben ... Ich will dir nicht verbergen, dass ich uns beide vor mir sehe, hier in Neuseeland, mit dem Rucksack auf Vulkanen oder beim Abendessen mit meinen Freunden, die diesen seltsamen, für einen Neuankömmling so schwer zu verstehenden Akzent haben. Ich sehe dich, wie du endlich eine Arbeit als Geologe findest, und uns beide in Italien, wo wir zwei Monate im Jahr, im Sommer, hinreisen, während die anderen sagen, »die Glücklichen«, denn wir werden dazu in der Lage sein, die Weltkugel wie einen alten Globus in den Händen zu haben und zu drehen, wie es uns beliebt, sodass Winter und schlechtes Wetter für uns nicht mehr existieren.

Ich hoffe, du kannst dir denken, wie schwer es mir fällt, dir dies alles zu schreiben. Ich weiß, so gehe auch ich das Risiko ein, die gleichen Fehler zu machen wie früher. Doch wir haben nur ein einziges Leben ... oder vielleicht auch nicht. Ich hoffe, dir ist danach, auf diese Spielkarte zu setzen (alles vielleicht?) und mich am anderen Ende der Welt zu besuchen, auch wenn es nur für einen kurzen Urlaub ist. Dann sehen wir weiter.

Ich umarme dich.

H.

27

Ich fühlte mich leicht. Leicht waren meine Füße, die über den Waldweg sausten, leicht der Nebel, der mich einhüllte wie ein dünnes Laken. Diesmal war ich ohne eine Kamera unterwegs, und so würde auch die Erinnerung an diesen Ausflug, der keine Spuren hinterließ, leicht sein. Auch die Tasche, die ich zurückgelassen hatte, behinderte mich nicht, ebenso wenig die Tatsache, dass ich weder wusste, wo ich war, noch wohin der Trampelpfad mich führen würde. In der Hand hatte ich nur mehrere dünne, zerknitterte Blatt Papier.

Ich sah sie mir an. Sie waren mit einer Zickzacklinie bekritzelt, die aussah wie ein Elektrokardiogramm. Mir schien es eine wichtige Grafik zu sein, aber sie gehörte mir nicht, und entziffern konnte ich sie auch nicht. Auf einmal fiel mir ein, dass der Professor im Observatorium sie mir gegeben hatte. *Warnzeichen,* hatte er sie genannt. Ach, und da unten lag es ja, das Observatorium, ein quaderförmiges Häuschen, wie das Museum von Capodimonte, in einem Rot gestrichen, das nicht Fisch und nicht Fleisch war, erbaut an einem abgelegenen und genügend erhöhten Platz, damit es von den Lavaströmen nicht erfasst werden konnte. Ein altes Haus, das wusste, wo es hingehörte, und nach Jahrhunderten immer noch stand. *Geh nicht zum Krater,* hatte der Professor mich gewarnt. *Auf gar keinen Fall.*

Trotzdem hatte ich den Krater mittlerweile fast erreicht. Das merkte man an der gekrümmten Oberfläche des Geländes, das unter meinen Füßen immer bröckeliger wurde, und daran, wie das Vorwärtskommen immer mühsamer wurde. Man merkte es am Nebel, der eigentlich gar kein Nebel war, sondern eine Wolke, und ich war mittendrin, direkt vor dem umnebelten Schlund des Vulkans, der vor mir lag wie eine Chimäre. Und man merkte es an dem Gefühl, sich in einem Albtraum zu befinden.

Der Wind frischte auf und riss mir die Blätter aus der geschlossenen Faust, wehte sie ins Leere. Sie flatterten wie Möwen kurz vor einem Sturm, dann verschwanden sie. Jetzt war ich wirklich ganz allein. Der Wind wehte auch die Wolke weg und zeigte mir den zerklüfteten Krater in seiner ganzen furchterregenden Herrlichkeit. Im gleißenden Licht der Sonne konnte ich mit fast quälender Klarheit jeden einzelnen Fels erkennen, ob groß oder klein, ein jeder mitten in seinem unvermeidlichen Rollen in Richtung Tiefe erstarrt. Und darunter nur Schutt, pulverisiertes Gestein, eine Ödnis. *Und das ist alles?*, dachte ich.

Der Krater, den zu erreichen ich mir so sehr gewünscht hatte, war weder eine Sache noch ein Ort. Er war einfach das *Nichts*, eine Leere, deren ich unseren Planeten nicht für fähig gehalten hatte, ein mondartiges Vakuum ohne Hoffnung auf Erlösung und ohne Hoffnung auf Leben. Ich begriff, dass es etwas gibt, das unendlich viel schlimmer ist als eine Eruption.

Doch ich hatte nicht die Absicht, diesem Gefühl des Betrogenseins nachzugeben, und erst recht nicht dem Schwindel angesichts des Abgrunds, und so drehte ich mich abrupt um und begann den Abstieg vom Vulkan. Als wäre ich noch immer sein Spielball, begann der Vulkan sich zu schütteln, er schwenkte die Hüften, hierhin und dorthin, und ich geriet ins Straucheln.

Ich landete mit dem Gesicht auf dem Weg, kostete von der rötlichen Erde, die nach nichts schmeckte. Ich kniff die Augen vor der Wirklichkeit zusammen, und unter mir hörte der Berg nicht auf zu schwanken, wie eine Luftmatratze im Meer. Mir war schwindelig. So fühlte sich also ein Erdbeben an?

Ich rappelte mich wieder auf, um mich in Sicherheit zu bringen, doch meine Beine waren wie eingegipst. Ich flehte den unerbittlich hellen Himmel an, er möge mir einen Grund geben aufzustehen, etwas, an das ich glauben könnte, um über meinen schwachen Körper den Sieg davonzutragen, über meinen müden Geist. Doch der Himmel – nichts. Es war die schreckliche Gewissheit, allein und schwach zu sein und trotzdem irgendwie die Kraft aufbringen zu müssen, weiterzumachen.

Die Sonne schien mir in die Augen und weckte mich. Wir hatten es versäumt, den Rollladen herunterzulassen, und so erreichten uns die morgendlichen Sonnenstrahlen vom Spielfeld ungehindert. Es war eng auf dem schmalen Bett, das nur für eine Person gedacht war, und ich hatte unbewusst mit durchgedrückten Beinen geschlafen, damit Pietro mehr Platz hatte. Er schlief noch. Ich drehte mich um, zog das Laken mit mir fort und fiel noch einmal in einen Dämmerschlaf. Gedankenverloren tastete ich nach meinem silbernen Anhänger in der Hoffnung, doch noch etwas Schlaf zu finden.

Doch schon bald tauchte vor meinem inneren Auge wieder der vorangegangene Abend auf: wie Pietro auf und ab ging, die heftigen Worte, die gefallen waren, die Schweißperlen und meine allerletzte Frage, auf die ich noch keine Antwort bekommen hatte: *Das Geld der Familie oder deine Freiheit?* Erinnerungen, die, bei Tageslicht betrachtet, furchtbar waren.

»Gibst du mir die Zigaretten?«, hörte ich Pietros Stimme.

»Klar.«

Er richtete sich auf und lehnte sich mit gekrümmtem Rücken an die nackte Wand. Wie apathisch nahm er die Schachtel entgegen, kniff die Augen zusammen, als würde auch ihm gerade dämmern, an welchem Scheideweg er stand. Fast rechnete ich damit, er würde mir mitteilen, dass er beschlossen habe, gleich heute noch mit seiner Mutter zu sprechen. Stattdessen sagte er: »Mir tut der Rücken weh.«

»Wo?«

»In der Mitte, oder vielleicht ein bisschen mehr auf der linken Seite.«

»Wie ein Krampf?«

»Nein, mehr ein dumpfer Schmerz.«

»Vielleicht hast du schlecht geschlafen.«

»Kann sein. In das Bett hier passt ja gerade mal einer von den sieben Zwergen.« Er zündete sich die Zigarette an. »Ich bin nicht daran gewöhnt, so eng zu schlafen.«

Ich stellte die Füße auf die Fliesen, ohne ihm vorher einen Kuss zu geben, für mich die einzige Möglichkeit, ihm seine selektive Erinnerung heimzuzahlen. Wie oft hatten wir gemeinsam in jenem schmalen Bett in meiner alten WG geschlafen, damals, bevor die Decke herunterkam? Ich war bereits auf dem Weg in die Kochecke, als Pietro mir sagte, es gebe keinen Kaffee und auch nichts zu essen. Er schlug vor, frühstücken zu gehen.

»In einer Bar im Ort?«

»Nein, wir gehen in das Hotel den Hügel hoch.«

Wir zogen uns an und machten uns auf den Weg. Es war Sonntag, und im Dorf schlief noch alles. Nach einigen Minuten blieb Pietro stehen. Etwas schief stand er da und verzog das Gesicht.

»Der Rücken«, sagte er.

»Vielleicht ist es eine Verspannung. Wenn du willst, gehen wir zurück, und ich massiere dich.« Das wollte er nicht, und ich sagte, wahrscheinlich würde sich die Verspannung im Laufe des Tages wieder lösen – wenn es sich nicht um eine Zerrung handelte. Pietro nickte. Vielleicht hörte er mir gar nicht zu, und auf einmal hatte ich selbst den Eindruck, Blödsinn zu reden. Er kramte in seiner Tasche nach einer Zigarette und sagte: »Gib mir einen Moment Zeit, damit ich wieder zu Atem komme.«

Die Straße war nicht besonders steil, doch Pietros Trägheit, ja, Lustlosigkeit allem gegenüber stellten meine Geduld auf eine harte Probe. Vielleicht war ja auch die Hitze eine Erklärung. Die Zikaden zirpten ohrenbetäubend und unablässig, als wollten sie uns vor dem glühend heißen Tag warnen, der im Anmarsch war. Obwohl es gerade mal acht Uhr war, lag bereits jetzt schwülwarme Luft wie eine Glocke über dem Tal, das wirklich schön sein musste, wenn es Pietro, obschon auch nur einen Moment lang, das Gefühl gegeben hatte, endlich sein eigener Herr zu sein.

»Das Hotel ist da drüben«, sagte er und zeigte auf einen Punkt oben an der Straße. Er zog mit einer Gier an seiner Marlboro Light, als hinge sein Leben davon ab, machte dann wieder ein paar Schritte vorwärts. »Gehen wir. Ich schaff das schon.«

Es waren nur noch wenige Meter bis zu unserem Ziel, doch wenn man Pietro so hörte, hätte man denken können, es handele sich nicht um ein Hotel, sondern um einen Achttausender wie den Everest aus unserer Lektüre.

Allmählich gingen uns die Gesprächsthemen aus, und beim Frühstück fielen uns nur Allgemeinplätze ein. Danach zeigte mir Pietro die Bibliothek, in der er noch gefühlte Jahrtausende würde schuften müssen.

»Da ist sie«, beschränkte er sich zu sagen.

Die Bücherei war geschlossen, und so stellten wir uns in den Schatten eines Baumes und betrachteten sie. Ich wusste nicht, was ich sagen sollte. Käme doch nur ein wenig Wind auf, dachte ich, damit wenigstens die Blätter über unseren Köpfen ein wenig raschelten – mir war jedes Geräusch recht, wenn es nur dieses Schweigen durchbrach. Doch es wehte nicht der leiseste Hauch.

Pietro rauchte und schaute aufs Straßenpflaster hinab. »Ist das heiß.«

»Ja…«

Tatsächlich raubte diese Wärme, obwohl sie im Vergleich zur Gluthitze in Neapel harmlos war, auch den letzten Funken Lebenskraft, den ich noch in mir hatte. Es war ein Gefühl wie nach einer Schlacht, von der ich am Ende weder wusste, ob ich sie gewonnen oder verloren hatte, noch hatte ich den Mumm, es herauszufinden. Ich war verwirrt und erschöpft.

Schweigend gingen wir durch die kleinen Straßen. Vielleicht hielt er es ja für seine Pflicht, mir den Ort zu zeigen, nachdem ich nach meiner Ankunft darum gebeten hatte. Doch der gestrige Nachmittag schien einer längst verstrichenen Vergangenheit anzugehören, und der Spaziergang hatte deshalb etwas Erzwungenes. Nirgendwo war eine Menschenseele, die Geschäfte waren geschlossen, ab und zu musste Pietro anhalten, um Luft zu holen. Die gesunde Gesichtsfarbe, die er am Tag zuvor noch gehabt hatte, war verschwunden, und mittlerweile rauchte er ohne Unterlass. War das die Wirkung, die meine Ankunft hier auf ihn hatte?

»Das hier ist der Hauptplatz.«

»Hübsch.«

Mehr als ein Platz war dies das zufällige Zusammentreffen einer Statue, einer Sitzbank und einer Telefonkabine. Pietro trat seine Kippe auf dem Pflaster aus und fragte: »Und, gefällt es dir?«

»Was?«

»Monte Porzio Catone.«

Als ich hörte, wie er den Namen seines Gefängnisses noch einmal so vertraulich und liebevoll aussprach, packte mich eine stumme Wut, und ich erwiderte: »Wieso, gefällt es dir denn?«

Er gab mir keine Antwort, sondern streckte die Hand nach einer weiteren Zigarette aus. Auf einmal spürte ich, dass ich weder sie ertragen konnte, diese Marlboro Light, die überhaupt nicht *light* waren, noch unsere armseligen Dialoge, die nichts anderes waren als banale Tricks, um dem eigentlichen Kern des Problems aus dem Weg zu gehen. *Geld oder Freiheit?* Am liebsten hätte ich es ihm ins Gesicht geschrien, doch wie konnte ich auf dieser Frage herumreiten, die doch im Grunde nur eine rhetorische war, eine Frage, auf die es nur eine mögliche Antwort gab – und nur eine, die vorstellbar war.

»Glaubst du eigentlich wirklich, du solltest noch rauchen?«

»Wieso nicht?«

»Na ja, mir kommt es so vor, als wärst du in keiner guten Verfassung.«

»Ist die Letzte.« Und in spöttischem Ton fügte er hinzu: »Wenn du erlaubst.«

Mit gekonntem Klicken des Feuerzeugs zündete er sie an, und mir kam blitzartig die Möglichkeit in den Sinn, dass er den Kern der Frage gar nicht verstanden hatte. Vielleicht hatte er in Wirklichkeit nicht die etwas abstrakte und zeitlich schwammige Wahl zwischen dem Geld und der Freiheit, sondern eine ganz konkrete und unmittelbare zwischen dem Geld und *seiner Freundin*. Aber wenn das wirklich die Frage war, dachte ich, wäre es dann nicht noch viel einfacher, darauf zu antworten? Niemand, der auch nur ein bisschen Grips hatte, würde doch eher das Geld wählen als den Menschen, von dem er glaubt, er liebe ihn. Aber warum zögerte Pietro dann mit seiner Antwort, erging sich in Allgemeinplätzen und rauchte wie ein Schlot? Das Ganze war eine grandiose Zeitverschwendung, auf die ich einfach keine Lust mehr hatte.

Ich warf einen finsteren Blick auf die Zigarette, die ihm offenbar so viel Trost spendete. Seit dem Morgen hatte er wenig gesagt, doch jetzt sah ich ihn etwas tun, das mehr sagte als jedes Wort, das er hätte aussprechen können: Er kehrte mir den Rücken zu und überquerte den kleinen Platz ohne mich. Im ersten Moment blieb ich wie angewurzelt stehen und schaute Pietro, der von Natur aus ein Gentleman war, hinterher, wie er mich einfach stehen ließ und sich mit dem selbstherrlichen Gehabe, das ich so gut von Männern aus dem Spanischen Viertel kannte, von mir entfernte. Mir kam ein verrückter Gedanke: dass er vielleicht überhaupt nicht mehr stehen bleiben würde, sondern einfach ohne mich weitergehen, bis ans Ende des Dorfes, und dann würde er über die Stadtmauer klettern und verschwinden, jede Spur von ihm würde sich verlieren. Und ich würde ihn nie wiedersehen.

Auf einmal bekam ich es mit der Angst zu tun. Ich lief ihm hinterher, nicht ohne eine gehörige Dosis Selbstverachtung zu verspüren, und folgte seiner verpesteten Spur durch die sich windenden Gassen. Irgendwann musste er mich kommen gehört haben, denn er blieb stehen, damit ich ihn einholen konnte – eine Geste, die ich als Friedensangebot interpretierte. Schon schöpfte ich Hoffnung, doch als ihn erreichte, streckte er mir weder den

Olivenzweig einer Versöhnung noch eine Entschuldigung oder seine Hand entgegen, sondern führte diese mit schmerzhaft verzogenem Gesicht an seine Brust. Ich war enttäuscht.

Wir setzten unseren Weg fort, diesmal zusammen und mit mir unbekanntem Ziel, doch kurze Zeit später blieb er wieder stehen und wieder mit einer Kurzatmigkeit, zu der die steil ansteigende Straße ein Übriges tat. Es wurde immer heißer, und auf einmal war mir klar, dass dies nicht einfach nur morgendliche Sommerhitze war, sondern eine drückende und bedrohliche Schwüle, wie eine Gewitterwolke, die sich noch nicht entladen hatte. Mittlerweile glaubte ich nicht mehr an Pietros Rückenschmerzen, denn offenbar tat ihm jetzt auch die Brust weh. Dennoch – meine Verbitterung war so groß, dass ich davon überzeugt war, er übertreibe, nur um mein Mitgefühl zu heischen und damit nicht nur mir den Wind aus den Segeln zu nehmen, sondern jener Frage aus dem Weg zu gehen, die uns doch verfolgte, wo auch immer wir hingingen.

Bald waren wir an dem großen Platz angelangt, wo ich am Tag zuvor aus dem Bus gestiegen war. Es kam kein einziges Auto vorbei, und Pietro überquerte, ohne nach rechts und links zu schauen, die Straße. Er lehnte sich an die Mauer, an der der historische Stadtkern endete. Ich folgte ihm.

»Hier ist mehr Luft«, sagte er. »Vorher hatte ich das Gefühl zu ersticken.«

Ich verstand die Anspielung – dass ich diejenige sei, die ihn erstickte – und wurde allmählich sauer. »Für wen hältst du mich eigentlich, Pietro? Ich bin doch nicht eine von diesen Tussis, die ständig nerven ... die eifersüchtig sind und dir nicht erlauben, mit deinen Freunden auszugehen, die auf einem Ring, einem Haus und einer Hochzeit bestehen, einfach weil man das so macht. Und noch was – ich bin kein Klotz am Bein.«

»Ich wäre nicht mit dir zusammen, wenn du so wärst wie alle anderen.«

»Dann sag mir eins – bist du nun mit mir zusammen oder nicht?«

»Was soll das heißen?«

»Ich möchte wissen, was du am Ende für eine Entscheidung treffen wirst.«

Pietro kehrte mir den Rücken zu. Er beugte sich über die Stadtmauer, betrachtete ein wenig die Hügel in der Ferne, den Dunstschleier, hinter dem irgendwo Rom liegen musste. Dann nahm er einen langen Zug von seiner Zigarette und sagte: »Was für eine Entscheidung?«

»Was für eine Entscheidung«, murmelte ich und schlug mir vor Verzweiflung mit der Hand vor die Stirn. Dann tat Pietro also weiterhin so, als wäre nichts mit dem Ergebnis, dass er mich dazu zwang, in krassen Worten eine Frage zu benennen, vor der mir angst und bange war, und ihn vor eine Entscheidung zu stellen, die unsere Beziehung auf etwas wahrlich Vulgäres reduzierte. Geld oder Liebe. Doch es musste gesagt werden, und so fasste ich mir ein Herz und sagte ohne Umschweife: »Entweder ich oder das Geld.«

Schweigen. Allein die Tatsache, dass Pietro nicht gleich aufbegehrte, war für mich Bestätigung genug, dass ich den Nagel auf den Kopf getroffen hatte. Schließlich murmelte er: »Was soll ich dir sagen, Baby? Mir tut alles weh …«

»Wenn du auf diese Frage nicht automatisch eine Antwort weißt, dann …«

Pietro fuhr herum. »Dann *was*?«

»Dann …« Aber warum war es eigentlich immer meine Aufgabe, das auszusprechen, was er aus reiner Feigheit nicht sagen konnte? Warum musste immer ich mir die Hände mit Worten schmutzig machen? »Dann heißt das, dass du dir bereits vollkommen im Klaren bist. Du hast dich für das Geld entschieden. Na gut. Bist du jetzt zufrieden?«

Ich hatte es ausgesprochen, jedoch ohne daran zu glauben. Für mich war es nur eine falsche Anschuldigung, um ihn aus der Reserve zu locken, ihn aus seiner Apathie zu reißen. Ich wollte eine Reaktion von ihm. Ich wollte diskutieren, Frieden schließen, mich im Bett mit ihm versöhnen. Doch Pietro erwiderte nur: »Tatsache ist, Heddi, dass ich es mir nicht erlauben kann, die Brücken zu meiner Familie abzubrechen und auf der Straße zu landen.«

Es war wie ein Schlag vor die Brust. O mein Gott. Dann kannte er also nicht nur die eigentliche Frage, sondern wusste bereits sehr wohl die Antwort. Dann war seine Weigerung, die Frage zu beantworten, seit dem vergangenen Abend, nichts anderes als ein Aufschub gewesen, er hatte auf einen günstigen Moment gewartet, um mir den vernichtenden Schlag zu versetzen. Es war ein bewusstes Schweigen gewesen, eine trügerische Stille. Und während ich jetzt einen Schritt zurückwich, dann noch einen und noch einen, empfand ich es wie einen gewaltigen Erdrutsch, der mich unter sich begrub, und an den Füßen hatte ich keine leichten Sandalen mehr, sondern Gummistiefel, die sich schnell mit Schlamm und Schutt füllten.

»All das, in Griechenland«, sagte ich, und meinte mit *all das,* gemeinsam zu reisen, Teil einer richtigen Familie zu sein, so abartig *glücklich* zu sein. »Hat dir das gar nichts bedeutet?«

»Ach ja, Griechenland«, sagte er und stieß seufzend den Rauch aus, als erinnerte er sich an einen Moment, der, statt den Beginn von etwas Wundervollem und Wichtigem in unserem Leben darzustellen, einfach nur vorbei war. Ein schöner Zwischenstopp.

429

»All diese Pläne… zu heiraten, um die Welt zu reisen… wolltest du das denn überhaupt?«

»Ich weiß verdammt noch mal gar nicht mehr, was ich will.«

Ich machte noch einen Schritt rückwärts, strauchelte. Ich kannte es gut, das Gefühl, mitten in einem Albtraum zu stecken – wenn sich man mit allen Mitteln weigert, die grauenhafte Wahrheit zu akzeptieren, dabei aber spürt, dass man körperlich nicht dazu in der Lage ist, sie zu ändern – und nicht einmal aufwachen zu können. »Ich muss jetzt gehen«, sagte ich mit schwacher Stimme und setzte mich mit unsicheren Schritten in Bewegung. Als ich die Hand ausstreckte, um an der Mauer Halt zu finden, griff ich ins Leere.

Ich muss fast gestürzt sein, denn Pietro warf seine Zigarette beiseite und wirkte auf einmal wachsam, auch wenn sein Rücken immer noch leicht gekrümmt war. »Wohin gehst du?«

»Ich kann nicht hier bei dir bleiben, wenn du mich nicht mehr willst.«

Er widersprach mir nicht, sondern wiederholte nur einfach: »Aber wohin gehst du?«

Ich wusste es selbst nicht. Ich ging nur immer weiter rückwärts die Straße entlang, mitten auf der Fahrbahn, was mir der günstigste Fluchtweg schien. Pietro wurde kleiner und kleiner. Aus dem Augenwinkel sah ich auf der einen Seite die fast kitschige Miniaturlandschaft der Castelli, auf der anderen Seite die gespenstische Ruhe des Platzes, von dem aus der Bus fuhr. Ich würde einfach den allerersten Bus besteigen, genau das würde ich tun, ohne meine Sachen, sogar ohne Geld für eine Fahrkarte. Ich würde still und heimlich abreisen, nur um nicht einen Augenblick länger bei einem Mann zu sein, der mich nicht liebte, der mich vielleicht sogar verachtete. Ich empfand das gleiche Gefühl der Freiheit wie damals nach der Schlachtung des Schweins, als ich allein von Monte San Rocco aufgebrochen war. Jetzt begriff ich, dass es gar keine Freiheit gewesen war, sondern ein Abgrund, der sich vor mir öffnete. Es war der Boden, der mir unter den Füßen weggezogen worden war.

»Wohin gehst du?« Pietros Stimme schien von sehr weit weg zu kommen. »Was machst du?«

»Ich gehe ... Ich reise ab.«

»Wohin?«

»Neapel, Rom, ich weiß nicht.«

»Mein Gott«, sagte er, schärfer als sonst. »Wirst du ... Willst du mich verlassen?«

Ich blieb stehen, um ihn genauer sehen zu können. Da stand Pietro, das Gesicht blutleer, die Hände nach oben gereckt, fast als erwartete er, dass etwas vom Himmel regnete. Mein Herz flatterte in meiner Brust, wie ein Vögelchen im Käfig, als ich diesem Mann ins Gesicht schaute, der unsere Liebe verkaufen wollte, ein beinahe fremdes Gesicht, das meine Lippen doch in- und auswendig kannten. Ich starrte ihn an, um ihn wiederzuerkennen und eine nach der anderen diese widersprüchlichen Gefühlsschichten in seinem Gesicht abzutragen und seine Zuneigung erneut zum Vorschein zu bringen. Er liebt mich, er liebt mich nicht, *er liebt mich.* Ja, ohne den Schatten eines Zweifels war Pietro erschüttert und verängstigt, man konnte in seinen Augen lesen, dass er bei dem Gedanken, mich zu verlieren, am Rande der Verzweiflung stand. Wie konnte ich ihn denn verlassen?

Und so kam es, dass ich zwar wusste, die einzige Chance, die Situation mit Anstand zu retten und damit zu einem positiven Ausgang zu bringen, bestehe darin, mein Ultimatum durchzusetzen – indem ich einfach weiterging, wenn es nötig war, auch rückwärts wie ein Krebs, und einen Bus bestieg oder trampte, soweit es eben ging – und mein Instinkt mir sagte, *Wenn du umkehrst, wirst du sterben,* wie ich es beim allerersten Mal, als wir miteinander schliefen, geträumt hatte, als der Vesuv ausbrach und das einzige Boot zerstört wurde, das ich besaß, trotz alldem und trotz der fast absoluten Gewissheit, damit alles für immer kaputtzumachen, zu ihm zurückkehrte. Ich kehrte zurück.

»Ich habe es nicht geschafft«, sagte ich demütig.

Pietro nahm mich in die Arme, drückte sich an mich und barg das Gesicht in meinen Haaren. Ich spürte die Wärme seines Atems, die Wärme seiner Tränen auf meiner Haut. »Verlass mich nicht ... ich bitte dich«, flüsterte er. »Ohne dich bin ich ganz allein auf der Welt.«

Vielleicht waren wir ja wirklich allein auf der Welt. Während dieser langen Umarmung, die praktisch mitten auf der Straße stattfand, kam kein einziges Auto vorbei, ebenso wenig ein menschliches Wesen. Pietro zitterte und ich auch, so sehr hatte es mich aufgewühlt, am Abgrund zu stehen, nur einen Schritt entfernt, doch auch entsetzt von meiner eigenen Charakterschwäche. Als wir uns voneinander lösten, stand er gekrümmt vor mir, als könnte er sich fast nicht mehr auf den Beinen halten.

»Tut dir der Rücken wirklich so weh?«

»Es ist wie ein Messer, das durch mich hindurchschneidet ... von einer Seite zur anderen.«

»Vom Rücken bis wohin?«

»Bis zum Herzen. Heddi, ich kann ... ich kann fast nicht atmen.«

Der Weg vom Ortsrand bis zum Zentrum war endlos. Pietro hatte größte Mühe mit dem Anstieg: Alle paar Schritte blieb er stehen, versuchte auch nicht mehr zu rauchen. Wir brauchten eine Ewigkeit, bis wir wieder an dem kleinen Platz angelangt waren, der immer noch unerklärlicherweise vollkommen menschenleer war. Vielleicht waren ja all die Menschen, die wir bei dem Hundefestival gesehen hatten, von auswärts gewesen und die Bewohner von Monte Porzio verreist, oder das Dorf war tatsächlich nur das Motiv einer Ansichtskarte. Pietro brach auf der Bank zusammen. Er stützte sich auf die Knie, vergrub das Gesicht hinter diesen langen, mageren Fingern.

»Vielleicht sollten wir medizinischen Rat holen«, sagte ich zu ihm. »Hier muss doch irgendwo eine Apotheke sein.«

»Ja, die gibt's ... aber die hat bestimmt zu«, sagte er und zeigte auf eine Seitengasse.

»Das weiß man nie.« Ich ging mit betont ruhigem Schritt in die besagte Richtung, doch kaum war ich außer Sicht, fing ich an zu laufen und blieb erst vor der Apotheke stehen, deren Rollladen heruntergelassen war. Auf einmal packte mich die Panik, doch als ich zu Pietro zurückkehrte, schlug ich einen nüchternen und eher unbeteiligten Ton an, um ihn zu beruhigen. »Macht nichts. Vielleicht finden wir einen Arzt.«

Es waren nur wenige Minuten bis zur Telefonzelle. Mittlerweile brauchte sich Pietro nicht mehr zu verstellen, bei jedem Schritt verzog er das Gesicht vor Schmerz. Es war offensichtlich, dass es sich um eine wesentlich ernstere Angelegenheit handelte als eine schlaflose Nacht. Im Inneren der Telefonzelle war es feucht und eng, und während ich in dem Telefonbuch blätterte, sah ich aus der Nähe, wie viel Mühe Pietro das Atmen bereitete, und dass der Schmerz so groß war, dass er sich immer wieder auf die Lippe biss. Es gab nur einen einzigen Arzt im Dorf, und als ich die glänzende Münze in den Schlitz schob, wünschte ich mir inständig, dass er an diesem Sonntag weder in Urlaub war, noch seinen Fernet-Branca-Rausch ausschlief und gleich dranging. Doch das Telefon läutete fünf-, sechs-, siebenmal, und niemand nahm ab. Ich hängte wieder ein.

»Na gut«, sagte ich mit einer Ruhe, die immer löchriger wurde. »Versuchen wir einen Arzt in einem der umliegenden Dörfer anzurufen. Wie heißt denn der nächste Ort?«

Pietro schüttelte den Kopf und erinnerte mich daran, dass wir ja gar kein Auto hatten. Er sagte: »Ich rufe Giuliano an.«

Vor Schmerz zusammenzuckend, drehte er sich um und zog aus seiner Geldbörse einen Zettel mit den wichtigsten Nummern. Ich warf Geld ein. Offenbar war es Giuliano, der dranging, denn Pietro begann ohne Umschweife Dialekt zu reden, einsilbig und mit leiser Stimme, und legte dann wieder auf, ohne sich zu verabschieden. »Er kommt uns abholen«, teilte er mir mit.

»Gut. Dann kann er uns ins nächste Dorf fahren.«

»Wir fahren … nach Rom.«

»Gute Idee. In Rom haben bestimmt viele Ärzte Bereitschaft.«

»Nein, er bringt mich ins Krankenhaus.«

»Ins Krankenhaus?«, fragte ich. Ich hatte damit aufgehört, meine Angst um ihn vor ihm zu verbergen. Meine Angst *um uns*.

Das schien Pietro zu begreifen, denn er fügte wie zur Rechtfertigung hinzu: »Ich hab das Gefühl … zu ertrinken. Aber hier ist gar kein Meer.«

28

Wir fuhren auf der Autobahn, schnurgerade und zielgerichtet wie alle Straßen, die nach Rom führen. Und die ganze Zeit beugte sich Rosaria, die neben mir auf der Rückbank saß, nach vorne und sagte: »Aber bist du dir sicher, Piè? Kann es nicht sein, dass du dich irgendwo gestoßen hast und hast es nicht gemerkt?«

»Aber wie kann man sich denn irgendwo anstoßen, ohne es zu merken, verdammt noch mal?«, erwiderte Giuliano, wie zusammengefaltet hinter dem Steuer seines Fiat Uno, der aus ihm einen Riesen machte.

»Wenn du mich fragst, ist das ein Rippenbruch.«

An der Seite seines Freundes machte Pietro sich nicht einmal die Mühe zu protestieren: Er saß mit zusammengekniffenen Augen da und strich sich wieder und wieder über die Hemdenbrust. Manchmal legte ich ihm von hinten die Hand auf die Schulter, und er drückte sie kraftlos. Ich schaute aus dem Fenster und suchte nach einem positiven Vorzeichen, einer Nachricht aus dem Universum, die mir sagte, es würde doch noch alles gut, und tatsächlich erblickte ich ein rotes Auto mit einem Nummernschild, in dem meine Glückszahl 33 enthalten war, sowie ein Plakat mit einem lächelnden Kind, das mit zwei gereckten Daumen Werbung für die Kekse von Mulino Bianco machte. Doch mir war bewusst, dass ich mich gerade an den allerletzten Strohhalm klammerte und damit jedes wirkliche positive Zeichen, das ich jemals bekommen hatte, außer Kraft setzte.

Dann endlich bogen wir von der Autobahn ab und kämpften uns durch römische Außenbezirke, bis wir schließlich vor einem schäbigen Krankenhaus gelandet waren. Als Giuliano den Wagen unter einer Pinie geparkt und die Klimaanlage ausgeschaltet hatte, hüllte uns die Mittagshitze ein wie ein feuchter Handschuh. Wie in Monte Porzio schienen nur Grillen hier zu leben, als wären selbst die Kranken in Urlaub gefahren. Die Pfleger vor der Notaufnahme schienen nicht allzu viel zu tun zu haben, denn sie stürzten uns entgegen, kaum öffnete Giuliano die Beifahrertür. Sie halfen Pietro dabei, es bis zur Tür zu schaffen, und sagten uns, wir sollten draußen auf ihn warten.

»Ein eingeklemmter Nerv, da könnte ich wetten«, sagte Rosaria, die mit den Händen an den Hüften im zerklüfteten Schatten der Pinie stand. »Oder ein ausgekugeltes Gelenk ...«

Ich widersprach ihr nicht. Mir machte es immer noch zu schaffen, das Drama zu verarbeiten, das innerhalb eines einzigen Tages über unser Leben hereingebrochen war. Bei meiner Ankunft hatte Pietro noch kerngesund gewirkt. Hatte ich ihn wirklich so heftig angreifen müssen? Irgendwie hatte ich das Gefühl, ihm Schaden zugefügt zu haben.

Nach einer Weile kam er wieder heraus, von Pflegern gestützt. Ich wusste bereits, dass die Situation ernst war, noch bevor sie ihn auf eine Krankentrage legten und den Rettungsdienst für einen Transport vorbereiteten, denn ich sah es an seinen Augen, die ins Leere gerichtet waren, und seinem vollkommen versteiften Körper, der nicht einmal mehr zittern konnte.

»Heddi«, flüsterte er mir, schon im Liegen, zu, und sogar das H meines Namens schien ihm schwerzufallen. »Ich muss unters Messer.«

»Unters Messer? Wieso denn?«

»Ich hab einen ... einen Pneumothorax.«

»Pneumo – was?«

»Einer meiner Lungenflügel ist zusammengebrochen.« Jetzt, wo er mich anschaute, war alles noch schlimmer. Ich las in seinen Augen, wie ungerecht er fand, was ihm angetan worden war, eine Verletzlichkeit, die ich kaum mitanschauen konnte.

Ich versuchte, von den Pflegern mehr zu erfahren, doch sie waren zu beschäftigt. Nur einem von ihnen, der Pietro auf der Liege festschnallte, konnte ich die Nachricht entlocken, man würde ihn zum Carlo Fontanini bringen. Doch nein, außer dem Personal sei es niemandem gestattet, im Krankenwagen mitzufahren.

Ich drückte Pietro die Hand, und er erwiderte den Händedruck mit solcher Kraft, dass seine Fingerknöchel weiß hervortraten. Doch für mich war es nicht hart genug. Ich wollte wissen, wie stark sein Schmerz war, ihn zu meinem machen und Pietro dadurch von ihm befreien. Ich beugte mich über ihn und küsste ihn auf die erkaltete Wange. »Mach dir keine Sorgen, Pietro, alles wird gut«, sagte ich zu ihm und glaubte es fast selbst.

»Scheiße, Baby... ich hab Angst.« Mit großer Mühe nahm er seine Geldbörse, die Schlüssel und die Uhr und gab sie mir, man hatte ihm gesagt, für die OP müsse er das alles ablegen.

»Und der Ring?«

»Nein, ich hab's dir doch gesagt, den nehm ich nie mehr ab«, sagte Pietro. Dann brachten sie ihn von mir weg.

Als ich ihn wiedersah, war er von weißen Kissen eingerahmt, seine Brust war nackt bis auf ein quadratisches Stück Gaze, unter dem ein langer, schmaler Schlauch hervorschaute.

»He, Junge«, sagte Giuliano. »Ist alles super gelaufen. Bis auf die Tatsache, dass sie bei der Gelegenheit auch weiter unten was wegschneiden mussten.«

»Klar, am Arsch ist's finster«, erwiderte Pietro und zeigte sogar ein Lächeln.

Ich fasste Mut. Mittlerweile war es vierundzwanzig Stunden her, dass ich ihn lächeln gesehen hatte, von einem Scherz ganz zu schweigen. Doch Rosaria sagte: »Madonna, schau dir mal an, was du für ein Gesicht machst. Du siehst ja vollkommen fertig aus.«

»Schmerzmittel sind eine wunderbare Droge, stimmt's?«, sagte Giuliano.

»Echt geil.«

Wir standen alle um sein Bett herum, unsere gesunden Körper die einzige Trennwand in jenem grünlich schimmernden Krankenzimmer, das Pietro sich mit etwa zehn anderen Patienten teilte. Auch um die anderen Betten scharten sich Freunde oder Angehörige, die Dosen mit Pasta, Kreuzworträtsel oder Spielkarten mitgebracht hatten. Das scharfe Aroma von Desinfektionsmittel lag über einer Geruchsmischung aus Fleischsoße, Latexhandschuhen und verfaulten Blumen.

»Ich finde, du siehst gut aus«, sagte ich und strich sein Laken glatt, bemüht, ihn dabei nicht zu berühren.

»Aber jeder Atemzug tut mir weh.«

»Das ist nur der Thoraxkatheter, der aus der Wunde ragt«, mischte sich hinter uns eine Krankenschwester ein. Ich kam weder dazu, sie zu fragen, wozu ein Thoraxkatheter diente, noch, wie lange Pietro im Krankenhaus bleiben müsse, denn sie klatschte in die Hände und verkündete das Ende der Besuchszeit, worauf die Angehörigen ihre Picknicks abbrachen und ich mit Giuliano und Rosaria in ihr kleines Apartment am Stadtrand von Rom zurückkehrte.

Die beiden waren ein gut eingespieltes Team, dem Stress nichts anhaben konnte. Rosaria zog einen frischen Schlafanzug für Pietro aus dem Schrank, für mich ein T-Shirt von Giuliano, das ich statt eines Nachthemdes tragen konnte, sowie zwei noch verpackte Zahnbürsten – eine Notausrüstung für die Zeit, bis Giuliano nach Monte Porzio Catone zurückfahren konnte, um unsere Sachen zu holen, vielleicht Dienstag nach der Arbeit. Ich hatte noch nicht begriffen, dass wir dorthin nicht mehr zurückkehren würden.

Giuliano breitete einen Stadtplan auf dem Tisch aus und fuhr mit dem Finger die großen und kleinen Verkehrsadern der Stadt nach. Um zum Forlanini zu gelangen, musste ich zunächst mit Tram und Bus quer durch die Stadt fahren, vorbei am Aquädukt und dem Kolosseum, inmitten schimmernder Autos und Menschen, die nach der neuesten Mode gekleidet waren, und unter strahlend blauem Himmel. Die Vorstellung, einen solchen Ausflug zu machen, der wie ein Tag Sightseeing begann und in einem Krankenhaus endete, stimmte mich traurig.

Sie ließen mich von ihrem Apparat aus mit Gabriele telefonieren, dem ich alles berichtete. Er war gerade auf dem Weg nach Monte San Rocco, stellte jedoch sofort klar, dass er selbst nicht nach Rom kommen konnte: Offenbar stand das außer Diskussion. Die Aufgabe, sich um Pietro zu kümmern, fiel einzig und allein mir zu. Es war das, was ich wollte, und zugleich eine quasi öffentliche Anerkennung der Tatsache, dass unsere Beziehung ernst war. Was für eine Ironie, dass dieses lang ersehnte Zugeständnis erst kam, nachdem Pietro und ich beinahe alles in den Wind geschrieben hätten ...

An diesem Abend machte Rosaria Fleischbällchen in Tomatensoße. Ich hatte keinen Appetit, doch sie bestand darauf, dass ich etwas aß. »Die musst du probieren, Eddie, so macht man sie bei uns in der Gegend.«

Trotz der langen Anfahrt und dem unübersichtlich verschachtelten Krankenhausgelände war ich lange vor Beginn der morgendlichen Besuchszeit da und fand die Tür zur Station verschlossen. Ich ging wieder nach draußen. Direkt gegenüber der Abteilung lag ein schattiger Park mit mehreren Zementbänken. Ich hatte kein Buch mitgebracht, um mir die Zeit zu vertreiben, und so setzte ich mich einfach hin, blickte zum Krankenhaus hinüber und versuchte zu erraten, welches Pietros Fenster war. Die Zikaden in den Pinien kündeten vom Beginn ihrer Paarungszeit, auch sie in regloser Erwartung.

Nach einer Dreiviertelstunde durfte ich endlich hinein. Es war Montag, und außer mir waren keine Besucher da. Alle Kranken lagen im Bett, ihre Gesichter zerknittert und unrasiert. Diejenigen, die nicht schliefen, quittierten mein Eintreten mit müdem Interesse. Pietro lag nicht mehr in dem Bett vom Vortag, sondern in einem gleich neben dem offenen Balkon.

»Zimmer mit Aussicht«, sagte ich, so fröhlich ich konnte.

Er versuchte sich an einem Lächeln. »Da bist du ja, Baby.«

»Und wo sollte ich auch sonst sein?« Ich setzte mich auf das altersschwache Bett und gab Pietro einen Kuss auf die Wange. Er hatte aufgesprungene Lippen und roch nach Desinfektionsmittel, ein Geruch, der mich an die Putzmittel erinnerte, mit denen ich am Ende meiner Schicht die Klos in der Bar an der Piazza San Domenico schrubbte. »Ich bleibe hier, solange es nötig ist. Und wenn das meinem Chef nicht passt, kündige ich.«

»Ich finde es sowieso schrecklich, dass du da arbeitest. Du müsstest, was weiß ich, zum Beispiel Englisch unterrichten … Das könntest du richtig gut.« Während er sprach, bemerkte er, wie ich immer wieder nach dem Schlauch in seiner Brust schielte, und klärte mich auf: Er diene nur dazu, Luft abzulassen. Bei einem Pneumothorax gelange Luft zwischen das Brustfell und den Lungenflügel und drücke diesen zusammen, sodass die Lunge nicht mehr richtig funktioniere. In der Notaufnahme habe man ihm eine Nadel in den Brustkorb eingeführt, diese sei später durch den Schlauch ersetzt worden.

Eine Nadel in der Brust. Ich spürte fast selbst den Stich, und wie sich die Nadel langsam in meine Brust bohrte. Und was auch immer genau das Brustfell war – erst jetzt wurde mir bewusst, dass Pietro gestern in Monte Porzio nur noch einen funktionierenden Lungenflügel hatte. Folglich hatte er mit der Hälfte der Luft auskommen müssen.

Ich nahm meinen ganzen Mut zusammen und betrachtete den Schlauch genauer. Er schien tatsächlich direkt aus dem Herzen zu kommen und schlängelte sich dann über das Bett und bis zu einem Glasbehälter hinab, der auf dem Boden stand. Dieser sah mehr aus wie eine Flasche, wie man sie zum Abfüllen von Öl benutzte (und in der Tat befand sich eine Art gelbliche Flüssigkeit darin), nicht wie ein medizinisches Gerät, sondern wie etwas aus einer alten Berghütte. Ich wusste nicht, was mir mehr Angst machte: der dünne Gummischlauch, der Pietro am Leben erhielt, oder dieses primitive Ding da unten, das ihn ans Bett fesselte.

»Und wenn erst alle Luft draußen ist, lassen sie dich dann gehen?«

»Was weiß denn ich«, entgegnete er. »Sie entlassen mich, wenn kein Platz mehr in der Pleurahöhle ist.«

Pleurahöhle? Mir wurde wieder einmal bewusst, wie wenig ein Linguistikstudium einen Menschen auf das wahre Leben vorbereitet. Mir fehlten sowohl die sprachlichen als auch die psychologischen Mittel, ihn zu trösten, erst recht, als er mit finsterer Miene hinzufügte, wenn diese Behandlungsmethode nicht funktioniere, würde er sich einer weiteren, wesentlich schwierigeren OP unterziehen müssen. »Sie wird funktionieren«, gelang es mir nur zu stammeln. »Sie *muss* funktionieren.«

»Aber verdammt noch mal, warum muss das alles mir passieren? Als genügten nicht die Probleme, die ich sowieso schon habe, muss dann jetzt auch noch ein Spontanpneumothorax dazukommen, verflucht nochmal!«

Der Zungenbrecher war nicht so harmlos, wie er klang. Laut dem Chirurgen habe sich auf Pietros Lunge eine kleine Luftblase befunden, vielleicht sei sie bereits seit Jahren dort gewesen. Dann war sie auf einmal geplatzt und hatte die Lunge perforiert.

»Offenbar war der Pneumothorax, den ich hatte, ein schwerwiegender Fall, es bestand das Risiko eines Schocks … und Herzstillstandes.« Seine Augen wurden feucht, und seine Stimme brach. »Ist dir das bewusst, Heddi? Wenn wir noch länger gewartet hätten, wäre ich vielleicht tot.«

Jetzt liefen ihm die Tränen übers Gesicht, und er bemühte sich sichtlich, ein Schluchzen zu unterdrücken. Ich drückte meine Wange an seine, nicht nur, um ihn zu trösten, sondern auch mich selbst. Ich hatte ihn noch nie weinen sehen, und dieses Weinen eines verzweifelten Kindes tat mir in der Seele weh. Es war schrecklich. Ich dachte, wenn Pietro hier in diesem Bett lag mit diesem Schlauch in der Brust, von dem sein

Leben abhing, dann war es meine Schuld, dessen war ich mir mittlerweile sicher, und kein Mediziner oder sonst ein Wissenschaftler würde mich vom Gegenteil überzeugen können. Zum allerersten Mal in meinem Leben hasste ich Worte – *meine* bitterbösen, gemeinen Worte –, und ich hasste mich selbst, weil ich den Mund nicht hatte halten können. Ich hatte rücksichtslos auf ihn eingeredet, hatte einen Heldenmut von ihm eingefordert, den ich selbst nicht besaß, und damit alles aufs Spiel gesetzt. Alles. Und wie in den Jahren, die sie zusammen in Rom verbracht hatten, war es wieder Giuliano gewesen, der ihm zu Hilfe gekommen war, nicht ich.

Mehr als diese etwas unbeholfene Umarmung war nicht möglich, ohne seine empfindliche Brust zu berühren. Irgendwann hörte er auf zu weinen, und seinen geröteten Augen war anzusehen, wie gedemütigt er sich fühlte. Fast rechnete ich damit, dass er *Geh!* sagen würde, *ich will nicht, dass du mich so siehst,* doch er sagte nichts.

»Ich bin für dich da ... Ich werde dich nicht verlassen«, sagte ich zu ihm. »Ich liebe dich.«

Pietro drehte sich zum Balkon, putzte sich die Nase. »Das hier liebst du? Dieses Wrack von Mann?«

Er schaute immer noch nach draußen, und ich folgte seinem Blick. Jenseits der asphaltierten Straße, die in der Sonne glühte, lag der Park, in dem ich zuvor gewartet hatte. Von hier oben war nicht zu übersehen, dass alle Bänke zum Krankenhaus ausgerichtet waren. Sie standen dort vor der Station und zählten die Stunden, als würden sie eine Strafe absitzen. Das war der einzige Grund für ihre Existenz.

Eine dieser Bänke wurde schon bald die meine, zwischen einem Besuch und dem nächsten ging ich direkt dorthin. Seltsam, ich las nie. Ich saß einfach nur da, im Schneidersitz wie ein betender Mönch, schaute zu Pietros Balkon empor und atmete in tiefen Zügen; fast wie meine Mutter vor Jahren, wenn ich sie manchmal beim Meditieren ertappt hatte. Und es war wirklich eine Art Fürbitte, die ich leistete – ein Gebet für Pietros körperliche Genesung und für meine eigene Willenskraft. Trotzdem litt ich. Ich hatte begriffen, dass das eigentliche Leid nicht darin bestand, einem geliebten Menschen fern zu sein, sondern umgekehrt ganz nah, fast zum Greifen nah, und ihn doch nicht erreichen zu können.

Neapel schien mir endlos weit weg zu sein, räumlich ebenso wie zeitlich. Aus dieser Distanz betrachtet, war es nur schwer zu begreifen, dass es auf der Welt einen so ungezähmten, so anstrengenden und so *übertriebenen* Ort gab, einen Ort, ebenso gesegnet mit wilder Schönheit wie mit unverzeihlicher Hässlichkeit. Ich schaute mich in dem menschenleeren Park um. Wer weiß, wohin die anderen Angehörigen und Freunde in der Pause zwischen den Besuchszeiten gingen. Vermutlich nach Hause, denn das war Rom schließlich für sie – ihre Heimat.

Heimat. Bei dem Wort begann sich alles in mir zu drehen, und ich griff mir verzweifelt an den Kopf. Heimat, fragte ich mich – ist das der Ort, an dem du geboren bist, oder das Land, in dem alle deine Sprache sprechen? Handelt es sich einfach nur um den Platz, an dem du beschließt, Wurzeln zu schlagen, oder ist es ein Ort, den das Schicksal dir zuweist? War es denn möglich, dass ich nach all den Jahren in Neapel immer noch nicht die wahre Bedeutung dieses Wortes erfasst hatte? Früher hatte ich diese Stadt mit solcher Leidenschaft geliebt, dass ich glaubte zu sterben, doch dann hatte sich ein anderes Gefühl meiner bemächtigt ... Vielleicht, so überlegte ich eines Nachmittags, lag meine Schwierigkeit, den Begriff Heimat zu begreifen, genau daran, dass ich ständig versuchte, ihn zu sezieren und auf akademische Weise zu analysieren. Es stimmte, ich war kurzsichtig gewesen: Ich hatte vor lauter Bäumen den Wald nicht gesehen. Und jetzt, so ganz allein auf einer Bank in einem gesichtslosen Viertel am Stadtrand von Rom, schien ich endlich etwas zu begreifen.

Heimat war kein *Ort*. Das war sie nie gewesen.

Eines Tages fand ich Pietro nicht am Balkon. Eine Weile harrte ich auf seinem Bett mit den quietschenden Federn aus, doch irgendwann begann ich mir doch Sorgen zu machen. Hatten sie vielleicht doch eine weitere Operation machen müssen? Dann endlich kehrte er zurück, mit schlurfendem Schritt, seine Flasche am Griff haltend, mit eingefallener Brust. In dem viel zu großen Pyjama sah er besonders mager aus. Er war auf dem Klo gewesen, zum ersten Mal hatten ihm die Pfleger erlaubt, allein zu gehen. Der Hin- und Rückweg hatte ihn sehr viel Zeit gekostet, obwohl die Toilette direkt um die Ecke lag.

»Na ja, ein kleiner Schritt für einen Menschen, aber ein großer ...«, versuchte ich zu scherzen.

»Ein Mensch kann schon mit drei Jahren allein aufs Klo, Heddi. Was würde dein Vater denken, wenn er mich so sehen würde?«

Ich half ihm dabei, sich wieder ins Bett zu legen, ohne den Schlauch zu verheddern. Dann zog ich die heutige Ausgabe der *Repubblica* sowie mehrere Romane aus der Tasche, die mir Giuliano gegeben hatte mit der Absicht, ihm vorzulesen, wie ich es andere Besucher hatte tun sehen. Doch Pietro hatte keine Lust darauf. Er habe sehr schlecht geschlafen, entschuldigte er sich, aufgrund der Medikamente, die man ihm mitten in der Nacht verabreiche, außerdem gebe es da auch noch die Schnarcher und andere, die sich ständig im Bett herumwälzten. Er sei müde.

Er schloss die Augen, und ich nutzte den Moment, um ihn in aller Ruhe zu betrachten. Es war eine Qual, ihn nicht berühren zu können. Die breiten Augenbrauen, der Streifen nackte Brust, die Muskeln der gebräunten Unterarme, die Hände... Im Vergleich zu den anderen Patienten sah er kerngesund aus. Wenn man einmal den Verband und den Schlauch außer Acht ließ, hätte man Pietro in dieser scheinbar entspannten Körperhaltung für einen jungen Mann in den Ferien halten können. Einen Moment lang kam mir seine Krankheit nicht real, sondern wie eine Täuschung vor, einer von diesen Tricks, mit denen in Neapel des Nachts Passanten ausgenommen wurden wie die Weihnachtsgänse. Hatte Pietro im vergangenen Sommer nicht sogar mit dem Gedanken gespielt, sich eine Krankheit zuzulegen, um dem Militärdienst zu entgehen? Und hier war sie, die gute Ausrede, keine richtige Krankheit, sondern ein kurzer Zwischenfall, der jedoch schwarz auf weiß dokumentiert war und mit dem er eine Auszeit beantragen konnte, um sich wieder ganz zu erholen. Ein oder zwei Monate. War das zu viel erhofft?

Ich weckte Pietro, der vielleicht sowieso nicht richtig geschlafen hatte, und sagte ihm, was mir da gerade durch den Kopf gegangen war, obwohl ich befürchtete, naiv zu wirken oder ihn sogar zu kränken, indem ich einen Menschen, der immer zu seinem Wort stand, dazu anstiften wollte, dass er den Staat täuschte.

»In dem Moment, in dem ich krank wurde«, antwortete er emotionslos, »war mein Zivildienst zu Ende. Ich werde entlassen.« Und nicht nur das, die Ärzte hatten ihm auch ein genaues Datum gesagt, wann er das Krankenhaus verlassen dürfe: Freitag.

Seine Worte waren Musik in meinen Ohren, ein Zauber, der die kotzgrünen Wände in saftige Wiesen verwandelte. Ich riss die Augen auf. Dann würden wir endlich wieder unser Leben in die eigenen Hände nehmen können – und zwar nicht erst in anderthalb Jahren, sondern *in drei Tagen*. Ich war überglücklich. Und ich wusste gar nicht, wem ich danken sollte – der Vorsehung mit ihrem Rubbellose-Glück, an die ich nur glaubte, wenn sie sich milde zeigte, oder meinem Geliebten, der, um diese Gnade zu erlangen, einen Lungenflügel geopfert hatte. Doch in jedem Fall wäre es ein Dankeschön schlechten Geschmacks gewesen, weswegen ich einfach nur sagte: »Das ist unglaublich!«

Pietro gab keine Antwort, sondern schaute nur mit besorgter Vertrautheit auf seinen Brustschlauch.

»Bist du nicht froh?«

»Natürlich. Aber – was für eine melodramatische Wendung, nicht wahr? Ich würde zu gern mal mit diesem Trottel von Regisseur reden, der beschlossen hat, mich auf so armselige Weise aus dem Verkehr zu ziehen!«

Es waren nur noch drei Tage, aber für mich vergingen sie zäh und unendlich langsam. Rom, die ewige Stadt. Den allergrößten Teil der Zeit verbrachte ich nicht bei Pietro, sondern auf meiner Bank, denn der Gedanke, zwischen zwei Besuchen bei ihm die Stadt als Touristin zu erkunden, kam mir gar nicht. Ich wollte mich nicht vom Krankenhaus entfernen, und wenn ich mir ab und zu die Beine vertreten musste, so blieb ich immer in der Nähe.

Die Drainage funktionierte erwartungsgemäß: Der Pleuraspalt verengte sich wieder, die Lunge füllte sich mit Luft. Wer jedoch immer mehr an Volumen verlor, war Pietro, der mit jedem Tag kaputter wirkte. Ich versuchte ihn aufzumuntern, feierte auch das kleinste Zeichen der Besserung. Langsam nahm ich die Rolle einer Cheerleaderin ein, so wie ich es im Studium für meine Jungs gewesen war, nur dass es sich diesmal nicht um ein unbedeutendes Spiel handelte, sondern um ein ernstes Unterfangen – eines, für das ich, um ehrlich zu sein, nicht das geringste Talent hatte. Oft reagierte Pietro gar nicht, sondern rieb sich nur den Bart und wandte den Blick ab. An unseren Dialogen war etwas Unausgesprochenes, aber ich wollte nicht in ihn dringen. Ich fürchtete, wenn er mir eingestand, was er wirklich dabei empfand, eine ganze Woche im Krankenhaus zu sein, dann hätte ich die Distanz, die für meinen Optimismus unverzichtbar war, nicht aufrechterhalten können. Es war die Angst, mich in ihn hineinzuversetzen und in seinen ganz persönlichen Abgrund zu schauen, aber auch die etwas kindische Furcht, er könnte wieder in Tränen ausbrechen.

Eines Tages überreichte ich ihm eins seiner T-Shirts, von Giuliano aus Monte Porzio gebracht und von Rosaria gewaschen (und vermutlich auch gebügelt), das nun für den Tag seiner Entlassung vorgesehen war.

»Ich muss an die frische Luft«, erwiderte er. »Hilfst du mir?«

Ich hob seine Flasche an und begleitete ihn, während er in kleinen Schritten bis zur Balkonbrüstung ging. Pietro fixierte einen Punkt auf der Straße und fragte mich, ob ich »diesen Typen« gesehen hätte. Nicht einen von draußen, sondern den im Bett gegenüber. Ich warf einen flüchtigen Blick auf den schlafenden Jungen. Er war schön, anders konnte man es nicht sagen. Sein Haar, das braun und wellig war wie das von Pietro, aber ein wenig länger, lag wie ein Fächer auf dem Kissen ausgebreitet. Er sei erst am Abend zuvor eingeliefert worden, sagte er, nachdem sie ihn an der Lunge operiert hatten.

»Hatte er auch einen Pneumothorax?«

»Nein, einen Tumor.« Pietro schaute immer noch nach draußen, mit einer fast übertriebenen Konzentration, als wollte er die Pinien in meinem Park zählen. »Aber die OP ist nicht gut verlaufen. Das weiß ich, weil wir ein bisschen miteinander geredet haben. Er ist wirklich nett, gerade mal zwanzig Jahre alt. Er hat nicht einen einzigen Tag in seinem Leben geraucht. Er war an der Uni, hat niemals Drogen genommen, nie was Falsches gemacht.«

»Das ist schrecklich.«

»Es ist eine Ungerechtigkeit, das ist es«, sagte Pietro aufgebracht und fuhr sich mit der Hand durchs Haar. »Sein Leben hatte gerade erst begonnen, und jetzt wird er vermutlich nicht einmal die Chance haben, es zu leben. Sag mir du, ob ein guter Junge wie er eine solche Ungerechtigkeit verdient hat.«

Darauf wusste ich nichts zu antworten, sondern berührte nur abergläubisch den Anhänger an meiner Halskette. Wenn die Vorsehung wirklich so unmenschlich sein konnte, war dann nicht auch ich unmenschlich, die ich daran glaubte, allerdings nur, wenn es mir in den Kram passte? Draußen auf dem Balkon hüllte mich die Hitze von Kopf bis Fuß ein, und ich spürte das hektische Zirpen der Grillen fast körperlich, als vibrierten sie in meiner Kehle. Ich wusste, dass ich dem abstoßenden Gedanken, der mich schon seit vielen Tagen verfolgte, den ich mich aber geweigert hatte, ernsthaft in Betracht zu ziehen, nicht mehr entgehen konnte: dem Gedanken des Todes. Wie viele Stunden, wie viele Minuten waren es noch, bis Pietro einen Infarkt erleiden würde? Um wie viele Millimeter war er am Tode vorbeigeschrammt? Dieses Mal war er ihm noch einmal von der Schippe gesprungen, doch früher oder später würde der Tod das letzte Wort haben. Das hatte er immer. Und im Vergleich zu ihm waren wir nichts, rein gar nichts. Schutt und Asche, Sternenstaub.

Eines Nachmittags ragte der Schlauch nicht mehr aus dem Verband. Pietro war nicht mehr verkabelt, bewegte sich aber immer noch mit allergrößter Vorsicht. Ich dachte, es sei aus reiner Gewohnheit oder aus Angst, die frische OP-Naht könne aufgehen. Doch seine Antwort haute mich um. »Ich bin noch nicht außer Gefahr.«

»Was sagst du da? Du bist doch gesund.«

»Von wegen gesund.« Dann legte Pietro los, ließ all den Gedanken, die er bislang verborgen hatte, freien Lauf, ein wütender Fluss, in dem sich medizinische Ausdrücke mit der größten Selbstverständlichkeit mit Flüchen in breitem Dialekt abwechselten. Er schilderte, dass sein Pneumothorax nicht von einem Trauma stammte, etwa durch eine Explosion oder einen Autounfall, sondern durch eine bescheuerte subpleurale Luftblase. Ein Symptom, das relativ selten und vor allem bei jungen Männern vorkomme, die die Frechheit besäßen, unter vierzig und groß und schlank zu sein. Er sagte, es könnten durchaus noch weitere solcher Drecksblasen an seinen Lungenspitzen auftreten, und auch die könnten irgendwann platzen – nicht *irgendwann*, sondern durchaus auch *morgen* – und dann vielleicht nicht nur einen Lungenflügel betreffen, sondern alle beide.

»Wer hat dir das gesagt?«

»Der Chirurg.«

Jetzt war ich diejenige, die wütend war, auch wenn ich es mir nicht anmerken ließ. Ich war wütend auf den Arzt, dessen unvollständige Kommentare meinen erbitterten Kampf darum, in Pietro wieder Hoffnung und Zuversicht zu wecken, zunichtemachten. Ich war stinksauer auf diesen Statistikkram und sogar auf den schönen jungen Mann da drüben, der es wagte, vor Pietros Augen an Krebs zu sterben.

»Ich hab einfach die große Arschkarte gezogen«, wütete Pietro weiter. »Dabei hatte ich gerade erst mit dem Leben angefangen, ich rede ja nicht mal vom Reisen, aber ein Stück weit war ich schon gekommen, und dann… Zack! Wieder zurück auf Los. Was für eine Scheiße, gerade mal bis Rom bin ich gekommen. Schöne Weltreise, die ich da unternommen habe.«

»Und Griechenland zählt nicht?«

»Ist dir eigentlich bewusst, dass es mir auch dort hätte passieren können? Und wer hätte mich dort gerettet – der Pelikan-Doktor? Oder stell dir vor, wenn es mir am Arsch der Welt passiert, was weiß ich, in einem kleinen Dorf in Thailand! Vielleicht ist da der Einzige, der Ahnung von Chirurgie hat, der Dorfmetzger!«

Aus Pietros Stimme sprach nackte Angst. Ich schaute ihm direkt in die Augen und sagte, wir könnten noch mal ganz von vorne anfangen und unsere Pläne überdenken. Es sei mir nicht wichtig, wohin wir gingen, betonte ich, das Wichtigste sei, dass wir zusammenblieben. Ich nahm seine Hand und drückte sie mit aller Kraft, um jenen Moment in Monte Porzio aus seinem Gedächtnis zu löschen, als ich beinahe mit ihm Schluss gemacht hätte. Jetzt waren alle Probleme – seine Mutter, das Geld – in den Hintergrund getreten. Ich war mir nicht einmal mehr sicher, ob das überhaupt die wahren Probleme waren. Irgendwie war der Verdacht in mir aufgekommen, indem ich mit dem Finger auf Lidia, eine kleine, bucklige Frau, zeigte, hätte ich möglicherweise etwas anderes, Größeres übersehen. Etwas viel Größeres.

»Und solange wir noch keine genauen Vorstellungen haben und du noch nicht völlig genesen bist, können wir doch immer ins Spanische Viertel zurück.«

»Nein, mit Neapel hab ich abgeschlossen.«

»Ich auch.«

Das war einfach so dahingesagt, doch unter dem Strich war dieses *ich auch* eine ebenso befreiende wie verräterische Aussage, eine schlimme Wahrheit, die in einem ganzen Satz auszusprechen ich zu feige war. Dennoch wusste ich nicht, wie es weitergehen sollte. Wo sollten wir leben, wenn die Welt da draußen, zumindest im Moment, außerhalb unserer Reichweite war? Monte San Rocco stand außer Diskussion, und nachdem das auch für Neapel galt, was für eine Alternative blieb uns noch? Vielleicht hatte Pietro ja von Anfang an recht gehabt, und Amerika stellte die vernünftigste Wahl dar…

»Ich will nichts anderes, als den Rest meines Lebens mit dir zu verbringen, Baby«, sagte er. »Aber es geht nicht darum, dass ich nicht reisen *will* – ich *kann* es nicht. Der Arzt hat gesagt, ich muss Höhe unbedingt vermeiden, sonst wird sich diese Geschichte mit größter Wahrscheinlichkeit wiederholen. Aber wie soll ich um die Welt reisen, wenn ich kein Flugzeug besteigen darf?«

Jetzt reichte es mir. Ich beschloss, mir diesen Chirurgen vor Pietros Entlassung vorzuknöpfen, alle Missverständnisse aufzuklären und ihm aufzuzeigen, dass er nur unnötig Panik machte. Vielleicht konnte ich ihn ja auf meine Seite ziehen: Ich brauchte dringend einen Menschen, noch besser einen Mann im weißen Kittel, der mir die Überzeugung zurückgab, Pietro habe doch noch sein ganzes Leben vor sich. Pietro meinte, er würde den Arzt um ein Gespräch bitten, allerdings sei dieser als Chefarzt ein viel beschäftigter Mann.

Wir bekamen unser Gespräch, doch es lief von Anfang an nicht so wie erwartet. Der Chirurg war nicht der eiskalte und taktlose Professor, den ich mir vorgestellt hatte, sondern ein braun gebrannter Familienvater mit sonnigem Gemüt, er sprach mit lockerer Zunge in tiefem römischem Dialekt. Sein Büro war nicht nur voller Bücher und Skelette, sondern luftig und nüchtern eingerichtet (bis auf ein gerahmtes Foto von seiner Frau und den Kindern), womit er zu unterstreichen schien, dass er sich im Gesundheitssystem als Demokraten betrachtete. Er bot uns Stühle an und fragte Pietro ohne Umschweife, ob er Greco di Tufo möge.

»Ich trinke lieber Rotwein«, antwortete Pietro etwas verlegen, sicher, weil er nicht zugeben wollte, dass der Greco zwar ein Wein aus seiner Gegend, für ihn jedoch unerschwinglich war. »Aber ich sehe, Sie kennen sich aus.«

Der Chefarzt lobte noch einmal den guten Tropfen aus Avellino und trat dann auf Pietro zu, weil er sich noch einmal dessen OP-Wunde anschauen wollte. Er sagte: »Gut« und ging dann nahtlos zu den Esskastanien aus der Gegend um Neapel über. Es war offensichtlich, dass mein Freund weder ein seltener noch ein Fall von besonderem Interesse für ihn war. Wahrscheinlich hatte Pietro nur eine beiläufige Bemerkung von ihm aufgeschnappt und aus einer Mücke einen Elefanten gemacht. Als echter Naturwissenschaftler hatte er dann geforscht, vielleicht zu viel, und sich so manches zusammengereimt, wozu seine Angst ein Übriges getan hatte. Doch ich musste zugeben, obwohl der Chefarzt Pietros Erkrankung herunterspielte und uns sogar duzte, schüchterte er mich als Mensch trotzdem ein. Das war der Mann, der meinem Geliebten die Brust geöffnet hatte, und das die Hände, die ihn dann wieder zugenäht hatten. Er hatte in sein Inneres geblickt, und er hatte ihm das Leben gerettet.

Trotzdem musste ich, bevor der Chirurg auf seine Uhr blickte und uns hinauskomplimentierte, eine Möglichkeit finden, ihm die Fragen zu stellen, die Pietro ihm nicht gestellt hatte. Dieser kam frisch aus der Dusche, war für draußen gekleidet und zog jetzt mit dem Stift in der Hand die Entlassungspapiere aus der Tasche, bereit, sie zu unterzeichnen.

»Dann ist das alles?«, frage ich. »Muss er denn nicht zu weiteren Kontrollen ins Krankenhaus?«

»Nein, nein.« Der Chefarzt erklärte uns, Pietro müsse nur noch auf einen Sprung zu seinem Hausarzt, damit dieser den Verband wechselte. Die Fäden würden sich einfach von selbst auflösen. »Und dann«, fügte er lächelnd hinzu, »möchte ich diesen jungen Mann hier nie mehr wiedersehen.«

»Dann wird er also keinen Pneumothorax mehr kriegen...«

»Na ja, im Leben kann alles passieren. Aber wenn du auf mich hörst, kleines Fräulein, denkt einfach nicht mehr drüber nach... Ihr seid jung, fahrt ans Meer, esst und trinkt. Er hat einen Mordsschrecken bekommen, aber jetzt ist er gesund wie ein Fisch im Wasser, siehst du das nicht? Er kann wieder ein ganz normales Leben führen, sogar surfen kann er gehen. Das Einzige, was das Risiko eines zweiten solchen Vorfalls deutlich reduziert, ist, dass er mit dem Rauchen aufhört.«

Pietro hob ruckartig den Kopf von seinen Papieren, als wäre er aus dem Schlaf hochgeschreckt. Auch ich war baff. Wie hätte ich die Symbiose zwischen Pietro und seinen Marlboro Lights vergessen können, die meditative Art und Weise, wie er sie in den Fingern hielt? Dann hatte Pietro während dieser ganzen Woche im Krankenhaus nicht nur gegen Schmerzen und Angst ankämpfen müssen – er hatte einen kalten Entzug durchgemacht. Jetzt passte alles zusammen: seine Stimmungsschwankungen, seine Wut, seine Verzweiflung.

»Aber abgesehen davon kann er alles machen... auch fliegen, oder nicht?«

»Natürlich.«

»In große Höhen darf ich aber nicht, oder?«, fragte Pietro, der auf einmal ganz Ohr war.

Der Chefarzt legte die tief gebräunten Finger aneinander und bestätigte, das Risiko eines Rückfalls steige aufgrund des Sauerstoffmangels, wenn man sich in große Höhen begebe. »Deshalb setz es dir besser nicht in den Kopf, den Everest zu besteigen oder sonstigen Blödsinn zu machen.«

Der Doktor nahm die unterzeichneten Papiere entgegen, drückte uns kräftig und voller Herzlichkeit die Hand, wünschte uns noch einen schönen Sommer und empfahl uns dringend, einmal den Greco zu probieren. Alles in allem war das Gespräch sehr gut verlaufen, doch draußen auf dem menschenleeren Flur zog Pietro dennoch ein finsteres Gesicht. Bestimmt hatte ihn die Sache mit den Zigaretten entmutigt, die vielleicht sogar mir fehlen würden, und so sagte ich mitfühlend: »Das mit den Zigaretten ist natürlich hart.«

»Aber darum geht es nicht. Mich bekümmert die Geschichte mit dem Everest.«

»Aber den wolltest du doch nicht allen Ernstes besteigen, oder?«

»Wer weiß«, erwiderte er und schaute auf seine Schuhe hinab. »Wer weiß, was ich mit meinem Leben alles gemacht hätte.«

Er blieb mitten auf dem Flur stehen und stützte sich auf ein Bein, diese Haltung des Wartens – oder des Stillstands –, die mir so vertraut war, und doch erkannte ich ihn einen Moment lang fast nicht wieder. Wer war dieser Mann, der Angst davor hatte, in einer klimatisierten Flugzeugkabine mit Druckausgleich zu sitzen und Kräcker zu essen, sich aber nichts so sehr wünschte, wie mit Eispickeln und Karabinerhaken das Dach der Welt zu erobern? Wer war dieser Mann, der dem Urteil des Vaters seiner Freundin mehr Bedeutung zumaß als dem ihren? Wer war dieser Mann, den ich liebte?

Von: tectoni@tin.it
An: heddi@yahoo.com
Gesendet am: 25. Oktober

Liebe Heddi,

danke für deine wunderschöne Mail. Etwas Wärme konnte ich dringend gebrauchen... Gestern Nacht hat ein Steinmarder bei uns im Stall alle Kaninchen und mehrere Hühner gerissen. Ein furchtbares Gemetzel. Mein Vater hat geweint wie ein Kind. Und ich auch.

Ich hab dir eine Weile nicht mehr geschrieben, doch lass mich erklären, warum. Du hast mir mehr als einmal gesagt, dass ich gut schreibe, und ich hoffe wirklich, dich nicht zu enttäuschen. Es geht mir nicht gut. Erinnerst du dich an mein Problem mit dem Knie? Das ist immer noch nicht gelöst, sondern noch schlimmer geworden. Alle paar Wochen kommt der Schmerz zurück. Vielleicht ist es eine Entzündung, vielleicht haben die Ärzte etwas weggeschnitten, das nicht wegsollte, ich weiß es nicht, aber es ist ein Albtraum. Wenn es akut ist, kann ich nicht mehr gehen, ich kann mich nicht einmal an einen Tisch setzen, sondern liege nur auf dem Sofa herum. Heddi, ich sitze ziemlich in der Scheiße und habe langsam den Eindruck, das ist mein natürliches Habitat. Vielleicht fühle ich mich ja drin wohl wie ein Frosch im Teich. Vielleicht gefällt es mir. Keine Ahnung.

Ich habe mir ein Ticket nach Auckland gebucht, via Hongkong, am 19. Februar, für 1250 Euro, was ein akzeptabler Preis ist, wenn man die lange Flugzeit (circa 26 Stunden) einmal außer Acht lässt. Aber ich will es wirklich machen. Für dich. Für deine Augen. Für deine Haut, deine Haare, deine Stimme. Für all die Dinge, die du mir beigebracht hast. Für deine Geschichten, deine Familie, für die Wärme deines Körpers. Für all das, was du weißt, und das, was du noch nicht gelernt hast. Wir sind so weit voneinander entfernt, in jeder Hinsicht, und ich kann mir einfach nicht verzeihen, was ich getan habe. Doch nur ein Masochist würde die gleichen Fehler wieder machen.

Kürzlich habe ich mir von einer jungen Frau die Karten legen lassen. Sie hat dich in der Königin der Münzen gesehen und mich im Buben der Becher, getrennt durch die Sieben der Stäbe. Könnte das eine Bedeutung haben? Na ja, die Kartenlegerin konnte es mir nicht sagen. Für mich gibt es im Leben nur wenige Sicherheiten, wie du sehr wohl weißt. Aber ich bin mir sicher, dass du der einzige Mensch warst, der mir das Gefühl gab, ein Mann zu sein, wie weit man diesen Begriff auch fassen mag. Und ich habe begriffen, dass du die einzige Frau warst und immer sein wirst, mit der ich gerne Kinder gehabt hätte, kleine Pietros. Vielleicht ist es dumm oder grausam von mir, dich an diesen Gedanken von mir teilhaben zu lassen, aber es sind meine tiefsten und innersten Gedanken … nimm es mir nicht übel.

Ich bin ein furchtbarer Träumer, auch wenn ich mich dessen ein wenig schäme und versuche, mich stattdessen in die Arbeit zu stürzen (zumindest, wenn es mir gut geht). Ich bin mit dem Umbau der Wohnung im Erdgeschoss fertig, auch wenn meine Eltern sie immer noch nur als Lagerraum nutzen und sonst nichts. Die beiden anderen Stockwerke würden theoretisch mir gehören. Aber dieser ganze Platz, all diese Mühen ergeben einfach keinen Sinn – ich bin ein sehr einsamer Mensch, trotz all der Leute, die ich kenne. Mir fehlt ein Teil von mir. Und ich will es nicht leugnen, dass ich mir vorstelle, wie wir beide ein paar Monate des Jahres hier verbringen, an diesem beschissenen, beschränkten Ort, aber hier liegen meine Wurzeln, die ich nicht einfach ausreißen kann... und dann könnte man Weihnachten bei einer richtigen Familie feiern wie der deinen, an einem tollen Ort wie den USA, und jedes Jahr reisen. Na ja, das sind so meine Fantasien, da kann ich nichts machen... Ich bin ein schrecklicher Fatalist, hoffe aber trotzdem immer auf eine Verbesserung.

Ich weiß, ich habe nichts anderes verdient, als dass du mir ins Gesicht spuckst, aber ich habe dich wirklich geliebt, und ich liebe dich immer noch. Auch wenn du, wie ich es mir im Grunde wünsche, irgendwann den richtigen Mann findest, werde ich, Pietro Iannace, ein Mensch von verfluchter und hoffnungsloser Herkunft, niemals ohne dich leben können. Zumindest in meinen Träumen nicht. Ich werde immer davon träumen, für dich das zu sein, was du für mich bist. Vielleicht werde ich irgendwann so ausgelaugt und desorientiert sein (das kommt vor, wenn es an der Gesundheit hapert), dass mir irgendein Mädchen den Kopf verdrehen wird. Doch niemand kann das ersetzen, was du für mich bedeutet hast, und was du immer für mich sein wirst, und keine wird jemals den Platz einnehmen, den du in meinem Leben eingenommen hast… Ich weiß nicht, wie ich es dir sagen soll, aber du bist in mein Herz eintätowiert, auch wenn es dir nicht gefällt, es ist so.

Und vielleicht gelingt es mir ja, dir mein Herz auszuschütten zu dieser späten Stunde, denn ich habe Angst… es kommt vor, dass ich über den Tod nachdenke, über den Schmerz, und alles hinter mir lassen will, sogar mein geliebtes Auto. Auch wenn ich versuche, es zu verbergen, weiß ich, dass ich mir möglicherweise falsche Hoffnungen mache. Ich habe meine Möglichkeiten gehabt. Es gab Momente, in denen ich alles konnte. Augenblicke, in denen ich dachte, die Welt liege zu meinen Füßen, und ich könnte sie nach meinem Willen gestalten (was so mancher als jugendliche Hirngespinste abtun würde). Und doch humpele ich jetzt im Haus herum wie ein Tattergreis. Schönes Bild, nicht wahr? Wie aus einem Roman…

Nun, jetzt sage ich gute Nacht. Morgen früh muss ich zur Mühle, Mehl für die Hühner mahlen – natürlich mit dem Traktor –, und dann werde ich wohl ins Krankenhaus fahren und mir einen Arzt suchen, der bereit ist, mich noch einmal unters Messer zu nehmen und mir zu erklären, wie er vorhat, mich zu heilen.

Ich umarme dich so fest wie noch nie. Ob du willst oder nicht, du wirst bei mir sein, bis ich den Löffel abgebe.

P.

29

Ich ging wie in einem Wachtraum. Das Spanische Viertel entsprach in keiner Weise meiner Erinnerung, obwohl ich doch nur eine Woche nicht mehr hier gewesen war. Besonders die Via de Deo kam mir unfassbar eng und dunkel vor, was durch die besonders große Anzahl von Bettlaken und Tischdecken verstärkt wurde, die auf den Leinen hingen und auch den letzten Flecken des trüben Himmels verdeckten. Und waren die Häuser immer so schwindelerregend hoch gewesen? Um nicht das Gleichgewicht zu verlieren, senkte ich den Blick, fand aber, dass auch die ebenerdigen Wohnungen irgendwie anders aussahen. Sie wirkten noch abgenutzter als früher, pechschwarz und ölig wie die Haut eines afrikanischen Straßenhändlers. Die Hitze hockte darin wie ein Pascha, und es war seltsam aufgeräumt, als hätten alle, die irgendwie noch dazu in der Lage waren, das Weite gesucht.

»Wo sind die denn alle?«, fragte ich Pietro, während wir den Hof betraten.

»Du weißt doch, wie das Mitte August hier ist. Halb Neapel ist ausgeflogen. Und diejenigen, die noch da sind, trösten sich, indem sie sich den Wanst vollschlagen.«

In der Tat war es Mittagszeit, und unsere Mitbewohner gehörten zu den armen Seelen, denen es an Geld mangelte, um ans Meer zu fliehen. Durch die Hitze dazu gezwungen, die Wohnungstür sperrangelweit offen stehen zu lassen, schienen sie sich gegenseitig mit Essensdüften übertrumpfen zu wollen, denn es roch überall wunderbar – der zweite Stock trug den Preis für die am knusprigsten frittierten Meeresfrüchte davon, im dritten lockte ein besonders würzig geräucherter Provolone mit knackigster Rucola, und die überbackenen Auberginen im fünften setzten dem Ganzen die Krone auf. Wenn Kochen ein Wettbewerb war, dann war das Essen ein Gebet. Die einzigen Geräusche, die man hörte, waren das Brutzeln des heißen Öls oder das Quengeln eines Kindes, ein rauschender offener Wasserhahn oder ein dramatischer Dialog aus *Reich und schön*. Vielleicht war es ja genau diese Mischung aus gedämpften Geräuschen und mein kompletter Mangel an Appetit, die mir den Eindruck vermittelten, zu träumen, und wenn ich gleich aufwachen würde, wäre all das verschwunden. Ich musste nur entscheiden, wann.

»Ich spüre ihn schon wieder«, hallte Pietros Stimme in der leeren Wohnung wider, als wir sie betraten.

»Was denn?«

»Den Smog. Mir brennen die Augen.«

Ich stellte vorsichtig meinen Rucksack auf den Fliesen des Wohnzimmers ab und schaute mich um. Da war sie wieder, die unwiderlegbare Realität – unsere Bücher und CDs, der Computer, eine einsame Espressotasse auf dem zerschrammten Tisch –, die sofort eine Mischung aus Trost und Melancholie in mir weckte. Es roch muffig, und ich ging rasch hinüber, um die Fenster und die Balkontür zu öffnen. »Zeig mal deine Augen bei Tageslicht«, sagte ich und drehte mich zu ihm. »Du hast recht, die sind ein bisschen rot. Aber das wird bestimmt wieder gut.«

»Danke, Frau Doktor.«

Wortlos nahm mich Pietro an der Hand und führte mich hoch ins Schlafzimmer, wo wir uns bei noch geschlossenem Fensterladen liebten. Alles war zart und zerbrechlich – die Lichtrhomben, die zum Fenster hereinfielen, das ruhige Viertel, unsere Küsse, kaum mehr als ein Hauch. Ich war sehr vorsichtig wegen seiner Wunde, so groß war die Angst in mir, ihm noch einmal wehzutun. Erschöpft schliefen wir ein.

Meine Haare waren verschwitzt, als ich wieder aufwachte. Pietro war nicht da. Nur in Unterwäsche stieg ich ins Stockwerk darunter, schließlich waren wir sowieso allein im Haus. Pietro saß auf dem Sofa mit dem Hörer am Ohr. Er hatte die Beine übereinandergeschlagen und wippte nervös mit dem Fuß, vielleicht hatte er große Sehnsucht nach einer Zigarette. »Ist ja gut, ist ja gut«, sagte er in dem etwas ungeduldigen Ton, den er manchmal seinem Bruder gegenüber anschlug, als würde ihm gleich der Geduldsfaden reißen. Er legte wieder auf. »Schönen Gruß von Gabriele.«

»Wie geht es ihm?«

»Depressiv wie immer.«

Ich nahm neben ihm Platz. »Weißt du was, jetzt tun mir auch die Augen weh. Ich weiß bloß nicht, ob es der Smog oder nur Müdigkeit ist.«

»Dieser ganze Smog kann einfach nicht guttun. Der Chirurg hat gesagt, keine Zigaretten mehr, aber wenn man auch nur einen Tag diese giftige Luft atmet, kann man vermutlich genauso gut eine halbe Schachtel rauchen.«

»Meinst du?«

»Und diese Treppe! Nach einer Woche Bettlägerigkeit macht die mich ganz schön fertig.« Pietro schien etwas anderes im Sinn zu haben, und tatsächlich sagte er, noch bevor ich etwas erwidern konnte: »Vielleicht fahre ich erst mal eine Weile nach Monte San Rocco.«

Aha. Dann hatte er am Telefon darüber mit Gabriele geredet. Vielleicht war alles bereits organisiert. »Wenn du das meinst, die Einkäufe kann doch ich machen. Ich koche. Du ruhst dich aus, liest ein bisschen ... du musst keinen Finger rühren.«

»Baby, du bist die allersüßeste Krankenschwester der Welt, aber das Problem bist nicht du. Es ist dieses Haus, dieses Viertel, dieses Irrenhaus, das sich Neapel nennt! Ich ertrage es nicht mehr. Wenn ich hier noch einen Tag bleiben muss, drehe ich durch.«

Ich spürte, dass dieser Unmut Neapel gegenüber – ob er nun gerechtfertigt war oder nicht – nur die Spitze des Eisbergs war und Pietro in einer Krise steckte, deren Ursachen mir immer noch schleierhaft waren. Ich beschloss, die Wogen zu glätten. »Okay, wie du willst.« Und wie konnte ich es ihm auch zum Vorwurf machen, nach dem, was passiert war? An seiner Stelle wäre ich vermutlich auch gleich zu meinen Eltern gefahren. Und vielleicht würde ihm ein wenig Bergluft ja wirklich guttun.

Erst als er sagte: »Du kannst mich ja mal besuchen«, stieß ich ein bitteres Lachen aus, denn ich wusste sehr wohl, um ihn wiederzusehen, würde ich alles tun und auch diese bittere Pille schlucken. »Morgen früh holt mich Francesco ab, er kommt mit seinem neuen Auto bis hier vors Haus, hat er gesagt. Ha! Jedenfalls kann ich dann gleich auch ein paar von meinen Sachen mitnehmen. Bücher, schwere Dinge. Hier müssen doch noch irgendwo ein paar Kartons sein ...«

»Okay«, erwiderte ich und fügte noch mechanisch hinzu: »Ich helf dir.«

Nach außen hin gab ich mich gelassen, doch in mir drinnen sah es ganz anders aus. Ich fühlte mich verloren. Pietro packte seine Sachen und reiste ab, und es war vollkommen klar, dass er niemals wieder in dieser Wohnung wohnen würde. Das verstand sich von selbst. Und er ging nicht etwa deshalb, weil sich innerhalb weniger ereignisloser Stunden herausgestellt hatte, dass er das Spanische Viertel nicht mehr ertragen konnte, sondern weil ich als seine Freundin es nicht geschafft hatte, ihm in seinem dunkelsten Moment eine Stütze zu sein, und mir spontan auch keine Alternative zu Monte San Rocco einfiel, wo er sich erholen könnte. Doch ich hatte einfach keine Lösungen und auch keine Pläne mehr (nicht einmal für mich selbst, die in naher Zukunft ohne Wohnung dastehen würde). Ich hatte ihm nichts anderes zu bieten als meine armselige Liebe.

Auch Pietro schien das gleiche Gefühl der Verlorenheit zu empfinden, denn aus heiterem Himmel sagte er: »Ohne dich, Heddi, bin ich wie ein Blatt im Wind.«

Ich verstand nicht, was er meinte.

Als Francesco in der Via de Deo ankam, bildete sich eine kleine Menschenmenge aus Neugierigen und Nichtstuern. Das lag nicht nur daran, dass es Sonntag war, denn im Spanischen Viertel war eine Abwechslung immer willkommen. Kinder mit schmutzigen Fingernägeln fragten: »Und, wie heißt du?« Männer in Feinrippunterhemden und alte Omas im Morgenrock traten auf die Balkone und stimmten in den allgemeinen Chor mit ein, der da lautete: »Wer ist denn das?« Einige, die sich durch den fremden Besucher gestört fühlten, warfen ihm auch scheele Blicke zu: die Besitzerin des *basso* gegenüber, vor dem Francesco den Wagen geparkt hatte, der Rollerfahrer, der mit seinem Zweirad in Haaresbreite vor Francescos Wagen bremste, als wollte er dessen Kennzeichen mit dem Lenker auf die Schippe nehmen, wobei er vor sich hin schimpfte und so tat, als wäre er vollkommen außerstande, an dem Gefährt vorbeizukommen.

Während wir einluden, bewunderten alle das funkelnagelneue Fahrzeug, manche berührten es sogar. Und mit der gleichen Schamlosigkeit betrachteten sie auch Francesco, den Anwalt, mit seinen auf Hochglanz gewienerten Schuhen, der protzigen Uhr, dem gestärkten Hemd, das an ihm klebte, und dem längst außer Mode gekommenen Bart, der ihn älter machte. Mitten in dieser schwülwarmen Szenerie städtischer Unterschicht wurde er sofort als der gutmütige und wohlgenährte Mann aus der Provinz erkannt, den man jederzeit übers Ohr hauen konnte. So provinziell, in der Tat, dass er ebenso gut aus einer amerikanischen Vorstadt hätte stammen können.

»Na los, fahren wir«, sagte Pietro, der es nicht erwarten konnte und Francesco die letzte Tasche reichte, doch seine Nervosität legte sich sofort, als er eingestiegen war.

Ich gab ihm einen Kuss durch das heruntergelassene Fenster, winkte Francesco zu und riet ihnen, mit Sicherheit umsonst: »Fahrt nicht zu schnell.« Auf dem Weg die Via de Deo hoch kam der Wagen nur im Schritttempo voran, die Straße war so steil, dass es an ihrem Ende, nur wenige Meter vor ihnen, sogar nötig gewesen war, ein paar Stufen einzubauen.

»He, da könnt ihr nicht durch«, schrie ich ihnen hinterher.

Die Leute schauten mich an: Das deutliche Fehlen eines Dialekts exponierte mich, und ich riskierte, ebenso zur Zielscheibe zu werden wie Francesco. Ob er mich nun gehört hatte oder nicht, jedenfalls bog er in eine Seitenstraße ab, wobei er mehrmals manövrieren musste, und fuhr dann in Richtung Via Roma. Mehrere Straßenjungs rannten dem glänzenden Auto hinterher, als wäre es ein riesiger Lutscher. Mit etwas mehr

Zurückhaltung, aber mit der gleichen unstillbaren Sehnsucht folgte ich auch ihm ein paar Schritte. Dann verschluckte ihn die Straße, und ich sah sie nicht mehr.

Ich hatte keinen Grund mehr, auf die Straße zu gehen, weil ich keine Vorlesungen hatte. Den Job in der Bar hatte ich aufgegeben, und Krankenhausbesuche musste ich auch nicht machen. Obwohl ich aus reiner Gewohnheit immer noch in einer gewissen Erwartungshaltung war, gab es für mich im Grunde keinerlei Termine, und ein konkretes Ziel hatte ich auch nicht. Nur meine Füße hatten immer noch ihre ganz eigene Beziehung zu den Straßen Neapels. Ich hätte auch mit verbundenen Augen hier herummarschieren können und wäre trotzdem immer an einem Ziel angekommen, von dem selbst ich nicht wusste, dass ich es hatte.

Und so kam es, dass ich wieder einmal an der Stelle stand, wo immer der Obdachlose in seinem Rollstuhl gesessen hatte. Ich wollte ihm einen Cappuccino und ein Hörnchen bringen, das war der Grund, warum ich hier war. Vielleicht würde ich wieder einmal eine Weile neben seinem Rollstuhl auf dem Boden sitzen, und diesmal würde ich mich auch nicht mehr vor seinen Beinstümpfen fürchten. Wenn ich lange genug warte, so dachte ich, würde er mir ja vielleicht seine Geschichte zu Ende erzählen, und warum er nach jener *Katastrophe* in Neapel hängen geblieben war.

Doch vom Priester war weit und breit keine Spur. Sein Platz war eine etwas fleckige und beunruhigende Leerstelle, wie eine Bleistiftzeichnung, die jemand hastig mit einem Radiergummi weggewischt hat. Ich betrat trotzdem die Bar, um mir einen Cappuccino zu bestellen, und fragte die Frau an der Kasse: »Entschuldigen Sie, aber Sie kennen doch diesen Mann, der normalerweise mit seinem Hund da draußen sitzt. Ich glaube, er ist Deutscher.«

»Ob ich den kenne? Wie soll man denn so einen nicht kennen? Der stinkt ja dermaßen, dass man es noch bis zur Piazza Plebiscito riecht.« Der junge Typ hinter der Bar fiel in das allgemeine Gelächter ein.

»Aber das ist eigentlich ein ganz anständiger Mensch«, sagte ich zu der Frau, die an jedem Finger, außer dem Daumen, einen dicken Klunker in allen möglichen Farben trug. Was wusste die denn vom Leben auf der Straße?

»Ich weiß schon, der hat ein Herz aus Gold«, lenkte sie ein. »Das sieht man, auch wenn man kein Wort von dem versteht, was er sagt.«

»Aber hat er sich denn in letzter Zeit blicken lassen?«

»Wie soll ich das denn wissen, Signorina? Ich bin doch die ganze Zeit hier drinnen und schufte. Sogar am Sonntag, sogar im August…«

Ich dankte ihr und legte den Kassenbon zusammen mit zweihundert Lire auf den Tresen. Aber natürlich, wieso hatte ich nicht früher daran gedacht? Hier war es nicht wie in Washington. In Neapel wäre es einfach nicht möglich, dass ein Obdachloser sich tagaus, tagein jeden Morgen vor einer Bar einfand und bettelte (oder zumindest auf eine kleine Spende hoffte), ohne dass die Inhaber der Bar es ihm erlaubten. Um sich hier durchzuschlagen, musste man die nötigen Leute kennen, und das galt erst recht für einen behinderten Ausländer, der nur gebrochenes Italienisch sprach. Ja, es war Anarchie, aber auch diese Anarchie hatte ihre Regeln… und ihre Menschlichkeit. Ich bedauerte es, schlecht über die Kassiererin gedacht zu haben, die ihm in Wirklichkeit sogar geholfen hatte, ohne irgendetwas dafür zu bekommen.

Der Barmann stellte den Cappuccino vor mich hin. »Jedenfalls hat man den Penner schon eine ganze Weile nicht mehr hier gesehen. Wenn du mich fragst, ist der weg. Aber wer war das eigentlich, ein Landsmann von dir?«

Durch die Ankunft neuer Gäste blieb mir eine Antwort erspart. Der Kaffee tat sofort seine Wirkung. Mit jedem Schluck klopfte mein Herz lauter und schneller. Wann hatte ich den Priester zum letzten Mal gesehen? Vielleicht genau an dem Tag, an dem ich meinen Doktortitel bekommen hatte. An jenem Morgen hatte er mir zugewinkt, erinnerte ich mich, bei ihm eine eher ungewohnte Geste. War es vielleicht ein Abschied gewesen?

Ich wollte glauben, dass er einen festen Platz im Obdachlosenheim gefunden hatte, oder dass irgendein Kloster ihn aufgenommen hatte. Oder, noch besser, jemand aus seiner Vergangenheit, ein Bruder oder Neffe, ein Mensch, der im Laufe der Jahre überall nach ihm gesucht hatte, hatte ihn am Ende aufgespürt. Ich wollte so gerne glauben, dass er es geschafft hatte, aus Neapel zu verschwinden, und wenn es auf einem fliegenden Teppich war.

Doch in meinen Optimismus mischten sich auch Zweifel. Ein Happy End gab es doch nur in Hollywood. In der wirklichen Welt konnte ein kerngesunder junger Mann, der nie eine Zigarette geraucht hatte, mit zwanzig Jahren an Lungenkrebs sterben – was mochte dann erst recht einem behinderten, mangelernährten und alten Menschen an schrecklichen Dingen widerfahren, ob es nun ein Infarkt war oder er Opfer eines Gewaltverbrechens wurde? Ich konnte nicht einmal ausschließen, dass er eines Tages die Entscheidung getroffen hatte, der gesellschaftlichen Ausgrenzung und der Einsamkeit, gegen die er bestimmt jeden Tag angekämpft hatte, ein Ende zu bereiten und sich umzubringen, trotz der Stigmatisierung von Selbstmördern durch die Kirche. Und wer würde sich an ihn erinnern, jetzt, wo er nicht mehr da war? Er hatte nicht einmal einen Namen.

Auf einmal fiel mir wieder das Gemeinschaftsgrab in der Chiesa delle Fontanelle ein, all die namenlosen Oberschenkelknochen, die Rippen, die Schädel, und mir wurde bang ums Herz. Was hatte eigentlich ich getan, um diesem tapferen Mann zu helfen, außer dass ich ihm ab und zu etwas Kleingeld gegeben und ihm ein Frühstück gebracht hatte, wenn es mir gerade in den Kram passte? Ich hatte mich auch nicht besser verhalten als die anderen, die ihm nur Aufmerksamkeit schenkten, als seine Hündin Welpen hatte, obwohl ich (wahrscheinlich als Einzige) wusste, dass er in Wirklichkeit kein verrückter Penner, sondern ein Mann Gottes war. Doch jetzt war es zu spät.

Wenn du mich fragst, ist der weg. Auf einmal erfasste mich eine große Aufregung, an der nicht allein das Koffein schuld sein konnte, und vielleicht war es ja nicht einfach nur das Verschwinden des Priesters, das mich aufwühlte. Es war ein Gefühl des Verlusts, das über mich hereinschwappte wie eine große Welle und größer war als der Verlust selbst. Ich fühlte mich mutterseelenallein und verlassen und vielleicht auch zu Recht. Luca war der Erste gewesen, der Neapel endgültig verlassen hatte, dann Madeleine. Jetzt war auch Pietro abgereist, mit all seinen tonnenschweren Büchern, dem Geologenhammer, seinen geknöpften Hemden, all den Dingen, die seinen unvergleichlichen Duft an sich hatten. Es war heiß, und in der überfüllten Bar hatte ich auf einmal das Gefühl, die Wände bewegten sich auf mich zu. Die Kaffeemühle röhrte, der Milchaufschäumer pfiff. Ich musste hier raus, und zwar sofort.

Die Hälfte der Bevölkerung Neapels war in den Ferien, doch

die andere Hälfte, die an die Stadt gefesselt war, war auf den Straßen unterwegs und machte es mir schwer, einen Fluchtweg zu finden. Auf der Via Roma herrschte Hochbetrieb, Fußgänger strömten zweispurig über die Gehwege, es duftete nach gefälschten Parfüms und Törtchen aus der Pasticceria. Die Menge zog mich mit, sodass ich kaum auf die andere Straßenseite gelangte, was meine Panik nur noch verstärkte. Am Ende jedoch schien auch die Menschenmenge begriffen zu haben, wie dringlich es mir war, und spuckte mich an einer Querstraße aus, die großflächig mit Todesanzeigen tapeziert war. Ich nahm unter einem Balkon Zuflucht und brach in Tränen aus.

Doch selbst im unbedeutendsten und dunkelsten Winkel Neapels bist du nie allein. Ich hatte nur wenige, kochend heiße Tränen vergossen, als sich hinter mir ein Grüppchen von jungen Mädchen näherte. Sie waren dick geschminkt, trugen tief ausgeschnittene Kleider und wollten es offensichtlich richtig krachen lassen, doch es waren sie, die mich fast vorwurfsvoll anschauten. Ich tat so, als wäre nichts, wischte mir das Gesicht mit der verschmierten Wimperntusche ab und kehrte in die Via de Deo zurück.

Von: heddi@yahoo.com
An: tectonic@tin.it
Gesendet am: 8. November

Lieber Pietro,

wie schön, über deine Gedanken zu lesen, deine Stimme zu hören, wenn auch nur aus der Ferne. Es tut mir leid zu hören, dass es mit deiner Gesundheit nicht gut bestellt ist. Könntest du nicht einen Spezialisten aufsuchen, oder hast du mal an alternative Heilmethoden gedacht?

Weißt du, dass ich offiziell arbeitslos bin? Vor zwei Wochen habe ich meine Kündigung eingereicht. Mit dem Geld, das ich auf der hohen Kante habe, komme ich zwei oder drei Monate zurecht, außerdem brauche ich nicht viel und habe wenig Ausgaben. Ich bin froh darüber, wieder meine Freiheit zu haben, gerade jetzt, wo der Sommer vor der Tür steht. Jetzt kann ich mich jederzeit in mein Auto setzen und einen unbekannten Teil des Regenwaldes erkunden, der direkt hinter der Stadtgrenze beginnt. Er ist voller Vögel, die auf alle erdenklichen seltsamen Weisen zwitschern und singen – bei dem einen klingt es wie ein Schluchzen, beim anderen wie

Niesen oder Lachen –, und die Bäume stehen so dicht, dass man nicht nass wird, wenn es regnet. Wie auch immer: Da möchte ich gern mit dir hin, aber zuallererst musst du gesund werden.

Du hast mich einmal gefragt, ob ich ein Tattoo habe. Ich habe keines, aber nicht aus Angst vor dem Schmerz. Tattoos sind für immer – und an welches Symbol, welche Idee könnte ich schon für immer glauben? Ich weiß es nicht. Vor einiger Zeit habe ich ein Maori-Mädchen kennengelernt, das aus einem Dorf namens Tuai stammte, einer sehr entlegenen Gegend am Ufer des Sees Waikaremoana. Sie sagte, wenn wir jemals in der Gegend seien, sollten wir nach ihrem Onkel fragen, der uns für wenig Geld seine Pferde leihen würde, damit könnten wir dann den praktisch unberührten Wald erkunden. Das Mädchen erzählte uns, als sie etwa zwölf Jahre alt gewesen sei, habe ihre Großmutter sie mit den Worten »Komm mit« zu sich gerufen. Sie wusste nicht, was sie mit ihr vorhatte, bis ein Mann sie anwies, sich hinzulegen, und begann, ihren Rücken zu tätowieren. Bei dem Tattoo handelte es sich um ihren Stammbaum, damit sie diesen niemals vergessen würde. Es brauchte mehrere Sitzungen, um auch nur den Baumstamm und die vielen Äste zu tätowieren. Jedes Mal, wenn es wieder losgehen sollte, weinte sie, doch jedes Mal drückte die Großmutter sie bestimmt auf das Bett hinab. Das Mädchen wollte uns das Tattoo nicht zeigen, erklärte aber, es bedecke den gesamten Rücken, bis auf ein kleines Stück Haut, wo der letzte Teil des Stammbaums noch fehlte. Sie habe allerdings nicht die Absicht, ihn fertig stechen zu lassen, mittlerweile wohnt sie in Australien.

Ich weiß, ich komme vom Hölzchen aufs Stöckchen, aber ich haben das Gefühl, durch unsere Briefe eine Sprache wiederentdeckt zu haben, die du und ich immer gesprochen haben, und ich möchte nicht, dass sie wieder in Vergessenheit gerät.

Deine

Heddi

30

Ich versuchte mich zu beschäftigen. Ich eröffnete einen E-Mail-Account, begann eine Korrespondenz mit Snežana. Auch ich begann Bücherkisten zu packen, um sie nach Hause zu Barbara und meinem Vater zu schicken, und versuchte dabei, nicht auf das Krakeelen zu achten, das ein- bis zweimal am Tag in unserem Hof ausbrach. Am Abend rief Pietro mich an. Wir redeten bis spät in die Nacht, auf dem Sofa, das mehr und mehr zu meinem Bett wurde, und mit dem Hörer in der Hand, aus dem es rauschte, als wäre er eine Muschel aus dem Meer.

In Monte San Rocco kam er nicht zur Ruhe. Ständig bellte sein Vater ihn an, er solle dies tun und das: Holz holen, ihn mit dem Auto chauffieren, Mehlsäcke oder Kisten mit selbst gekelterten Wein irgendwohin fahren. Bei Tisch wurde immer über Geld gesprochen – wer wem welche Summe schuldete –, eine Unterhaltung, die nur zu Ende war, wenn etwas im Fernsehen lief. Die Anwesenheit seines Bruders half da nur wenig, weil Gabriele, ob nun wegen der Hitze oder dem Wein, noch schlechter gelaunt war als sonst. Nicht einmal über Politik wollte er reden; er stand einfach vom Tisch auf, das Weinglas in der Hand, und saß mit übereinandergeschlagenen Beinen – »auf Gutsherrenart«, wie Pietro es nannte – im Wohnzimmer, las Proust oder zappte herum.

»Ich schwöre es dir, für mich sind sie diejenigen, die krank sind«, sagte er eines Abends und machte eine lange Pause, die für mich so klang, als zöge er an einer Marlboro.

»Und, wie geht's ohne Zigaretten?«

»Es ist hart, Baby, richtig hart. Vielleicht liegt es daran, dass ich Gabriele nicht mehr ertrage. Der raucht wie ein Schlot!«

»Zu Hause, vor deinen Eltern?«

»Ja, zu Hause…« Doch die allergrößte Qual, fügte er hinzu, sei es, so weit weg von mir zu sein. Und als könnte es in irgendeiner Weise seine Einsamkeit lindern, wenn ich etwas gegen meine eigene tat, schlug er vor, ich solle mich mit Sonia und den anderen treffen.

Sonia, das wusste ich, war auf Sardinien. Was Tonino, Angelo und Davide anging, hatte ich keine Ahnung, wo sie steckten: Die Telecom hatte ihnen immer noch kein Telefon angeschlossen – und hatte dies vermutlich auch nicht vor. Aber vielleicht wollte ich auch gar keine Gesellschaft außer der von Pietro. Zu dieser späten Stunde kam durch die weit aufgerissenen Fenster das monotone Knattern der Roller und das permanente Licht der Straßenlaternen, ein kränklich gelber Schein, der bis zum Morgengrauen anhielt und durch den Neapel sich die Nacht vom Leibe hielt, so wie es das auch mit den Behörden tat, was man am Beispiel der Telecom sah. Ganz besonders an diesem Abend spielte diese sonderbare gelbe Lichtbrühe ihre Spielchen mit mir, indem sie sich wie eine radioaktive Welle durch die Gassen mit den Nachtschwärmern ergoss, ein weltraumartiger Schimmer, der weder Licht noch Dunkelheit war. Es war eine Farbe, die ebenso wie das rote Warnlicht in einer Dunkelkammer alles gleichmachte, ob es nun schön oder hässlich war, und eine gewisse Spannung erzeugte, nur dass in diesem Fall die Wirkung alles andere als magisch war.

»Baby?«

»Bin immer noch da.«

»Ich hab eine schöne Geschichte, die ich dir erzählen will.«

»Schieß los.« Ich riss meinen Blick von der Stadt los und ließ mich noch tiefer in das knarzende und von der Hitze klebrige Kunstleder des Sofas sinken. Und wie gern ich eine schöne Geschichte hören wollte, am liebsten ein Märchen.

Pietro erzählte mir, er habe einen Welpen gefunden. Der Hund habe mitten auf dem Land irgendwo unter einem Baum gesessen, nur noch Haut und Knochen, weil er anscheinend nichts mehr gegessen hatte, seit er nicht mehr bei der Mutter trinken konnte, und er sei mit Flöhen übersät gewesen, die so groß waren wie Kakerlaken. Pietro hatte den Welpen mit nach Hause genommen, ihn in einem Eimer gebadet und ihm Milch und Nudelreste gegeben.

Meine Müdigkeit war wie weggeblasen, und ich rappelte mich auf. »Bist du dir sicher, dass er ausgesetzt war? Vielleicht ist er ja von zu Hause weggelaufen.«

»Ganz sicher. Weißt du, was die Leute hier machen, wenn sie Tiere loswerden wollen? Die stecken sie in einen Sack und schmeißen ihn irgendwo hin, meistens aber in einen Fluss.« Der hier, versicherte mir Pietro, habe sich jedoch retten können. Im Moment schlafe er im Schuppen beim Traktor, wo Gesualdo ihm Gesellschaft leiste; morgen würde er ihn zum Tierarzt bringen. »Fang schon mal an, dir einen Namen für ihn auszudenken«, schloss er, »denn das wird unser Hund.«

Unser Hund, der *richtige* Hund, nicht etwa nur ein zufälliger Empfänger unserer überschüssigen Zuneigung, sondern das dritte Lebewesen im Bunde, von dem ich mehr und mehr glaubte, es sei für den Erhalt unserer Beziehung nötig. Auf einmal fielen mir wieder meine kindischen Tränen dort in der

Gasse ein, und es war mir peinlich. Unglaublich – trotz der permanenten Ansprüche seiner Eltern, die seiner Gesundung bestimmt nicht zuträglich waren, hatte der Ortswechsel Pietro offenbar wirklich gutgetan, und er war dem Leben endlich wieder zugewandt, so wie vorher. Und nun waren wir beide – ebenso unerwartet wie vielleicht auch etwas verfrüht – Herrchen und Frauchen eines winzigen kleinen Hundes mit braunem Fell und rosa Schnauze geworden. Es war nicht wichtig, dass wir noch gar keinen Platz hatten, an dem wir ihn halten konnten. Wir waren jung und gesund und unsterblich verliebt – da war dies nichts anderes als ein logistisches Detail, um das wir uns auch später noch kümmern konnten.

Pietro hatte recht gehabt: Sonia war bereits nach Neapel zurückgekehrt. Eines Nachmittags, als es so heiß war, dass der Teer auf dem Dach schmolz, klopfte sie an meine Tür. Wir setzten uns nach draußen, in die entfesselt brennende Sonne, um uns gegenseitig über die Ereignisse des vergangenen Monats aufs Laufende zu bringen. Von der Woche im Krankenhaus ersparte ich ihr die hässlicheren Details sowie die Momente der Verletzlichkeit (ebenso wie den eigentlichen Auslöser, unseren Streit), weil ich das alles nicht noch einmal aufleben lassen wollte, und weil ich nicht an dem Bild kratzen wollte, das Sonia von Pietro hatte. Außerdem tat ich es, um ihr nicht sagen zu müssen, einen Mann zu lieben, bedeute, ihn gerade für seine Schwächen zu lieben.

»Das muss ja ein richtiger Albtraum gewesen sein«, sagte sie am Ende und schaute mich mit diesen riesigen und wunderschönen braunen Augen an, die nicht nur sprechen konnten, sondern offenbar auch zuhören. »Und wann genau wird Pietro nach Neapel zurückkehren können?«

Das kam mir wie eine Frage mit Hintergedanken vor, und ich konnte ihr keine zufriedenstellende Antwort geben.

»Dann musst du ihn auf jeden Fall von mir grüßen.«

»Fährst du wieder weg?«

»Oh, Eddie, ich bin so froh, dass ich dich heute angetroffen habe, weil ich es kaum erwarten konnte, es dir zu sagen«, rief sie und fuchtelte mit ihren knochigen Armen in der schwül-warmen Luft des Spanischen Viertels herum. »Ich gehe nach Portugal! Für ein ganzes Jahr. Ich hab ein Erasmus-Stipendium gekriegt, kannst du dir das vorstellen?« Sonia schien es selbst kaum glauben zu können: Wieder und wieder schüttelte sie den Kopf und spähte suchend in Richtung Vulkan, und tatsächlich spitzte der Vesuv nur gelegentlich hinter der dicken Hitzewolke hervor.

Ein Austauschstipendium im Ausland. Ich freute mich für sie. Das tat ich wirklich. Aufgewühlt war ich höchstens wegen der Alarmanlage eines Autos, die unten auf der Straße angegangen war und jetzt bitterlich heulte.

Sonia berichtete, die Benachrichtigung habe sie bereits vor einiger Zeit bekommen, sie sei sich aber nicht sicher gewesen, ob sie annehmen solle oder nicht. »Ich bin im Reisen nicht so unerschrocken wie du. Und ich muss eine Situation immer von allen Blickwinkeln aus betrachten, bevor ich eine Entscheidung treffe. Wusstest du, dass ich sogar Pietro nach seiner Meinung gefragt habe? Ich hab ihn ausgerechnet auf deiner Doktorfeier genervt! Dich hab ich nicht gefragt, weil ich genau wusste, was du mir raten würdest …«

Und was hatte Pietro ihr geraten – sollte sie bleiben oder fahren? Mir dröhnte der Kopf, was nicht nur an der jaulenden Alarmanlage lag: Ich hatte nicht die leiseste Ahnung, welchen Rat er ihr wohl gegeben hatte. *Gehen oder bleiben?* Und ich musste mir eingestehen, dass ich an jenem Abend, als ich sie so vertraut auf dem Dach stehen sah, einen deutlichen Anfall von Eifersucht verspürt hatte.

Auf einmal kam in mir eine Erinnerung hoch, die auf mein allererstes Austauschjahr mit der AFSAI zurückging. Unter den anderen ausländischen Mädchen, die bei Familien in Castellammare untergekommen waren, gab es damals auch eine Dänin, auch sie war sechzehn und hieß, wenn ich mich recht erinnere, Inga. Und sie war es gewesen, die mich eines Tages, als sie sich vor dem Spiegel in Ritas Zimmer die Wimpern tuschte, darauf hingewiesen hatte, dass wir beide glatt als Schwestern durchgehen konnten, so ähnlich waren wir uns. Ich schaute in den Spiegel und dachte, dass es ja vielleicht in der Tat möglich sei, dass Wikingerblut durch meine Adern floss, denn die Ähnlichkeit war frappierend – die gleiche kleine Nase, die ausgeprägten Wangenknochen, die nach unten gezogenen Mundwinkel, der quadratische Kiefer, die gleichen hellen Augen und kantig geschwungenen Augenbrauen –, allerdings mit dem großen Unterschied, dass Inga viel schöner war als ich. Nicht nur das – sie war viel selbstsicherer, viel extrovertierter, viel eigenständiger. Sie ließ sich nicht aus der Ruhe bringen, sie verzettelte sich nicht, und sie rechtfertigte sich nicht ständig, so wie ich. Sie war ein heiterer Mensch mit Charisma. Sie grübelte nicht ewig über alles nach, ließ sich aber auch nicht von jedem verrückten Impuls mitreißen. Inga war einfach die gelungenere Version meiner selbst. Am Ende jenes Jahres in Castellammare packte sie all die nützlichen Erfahrungen, die sie gemacht hatte, in ihren Koffer und kehrte nach Dänemark zurück. Ich hörte nie wieder von ihr.

Und was war das Besondere an mir? Dass ich eine furchtlose Weltenbummlerin war? Ich hielt das für eine Illusion. Ich dachte an die Skandinavierinnen zurück, die Pietro und ich auf der Fähre kennengelernt hatten, mit ihren vollgestempelten Pässen, dem Lederhalsschmuck und den langen, braun gebrannten Beinen, und wurde von einem Gefühl der Bedrohung und des primitiven Revierdenkens übermannt, das ich kaum in Schach halten konnte. Ich begriff, dass das, was ich vor einem Monat dort auf dem Dach empfunden hatte, keine Eifersucht gewesen war. Die eigentliche Eifersucht war *die hier,* diese Mischung aus Angst und Gnadenlosigkeit, die aus heiterem Himmel kam und sich nicht auf eine einzelne Frau richtete, sondern auf Dutzende, Hunderte, Tausende, *Millionen* Frauen, die ich nicht kannte und die Sprachen konnten, die ich nicht gelernt hatte. Es war die erschütternde Erkenntnis, dass es einen ganzen Planeten voller weiblicher Wesen gab, richtiger Frauen, die alle viel schöner und mutiger und dem Leben zugewandter waren als ich, die Pietro jederzeit den Kopf verdrehen konnten, und dann würden sie mit den Händen über seine Brust fahren, seinen Schwanz packen und die Geheimnisse seines Mundes erkunden… und seiner Seele. Es war diese eisige und überaus schmerzhafte Dosis Gift, die mir injiziert wurde und langsam durch alle Adern meines Körpers floss, bis ich nicht mehr atmen konnte.

Endlich hörte die Alarmanlage auf zu lärmen. Ganz allmählich lösten sich die hässlichen Gedanken in Luft auf wie ein Albtraum beim Erwachen, und ich ließ mich von Sonias Begeisterung anstecken, während sie mir von ihren Vorbereitungen auf die Abreise erzählte. Wie immer um diese Uhrzeit stieg aus einer Bäckerei in der Nachbarschaft ein köstlicher Brotduft zum Dach empor. Die Luft war warm und einladend, fast konnte man sie schmecken, und ich hatte auf einmal große Lust, ans Meer zu fahren. Und da war es auch, das Meer, in gezackten Ausschnitten hinter den Fernsehantennen.

»Weihnachten kehre ich nach Italien zurück«, sagte Sonia. »Ich werde versuchen, auch einen Abstecher nach Neapel zu machen, mal sehen. Ich hab's nicht mehr geschafft, mich von den Jungs zu verabschieden...« Tonino sei noch in Apulien, teilte sie mir mit, doch Angelo sei anscheinend bereits wieder im Lande, nachdem er sich unsterblich in ein Mädchen aus dem wohlhabenden Viertel Posillipo verliebt hatte, bestimmt eine von denen, die Pietro als »affig« bezeichnet hätte.

»Sonia, was ist denn eigentlich am Ende mit Carlo passiert?«

Meine Freundin seufzte in Richtung des unerreichbaren Golfs. »Ich weiß nicht... Er hat viel zu sehr geklammert. Oder vielleicht habe ich ihn auch nicht wirklich geliebt. Wie auch immer, kurz nachdem ich mich von ihm getrennt hatte, ist er mit meiner Mitbewohnerin ins Bett gegangen... ausgerechnet bei uns zu Hause.« Und zu meiner Überraschung fügte sie, die sonst immer so gesittet war, hinzu: »Geht doch nichts über einen kleinen Revanchefick!«, bevor sie aufstand und mit den Händen ihre staubige Hose abklopfte.

»Gehst du schon?«

»Ja, ich muss mein Zimmer räumen und all meine Sachen nach Sardinien zu meinen Eltern schicken. Aber selbst ohne das Stipendium wollte ich in diese Wohnung auf keinen Fall mehr zurück...«

Erst in diesem Moment begriff ich, dass mich mit Sonia mehr verband als mit jeder anderen Freundin, und sie war schon an der Tür, als mich die verrückte Angst davor packte, sie zu verlieren. Nur die Tatsache, dass wir uns gegenseitig hoch und heilig versprachen, uns nicht aus den Augen zu verlieren (dass Pietro und ich sie in Portugal besuchen würden), brachte mich von dem Gedanken ab, es sei durchaus möglich, dass ich sie nie wiedersehen würde. Ich war ihr eine schlechte Freundin gewesen und hätte alles darum gegeben, noch einmal die Chance zu bekommen, von vorne anzufangen und all die Tage und Nächte, die wir miteinander verbracht hatten, um zu essen, über Gott und die Welt zu reden und unser Leben und unsere Gesundheit aufs Spiel zu setzen, mit größerer Bewusstheit noch einmal zu erleben. Auf der Türschwelle nahm ich sie, statt sie auf die Wangen zu küssen, in die Arme und hielt sie länger fest, als es kulturell vertretbar war.

Bei unserem nächsten Telefongespräch – er ausgestreckt auf seinem Kinderbett, ich auf dem Sofa – unterhielt mich Pietro mit allerlei lebhaften Geschichten aus seinem Alltag. Er berichtete von arbeitsreichen Tagen, von den Bullen auf der Weide, von den spätsommerlichen Dorffesten (die er nicht besuchte), die immer einer bestimmten Spezialität gewidmet waren, so wie die *sagra dello zenzifero,* von der er nur wusste, dass es sich um irgendeine Art von Minze handelte.

»Und der Welpe?«, fragte ich ihn an einem gewissen Punkt. »Wie nennen wir ihn denn jetzt?«

Wieder trat eine Pause am anderen Ende der Leitung ein, bei der ich geschworen hätte, da ziehe jemand an einer Zigarette. »Baby, das wollte ich dir noch sagen … Tut mir leid, aber den Welpen konnte ich nicht behalten. Meine Mutter hat ihn im Schuppen entdeckt.«

Ich schreckte hoch. »Aber du hast ihn doch zum Veterinär gebracht«, rief ich, so aufgeregt, dass ich mich an dem komplizierten Wort verhaspelte. »Hast du ihr das gesagt?«

Es sei so, als würde man gegen eine Mauer anreden, erklärte Pietro. Außerdem sei er, mit einem Loch in der Brust und einem noch größeren in der Tasche, nicht dazu in der Lage, sich mit Lidia anzulegen. Am Ende jedoch wurde seine Stimme zu einem rauen Flüstern, so brüchig, wie es die Telefonverbindung zwischen uns war, er hörte mit den Ausflüchten auf und bat mich um Verzeihung. »Ich fühl mich wie ein Stück Scheiße, Baby. Wirklich beschissen. Ich kann nichts essen, kann nicht mehr schlafen…«

»Aber vielleicht kann man ja noch was machen… du kannst ihn wieder zurückholen… Wem hast du ihn denn gegeben?«

»Es ist zu spät.«

Ich sprang auf. »Wie, zu spät? Es ist doch eben erst passiert.« Ich wollte ruhig und pragmatisch bleiben, doch selbst ich hörte, wie meine Stimme, die im Hörer widerhallte, zu brechen begann, denn mir war sofort wieder eingefallen, was die Leute in der Gegend machten, wenn sie ein unerwünschtes Tier loswerden wollten. »Wo, Pietro? Wo hast du ihn hingebracht?«

»Weit weg von hier. Ich habe ihn in einen Karton gesetzt und bin mit ihm irgendwohin gefahren.«

»Und dann, was hast du dann gemacht?« Ich fing an, auf und ab zu gehen, soweit die Telefonschnur es zuließ. »Sag es mir, auf der Stelle!«

»Scheiße, es tut mir so leid, Baby. Ich kann es ja selbst kaum glauben, was ich gemacht hab…« Er habe den Karton am Straßenrand stehen lassen, direkt neben einem Weizenfeld, im Schatten eines großen Baumes. Es sei einer der Kartons gewesen, den er benutzt hatte, um seine Bücher aus Neapel aufs Land zu transportieren. Ganz in der Nähe stand ein Bauernhaus, aus diesem Grund habe er diesen Platz gewählt, in der Hoffnung, die Besitzer würden ihn finden, wenn sie zur Arbeit auf dem Feld fuhren. »Er hat bestimmt ein neues Zuhause gefunden, da bin ich mir sicher… Ist also nichts weiter passiert. Nur Katzen entwickeln eine Bindung an ein Haus. Für einen Hund ist ein Haus wie das andere.«

»Aber dann ist es doch noch schlimmer.«

»In welcher Hinsicht?«

»Weil sich der kleine Hund an *dich* gewöhnt hat.«

Am anderen Ende der Leitung langes Schweigen. Pietro rauchte, dessen war ich mir jetzt fast sicher. »Hör mal, ich weiß«, sagte er schließlich. »Und ich habe mich selbst gehasst, als ich es gemacht habe. Als ich ihn auf den Boden gestellt und die Schachtel aufgemacht habe, hat er so ein drolliges Gesicht gemacht… die Zunge, die raushing, das feuchte Schnäuzchen und diese großen Augen. Er hat sich richtig gefreut, mich zu sehen, aber man hat auch gesehen, dass es ihn verwirrte, dort draußen, mitten in der Pampa, zu sein. Ich konnte ihn nicht anschauen, so sehr habe ich mich geschämt, ich kann dir gar nicht sagen, wie. Ich bin wieder ins Auto gestiegen und weggefahren, so schnell ich konnte, damit ich es mir nicht noch anders überlege.«

»Weißt du denn noch, wo genau dieses Feld war? Wir könnten doch hinfahren und ihn suchen. Erinnerst du dich an die genaue Stelle?«

Pietro stieß einen müden Seufzer aus und sagte, es sei wie die berühmte Nadel im Heuhaufen, und ich könne es vergessen.

In genau diesem Moment beschloss ich, dass die Sache keinen Aufschub mehr duldete. Noch bevor die rote Sonne erneut unterging, zum vierten (und womöglich letzten) Mal, würde ich den Bus nach Borgo Alto nehmen, selbst wenn ich damit alles nur noch schlimmer machte.

Von: heddi@yahoo.com
An: tectoni@tin.it
Gesendet am: 22. Dezember

Lieber Pietro,

ich schreibe dir von einem Campingplatz aus, ich be-
nutze den alten Computer mit Internet, der in der Ver-
waltung steht und praktischerweise mit Münzen funktioniert. Um ehrlich zu sein, wollte ich nachschauen,
ob du mir geantwortet hattest, aber nein. Hast du dich
denn nun operieren lassen? Seit einem Monat habe ich
nichts von dir gehört, und das ist für deine Verhältnisse
eine lange Zeit. Vielleicht hast du ja keine Lust, dich aus-
zutauschen…

Deine letzte Mail habe ich mir ausgedruckt und aufgehoben, so wie alle anderen auch. Vielleicht kannst du
sie ja eines Tages mal brauchen, wenn du diesen Roman
schreibst… Aber eigentlich kannst du den ja noch gar
nicht schreiben, weil du nicht weißt, wie alles ausgeht.

Vor Jahren, in Neapel, schien mir unsere Beziehung absolut perfekt zu sein, vom Schicksal gewollt, und es war
für mich undenkbar, dass wir uns jemals trennen könn-

ten. Ich hatte Angst, dich zu verlieren, das ja, aber eher durch einen Unfall oder eine Krankheit. Wie dumm ich doch war: Ich hatte noch nicht begriffen, dass das Schicksal (das uns in der Theorie zusammengebracht hatte) und der Tod (der uns trennen könnte) ein und dieselbe verfluchte Sache waren. Und ich war viel zu sehr mit diesen kosmischen Fragen beschäftigt – oder vielleicht auch zu verliebt –, um in Betracht zu ziehen, dass es ja auch noch den menschlichen Faktor gab.

Ich würde so gerne deine Stimme hören, bis der Morgen graut, würde so gerne deine Arme spüren, die sich um mich legen wie ein Band um ein Geschenk. Wenn du das nicht auch willst, dann bitte ich dich, sag es mir jetzt. Der Februar ist nicht mehr fern, dann beginnt das erste Semester, und ich habe eine neue Arbeit an der Uni gefunden. Ganz zu schweigen von dem Flug, den du für den Februar gebucht hast… Ich bin alles andere als überzeugt davon, dass du diesen Flieger auch wirklich besteigen wirst. Eigentlich erwarte ich dich gar nicht mehr, auch wenn du mich gebeten hast, es zu tun (glaube ich zumindest). Wenn du dann am Ende doch beschließt, nicht den Ozean zu überqueren, um mich zu sehen, dann werde ich es akzeptieren und begreifen, dass das Schicksal nicht in der Zukunft geschrieben steht, sondern in der Geschichte.

In Liebe,

H.

31

»Guten Abend.«

Bei dieser Begrüßung verzog Lidia ihren kleinen Mund, als sähe sie sich einer besonders unangenehmen Hausarbeit gegenüber, die leider ab und zu gemacht werden muss. Und obwohl es mir schwerfiel, mich zu verstellen, brachte ich trotzdem ein vermeintlich freundliches Lächeln zustande, während Lidia den Gruß erwiderte (*Buona sera* – dabei war es gerade mal zwei Uhr nachmittags), die Hand aus der Schürze nahm und sie mir hinstreckte wie ein Geschenk, das sie mir lieber nicht gemacht hätte.

»Wie schön, Sie wiederzusehen, Signora.«

Ich küsste sie auf die Wange. Aus der Nähe war ganz deutlich zu sehen, dass ihre Wangen nicht etwa witterungsbedingt gerötet waren, sondern dass die Röte an vielen geplatzten Äderchen lag, auch sie ein Zeichen des Alters. Mittlerweile hielt ich mich eigentlich für immun gegenüber ihren – gewiss unterbewussten – Versuchen, mein Mitleid zu erregen, doch angesichts dieses erbarmungswürdigen menschlichen Wesens spürte ich dennoch, wie es mir eng in der Brust wurde. Damit hatte ein wenig auch mein wachsender Verdacht zu tun, ich hätte Lidias Rolle bei der Zerstörung unserer Beziehung – sowohl in meinem Denken als auch in den Wortgefechten mit Pietro –, zu viel Bedeutung beigemessen. Doch wie auch immer war das Gefühl nicht von Dauer. Vielleicht war es ja doch nur eine vorübergehende Unpässlichkeit gewesen.

»Mama«, sagte Pietro und stellte meine Reisetasche auf den Küchenboden. »Hol doch bitte diese Papiere, dann bringe ich sie zum Anwalt«, sagte er in Dialekt.

»Wozu denn? Die haben bestimmt noch geschlossen.«

»Hol sie, ich kümmere mich schon drum.«

Erst als seine Mutter die Küche verlassen hatte, sagte Pietro leise zu mir: »Keine Sorge. Das war jetzt nur ein Vorwand, um uns hier loszueisen. Wir machen eine kleine Spritztour mit dem Auto. Ist das okay für dich?«

In Wirklichkeit hatte ich nichts anderes erwartet. Dieses Mal hatten wir brav unsere Pflicht erfüllt und waren von der Bushaltestelle direkt nach Hause gefahren. Doch ich war nicht den ganzen langen Weg hierhergekommen, um Lidia in dieser Küche entgegenzutreten, sondern um Pietro sein Selbstvertrauen zurückzugeben, ihn an mich zu ziehen und irgendwo auf einer Lichtung endlich wieder das Gefühl zu haben, dass wir zueinander gehörten. Er drückte mir rasch einen Kuss auf den Mund und erklärte dann, der Botengang selbst sei kein Vorwand gewesen, denn er müsse in der Tat einige Papiere in der Anwaltskanzlei vorbeibringen (allerdings nicht der von Francesco), die mit einem Grundstück zu tun hatten.

»Was für ein Grundstück?«

»Dem in Apulien, wo mein Vater und ich mit dem Traktor hingefahren sind, erinnerst du dich?« Doch noch bevor die sowieso schon schwache Hoffnung in mir geweckt wurde, es handele sich um eine Überschreibung von Ernesto Iannace auf seinen Sohn Pietro, fügte er hinzu: »Meine Eltern wollen sich vergewissern, dass es uns wirklich gehört.«

»Gehört es euch denn nicht bereits?«

Pietro fuhr sich mit der Hand durchs Haar. »Das ist alles ein bisschen kompliziert. Ich erklär's dir später.«

Noch bevor ich fragen konnte, wo denn Gabriele sei, war Pietros Mutter bereits wieder zurück, mit schwerem Schritt, in der Hand eine Aktentasche. »Und seid bald wieder da«, sagte sie, worauf eine lange Litanei in Dialekt folgte, aus der ich nur das Pronomen *edda* heraushörte.

Erst draußen im Auto fragte ich ihn: »Was hat deine Mutter über mich gesagt?«

»Nichts, sie stellt sich einfach an.«

»Komm, du kannst es mir sagen. Ich habe ein dickes Fell.«

Das war eine bodenlose Lüge, doch sie funktionierte trotzdem, denn Pietro antwortete: »Sie hat gesagt, du sollst heute Abend früh ins Bett gehen, damit du morgen nicht wieder bis in die Puppen schläfst.«

Ich rollte mit den Augen.

»Ach, hör doch nicht auf sie ... Die ist einfach so. Wie man hierzulande sagt: Die macht aus ihrem Herzen keine Mördergrube.«

So hätte ich das wohl nicht formuliert, doch während das Auto im Rückwärtsgang über die kiesbestreute Auffahrt rollte, beschloss ich, dass es besser war, den Mund zu halten, wenn es um seine Mutter ging.

Wir fuhren ziellos im Hügelland herum. Es war warm, als hätte die Sommerhitze für ihren großen Abgang von der Bühne noch einmal all ihre Kräfte zusammengenommen. Ich lehnte mich aus dem Autofenster: Der heiße Wind war wie eine Decke, die mir durch die Finger glitt. Die Landschaft war gelb und ausgedörrt, von einer rauen Schönheit.

Pietro fuhr rechts ran, schaltete den Motor aus. Außerhalb des Wagens sangen die Grillen ihr Loblied auf den Sommer, in ihrer seltsamen Sprache aus Zisch- und Klicklauten. Ich fragte mich, ob es stimmte, dass diese Tiere siebzehn Jahre lang unter der Erde leben und schweigend darauf warten, für einen einzigen Sommer nach oben zu kommen, eine einzige wundervolle Jahreszeit auf dieser Welt.

Wir lehnten uns an die aufgeheizte Motorhaube. »Mein Gott, wie schön du bist«, sagte Pietro und reichte mir das Wasser.

Es schmeckte nach heißem Kunststoff, aber ich fand es trotzdem gut. Ich wollte Pietros Wunde sehen, winkte ihn zu mir, und er begann sich das Hemd aufzuknöpfen, auf den Lippen einen Hauch von wissendem Lächeln, auf der Brust einen Hauch von Schweiß. Wie viel Zeit hatten wir, bevor wir zu diesem Anwalt mussten?

»Sie wächst langsam zu. Wird aber eine ganz schöne Narbe.«

Und tatsächlich hatte sich auf dem Schnitt, der ja vier Tage lang hatte offen bleiben müssen, eine breite Linie rosa Haut gebildet, die sich hervorhob wie eine Ackerfurche. Ich streckte die Hand aus, um sie zu berühren, doch sie sah so zart aus, dass ich lieber Pietros Hand nahm, die, an der er den Silberring trug. Ich hob sie an meine Lippen, drehte sie um, um seine Handfläche zu küssen, ein unbewusster Akt reinster Leidenschaft und reinster Unterwerfung. Sie schmeckte nach Salz, nach Staub und … nach etwas anderem.

»Du hast wieder angefangen zu rauchen.«

»Nur ab und zu«, sagte er und zog seine Hand zurück.

»Aber im Krankenhaus hattest du doch aufgehört. Es heißt, nach der ersten Woche nimmt die körperliche Abhängigkeit deutlich ab.«

»Die reden einen Haufen Scheiß, die Ärzte.«

»Vielleicht gibt es hier in der Gegend ja einen Akupunkteur, zu dem du gehen könntest.«

Davon wollte Pietro nichts wissen, doch als ich ihm vorschlug, es einmal mit Nikotinpflaster zu versuchen, fiel seine Reaktion nicht ganz so abweisend aus. Er machte Anstalten aufzustehen und sagte, vielleicht könne man die ja in der Apotheke in Monte San Rocco kaufen. Mir wurde bei dem Gedanken, schon wieder ins Dorf zurückzukehren, wieder ganz eng in der Brust, wie vorhin, als ich seine Mutter geküsst hatte, doch diesmal legte sich das Gefühl nicht gleich wieder. Beim nächsten Atemzug durchzuckte mich ein Schmerz, wie ein elektrischer Schlag, und ich drückte die Fingerkuppen in mein Fleisch.

»Alles okay?«

»Ja. Fahren wir noch ein bisschen?«

»Wohin willst du denn?«

»Egal«, sagte ich, überlegte es mir aber anders, als wir ins Auto gestiegen waren. »Du könntest mit mir zu dem Feld fahren, wo du den Welpen zurückgelassen hast.«

Pietro legte mir sanft eine Hand auf die Schulter. »Baby, ich bitte dich, du tust uns nur weh …«

Die kurvige Straße war von vielen Heuhaufen gesäumt, die aussahen wie zerzauste und von der Sonne gebleichte Haarschöpfe. Ich bekam immer noch schwer Luft, und die Krämpfe in meiner Brust folgten in immer kürzeren Abständen aufeinander. Es war mir sogar zu mühsam, den Arm auszustrecken und Pietro die Hand in den Nacken zu legen, was ich sonst immer tat, während er fuhr. Konnte es sein, dachte ich, dass das genau die Art von Schmerz gewesen war, die er an jenem Morgen in Monte Porzio Catone beim Aufwachen empfunden hatte? War es denn möglich, dass ich die gleichen Symptome hatte? Ich kam mir vor wie eine Simulantin. Und doch war nichts an diesem hauchfeinen Schmerz, der sich anfühlte wie eine Nadel, die sich mit größter Genauigkeit in meine Brust bohrte, eingebildet oder gespielt.

Um mich abzulenken, fragte ich: »Und was hat es jetzt mit dem Grundstück in Apulien auf sich?«

Pietro erzählte die Geschichte bereitwillig, wobei er die Straße, die sich unter unserer Motorhaube entlangzog wie ein Förderband, nicht aus den Augen ließ. Jenes Grundstück, erklärte er mir, hätten seinen Eltern bereits in den Sechzigerjahren gekauft, als die Regierung versucht hatte, durch Förderprogramme die Entwicklung der Landwirtschaft in Süditalien voranzutreiben. Damals herrschte dort praktisch immer noch der Mangel der Nachkriegszeit, weshalb viele beschlossen hätten, diese Unterstützung zu nutzen, um dem Elend zu entfliehen. Auch Lidia und Ernesto hatten die Gelegenheit beim Schopf ergriffen und ein Grundstück gekauft, auch wenn dieses weit weg von ihrem Dorf lag. Doch wie sich herausstellte, hatte der Staat nicht ganz uneigennützig gehandelt, denn sie waren nur Miteigentümer eines Grundstücks geworden, ein Anteil davon gehört dem Staat. »Offenbar hatten meine Eltern vor der Unterzeichnung nicht alle Klauseln des Vertrages durchgelesen.«

Und bloß ein Kreuzchen gemacht, ging es mir boshaft durch den Kopf. »Und was müssen sie jetzt tun, den Staat ausbezahlen?«

»Machst du Witze? Weißt du, wie viel das kosten würde?«

»Wieso, sind das denn so viele Hektar?«, fragte ich aufs Geratewohl, obwohl mir die genaue Bedeutung dieser Maßeinheit gar nicht klar war.

Pietro lachte. »Ach was, das ist nur ein Bruchteil dessen, was wir insgesamt besitzen… Nein, in Wirklichkeit ist der italienische Staat nur auf dem Papier Miteigentümer dieser Grundstücke, er hatte nie die Absicht, diese Felder zu bestellen, sie zu verkaufen oder sonst etwas daraus zu machen. Nach all diesen Jahren wurde jetzt beschlossen, dass der Staat auf alle Eigentumsrechte an den Ländereien verzichtet, die damals mithilfe jener Subventionen erworben wurden. Aber ganz so einfach geben sie sie dir natürlich nicht, du musst es erst einmal beantragen. Da gibt es Tausende von Formularen auszufüllen, jede Menge Dokumente, die beglaubigt werden müssen. Und dann, so wie es in Italien immer ist, verkünden sie so was auch noch mitten im Sommer, wo die Hälfte der Leute in Urlaub ist, und setzen dir eine Frist von nur ein paar Wochen.«

»Dann hoffen wir also, dass sie es schaffen, den Antrag rechtzeitig zu stellen.«

»Das schaffen wir schon. Wir müssen es«, erwiderte er in ernstem Ton. »Wenn nicht, ist bei uns Weltuntergangsstimmung.«

Pietro nahm diese bürokratische Angelegenheit rund um ein kleines Grundstück, das noch nicht einmal auf ihn überschrieben war, offenbar sehr ernst, ja, er war mit einer Leidenschaft bei der Sache, wie ich sie schon seit Monaten nicht mehr an ihm erlebt hatte. Das überraschte mich. Was kümmerte es ihn denn, wenn er – früher oder später, auf die ein oder andere Weise – das alles sowieso hinter sich lassen würde? Ich sagte, ein wenig leichthin: »Was, Weltuntergangsstimmung wegen so einer Kleinigkeit?«

»Das ist keine Kleinigkeit, Heddi.«

Ich schaute eine Weile in die Landschaft hinaus. Mittlerweile tat mir jeder Atemzug weh. Als es kurz besonders schlimm wurde, verzog ich vor Schmerz das Gesicht und drückte mir mit den Fingerspitzen auf die Brust.

»Aber was hast du denn, Baby?«

Zuerst versuchte ich, alles herunterzuspielen, doch als ich sah, wie besorgt er aussah, sagte ich Pietro doch die Wahrheit. Er bog kurzerhand von der Straße ab und sagte mit ruhiger, aber entschlossener Stimme, dass er mich zur Sicherheit zum Hausarzt der Familie bringen würde. Ich war entsetzt, wie sich auf einmal unsere Rollen vertauscht hatten, und versuchte, meine Situation nicht mit der seinen zu vergleichen, doch der Schmerz war einfach zu groß, um noch weiter darüber nachzudenken oder zu protestieren. Wir waren bereits auf der Straße nach Borgo Alto.

Zunächst verlief der Besuch beim Arzt genau so, wie ich es mir vorgestellt hatte. Ein aseptisch nüchternes Sprechzimmer, ein kaltes Stethoskop, ein betagter Arzt mit eingecremten Händen. Er klopfte mich ab, hob meinen Arm, stellte mir in dem wohlklingenden Italienisch, das man hier Ausländerinnen vorbehielt, ein paar Fragen zu meinen Schmerzen und zur Atmung, dann wollte er wissen, seit wann Pietro und ich zusammen seien, und ob es mir in Neapel gefalle. Meine Antworten schienen ihn zufriedenzustellen, denn er sagte: »Alles in Ordnung.« Ich fand es ein bisschen demütigend, im BH vor ihm zu stehen und als kerngesund postuliert zu werden. Der Arzt wandte sich Pietro zu und untersuchte seine Operationswunde. »Alles gut«, wiederholte er, während ich mein T-Shirt wieder anzog und mich für eine wortreiche Verabschiedung bereitmachte.

Stattdessen jedoch tat der Arzt etwas, das mich erstaunte. Er wandte sich erneut an mich, musterte mich fast zärtlich und sagte: »Pietro hatte einen ausgewachsenen Pneumothorax, und du ...«

»Und ich offenbar nicht«, sagte ich, um ihm zuvorzukommen.

»Ja, aber tatsächlich zeigst du einige Symptome davon. Hast du dich nicht gefragt, warum?«

»Nein.« Ich warf Pietro, der eine finstere Miene zog, einen Blick zu.

»Wenn du mich fragst, leidest du an einer *Somatisierung* von Pietros Krankheit. Verstehst du, was ich meine? Es sind psychosomatische Schmerzen.«

Ich war baff. Das war ein Begriff, der typisch für das New Age war, etwas, das ich aus Barbaras Mund erwartet hätte, nicht aus dem eines altmodischen Arztes in einer noch altmodischeren Praxis. Doch sie gefiel mir gar nicht, diese psychotherapeutisch angehauchte Diagnose, denn sie tat meinen körperlichen Schmerz als eingebildet ab. Und nicht nur das – vor Pietro ließ sie mich als Lügnerin dastehen, denn sie vermittelte ihm den Eindruck, die innere Kraft, die ich ihm dort in Rom im Krankenhaus gezeigt hatte, sei nur vorgegaukelt gewesen, und in meinem tiefsten Inneren sei ich die ganze Woche über genauso verängstigt und mutlos gewesen wie er.

»Ich stelle dir jetzt ein Rezept für ein Schmerzmittel aus«, schloss der Arzt, »denn unabhängig von der Ursache – Schmerz ist es auf jeden Fall.«

»Ich habe noch Voltaren zu Hause«, warf Pietro ein. »Das hatten Sie mir in Fabrikmengen verordnet.«

»Ach, dann wohnt dieses schöne junge Fräulein bei euch zu Hause? Meinen Glückwunsch, dann ist ja alles in bester Ordnung. Grüß mir deinen Vater ... und, ich bitte dich, Pietro, tritt ein bisschen kürzer. Rein theoretisch bist du immer noch rekonvaleszent.«

Wir setzten uns wieder ins Auto. Nach einem kurzen Abstecher beim Anwalt in Vallata kehrten wir auf direktem Wege nach Monte San Rocco zurück.

Um fünf wurde zu Abend gegessen. Dieses Mal erleichterte Gabriele mit seiner Anwesenheit nicht im Geringsten die Situation am Tisch. Er stocherte im Essen herum, trank reichlich, brachte jedoch keinerlei Diskussion auf und schnaubte nur gelegentlich in Richtung Fernseher. Sein Schweigen war weniger eine Leerstelle als etwas, das so präsent war, dass es belastete, ein Schweigen, das als Protest instrumentalisiert war, wie ein Hungerstreik. Als Pietro nach dem Essen auf sein Zimmer ging, um mir die Schmerztabletten zu holen, setzte ich mich zu Gabriele aufs Sofa, wo er vor dem Fernseher hockte. Er sagte nichts, nickte mir nur zu.

Diesmal hatte ich nicht angeboten abzuwaschen. Pietros Mutter war allein in der Küche zurückgeblieben und machte sich mit einer Heftigkeit an dem Geschirr zu schaffen, als wollte sie es bestrafen. Ich beobachtete sie von hinten: ihr weißes Haar, von dem sich einige Strähnen unter dem Kopftuch hervorstahlen, die kompakte Gestalt, die aussah, als würde sie von einer Extraportion Schwerkraft zerdrückt, der krumme Rücken, gebeugt von all den niederen Diensten, die keinerlei Befriedigung verschafften, weil sie tagaus, tagein verrichtet werden mussten; die blinde Ergebenheit einer Welt gegenüber, die am Verschwinden war. Was für eine traurige Gestalt. Sie war so alt und unglücklich, an ein Haus gefesselt, in dem sie im Grunde ganz allein war. Auf einmal begriff ich, dass das, was ich ursprünglich als manipulative Taktik empfunden hatte, Mitleid in mir zu wecken, ganz und gar ungewollt war. Lidia konnte einem wirklich leidtun. Sie in ihrer ganzen Hinfälligkeit und Zerbrechlichkeit zu sehen, war folglich kein Zugeständnis meinerseits, sondern das erbarmungsloseste Mittel, sie zu entwaffnen. Und so verlor sie jede Macht über mich, vielleicht für immer.

Doch es war ein schaler Sieg. Denn wenn seine Mutter wirklich machtlos und unter dem Strich am Ende doch *nicht wichtig war,* warum hielt Pietro dann an seiner Entscheidung fest, dort zu bleiben? Auf einmal fühlte ich mich wie taub und nutzlos. Seit meiner Ankunft hier hatte ich rein gar nichts zustande gebracht. Ich hatte es weder geschafft, den Welpen zurückzuholen, noch dem Mann, den ich liebte, Hoffnung zu schenken, und erst recht war ich keinen Schritt vorwärtsgekommen, was unsere Zukunft betraf. Gabriele zappte geistesabwesend zwischen den Kanälen hin und her, nur der Fernseher gab Laute von sich. Auch gut. Mehr denn je hatte ich das Gefühl, dass Sprache nicht dazu dient, die Welt wirklich zu verändern: Worte sind entweder nichtig, oder sie schaden nur. Ich würde mit leeren Händen in die Stadt zurückkehren, nur mit diesen sinnlosen psychosomatischen Schmerzen. Mein Gott, dachte ich, warum war ich eigentlich nur in der Lage zu *fühlen,* statt endlich zu *handeln*?

Gabriele schlürfte seinen Whisky und schaute stur geradeaus, das Gesicht vom Flimmern des Bildschirms erhellt, als er urplötzlich und zu meiner Überraschung die Hand auf die meine legte. Das hatte er noch nie getan; es war eine zarte, aber warme Hand, als hätte er die ganze Zeit, ohne einen Laut von sich zu geben, ein Stück heiße Kohle darin gehabt.

Seine Geste weckte in mir eine so intensive Freude, dass ich, etwas verwirrt, murmelte: »Fühlt sich an, als hättest du Fieber.«

Er drehte sich zu mir und betrachtete mich. »Tatsächlich ist das eine Art Fieber, was ich habe, und ich würde es mir nie erlauben, es auf einen anderen Menschen zu übertragen. Besonders nicht auf den Menschen, den ich liebe.«

Ich verstand nicht, was er meinte; er wirkte wütend und zog tatsächlich seine Hand weg. »Aber bist du denn wirklich krank?«, fragte ich ihn.

»Nein, ich bin nicht krank. In Wirklichkeit bin ich es nie gewesen. Und Pietro auch nicht.«

Ich konnte ihm immer noch nicht folgen, spürte aber, wie etwas in mir einrastete, eine kalte Gewissheit, klein, aber unfassbar wichtig.

Er seufzte, seine Gesichtszüge wurden weich. »Das sind nicht wir, Eddie, es ist dieser Ort hier. Dieses Land macht uns krank. Und wenn du hierbleibst, wird es auch dich krankmachen. Flieh, um der Zuneigung willen, die ich für dich empfinde, und das ist jede Menge – du kannst dir gar nicht vorstellen, wie viel. Flieh, und blick nicht zurück.«

Er blickte wieder auf den Bildschirm, ich ebenso. Mir ging ein Bild von diesem Nachmittag durch den Kopf, als wir nach dem Arztbesuch im Auto unterwegs gewesen waren. Ich hatte mit Erleichterung festgestellt, dass das Dörfchen schon bald zu Ende war und wir wieder durch das sonnendurchglühte Hügelland fuhren. Pietro streichelte meinen Oberschenkel, er wirkte zufrieden und so ruhig, wie ich ihn schon lange nicht mehr gesehen hatte, wie ich ihn überhaupt nur selten sah. Draußen zogen Felder an uns vorbei, kleine Wälder, verlassene Bauernhäuser, ein paar Ziegen, die am Straßenrand angebunden waren. Durch das offene Fenster strömte der Duft von Salbei, die Grillen zirpten blechern, wie die Glöckchen am Fußkettchen einer Zigeunerin. Ich wünschte mir, diese Straße – die ganz dem Wogen der Hügel ausgeliefert war, die sich schlängelte, auf und ab, auf und ab – würde nie enden. Und auch wir im Auto waren dem Land unter unseren Füßen ausgeliefert, das Pietro zu häufigem Schalten zwang und unsere wenigen, gestohlenen Zärtlichkeiten in dieser wenigen, gestohlenen Zeit unterband, uns jedoch trotzdem mit seinem eintönigen Rhythmus einlullte. Auf und ab, auf und ab schwoll das Land zu leuchtend warmen Hügeln an, fiel zu kühlen Talsenken hinab, ein stetes Ein und Aus, als würde es wirklich luftholen. Weil es so wehtat, konnte ich nicht in vollen Zügen atmen – was Pietro vor gar nicht langer Zeit überhaupt nicht mehr gekonnt hatte –, doch das Land schon. Das Land *atmete*.

Von: tectonic@tin.it
An: heddi@yahoo.com
Gesendet am: 14. Januar

Meine liebste Heddi,

bitte entschuldige meine lange Sendepause: Mein Computer hatte sich ein Virus eingefangen und spielt so verrückt, dass ich nur noch fluche wie ein Seemann. Außerdem herrscht bei uns im Moment eine sibirische Großwetterlage, und hier im Dorf liegt ein halber Meter Schnee.

Ich müsste mich eigentlich trotzdem glücklich schätzen... diesmal ist die OP gut verlaufen. Es heißt, ich könnte bald schon wieder Berge besteigen, aber dazu braucht man bekanntermaßen mehr als zwei gesunde Beine.

Alles, was du über unsere Beziehung sagst, stimmt, oder vielleicht sollte man eher sagen, ist unbestreitbar. Nichts, von dem, was du sagst, entspricht nicht der absoluten Wahrheit, und die lautet: Ich habe dich geliebt, und noch mehr als das, ich habe dich angebetet, und noch mehr als das, ich tue es immer noch.

Aber ich weiß nicht, ob die Träume, die Projekte, die

möglichen Szenarien noch ein Teil von mir sind. Ich möchte glücklich sein, aber ich bin es nicht. Ich möchte frei sein, aber ich bin es nicht. Ich möchte gesund sein wie ein Fisch im Wasser, aber ich bin es nicht. Ich möchte mit dir zusammen sein, aber ich lebe in Italien.

Manchmal (oft) denke ich, für einen kurzen Moment, an die Zeit, wenn ich endgültig allein sein werde, dann nämlich, wenn meine Eltern nicht mehr da sind. Und in diesem kurzen Moment sehe ich auch die besten Möglichkeiten für mich durchschimmern. Dennoch ist es ein Gedanke, gegen den ich mich sträube, weshalb er mir nur kurz durch den Kopf geht, wie einer dieser Gedankenblitze, wenn man in einem Bus mitten im Verkehr sitzt und die Augen aufreißt, und wenn du blinzelst, ist er wieder weg.

Heddi, was soll ich dir sagen, wie soll ich es dir sagen? Ich denke sehr oft an dich, auch wenn ich das für mich behalte, aber wie soll ich mich nur von alldem hier losmachen? Und genau hier liegt der Hase im Pfeffer, denn ich war immer überzeugt davon, ich könnte alles schaffen, was ich mir wünsche, aber in diesem Fall, wenn ich es mir aus allen Blickwinkeln betrachte, sehe ich nur Hindernisse. Ich denke jeden Tag an Neuseeland, an dich, an den Sommer, während es hier so kalt ist. Aber dieses Flugticket habe ich immer noch nicht gekauft, und ich kann dir nichts versprechen. Ich kann nur auf mein Glück hoffen, wenn im Februar die Würfel fallen, und darauf hoffen, dass du dann immer noch da unten auf mich wartest. Ich denke manchmal sogar daran, dorthin zu fahren und dich einfach mitzunehmen. Werde ich das schaffen?

Es wäre etwas ganz anderes, wenn wir derselben Welt angehörten, oder wenn unsere Anknüpfungspunkte – unsere Wurzeln, unsere Ursprünge – wenigstens nicht ganz so weit voneinander entfernt wären, denn da, wo ich herkomme, sind die Leute nicht daran gewöhnt, sich weit von zu Hause zu entfernen. Vielleicht liegt es ja an deinem indianischen Blut, und du bist ein bisschen wie deine nomadischen Vorfahren, die von Prärie zu Prärie zogen, ohne ein bestimmtes Ziel vor Augen zu haben.

Ich denke oft an dich. Ich weiß, dass dir das nichts hilft.

Aber ich kann niemandem helfen.

Ein eisgekühlter Kuss

P.

Von: Heddi@yahoo.com
An. tectonic@tin.it
Gesendet am: 17. Januar

Lieber Pietro,

danke, dass du mir noch einmal dein Herz ausgeschüttet hast. Ich verstehe, dass du dich in einer schwierigen Lage befindest, auch wenn sie alles andere als neu ist ... Manchmal denke ich, es wäre besser, wenn du gar nichts besitzen und alles verlieren würdest. Dann könntest du noch mal ganz von vorne anfangen.

Eine Geschichte, die mir während dieser ersten Rundreise mit den drei Adrenalinjunkies passiert ist, habe ich dir noch nicht erzählt. Damals hatten sie mich auf eine ziemlich extreme Klettertour direkt über dem Meer und mit nur wenig Halt mitgenommen: Ich klammerte mich buchstäblich mit den Fingerspitzen ans Gestein. Ich hatte Angst ohne Ende, aber in diesen Momenten habe ich begriffen, dass ich ein Leben hatte, das zu retten sich vielleicht lohnte.

Nachdem ich wieder aus der Wand abgestiegen war, setzte ich mich auf einen Felsen. Das Meer glitzerte.

Vorher hatte ich es nicht bemerkt, aber es war ein wunderschöner Platz. Ich zog meine Minolta aus der Tasche, um ein Bild zu machen, doch dabei fiel sie mir ins Meer. Ich fischte sie aus dem Meerwasser, schraubte das Objektiv auf: Man konnte die Kamera ausleeren wie eine volle Tasse. Es war wirklich ein furchtbarer Moment. Am Ende hatte ich alles verloren. Ich besaß nur noch ein paar Klamotten, mein Geld war fast aufgebraucht, ich hatte keinen Job, keine Beziehung, keine Zukunft. Und jetzt hatte ich auch nichts mehr, mit dem ich all die schönen kleinen Dinge dieser Welt fotografieren konnte, was sich anfühlte, als hätte ich auch meine Sehkraft verloren. Ich musste ganz von vorn anfangen, einen Weg zurück gab es nicht. Den Verlust dieser Kamera habe ich monatelang beweint, auch wenn irgendwann meine Freunde großzügig zusammenlegten, damit ich mir eine neue kaufen konnte. Mehr als zwei Jahre habe ich dieses kleine verrostete Ding in einem Schuhkarton aufbewahrt, weil ich es nicht übers Herz brachte, es wegzuwerfen.

Bestimmt versuche ich, die Entscheidungen, die ich in meinem Leben treffen musste, auf dich zu übertragen, und das ist nicht richtig so. Aber ich wünsche mir so sehr, dich wiederzusehen.

H.

32

Langsam kam wieder Leben ins Viertel. Die Leute waren in Massen zurückgekehrt, und es lag eine Art elektrische Spannung in der Luft, die mich an die alljährliche Aufregung vor dem Beginn des neuen Studienjahres erinnerte. Es war der Beginn einer neuen Jahreszeit, vielversprechend und produktiv, ein fast biologisch anmutendes Erwachen, dem auch mein Organismus nicht ganz entwachsen war. Trotzdem schaffte er es nicht, mich wirklich mitzureißen.

Ganz im Gegenteil: Jetzt, wo es ins Leben zurückkehrt war, kam mir das Viertel surrealer vor denn je, fast wie ein Theaterstück – die Händler, die ihre Ware mit deklamatorischem Ton und väterlichen Gesten anpriesen, die Kinder, die vielleicht gespielte Tränen vergossen, die Hausfrauen, die sich Luft zufächelten. Die Leute im Viertel misstrauten immer mehr den Sprechanlagen und ließen lieber den kleinen Korb am Flaschenzug heruntersausen, oder sie feuerten im Dialekt aus den *bassi,* von Balkonen oder der Straße ebenso rätselhafte wie oft wütende Botschaften, die, hätte man sie visualisiert, ein Laserraster geschaffen hätten, das *Mission Impossible* würdig gewesen wäre. Ab und zu glaubte ich irgendwelche Schurken aus der Zeitung wiederzuerkennen, muskelbepackte Typen mit Goldkettchen, die mit geschwellter Brust durchs Viertel stolzierten.

Die Leute benahmen sich wie Schauspieler auf einer Bühne, unter demonstrativer Missachtung ihres Publikums, wie Leute bei einem Flashmob, die sich aus reinem Exhibitionismus an einem öffentlichen Platz zur undenkbarsten Choreografie zusammenfinden. Jedenfalls ermöglichte mir das Durcheinander, mich mitten unter Menschen zu bewegen und trotzdem mit meinen Gedanken vollkommen allein zu sein.

Ich dachte oft an jenen einen Moment zurück, der mich langsam richtig zu quälen begann: den Moment an der Stadtmauer von Monte Porzio, als Pietro gesagt hatte: *Mein Gott, bist du dabei, mich zu verlassen?* Jener Moment war ein Scheideweg gewesen, eine kleine Bresche in den Gesetzen von Raum und Zeit, in der alles zum Stillstand kam: Die Grillen hatten aufgehört zu zirpen, meine Füße hielten inne, statt sich weiter zu entfernen. In jenem Moment hatte ich es in der Hand gehabt, unserer Beziehung eine neue Richtung zu geben, unser Schicksal zu ändern. Doch am Ende war ich den Weg des geringeren Widerstandes gegangen, den Weg zurück. Und da befand ich mich nun, ganz allein, vor dem Tor unseres Hauses an der Via de Deo 33.

Ich betrat das Treppenhaus. Ich war erst im ersten Stock angelangt, als ich das wohlbekannte Kreischen einer Frau in tiefstem Dialekt hörte, das in dem engen Hinterhof widerhallte. Es folgten jammernd vorgebrachte Entschuldigungen eines etwas eingeschüchterten Mannes, der jedoch jederzeit zum Berserker werden konnte, wie ich wusste ... es waren genau die drei Auslassungspünktchen vor dem Ausrufezeichen. Und ich kannte die Stimmen – es konnte sich nur um den altbekannten Streit bezüglich des Wassers handeln. Ganz langsam und leise schlich ich die Treppe hoch, als müsste ich auf dem Weg in meine Wohnung nicht an einer Frau vorbei, sondern an einem von der

Leine gelassenen Pitbull. Mir klopfte das Herz bis zum Hals, jeder Schritt brachte mich dieser Sirene näher, von deren Geschrei mir jetzt schon fast das Trommelfell platzte. Und dann, im dritten Stock, stand ich endlich von Angesicht zu Angesicht vor der Urheberin des Geschreis.

Sie war winzig klein, diese Frau – mehr breit als hoch –, die vor sich hin schrie und dabei einen mit Tomatensoße verschmierten Holzlöffel schwenkte. Kurz, aber heftig kam in mir die Erinnerung an eine Gardinenpredigt hoch, die ich als Neun- oder Zehnjährige in Amerika bekommen hatte – von einer alten italienischen Immigrantin, die ganz rot im Gesicht war und mich von der Eingangstür ihres Hauses in unserem ansonsten wie ausgestorbenen Vorstadtviertel anschrie –, und ich begriff erst jetzt, dass es sich damals mit Sicherheit um eine Neapolitanerin gehandelt hatte. Die Frau vor mir, mit einem Löffel bewehrt, war alterslos und hätte ebenso gut zwanzig wie fünfzig Jahre alt sein können. Das fluoreszierende Licht, das bei der Dunkelheit in der Küche selbst um die Mittagszeit eingeschaltet werden musste, hob jedes Fältchen und jede Furche des Verdrusses in ihrem Gesicht klar und deutlich hervor. Sie war so wütend, dass sie buchstäblich zu rauchen schien – oder nein, das war nur der Dampf aus einem Topf, der hinter ihr auf dem Herd stand.

Kaum hatte sie mich erblickt, lächelte sie mir beflissen zu. »Ach, guten Tag, Signorina!«, sagte sie mit zuckersüßer Stimme, doch einen Augenblick später war ihr Lächeln erloschen und die dichten Augenbrauen finster zusammengezogen. »Wollen Sie mal sehen, was dieser Trottel von unten gemacht hat? Dann kommen Sie mit und schauen Sie es sich mit eigenen Augen an!«, schimpfte sie in tiefstem Neapolitanisch.

Widerstand war zwecklos, denn die Signora hatte mich bereits mit ihren dicken, aufgesprungenen Fingern am Handgelenk gepackt und zog mich in Richtung Küche, wo ich im Vorübergehen ein kleines Mädchen im Babystuhl und einen Topf mit Fleischsoße sah, der offenbar schon so lange auf dem Herd stand, dass das Öl schwarz verbrannt war. Fest im Schraubstock ihrer Hand, wurde ich weitergezogen über den mit Großvätern und anderen Heiligen geschmückten Flur bis zum Bad. Hier blieb die Frau stehen, ließ meine Hand, nicht aber den Löffel, los, von dem jeden Moment Tomatensoße tropfen und die blitzblanken weißen Fliesen besudeln konnte.

»Das ist funkelnagelneu, das Bad, Signorina!«

»Es ist … sehr schön.«

Das hätte ich besser nicht gesagt, denn die Frau war sofort auf hundertachtzig und schrie in dem winzigen Raum: »Was, schön? Schauen Sie doch mal, da oben!« Sie zeigte mit dem blutroten Löffel an die Decke, wo sich mehrere feuchte Flecken zeigten und der weiße Verputz Blasen warf und sich löste. »Das ist doch eine bodenlose Schweinerei, alles kaputt. Dabei haben wir erst vor Kurzem frisch gestrichen! Und was glauben Sie wohl, was das gekostet hat, heilige Muttergottes! Und jetzt schauen Sie mal, was der damit gemacht hat!«

»Der – wer?«

»Wer, wer? Dieser Volltrottel aus dem vierten Stock natürlich! Jedes Mal, wenn der duscht, kommt das ganze Wasser hier bei uns im Bad raus! Und das ist dem scheißegal!«

»Da müssten vielleicht mal ein paar neue Rohre rein«, schlug ich vor.

Mein bescheiden vorgebrachter Ratschlag schien sie nur noch mehr zu erzürnen. Neue Rohre seien doch erst verlegt worden, als das Bad renoviert worden sei, schimpfte sie. Deshalb sei auch der Nachbar dafür verantwortlich und kein anderer. Nur, dass ihr Mann und sie kein Geld hätten, um den Schaden zu reparieren. Auf einmal wandte sie sich mir mit tragikomischer Clownsmiene zu und sagte: »Nichts haben wir mehr, unsere Ersparnisse sind alle flöten. Dieses kleine Ding da drüben muss auch durchgefüttert werden, aber nur mein Mann bringt Geld nach Hause. Wie sollen wir das bloß schaffen?« Jetzt steigerte sich ihre Stimme zu einem beängstigend schrillen Falsett. »Das werde ich ihm heimzahlen, so wahr mir Gott helfe!«, schrie sie und fuchtelte mit dem Löffel in Richtung Decke.

Ich bemühte mich um den nötigen Ernst und warf einen letzten Blick nach oben. »Tut mir leid, Signora«, sagte ich und schaffte es irgendwie, mich aus dem Bad zu winden und den Flur zu erreichen. Während ich die Flucht in Richtung Treppe antrat, konnte ich mir nur mit Mühe ein Lächeln über diesen tragikomischen Aspekt Neapels verkneifen, den ich erst heute, nach so vielen Jahren, entdeckt hatte. Ein Lächeln über so viel Zorn, so viel *Leidenschaft*, auf Hindernisse gerichtet, die doch eigentlich überwindbar, wenn nicht gar banal waren. Und über den frappierenden Kontrast – ähnlich krass wie der Effekt des Neonlichts, das die groben Gesichtszüge meiner Nachbarin noch mehr hervorhob – zwischen ihrem zornigen Gebaren und der so armseligen und dabei so schrecklich menschlichen Wirklichkeit, in der sie lebte.

Auf der Türschwelle, noch immer mit dem Löffel in der Hand, schenkte mir die Signora ein diesmal aufrichtiges Lächeln, als sähe sie mich zum allerersten Mal. »Du bist die Amerikanerin, stimmt's?«

Ich war bereits auf dem Weg die Treppe hoch, als sie mich das fragte. Eigentlich wollte ich verneinen, doch ich überlegte es mir anders. »Ja, ich bin Amerikanerin.«

Sie musterte mich mit einer Mischung aus Wohlwollen und Argwohn, drehte mir den Rücken zu und kehrte an ihren Herd zurück.

Das bizarre Zusammentreffen mit der Nachbarin war an jenem Abend Stoff für einen ausführlichen Bericht an Pietro. Er lachte und sagte: »Und das war alles? Da zoffen die sich wegen so einem Scheiß seit über einem Jahr jeden Tag? Da bräuchte man doch nur den Klempner zu rufen…« Er meinte, Neapel fehle ihm rein gar nicht, ich hingegen sehr. Und er kündigte an, Gabriele werde in der kommenden Woche in die Stadt zurückkehren. Dann erzählt er mir von dem Weizen, den sie zu einem guten Preis verkauft hatten, über die Arbeit auf den Feldern und jede Menge anderer Dinge, die er für seine Eltern erledigt hatte, wobei er sich nicht mehr ganz so bitter darüber beklagte wie vorher. Schließlich teilte er mir mit, der Antrag für das Grundstück in Apulien sei rechtzeitig eingereicht worden. »Gott sei Dank. Jetzt müssen wir nur noch warten.«

Warten. Nun, wo wir wieder getrennt voneinander waren, war ich erneut in einen Zustand des Wartens verfallen. Und diesmal war die Entfernung zwischen uns deutlich zu spüren. Ich spürte sie körperlich, jeden der hundertzwei Kilometer, die zwischen uns lagen: jeden einzelnen Schritt von uns über die Via Roma und den Rettifilo bis zum Bahnhof, jeden Ruck, der durch den Bus ging, wenn er sich durch die Unterwelt des Industriegebiets und hinter dem Vulkan vorbeiquälte, sein Ächzen bei jedem Anstieg im Hügelland. Ich spürte jeden Kilometer dieses Weges durch das weite, sanft geschwungene Land, jede flache Strecke und jede Kurve, die zwischen uns lagen. Wir liebten uns, daran bestand für mich kein Zweifel mehr. Warum waren wir dann nicht zusammen?

»Pietro, wann bist du endlich wieder gesund?«

»Mhm. Jetzt geht es mir ganz gut, aber wer weiß, was passieren kann …«

Es trat eine lange Pause ein, in der ich mir ganz sicher war, das leise Zischen einer frisch angezündeten Zigarette gehört zu haben. »Du rauchst im Haus.«

»Ja, aber meine Eltern wissen nichts davon.«

»Aber *ich* weiß es. Und ich mache mir Sorgen, Pietro … um deine Gesundheit. Du wolltest dir doch solche Pflaster besorgen. Vielleicht kriegt man die in Avellino.«

»Hörst du jetzt endlich damit auf?«, sagte er, ohne allerdings verärgert zu sein. Es klang eher wie ein Flehen.

»Womit soll ich aufhören?«

»Hör auf damit, Dinge ändern zu wollen, die nicht zu ändern sind.«

Aus dem Hof drangen Essensgeräusche. Wie schafften die Leute das nur, um diese Uhrzeit noch ein fettes und reichliches Essen zu sich zu nehmen? Ich hörte das Knistern von Pietros Zigarette und das Klappern von Besteck auf Tellern, all dieses gedankenlose Rauchen und Essen und die selbstgefällige Abwesenheit eines Dialogs; ich spürte, wie er und die Stadt sich entfernten, wie sie sich von mir lösten und zum Hintergrundgeräusch wurden, zum Bühnenbild meines Lebens. Und das, was dort in der Dunkelheit blieb, das war ich, eine noch verschwommene und durchbrochene Identität, immerhin mit einer wohldefinierten Stimme gesegnet, die jetzt, in dieser einzigartigen Mischung aus angelsächsischer Präzision und südländischer Lässigkeit in den Hörer sagte: »Ich glaube, ich fahre nach Washington zurück.«

Pietro hörte auf, Rauch auszuatmen, vielleicht hielt er auch die Luft an. Er bat mich, das noch einmal zu wiederholen, er fragte mich nach dem Grund. Den kannte ich selbst auch nicht, aber ich versuchte, vernünftig zu klingen, als ich ihm sagte, gleich am nächsten Morgen würde ich bei der United anrufen und mich nach freien Plätzen erkundigen. Irgendwann überzog ich es, klang auf einmal geschwätzig, fast übermütig. Ich sagte ihm, mein offenes Rückticket würde bald verfallen, wenn ich es nicht nutzte. Dass mein Geld fast ganz aufgebraucht sei und ich mir einen Job suchen müsse, wenn irgend möglich, keine Schwarzarbeit. Dass ich meine Doktorarbeit überarbeiten müsse, sollte es wirklich die Möglichkeit geben, sie zu veröffentlichen. Das alles stimmte, doch für mich waren es keine Dinge, die zählten. Trotzdem – je mehr ich darüber sprach und je mehr ein reiner Impuls die Gestalt eines Plans annahm, desto deutlicher wurde dieser Plan Wirklichkeit.

»Ich verstehe, dass du mal wieder deine Familie sehen musst. Das ist auch gut so. Aber musst du wirklich jetzt hin? Ohne dich werde ich wahnsinnig hier.«

»Du könntest mitkommen, weißt du das?«

»Was, einfach so, mit einem Loch in der Lunge? Mit einer juristischen Angelegenheit, die in der Schwebe ist?«

»Was soll ich dir sagen…«

Erst in diesem Moment begriff ich, was ich da eigentlich machte. Ich versuchte, jenen Moment in Monte Porzio Catone wiederaufleben zu lassen: Ich entfernte mich von ihm, ging blind nach hinten davon, nicht, um ihn zu verlassen, sondern um ihn aufzurütteln und ihn dazu zu bringen, darüber nachzudenken, wo seine Prioritäten lagen. Liebe und Geld, Freiheit und Verantwortung… Leben und Tod. Doch dieses Mal würde die Sache ein anderes Ende nehmen.

Im Hintergrund hörte man Hunde heulen, oder vielleicht war es auch nur Gesualdo, und Pietro musste die Stimme erheben, um mir das zu sagen, was ich bereits wusste: dass er weder einen Pass besitze noch das nötige Kleingeld, um sich ein Flugticket zu kaufen, und dass seine Eltern es ihm niemals geben würden. »Aber vielleicht könnte ich ja eine Bank überfallen«, sagte er lachend. »Oder ich reiße alten Damen vor dem Postamt die Handtasche von der Schulter, wenn sie ihre Rente abgeholt haben, und Hühner klauen könnte ich auch. Alles, nur um zu dir zu kommen, Liebe meines Lebens.«

Ich machte das Licht aus, legte mich aufs Sofa, den Hörer am Ohr. Draußen stoppte ein Motorrad mit quietschenden Bremsen, jemand rief einen gewissen Gennaro nach Hause: Es war die Alte Welt, die sich zurückzog und sich, beschienen von einem gelben, nicht enden wollenden Sonnenuntergang auf die Nacht vorbereitete.

Ich hatte einen Traum. Das Meer, glasklar und von einem wunderschönen Blau, das fast künstlich wirkte, gluckerte unter meinem Ruderboot. Was für ein schöner Sonnentag. Lichtstrahlen wurden zum Meeresboden gezogen wie goldene Federn. Ich betrachtete sie wie verzaubert.

Aber wo war ich? Ich hob den Blick. Nach dem Hügel zu urteilen, der sich zu meiner Linken erhob, einem silbrig grünen Büschel aus Olivenbäumen, der aus dem Wasser aufzusteigen schien, musste ich irgendwo in der Nähe von Sorrento sein. Zu meiner Rechten mehrere Inseln – Ischia, Procida, da war ich mir sicher, auch wenn sie seltsamerweise mehr wie felsige Eilande wirkten als wie Ferieninseln. Und genau dort, direkt rechts von Procida, würde ich Neapel erblicken. Das war mein Orientierungspunkt.

Doch Neapel war nicht da. Mit wachsender Panik schaute ich mir meine Umgebung näher an. Tatsächlich war jene steile

Anhöhe dort drüben nicht mit Olivenbäumen bestanden, sondern mit Büschen, Macchia, wie sie am Mittelmeer weit verbreitet ist, die weiter hinten steinigen Felswänden Platz machte, wie frische Wunden, von einem Meer geschlagen, das vielleicht doch nicht so unschuldig war. Und jene Inseln waren nicht Ischia und Procida, sondern die Fariglioni di Capri, Monolithe, die aus den Wogen herausragten, die Sonne abschirmten und aus dem Meer ein Labyrinth machten.

Jetzt begriff ich. Ich hatte mich mit dem Boot viel weiter von der Küste entfernt als geglaubt: Ich befand mich in Punta Campanella, der äußersten Spitze der Amalfiküste, wo der Golf von Neapel endet. Dahinter lag das offene Meer.

Und tatsächlich verdunkelte sich das Meer nur wenige Meter von mir entfernt wie Sepiatinte, bis zum Horizont, jener Linie ohne Anfang und Ende, wo Himmel und Meer sich endlich vereinen können. Es war die Naht der Welt, und sie machte mir Angst. Es wollte mir einfach nicht eingehen, wie ich überhaupt so weit vom Weg hatte abkommen können. War ich etwa zum Angeln hinausgefahren und eingeschlafen?

Ach, vielleicht war das ja der Grund dafür, dass ich mich entfernt hatte. Der Vesuv, der hinter der unvermeidlichen Dunstwolke des Golfs gerade eben noch erkennbar war, stand kurz vor dem Ausbruch, doch er gab keinen Laut von sich. Der Himmel über dem Vulkan erblühte in vielen Grautönen, wie ein Schwarzweißfoto in der Entwicklungsschale einer Dunkelkammer. Ich schaute mir diesen Stummfilm ohne jede Regung an. Die Leere hinter meinem Rücken, zu der mein Boot mich unweigerlich trug, obwohl es sich nicht von der Stelle zu rühren schien, wagte ich nicht zu betrachten. Ja, die Strömung zog mich hinaus aufs offene Meer, doch ganz, ganz langsam, um jener Trennung ihren Schmerz zu nehmen.

Von: tectoni@tin.it
An: heddi@yahoo.com
Gesendet am: 30. Januar

Liebe Heddi,

ich liebe es, deine Mails zu lesen, denn dann habe ich das Gefühl, du sitzt hier bei mir im Zimmer, ich rieche deinen Joghurtgeruch, das Salz auf deiner Haut. Du fehlst mir schrecklich. Ich kann einfach nicht anders, als dich vor mir zu sehen, und ganz gleich, was ich tue, alles hat eine Verbindung mit dir.

Mein Gesundheitszustand hat sich deutlich verbessert. Eigentlich hatte ich gehofft, wenn es mir erst körperlich wieder besser ginge, könnte ich auch mehr Klarheit in meine Gedanken bringen. Doch jetzt sehe ich nur mit größerer Klarheit, wie vielschichtig mein Dilemma ist.

Ich kann es drehen und wenden, wie ich will: Die äußerste Schicht meines Problems sind meine Eltern. Es liegt auf der Hand, dass sie weder froh darüber wären, wenn ich mit einem Einwegticket ans andere Ende der Welt reisen würde, noch wäre es ihnen gleichgültig. Doch der eigentliche Kern des Problems liegt in dem

Land, das uns gehört. Ich bin dazu erzogen worden – man könnte auch sagen, darauf konditioniert –, mich nicht nur als den Besitzer meiner Bücher oder meiner CDs betrachten zu können. Sie haben mir ein Haus gegeben, in dem ich jetzt wohne, und mir Land geschenkt, das für mich jährlich genug abwirft, dass ich davon leben kann. Wenn ich es richtig anstelle und gut haushalte, kann ich mir sicher sein zu überleben, selbst im Falle eines Atomkrieges. Das Land ist meine tiefste Wurzel. Es befindet sich bereits seit Menschengedenken im Besitz meiner Familie. Und ich kann es nicht für immer verlassen und erst recht nicht verkaufen. Ich müsste immer einen Katzensprung entfernt davon leben, oder zumindest nicht so weit weg wie Neuseeland. Und so komme ich zu dem Schluss, wenn ich ohne allzu große Schwierigkeiten die äußere Schale meiner Probleme lösen will (die meiner Familie), muss ich zuerst den inneren Kern knacken, und das ist das Land. Was tun?

Wahrlich eine harte Nuss. Du wirst sagen, dass ich dich gegen materielle Güter, gegen Dinge eingetauscht habe… aber so einfach ist das nicht. Ich möchte mit dir zusammen sein, möchte das Leben führen, das ich mir vor nicht allzu langer Zeit ausgemalt habe: um die Welt reisen, immer neue Länder und Orte besuchen, bis man einen gefunden hat, von dem man nicht mehr loskommt. Aber ich fühle mich nicht dazu in der Lage, oder vielleicht ist auch mein Verlangen danach nicht groß genug, mein Schicksal beim Schopf zu ergreifen. Ich kann nur hoffen, dieses Dilemma möglichst schnell (und hoffentlich auch ohne allzu großen Schaden anzurichten, was mir noch am schwersten fällt) aus der Welt zu schaffen.

Vielleicht werden am Ende des Romans, den ich schreiben werde, die Leser (oder auch ich) nur begreifen, dass ich ein feiger Hund bin, weil ich meine Liebe zu dir und damit auch die Liebe zu mir selbst nicht mit Zähnen und Klauen verteidigt habe – aus reiner Feigheit, die im Gewand der Angst und der Faulheit daherkam (schöne Mischung, findest du nicht auch?).

Viele Male habe ich versucht, ernsthaft mit dem Lebensabschnitt abzuschließen, den ich mit dir verbracht habe, und ihn aus meiner Erinnerung zu verbannen. Sinnlos, und schädlich noch dazu. Du fließt durch meine Adern wie mein Blut. Fast alles von dem, was ich tue oder fühle, habe ich von dir gelernt. Ja, in gewisser Weise habe ich mich dir gegenüber wie ein Parasit verhalten und alles, was ich konnte, aus deinem Leben herausgesaugt.

Wir waren jung und unbedarft. Ich war es jedenfalls und du auch. Auf meine Art habe ich dich unendlich geliebt, so wie ich auf meine Art nie aufgehört habe, dich zu lieben. Doch mein Fluch, der Gendefekt, den ich geerbt habe, und die Umgebung lassen mich immer nur die falschen Dinge tun. Das, was ich damals mehr begehrt habe als die Luft zum Atmen, wird zu einem unerträglichen Teil meiner selbst. Das mag daran liegen, dass ich ein menschliches Wesen bin, doch ich höre nicht oft von Menschen, die den Dingen ebenso viel Dummheit entgegenbringen wie ich.

Ich bin müde geworden, von meinem Tagwerk ebenso wie davon, in die Tasten eines bescheuerten Computers zu hämmern (vielleicht würde ich ja wirklich lieber mit Feder und Tinte schreiben und habe es nur noch nicht gemerkt). Ich bin müde, alles macht mich müde.

Ich hoffe, diese wenigen Zeilen können in irgendeiner Form erhellend für dich sein, was ich nicht glaube, ohne deine Intelligenz zu unterschätzen, die mich schon immer erstaunt hat. Ich wünsche mir sehr, dich bald zu sehen und mehr davon zu erfahren, was du denkst.

Ich hab dich lieb.

Pietro

33

Rita schwänzte die Arbeit, um mich zum Flughafen zu bringen. Mir schien es richtig zu sein, dass sie es war, die mich verabschiedete, nachdem auch sie es gewesen war, die mich vor so vielen Jahren am Bahnhof abgeholt hatte. Ich quetschte so viel in meinen Koffer, wie es nur ging; den Rest an Büchern und eine Jeans, so dachte ich, könnte Pietro später mitbringen.

Neben meinem Wecker stand immer noch die kleine römische Figur, die stets an meiner Seite wachte. Ich hoffte nur, dass man mich nicht am Flughafen wegen Diebstahls archäologischer Artefakte verhaften würde. Doch es war nicht nur diese kleine Statue, die voller Geschichte war, ging es mir durch den Kopf: Alle Geschenke von Pietro waren es gewesen, angefangen bei der Kassette mit alten Songs, die er für mich gemacht hatte. Ich hingegen hatte ihm immer neue Sachen geschenkt. Ich selbst war neu, wenn auch ein wenig zusammengestoppelt, genau wie das Rezept für das Kartoffelgericht ebenso dubiosen wie schlichten Ursprungs, das ich mir jedes Mal wieder neu ausdachte, je nachdem, welche Zutaten ich gerade zur Hand hatte. Und ich war mir nicht mehr sicher, ob das eine so schlechte Sache war.

Ohne unsere Habseligkeiten schrumpfte das Zimmerchen wieder auf seine unglaublich winzigen Dimensionen zurück:

die niedrige Decke, die winzige Öffnung nach außen, die den Namen Fenster kaum verdiente. Der Hafen war in Sonnenlicht gebadet. Noch war es Nachmittag, doch es fühlte sich so an, als wäre der Tag bereits vorbei.

Ich zog den schweren Koffer über den Boden in Richtung Tür, als mir etwas ins Auge fiel. Unter der Matratze lugte ein kleiner Zettel hervor. Darauf stand, in Toninos schludriger Handschrift, Lucas Nummer in Varese. Der Zettel musste mir irgendwann aus der Büchertasche gefallen sein. Ich nahm ihn zur Hand, strich ihn glatt und brachte ihn dann, zusammen mit dem Koffer, ins Stockwerk darunter.

Es gab nur noch eine letzte Sache, die ich zu tun hatte: Ich wollte Angelo in der Sanità besuchen, um mich vor meiner Abreise von ihm zu verabschieden. Der Junge fehlte mir. Vielleicht hatte ich auch Lust, mir die Beine zu vertreten.

Anscheinend streikten mal wieder die Müllmänner, denn die Via de Deo quoll über vor Abfall. Randvolle Tüten ragten aus den Tonnen, und der Geruch von Schweinekrusten und Kaffeesatz lag schwer in der Luft. Ich sah ein paar Ratten. Den Händlern und ihren Kunden schien dieser Angriff auf ästhetisches Empfinden und Geruchsnerven egal zu sein, doch ich beschloss, eine Abkürzung zu nehmen.

Langsam verabschiedete sich die Sonne aus dem Viertel; nur die oberen Stockwerke kamen noch in den Genuss der letzten Sonnenstrahlen, während auf den Straßen und Gassen, so wie der namenlosen, auf der ich unterwegs war, bereits Dunkelheit herrschte. Die Sohlen meiner Schuhe klapperten auf den Pflastersteinen, die so groß und quadratisch waren wie die Felder eines riesigen Schachbretts. Etwas Böses lag in der Luft. Eine Frau, die in einem der *bassi* saß und sich die Fußnägel lackierte, warf mir einen prüfenden Blick zu. Auf einmal hatte ich Angst.

Es gab keinen genauen Grund dafür, denn weder an der Gasse noch an der Frau war etwas seltsam. Es war mehr eine allgemeine Angst, eine Vorsicht, die einem auch in den Reiseführern zu Neapel eingetrichtert wird, wenn es um die Gassen der Altstadt geht. *Halt deine Tasche fest, sei immer auf der Hut, oder geh besser gar nicht erst hin.*

Ich bog in eine andere Gasse ab. War ich jemals hier gewesen? Schwer zu sagen: Auch nach so vielen Jahren sahen diese Straßen und Wege für mich alle gleich aus. Ich ging weiter, ohne mir meine Unsicherheit anmerken zu lassen, auch nicht für den Jungen, der schmutzige, viel zu große Pantoffeln an den Füßen hatte und mich mit seinem Blick verfolgte. Ich hatte zwei Möglichkeiten: Entweder ich fand einen direkten Weg zur Via Roma, oder ich folgte einer der senkrecht verlaufenden Gassen, auf denen man irgendwann an der Piazza Carità herauskam. Schließlich war das Spanische Viertel der Inbegriff mathematisch genauer Symmetrie.

Ich ließ meine Füße entscheiden und bog nach rechts ab, wurde jedoch direkt nach der Ecke von einem Lichtstrahl getroffen, der so stark war wie Scheinwerferlicht. Ich kniff die Augen zusammen. Ein ganzer Häuserblock war hier abgerissen worden, oder er war eingestürzt und hatte einen riesengroßen Krater ins Viertel gerissen. Hier hatte die Sonne freie Hand, doch es war alles andere als ein schöner Anblick. Damit die Straßenjungs mit ihren schmutzigen Fußbällen gar nicht erst auf krumme Gedanken kamen, hatte man rund um das Kraterloch eine Mauer hochgezogen, die über und über mit Graffiti bedeckt war. Dieser ebenso blendend ausgeleuchtete wie tote Raum, der die geometrische Struktur des Viertels durchbrach, brachte mich aus dem Konzept, und ich verlor endgültig die Orientierung.

Ich war schon ziemlich weit weg von der Via de Deo, das war auf jeden Fall sicher: Selbst das beruhigende Brausen des Verkehrs war verstummt. Hier hörte ich nur, wie jemand in einem der Häuser die Toilettenspülung bediente, Wasser, das durch die Rohre rauschte, mein eigenes Blut, das in meinen Adern pulsierte. Ich hatte mich verirrt, ging aber trotzdem weiter. Die eigentliche Gefahr bestand im Stillstand.

Ich ließ den Blick über die Fassaden der Mietshäuser schweifen. Ganz weit oben wanderten die letzten Sonnenstrahlen über die schmutzigen Mauern, wie Orangenlimonade, die durch einen Strohhalm hochgezogen wird. Langsam wurde es spät, und ich musste unbedingt zur Via Roma, und zwar sofort. Ich beschleunigte meine Schritte in Richtung der nächsten Querstraße, um auf eine Direttissima zu stoßen, ganz gleich welche, die mich nach unten in die Stadt bringen würde. Und da war eine.

Als ich um die Ecke gebogen war, blieb ich abrupt stehen, Diesen Platz kannte ich. Diese Mäuerchen, die die Straße blockierten, das Gerüst, das das brüchige Gestein stützte, der Harem von Tauben, die große Kartonunterlage, und darauf, alle viere von sich gestreckt wie ein General nach der Schlacht, der riesige schwarze Hund.

Schachmatt.

Die Vögel, ihrerseits durch mein Eindringen aufgeschreckt, flatterten hoch, wichen nach allen Seiten aus. Ich musste den Kopf einziehen, spürte jedoch trotzdem den Windhauch so vieler Schwingen, die hauchfeinen Federn, die mir übers Haar und die Stirn strichen. Dann war ich ganz allein mit dieser Bestie, die mich mit seelenlosem Blick betrachtete, die Augen wie zwei schwarze Perlen.

Ich war wie gelähmt, denn ich fürchtete, nur die kleinste Bewegung genügte, und der Hund würde sich auf mich stürzen und seine harten gelben Fänge in mich schlagen. Ich wusste, dass er dazu in der Lage war, wenn ich mir seinen zerschrammten Körper anschaute, diese Landkarte vergangener Kämpfe, voller Narben, die im dahinschwindenden Licht schimmerten. Und er war mit Sicherheit schneller als ich. Ich schaute nach links und rechts, suchte nach einem unauffälligen Fluchtweg. Nur den Gedanken, umzukehren, verwarf ich sofort.

Auf einmal bemerkte ich, dass die Öffnung in dem ersten Mäuerchen direkt hinter dem Hund, die zum Wäschetrocknen benutzt wurde, nicht wie letztes Mal zugehängt war. Durch diesen schmalen Spalt hätte gerade eben ein Roller gepasst … dann konnte sich zweifelsohne auch ein Mensch durchzwängen. Und tatsächlich, das fiel mir jetzt erst auf, hatte jedes Mäuerchen einen solchen Durchlass. Soll ich?, fragte ich mich.

Wieder betrachtete ich den Hund und seine Narben, die sich mit jedem Atemzug ausdehnten und wieder zusammenzogen. Mutig geworden, machte ich einen Schritt auf ihn zu, stieß dabei jedoch, weil ich nicht auf den Boden schaute, gegen eine Plastikflasche. Bei dem Geräusch fletschte der Hund die Zähne, und ich wich zurück.

Trotzdem war da etwas in mir – ein Quäntchen Zocker vielleicht –, das mich weiter auf die Bestie zugehen ließ, die trotz der Hitze nicht hechelte, sondern schnaubend durch die Schnauze atmete wie ein Stier. Die großen Nasenlöcher blähten sich, um meine Witterung aufzunehmen, die Witterung eines Menschen, der in sein Revier eingedrungen war, und auch die ausdruckslosen Augen wanderten hin und her, um den nächtlichen Dieb zu erhaschen.

Dann begriff ich. Der Hund nahm meine Bewegungen wahr, er roch mich, aber er sah mich nicht. Er war *blind*.

Ich legte meine ganze törichte Hoffnung in diese Erkenntnis, hielt den Atem an und machte ein paar Schritte in seine Richtung. Jetzt war ich ihm so nah, dass ich die Hitze spüren konnte, die von seinem Körper ausging, den fauligen Dampf, der aus seinen Nüstern drang. Der Kopf des Tiers, muskulös und von alten Verletzungen gezeichnet, schwang nach rechts und nach links, weil er versuchte zu begreifen, wo ich mich befand, doch ich ließ ihm nicht die Zeit dazu. Noch ein Adrenalinschub, und ich machte einen Satz in Richtung Maueröffnung, an dem Hund vorbei. Ich hörte, wie er hinter mir aufsprang, ging aber weiter, ohne zurückzublicken, Schritt für Schritt, Durchlass für Durchlass, bis ich den gesamten Häuserblock durchquert hatte, der vermutlich niemals ohne künstliche Verstärkung auskommen würde. Als ich auf der anderen Seite herauskam, fing ich vor Erleichterung zu lachen an.

Ich bog in eine Straße ab, die vielversprechend aussah, und tatsächlich stand ich kurz darauf auf der Via Roma, von der aus die Anarchie des Spanischen Viertels nur noch wie ein seltsamer Traum wirkte. Doch statt in Richtung Sanità weiterzugehen, kehrte ich in die Via de Deo zurück, denn ich konnte mir nicht sicher sein, ob ich Angelo antreffen oder sein baufälliges Haus wiedererkennen würde, das nur durch ein Wunder überhaupt noch stand. Außerdem war ich, um ehrlich zu sein, ziemlich müde.

Nach einem mehr als einstündigen Telefonat mit Pietro ging ich mit einer Ausgabe von *National Geographic* ins Bett. Ich hatte Angst, am Morgen den Wecker nicht zu hören, doch ansonsten beruhigte mich die Tatsache, dass Pietro und ich schon bald (er rechnete mit maximal zwei oder drei Monaten) beginnen würden, das Leben zu führen, von dem wir schon so lange träumten. Mit dem Rücken an der Wand blätterte ich gerade in den Hochglanzseiten der Zeitschrift in einem Artikel über muslimische Völker in China, als ich es spürte.

Es war, als hätte mir die Mauer einen Stoß versetzt, wie der unbeabsichtigte Schubs eines Unbekannten während eines Konzerts, allerdings so heftig, dass es sogar die Matratze verschob. Im ersten Moment dachte ich, die Erschütterung käme aus Gabrieles Zimmer, und fast hätte ich nach ihm gerufen, aber ich wusste, dass ich allein in der Wohnung war. Dann ein weiterer Stoß; diesmal begriff ich, dass es nicht die Mauer war, die sich bewegte, sondern die Matratze, mit mir obendrauf, die gegen die Wand geschleudert wurde. Wie ein Boot auf dem Meer rutschte sie noch einmal gen Ufer, und dieses Mal schlugen Mauer und Bett gegeneinander, hin und her, wie bei einem Menschen, der friert und dem die Zähne klappern. Es fühlte sich buchstäblich so an, als würde jemand an dem Bett rütteln. »Der *munaciello!*«, ging es mir durch den Kopf, weil mir die alte Spukgestalt aus dem neapolitanischen Volksglauben eingefallen war, die sich vielleicht an mir rächen wollte, weil ich ihr damals, als ich hier einzog, kein Geld hingelegt hatte. Einen Moment lang packte mich ein Gefühl schierer Verzweiflung. Erst als ich sah, dass die Fensterscheibe im Rahmen zitterte und unser schlichtes Nachtkästchen gegen die Wand geschleudert wurde, verstand ich.

Ein Erdbeben. Ich schlang mir das Laken um, griff nach der Zeitschrift und rannte mit bloßen Füßen die Treppe hinunter, am Wohnzimmer vorbei bis zur Wohnungstür. Ich öffnete sie nicht, sondern blieb mit laut pochendem Herzen in der Dunkelheit stehen und fragte mich, ob das nun das Ende war oder erst der Anfang.

Ich wartete. Ließ mich, nur in Unterwäsche, an der Wand

zu Boden gleiten, fuhr mir mit der Hand durchs Haar. Ich zitterte, aber ich war auch stolz darauf, mich an Pietros Rat erinnert zu haben, bei einem Erdbeben immer einen Türsturz aufzusuchen; zudem hatte ich mir, ohne lange nachzudenken, denjenigen in unserem illegalen Aufbau herausgesucht, der am solidesten war. Es war allerdings keine bewusste Entscheidung gewesen, sondern mehr ein Instinkt, wie die Erinnerung eines Nomaden, die mir schon immer in den Knochen steckte.

Es rührte sich nichts im Haus. Konnte das sein, dass die Nachbarn nicht wie sonst zeternd im Hof standen? Vielleicht schliefen sie ja, oder sie waren viel zu beschäftigt mit ihrem Kleinkrieg, dass sie gar nicht bemerkt hatten, wie die Erde unter ihren Füßen bebte. Es war allerdings nur ein kleiner Erdstoß von nur geringer Dauer gewesen. Es war nicht gerade Enttäuschung, was ich in diesem Moment empfand, dennoch war mir bewusst, dass ich mir immer schon gewünscht hatte, einmal ein Erdbeben oder einen Vulkanausbruch mitzuerleben. Genauer gesagt, Zeugin von etwas wirklich Großem und Machtvollem zu werden – dem Freisetzen von latenter Energie, einer Explosion von Wahrheit.

Ich hätte so gern Pietro angerufen, um ihm alles zu erzählen, was passiert war und noch ein letztes Mal sein zärtliches »Gute Nacht« zu hören. Doch zu dieser späten Stunde hätte das Risiko bestanden, dass ich seine Eltern weckte. Als ich im Halbdunkel den Blick durchs Wohnzimmer schweifen ließ, fiel er auf den zerknitterten Zettel mit der Telefonnummer von Luca Falcone.

Aus einem Impuls heraus (oder vielleicht war es ja auch keiner) nahm ich ihn zur Hand und wählte hastig die Nummer, aus Angst, ich könnte es mir anders überlegen. Während der Rufton erklang, schaute ich aus dem Fenster und sah am Himmel, ganz weit unten, als käme er direkt aus dem Spanischen

Viertel, einen schmalen Lichtstreifen, zart wie ein Glassplitter, doch gleißend hell. Der Mond, der Vater der Gezeiten und einziger Zeuge der Tatsache, dass nicht einmal die geologische Zeit linear verläuft, sondern ein Kreis ist, der sich schließt, und dass es bei jedem Abschied eine Rückkehr gibt.

Mein alter Freund ging ans Telefon, ich erkannte ihn sofort an seiner heiter-versonnenen Stimme. Und da er wohl kaum mit meinem Anruf rechnete, sagte ich: »Ich bin's, Heddi.«

Von: heddi@yahoo.com
An: tectoni@tin.it
Gesendet am: 8. Februar

Mein liebster Pietro,

wie gut du schreibst! Dank all der Mails, die du mir geschrieben hast, habe ich ein für alle Mal begriffen, dass du mich liebhast, so wie der Neapolitaner diesen Begriff versteht. Aber ich weiß auch noch etwas anderes: Du wirst mich weder besuchen, noch kommst du hierher und nimmst mich mit. Ich erspare dir die unangenehme Aufgabe, es mir sagen zu müssen. Es ist die Wahrheit, und ich habe sie schon so lange vor Augen. Wie hatte ich es nicht schon viel früher sehen können? Du hast es mir auf mannigfache Weise zu sagen versucht, jetzt und vor all den Jahren, aber die Liebe kann stur sein.

Man hat mir erzählt, als die ersten Engländer damals an diesen fernen Gestaden an Land gingen, hätten sie versucht, den Maori-Stämmen Land abzukaufen – unzugänglichen, dichten, morastigen Regenwald. Sie boten ihnen dafür Geld und Waren an, und die Maori nahmen diese Geschenke entgegen und lachten ihnen ins

Gesicht. Sie lachten. Wie absurd, dachten sie, zu glauben, jemand könne Land kaufen! Denn in ihrem Weltbild konnte Land einem Menschen niemals gehören, denn es war umgekehrt: Der Mensch gehörte dem Land. Und tatsächlich nennen sich die Maori selbst *tangata whenua*, wörtlich: Menschen des Landes. Du und ich, wir werden uns immer liebhaben, Pietro, ein »lieb«, das aus der Seele kommt, aber du gehörst deinem Land, und mein Schicksal ist es, hierzubleiben.

Ach, das Schicksal... Ich habe einen Entschluss gefasst: Sollte mich jemals der Wunsch überkommen, mir ein Tattoo stechen zu lassen, dann weiß ich, was es wäre. Kein Bild, sondern ein Wort. Und es wäre weder das Wort Schicksal noch das Wort Wissen, sondern das Maori-Wort *aroha*. Aroha ist der Ausdruck für sublime Liebe, er beinhaltet auch die Großzügigkeit und die kreative Kraft des Geistes, und dazu gehört nicht nur das Herz, sondern auch der Kopf, alle fünf Sinne, und vermutlich auch der sechste Sinn, der dich damals zu mir geführt hat.

Du wirst nicht hierherkommen, und das ist richtig so. Ich bin dir nicht böse, das könnte ich nicht, denn durch dich habe ich eine Liebe erfahren, die zu erfahren nur wenige Menschen auf der Welt das Privileg haben. Dafür stehe ich auf immer in deiner Schuld.

Deine Heddi

Von: Iannacegabriele@yahoo.com
An: heddi@yahoo.com
Gesendet am: 27. November

Liebste Heddi,

ich hoffe, es geht dir gut. Verzeih mir, wenn ich so lange nichts von mir habe hören lassen. Nimm mein Schweigen als Zeichen dafür, wie gern ich dich habe, so sehr, dass mir dafür die Worte fehlen.

Nachdem wir uns wiedergesehen hatten, bin ich, soweit es ging, in Neapel geblieben. Es war, wie du dich erinnerst, sehr heiß; tatsächlich hat der Herbst diesmal lange auf sich warten lassen, und die Strandliebhaber konnten bis Ende Oktober baden gehen. Ich hingegen verbrachte meine Tage damit, ziellos in den Straßen herumzustreifen und über diese Jahre nachzudenken, die so schwierig waren, dass man sie am liebsten aus seiner Erinnerung streichen würde. Ich bedauerte es nur, dass ich in dieser Stadt ohne Bäume den farbenfrohen Wechsel der Jahreszeiten nicht genießen konnte, das für mich immer fröhlich klingende Rascheln des Laubs, den frischen Geruch nach Erde.

Heimweh nach Monte San Rocco habe ich nie, das nicht. Wie ich dir bereits während unseres kurzen, aber intensiven Treffens angedeutet habe, ist es mir nach der Uni endlich gelungen, die Flucht zu ergreifen. Erster Vorwand war ein Praktikum in Marseille, wo ich im selben Architekturbüro arbeitete wie Madeleine. (Sie hat mittlerweile ein gemeinsames Kind mit ihrem französischen Freund, doch die Beziehung hat es nicht überdauert… Sie sagt, Neapel fehlt ihr sehr.) Danach habe ich einen interkulturellen Kurs über Migration im Mittelmeerraum besucht, weil ich naiverweise dachte, daraus könnte sich eine Jobmöglichkeit ergeben. Nach einem kurzen Zwischenstopp in Neapel, wo ich eine eher triste und schlecht bezahlte Arbeit gefunden hatte, ging es wieder in Richtung Norden. Mittlerweile lebe ich in Turin, unterrichte an einem Gymnasium. Die Welt der Architektur und der Kunst ist mir fremd geworden.

Allerdings habe ich in den vergangenen Tagen ein wenig Freude und Trost in einem (natürlich unbezahlten) gemeinsamen Projekt mit einer Studienkollegin aus Salerno gefunden, die nach Österreich gezogen ist. Ihren Lebensunterhalt verdient sie als Architektin, doch eigentlich ist sie Malerin. Sie hat mir eine Kooperation für eine kleine Kunstausstellung angeboten, die derzeit in Wien läuft. Genauer gesagt malt sie, und ich schreibe. Ihre Bilder und meine kurzen (und wahrscheinlich vollkommen unerheblichen) Texte werden zusammen ausgestellt.

Gesundheitlich geht es mir nicht besonders (die mittlerweile gewohnten Probleme mit Hypertonie etc.), vor allem nach meinen seltenen, aber notwendigen Besuchen bei uns im Dorf. Vor ein paar Monaten habe ich beschlossen, es einmal mit Homöopathie zu versuchen. Der Homöopath schien mir ziemlich gut zu sein, er will mir vor allem dabei helfen, meine morbide Angst vor Krankheiten in Angriff zu nehmen. Allerdings benutzt er einen etwas seltsamen Jargon; so hat er bei mir etwas diagnostiziert, was er »inneres Feuer« nennt. Mal sehen, ob es was bringt.

Jetzt muss ich Schluss machen. Schreib mir doch bald zurück, wenn du magst. Ich denke an dich. Meine ganze Zuneigung ist dir gewiss, auf immer und ewig.

Dein Gabriele

21. März

Lieber Pietro,

wie geht es dir? Ich schreibe dir mit Stift und Papier, wie du es vielleicht immer schon vorgezogen hast, und ich vielleicht auch. Ich habe schon Ewigkeiten nichts mehr von dir gehört. Ein Jahr ist vergangen, seit ich dir geschrieben habe, dass ich heiraten werde (und wir ein Haus gekauft haben), danke nochmals für die Aufrichtigkeit deiner Glückwünsche. Ich weiß nicht, ob du meine kurze Mail aus Vietnam erhalten hast, und die, die ich dir aus Kambodscha geschrieben habe (wir reisen zusammen mit Barbara, meinem Vater, meinem Bruder und seiner Frau)... Du hast nicht geantwortet. Wenn ich nicht ab und zu von dir höre, spüre ich eine kleine Leere in mir.

Im Februar haben wir uns am Strand trauen lassen. Du wirst an den Fotos sehen, dass es ein schöner Sommertag war – genauer gesagt, vier Tage, denn so lange haben die Feierlichkeiten gedauert. Schwimmen im Meer, Musik und jede Menge zu essen. Mein Vater stand am Grill, Mamma Rita machte ihre berühmten Spaghetti mit Meeresfrüchten. So viele Leute aus allen Ecken und Enden der Welt waren gekommen, einschließlich Ivan und Snežana und – du wirst es nicht glauben! – Luca Falcone! Was für ein Moment, ihn mit derselben Lässigkeit aus der Menge auftauchen zu sehen, als käme er mir auf der Piazza San Domenico entgegen und nicht am anderen Ende der Welt. Typisch Falcone – er blieb nur zwei Tage.

Doch das mit der Hochzeit ist nicht die einzige Neuigkeit, die ich dir mitteilen wollte. Erinnerst du dich an den Roman, den du schreiben wolltest, wenn du alt bist? Ich hoffe, es stört dich nicht, dass ich dir zuvorgekommen bin. Ich habe unsere E-Mailkorrespondenz eingebaut, aber mir ist bewusst, dass die Mails sehr privat sind – wenn du willst, nehme ich sie wieder raus. Gelesen hat ihn noch keiner, mach dir keine Gedanken. Es ist die Geschichte unserer Liebe und unserer Freundschaften im Spanischen Viertel, und er endet mit einer Art Liebeserklärung an Neapel. Ich habe tief in mir gegraben und all die Geräusche, Gerüche und Bilder hervorgeholt, die ich verschüttet und vergessen geglaubt hatte. (Eine Sache, an die ich mich allerdings nicht mehr erinnere, ist der Name von Giulianos Frau, ich habe sie Rosaria genannt, weiß aber, dass sie nicht so heißt.)

Lass mich wissen, wie es dir geht, sonst mache ich mir allmählich Sorgen. Ich hoffe, du hast gefunden, was du dir wünschst, oder wirst es noch finden, alles, was du verdienst, und dass du ohne Reue und Bedauern an unsere Liebe zurückdenken kannst, die (wie du sehen wirst, wenn du Lust hast, das Buch zu lesen) mit dir beginnt und mit dir endet.

H.

Von: tectoni@tin.it
An: heddi@yahoo.com
Gesendet am: 16. April

Liebe Heddi,
wo soll ich anfangen? Ich beginne beim Banalen. Heute habe ich deinen Brief bekommen. Ich kann dir gar nicht sagen, wie sehr mein Herz geklopft hat, als ich ihn nach Feierabend auf dem Kamin stehen sah. Dabei hätte ich eigentlich damit rechnen müssen, denn ich hatte an dem Tag etwas sehr Seltsames erlebt. Ich war gerade dabei, das Werkzeug für den LKW in einem Schuppen aufzuräumen, wo ich den größten Teil meiner Zeit verbringe. Er liegt ein wenig außerhalb von Monte San Rocco mitten im Hügelland, eine unbewohnte Gegend, in der nur ein paar riesige Windräder stehen. Ich war allein und hing meinen – meistens unnützen – Gedanken nach, als ich ganz in der Nähe Geräusche hörte, die offenbar von einem Tier kamen. Eine Tierstimme. Ich brauchte nur ein paar Augenblicke, um zu erkennen, dass es sich um ein kleines weißes Käuzchen handelte, das auf einer Metallstange hockte. Es schaute mich an

und schrie, wie Käuzchen das eben tun. Ich dachte noch, wie seltsam, ein Käuzchen bei Tage, an einem wolkenverhangenen, feuchten Nachmittag, und dachte an die Griechen und daran, dass sie glaubten, Käuzchen seien die Boten Minervas. Eigentlich war ich zu dem Schluss gekommen, der kleine Vogel habe sich in der Zeit geirrt und den Tag mit der Nacht verwechselt, doch später wusste ich es besser: Er war ein Bote gewesen.

Ich muss zugeben, dass ich wirklich ein wenig damit gerechnet hatte, von dir zu hören ... ich wartete darauf. Ich hatte mich nicht bei dir gemeldet, weil ich dich, auch wenn viele Tausend Kilometer zwischen uns liegen, in Ruhe lassen wollte. Es freut mich, dass du eine schöne Hochzeit hattest, und ich freue mich sehr für dich, glaub mir. Wie sollte ich das auch nicht, wenn ich mir die Fotos anschaue, die du mir geschickt hast. Ich freue mich wirklich.

Mach dir keine Gedanken; natürlich kannst du meine Mails in deinem Roman verwenden (auch ich habe all deine Briefe und Fotos aufgehoben). Ich bin begeistert und auch ein wenig aufgeregt, wenn ich daran denke, irgendwann zusammen mit Tausenden und Abertausenden von Menschen, die uns nicht kennen, das zu lesen, was wir erlebt haben, über das Wo, Wann und vielleicht sogar das Warum.

Übrigens: Giulianos Frau heißt Antonietta. Es wäre mir eine Freude, wenn ich dir auf irgendeine Weise mit dem Buch helfen kann, sag mir einfach Bescheid.

Ich überlebe an diesem Ort der Wölfe. Irgendwie habe ich es geschafft, die kleinstädtische Korruption zu umschiffen und vor sechs Monaten einen Job gefunden.

ereits schon einmal war, arbeite ich allerdings
Geologe. Vielleicht gefällt mir das auch gar
mehr so wie früher.

ich arbeite bei einem Energieunternehmen als Elektro-
techniker für Windräder. Die Firma hat in den Hügeln
von Monte San Rocco ein Windkraftwerk gebaut, und
ich bin für das Funktionieren der Windräder zustän-
dig. Wenn eins davon kaputt ist, muss ich es reparieren,
dazu muss ich oft hochklettern (sie sind 80 Meter hoch)
und viel Zeit dort oben verbringen. Das sind meine fünfzehn Girls von Moulin Rouge. Es ist ein bisschen seltsam,
aber das Allererste, das ich morgens, wenn ich aufwa-
che, vom Fenster des Treppenhauses aus sehe, sind sie.
Ich vergewissere mich, dass sie sich drehen, dass alles in
Ordnung ist. Dann kann ich mir Zeit lassen und in aller
Ruhe meinen Kaffee trinken. Es ist eine Arbeit, die mich
an manchen Tagen befriedigt und an anderen nicht. Ich
glaube nicht, dass ich damit endlich angekommen bin.
Es ist nur eine Übergangsphase, eine Herausforderung,
vielleicht auch nur ein Spiel.

Im vergangenen Jahr bin ich ein wenig im Ausland
gewesen, einen Monat zu einer Fortbildung in Nord-
deutschland, fast an der Grenze zu Holland. Ich habe
viel über die Leute dort gelernt. Dann war ich zur Wei-
terbildung einen Monat im Süden von Spanien, in Don
Quixotes La Mancha. Spanisch habe ich hier gelernt.
Gut so. Ich muss dir in dieser Hinsicht danken, weil du
mich an die Hand genommen und mir ein Stück weit die
Welt gezeigt hast. Ich wäre nie aus Monte San Rocco
herausgekommen, wenn ich dich nicht kennengelernt
und mich in dich verliebt hätte. Und auch für mein Eng-

lisch war es gut: Du wirst es nicht glauben, aber aus der Distanz so vieler Jahre heraus kann ich es sprechen, schreiben, einigermaßen gut lesen.

Gabriele lebt in Barcelona. Er unterrichtet an einer italienischen Schule, findet es aber schwierig, mit den Leuten dort Kontakte zu knüpfen (darauf hatte ich ihn bereits vorbereitet). Unsere Eltern werden alt. Trotz ihres gesegneten Alters schlagen sie sich jedoch recht gut. Aber sie meckern viel und machen ansonsten das, was sie immer gemacht haben.

Eine Freundin habe ich auch gefunden. Genauer gesagt hat sie mich gefunden. Das war nicht besonders schwer, denn sie lebt nur fünfzig Meter von mir entfernt. Sie hat einen Doktor in Linguistik (kann es ein Zufall sein, dass es ausgerechnet orientalische Sprachen sind?). Ich glaube, sie liebt mich. Sie hält es gut mit mir aus. Sie ist sehr geduldig mit mir und mit meinen Launen. Und sie kommt gut eine Weile ohne mich aus. Ich glaube, ich mag sie gern. Aber richtig lieben kann ich sie nicht. Nicht so, wie sie es verdienen würde.

Ich sollte es ihr eigentlich sagen, aber vielleicht erwarte ich auch von ihr – wie so oft –, dass sie es von selbst merkt. Ich weiß nicht, vielleicht habe ich auch einfach Angst vor dem Alleinsein.

Wie schön, dieses Foto von euch auf eurer Veranda. Aber mir scheint, die Bougainvillea hinter euch müsste umgetopft werden! Nicht böse sein, so etwas schreibe ich, weil dein Brief, der hier vor mir liegt, von einem Leben spricht, das ich mir auch wünsche und von dem ich weiß, dass ich es nie kriegen werde. Ein bisschen fühle ich mich wie ein Gefangener, nicht, was den Ort

oder die Menschen um mich herum, sondern
╴rangener meines eigenen Charakters, der mitt-
╴rweile längst eingefahren ist. Ich liebe es zu wissen,
dass du da bist, auch wenn eine gewaltige geografische
Entfernung zwischen uns liegt.

Du hast es richtig gemacht, als du dort runter geflüch-
tet bist, denn an fast jedem anderen Ort hätte ich dich
längst besucht. Das Ticket nach Neuseeland hatte ich
übrigens wirklich gekauft. Ich hatte die feste Absicht,
zu dir zu fahren. Doch sehr wahrscheinlich war es gut
so, dass ich mich nicht auf diese Reise begeben habe.
Ich hätte dich nur aus dem Gleichgewicht gebracht und
das Leben zerstört, das du dir da unten aufgebaut hast.
Ich hätte eine Weile den verliebten Jüngling gegeben,
vielleicht bis die Felder ausgesät werden mussten, und
dann hätte ich den Schwanz eingezogen und wäre wieder abgehauen. Am Ende glaube ich, unsere Liebe war
wirklich ein Roman.

Heddi, was soll ich dir sagen? Du warst wundervoll für
mich. Du hast mir alle Möglichkeiten gegeben, mehr als
ein Mal... aber ich fühlte mich müde, von den Ereignis-
sen überfordert, verängstigt, mit einem Leben vor mir,
das so anders war als das, wofür ich gemacht war. Doch
ich habe auch noch ein ganzes Leben vor mir, um darüber nachzudenken und es zu bereuen. Ich akzeptiere
es und möchte es nicht missen, und ich weiß, was ich
geopfert habe.

Jedenfalls werde ich jene Jahre niemals hinter mir lassen, jene Zeit, jene Menschen, dich. Wie soll ich dir nur
jemals begreiflich machen, wie viel von meiner Seele,
meiner Haut, meinem Leben dir gehört und immer ge-

hören wird, auch wenn unsere Leben auf diesem Erdball in entgegengesetzter Richtung unterwegs sind? Habe ich dir gesagt, dass ich vorhabe, mir deinen Namen tätowieren zu lassen? Ich denke, diesen Sommer werde ich es tun.

Ich freue mich für dich. Und ein bisschen freue ich mich auch für mich. Ich weiß nicht, warum... es ist so, als hätte ich endlich freie Bahn und könnte zu neuen Ufern aufbrechen (auch wenn es die leider noch gar nicht gibt).

Ich hab dich lieb. Vergiss mich nie, ich bitte dich. P.

PS: Ich habe eine graue Katze, die drei Babys bekommen hat: Zwei davon sind schwarz mit weißen Pfoten, eins ist getigert.

DANK

An allererster Stelle danke ich Neapel für all das, was ich in seinen Gassen erlebt habe, und ich bitte es um Verzeihung für all die Fehler, die ich begangen haben könnte, weil ich auf meine Erinnerung vertraute, den einzigen Stadtplan, den ich besaß.

Ich hätte diesen Roman nicht schreiben können ohne die Unterstützung meiner Familie und meiner *whānau* (so nennen die Maori ihre Familie und die Freunde eines ganzen Lebens), insbesondere meines Mannes Kevin und unserer beiden kleinen Söhne Elio und Mattias, die so manches Opfer bringen mussten.

Mein Dank gilt meinen Freunden, vor allem meinem neuseeländischen Terzett, für ihre unermüdliche Begeisterung, auch wenn es manchmal so aussah, als wäre bei mir Hopfen und Malz verloren. Ein besonderer Dank geht an Costantino Pes, Sonia Cerasaro, Ester Monti Reid, Mary MacKinven und Rina Ziccardi; Elena Bollino danke ich dafür, dass sie mich dazu gedrängt hat, den Sprung ins Ungewisse zu wagen und die richtige Formulierung des Titels zu erspüren; und ich danke dem jüngst verstorbenen Donald Bufano, meinem Grundschullehrer, der mich, als wir uns nach so vielen Jahren wieder begegneten, dazu ermutigte, vom italienischen Süden zu erzählen, den er so sehr liebte und den er in sich hatte, in seinem Blut und in seiner Seele.

Ich hätte nie den Mut gehabt, dieses Buch zuerst auf Italienisch zu schreiben, hätte es nicht die Prophezeiungen und die Überzeugung Shelley Sweeneys gegeben, einer Freundin des Abenteuers, die sich »die Schamanin« nennt. Meine tiefste Dankbarkeit gilt abschließend auch meinen Freunden beim Verlag Giunti, neuen Freunden, bei denen ich dennoch das Gefühl habe, sie schon immer gekannt und nur wiedergefunden zu haben, insbesondere Antonio Franchini, dem es, ich weiß nicht wie, gelang, aus großer Distanz meine Stimme zu hören.